烟柳镇

上册

唐马◎著

羊城晚报出版社
·广州·

图书在版编目（CIP）数据

烟柳镇：上下册 / 唐马著. —广州：羊城晚报出版社，2021.2

ISBN 978-7-5543-0895-0

Ⅰ. ①烟… Ⅱ. ①唐… Ⅲ. ①长篇小说—中国—当代 Ⅳ. ①I247.5

中国版本图书馆CIP数据核字（2020）第262653号

烟柳镇：上下册
YANLIUZHEN: SHANGXIACE

策划编辑　朱复融
责任编辑　朱复融
责任技编　张广生
装帧设计　友间文化
责任校对　谢泽澎　顾晨咪
出版发行　羊城晚报出版社
（广州市天河区黄埔大道中309号羊城创意产业园3-13B　邮编：510665）
发行部电话：（020）87133824
出 版 人　吴　江
经　　销　广东新华发行集团股份有限公司
印　　刷　广州市友盛彩印有限公司
规　　格　787毫米×1092毫米　1/16　印张44.75　字数60万
版　　次　2021年2月第1版　2021年2月第1次印刷
书　　号　ISBN 978-7-5543-0895-0
定　　价　108.00元

作者简介

唐马，原名方戟，深圳人。自由撰稿人，电视编导，电视文艺晚会导演。

编导作品有：

大型电视专题片《大禹的传人（6集）》《现代鲁班的摇篮（6集）》《金钥匙（6集）》；单集电视专题片《两天半札记》《边防军的一天》《楚天三姣》《土家第一军（5集电视连续剧）》。以上作品均在中央电视台、湖北电视台、深圳电视台播出。

《两天半札记》获全国电视专题片展示赛优秀奖，《土家第一军》获中南五省电视剧金帆奖，《金钥匙》获中国记协一等奖。

作者系旅游爱好者（已游走63个国家），摄影爱好者，业余赛车爱好者，深圳金九鼎科技有限公司董事长。

人修炼到极致成仙
神修炼到极致成魔

目录

序幕

秦，始皇帝某年，中秋。

徐福出海去东海蓬莱、方丈、瀛洲三座仙山为始皇帝求长生不死仙药。

出发地点（今河北沧州市盐山县渤海湾千童镇）早晨，初升的太阳给海湾照射出一地金色的光芒，约两个时辰后，天空陡变，乌云密布，狂风骤起，吹得七百余条大小船只骑浪颠伏，舳舻相接，旌旗猎猎。岸上送行的数万名官员、亲属、围观大众都各寻角度，敛声屏气，没有喧哗，偶尔只传出一些压制性的咳嗽，场面虽宏大，但却是一片萧瑟。

午时三刻，突然，北面战鼓响起，大钹、号角齐鸣，震得地动山摇，波浪翻滚。顿时，人群躁动，发出撕心裂肺的呼喊声、哭声，长嚎不停。“宝贝、花儿、三仔，娘在这里呀，爷爷送你们来啦，二姐还在家等着呢。”

只见三千名童男童女着统一盛装，男童身穿白色衣裤，外穿一件深蓝色对襟背心，女童穿粉红色衣裤，配一件金黄镶边夹层背心。每人背着一个小包裹，里面应该是衣服和随行用品，手提一个竹编盒，里面装的是点心，他们迎着风，在几百名领管的指挥下，一队一队地紧跟着登上楼船。

他们大都是九岁属狗，当然也有八岁半就来充数的，少数童男童女边走边扭头寻找岸上的父母，甚至还能听到亲人在呼喊自己的名字，想驻足却被领管呵斥：“跟上，不要停，赶紧进船舱里去。”大多数上船的孩童们呆若木鸡似的跟着走着，少数女童泪流满面边走边擦拭眼泪，但也有个别男童在船间嬉闹，偶尔还会摔倒……

正在这时，徐福现身在主船头，鼓声、钹声、号角声戛然而止，他手持三根点燃的犀木香，身穿朝服、身体微胖，不黑不白的脸，笔挺的鼻梁。细长的眼睛深藏不露，那单眼皮让人一见即生百折不挠的感觉。他举香过头顶，面朝大海躬身三拜。然后他身后的几十位随行人员如武卫、技匠、水手、管教等都随着大拜。岸上上万人众也跟着作揖跪地磕头，拜天拜地拜大海。人们跪下的身影与海上茫茫一片的船舶相连，在这波涛汹涌中呼应起伏。如果此时昊天神仙在天上看到，那海、船、山、人像极了蝼蚁。他们在不明不白地相互涌动着。

徐福口中念念有词、祈祷，时而向天洒酒，时而向铜炉焚牺牲，用剑指向大海作法，示为平安、吉祥之意。岸上、船上一片寂静，众人伫立。每个人都在默默送上内心的祝福。而此时船舱内音乐响起并听到三千童男童女的齐声合唱《万岁陛下》，这可是他们训练已久的歌曲。

歌词大意：万岁陛下，为王远去有神仙的地方，为神造庙宇，为仙种五谷杂粮，侍奉神仙到老。换仙药，换陛下万寿无疆。

“龙朵，龙朵，乖女儿。你在哪里？爹来接你回去！”人群一阵骚动，寻着嘶吼声望去。只见一威猛武将飞奔赶到主船下，拔剑大嚷道：“徐福老儿，我乃燕北护建长城准将龙天游，快把我女儿龙朵还我。别装神弄鬼，骗始皇帝发诏书，害天下幼童。”

众守军挡住龙天游，徐福居高临下，轻声细语：“这位武士少安毋躁，我奉始皇帝圣旨率三千灵童赴仙岛拜仙求长生不老之药。此乃陛下大福，你女儿万幸遴选中，理应谢恩，请马上给我退下。”

龙天游挥剑砍断一卫士的长矛怒不可遏地呵斥：“放屁，上次你带的七百童男童女全部葬身海底，只有你一人逃回，你害怕始皇帝降罪，骗大王说你见到了神仙，神仙嫌礼轻了，要三千童男童女侍奉，鬼才信你说的话。现在又想……”他说不下去了，如鲠在喉，泣不成声。众人看此景，都面面相觑，都怀有恻隐之心。远处的人群被这突然的变故惊吓了，只敢在远处观望。

徐福气定神闲地说：“不知这位武士可否容我解释一二，上次在海上航行数月有余，我等碰上吞舟之鱼。”这时后面上来一位像航海统领的老者，老者低声提醒徐福：“是鲛鱼。”

徐福侧身听后，重复着说：“是鲛鱼，身长十丈的大鲛鱼，有吞舟颠船之力，这次始皇帝在虎狼师中精选出五百名弩弓手，准备射杀这邪鱼，定能平安抵达仙岛，求……”

龙天游痛心疾首：“茫茫大海，恶浪狂风，你死不算，还让数千孩童陪葬。各位别听这术士妄言，弃船上岸，万不能白白去送死。”他欲持剑登船却被众卫士刀矛逼住，动弹不得。

徐福面不改色，心中略有愠怒：“诸位，上次我已见神仙，仙岛处处仙花盛开，神鸟莺歌，一日三餐仙果仙汁。三年、六年后你们的孩子，在这里登岸，轮班探望亲人！”这时岸上、船上的人们爆发出如潮一般的掌声，船舱内也传来孩童们的欢笑声和雷鸣般的掌声。

徐福环顾四周，深情回眸，挥手：“开船！”

后来传说因海上遇飓风，船只损伤大半，只存五百童男童女和部分随从在今日本鹿儿岛登陆上岸。

留存：日本和歌山县新宫市有徐福古墓，以及古词、碑文。

第一章

万里长江真是万年不变啊！来到这江南地段，山势逐渐平缓，绵亘而又开阔。只见两岸奇峰罗列，狂怒咆哮的江水一泻千里，奔涌至中下游开阔处回卷，洪涛不断，挤进河流、港汊，江上岸边渔舟牧歌，稻香瓜熟，好似一幅山水田园画卷！

八月十五傍晚，三艘轻舟若飞，顺着水流如离弦之箭。帆上飘挂着秦盐局的旗号，在觳觫偷生、饥寒交迫、鹤唳风声的年代，格外抢眼。

突然船头前面的水手一声惊叫："啊，我的娘！"他迅速滑动长竿斜插入江面。后面有训练有素的水手，闻声即刻驳桨移动。船只的速度骤然慢下来，逆桨处卷起一道道水花，众人齐引颈望去也同时发出惊叫："啊！"船舱内闪出一位五十上下年纪、消瘦而壮实男子，两眼炯炯有神，老练且机警过人。"什么鬼？"锐利的目光扫向众人。声音低沉有几分愠怒。

船头手握长竿的水手左手握竿，右手向前一指："师叔，那……"

师叔模样般的人顺着手指方向一看也情不自禁："啊呀！"船彻底慢下来，静静地随水波浮动。

师叔急忙向船舱内招呼："少主人、少主人快来看！"这时一壮汉钻出船舱，闪身靠右舷弓着腰稳稳挪移下脚，一双大手略张开，做保护姿势迎接，样子恭敬有加，生怕有半点过失，让人想象这位即将出仓的少主人应该来头不小。

"什么？"声音三分甜味，几分稚嫩，奇的是行比音快，人随白色锦绣镶边的长衣飘至船头，少主人顺着师叔手指望去，看到前方，在江边右侧矗立一尊几丈高陀螺形状的巨石。石尖上好像有一动物，逆着光，双手抱着顶端狠狠摇动，那巨石不停地晃动，似乎马上就要倒下，石基四周卷起一串串深不可测的漩涡，水声奇异巨大，如哭似唱。

船在缓缓地移动，巨石越来越高，高不可攀，模棱嶙峋。船只被漩涡逼得在原地打转，几位水手桨竿并用，很吃力地稳住船身，另两条船急忙并靠前行，以防泛浪颠击。

“嘿嘿！”石尖上传来童声的讥笑。

众人举起凉棚式的手，避着逆光，向上仰望，看到歪螺石顶上，一小男孩，破衣烂衫，像小乞丐，抱住石尖悬在半空中，得意地借势力晃动，人人为那淘气鬼捏了把冷汗。

“是猴子吗？”有位水手说。

“倒像是一个小叫花子。”另一位水手说。

螺石顶传来那顽童的声音：“你祖宗是猴子，你娘才是叫花子，你全家都是叫花子，快给你爷爷滚开，要是不马上滚开，我就搬这石头砸死你们这些叫花子，信不信？”说着便使劲摇得更厉害了，那巨石发出奇怪的声响，像是顷刻间要倒下。

师叔急忙下命：“往后撤点。”众人拿起桨竿准备向后撑，一阵阴风吹来，漩涡的水溅在许多人身上。只见有一水手滑到，那浪砸在了船上，弄得他像只落汤鸡，惊得他一阵寒战。连忙扶竿立起，望一眼师叔，自责地抽竿，使力让船身后退。

“别动！”是少主人轻柔的声音，众人即刻像被雷击中各自在原地静止不动，如雕塑般。

师叔想上前解围，双手卷起袖筒向上喊：“小孩不要用话语伤害人，上面太危险了，快些下来吧！”

“我不叫小孩，我有名字呢！”

“那你叫啥名字啊？”师叔问。

“大伙都叫我鸟蛋。”

“那你快下来吧，鸟蛋。”

“谁让你们叫我叫花子，说我不愿意听的话。”

一壮汉粗声粗气地笑起来：“哦，叫鸟蛋啊，你是吃鸟蛋长大的吧，难怪有这么大的本事啊！”话语中有赞叹之意。

那小孩咯咯地笑着，得意地卖弄起高超的绝技，左右手交换着绕着石尖晃动，光着脚丫子在空中踢来荡去。

有水手看不下去，大声叫：“哎呀，你这小泼皮猴，快下来吧，上面太危险了，摔下来会没命的。”

旁边两水手帮腔，也真为这顽童着急。

“喂，你快下来吧，太危险了，你父母要是看到你这样，估计会吓病的！”“我没父母。”

众人听后面面相觑，顿时萌生几分恻隐之心。

“鸟蛋，别晃了，好不好？告诉我，我们现在在何地？这地方叫啥名啊？”师叔问着。鸟蛋一脸不屑：“这里没有地名。”

师叔有些诧然：“为啥会这样？”

“有地名，有人名，就要交税啊，还要抓去修长城的，这里原先是楚国的境地，现在都成了秦国的了，亏你白活这把年纪，连这点事都不懂。”鸟蛋一本正经地说着。惹得众人一阵讪笑，师叔也跟着自嘲。

鸟蛋话刚说完，那位安静的少主人突然一声令喝：“何仕可，抬竿！”

那位壮汉以迅雷不及掩耳之势顺手夺过船头水手手里的撑竿，向螺石方向斜着高高举起，臂力惊人，少主人后退两步，飞身跃起，脚尖点上竹竿向前急奔到竿梢处。壮汉大吼一声将竿抛出二丈有余，少主人随着飞竿飘向螺石旁边。他纵身一跃，借势解下腰间的小铜锤式的东西，手舞锤索猛力将铜锤抛向空中，借着上升的绳索之力，几次挪动，飘至那石顶之上。鸟蛋看得目瞪口呆，一分神，手脱落下坠：“哎哟，救命啊！不好……”

瞬间，少主人一转身，小铜锤就缠住了石尖，顺着绳下滑一把，正好抓住下坠鸟蛋的一只脚，一提一转将鸟蛋放回石尖上。没等鸟蛋回过神，拦腰一搂，挟住鸟蛋几个转身，稳稳地落在了船上。

见到此惊人的绝技，船上的人丝毫没有感到惊讶，可能他们也是知根知底，司空见惯。

可那顽童鸟蛋都看呆了，半天没说出话来：“你……你是哪里来的神仙啊？没长翅膀也能飞呀？”拍着身上的破烂衣裳生怯怯地问少主人。

“我哪里是什么神仙，我就是一个和你一样的普普通通的人啊。”少主人笑着说。

鸟蛋顺着船的晃动转了几圈，环顾阔绰的陈设，打量着众人，上下反复瞟着少主人问：“你们是官家抓人的，还是抢劫杀人的？”鸟蛋指着桅杆上的“秦”字图案说。

师叔躬身摸一下他的头，帮他整整那破衣领。“我们既不抓人，也不杀人。我们就是普通做生意的商人，卖盐的，平日里你们吃的那咸的盐。”他伸出舌头作为解释。

鸟蛋不加思索道：“是三斗米换一两盐。”他又摸着壮汉何仕可的漂亮腰带，“这生意好啊，比抢劫还赚，不过现在穷人太多都不吃盐了！”

何仕可很不满他的小脏手摸到他那绣花紫色的荷包，便轻轻推开鸟蛋的小手，不自然地歪头傻笑。

鸟蛋小鬼脸一转身就紧贴着少主人，并神秘地探头指着巨石基下翻滚的漩涡说：“这下面可是东海龙王的藏宝箱呢。”

众人一听说是龙王藏宝箱，觉得特别好奇，不约而同将目光投向这深不可测的浊浪之中。巨石还有余晃，发出“轰隆隆”的声响，这声音听得搅心。

何仕可不满鸟蛋脏身贴着少主人、脏手在少主人锦缎的长衫后面蹭着摸着，伸出一个比鸟蛋胳膊还粗的壮手，轻巧捏住鸟蛋的小手腕并将它挪开。

谁知鸟蛋突然一声大叫：“我踩着你尾巴啦！”壮汉何仕可一声大吼，像被毒蛇咬了一样：“哎哟，娘呀，痛死我啦！”一个踉跄跺起脚来，险些跌倒水里。众人惊愕不解，要知道这三条船十七人中，何仕可力气可是最大的，“金蝉罩”武功能扳倒一头狂怒的公牛呢。

师叔催步上前，托起何仕可左手，猛一吸气，一点点如绣花针尖大小的钢物件从何仕可指关节吸到师叔的掌心，又一吹气，那针尖飞到水中。何仕可剧痛，恼羞成怒，待要发作，被师叔给制止了。

远处两条船上的人还没弄清楚是怎么回事。却传来鸟蛋快乐的童声，讲解："听着，这鸟不下蛋的地方没名没姓，可这大石头却有三个名。"

有水手和着："哟，三个名，啥名？"

鸟蛋亲热地拉着少主人的右手，又讨好又狡黠地仰视着他，一双浓黑的长眉毛往上一挑，笑着露出满口换牙的嘴，嘴里有两三个还在长的半截雪白牙齿："想听？"少主人轻轻微微颔首，示意他讲。

"这大石头，因为里面是空心的，所以怎么晃都晃不倒，还能发出奇怪的声音。听说，它是那个治水神大禹的海螺，大禹吹着海螺一路治水，累了七天七夜都没睡觉。却在这里睡了一时三刻，被神仙用柳枝从斗笠山划一条河，水流下来，大禹被惊醒，醒后慌忙往巫山赶，走时竟忘了拿这海螺，所以这海螺就变成大禹石，海龙王的藏宝箱，也就是这长江肚脐眼。肚脐眼，天阴宅哭，天晴宅唱。"

鸟蛋说到最后，松开少主人的手，摸着又黑又瘦小的肚子比画着，引得众人一阵嬉笑："你的肚子比大石头好看啰！""喂，那第二个名呢？"

"望江石，站在那石尖顶上看到很远很远，跟站在这下面看长江可大不一样，老远老远，一直看到海了。"他得意地又摇一下少主人的手，"是吧？"

少主人礼貌地回应："嗯！"

鸟蛋越说越起劲："这里是长江最宽的地方，回水最大自然漩涡最多啰，翻船常有，坏就坏在大禹睡的那地方，有一大坑，每年闹几次大小洪灾呢，所以没人来这里长居，都是躲祸的。"

师叔："是很险啊！"他也四处打量，边喃喃自语，"大禹石，望江石，陀螺石。"

鸟蛋尖叫起来："还有更险的，更奇的……"

何仕可一直捂着痛手指，一边揉着搓着，不满时间太久。此时风很大，船晃动得厉害。"少主人，还是赶路吧，樊口那边还等着咱们，今天是你……”何仕可说着。

没等何仕可说完，鸟蛋急得乱跺脚，心里害怕他们要离开。“别打岔，站一边去，还有更险的，你们从来没见过的，也从来没听过的，去年我和锁扣、瓜果三人在上面玩耍，锁扣失脚掉这水里去了，我和瓜果俩一起去救他，我下水去拉他，在水下一睁眼，哇！”

众人被他的故事吸引住了，一边听一边斜睨那一圈圈泛滥水花：“看到什么了吗？”

“金银财宝，我拉住锁扣的手，往上游，锁扣胆大，他摸到一小宝箱，还摸到一颗夜明珠塞在我手里，他要摸，不得了啦，吓死人啦！”

有水手喊：“鸟蛋，大声点，大声点，摸到什么啦？”

“我听不太清楚。”

另两只船上的水手撑竿尽量向鸟蛋靠近。

鸟蛋似乎有些顾忌，拉一下少主人，几分怯意。“走，离开点，撑那边去。”

少主人一挥手，众人将三条船一字摆开，向上游划去。

约二杯茶时间，三条船斜逆着荡漾的浪花，避着漩涡，奋桨点竿。都是水中高手，船越来越快。“到了、到了、你们看……”

大家收桨停竿，果然见前面又有一奇景，一条长长的黑石岗横卧在江边的左岸上，把这汹涌的江水给挡住了，激起一堆堆碰撞的浪花。

“这条黑石岗，足足十里长。没有一寸草，也不长一根藤，还没有一点裂缝，巧吧，这条岗叫狻猊岗，就是东海龙王的第八个儿子在这里守了一万三千八百八十年，护住了二郡七县良田。”

有水手称赞：“这条岗还真生得好，要不是这岗拦着长江，我们就往那边走，改道了。”

师叔：“远看黑石岗，云雾缭绕，走近才觉得蹊跷，原来护住的是楚国的粮仓啊！”

少主人略有所动，四周环顾，示意让船再靠近黑色岗。

鸟蛋高兴地抓耳挠腮：“你俩识货。”他瞟一眼何仕可，一副不屑的表情。

有水手问："谁能算出那么多年，瞎猜的吧？"

鸟蛋一副坚信不疑的表情："神仙算的。"

水手接话："很多很多的神仙，神仙……"

鸟蛋不等他说完："那里有神仙写的天书。"

师叔："有大禹石、狻猊岗，还有天书。"

何仕可不高兴地呛着："你见过？"

鸟蛋顶撞着："当然见过！"

何仕可扯着大粗嗓门："天书帛写的，在那山里，不怕下雨淋湿了，风吹走了，火烧了……"

"哈哈哈、哈哈哈、哈哈哈、哎哟，笑死我了，你是猪投胎的，牛变的……"鸟蛋笑得差点要在船上打滚。

师叔看了一眼少主人，感觉到少主人愿意听下去，对鸟蛋温和且鼓励他说下去，顺手做一个招呼他靠拢的手势。"鸟蛋呀，你一个人见到那天书，还是很多人见过那天书呢？"

有水手不耐烦道："什么云里啊，雾里啊，神仙、天书的，还是眼见为实，有那书吗？能拿来瞧瞧吗？"

另一水手边靠船，边伸长脖子："咱们可是吃海饭的，踏浪为生，什么都见过，还真没见过什么天书。"

"那天书很重的，只有我和洞爷见过，洞爷见过两次，而我只见过一次。"

"多重？我去帮你扛来，让大伙开开眼界，见识见识！"又是何仕可一肚子不服气。

刚说完话，水手就紧接着一句："别水中月，雾里花，天书太重，我也去，同何仕可一起抬过来，可以吧！"

鸟蛋气得一下蹦到舷上，一只脚钩着柱子显示武功厉害，指着何仕可鼻子大叫："你这货去十万个都搬不动。"

师叔笑着引诱地说："那可是一座石头山啦！"

何仕可怀疑："石头也算书？没听说。"理直气壮地摇着大肥头，一对不服输的豹眼，睁得圆圆的。

"天书，天下只有这一本，在斗笠山，柳河潭边上的一帛岩。"

水手："多远啊？"

鸟蛋："我与洞爷走了三天两夜，在那里待了七七四十九天才回来。你们只要起早摸黑，两头不见天，路上除了撒个尿、喝口水，中间不停歇，不过挺累的，但一天时间应该能到的。"

师叔："那是……"

鸟蛋蹦到船缆绳锚墩上抬头望着天空："天上的神仙飞下一张帛变成'帛岩'，远看像一张石头做的帛，刀削过的，刨过的。万丈高的石头片片扎在柳河潭里，又薄又平，上面全都是字……"

水手："那字你认识？"

鸟蛋歪着脑袋自嘲："我连人间字都不认识，还能认识那天书？一个字约莫盘子大小，都像是刻上去的，入石三分啊。"

水手："你亲眼看到的？"

鸟蛋："难道还骗你不成？当然亲眼看到的。"

"一个字这么大，能摸到吗？"水手比画着说。

鸟蛋无奈，不知如何解释："鸟能摸到，我与洞爷只看到反面，离悬崖有三丈远，正面要到几十丈远的柳河潭对面岸上看，还是看不清啊，就算豆大的字也成了芝麻点。"

师叔上前一步，瞪大眼睛向斗笠山望去，若有所思，众人长吁一口气，半信半疑，又找不到反驳的理由。有两三位水手朝远山指指点点地在议论着，声音很小。只有少主人一直从容不迫，静静地听着、思索着，大概是觉得很神秘。

一尖下巴、光头水手憨直地望着鸟蛋，把桨扛在肩上："我不怕狂风恶浪，我在你这么大的时候，天天在水里捕鱼摸虾，水性极好，但是我有恐高症，悬崖上看那天书，不敢看，脚会不听使唤，咚，像鬼扯脚，掉下去……"

又一水手在另一条船上搭腔："我也怕高，刚才鸟蛋在石尖上晃，我吓得半死，若再晃估计会吓得没命的。"话说完，自己咯咯仰头大笑，众人也跟着热闹起来，陪着哈哈大笑。

师叔正望着斗笠山出神，突然回过神回头问："鸟蛋，洞爷可识那天书？"

“刚才不是说过了吗？他当年也只看到反面天书，一看，看了十三年，第二次洞爷带上我一起去，我看完后在他手掌心上写……”

师叔警觉：“啊，洞爷眼睛看不到了，你用眼看然后比画在他手心上，他会用心记，用心测，用心算？”

鸟蛋：“是、是，是这样。”

师叔：“洞爷怎么突然看不到天书了呢？”

鸟蛋捂着嘴：“这可不能说……”

师叔拉住他的小手：“那今天是洞爷让你来接我们的吧？”

鸟蛋瞪大眼睛惊叫：“呃，你怎么知道的？奇了！”

一水手接话：“师叔也是小神仙呀！”

师叔赶忙笑着打断水手的话：“别打岔，瞎猜的。”师叔又弯下腰，“那海螺石、龙王的第八个儿子狻猊守江堤一万三千八百八十年都是洞爷教你的？”

鸟蛋：“你这胡子老头真聪明，怎么什么都知道，龙王九个儿子叫什么你知道吗？”

师叔：“不知道。”

鸟蛋得意扬扬：“不知道就好，我来告诉你，大儿子叫赑屃，二儿子叫螭吻，三儿子叫蒲牢，四儿子叫狴犴，五儿子最调皮叫饕餮，六儿子叫蚣蝮，七儿子叫睚眦，八儿子最老实叫狻猊，在这里守江堤，九儿子叫椒图最乖巧，在龙王那里天天吃香的喝辣的……洞爷还说，苦心人，天不负，一万三千八百八十年后，狻猊就回去接班做龙王。那时候会山崩地裂，石破天惊，长江滚滚向西流，不向东流，狻猊就是西海龙王了……但是洞爷今天也没说对呀……”低下头，像在研究什么。

师叔：“哪里没说对吗？”

大家有些忐忑不安，挨着拉长脖子等待。鸟蛋皱起眉头，用手挠着后脖子：“他说今天有什么，有什么王的，日后皇帝的爹要来，还同我哥哥有一面之缘……”

“啊呀，天呐！”稳重又睿智的师叔失态地一声大叫。众人面面相觑，个个目瞪口呆，不知所措。少主人脸色大变，剑眉挑扬，凤眼圆睁，此时还是日落夕阳西下，江面煮染红霞。他骤然转身，仰天一声长啸，那声音如龙吟狮吼，将乌蛋吓了一跳，也跟着乱喊大叫，捂着耳朵蹲在地上蛙跳。

“呀，呀，呀，吓死我了，这音好震好震的，哎哟，怎么突然叫？故意吓我啊。”

师叔急忙上前搂住他：“哟、哟，这几天牙痛得厉害！”

“啊，洞爷最会治病痛，我……”

师叔：“那你带我拜见他，帮我治治病。”

乌蛋：“那不行，谁都见不到他的，跟我说说就行，我代你拿药就好了。”

师叔：“那太感谢你乌蛋了，给你添麻烦了。”

乌蛋突然觉得哪里不对劲：“你们不就是那什么王吧，皇帝的老子，那可不得了，始皇帝来远近五十里都不能出门的，还铜锣喇叭响呢。”

师叔龇牙咧嘴，扮演装腔：“我们是商人，盐商。”乌蛋望着他捂着嘴，抽着气，托着腮：“是呀，看你们也不是什么王，像他这熊货……”他瞥了何仕可一眼，一脸不屑的模样。

少主人转身微笑着向这边走来，亲切地呼一声，雪白的玉牙在夕阳的照耀下显得格外耀眼夺目。“乌蛋！”

他蹲下身将他抱起：“你哥哥今天生日？”乌蛋仰着身子半天没说出话来，两眼盯着少主人的眼睛。

“咦！”乌蛋一下挣脱跳到船头上来：“怪了，你们卖盐的咋都会算命啊？”

少主人：“你哥属狗？”

乌蛋：“娘啊，你们到底是何方神圣，怎么连我哥属狗也知道呀！”

少主人：“十五岁！”

乌蛋：“十五岁，今天满十五岁，你见过我哥吗？”上前拉住少主人的手，霞光中看到他激动的童眸含满热泪。

少主人蹲下继续说：“你哥哥已离开六年整了？”

鸟蛋抽咽无语，狠狠地点头，哭着说："是的。"

少主人脸色严肃，声音哽咽："是去蓬莱、方丈、瀛洲，帮始皇帝求长生不老药……"

鸟蛋放声大哭："哥、哥哥，你怎么还没回来呀？爹和娘修长城去啦。五年没回来，我三岁你就走了，爷爷说，哥哥你抱着我走到狻猊岗，在这里你大哭的呀，抓住我不放手……上船还趴着窗户喊我呢，那时我才三岁，现在什么也不记得了。爷爷每说一次，就哭一次。"

少主人满眼泪花："哥哥……走时是九岁吧？"鸟蛋抽咽中点头。

少主人从囊中取出一件精致玉器，慢慢地打开，用丝线套着系在鸟蛋的脖上。"鸟蛋，这玉佩里有楚人图腾'相思鸟'，带上它，不管你哥哥、父母、亲人在哪里，心是相通的，你有话就对'相思鸟'说，'相思鸟'会把你的话说给你哥哥父母听的。"

鸟蛋抹去泪："真的？"

少主人一边帮他擦泪："真的！"

他又补充说："你一个人时，想他们了就低下头对着'相思鸟'说，到晚上'相思鸟'会用托梦的方式传给哥和父母的。"

鸟蛋："啊，我哥哥、父母，在梦中能看到我？能听到我说的话？"

少主人："嗯，是的。"

鸟蛋略有思索："那他们也会跟'相思鸟'说啊？"

少主人点着头："是的，'相思鸟'也会把他们说的话在梦中告诉你的。"

鸟蛋摸着玉，对着天边的红霞，看着"相思鸟"："呀，我在梦中可以看到我哥哥长高了，父母变老了……"

少主人："什么都可以说的。"

鸟蛋不好意思地笑着："我说了，你一定要答应我！"

少主人："君无戏言，一言九鼎。"

鸟蛋："你当我哥哥，可好？"

少主人不假思索："可以，我也属狗，今年十五岁，八月十五是我的生日，原先准备赶到樊口过十五岁生日呢。"

鸟蛋一把抱着少主人："哥，你回家了，就在家过生日。我和爷爷是开睡店的，也叫饭店，没什么吃的，所以叫睡店，洞里可以睡五十人，铺上可睡十一人，大房睡五人，中房是睡两人，小房睡一人……我是掏巢快手，给你马上抓抓鸟蛋庆生……好哥哥，千万别去樊口啦！"

众人几个时辰内情感起伏，时而惊、时而喜、时而哭、时而奇，恰似打翻了五味瓶。此时只有何仕可痛苦地坐在那里。少主人摸着鸟蛋的头，转身对师叔使了一个眼神，师叔急忙晃着脚走过来，恭耳聆听，何仕可自然习惯地谨慎地也凑过来。

"师叔，你带一条船赶去樊口，那边已准备多日，很是费心，去那做一个解释，也免得他们着急！"少主人看一眼鸟蛋笑着给师叔一个示意，师叔会心一笑，伸手轻轻摸一下鸟蛋的头，转身去布置："何仕可，你带林巴月、陈辛烙、梅迁随少主人上岸，带好生日物品，给爷爷挑两件上好的衣衫，紧跟着，寸步都不要离开。"四位齐声："是！"师叔叮嘱的目光移向另外几个人："禾玉田、河允斌、曹靖军、程努舍，还有邱宁成，你们也留下护船，陌生江岸，亦无码头，放出鹰犬警戒，勤心防范，出不得半点差池。"五个声音同时说："是！"这是军队长期训练有素的反应。"其他人跟我走，咱们加把劲，快桨赶到樊口，后天回这里接少主人。"

众人一阵掌声，一水手快速进仓，一会儿看到三只猫头鹰"嗖嗖嗖"飞至帆杆之上，抖毛展翅，两条黑犬熟悉地窜至各船头，那水手提着两只大鸟笼子打开栓，放出两只矫健的苍鹰，飞到船舱顶部，梳理羽毛，神气地四处张望。

大家目送师叔的船调头离岸，快速划向江心。桅杆上灯笼闪亮，与即将升起的中秋圆月一起移动，隐约传来几声猫头鹰的嗷叫。

何仕可扛着一只大箱子，林巴月背着一个大包裹，陈辛烙带着炊具，梅迁用一棍檀木棍挑着两只小木箱，何仕可顺手将一根特别精致的重箫递给少主人。

少主人接过重箫，顺手将鸟蛋提起扛到肩上，"叉马驼"鸟蛋坐骑在少主人肩上，手抱着他的前额头和着江浪兴奋极致地一声大喊：

“哥嘞！”

少主人愉悦应答着：“哎！”随着一阵笑声踏着轻快的步子上岸了。远处还能听见林巴月在哼着歌呢。

第二章

千古中秋一年一度，讲述人间亿万年阴晴圆缺的故事。心喜月更圆，这年八月十五蓝天无乌云，金光一地。

鸟蛋与爷爷开的“睡店”没有一个客人，只有一位“服务员”跛子拉坡。取“拉坡”这名字的意思可能是脚不得力，行动不太方便，而又住在半山坡上。感觉这名字似乎有些吃紧的意思。

“睡店”依山而建，利用一片石壁空隙巧妙地做了些修整，木架虽旧但不小气，屋顶铺上厚厚的树皮，树皮上面又压了整齐的石块，防风有术，防晒有技，窗户用竹格帘装饰，白天可以撑开，晚上可以放下关闭，简单又十分合理。

最讲究的要数这院子了，尖尖的竹桩略高，既隐秘又威严，盗贼一见都心怯三分，蛇、豹这些更不敢入内，害怕划破它们的肚皮。往里一看，有几张大得抬不动的石块桌，一共有六七个大小按北斗星位排列着，上面有各种各样的纹案以及色泽，用手一摸没想到竟如此平滑。巧的是与那地形融合得不少一寸，也不多一分。靠围栏四周配有长凳，又宽又长，还很平整，那小木墩子，高矮不一，大小各异，散布在石桌周围，算得上别致的摆件。更巧妙的是有凹石烤火盆，洗手盆，应有尽有，一一俱全。篱笆墙内外，栽种了桂花树、桃树、李树，还有兰花草、驱蚊草、薰衣草……当然最有玄机的还是房子后面那个大石洞，洞里用石块隔成铺位，木架上有干草，能睡二三十人呢。这真是名副其实的“睡店”。

鸟蛋高兴得像只松鼠上蹿下跳，开始张罗着如何招呼贵客他们，又是上油点灯，又是灶里添柴，忙得不亦乐乎，还去石洞里捡鸟蛋，生客不知洞里养有食蛇，他抱着一篮新鲜的鸟蛋，倒提着三条肥蛇，也不管脚趾还在流着血，还一个劲地指挥拉坡。

拉坡说话有点结巴："来……来……来了。"

"好……好。"

"一定……最……最……好吃。"

"就……就……就是了。"

"嘿……晓得啦。"

拉坡从未见过这么富有的客人，特别是那一袋米，让他眼睛兴奋得发光，脚跛跑起来像扫帚把一闪一闪地舞动。

"鸟……鸟……鸟蛋，今……今天……发……发了……横财嘞……嘿嘿……还……还……带了几罐酒……咯咯。"

何仕可打开大箱子，给少主人铺好床铺，拉一根红绳将几件衣服晾挂起来，简单地安排妥当后，自己睡在少主人楼下。陈辛烙没有去整理床铺，打开皮囊刀具炒菜勺，提起菜料钻进厨房，他可是少主人的专职厨师，今天是中秋又是少主人的生辰，心中早就盘算着桌上应该摆放少主人喜欢享用的佳肴，原先准备去樊口大显身手，现在只能随机应变，在略显寒酸的乡村野店，尽心尽意地忙起来。

林巴月与梅迁安顿后，走出院庭，借景赏月，四处察看地形，熟悉环境，以防不测。

鸟蛋爷爷看样子八十有余，那个兵荒马乱的年代，服兵役、修长城、砌阿房宫，加之涝灾、旱灾不断，人们生活备受煎熬，活到这个岁数，实在是人间麒瑞啊。但老爷爷也许长期饥饿、亲人离散的缘故，面黄肌瘦，骨瘦如柴，衣衫褴褛，细长的眼睛总是半眯着，他满脸皱纹粗糙得像松树皮，而他那头银白色的头发异常打眼，披挂腰间，晶亮发光，盘坐在一进院门的左手边床上，身边有一个收米匣盒子，一杆秦国刚统一的新杆秤，秤砣歪倒在旁边，活脱脱的一个掌柜。

此时鸟蛋领着众人拜见他，他也一直闭着眼睛听，看不到双手，好像一直在破衣衫袖里蠕动着……

他只有一次睁开眼，喃喃自语打着哈欠说了两句话。一是鸟蛋介绍："爷爷，我带哥哥回来了！"老人一颤抖，猛地张开眼睛，看看少主人，扫视众人后，一仰脸瞬间恢复到与世无争的平静。"客人，二两米一人一宿。""睡吧！"少主人让梅迁恭敬地献上两套新长衫，鸟蛋高声在他耳边喊（老人有些耳聋）："爷爷，哥哥给您带了两套上好的新衣衫送给您。""啊，费心啦，入土时再穿吧。"

月圆初升，添了些祥和喜庆，一片爽朗寂静。

鸟蛋搜出所有油灯点亮，他把大石桌用水冲了又冲，擦了又擦，那凳墩是抹了又抹，恨不得用舌头舔上几下才放心。

碗筷让拉坡用冷水洗、开水刷，摆好后是挪了又挪，没有铁器、铜器的餐具，都是清一色木盆竹勺（始皇帝年代，三家共同用一把菜刀）。开饭前，鸟蛋先给爷爷送上汤饭，然后同拉坡、陈辛烙摆好酒菜，找回林巴月、梅迁，让他们先坐在大石桌旁，自己蹦着上楼洗漱。

下楼后他来到少主人房前："哥哥，生辰快乐，快来吃饭啰，好多好吃的木耳鸡，多得桌脚都快压断啦！"

他正要推门进，何仕可堵住："少主人在换衣服！"

少主人在内屋："来啰！"开门往下看，"石头脚，怎么能压断嘛？"鸟蛋笑着："从未有这么多菜，夸一下海口，哥哥……"

少主人拉着鸟蛋的手下楼、他身材修长，换上一身罗丝白色长衫，天气稍凉，何仕可给他配上金黄驼绒对襟背心，腰间系着紫绣荷包。眉宇间英气逼人，微笑时玉牙如雪，迎着满月柔光，整齐、晶莹剔透，真是罕见的江南美少年啊！

他左手牵着鸟蛋，右手提着精致镂空云龙图案的重箫笑着下楼。鸟蛋："哥哥，你真好看，江南少有，江北没有。"咯咯一阵笑声，仰望着他一个劲地傻笑，还不好意思地拉整一下自己的"四季装"破衣服。

"哥哥，你的牙齿，透亮、透亮的，我们这里人管叫糯米牙，咬肉可厉害了，我这牙能长得有你的这么好就好了。"

"能，你九岁，是换牙的年龄，等长出新牙，同我的牙会一模一样，哥哥与弟弟什么都会一样的。"

鸟蛋："那就好，走出去外人一看牙齿，就知道是一对兄弟啦！"

边说边咧开嘴露出一口确凿半截的烂牙，做一个鬼脸自嘲自乐。

众人站着争着让座，宽大的石桌上摆满了美味佳肴，鲜味热气腾腾，陈辛烙开了酒罐，一阵沁人心脾的飘香，撩起了不醉不休的欲望。

少主人坐下后，示意站在后面的壮汉何仕可坐在他右边，鸟蛋自然就站在他左边挥舞着筷子，先尝起陈辛烙做的腊肉夹、江南三蒸，连声喊叫："天下竟有这么好吃的东西啊！"手舞足蹈，招呼众人吃，无拘无束，还顺手指着站在一旁憨笑的拉坡："拉坡，过来坐呀。"拉坡迫不及待又羞怯地轻轻坐下，那举动是残疾人想掩盖自己缺陷特有的。

何仕可给少主人添上一小竹碗鲜蛇汤，上面浮动着一颗白色圆滚滚的鸟蛋，众人开始各自捡自己喜欢的食物吃起来，喝起来。第一声赞叹来自少主人的夸赞："平生第一次喝到这么鲜美的汤！"示意让大伙都尝尝，众人喝后："真是太好喝了！""嗯，神仙汤。""吃在江南。""一辈子忘不了的味道！"鸟蛋抢着邀功："这是'龙蛋汤'，拉坡拿手活。"

陈辛烙站起来将自己拿手的出品"江南三蒸""粉丝焖螺"添到拉坡碗里，两人都是行家，互相议着，为了让他俩说话方便，少主人让梅迁和陈辛烙换一个位置，并站起来给拉坡倒上一杯酒。拉坡有些受宠若惊。鸟蛋快语告诉大家："拉坡这一生爱的不是江山，也不是美女，而是酒，酒是他的恶癖，真是醉醒一生。"

拉坡有点不知所措了，激动地说："鸟……鸟蛋……快……快跟……少主人……上……上酒……今天来的……可……可是……大贵人……少主人……既……既是……少主人……生日……又是……中秋……"

鸟蛋拿起酒杯，众人都举起酒杯站起："哥哥生日快乐，哥哥长生不老，哥哥永远漂亮好看啰。"一杯酒灌下肚，喝得太急太快，这是鸟蛋第一次喝酒，竟把酒当成汤、当成水喝了。少主人想拦，却没来得及，自己也一口干了，鸟蛋喝得满脸通红。伸出舌头散着热像狗。少主人也没饮酒习惯，拍拍胸，两眼含着泪笑着与鸟蛋伸出舌头。众人为顽童、少年的初心萌动的开心表演鼓掌。

拉坡几巡酒后吃了半碗饭，胆子渐渐壮起来：“住在……鱼米……乡……白活在江南……饭……都混不上……一口……”陈辛烙又给他添一碗饭。

何仕可只吃饭菜，滴酒未沾：“米都运到咸阳，建阿房宫，修长城，还运到打仗的地方去了。”

陈辛烙品一口酒：“都是官吏吃得多，做苦工的连野菜、米糠粑都不管吃饱，要不怎么饿死、累死那么多人啊！”拉坡与梅迁两人酒量大，你一杯，我一杯，一来一往，一罐酒他俩喝了一大半，两人也是酒逢知己千杯少，话也越来越多。酒友、赌友，喝到好处，赌到高处，就是世界上什么都没有，只有酒，梅迁醉赞拉坡“蛇蛋汤”，神仙喝的，终生不忘。

鸟蛋突然想起什么，跑进厨房拿来两个大竹筒，装了饭菜，也不同众人打招呼，一溜烟跑出院子了。三分醉的拉坡：“鸟蛋……是……给洞爷和锁扣送饭去了。”

众人望着院门外向拉坡问：“远吗？”

拉坡抬头看天上，指着山后的丛林：“半里路，有月亮，他跑得像兔子一样快。”

何仕可粗声笑着：“活山精！”众人表情赞许，随着一阵和着的笑声说着：“一肚子蛋蛋。”“还个个都圆圆的。”

拉坡举着杯子碰一下旁边的梅迁：“他从小顽皮，天不怕，地不怕，嘴不饶人。心眼可比谁都实诚。”

何仕可也默默点点头，又摇摇头：“将来的祸苗苗，有的是故事。”同时竖起大拇指，“拉坡真行，一品酒就不结巴了。”

清甜的空气，温润的泥土，石坡木屋，圆月夜空，大有偏山一隅，红尘勿扰之境地。

梅迁手搭在拉坡肩上：“拉坡，你一个人在这里吗？”拉坡泯着酒，两人面红耳赤，眼神迷离，身子飘飘然，感觉要上天啦。

拉坡：“是。”梅迁边喝边问：“你家里有多少人？”

拉坡：“三十一口人。”林巴月与陈辛烙饭后也相互递着烟杆点火吸着。何仕可为少主人泡着茶，茶具都是少主人专用的，边冲泡着边清洗那讲究的茶具。

梅迁："他们都在哪里？"

拉坡："阎王那边。"

众人像被电击中一样不约而同地应声："啊！"

拉坡满眼泪花，仰头看月："死光了！"

梅迁手上酒杯举在空中僵住，一时语塞："哎……"

拉坡久久地望着月亮，似乎想起许多往事："我父亲是楚都郢城守城准将，祖上在那开丝织商行，传到爷爷奶奶已是第四代，我有三个哥哥，一个姐姐，两个妹妹，还有一个弟弟，叔父、叔母……"他浑身在战栗，奇的是，喝了酒，他一点也不结巴了，语速语境竟带着诗一般的节奏，真情溢泄，大痛无悲，声音平静得像一潭湖水。

"我父亲率军在郢城水墙坚守七十一天，两个哥哥随同父亲一起英勇奋战。破城前夜我母亲带着我姐姐、我，还有两个妹妹提着酒菜，在那里陪他们吃饭，那是最后一次，也算是团圆饭。弟弟太小跟着爷爷奶奶在商行家里。母亲给两个哥哥擦膊伤，姐姐给父亲脱战靴怎么也脱不下来，啊……"

他回望梅迁与众人，顿了顿："靴子里全是血，都灌满了，凝固了……"大家听得敛声屏气。

"没哭声，酒菜就一直摆着像供品……也……算……祭品……"情动处，他又哽咽起来。

"郢城破了，父亲与两个哥哥却战死了，秦军入城三天两夜，见人就杀，逢人就砍，有点姿色的妇人全部掳走，我母亲同姐姐妹妹们洗身后一起服毒毁容自杀了，免除奸尸之羞。"

拉坡忍不住大声号哭起来："我一直呆若木鸡，被马踩断了左脚倒下，幸好被鸟蛋爷爷救起，逃到了这里……"

梅迁有泪而没有哭声，抱着拉坡："兄弟，我的苦比你的苦还苦，是割心痛啊……"梅迁说不下去，如鲠在喉，如箭穿心。

骤然，少主人重箫响起，低鸣婉转，如哭如诉，《楚怀春白衣》曲调远播于石山野村，众人情由心生、忆从恨起，轻声哼着楚国人昔日的歌谣。

楚怀春白衣

谁曾在城门深雨中，寻觅过我
雕得古拙的山水，夜把明月照
我留下传唱的歌谣多少
奉旨而挥的笔墨，每为罗绮消
谁懂我的潦倒谁又知我的骄傲
谁曾在烟花巷陌里，等待过我
开了又败的花墙，只剩下斑驳
我曾与过谁在花下欢笑

男人们思亲、思情粗声齐哼韵唱，那是一种可怕而又让人倾心的力量，狂放的旋律混合着酒的烈性，久久回荡……

歌声戛然而止，众人张嘴，侧着耳凝神静气地听着，不远的地方传来筝演奏的声音，少主人虽自小习武，琴棋书画却样样精通，深知音乐的奥妙，都忍不住提箫起身，向篱笆院墙紧趋几步，并轻声赞叹："啊，高手！"

众人起身离席，跟在少主人后面，引颈聆听，不时寻向筝发声处瞭望。

少主人自言自语："这指法演奏完美，曲调气势如没有几十年修为达不到如此娴熟，吞纳自如境界像是世外高人空灵释叹，深藏寓意玄机，声东击西，隔墙扔砖……还留有后手棋……"

何仕可递上一杯热茶给少主人并轻轻拿下少主人的重箫放在他原坐的石桌上面。

梅迁走近少主人："啊，还能弹呀！""仙音，天音。"陈辛烙补上一句。拉坡丈二和尚摸不着头脑："怪了……多少……年啦……怎么这……这鬼都不……来的地方……还有人弹仙曲……"

少主人回头对刚回的鸟蛋示意不要出声。

这是燕国的名曲《雪情》：

燕国落雪白雪红衣靥

镜湖之旁不是旧时宫阙
流云散落清夜，身世浮沉明灭
明眸暗淡看过生死别
前路漫漫又过山水几叠
星云茫茫唯有冰心如月
乱世残如血，笑容惊鸿一瞥
准能守你共看燕国雪
轻纱笼起无邪，潸泪凝土双睫
谁管漠然花开或花谢
匆匆聚散悲欢，沉现天边黑夜
是否还有一轮月皎洁

少主人听完后，久久凝注着筝声音传来的方向，鸟蛋回头看何仕可傻傻地望着少主人不知所措，他上前轻轻拉一下手："哥哥，真好听啊，可从来没听过这么好听的……"做一个弹的姿势。

少主人回过神来："小弟你从来没听过这筝？"鸟蛋摇头："没有。""可曾见过那位前辈？""来这里的人，都没名没姓，不是躲就是藏，都饿得半人半鬼的，谁会去看这长辈，更不知道有什么前辈弹琴啰……倒是有两个老头，觅食野果子时见过，晕的，手脚哆嗦着……"

少主人："这位前辈久不抚琴，竟将这难度极高的曲子演奏得如此天衣无缝，优美粗狂再现，燕国轻烟缥缈，万里雪飘，红梅悬崖之上，冷傲怒放景象，景仰……景仰……这位前辈的技法只有在宫中苦练，才能有如此韵味！"

鸟蛋："哥哥，这么服那位前辈啊，走，我带你去见见那老头。他今夜魔怔，是哥哥好听的箫声撩的吧，也算是个缘哟。"

何仕可猛一摇："乱打岔！"鸟蛋一屁股坐在地上，猛地站起来揉着屁股。"我踩着你尾巴啦！"一脸怒气。少主人弯腰抱着鸟蛋轻轻拍拍他的痛处："摔着啦？"

鸟蛋马上笑得好开心："没事，不痛。"回头瞪着何仕可，"土鳖，等会尝尝我的剪刀叉绝活。”

何仕可：“剪刀叉？什么叉？”

鸟蛋做了一个鬼脸，用小脚踢向他的裆部，何仕可急忙闪过，想起鸟蛋用针尖扎痛指关节，又迅速戒备着。鸟蛋：“等下，有你好看的！让你吃不了兜着走。”自己前后手提着裤裆盘腿自攻自防地躲过几拳，何仕可不解何意，似乎想防着他的狡诈刁钻，夹着紫檀棍，学着他样子笨拙地走几步，想破译他什么招数，看何仕可滑稽的样子，少主人和鸟蛋偷乐着。

少主人心情极好，提箫吹一曲《采荷船》调，回复筝前辈，以表达中秋午夜幸遇之恩，当他吹奏一半时，筝和曲又起，箫筝同在一律上舞动，夜静半山石上，不知何人，几个角落，也被感染似的传来喝彩。

陈辛烙虽是厨艺高手，似乎也藏着诗情：“今夜月圆时，深山寂寞。”拉破、梅迁同时起哄向陈辛烙敬酒助兴：“好诗”“是……诗……好咯。”

鸟蛋：“哥哥，那位前辈，也懂得此曲，跟着弹。知道吗？肯定是很看好哥哥的嘛，走，咱们今天巧遇高兴的事太多，中秋真是个好日子，都是冲着哥哥你生日的，走，我这就领你去会会那老头。”说完，拉着少主人就走，何仕可很不情愿地扛着大木棍跟在后面嘀咕着。

一棵古松树，在乱石堆里钻空生长，根深叶茂。骨头缝里的肉，石头缝里的土。树冠勃力向上，丝毫没有老态的迹象，枝叶如同巨大的雨伞护着那身下的茅屋，还算紧凑，小院里没有篱笆，因为树依靠着石窝搭建，自然而成，细细看来倒颇有些画意。

鸟蛋四周察看一番后，小声地说：“那前辈就住在这里！”话未落音，一阵凉透脊背的冷风旋转而来，风力很大，令人毛骨悚然，三人同时越身避过。

鸟蛋大喊：“前辈您打错人了，我们是特来拜见前辈您的，我家主人就是刚刚那吹箫的，我们是诚心诚意来拜访您，前辈您筝弹得可真好，我家主人特意向您来讨教一二，不过您这暗器也太厉害了吧！”紧接着一根如雨追风似的绳子往三人脖子上缠绕。少主人迅速护住鸟蛋，挪身一闪用箫拦截，手臂一抖抓住绳头，运足气力一挥，一彪形大汉腾身而出："噢，呦。"这叫声不像正常人的惊诧，他还想再发力，绳头已被少主人拽着绕在手上，纹丝不动，何仕可急上前助战，被少主人轻扬左手制止，鸟蛋避险而出。扬扬得意："哟嗬，好长的鞭啊，险些缠住了我的脖子。"边说着边翻着白眼搞怪。

少主人："这位前辈，我们贸然来访多有得罪，我们也是听着这筝声而来……"

鸟蛋挨着少主人说："我哥哥就是刚刚在那边吹箫的，您看今天是他的生日，又是中秋，我们特地来拜访前辈……没想到您这鞭子……哎……要不是咱们武功高强，我们早就被打死了。不过，这里住的人都是阎王面前扯断链子的，活着死了都没人管啰。"

"啊，不知贵客来寒舍，多有得罪，还请各位见谅。"玲珑般的话语刚落，走出一位被一袭黑衣裹得严实的少女，她做了个手势，示意让使鞭者退后，三人一惊一乍间，目瞪口呆，少主人也浑身像被电击中般，提箫伫立，一动不动，两眼盯着黑衣少女。

鸟蛋像猫似的跑到少主人身边代话："你就是那位弹筝的前辈？啊……是……那位……"鸟蛋一脸疑惑。

黑衣少女上前几步，与少主人对面而视，四眼相对："是！"鸟蛋伸出脖子介绍："这是我哥，刚才吹箫的，听到了吧，好听不……"少主人轻轻捏一下鸟蛋的手示意："别自吹！"

黑衣少女，不惊也不羞，满脸的钦佩之情，笑容可掬，上前仰望着少主人，伸出玉手主动轻盈握着少主人那只提箫的手。边抚摸边激动地称赞，声音有些发颤，鸟蛋睁大眼睛看着两人的手，躲向少主人身后，何仕可看着少主人发抖，满脸红霞，月光下看到他的嘴唇颤抖得像是得了"癫痫"病。

黑衣少女："真巧，我也是今天生日，属狗寅时出生。"

少主人声音有些走神，僵着："嗯……嗯……"半天回过神来，"巧了，我……也是寅时出生的。"

鸟蛋大叫："天下无奇不有，洞爷说的，嗯，真是无巧不成书，无巧不成缘，哥，你俩竟同年同月生，真是太巧了，太巧了啊！"

何仕可转过脸直摇头：“讨巧了，天大的事要来了。”

黑衣少女真情地说：“真没想到你和我同龄，如此年少，一般丹田气让重箫沉凝深朴，飞花点翠，亦似缎带缠绕，轻盈跳跃间，时而卷起拍天洪峰，惊涛拍岸，雄风猎猎，缥缈于天地之间……”

少主人有点魂不守舍，连声说：“姑娘过奖，从小习武，煞苦于功夫，重箫的基础需以气催力，潜灌空灵，练久了，就自如了……”

鸟蛋在少主人身后搂拉着束身腰带，好奇地看着两人紧握且又颤抖的手，美姑娘从天而降，让他一直睁大眼睛瞪着、盯着姑娘的俏脸，何仕可从后面揪着他的耳朵拉开，示意让他躲开。

黑衣姑娘：“楚国有一名曲《山水》，不知……”

少主人：“也练过，那曲子蕴藏着天地自然之精华。”

黑衣姑娘：“有山必有水，山水永相依，如果筝箫合奏，亦如翠珠飞溅玉盘……”

少主人接话：“山解水意，水伴山行，有情人心心相印，如有葫丝琴协和会更完美无缺。”

黑衣姑娘：“相见恨晚，生逢乱世，苦不堪言，难得今晚月圆，我斗胆相邀咱俩筝箫齐奏一曲，不知……”

少主人平复了一下心情，渐渐回归常态：“姑娘言重了，只是我技粗艺拙，能和姑娘筝箫相和，真是三生之荣幸啊。”

黑衣姑娘：“年少不懂世事也好，苟且偷生，乱世泯灭人性，借《山水》一曲，永隽今宵。”

黑衣姑娘用一手势示意那彪形大汉搬出筝座椅安置在院中，少主人放指吹箫调音，黑衣姑娘拧弦抚准，皓月当空，万籁俱寂，《山水》的旋律划破山野丛林，回荡在江水波涛之间，黑衣姑娘如初莺啼唱：“湖光山色木兰舟，玉童托翠上高楼，山环水抱江南梦，眺望雄鹰舞长空。”

“哎哟、痛死我啦！哎……”一声尖叫传来，又一阵粗嚎：“娘啊……嗬哟……要命啦！”少主人停下箫纵身一跃，借着月光看到鸟蛋捂住耳朵原地转圈，耳朵鲜血直流，何仕可半跪在地上捂着裆，地上一片红色，显然两人都伤得不轻。

少主人怒斥："怎么回事？你们怎么弄成这样？谁……"

鸟蛋、何仕可两人一边喊方，一边互指着对方："他……！"

少主人大怒，蹦着脚心痛地呵斥，并从何仕可手中拿回鸟蛋的半边耳朵，又看到何仕可裆部被整整齐齐划了一个盘子大小的洞，粗大的阳具冠头像一根葱被剥了一层皮。鸟蛋痛得哭爹喊娘的，何仕可也痛得满身大汗淋漓，咬牙切齿，命根子头活脱脱地被剥了一层皮，要知道那可是天下最敏感地方，少主人从鸟蛋手里扯回那裆布，让他吃惊不已，心想谁制造的铁器竟如此锋利，何等速度能撕下那一层皮，皱眉瞟一眼鸟蛋："什么杀父之仇使你下此重手？什么怨恨要让你们互相伤残？芝麻大点事要闹得……"一边说着一边哽咽，少见地流出泪。黑衣姑娘急忙抛出手绢给少主人擦去脸上的泪水。

黑衣姑娘估计连自己也不知道在这短短的几个时辰里，严格地讲从见到他并主动去握他的手的那一刻起，一颗芳心就已经交给他了，那一瞬间没有任何承诺与礼仪，少女的心已嫁与这位文武双全俊俏的少年郎了。也源于他们各自对音乐的爱好与理解，娴熟的技艺让双方一见钟情，灵魂深处便签下这无言的婚姻契约。

黑衣姑娘将擦完泪的手绢放在少主人手里颤抖地哭起来，在这夜里显得格外入耳："别伤心，快到屋清洗一下伤口，这里有些药……"

少主人被她诚心善意所感动，低头用舌头舔去她美丽绝伦脸上的为他流出的泪水，黑衣姑娘竟没半点提防之心，泪更多地涌出来，少主人猛地轻轻吸上数口，急忙吞下那稍咸的泪珠，声音慌张："不用，多谢你的好意，我带了专职的懂医的，他们伤得不轻，我带他们回去看，真是让姑娘见笑了。"说完便转身指着鸟蛋、何仕可二人："你俩对姑娘造成的惊扰，心里……"说完便拉着鸟蛋的左手（鸟蛋右手捂着耳朵），低声震吼："今后你俩再也别跟着我，哪儿都不带你俩了，这不是胡闹吗？无理取闹，有理也不要你俩！"说完气愤愤地离开了。

鸟蛋看少主人又流泪又发脾气，心底感动："哥哥，何仕可他一拉我反力一拽，就开了……哥……哥你别生气了，痛的是我，今后我长记性就是……”

少主人：“两败俱伤，值吗？”何仕可忍住极大的痛拖着棍子，弯着腰跟在后面，他从未见过少主人这般雷霆之怒，一时无语，一路上血迹斑斑。

陈辛烙、梅迁、林巴月各自扛着兵器寻着痛喊声，探望戒备着，只有拉坡独自转着空酒杯看着天上的月亮，一个人喃喃自语。

少主人的白衣上也沾了不少鲜血，一见到陈辛烙便对他低声说：“赶快来帮忙清创止血，‘楚九丸’还有吧？”陈辛烙一边拉着鸟蛋一边回答：“有！一直带着还没开封呢！”

林巴月、梅迁扶着何仕可一起走进屋内。众人经过堂廊时，鸟蛋一见爷爷突然大哭：“爷爷……耳朵……哎哟……痛啊！”爷爷只微微睁开眼又闭上嘀咕：“啊，耳朵……听……话……”少主人：“爷爷，他耳朵受了点伤，给他上点药，不碍事的，放心哈，爷爷。”边说边快步上楼，手里拿着鸟蛋的半边耳朵，赶至陈辛烙房间。

陈辛烙快速打开包裹从内取出一小箱，忙着先给鸟蛋清创，将半边耳朵缝上，动作极为娴熟。“别动，有点痛，忍着点，马上就缝好了。”创口缝合精准，最后让鸟蛋口服“楚九丸”，外面用薄丝纱缠裹扎好后，提着一小木箱转身赶到何仕可房间，因为比较隐私，他迅速关上房门。“嗯，哎……哎哟……嗯……”何仕可闷声忍气地叫出声来。

“喂，船着火啦，快去救火呀，江边两只船着火啦！快……救火……”尖叫的女声由远及近，急促呼喊。

少主人一下子从床上弹起来，快速从房间赶出去，同时，陈辛烙、梅迁、林巴月也各自提着棍、棒、桨来到走廊。

少主人左手提箫对陈辛烙：“你在这里看护，不得离开半步。”

他听到鸟蛋喊：“我也要去！”何仕可房间有开门的声音。

少主人厉声：“你俩待在这里，我们马上就回来！”“走！”一挥手，三人迈着急骤的脚步向江边跑去。

一阵狂奔，三人热汗淋漓，少主人轻功上乘，快步如飞。梅迁、林巴月虽然武功高强，但两人赶到狻猊岗时，已累得气喘吁吁。

少主人驻足："嗯？怪了，没起火啊。"

林巴月："好好的，船内有灯火啊。"

梅迁："……那……禾玉田在船头吸烟噢……"

少主人语音急躁起来："鹰犬未惊，哇！有猫腻。"

林巴月："上当啦！"

少主人略点头："梅迁，快到船上通告退江心三丈抛双锚，谨心戒备，巴月我们赶快回去！"

林巴月应声弃下狻猊岗，少主人与林巴月转身返程，又是一路心急飞奔。

小院内坐着一个穿破烂黑衣的女人，凌乱的长发披散蒙面，与半醉的拉坡品汤饮酒："本姑娘好长好长时间没吃到米饭了，今天中秋走圆运啦！哈哈哈哈，拉坡你的手艺顶呱呱，这酒只有楚王宫里才有，哈哈哈，十三年没尝过了，本姑娘今天真有口福……哈哈哈……"

拉坡："这酒一辈子……第一次喝 ……死了……也值……"

少主人、林巴月刚赶到，远远就听到那放荡的笑声，让人听了毛骨悚然，两人一惊，快步靠近。

"哥哥，别靠近她，她放了'五步散'，有毒！"鸟蛋轻捂着耳朵，挥着手高叫，少主人止步凝望。

鸟蛋转向酒桌："骷髅婆，快走开，死拉坡谁叫你把酒给她喝？别中毒了，快过来！"

骷髅婆："小鸟蛋别放肆，骷髅婆也是你叫的？没大没小，没尊没长，他服了解药，中什么毒？嗨，我的毒是长眼睛的。"

鸟蛋："骷髅婆，瞎眼婆，你专吃人肉，恶心、恶心、恶心……快滚开……快离开我家，我哥回来呢，要睡觉了，快走！快走！"一边找一长软竹枝摇着。

少主人那边突然有了动静，少主人激动地迎上几步："这么晚，你，你怎么来了？"黑衣姑娘满脸羞涩，且粉嫩通红，微笑着上前，从手里拿出一个黄色的小盒子递给少主人说："睡不着，这是生肌药，给他们俩试用一下吧。"

少主人发自内心地高兴："太辛苦你了，这么晚了，还亲自送药过来，心里实在过意不去……"他接过药转递给林巴月："走，我送你回去，夜深了，怕你着凉……"

黑衣姑娘："不麻烦你了，有他在护送。"转身指着护送她来的燕鞭雨。

鸟蛋看到她送药来便对她作了一个揖："一夜两次见面，不好意思啰……"指着林巴月的药盒。

骷髅婆："哈哈哈，今天中秋圆过了头，太圆满了。"

鸟蛋："瞎眼婆，你眼睛给人挖成了两个洞，一片黑，什么太圆太圆，赖在这里偷酒喝，不害臊啊，快回去吃你的人肉去……"

鸟蛋的话让众人吃惊不小，闻所未闻。何仕可与陈辛烙一出来，就听到鸟蛋咒骂，何仕可瞪圆眼睛，疑虑地张口摇头。

骷髅婆冷冷一侧头："乳臭未干，胎毛未褪，能抓几个鸟蛋，满口胡话！"

鸟蛋："快离开，要不天亮后我与锁扣掏你的窝！"

骷髅婆愠怒一拍桌子站起来，拉坡被吓得滚到了地上，又迅速挣扎着爬起来。骷髅婆："你敢？别仗着洞爷护着你俩臭小子，以为……"

鸟蛋寸步不让："你吃人肉上瘾了，真恶心，快滚，快滚！"

骷髅婆："混战年代，横尸遍野，不吃人肉吃土哇？这世道，都在人吃人，哪像今夜这里还有饭吃？"

鸟蛋："谁请你来吃饭？"

骷髅婆："黑夜是我的天下，脚踏之处便是主人。"

鸟蛋："没眼睛还好意思扯天下，什么都看不到，只有吃死人肉的份，你贱脚踏了我家贵地，还有脸瞎辩！"

骷髅婆一阵狂笑："有眼无珠，混世模糊，无眼洞世，心知肚明。"

鸟蛋蔑视："啧啧啧，吃人肉活命的，还文绉绉的……"

骷髅婆一甩长发，露出恐怖的两个凹黑洞，面如死灰，但面庞却俊俏，她厉声："你不知我的过去，我可知各位的来路……哈哈哈……”众人互望，想猜下文。

她摸到酒杯一饮而尽，似疯似魔地高声歌唱：“月儿缺，月儿圆，月儿护着桃花仙，酒醉宽心花下眠，醒来仍在花中坐，摘下桃花换酒钱。”

黑衣姑娘与少主人一个对视，默赞其歌喉甜美，音韵节奏严谨，像有高人指点，浮滑中又像是剽学而成，可贵的是，酒后情真，激情无我的澎湃！似乎动了恻隐之心。鸟蛋还是不依不饶地斗嘴：“什么卖花换酒钱，三月桃花早就没啦。别发魔，快……”

骷髅婆仰面回忆：“我喝这楚王宫酒‘五谷香’时你还没来这人世。”少主人与几位随行心中一惊，暗中的眼神释出一连串疑问：没人知道这酒名，她怎么知道这酒叫“五谷香”？这可是原来楚王宫里的御用酒啊！

骷髅婆发声凄厉亢奋，寒气逼人：“我曾是楚王宫中的御用厨娘！”

众人心一紧，拉坡两眼一亮：“厨……娘……难怪……懂……酒……懂菜啦！”

骷髅婆表情如戏子，变得温和，柔声细语对拉坡说：“咱俩曾在郢城看尽繁华，如今一根藤上的苦瓜……”拉坡一个劲地点头：“嗯……嗯……郢城……好繁华……”

拉坡：“那……是……菜花蛇，斑鸠汤？”

骷髅婆摇头：“你那汤若配点鸭脚板、金露菇，水沸后数七下，猛火下点芹艾荒……那味道……”

拉坡听得手舞足蹈。要不是脚不好早就蹦起来，他一歪一拐：“嗯，到底是厨娘……仙……人味！”

骷髅婆凑近：“仙人味太美不是？若有儿女品尝那才是人世间最美的味道……”拉坡顷刻便扯着哭腔：“没……见过……那……”

鸟蛋大喝：“拉坡你是醉了，还是中邪了？同那吃人肉的拉家常……”

骷髅婆娇喝：“你好大胆子啊，都说人不可貌相，海水不可斗量，风水也会轮流转的嘛，拉坡。”拉坡怯怯应声：“是的。”骷髅婆对拉坡说："过来拉着我的手。"拉坡瞟了一眼鸟蛋，一瘸一拐地走过去拉着骷髅婆的手。骷髅婆高兴地说："有种，咱俩生一个好皇帝给他们看看！"众人瞠目结舌。谁也不吭一声，都急着想看一位名角出演的大戏呢。又觉得此时的拉坡醉态纯真实在又可爱又可笑。

"我从胃里爱上你了！"骷髅婆柔声细语，声音又娇又啧口，如果闭上眼睛专心听那声音，任何男人都会浑身酥软，魂荡心怡。

"拉坡从今天起你就叫我桃花仙吧！"

拉坡喜出望外，受宠若惊，激动得心粗胆壮："嗯，桃花……花仙子……"

骷髅婆："哎，我不愿做岸边哀柳，我要的是人间风情万种，好皇帝，咱俩生定了，哈哈哈哈！"

众人被她的豪言狂语所染，有几个人也跟着笑出声，黑衣姑娘跟着众人鼓起掌来。少主人本来神情凝重，因为这位半人半妖的话语，此人又涉及楚王宫中的秘事，也跟着黑衣姑娘轻轻击掌附和。他的少年纯真从见到黑衣姑娘的第一眼开始，一切就归属于她。

鸟蛋一脸不高兴，噘着嘴，将眼睛投向夜月如昼的天空。

拉坡结结巴巴吓得半天说不出话："生……皇帝……可不是，闹着玩的……会出人命的……我家三十一口人都死在……始皇帝手上……"

骷髅婆开心地挑衅："哪个皇帝不是女人生下来的？难道是神仙生的？鬼生的？牛、狗、猪生的不成？告诉你，这一千年、一万年那些野合的、偷情的生出来的，都是那些改朝换代的大人物，那些儿子长得像老子的王，没有一个有用的……"

拉坡："那始皇帝……长得……像……他……老子……吗？"

骷髅婆向众人问："谁见过始皇帝？"无人作声。

"肯定长得不像他老子，像吕不韦，哈哈哈！"骷髅婆自言自语道。

拉坡："那咱俩生……好……皇帝……好……"

骷髅婆接过话，摸了一下拉坡的脸，一个手指调情似的托起他的下巴："好皇帝不会欺负咱百姓，有饭吃，有汤喝，天下太平、快乐；不去打这个国，惹那个国，杀人放火，屠城灭国、血流成河。”

拉坡似乎听懂了：“不……到处……躲……吃人肉……”

骷髅婆不悦：“别说扫兴的话，不是说生好皇帝……”随性捏了下拉坡的下巴，痛得拉坡杀猪似的叫起来。

“哎哟哟，你的手上……有爪……爪子……痛……痛死我了……呀呀呀。咱俩别……生……皇帝……生……一个……鸟蛋……那……”

鸟蛋听了一肚子气：“放屁，我今天踩到狗屎撞到鬼了，我早就生出来了，我是我父母生的，难道还要你们再生一次不成？拉坡，别中邪，快滚过来……”

拉坡急得直摆：“不是生……生……你那意思……”

鸟蛋急着直打转，耳朵又有点痛，捂一下后，又催促：“叫你过来，看我剪刀叉！”

骷髅婆双眼一抖：“敢！”将拉坡挡在后面，指着鸟蛋方向侧脸呵斥：“穷山出恶鬼，乱世出恶童，这地方从根坏到顶，无半寸善草。”

鸟蛋：“吃人肉，嘴还硬，赖着不走，我就让你滚！”

他从囊中抛出三粒磨光的枣核射出，如箭似弹直奔向骷髅婆上中下三路，骷髅婆不躲不闪，急抽腰间丝带卷起水桶般圆卷，鸟蛋一收一放，左闪右晃，招招凶狠。

骷髅婆：“呵呵，小看你了，人小劲力倒不小，知路数径，洞爷没白教你。”

鸟蛋愈来愈快，险些射中骷髅婆的脚踝：“还不走！”

骷髅婆：“本姑娘不用‘五步散’灭你，是不欺童少，走不走，与你这刁娃何干？”长发一甩如用千万根旋转的钢丝一下缠住鸟蛋的脖子飞转。

鸟蛋哎哟一声，躲在骷髅婆背后的拉坡跟着失声惊叫：“鸟蛋……没……事……吧？”

骷髅婆正运气使技，欲制服鸟蛋，不料拉坡一探头，一惊叫，让她一分心露出破绽，就在这时鸟蛋一个反转，脱离发丝一个下蹭，滚到她脚下的裆部，骷髅婆一松又一惊。鸟蛋一声大喊：“剪刀叉！”

听到喊声拉坡双手捂住裆部，吃过亏的何仕可干脆跪在地上用大木棍护住刚刚受伤的部位。众人异口同声尖叫，鸟蛋将她褴衣扯下：“啊！”一直站着默不作声的黑衣姑娘急切地呼喊：“不要！”

皎月高照，明如白昼，众目睽睽，骷髅婆裸体立在小石院中，双乳高耸，胴体雪白，丰腴韵至，如同一座玉雕。鸟蛋裹着她一身又黑又脏的衣服打了几个滚，嘴里“呸呸”吐着臭沫，拍打着身上的破衣，觉得头上有些凉，一抹发现一半头发不见了，被骷髅婆剃了个“阴阳头”，嚷着：“瞎眼婆，你偷了我的一头头发，快快还我……”

就在大家呆愣时，拉坡比谁都清醒，平生最快的一次反身转到骷髅婆对面，双手捂住那健硕白皙的双乳，身体紧贴着裸体，虽然脚跛，站着还是比骷髅婆高出一个头，严实地遮住隐私处，堵住众人的眼光。同时，少主人不经黑衣姑娘的同意，就扯下她身上披挂的那件又厚又大的紫色外套，直接抛给了骷髅婆，由于巨大劲力，紫色大外套迎风鼓胀，像长了眼睛一样直奔骷髅婆，她借势旋身束上了腰带，转身后，众人同声喝彩：“哇！”一啊一哇之间，大有万千宠爱之感，紫色大外套合身得体，占尽妖媚，披一身风采。

骷髅婆由惊转怒，听到喝彩声又由怒转喜。拉坡谄媚地歪下身为她整理裙边，眼睛几乎哭出泪，不停地围着她脚下转。

“哈哈哈，本姑娘没投错胎，蒙楚国王子、燕国公主抬爱……”

又是转圈，又是捋发，开心地一阵接一阵、一波接一波地狂笑，笑得少主人、黑衣姑娘互相拉着手久久对着凝望。少主人的随从都吃惊不小，一起注视着黑衣姑娘，燕鞭雨察觉不寻常，警惕地四处张望。骷髅婆沉思一会：“山不转水转，一缘压千理，少主人是楚王双胞胎，你娘人美心善且有远见，在秦军攻楚国之时，将你远送至巫山千云洞随竺怒大师修炼，要不你也要随徐福为始皇帝寻药葬海……”

鸟蛋捂着伤耳胡诌着：“说了的隔三年、六年……轮班回来……我哥说……”

骷髅婆大笑：“三千童男童女有一半能活着上岸就不错了，别做白日梦了，两千年、六千年以后，童男童女后辈们都会回秦国拜灵寻根，始皇帝的骨头也会重见天日……”

鸟蛋掰着指头算：“哥哥，两千年、六千年是多少天？我……可以……见到我哥回来吧？噢……”

少主人心事重重，示意他听骷髅婆说下去，院子本来不大，“五步散”毒性也只在一时三刻有效，大家都不约而同向前靠拢，生怕听漏半个字，只有燕鞭雨远远站在一旁，一副与己无关的模样。

鸟蛋自言自语：“两千年、六千年，那要等到猴年马月……”不懂、想不通，只有望着天空。

骷髅婆一副高深莫测的姿态：“你父亲挖了我一双眼睛，现在得了报应，软囚在始皇帝座椅下，你还不错，沾了你娘，不，应该称楚王后的光，做了盐商，那江边两条漂亮的船没着火是要惹祸的，最好走远点。”

众人听后互相对望，寻找答案。

听到这里黑衣姑娘握紧少主人一只手，一脸愁容，鸟蛋又开腔了：“扯淡，我哥要在这里住，一千年，六、六千年，等我那出海的哥回来一起……”少主人示意鸟蛋不要讲话。

骷髅婆：“那叫做梦。”“是做……那……相思鸟……那梦？”鸟蛋不屑地反问一句。

少主人微笑地轻轻抽出左手挡住他，不让他继续吹。

骷髅婆：“天下无巧不成缘，你娘做了许许多多的好事，所以这位燕国的高圆公主在这里等你。”

何仕可忘了痛：“燕国公主？你怎么知道？”

鸟蛋又不服：“是我让他们来的，是我领他们来的，是我接我哥哥来的……你什么都看不见……瞎眼婆，净瞎说，小心我用剪刀又剪了你的舌头！”

少主人听得又心喜又心惊，用力握着黑衣姑娘的手，握紧。

“鸟蛋，听话。”少主人用手指按住嘴唇。

拉坡递一碗水，骷髅婆一饮而尽：“高圆公主是燕太子丹的女儿，你爹让荆轲刺秦王失手，却让你受尽磨难……”

高圆公主上前一步浅浅行礼：“前辈神了，我辗转万里，东躲西藏，来这里一年余载，足不出户，前辈您是如何……”

少主人上前拉着高圆公主一手贴在心上，用眼深情询问，高圆公主坚定地对视点头认可回答。

鸟蛋讥讽地尖叫：“你这也知道，那也知道，怎么不知道楚王会挖你的眼睛？”

戳到痛处，骷髅婆冷冷地叹了口气：“我偷了楚王宫里的珠宝。”

鸟蛋高兴得手舞足蹈：“哈哈，一看你那模样就知道你不是什么好人，饿死了还吃人肉、吃草、吃蛇、吃鸟蛋……”

骷髅婆：“我吃你！你是臭蛋！”

鸟蛋：“你吃得了我吗？听不懂人话，我说吃那树上抓的斑鸠蛋、野鸡蛋……净扯淡……”

骷髅婆：“今后本姑娘跟拉坡，搭伴过，再不吃人肉了，有蛇汤喝。”拉坡瞟一眼鸟蛋后，低下头。

骷髅婆：“高圆公主。”

高圆公主：“在。”

骷髅婆：“你过来看看。”

高圆公主：“好。”

鸟蛋往前挡住：“别过去，她有‘五步散’，有毒的，闻那味会中毒，倒了，头发会勒脖子。”用手做一个刚才勒脖子的样子。

高圆公主轻盈地走近伸出双手：“前辈……”骷髅婆：“啊，这双手温润如玉，来，再近一点。”

鸟蛋拉着少主人衣服，弓腰挺胸：“别靠近……咬人……吃……”

少主人一会看鸟蛋、一会看公主、不知道怎么办，何仕可紧握大棍，两眼冒火，众人都戒备，只有燕鞭雨漫不经心。

骷髅婆提高嗓门，血往上涌，几分激动：“世上没有对错，只有善恶。”

高圆公主一仰脸，一低头：“家父曾任楚国左尹，清正廉明，太公正，时间一久，必惹杀身之祸，遭政敌陷害，家中六十一人郢城午门被斩首示众，还株连一百七十六人受牢狱之灾，奶娘用自己的女儿换下我，才活到今天这副模样。”

骷髅婆侧耳听到拉坡哭的声音，伸手拍拍他的肩膀抚慰。骷髅婆：“十五岁，像你这样年龄，我嫁给了江洋大盗丈夫，他专偷皇宫的金银财宝，是秦、楚、燕、韩、赵、魏、齐王宫的常客，技艺高超，不料在卫国被人设套落网、五马分尸……”

鸟蛋跳到她侧面、前面来回晃：“活该，原来你也……”少主人制止。

骷髅婆：“我十七岁就有了两个儿子，一对孪生兄弟，是我的掌上明珠，我无田、无地，又怕追杀，就潜入楚王宫做了厨娘，勤练烹技，常听御师教王子们读书，也偷财宝养家，闲时偶听些宫曲。”

鸟蛋：“眼睛就被挖了……”

骷髅婆：“盗事败露幸得王后求情，保住了性命，后来始皇帝征兵说是‘三抽一，五抽二’，我两个儿子都被征去打仗了，以杀人为生，小儿子攻城被乱箭射死，又被滚木砸成肉酱，死时一个劲地喊娘……”骷髅婆一时哽咽，众人黯然，公主泣不成声，少主人拍抚着她的后背。

鸟蛋听得入神：“啊，痛啊……还是……”

骷髅婆：“大儿子，虽挣得个骠骑将军的名分，却在齐国率兵攻城略地时，在那乱军阵中战死，他阵亡那天下午，我心头极度慌乱，难过得口吐鲜血，夜里梦中他鲜血淋漓地站在我面前，喊着‘娘，我回来了，想洗洗……’没有抚恤，只有白送命，天地寒心，我去那找官差要我儿的尸骨，我想同他们一起埋葬，谁知那官府却让我去修长城，我人不死，心不服，我一定要找到我那两个儿子的尸骨，我要同他们兄弟俩睡在一起，埋在一起……所以暂且躲在这里吃人肉充饥，世上没有好皇帝，乱世只有人吃人。”

高圆公主轻声安慰：“前辈……”语到嘴边又咽下去。

拉坡上前：“兵荒马乱……死人……像……死……蚂蚁……我在郢城……逃出来……见过……”

鸟蛋：“我爷爷救你出来的，你有本事逃出来？”

拉坡点头："是……爷爷……救出来……"

"唉，唉！"天刚亮，晨曦初露，远处传来鹰啼声，骷髅婆浑身一阵战栗："天亮是我的黑，黑夜才是我的光明！"一转身消失。

拉坡一回神追上去，一瘸一拐地边跑边喊："桃……花仙子……！"

鸟蛋兴奋地往天上不停地吹口哨："鹊儿喜，日月鹰。"

他指着两只巨鸟对少主人说："哥哥，快看，是洞爷养的双鹰！好厉害的，白天夜晚都能飞，鹊儿喜、日月鹰是一对。骷髅婆最怕洞爷，见了洞爷像老鼠见了猫一样，一见就躲、跑。哥哥，洞爷的日月鹰、鹊儿喜来到我家，肯定找我有什么事，是要我跑腿，我去看看马上回来。"

说完拔腿就跑。少主人朝他笑着，高圆公主明眸会意，这时燕鞭雨看到他俩情意绵绵，秋波暗送，有些不耐烦，嘴里叽里咕噜地比画着手势要离开。

公主做一个手势，意思是："别急稍等，就走。"燕鞭雨转过头，不服气地等候。

高圆公主："他是哑巴，我爹的御前侍卫，失散后我们就东躲西藏的，多亏了他护着我，他这人憨厚实在，就是不太懂礼貌，还望少主人见谅。"

少主人："呵呵，怎么会呢，真该谢谢他对你一路的护送，辛苦他了。"

高圆公主："也是。"朝哑巴燕鞭雨望去，燕鞭雨皱眉地回过头。

少主人："晨霞满天，这景色真美啊！犹如仙境。"

高圆公主："昨夜圆月，你我二人生日，咱俩又长了一岁，进十六啦。"

少主人："是呀，按楚国规矩，男到十五立父志，女到十五踏婆家，我们超过了一天……"

高圆公主："说得清楚是命，说不清楚的是缘，昨夜我心已嫁……"

少主人激动得上前拉住她的手说："我听到了天堂的传音，听到了父王与母后远在秦国羁押中的梦中祝福。因为父母永远记得八月十五是我和孪生哥哥的生日，更祈祷我能娶……"

高圆公主两眼深情，虽然一夜未眠，少男少女为纯真的爱慕所倾倒，丝毫没有半点疲惫，一切苦都已忘记，相互爱慕的干柴烈火瞬间点燃。

高圆公主："楚国方圆五千里，雄踞八百年，江南果然如画。我若嫁给你，就是沾了少主人的福气啊！此时弥足珍贵，日后我会尽贤良本分，竭尽所能，一辈子追随公子你的，纵有千难万险，我也无怨无悔。"

少主人："国破民散，我亦初涉江湖，虽是昔日王子，行舟波涛之间，踏浪为生，前途险恶，一切懵然无知，全凭师叔……"

高圆公主："大厦将倾，独木难撑，乱世之中，万马齐喑，生灵涂炭之时，能生存下来就该珍惜。"两人边说边走，有谈不完的话，说不完的情，前面燕鞭雨夸张地打着哈欠，公主示意他先回家去，他又倔强地摇摇头，还做了一个手势，"苦果一盆！"

他俩并没有往高圆公主的茅舍方向走，而是沿着山路小径并肩而行，男才女貌，朝霞满天，似一对仙童玉女下凡。行至高处，目之所及，江水浩荡，千山叠峰，大有风景这边独好之境。燕鞭雨见没人跟上，又折身远跟着时走时歇地闷闷不乐。

高圆公主手搭起凉棚凭高远眺："我那茅舍寒碜易破坏这意境，还是这里好，登高望远，空气鲜甜。"

少主人随着言语呼吸："嗯，清香中嗅到有你的芬芳！"

高圆公主："人亦有老之时，从不衰竭。"

少主人："啊，没错，你我均为过客，哪比得上自然山水。"

高圆公主："万物自然，难得的是满满情意。"

少主人："是，宫中虽是珠宝万千，亭台楼阁，哪比得上自然山水，妖娆无限。"

高圆公主深情举目顾盼："我来这里隐居一年有余，时常乔装外出走走看看，越看越留恋，越看越想在这换羽新生。"

少主人：“呀，化蝶成仙啊。”两人默契灵动，会心一笑。

高圆公主：“这斗笠山传说是大禹留下的帽子，那螺石是大禹治水时吹的号子，而那狻猊岗，也就是龙王第八个儿子守护的江岸，其中的传奇，听鸟蛋说……”少主人恭敬地听着，生怕漏掉半个字。

高圆公主继续介绍：“神仙开的柳河，垂柳成荫，河水清澈，那里十里柳湖，平面如镜，中间那石头，方圆一里路大小，叫一叶舟，采荷遇莲时，上千人住在上面。”

少主人：“神来之笔！”

高圆公主：“太多、太多了，要是碰到长住这里的狩猎老人会讲更险的更奇的更美的典故呢！”

少主人：“今后咱俩讲新鲜的。”

高圆公主久久凝望着他：“就住在这里，刀耕火种，一身布衣。”

少主人：“日出而作，日落而息。”

高圆公主：“一日三餐，粗茶淡饭。”

少主人：“那不行，你优雅如仙，贵气逼人，岂能怠慢了我心中……”

高圆公主：“心有画即可，心中有情即乐。”

少主人：“那不成，你境高心宽，若我都失了做男人的责任，心里会一辈子过意不去啊！”

高圆公主稍一思索：“心到为实，那你画一个梦中仙阁送我算尽了责任嘛……”

少主人眼睛一亮：“画一个梦中楼阁送你，对，对，这江山一是靠打出来的，二是靠画出来的。”

少主人：“江山本来是天生的地造的，有了人以后，才先靠打后靠画呀！”

高圆公主：“几代人画，几千人画，几千年画，永远的仙山楼阁……”两人哈哈大笑起来，高圆公主拉着少主人的手，俯瞰江水、湖水、河水，思索着、搜索着，意味深长。

“哥哥，哥哥！”鸟蛋急促地呼喊。

少主人扬扬手，拉着高圆公主，二人往下走："哎……在这里……！"

到了山坡路鸟蛋却跑得飞快："不好了，不好了，洞爷……不见了……只留下这个……"说完掏出一个皮囊打开，里面是一幅精致的天书示意图。

少主人入神地看图，图里密密麻麻，神文冥字曲曲折折示意线路，奇奇怪怪的标点标注深奥难测的释文，高圆公主也一齐浏览："这张图在说话，像是留给你的……"少主人："这上面有些线路与郢城是有些因果联系的……"

高圆公主："一帛岩，天书图。"

鸟蛋："我与洞爷去过一帛岩，很危险的，哇……"

少主人一边收图，目光一边四处搜索，鸟蛋："哥，你留着，慢慢看，我一点也看不出名堂，像瞎子读书。"

少主人将图收好，让鸟蛋拿着，对公主慎重而严肃地说："始皇帝暴戾专横，为个人狂妄野心，连灭六国，淫威天下，以羞王辱后为乐，掳父王为人质，掠楚国粮食，劫尽财宝，血亲之仇，如刺在胸……"

少主人满脸悲愤，两眼瞳火燃烧，胸膛起伏，高圆公主侧面紧贴在他的胸膛上："谁不痛，谁不愤，大悲无泪，人神共恨，不会长久，哪怕楚国只剩三户人家也定当灭秦，但需假以时日，君子报仇十年不晚。"

高圆公主仰视心中之神："少主人有如此救民于水火之心，需得精心绸缪。目前，青梅未熟，审时日度势，重在一点一滴准备，下杵磨针之决心，伟业未成，千锤百炼，千难万险，我心归你，永侍跟随。"

少主人解下脖子佩物，小心翼翼戴在高圆公主脖子上："谢公主厚爱，无言感激，我娘赐我与我哥一人一信物，以便日后重逢时相认。'双核双童'，此物是两个百年桃核镂空精雕而成，你我同心，此物世代相传，不管多少年，多少代，"双核双童"等候仙岛李哥归来。"

高圆公主："'双核双童'贵在心灵相通，我流落困顿之中，无任何随身物件，只有处女之身，冰清玉洁奉献少主人，明年八月十五圆月时娶我为妻，乃终生之幸。”

少主人紧紧握住公主的手：“时光不老，你我不散。”

高圆公主：“金口玉言，一言九鼎。”

少主人：“一言为定，明年八月十五圆月时咱俩成亲。”

鸟蛋伸出头在两人之间神秘兮兮地：“明年八月十五我把夜明珠送给哥哥成亲，我藏得好好的，谁也找不着。”

少主人：“一言为定。”少主人与鸟蛋又加上高圆公主三人一起拉钩。

鸟蛋：“哥哥你送我的‘相思鸟’，爷爷说，他白天帮我收起来，等到晚上的时候再戴着去梦我的爹娘和哥哥……”

少主人：“白天？”

鸟蛋：“爷爷说，那是楚王宫的宝物，白天戴上，会惹祸的……”

高圆公主禁不住摸一下“双核双童”佩物，少主人略有思索：“这样……”

鸟蛋：“洞爷说，这里要生出皇帝……是哥哥与公主生吧？”

少主人望一下公主，答不上来：“这个……你问公主吧！”

鸟蛋摇头既尴尬又狡黠地笑：“哥哥，还是你和公主生好。”

少主人：“嗯，将相本无奈，皇帝也是肉身人，万事在缘中吧。”

鸟蛋：“骷髅婆那货也想生皇帝？也不用镜子照照。我也会看面相，你们能生出好皇帝，美皇帝，是吧？你怎么……”

鸟蛋：“拉坡千万不能生皇帝，拉坡瘸腿，皇帝总不能瘸腿吧？”

少主人高兴地捏着鸟蛋的脸：“那就按你说的，咱们生一个美皇帝啰。”把“美”字拖得很重。

少主人还调皮地看着公主调侃：“那得找个洞生呀，在这里无名无姓，将来怎么当皇帝呀？”

鸟蛋很为难地抓着被骷髅婆剪的阴阳头，露出手腕上很明显的新伤，伤口还流着血：“那倒也是，没名没姓的怎么……当皇帝……总要读……点书吧……这咋办……得问问洞爷……洞爷……”

少主人：“你手怎么啦，又受伤啦？噢……”

鸟蛋朝高圆公主笑一笑，不好意思，学着哑巴语，吱吱呀呀叫着燕鞭雨。高圆公主回过神：“咦，我说呢，怎么没听到他吆喝……”快步往下小跑寻找，少主人跟上，鸟蛋慢慢拖在后面。

路旁边，燕鞭雨蹭在地上，双手捂住裤前，后面屁股的布露出一个圆洞，不好意思站起来，高圆公主上前要看，他急得满脸羞红，摇着头，意思是，要他们先回去。

少主人瞪着鸟蛋：“又伤人？”

鸟蛋：“没伤到皮肉，只是把他裤子剪了两个洞，我往上跑，他用鞭子伤了我的手……”

少主人摇摇头后，故意假惩罚鸟蛋，揪着他的胳膊边跑，也扯了一根树条抽打，以平息哑巴燕鞭雨的怒气。

少主人作别：“公主，累了一夜，好好地休息一下，晚上请你俩下来吃晚饭。”公主笑着有些不舍：“好，我等你啦！”

高圆公主说罢便进屋内，待少主人走远，燕鞭雨猫身一跃提裤含羞跳进屋内。

还没来得及关上茅屋门，没料到这时已经有几双眼睛在草丛里闪着……

少主人与鸟蛋兴高采烈地回到睡店，一夜折腾，梅迁、陈辛烙等传来深睡鼾声，何仕可抱着紫檀棍半睡半醒地等候着。

少主人示意何仕可安睡，并轻声在他耳边交代了几句，猫步入房间上床，拉着鸟蛋一起睡，鸟蛋自己嫌弃自己脏，小声在少主人边上说：“哥哥……我这……衣服……上树的……树杈上都能睡……我靠在地上，哥哥床边睡……”一蹭地就闭上眼睛靠着床边也故意几声轻呼噜，少主人无奈一笑，何仕可一翻身“哼”背对着他，棍子靠在门边上，警戒总是何仕可的第一要任。

不久后，太阳和煦融暖，白天这里总是出奇的安静，少主人甜甜地进入梦乡。他准备傍晚去接高圆公主与哑巴一起下来吃个开开心心的晚餐，熟睡后脸上漾起甜甜地微笑，少年情窦初开，喜悦是自然的。只有鸟蛋爷爷有些异动，虽然闭着眼睛，可是手在那又脏又长的衣袖里抖得厉害，白色长发根根已随着干枯的身体起伏……

人逢喜事精神爽，心安气顺睡觉甜，从早晨日出三竿到傍晚日落三竿，少主人与鸟蛋一直深睡不醒。何仕可晌午后下楼与陈辛烙合计晚上的饭菜，高圆公主与燕鞭雨要来，少主人特别罕见地开心，因为要喜结良缘。众人各自忙着，尽全力准备着开胃大餐。

少主人醒后，快速精心洗漱，换上新衣与众人打个招呼后带着鸟蛋，边说边笑往山坡上走。拐几道弯即到，距离并不远，隔着一个小山坡，快到门口时突然眼尖的鸟蛋一声尖叫："不好！"把马上要见到心上人的少主人吓了一跳："噢！"他警觉地顺着鸟蛋手指的方向望去，看到门歪椅倒，晒衣竹竿斜挂着，几件衣服甩在地上，分明是挣扎拉扯过的景象，少主人脸上一阵热血泼面，一闪声冲进屋内，连声："公主，公主！"两个房间一个小草厅兼一个小小厨房。后面一个小小不太深的储藏石洞，这种洞每家都有，只是大小深浅不同。

燕鞭雨倒在血泊中，身子侧卷两手捂着裤，有害羞掩盖之嫌。

"燕鞭雨，燕鞭雨……燕……鞭……雨……公主……呢？"一翻身，被鸟蛋"剪刀叉"剪掉的两个裆洞露出来，可能是打斗前还没来得及换裤子，就交上手，也就是少主人与鸟蛋刚下山没走远，凶手破门而入。两手掌上鲜血染红，拨开一看，两块菱形飞叉穿透手掌。

鸟蛋："啊，是江心洲的水獭竹……"

少主人瞬间急得满头大汗："谁？""是长江有名的江洋大盗，十几代都是靠江上抢劫为生，翻船杀人害命。"

少主人听后如五雷轰顶，心如火焚，反复在茅舍内翻找狂喊："公主，公主，你在哪里？公主呀公主，你在哪里啊……"

鸟蛋有些内疚似的："哥哥……哥……哥别急……先把哑巴救活，就知道……"不等说完，少主人就一蹭身将横箫向后，再一把背起燕鞭雨就跑。鸟蛋拿了鞭，四周查看一遍后，飞步赶上少主人。

睡店正在张罗晚饭的人一见此状，猛然惊醒，各持棍桨戒备，如临大敌，气势异常紧张，睿智的少主人一时如万蚁咬心，示意陈辛烙："快来救他，公主……失踪……了……好像是江心洲的水獭竹干的，他两手掌……”

鸟蛋流着眼泪哭着：“是抢劫杀人时先射出独门暗器，这暗器在江湖上叫‘鸭脚板’，在他霎时挥不动鞭反击时，他这里中了两刀。”当大家看到裤裆两个洞时，林巴月瞪着鸟蛋：“燕鞭雨可能在害羞捂裤裆一刹那中招，以他的功夫，完全可以避开。”何仕可一手捂脸，一手护裆转过身去，不敢看哑巴暴露的隐私。男人对生殖器裸露，更羞于女性，所以叫“命根子”。哑巴护命根子时，失防丧命。

少主人万般懊悔：“燕鞭雨还没来得及换衣裤就中招受伤，我们下山时又跑得太快，若再待半盏茶的工夫，公主……我们应该就能……听到她的喊声……”痛苦啃噬着他的心灵。

鸟蛋大哭：“哎呀，都是我不好，都是我惹的祸……水獭竹……我挖你的心，剐了你的肝……”

少主人：“大错在我。”

鸟蛋：“那……”

少主人：“你剪了他的裆，他心里害羞护丑，动作一惊一慢之间，一头发丝的怠意就有生命之危的破绽。用武只在敌我出手刹那之间。”

鸟蛋蔫头落泪：“是，是……今后……”又货郎鼓似的摇着头。

少主人：“起因是箫声引出筝奏和，只顾一时兴趣没想到这是腥光血雨、诛杀殄逆、食人肉的年代，一时粗心所以铸成大错……”

梅迁：“师叔要明天才能返回……”

少主人：“人命关天，一刻也不能等，巴月、梅迁准备一下，我们一起去江心洲救人，辛烙、仕可你们在这里等。”

何仕可：“师叔说要我半步不离少主人，没我同你一起去，师叔说什么都不准。”

少主人：“你有伤在身不方便，这可能是一场恶战。”

何仕可：“越是恶战，越不能少我，我一棍八百斤力道，砸破贼的头，扫断他的腰，这药奇效，小伤自愈。”

少主人：“你还是与辛烙相互有个照应，多个商量，世事难料，也许高圆公主福大命大来这里找我呢？如果贼人来杀人灭口呢？事出往往在间隙之间，噩梦连环。”何仕可不语。

吃完晚餐，少主人、鸟蛋、林巴月和梅迁简单收拾出发，丰富佳肴，只草草用筷，无心品尝，何仕可久久立院门外，紧握紫檀棍，含泪目送，一动不动站在那里。

十五的月亮十六圆，可是今天时而有乌云遮盖，江面时阴时暗，当少主人与众人深一脚，浅一脚赶到狻猊岗时，江面正打成一团。喊杀声，撕扯叫骂声，船的碰击声，鹰犬唳吠声乱成一团。

鸟蛋大喊："江心洲的贼……水獭竹……我剪了……你！"

离岸约五丈远，略靠近江心，回水漩涡之处，十几条小船，大把长篙、短刀、鱼叉，围着两条秦商盐船轮番恶战。禾玉田挥动大桨将抛来烧船的火把一托一送烧到对方头上，河允斌举着大锅盖，手持三节棍，时长时短，敲痛对方手脚，曹靖军的长撑竿伸缩自如逼退敌手，一横一扎戳穿腹部，惨叫声时而传出，程努含、邱宁成用船上压舱石子奋力投掷又准又狠；对方渔网带钩杀伤力最大，一次次从天而降，黑夜混战中，人人中招，费九牛二虎之力解脱，因为限制刀枪及铜铁器，手中无利刃，吃亏受伤难免。

岸上少主人、鸟蛋、梅迁干着急，只能呐喊叫骂助威。时间一长，船上五人被带钩渔网所压制，身上被血染红，渐落下风。

少主人听鸟蛋说是江心洲的贼，火冒三丈，双眉紧锁却又无可奈何，急得直跺脚。

鸟蛋突然喜出望外尖叫起来，借着时明时暗的月光，看到一位十一二岁的少年，脚踏一根毛竹，手拿一根钓鱼竿，借着回水漩涡的力量，灵巧摆动，如离弦之箭从上游斜穿过来："谁唱戏，钓王八来哟！"

鸟蛋哈哈大笑："锁扣，把贼的鼻孔拉成洞，把他臭屁眼肠子拉出来喂鱼！"

锁扣鱼竿抖动，即刻一片喊痛声，叫苦连天，钓鱼钩倒钩一挂上鼻孔，线力一绷，鼻孔即刻开裂。少主人不禁惊呼："啊，漂竿！"

竿对面传来贼的哭喊："我的鼻子……哎哟……漂竿！哎哟……撤……"随后传来像是水獭竹的下令声："一竿漂，撤！"自己快速爬上小船，顿时众水贼像狐狸遇到狼，恨娘少生一条腿，各自挥桨奋力逃命。

两条船靠近岸，锁扣赤裸上身，身上挂两个囊袋，一条破裤子，丝腰带扎得挺紧的，年龄十一二岁。细小眼睛，瘦而结实。细看那根竿竹硕大，里面可能是空的，因为一头有封盖桐油浸过，根部微翘，他赤着脚轻巧地踩在这根竿竹上，像草原上的骏马，见浪就飞，见波就灵动，更像一条“浪里钻”的鲶鱼。

锁扣点脚上岸，鸟蛋冲上去拉着他跑到少主人面前：“哥，这是锁扣，就是什么锁都能开，什么暗器都能造……”回过头，“锁扣，这是我哥哥，洞爷说的那功夫叫……”回身指着海螺石，锁扣：“八步赶蟾！”鸟蛋：“对，八步赶蟾！”

少主人与众人边招呼边谢了锁扣，大家从心里感激锁扣，锁扣顺手甩竿钓了一条大鱼，扔到船上算是江中恶战后的礼物。鸟蛋的头发耳朵引起锁扣的注意：“怎么这样？”

鸟蛋也嘴快心急：“不得了啦，锁扣，出天大的事啦，洞爷又不在……”

锁扣：“洞爷不是闭关去了吗？你知道的……”

鸟蛋：“我哥的媳妇给江心洲的水獭竹劫走了，现在不知是死还是活，我们要去救她！”

锁扣：“啊，外面遇到那贼不怕，进去可危险，十几代的贼窝，寻仇的都是有去无回，到处都是坑。”

鸟蛋：“火坑，水坑都要跳，把你家拐杖剑借我哥用一下……”

少主人：“不要麻烦……”

锁扣：“不用借，送给你哥得啦！”

鸟蛋：“那更好，我哥有‘八步赶蟾’绝技，再有拐杖剑，削铁如泥，就不怕那网什么的……”

两个小家伙急促交谈，少主人听到拐杖剑时：“削铁如泥？”为之一震。

鸟蛋：“哥，厉害那家伙……我跟他去拿，顺便带上夜明珠来，你等我，马上回。”

话还没说完，鸟蛋拉起锁扣就跑：“快点锁扣，急死人啦，若出了人命……”

锁扣：“我钓他的王八。”

众人敷药疗伤，梅迁上船一边忙着做饭，一边抚摸着一只受伤犬的脚。少主人望着远处江面，心如刀绞，愤怒烦躁来回往返，时快时慢地踱步。

大家刚要开饭，鸟蛋连滚带爬地扛着一根拐杖跑过来：“哥，锁扣说，这个送给你，用完后，藏好，别让三眼猫看到。”

少主人接过拐杖仔细地看，表面很旧很普通，就是一个老人的拐杖。鸟蛋怯意地教他：“这里按一下！”

嗖！一道闪亮寒光，懂行的人一看见这道不寻常的光芒，一定是胆上冒汗，心惊意恣、却又爱不释手。

少主人：“呀！”手握剑柄，轻轻向船上一根碗粗插桩拂去。那桩“咔嚓”拦腰截断，众人愕然。

月亮若隐若现，晚风猎猎，众人走在这江心洲岸边的小道上。江心洲是长江中的一个小岛，植被茂盛，树木葱茏，平时无人敢靠近这里，夜里这里阴森森，压迫感油然而生，横行百里盗贼窝，不是救人心切，谁也不愿踏进这半步，这是劫杀的地狱。

少主人神情严肃，生死攸关之时，话音九分冷峻：“你们在这里等待接应，控制好船只，如果救得到高圆公主就一起撤退。如果天亮我与鸟蛋没回来，你们千万别上岛，那一定是有危险，赶快去樊口找师叔商议下一步。”

只有两人轻声回答：“少主人保重。”“是少主人，我们一定等你……”其他人低头不语，担心沉默。

少主人左手提箫，右手提剑，而鸟蛋却背着一个黑色袋囊，紧紧地拉着少主人的衣服跟在后面。一步一探向岛上摸去。众人睁目无声目相送，紧握械器守备。

约莫一杯茶的工夫，远处有惊鸟冲向天空，传来鸟蛋孩童的喊叫：“呀！”一切又恢复死寂，船上的人掌心冒汗，悬心提到嗓门。

原来惊鸟冲起后，天上一张带钩大网罩下，如同船上一样，不同的是船上是人撒去的牵绳小网，而这网是山林暗道上如乌云般罩下的大网，这也是江心洲几代盗贼护岛的利器。随着“呀”的一声喊叫，少主人飞钹借势跃起，手上利剑闪动，大网不等着地就已成无数碎片，像黑色的飘雪纷纷下落。少主人趁机顺手牵着鸟蛋之手，猛力前窜数丈，后面三张网扑空，少主人回头瞟一眼刚落地的大网，不料脚下一松，紧拉鸟蛋的手一齐掉进深深陷坑，少主人第一反应怕陷坑内的尖桩、滚石铁角之类，他缩脚手搂鸟蛋平剑快速横扫。不出所料，竹尖桩梢被削平，两人站在桩上，没有伤到身体，还未站稳，黑色厚厚的盖板从天而降，尘土、枯叶、烂泥，震洒两人一身，可能是几年甚至十几年没用过一次，朽味极重难闻。

鸟蛋摸着黑，从夜袋中掏出那颗夜明珠，顿时，光芒四射。说时迟，那时快，少主人用剑砍开盖板，飞锤一跃，回身拉起鸟蛋站在坑边，还未等挪步，十几个黑衣人手持刀斧围上来。

盗贼：“好大胆，敢上江心洲谋财！”

“咦，少见，两个小顽童，还能破天网，天坑……”盗贼打人抢劫惯了，一拥而上，刀剑枪斧齐下，不料少主人剑起箫飞，左右开弓。“嚓、嚓、嚓”剑断斧脱，十几名盗贼没伤着一少一童半根毫毛，懵怔中稀里糊涂地手中就没了兵器。

两愣头不服气举起半截剑与斧头柄猛扑过来，鸟蛋就地一滚，手一扬，两愣头痛得地上打滚，扯开嗓子哭喊，裆里流出鲜血，两条命根子滚出在地上，鸟蛋还要动手，被少主人制止。众盗贼吃惊望着，从未见过这无名杀器，看到地上惨叫的同伙，捂裆后退。

贼头被这绝世武功所震慑，有些慌乱：“快……后面，别伤……伤着……自己人……”

少主人一听，话中有话，拉着鸟蛋，“八步赶蟾”抢着在撤退的贼前面，鸟蛋惊叫：“了得，烂贼窝！”原来高中下三路弩弓，带毒利箭如蝗飞来，少主人挟着鸟蛋贴着地面躲过而后面贼群躲闪不及，自己的埋设的暗箭射穿自己的胸膛。

后面一两个命大的黑影子连滚带爬往回跑，少主人示意鸟蛋：“快跟上，领路的！”两人故意隔上距离追赶，前面巨石处一拐两贼不见了，少主人正疑虑，突然四处火把举起，天上红色网，地上布满桐油暗沟，鸟蛋一声：“啊，火阵。”

水獭竹相貌堂堂，一点贼相都没有，只是刚刚鼻子被锁扣钩伤，刚缝合，破了相，一脸怒气：“刚做了赔本的生意，你还叽叽歪歪找上门来，刚好把你们烧成炭，切了喂鱼……”

鸟蛋：“你摸一下，你长尾巴了没？”

水獭竹连连遇奇，又急又气：“嗯，什么长……尾巴……”反复摸几把屁股，引起鸟蛋大笑，众贼也有的跟着笑。水獭竹被耍弄大吼：“小鬼敢来阎王殿，死活不知。”

鸟蛋：“你配做阎王？做王八都不够格。”指着被他钩破的鼻子，更激怒了水獭竹，他摸了摸鼻子。

少主人：“前辈，我们本不想伤人，是来找人的，这回来与劫船之事无关。”

水獭竹疑惑：“找人，男的还是女的？老的还是少的？”

少主人虽然平心静气，但是火急火燎，按捺不住心中思念：“女的，十六岁，昨天刚进的十六岁。”

水獭竹：“这里除了我娘，其他全光棍一条，哪里还有什么女的？你这分明是找阎王要鬼，鬼话连篇。”

少主人举起铁鸭脚板：“前辈，你看这是江心洲闻名天下的独门暗器，他伤了我家公主侍卫后便将公主劫走，请前辈开恩放她出来，定当重谢！”

少主人将铁鸭脚板丢给水獭竹，水獭竹惊疑地看看，又让旁边人看看，冷场片刻：“这货是我的，由于生意连连失手，所以有几十枚都流落……”

鸟蛋生气大嚷：“贼心，贼理，货是你的，人不见了，还嘴硬，我剪了你的命根子，让江心洲做贼的都断子绝孙，天下无贼！”说罢众人捂着裆，刀枪护着身，只有水獭竹怒火浇油：“好哇，死到临头看谁嘴硬……”

少主人制止鸟蛋：“各位，我们是来找人的，真不想伤了和气，请……”

“有情有义，理据双全。”一位七十上下岁数老太太，穿着华丽，雍容贵气，说话不紧不慢，字字珠玑，四人抬着她轻轻放在高石上，可能常来这里，抬放之间极为熟练，她扫视一下众人轻声示意把武器收起来："放下，把杂耍家伙都收起来，这两个可爱的娃娃，三更半夜把我吵醒。"她不紧不慢用手绢擦擦脸，"始皇帝管天下，这贼的生意一天不如一天啦。江心洲风湿太重，我这腿要上岸啰……贼的名声不太好，可三百六十行里，它排名还靠前嘞，第四十四不是吗？哪怕是一千年、一万年，乃至十万年，还是有贼做这无本生意。"

她从容转脸，笑容可掬地看着少主人和鸟蛋："这两娃一个一身王气十足，一个刁钻精灵，天下顽童都是人精啊！小小年纪能闯过三阵一坑，老朽识货。真是长江后浪推前浪，自古英雄出少年呐，算长见识了，活到老学到老……"

少主人心急："老前辈，我们俩不是英雄，是没办法，来找人的，实在是不想打扰您……"

"呵呵呵，我乃昔日魏国公主，十五岁初被劫到江心洲成了贼娘……"

鸟蛋笑出声："噢，听洞爷说过，江心洲有个公主贼娘，很漂亮……"知道说错话伸伸舌头。

"洞爷，曾帮过我江心洲几单棘手生意，账一直挂着……这几天我一直心惊肉跳的，哎，楚国三绝一天凑齐了，'八步赶蟾''一竿漂''剪刀叉'，小娃娃手上还拿着天下奇宝东海龙王的夜明珠……"众贼眼睛一亮一闪。

鸟蛋炫耀："这是我与锁扣在海螺石下面摸到的，那里面有两条东海龙王养的大水蟒护着，把瓜果给吃了！"

众人云里雾里，贪婪地注视着："这夜明珠是送给哥哥与公主明年八月十五成婚拜天地的礼物。哎，只要贼们把公主放出来还我哥，我就玩命再下去摸两颗给你们……"

一个心直口快的贼："哎哟，小祖宗，小祖宗，谁不爱财宝？有一颗夜明珠，八辈子不愁吃，不愁穿，还可讨几个老婆，可是……咱们……这里没见过……女……的……"水獭竹不满地说："多嘴！"

那贼自知没趣地掌嘴退到一边。

“天下有多少奇宝，就有多少奇案，天下没有不透风的墙，也没有什么能瞒得过贼的眼睛。”贼娘盯着少主人，“若能带你找到公主，你不用谢我……”

少主人：“不用谢……那……”非常激动，鸟蛋警惕起来，看看四周，看公主会从哪里冒出来。

“叫我什么？”

鸟蛋：“叫活神仙！活神仙！”

贼娘笑着摇摇头。少主人看着贼娘侧耳在听着远处的声响，手拿两个竹笺摇摇甩在地上，用手指点符号默算着：“叫您……”

少主人还是想不起来，鸟蛋插嘴：“叫老神仙……怎么样？”

贼娘摇着头，少主人一急：“老前辈，你说叫什么就叫什么好吗？”

贼娘温柔地瞪起深邃美目，还略带几分调侃的微笑：“你俩认真地看着我的眼睛，叫我奶奶。”

少主人脱口而出：“奶奶，奶奶……”差点哭出声来。

鸟蛋更情绪失控高喊：“奶奶，奶奶……”

贼娘动情道：“哎，哎，看你手上拿着支箫，来一曲吧，她就会差人送来喜讯的。”

少主人满眼潸泪：“真的？”拿起箫一口丹田气沉沙击浪，一首《相思曲》在凉江风中远扬。鸟蛋一听到曲胡诌也是诗，他是锁扣最佩服的，边上树边掏鸟蛋的歌手，天生的甜美嗓音，极富情感地摇头晃脑。无拘无束的野性演唱，让贼人们一齐陶醉，只有少主人与贼娘热泪盈眶。

人间什么最苦？
哥哥心中想公主。
人间什么最苦？
公主存亡还不知。
人间什么最苦？

不见情人心孤独。
神仙送还姐公主。
我送神仙夜明珠。

众贼鼓掌，忘了抢劫，忘了金钱，忘了贼规，忘了这是江心洲，忘了存有恶战的对手。

“鸟蛋，鸟蛋，快走，快走，找到公主啦。公主叫我找你俩回去，快走！”

少主人与鸟蛋同时喊：“真的！”

锁扣拿着钓鱼竿，众贼看到，受过伤的，在摸着鼻子，忌惮三分。

鸟蛋：“你怎么能找到这里来……”

锁扣：“箫声引路，跟着你歌声跑。”

鸟蛋：“啊，满脚板的血……”

少主人：“快走……”

三人转身就跑。鸟蛋突然停下来：“哥哥，把夜明珠给奶奶吧，她是活神仙！”鸟蛋将夜明珠塞到少主人手里，少主人拉住鸟蛋的手，两人同时起行大礼叩谢贼娘。少主人：“奶奶，今日事急，改天我与鸟蛋来接奶奶和大家离开江心洲。”

贼娘：“好，奶奶等着这一天，来，送行！”

少主人、鸟蛋、锁扣飞跑下山，众贼举着火把送行，远远落在后面。

贼娘拿着夜明珠深深地长叹一口气：“三十年河东，三十年河西，六十年一甲子。”

骷髅婆住地。

树木茂密半山坡上，靠一崖溪边已无路可走，石坎旁一堆骷髅，阴森恐怖，狰狞白色，死人牙齿各异，从牙齿来看，年龄各异，草丛绝对从未被人踩过，远处拉坡击掌，三人狂奔过去，洞门极为隐蔽，藤蔓如织，神仙都不会相信这里面住着活人。

拉坡轻轻拂开藤蔓，三人即刻钻了进去，洞厅较宽，有两扇天然

“窗户”，侧身下几步有一碧水“浴池”。里面有两个“小厅”房，干草床铺，还算讲究。一进厅少主人看到公主面容憔悴，两眼含泪站在那里，他一把丢掉拐杖剑与箫，热泪如喷涌：“公主……”冲上去一把将公主抱在怀里失声怯哭不止，旁边锁扣转身擦泪，鸟蛋干脆放声大哭……

好一阵子后，骷髅婆淡淡地说：“千金难买真情泪，哭够了没有？万劫不死，必有后福！”

少主人抹一把眼泪：“是该高兴，我以为再也见不到你……”哭得更厉害。公主抬头：“少主人，我被始皇帝虎狼师的三眼猫抓走，是前辈昨夜把我救到这里……”

少主人二话没说拉着公主一起对骷髅婆三拜：“谢前辈救命之恩。今生今世做牛做马也难……”

骷髅婆呵呵一笑打断少主人的话：“我对谁也没有恨，更没有恩，你给了我遮羞衣服，我‘五步散’换她逃出虎口。”

少主人抱着说：“前辈言重，一件衣服，一条命这么能……”

骷髅婆硬抢上一句：“情是一样，四斤对八两，公平。”

少主人：“哎，不公平，太大悬殊……”

鸟蛋嘴快一抹眼泪：“洞爷说过，这世间，情比恩更重。”

众人不约而同跟着：“啊！”

骷髅婆：“情，不能用秤称，哪轻哪重。”

少主人：“这……”

骷髅婆：“戏还没完……”

锁扣对“戏”字就敏感：“还有后台戏唱？”

骷髅婆：“得马上离开这里！”

五个人又同时：“啊！”人一紧张，挥泪都胆怯。

骷髅婆：“你们三人血腥味很重，一路留下记号，三眼猫中了我的‘五步散’醒过来后，一定会找上门来……”

胆小的拉坡声音颤抖：“三眼猫又凶又残，他怎……么……能吃亏……咽……这口气……”

鸟蛋：“还真是，血都是脚上的，夜里奔跑根本顾不上脚，命都保不住，哪管脚？哥哥脚流血最多，他平时穿鞋袜，我与锁扣平时脚破那是家常便饭，他这次脚可烂得厉害。”公主给少主人擦血，被少主人制止。“脚能走就行，一点也不痛……”

鸟蛋：“刚才不痛，一说一看，哎哟，我好痛……”

锁扣在皮囊里找药：“止痛药，来擦擦就没事。”

骷髅婆：“惹不起，躲得起，拉坡时候到了，咱们走，再不走来不及了！”

少主人：“前辈留步，祸因我与公主而起，一切由我担当。”

骷髅婆：“你怎么担当？”

少主人牵着公主的手：“一夜噩梦，恍如隔世，是祸躲不过，躲脱不是祸。事已至此，三眼猫如果找到这里，那就一个也不留，脚踏之处，就是他们的坟地，若不寻来这里，也要在今夜下山灭口，一个活口也不能留。”

鸟蛋：“该死的三眼猫，横行恶狼，杀人无数，早…….”

少主人：“因为三眼猫知道是败在‘五步散’，一定会强势追杀前辈，还有他与燕鞭雨有过交手，自然不会放过，他们想劫色公主，淫威放恣，岂能罢手？”他看一眼公主，公主两眼忧虑，更紧握拉住他的手。

骷髅婆；“呵，口气不小，你有几成胜数？”

少主人：“前辈恕我狂言，百分之百。”

骷髅婆：“只见过你抛衣劲力，未见过你的身手。”

鸟蛋：“瞎眼婆，真啰唆，我哥哥‘八步赶蟾’绝技飞上陀螺石，服啦！刚才江心洲破天网、地坑、弩弦阵、火阵……”

少主人制止：“长辈对公主有救命之恩……”

骷髅婆：“恩不恩先放一边，你能胜他我也信，墙有风，壁有耳，世上没有不透风的墙，三眼猫乃始皇帝虎狼鹰犬，辖管衡山郡七县，一下不见了，岂不引来围剿缉拿……”

少主人：“暴君身边人人自危，暴政苛刻，以至人心思变，朝廷有内应策应，前辈放心，尺有所短，寸有所长，白虎中除掉一条贪狼，不会引起震荡……”

骷髅婆："公主有缘更有福，你年少就有如此城府，将来定成大业！"

少主人："前辈高看我了，天有公理，官逼民反，走一步，看一步，思考着下一步，事到如今，只能以险求安。"

少主人拉着公主走到她面前："前辈，经历如此浩劫，心中仍有余悸，我想从现在起与公主再也不分开，活要在一起，死也要死在一堆，求前辈作证，我俩现在此就拜天地成婚。"

骷髅婆："呀，呀，吓着胆大的啦，也好，这地方脏，人不脏，成其之美，我一辈子被人骂，今天也算做一件好事，公主你愿意嫁吗？"

公主激动道："愿意，一千个愿意，一万个愿意，我俩也恰巧同年同月同日同时生，也求能同年同月同日同时死，幸有前辈搭救，要不昨夜我就会宁为玉碎也不为瓦全！今生只属于少主人。"

骷髅婆："好，赶早，三眼猫应该马上要到了，来一拜……"这没喊完，拉坡："等等……昨夜打仗……一身土……一身泥……泥土渣……脚上……血……该……洗洗……新郎该洗个澡……"

少主人浅浅一笑："一切从简，人脏心不脏。"公主伸手给他脸上擦擦，整理一下头发衣带，两人站直。

骷髅婆："一拜……"

鸟蛋："等等，哥哥大婚，不讲吃，不讲喝，总要热闹、热闹起来吧。锁扣、拉坡，我们来唱支歌吧。"

锁扣："对、对，太好了，鸟蛋唱的歌我最爱听……"

拉坡："我……我不会……唱……还……有点……结……结巴……"

骷髅婆："跟着和，结巴是说话结巴，唱歌就不结巴了。"

拉坡："啊，这样……啊……结巴，唱的歌吉祥……"

锁扣："鸟蛋领着唱，他唱一句，我们跟着和一句就热闹，我俩就这样唱。"

拉坡："好……好……你好，我好，他好，才是真……正……的好……嘛。"

骷髅婆嗓音洪亮："一拜天地，二拜高堂，夫妻对拜，同入洞房。"两人激动地抱在一起，以泪洗面，同声说出："永不分离。"

鸟蛋激情地喊歌，全身又自然地晃动起来，锁扣、拉坡一起合唱。骷髅婆面目丑陋，可声音异常甜润，与鸟蛋撕裂高亢的童声混在一起极为动听，疑似天籁之音。锁扣、拉坡也受感染，只有扯开嗓子吼，脖子上青筋直暴，进入忘我境界。

鸟蛋随心所欲编唱《楚风民调》，锁扣、拉坡、骷髅婆一起和着。

鸟蛋：祝福有心人

众人：祝福有心人

鸟蛋：祝福有情人

众人：祝福有情人

鸟蛋：今夜同床共枕

众人：同床共枕

鸟蛋：天天手拉着手

众人：手拉手，手拉手

鸟蛋：时时心贴着心

众人：心贴心，心贴心

鸟蛋：永远不分离

众人：永远不分离

鸟蛋：公主长得好

众人：长得好

鸟蛋：哥哥生得俊

众人：生得俊

鸟蛋：神仙派缘分

众人：哟嗬咳，哟嗬咳，神仙派缘分

三眼猫穿铠甲护身，身带七侍卫打手，见到此情此景，也觉得稀奇，站在洞外门口一边冷笑一边听。当歌声停下，洞内人也看到洞外情景，拉坡歪着脚很快撤退到后边井处，少主人扶着骷髅婆坐下，转身接公主坐在旁边，鸟蛋、锁扣顽皮而不屑一顾地分立两旁，像准备给画师当模特的架势。三眼猫目睹一切，傲慢刁横带着七侍卫入室，扫一眼洞壁四周，看所有人，咬牙切齿地蹦字：“骷髅婆，昨夜一好一坏，听了好曲，见了美女，坏的是大意失算，中了你‘五步散’，今天特有备而来！”

一侍卫：“我们都已服了抗毒丸。”

三眼猫：“昨天你坏了我的美梦，今天先将你碎尸万段，把骷髅摆在这里，这位天下绝世美女跟我睡一年后，再贡献给始皇帝。”

七侍卫“哈哈”淫笑起来。

三眼猫：“天亮光线好，今天看比昨夜还美！”迫不及待要上前摸公主的脸，不料“哎哟”一声倒跪在众人面前动弹不得。是少主人一重箫打在后膝盖软穴上，势猛力沉，七侍卫一看三眼猫跪在那里，各自举刀向少主人劈下，“嗖”寒光一闪，七只手腕握着刀一起掉在地上。锁扣、鸟蛋一齐蹦起来欢呼：“快手！”拉坡胆子也跟着壮起来：“真快，一眨眼，一人跪着，七人手断了，比我切蛇还快！”一点都不结巴，还字正腔圆。

三眼猫看看七人哭爹喊娘痛得满地滚，心中知道碰到硬骨头，眼睛一转：“大胆，大秦天下，敢谋反，杀无赦，我虎狼师辖管衡山郡七县，抓反贼千余从无失手，哎哟，我的手……还我手……”

骷髅婆：“强中更有强中手，恶人会遇恶人磨，报应！”

少主人剑气一震，三眼猫连手带刀与身体分离，掉在地上。还有几只“鸭脚板”滚到一边。

少主人怒气上冲，挥剑一前一蹦，八条左手臂应声落地，十六条腿被齐刷刷割断，只有半截身子坐在地上，口喊痛，眼流泪。少主人上前扶一把骷髅婆，拉坡赶快上前接着：“前辈，咱们下山……”

骷髅婆挡开拉坡的手：“长见识了，算是开了眼界！天下武功唯快不破。”

鸟蛋：“你什么也看不到，开什么眼界，唰、唰、唰，那个快呀……没有过的痛快……”他模仿少主人舞剑，锁扣起哄似的重复：“好戏，好看，那个快呀，没有过的痛快！”两顽童戏谑着，快乐笑声不断。

少主人：“前辈，这里已风平浪静，还是咱们一起下山……”

骷髅婆嗅嗅空气血腥味，意味深长："你们先走一步，黑夜才是我的天下，再说在这里住久了，也有些舍不得，留下来好好欣赏一下美景，晚上，我来找你们。"鸟蛋做着鬼脸："吃活人肉。"拉坡闭住眼不看鸟蛋，少主人拉着公主的手轻轻走出石洞。特到山口处，鸟蛋侧耳听着，示意少主人听，随风传来三眼猫的哭喊声："骷髅婆……先……别吃我……先那个肥……的……"

"哈哈哈，先吃热乎乎的心，一个个地尝……苦人的心酸，恶人的心甜啰……"

第二章

睡屋。

陈辛烙与众人收拾得干干净净，鸟蛋、锁扣采了许多野花，混合着原来的一棵老桂花树的气味，真是又香又美丽，这也是睡屋最热闹的一次。

少主人携公主吃过丰盛的午餐后，来给鸟蛋爷爷请安，鸟蛋爷爷这几天随着睡客们吃得较好，脸色也红润起来，还是闭目养神，守着米升斗。

少主人："啊，再加一点？"

老爷爷："没吃饱。"

少主人："啊，再加一点？"

老爷爷："还住多少天啦？"

少主人："长住，不走，在这里安家。"

老爷爷睁开眼又闭上，少见露出微笑："啊，那就最划算啦。一天一人二两米，嗨嗨……能活……能活下去……划算……"

洞房。

陈辛烙与鸟蛋心有灵犀，事事相通，从船上搬来少主人的被褥、新衣及生活用具，特意让何仕可扛来沐浴大澡盆。健壮身体棒，何仕可与燕雨鞭伤愈极快，因为是外伤说好就好，两人力大性子直，何仕可基本上能听得懂他的哑语。

燕鞭雨本是太子丹身边的侍卫，自然是喜欢人多热闹，一路护着高圆公主流离颠沛，东躲西藏，其中的苦楚与孤独也是可想而知的。由于巧缘的结合，便一下子人多势众。这里人人武功高强，且都是公子身边的部下，更有一日三餐，衣食无忧。他便忘了伤痛，也不想太多的事，于是与每个人都热情地打招呼，时而盘空一鞭将碗“叭”抛向空中，旋转得眼花缭乱，又一鞭将快着地摔碎碗的那一刻，鞭稍一圈碗又一次飞向更高的天空，他喜欢众人的掌声和赞叹，连鸟蛋爷爷听到不寻常的鞭声，也偷着看。

陈辛烙用杏花黄布将床巧妙地围起来，又用红梅色软缎面将大浴盆罩着，旁边还备用三桶开水，防浴盆水凉后冻洗。鸟蛋采了许多各种野花点缀，还在浴盆里撒上“水仙漂”花瓣，想得细，用尽所能想到的以及能办到的，把“洞房”打扮成“仙宅”，花房香色俱佳，成了“睡店皇宫”。

入夜初更，陈辛烙点上红火烛，少主人携手公主入内，闩上房门。燕鞭雨与何仕可在下面厢房睡觉，两人联手守卫。鸟蛋非要在洞房门口睡，陈辛烙笑呵呵对何仕可、燕鞭雨示意不要赶他走，童趣添乐，由他去好了，何仕可与燕鞭雨吃过顽童的苦头，也顺水推舟同意，新事新办，新规新制罢了。

少主人、公主虽在难中相遇，惊险过后，却温馨徒增，面对陈辛烙与鸟蛋费心布置的新房，心情如添蜜糖，羞涩与恐惧自然有，但是毕竟乃王族之根基，昔日锦衣玉食的生活让少男少女多了几分从容。

公主含情脉脉轻轻脱掉衣服，露出玉般肌肤，轻轻走向浴盆，弯腰试了水温，掀开幔帐，回眸示意少主人入内……

公主已是满面桃花带雨，轻轻洗涤，吮吸紧张的香气。而少主人却是急忙蹭在水里，掩盖羞态，水声代替了语言，急促的呼吸声越来越重，公主柔手替少主人满身洗涤，少主人再也忍不住将她搂在怀里，两张发烫的嘴唇像吸铁石一般咬在一起，饥香的舌头一次又一次激烈搅动缠绵，人生第一次忘了一切痛苦，也忘了高兴，留下的只是怀抱中的热血沸腾，天昏地暗。

少许平静下来后，公主慢慢坐起，移到床下，将白色贞洁巾交给少主人，少主人拿着不知所措，公主妩媚地：“最宝贵的给了你，我心满意足，死而无憾了。”

少主人：“一切只能随缘，一切也都在抗争中，作为男子汉，我要拜谢燕鞭雨对你尽了呵护之责，他乃护花活神仙。”

公主凝望，泪光晶莹：“有情有义，大丈夫！”靠在他铁铸般的肩膀上。

少主人爱怜地用眼睛凝视着公主，公主含着喜泪，微微摇头，又一阵互相爱慕的亲昵，没完没了的爱抚，致以肢体感恩式的问候。

少主人给她捋梳着长发：“公主……”

公主：“昨夜我已不是公主了，是你的妻子了。”

少主人：“啊，一夜之间，身份变了……”

公主：“今后你就不能称我公主了。”

少主人：“父王称我娘……”

公主：“过去那一套用不了，你现在身份是盐商，按理该称老板娘，啊，又太俗气……”

少主人：“我也觉得俗气……我俩……实际上……还未长大……或者说……你长大了……”

公主：“是，男女有别，女人一夜长大！”

少主人起床披衣伫立窗前，公主挂上红绫倚靠在他的肩上，双目远眺，千顷垂柳随风婆娑舞动，右边百里河湖，烟波袅袅，绿成一片，近处一丛苔藓……

少主人：“风雨烟中柳，人在画中游，好美的景色。”

公主：“万花妒细腰，瘦柳无骨，临风方起舞。”

少主人会心一笑，搂着她的细腰到窗前，略低头嗅着长发：“窗外绿柳千顷，比不上你的秀发万根。是不是有心蓄长发啊？”

公主甩长发：“我四处躲藏意怯心寒，从未注意到自己长这么长的头发，平时都包裹着，昨夜才散开……”

少主人：“天生的，又粗又黑又密，像乌云瀑布倒挂，哎，怎么赞，就怎么美噢。”

公主指着：“窗外绿柳千顷，野趣盎然，杨柳均生于土水泽地，那柳河两岸，柳湖一圈，真养眼，好好看。”

少主人：“嗯，是这样。”

公主：“俗话说得好，有意栽花花不发，无心插柳柳成荫，就像我遇到了你。”

少主人：“你柳腰柳发，今后叫你柳好了！”

公主咯咯笑起来：“以夫为纲，柳无脾气，舞动全借风力，若想我妩媚，全靠你‘疯’啦。”一语双关，踮脚调皮地勾刮一下他的鼻子。

少主人弯下腰鼻尖顶鼻尖地意味深长道：“柳！”

公主未用语言作答，而是滑稽学动物叫：“哞！”

少主人：“一说柳无骨，还学着要耍牛脾气。”

两人开心洗漱，穿衣完毕，公主上前一边为他整衣，一边说：“你叫我柳，我叫你呢？”

少主人：“只是个代号，你喜欢叫我什么就叫我什么，刚才叫哞，牛也可以呀！”

公主深情地拉着他的手：“人修炼到极致成仙，神修炼到极致成魔。”

少主人：“那就叫我仙好了，神与魔让人厌恶。”

公主：“天下女人为藤柳，一要美艳，二要等缘，嫁个好男人，一生就无求了……”

少主人：“好男人还真不好说，我娘嫁给楚王现在囚住咸阳……”

公主：“男人四才难得……”

少主人：“四才？”

公主：“一是德才，二是才干，三是人才，四是钱财。”

少主人：“德才，大多数人心都不坏，钱财有家传的，也有后来自己挣的赚的。”

公主：“才干与人才这两才是天生的，万车宝千车金买不来的，你文武双全，身怀绝技，懂情重义，钱财自来，命中堪称贵人，心慈心善，寡言超然，貌美体健，是我心中的仙。”

少主人：“上次不是说好了吗？要成仙咱们一起成仙，我一个人成仙，那不是仙成了孤鬼？今生今世，有你在一起最开心啦。”

公主笑容满面打断他的话：“女人遇上知己，身体和灵魂都给了心仪的男人，就想跟他生一窝娃，天天侍奉他，仰望着他，做牛做马无怨无悔，他是仙，仙即主，一切由他做主，不老不死，一起成仙。”

少主人：“你貌美如花，随和有礼，超然大气，第一眼见到你，我还以为你是仙……我倒喜欢叫你仙。”

公主：“真情服从初心，那好，我俩私下，你叫我仙，我叫你主，现在叫少主人，中年叫中主，老年叫老主，你总是我的主。”

少主人哈哈大笑起来：“妙啊，仙！仙！仙！”

公主：“主！主！主！”少主人抱起她旋转如飞，飘飘欲仙。

“哥哥，我饿死了，等你吃饭！”鸟蛋隔着门轻轻地喊。“啊？来了，来啦，就来啦！”门外传来鸟蛋开心得意的笑声。两人略加梳理，互相又捋捋，笑脸盈盈开门，牵着鸟蛋的手一起下楼，等待的陈辛烙手脚麻利指挥众人准备开饭，让何仕可、燕鞭雨一起将昨夜洗浴水换掉，自己快步跑上楼，整理房间后迅速又跑回厨房：“臭蛋非要等你们一起吃饭……”

鸟蛋坐在少主人旁边，边吃边得意地笑：“我不怕饿，有时我与锁扣一两天就吃虫子，哥哥这里冬天很难找到吃的……“

公主若有所思地点点头。随后少主人对鸟蛋与陈辛烙两人说：“给锁扣送点饭去，或者让他天天下来一起……”

鸟蛋：“去锁扣那里很危险。”他神秘地描述，少主人与公主一愣：“危险？”

鸟蛋：“锁扣家原来是夏口有名的铸剑匠，他全家都被抓到咸阳铸剑，差官嫌烦将他与一个姐姐丢下车，那时候他姐姐七岁，他好像只有三岁，逃到这里……”

公主担心地问：“他姐姐呢？”

鸟蛋：“残废了，成傻子了……”

公主：“啊……”

鸟蛋：“给坏人扒光衣服打残的，还有一队一百多始皇帝坏蛋兵把她关起来，出来人就变傻子了。”

少主人：“兵荒马乱，自然坏人多，娘都是好娘，天下没有哪个娘想养坏孩子，养出来的长大了会变坏的，因为……”

鸟蛋："因为当家的是坏皇帝。"

少主人微微颔首："快去吧，等你长大了会明白什么是好皇帝坏皇帝的，还有不好也不坏，不干活的懒皇帝。"

"哥哥，为什么有这么多坏蛋人、坏蛋兵嘛？他们都是坏娘生的，坏娘养出来的？锁扣说，他一辈子不让人再敢欺辱他姐姐……如果能找到那些坏蛋人、坏蛋兵，我就用剪刀叉叉叉！"

公主听后心惊肉跳，感同身受地看一眼少主人："兵荒马乱，女人最遭罪。"放下碗筷，恐惧与哀怒涌上心头。少主人重新给她递上筷子，示意她再吃一点。

少主人："继续叮嘱着，今后多送一点饭过去噢，给他姐也带一份去。"

鸟蛋："锁扣很会钓鱼，设陷阱捕野兔子、野狼、野猪、野羊，他那洞门外到处都安了机关、弩弓、窝坑，有点像咱们去的那个江心洲……是防狼、防蛇、防野猪，更防坏人……"

少主人："哇！"

鸟蛋："没那么大，更危险，只有我一个人能出入。"扬扬得意。

三人吃完后，少主人对鸟蛋说："吃饱了吗？"

鸟蛋拍拍肚子："太饱了！"还挺一挺。

少主人："今后不要等我俩吃饭了，自己想什么时候吃就什么时候吃，别饿着了，老爷爷最先送过去，记住啦。"

鸟蛋憨笑着："哥哥，我不怕饿的，惯了的，就是饿惯了的，你不来吃，我这口吞不下去的……"

少主人、公主会心地笑："那好，你喜欢怎样都行，一切随心随意，快送点饭给锁扣，快去快回。"

鸟蛋信心满满："我快，比风还快的，叫'十步赶蟾'，只比哥哥还多两步哟。"

少主人："明天按楚国习俗规矩，新婚三天要回门，我们是在骷髅婆那里订婚的，就当那里是娘家好了，加锁扣明天我们四人一起去，好事成双啦！"

鸟蛋嘿嘿地开心道：“好事成双，我带锁扣一起去。”

陈辛烙准备好竹筒饭递给鸟蛋，少主人站起来：“师叔今天应该要回来了吧？”

陈辛烙：“按理，今晚应该要到的。”

少主人：“如果到得太晚，江上风又大，煮点姜汤给他们留着。”

陈辛烙：“少主人放心，我早有安排。”

少主人：“连年战乱，饿殍遍地，官霸、匪盗、饥民瘟疫。江边那两条商船太打眼，不太适合放那里。等师叔回来后，还是将船放到樊口稳妥，这几天船上务必多加小心戒备。”

陈辛烙：“少主人放心，我就去安排。”

少主人牵着公主的手上楼去。

两手相携，倚窗极目江南，初秋如春，远处黛山剪影，碧水荷池，绿荫千顷，风戏杨柳，极尽妖娆。

“仙。”少主人碰一下她的手，公主甜回应：“主，小时候，父亲讲屡次访楚国时的所见所闻，人文地理，我那时候听得入迷。”

少主人：“想来看看，太子丹的女儿可以同父一起来的嘛。”

公主：“父亲暗中有心想将我嫁给楚国的公子。”

少主人：“哇！天遂人愿，心想事成，这回可真的应验了。”

公主：“现在比以前想的要好一百倍，一千倍，虽是亡命天涯，居无定所……”

少主人：“放心，仙，虽然现在蛰伏之中，危机也无处不在，楚国公子会竭尽所能给你一个乡野另类王宫……”

公主：“王权跌落，盛景人空，只要能在主的身边，糠菜兽食……”

少主人捂住她的嘴：“我若让你受半点苦、半点累、半点冤，我都会如针扎心，楚国始祖从周天子受封时，封号就只是个子的爵位，只有那土地五十里，由于代代勤耕，拓疆开垦，八百年来沃野千里，江山如画，富庶一方。”

公主叹了口气：“穷生奸计，富养善心，我在一路流离颠沛中，幡然醒悟，江南人精于技艺，乐于安逸，呢喃软语，各自品韵，很有情趣地生活；而北疆天寒地冻，很多贫瘠之地寸草不生，打猎追兔，射鸟盘弓，遇到始皇帝这样的穷奢极欲、暴戾横敛的皇帝，只能一味靠抢地屠城，杀人为生……”

“贼起贼心，偷一室一物；匪起坏心，劫一船一车；吏起坏心，贪一银一金；皇帝起了坏心，就会天下大乱。千千万万人头落地，千千万万家妻离子散，千千万万……”少主人说不下去了。

公主：“以楚国的财力物力，特别是能工技匠，诗画歌赋都远在秦国之上……”

少主人：“始皇帝远交近战，尔虞我诈，狂虐遽变，湮灭燕国、韩国、赵国、魏国后集中五国力量攻打楚国。”

公主：“双拳难敌四手。”

少主人：“不过始皇帝是人而不是神，他在楚国也曾屡吃败仗……”

公主：“是那个始皇帝宠爱的名将李信，败在楚国项燕之手？”

少主人：“正是，你也知道？”

公主：“嬴政当上秦王第二十一年，王翦攻克燕都蓟城，燕王和我父亲太子丹退保辽东，李信紧追不舍，骗燕王说，秦王记恨太子丹让荆轲行刺，只要他将太子丹人头献给秦王，燕国就能平安，我父太子丹退到衍水整顿残部入山，想东山再起，燕王传旨斩了我父亲首级让李信献给秦王……”

少主人：“兵不厌诈，结果李信进攻更猛，燕没有太子丹等于失掉左臂，一败涂地，李信俘虏了燕王喜，燕国彻底灭亡……”

公主：“往事不堪回首啊！权力与骨肉取舍，世态炎凉，每每想起，心中滴血。”

少主人：“暴政只能淫威一时，专横不可一世，骄傲的始皇帝也有失算之时，落下病痼之疾。”

公主：“天地乾坤，岁月转移……”

少主人：“始皇帝做梦都想吞噬最富饶的楚国，他问：‘王翦灭亡楚国需要多少兵马？’王翦说：‘非六十万不可。’他又问李信需要多少人马可破楚。李信说：‘二十万即可。’始皇帝当面讥笑：

‘王翦、王将军老矣，何怯也！’结果王翦托病辞官归频阳养老生闷气，李信与蒙恬兵分两路伐楚……”

公主：“骄兵必败，更何况楚国有实力。始皇帝最忌惮楚国与齐国的富庶。”

少主人：“项燕提携三十万奇兵尾随秦军，李信竟然丝毫没有察觉。”

公主：“李信奸计灭燕，还亲自献上始皇帝的仇敌，我父亲太子丹的首级，深得始皇帝宠信，利令智昏，自认为居功至伟，一时飘然。”

少主人：“第三天子夜时分，秦军解甲酣睡，突然，喊杀声四起，惊天动地，不等秦军醒来已死伤过半，楚军人人奋勇，个个争先，战鼓声声，举着火把，手持利刃，穷追不舍……”

公主：“真解恨！秦军所到之处是肆意杀戮，一不顺眼就杀妇孺、老人孤寡。我想哪怕只是赢他们一次、两次，断个一指、一骨，让那些豺狼知道痛的滋味，也是好的，也要有他们哭爹喊娘呼救命的时候。”

少主人：“秦军从噩梦中惊醒，大多数赤身裸体逃跑，鬼哭狼嚎一片，李信也在慌乱中逃回咸阳……”

公主：“抬头三尺有神明，天地间自有报应。”

少主人：“也可能是真有因果报应。”

公主：“噢？”

少主人：“始皇帝闻报，当时口吐鲜血晕厥，落下头痛的病根，一发作，痛不欲生，万药不灵，生不如死……”

公主：“暴君都是心胸狭隘，唯我独尊，只能胜，不能败。”

少主人：“始皇帝为了千秋霸业，一世野心，又不得不求王翦率军再伐楚，给他六十万大军……”

公主：“二十万秦兵成了李信的阴契。”

少主人：“唉，不得不说王翦乃常胜将军，秦军中第一深谙兵法，他率大军至楚界，守关不出，一步不前，面对楚军的种种挑战，他视而不见。”

公主："这可急坏杀人魔王始皇帝。"

少主人："始皇帝请他出山，挂印出征，又不敢死逼，三次急旨催促攻打郢城未然。"

公主："老头王翦真熬得住。"

少主人："郁气攻心，始皇帝得了心悸病，常常抽筋，楚国称这种病'羊角风'，要几位御医揉捶、热敷、艾灸几个时辰才能恢复。"

公主："只知道杀人放火，攻城略地，修长城，修阿房宫，现在又修皇陵，还派徐福去求长生不老药，三千童男童女葬身大海在始皇帝眼里只不过死几只蚂蚁，残忍至极。"

少主人："始皇帝自从灭了最后一国齐国后，晚上不敢睡觉，怕车马大侠之类的飞针封喉式谋杀，大白天才睡觉，晚上批阅公文，万众兵佣，都跟着他黑白颠倒，没日没夜……"

公主："我看他修皇陵还有点用，修长城，修阿房宫，派徐福求长生不老药，都是丧心病狂，枉费心机，竹篮打水。"

少主人："他黑白颠倒，晚上不敢睡觉，已是多年心病……"

公主："病根是，想万岁，万万岁。"

少主人："楚国的'隐形针王'车马，乱军中用断针头射杀，王翦、蒙恬都险些丧命，郢城破，楚国灭亡一年中，'隐形针王'多次潜入咸阳，断针封喉，刺死二十余名秦军名将。"

公主："我也听说过，'隐形针王'逃脱时被削断一条腿……难道还活着吗……"

少主人："始皇帝下三道绝命诏捉拿他，至今还未归案，阆中刀客，金银捕手在到处搜捕他。"

公主："心病，心生恐起，惧从怯来，这位'隐形针王'千万别被抓到，始皇帝会将他砍成肉酱。"

少主人："始皇帝灭天下诸国，霸业已成，六国财粮被洗劫一空，重劳役，苛税赋，搜刮民脂民膏，三户共一把切菜刀，千年之后，必成暴政笑柄。"

公主："魔头落下三种病，快乐吗？偏头痛、羊角风、哮喘症，黑白颠倒，神经兮兮、疑神疑鬼、足不出宫。"

少主人：“更大的败笔还在后面，李斯与赵高，特别是那个赵高出身不但低贱，形态还很猥琐，为人更是阴险毒辣。真是人算不如天算，始皇帝竟然敢用这种人，他的子孙必将灭在他赵高之手啊！”

公主：“那时候始皇帝再专横，也只能睡在地下闭着眼看不到他的儿子任赵高摆布割杀。”

少主人：“这也是锁扣常喊的‘唱戏’罢了。”

公主：“后来人，千秋万代会把始皇帝残杀成性，活埋精英，鱼肉百姓当笑谈，岂知我们遇上这样一代魔头当道，过得竟比黄连还苦，水深火热的煎熬啊！”两人由窗前移步到茶桌旁，公主为少主人沏着茶，两人边品茶边继续打开心扉，说着从来未向人倾诉说过的，互诉衷肠。

少主人：“极品好皇帝、极端坏皇帝的心都累，心都苦。”

公主：“好皇帝真心想着百姓，想着怎么让百姓过上好日子，坏皇帝都为自己的野心强迫民意，排除异己，一个人金口玉言，把百姓当成猪。”

少主人：“好皇帝必先受尽人间苦难，才懂百姓，知道百姓艰辛，体恤臣民，始皇帝沿袭王位，以权谋宫斗、残忍为乐事。长江没有回头浪，大潮浊浪之下，我们只有择善固守，先得有一个容身之所，千方百计找到一条生存之道。”

公主：“主，不怕的，物极必反，如今人心思变，始皇帝暴政乌龟尾巴长不了，始皇帝长生不老药找不到，命也长不了。”

少主人：“仙，我若是有天下最好的善良成长补剂，在宫中甜水里泡大，承楚王位，也成不了好王，无法与百姓同克时艰，斩荆前行。咱们就乱刀开新路，联合鸟蛋、锁扣以及所有人，就在这里慢慢造一个村镇，码头埠，自给自足，安隅一方。”

公主：“那太好了，天高皇帝远，可算是一个世外桃源，山美水美，你美我美，哈哈。”

少主人：“等师叔回来好好合计合计，一切从零开始，从头做起，我们子孙后代就在此繁衍生息。”

公主：“不争皇帝、不做高官，只求太平，只求有吃穿，粗茶淡饭，自在平安。”

少主人：“让住在这里的人都有名有姓，不躲不藏，不偷不抢，和睦相处，纳粮贡税，富庶一方。”

公主：“那得有个好地名啊，让子孙后代好记好写，远客近邻好访好找。”“嗯，好主意。”少主人应着。

他拿着简牍反复写着，公主在清洗茶具，重新沏茶，突然少主人高兴地叫起来，公主被吓一跳，跑过去一看，边跟着叫好：“啊，好地方有好名字啦！好听、好写、好记的名字。”

少主人拿着简牍在手上一字一念：“烟柳镇！”

公主：“明天是第三天回娘家日，这算是个好礼物，我们把它贴在墙上，作为我俩的成婚纪念吧。”

少主人拿着字端详着，公主走过来：“‘烟柳镇’，你的字写得遒劲灵通，哪天我俩登上斗笠山，我来画一幅实瞰图，你再用笔在上面配上‘烟柳镇’这三个字。”

少主人望着她：“仙的画，一定像你自己，不但美还会飘着仙气。”

公主：“一定不会让主失望，我自小酷爱画画，又得多位名师指点，琴筝乐只是第二爱好罢了。”

少主人瞪大眼睛欣赏着她的自信：“不过这‘烟柳镇’三个字得始皇帝写。”

公主惊讶：“啊！”

少主人：“巨变无声，好风凭借力，始皇帝写的‘烟柳镇’能镇邪压宫，能保平安。”

公主：“始皇帝在咸阳宫，怎么能让他写‘烟柳镇’呢？更何况父……”

少主人：“万物相生相克，江河亦能改道，世上唯有‘变’才是永恒。”

公主：“嗯，也是……”

少主人：“虫子怕辣椒吗？”

公主：“当然怕，谁都知道虫子一碰辣椒就活不了。”

少主人："那辣椒里也长虫子啊！"

公主："哇，也是臭粪坑长蛆，大树长蚁，辣椒里长虫子。"

少主人："始皇帝灭六国，靠的是两员虎将，其气势如虹，忠勇可嘉，一是王翦，一是蒙恬。"

公主："像两只雄狮，所向披靡，一切国界线在他俩爪下荡然无存。"

少主人："王翦与儿子王贲战功显赫，地道三秦频阳东乡人，封侯受爵归故里；蒙恬开拓西北，文武兼备，喜爱书法，还改良过手写毛笔，聚智勇雅趣于一身，奇的是他一家四虎三代，忠心耿耿，为始皇帝平定天下，立下汗马功劳，深得始皇帝尊宠，一时无两。"

公主："啊，苍天遣其助力于秦，一家三代四名将屡创奇功，不管他为的是好皇帝还是坏皇帝，其忠信二字，值得标榜千秋。"

少主人："蒙恬祖父蒙骜，父亲蒙武，弟蒙毅，三代四人毫不夸张地讲，为始皇帝打下半壁江山。"

公主："难怪始皇帝如此宠爱。"

少主人："蒙恬不但喜欢书法，其少年时还学过刑狱法律，如今秦国律法大多出自他的手笔，始皇帝拜他为内史，现在大秦卫戍都城执掌虎印，是都城最高官职，处理朝廷一切对外事务。"

公主："蒙恬出身名将世家，根深叶茂。"

少主人："他弟弟蒙毅也位至上卿，常为内谋，侍奉始皇帝左右，统领侍卫军队，过问皇帝一切机密，安排皇帝一切事务、生活以及日常活动。"

公主："哇！这兄弟俩，一个掌控京城，一个掌控皇帝起居，我看他俩说的、写的就等同于始皇帝说的、写的。"

少主人："大巧若拙，重剑无锋，连左丞相李斯，中书府令赵高都忌惮三分，凡事斟酌再三，不敢轻举妄动。"

公主："这也是始皇帝过人之处，死后的事谁也说不了，至少现在，制衡有效，江山一统。"

少主人："唔，这蒙恬、蒙骜、蒙武、蒙毅为始皇帝九死一生，你可知道他们是哪里人吗？"

公主："对始皇帝如此效忠，定是秦国人，而且大独裁者始皇帝，对任何人任何事都疑心重重。"

少主人："他们都是齐国人。"

公主："不过蒙恬祖父蒙骜是秦昭襄王时自入秦的，始皇帝最后一个征服的齐国，又是祖籍齐国的蒙恬，势如破竹地将齐国并入大秦版图。"

公主："看来哪里人并不重要，哪里为官才重要。"

少主人望望高处又看看自己写的"烟柳镇"，又意味深长地看看公主，久久凝思后："岁月流转，命运多舛，蒙恬祖父蒙骜与楚先王有一面之交，蒙骜妻子当年重病时，楚王曾派御医前往秦国治好，蒙骜心存感激，所以这次当父王被羁押时，蒙家特别吩咐给予照顾……"

公主："人念私情……"

少主人压低嗓子："上次我与师叔潜入咸阳宫，拜会了蒙毅。"

公主一震："入龙潭虎穴？"

少主人："思为线，善为本，技为友，虎龙若投缘，情更深重。"

公主："怎么说，我一直都是提心吊胆，侍奉始皇帝身边的人，总带几分杀气，几分寒意。"

少主人点点头几分认同："蒙毅听过我的《山水》箫曲，看过我的'八步赶蟾'的操练，还问了我许多诗文。"

公主："又看你年少出众的俊俏，他家可有女儿？"

少主人笑了笑："他久经沙场，磨砺出大气，伴君如伴虎，已养成老谋深算的性格，话不多，总是轻声细语，当然也喜欢我年少……"

公主："能活着出来，已乃大福。"

少主人："临别时，他有些不舍，沉思片刻后，送我一道内侍虎符，嘱咐我万不能丢失，遇到被官兵极度为难时可以亮出，还亲笔写了一封书信给南郡金口郡尉，说是他的原部下牛犇，让他照顾我的盐生意。"

公主：“楚国灭亡后，改成三个郡，南郡金口离我们这里相隔大约三百里水路，刚好是牛犇的辖区。”

少主人：“改天得亲自再去拜访牛郡尉，八方归顺，地方官代朝廷掌权，更要有礼有节地尊重。”

“哥哥，哥哥……锁扣送羊……送碗来啦……快来看，好大一只肥羊，好漂亮的，你……没见过的……”

正说着鸟蛋声音由远而近，喜中总带着急切的感觉，边说边往楼上跑，刚要推门，一愣把手缩回来，手停住了嘴还不停地喊。

少主人开门携公主笑意盈盈往下走，鸟蛋转头往下滚着，锁扣站在院内，还是赤着上身，挂着两个皮囊袋，手拿钓鱼竿，陈辛烙、何仕可、燕鞭雨等人都欣赏着碗，赞赏着肥羊。

少主人与公主刚下到一半的楼，锁扣突然叫起来：“哎呀，少主人，你剑别给人偷走啦！”少主人一蒙：“没有，在……”指着楼，意思是放在那里。

锁扣认真地瞪着惊愕的小眼睛：“那把剑已被偷七八次了，换了十一位主人。洞爷说百年前是我家用淬火为你家铸的，淬火绝技早已失传，那上面还烙着你家姓。”

少主人一听转身跑回房间，迅速取了拐杖剑走下楼当着锁扣与众人的面抽出利刃，锁扣从皮囊里掏出小锉，轻轻细心摩擦，一面出现“芈离”二字，锁扣对洞爷的话总是深信不疑且神秘兮兮：“洞爷说，这剑是人胆，剑在人在，剑毁人亡。万剑之魂，天下无双，削铁如泥，一定要握在正义人手里。”

锁扣：“鸟蛋，我今后也给你铸一把这样的剑，会一样锋利，更漂亮！”

鸟蛋两边看看半晌：“我信，江里的鱼，树上的鸟都能抓到，哼，不就是一把剑？咱们一人一把，洞爷说的没错，宝剑是英雄的胆。”

锁扣：“嗯，要让它能飞！”

鸟蛋：“飞！”

锁扣：“飞着，见血封喉！”

少主人：“说不定是一对雄雌剑，我一直琢磨如何淬火铸刀。”

公主："上乘宝剑，可吹刃断发。"

少主人："楚国铸剑、铸编钟、铸印、铸币独步天下，现在在阿房宫、骊山墓做技术活的大多数都是楚国的能工巧匠。"

公主："燕国男称氏，女称姓，我姓姬，我父亲燕氏名丹。"

少主人："芈离，名离，离字应该是先祖名，等师叔回来就知道了。"众人称是。

公主也凑过来品鉴，扯下一根头发放在剑刃上一吹，头发变为两截，鸟蛋也扯下几根头发放在剑刃上，猛用力一吹，飘然成两截落地，公主捡起两截头发："我父亲太子丹也有一把好剑叫奴离也能吹断发。"

少主人："八百年，先祖御用，千年田地都八百主了，物换星移，我只领教了它的锋利，还不知道它的故事，人修炼到极致成仙，洞爷深居梁山却料事如神。"

鸟蛋："洞爷不是仙，是贪玩的老头儿，眼睛看不见光以后，谁都不见，只有我与锁扣是他的小玩伴。"

何仕可："他眼睛看不见，那他吃什么，喝什么呢？不渴死，饿死？"

鸟蛋："他有日月鹰和鹊儿喜给他送吃的，他吃得很少很少，每天像羊一样嚼些嫩草，闭关辟谷时一连七七四十九年天天不吃不喝。"

锁扣："靠吐纳新鲜空气雨露养生。"

陈辛烙："哇，不是仙人亦奇人！"

鸟蛋："迟早要成仙的吧，他能坐在那里，魂可以飘出来到处玩玩，知道我在哪里做什么，练功偷懒了没，可神着呢。"

锁扣："少主人，'八步赶蟾'他看到了……"

鸟蛋："洞爷经常玩失踪，老头脑袋总在算着画着，常在日月洞壁画着刻着什么，就不管任何事了，随性任意的。"

锁扣："这碗也是他教我做的，烧的。"

鸟蛋："土坯烧过为陶，上面还可以画花，也可以把你的名字写在上面烧，烧透了，那陶上的名字，刀都削不下来，没见过吧，厉害着呢，嘿嘿……"

大石桌上放着两摞大小不一用藤绕捆着的碗，藤上还有一些绿色的叶子，鸟蛋从锁扣皮囊袋子里掏小刀割藤，想把碗打开，眼睛兴奋地看着少主人与公主，那意思是先给他们惊喜。锁扣拦住他的手："别伤着手了。我这囊里的刀剪欺生，我来。"

鸟蛋缩回手知趣道："也是，这破囊袋里，还咬我不少次，就是不长记性……"说罢看看自己指头以前哪里受过伤，顽皮地假装记痛，滑稽地吹吹手，众人大笑，都喜欢他夸张式的表演。

锁扣三下五除二，利索地将藤条剪断，每个碗之间都有活鲜的大树叶隔着，大碗七个，小碗三个，还有五个大小形状不一的盘子。

首先是公主惊呼："哇，碗还有白色的啊，能捏制得这么平整均匀，像鸟蛋壳一样薄呀！"

少主人："陶中的极品，听这声音，真是绝品。"他敲一下陶碗。

鸟蛋拉着说："像滴水的那种声音，叮咚……"

公主："哟，主，快来看，这上面还有蝴蝶、花瓣、嫩绿叶子，白碗底有红霞，真是太美太玄了。"

众人都未见过这样稀有的宝，又美又奇，相互轻拿轻放，传递着赞美着，鸟蛋高兴得手舞足蹈，小手不停地送上接下，生怕弄破："轻点，轻点，没见过吧，哈哈，山窑洞里，还有更好的，没拿来，美死你们……"

锁扣小眼睛眯成一道缝，高兴自己的作品有这么多客人赞赏，藏在那洞里谁也不知道，他心里说："还是人多好，人多热闹，人多必然有识货的。"

少主人："这白色黏土品质上乘，极为罕见，现在所有皇宫的碗都是重色、褐色、黑色带釉的烧制品，还没见过有蝴蝶叶子的，蝴蝶……"鸟蛋抢话："叶子是用热水藤钉在未干坯上，再用软薰草包上，放洞内风干，烧制后蝴蝶就像活着一样爬在上面。"

公主："重色兼容各色，只有白色才可以做出七彩文章，发挥一切想象。"

少主人："始皇帝若见了如此陶中极品，一定……"

鸟蛋："半个都不给他，那魔头一见好货绝品就恨不得把人抓到他家里去做，咱们用白陶他只能用金、铜、铁，又重又笨还难看。烧的白陶多美多干净啊。皇帝用不上，咱们先用着，嘿，谁叫咱聪明嘞。"他拿着装上水示范地喝着。

公主："这个面若画上山水，小碗方寸间亦显大世界。"

锁扣："我不会画，这碗底部红色是蛇血、红艾、桑苞、漆树，都可以捣烂后封窑作颜料任意画在陶坯上，然后高温烧制，温度越高白陶的品质越好，冷窑与热窑差别大，动物血一流出与初热的陶坯绘画融合，烧出来的光泽反差相当大，变化莫测超出自己的想象。"

少主人："仙会画，今后让她来锦上添花。"

鸟蛋："哥哥，怎么叫他仙？"

少主人："啊，新婚昵称，她叫我主，我叫她仙，因为我不可能永远是少主人，会老的。"

鸟蛋："那大家除我之外，也都喊你主，喊她仙。"

少主人："就这样喊。"公主也点头微笑称是。

公主拿起一个碗："这个上面蝴蝶栩栩如生，形像蛋壳，做工精美，调理之精湛，纹路活灵活现生动，捏制得光滑平整，应该用模吧？"

锁扣："蛋壳碗，是用双伞枫叶，用小刀镂空底部灌浆凝固后烧制而成，今后还可以用蝉翼建模可能烧出来更晶莹剔透。"

公主："啊，那碗用芭蕉叶，竹针缝裁，可以使纹褶更有立体感，烧白陶目前比铸钱难。"

何仕可瞪大眼睛望着锁扣："你还能铸钱啊，违法，要杀头的！"

鸟蛋不屑一顾："人各有活法，凭本事弄钱换粮食，主要是换盐！"

锁扣从囊袋中摸出几十枚："秦半两，一枚三斤盐，一斤盐，有的吃半年。"

陈辛烙把钱币拿在手上仔细看，又掏出自己的秦半两钱币对照，惊讶不已："我在楚王宫管钱用钱，真的认不出这真假币，哪真哪假，真假难辨。"

众人接过比较后都摇头，传来使去混在一起更认不出真假。鸟蛋得意扬扬，又蹦又跳：“我教你们，当官、铸钱、烧陶都是手艺活，假的更光更漂亮。”陈辛烙给鸟蛋认，当真假币到自己手上，鸟蛋也糊涂了：“哎哟，我也不识真假了。”

锁扣走过来拿到自己铸的币：“铸币是死火，铸剑烧陶是活火，洞爷说我爷爷、父母都是在咸阳铸币。”

众人：“啊！这样。”

鸟蛋：“铸钱不能用钱是傻蛋，铸假钱胜真钱叫聪明蛋。”

何仕可：“叫混蛋。”

鸟蛋：“实蛋（弹）。”他做一个剪刀叉的动作，何仕可立即拿着盘子护住裆：“护盘。”逗得众人一阵哄笑。

少主人：“齐国原来用的是法化刀币，楚国用的是爰金蚁鼻钱，燕国用的是明刀币，韩国用的是方足布币，赵国用的是尖足布币，魏国用的是桥足币，秦国用的是圜币。”

公主：“齐国法化刀币与我们燕国明刀币很相似，韩国方足布币，赵国尖足布币，魏国桥足布，容易混淆，钱币形状各异，轻重不一，优劣不齐，用起来也较麻烦，换算复杂易错。始皇帝一身错，但是他灭六国后统一法律，统一度量衡，统一文字，铲除所有边界，大统一，大融合乃千古一帝。当代苦，为后代留足荫福。”公主的话众人点头，鸟蛋不服，何仕可摇头。

少主人笑一笑：“现在的秦国，半两为下币，流通最广，外形用秦国圜币与楚国蚁鼻钱融合，内方外圆，便于携带。”

公主：“天道方，地道圆，刚柔并济，动静结合。铸造质量普通，但是流通起来实用方便。铸造币的技术六国远不如楚国。”

鸟蛋跳起来：“总算说了一句公道话，秦国那边的人以杀人为本，抢为天理，修长城，修阿房宫，修始皇帝陵，劳民伤财，大多数都是燕国、赵国、魏国、韩国人做苦活的，像铸剑、铸乐钟、制作日用礼器、制作织品摆件这些就都靠楚国人了。”

少主人：“现在秦币中分三等，黄金以镒为名为上等，是在楚爰金上取消地名改造而成，大多数为皇宫富贾间流通，二等为珠玉、龟贝、锡银饰宝，多为藏用，三等币就是秦半两，铸造质量普通，设计为上乘，笔画方折，雅卓刚健，达到了均称均衡之美的高境界。”

陈辛烙：“私人制币管辖严，锁扣自制币用时多一个心眼。”

鸟蛋：“多事多心，凭本事，他认都认不出来，哈哈哈！”

少主人：“皇权威仪，随钱流动，市道繁荣钱才是钱，世道公平才是天理，秦半两圆中有方，方处有圆，这就是告诉我们何为臣民，何为公民，何为善民，何为善恶，何为轮回无为的哲理，是度量公平的圣物。”

鸟蛋：“哥哥哟，你讲这些理呀，圣呀，哲呀，我就头大了，我只认硬理，始皇帝你铸你的钱，我铸我的钱，一起用好了，学得一招鲜，走遍天下能吃饭，秦半两换一斤盐，吃半年，得啦，公平啦，谁也不欠账。”

少主人：“你秦半两只能换三斤米一斤盐，养活多少人？你敢铸一船秦半两到南郡金口换三船米一船盐吗？”

鸟蛋：“那太吓人啦……打死……我都不敢……去……我只能算算小账，三天能吃个肚儿圆，说人十年不吃盐，长一身毛，变猴，所以得天天舔点盐。”

少主人：“我们现在想在这个无名无姓的不毛之地建个镇，让始皇帝写个名，有了这个‘尚方宝剑’，就能堵住狻猊岗，筑一个石头漫水坝，抗百年一遇的洪水，造万顷良田，建一个白陶御用作坊，让柳河改半个道，迎八方客，让千万大众带千万两秦半两来做做生意，热闹一把，不亏来人世一场，聚万难民、灾民、饥民安家乐业，多交税，勤为本，善为基，富庶一方。”众人不约而同地鼓掌。

鸟蛋：“哥哥心好，心大，可那始皇帝是个杀人不眨眼的魔主，像头疯牛见谁顶谁，六国都一个个被顶翻了……”

少主人：“牛有鼻子，只要顺着，牵住鼻子，不要去硬顶牛角，牛就服你了。”

公主：“有时候，一根稻草能救活一匹大骆驼，白泥乃罕见制陶原料，将稀缺的泥巴变成一座财宝库。”

少主人问锁扣，鸟蛋最快抢着答：“这白泥离这里很远的，要走大半天，很窄很窄的深沟，穿过一大片树林，我掏蛋的地方，过一个山坳，一片灯芯草地……”

少主人：“灯芯草？”

鸟蛋：“就是油灯芯里放的那根白灯芯……”

少主人：“啊，灯芯草一般生长在湿洼地。”

鸟蛋：“没错，我们在外抽割，中间很深很深，丢一大石头，几个时辰都冒泡，洞爷说冒泡就是石头没探到底……”

锁扣：“那深度应该几头牛都会陷下去！”

鸟蛋：“灯芯草地上面就是很大很大，一个没骨头、没石头的软大山包，叫白坭墩，整座山包是软的……”

少主人：“都是白泥？”

鸟蛋：“是，越往深处挖，泥巴越白，就是像吃的面粉、糯米粉，搓成珠子，不用烧放一个冬天干透，放在地上滚动，硬得像石珠子。”

公主：“黏性高，白坭墩，今后可能变银泥墩，做出一批批日常用器皿，定成为稀世之宝，抢手货，换粮，换盐，这里就更有立足生机了。”

陈辛烙：“如果像这样的碗盘，世人见都没见过的货，一旦始皇帝看中，就御用，一片瓦都到不了民间。”

鸟蛋：“没那么玄乎，始皇帝的是人眼还是神眼？他的眼睛能看到白坭墩？秦半两都能铸着用，嘿，这碗，这碗，我把它白的烧成黑的，烧成五颜六色。”

陈辛烙：“也是，上有横策，下有直策。”众人被鸟蛋逗笑。

少主人：“明天到骷髅婆那里，顺便去一趟白坭墩看看。”

鸟蛋：“还算顺路。”

少主人：“那何仕可准备点吃的，早晨赶早过去，晚上回来，虽然有月亮，还是准备几个火把吧。”

鸟蛋：“我准备火把，也不用准备吃的，树上有蛋蛋，林中有野鸡、野猪、野羊，我们是靠山吃山，走到哪里吃到哪里。”

少主人：“那都听你的，那里可有土坯碗？”

锁扣："有，我做了很多各种各样的放窑洞里藏着备用。"

少主人："你可以画几个碗盘画了。"

公主："手正闲，动动笔快乐。"

少主人："烧出来的臻品，睿智与画一起脉动，白陶画可是万年不朽啊！"公主期待地点头。

晚餐有滋有味，陈辛烙的厨艺一流，锁扣送来的野羊用野八角，野辣椒闷，真是野味飘香一里，百人唾水横溢，里面还夹着老笋鸟蛋的味道。一开饭，陈辛烙盛上一碗让鸟蛋送给他爷爷，众人越吃越辣，燕鞭雨，何仕可两人都性急，越辣越吃，越吃越辣，一直辣到大汗淋漓。

鸟蛋："家菜没有野菜香，始皇帝一辈子也吃不到这么好的东西。"

少主人一思忖："也是，当了皇帝，做了人主，就讲究起来，越讲究就越孤独，越孤独就会越多病，越多病就越需要吃药，吃饭、喝水就越讲究，越讲究反而就越睡不着，越睡不着就越是肚子里转个九九回肠。"

何仕可："我看始皇帝一手遮天，说梦话、酒话都是诏令、皇命。"

鸟蛋："哥哥，人当上了皇帝就不想死。暴君生暴政，必遭天谴，物极必反，长不了。所以他想活一万岁，要人喊他'万万岁'，想一辈子坐在上面，想杀谁就杀谁，想整谁就整谁，想修阿房宫，修长城，修死人墓，就一句话，千百万人累死，饿死，他自己却讲究吃这吃那长生不老，逼得骷髅婆吃死人肉。"

锁扣："洞爷说，若干年后，还有比始皇帝更厉害十倍的人出现……"

鸟蛋："修十座阿房宫，把人全累死，就留他活一万年，厉害十倍怎么算？我要能等到那时候就好，看看那浑身长毛的魔头长啥样，有没有长生药啊？我也想吃吃，看世界变来变去。"

锁扣："活一百岁都难，洞爷八十岁就不能动了呀，白日做梦。"鸟蛋："洞爷说过阿房宫做事的累死累活百万人，最后被一把火烧得干干净净。”

公主：“哎呀，人越讲究就越生怪病。”

少主人：“笃信自然，以苦为乐，向死而生，心就开朗了。”

公主：“大道至简，是这样，但是人的命运多舛，许多事防不胜防，人最怕的是……”

鸟蛋听了入迷，似懂非懂：“人最怕狼，怕始皇帝……怕辣……哎哟喂……好辣！”伸出舌头用手扇风，所有人停下口，手拿着碗筷望着公主等答案。

公主深情地看了一眼少主人，环视众人，不泯真性的眼睛闪烁着一种极为自信的光芒：“人最怕真情！”众人愣了一会。

鸟蛋放下碗鼓掌：“真，怕真！”

锁扣歪一下头又点头跟着鼓掌，众人稍愣，一起鼓掌作答。

房间内。

陈辛烙沏好茶放在桌上，何仕可、燕鞭雨给浴盆上满水，又放两桶滚烫的水在旁边，盖上盖后退出。

公主辣得满脸通红，褪去长衫，迎窗凭微风梳理长发，看着江南落日的秀美，少主人剑眉凤眼此时已是顾盼流离，明眸满满醉意，他拿着一杯香茶轻轻绕后至前送到公主的嘴边，一口一口地侍奉着她慢慢品完。此时的少主人再也控制不住平常的优雅，猛力抱起无骨娇美身躯，放在床上，一次次狂风暴雨连续卷起，呻吟如同雌燕初啼。窗外已是银星冉冉显现，许久两人相拥离床，加了温水，一同浸入水中沐浴。

少年没有疲惫，一对破土蹿空的嫩笋，初尝雌雄妙境，两人柔声细语，有说不完的话，讲不完的事，叙不完的奇，此时隐语的甜蜜，公主对少主人的右耳朵：“主，我想咱俩永远生活在黑夜，伴着星星，无人打扰，品着岁月静好……”

少主人抚摸着她的脸颊：“你会画画，所以梦境总是那么美，但是世上利弊总在轮回，岁月不可能长久静好啊。”

公主突然翻身睡卧在他主健壮的身上：“主，嘿嘿，静好了吧……”

子夜。

本来八月十七应该朗月悬空，柔光铺满大地，此时讨厌的乌云涌起，随风飘移，像一块黑布遮住明亮，一片漆黑般的天地，万寂俱静，时而哀鸟鸣啼，洞口窝棚处，偶尔闪动孤独觅食的身影，突然一声惊悚绝望的喊声从少主人房间传出："救命啊，救命……"

接着少主人惊恐地吼叫："仙、仙、仙。怎么啦……"

门口憩睡的乌蛋惊得一下蹦起来："哥哥，开门，怎么……"

何仕可更快提着大棍几步赶到门口，两眼喷火，浑身骨节在响，没弄明白什么事，也不敢大声叫嚷，只是警惕与慌张的心在跳，陈辛烙、梅迁等人各提兵器静立候命，燕鞭雨是"十哑九聋"，听力不佳，但是每根神经极为敏感，哪里有丝毫震动，一个蚊子飞过他都会惊醒，而且他的眼力特别好，上帝总是在平衡着天下苍生，他拿着长鞭站在何仕可旁边，惊头惊脑地观察着每个细微的动静。

室内传来少主人低声抚慰之音，虽然听不太清楚，但是这些江湖高手，心里已安静一半。不一会，少主人一袭白长衫开门轻声对大家说："公主做梦，没事啦！"他摸摸乌蛋的头，几分爱意，几分歉意。

众人各自回房间，夜依然静谧，少主人在关门，一瞬间，突然心头一紧："嗯，怎么乌蛋爷爷没见了呢，噢……他能上哪儿去……啊？"

也没多想，转身闩门入内。

少主人倒一杯茶递给公主后，上床盘腿依偎而坐："好点了吗？"

公主幸福满满地侧靠在他怀里，一边喝着茶，一边反手搂着他的脖子，小调皮道："又没病，噩梦！什么好点没有，梦乃无病呻吟而已。"

少主人："噩梦都是白天想多了……"

公主："也是，亡命天涯，藏身无处，以前夜夜惊魂，梦中哭醒是常事。"

少主人梳着她的长发，用袖子擦擦她脸上的微汗："咱们都是吓大的。"一声意味深长的笑叹。

公主："刚才梦见我爹爹，燕王喜砍下他文武双全的儿子、我爹太子丹的头送给始皇帝，始皇帝见了又是仇人、又是对手的头颅遗憾地摇头，说‘我要的是活人，怎么来个死人头，把他女儿给我抓来侍候本王’……几个虎狼捕手扭住我往咸阳宫送，我就喊救命……”

少主人拍拍公主的后背，尽情安慰着：“我也常做梦，惊魂……屡屡出走……”

公主：“是凶梦，还是甜梦？”

少主人：“我多是同时做两个梦。”

公主讪笑：“哇，能同时异梦呀？”

少主人：“一是双核双童的思念，我哥现在瀛洲，咱哥俩一见，还有一个叫樱的姑娘和他在一起，我们一见面就没完没了地高兴聊天，还有上天派一仙女下凡找我……”

公主：“啊，梦里桃花运，那仙女长得怎么样，好看吗？说话了吗？你抱过她吗？”

少主人：“那仙女跟你一模一样，亲过，抱过，还……”

公主捂住他的嘴不让往下说：“后面的话，不能说，只能意会，不能言传，上床是夫妻，下床是君子。”

少主人：“呃，我们还没下床，有什么不能说的？能做的，就能说……”

公主抓住他的脖子稍用力：“做……”一声娇斥。

少主人夸张一张口：“痛！这里又是一个秘密，男人内功越修炼得高强，体征就越薄弱，也叫命门啦。”

公主又轻轻替他揉搓讨好：“别吓我，我是吓大的哟，今后不捏，好啦，哎。”

少主人：“知道，你没喊出声，我心灵先听到，所以我想惊醒你，那是生命之源泉。”

公主：“哟，真不该吓着宝贝蛋，心里好愧疚呀。”

少主人：“也好，危机四伏年代，习武之人，今晚也是一场夜练，人吃人的世界，警惕，把梦当真，一刻也不能松懈。”

公主：“感恩遇见，只要能看到你，我就心安，祈祷今后不再做噩梦，免得惊扰了你，心里实在过意不去……”

少主人："哪里的话？我的命都是你的，邂逅呢喃，让我梦中都笑醒。"

公主："我今后同你一起做甜甜的梦，不去想那些陈芝麻烂谷子的事，像我爷爷为王权，中李信奸计，砍下他儿子的头，多糊涂……"

少主人："人性的贪婪自私，一万年还在，庸君庸人一万年还生生不息，世上瞬息万变，一切更替轮回，都在恍然若梦之中，重要是要明白人如蝼蚁，万物顺其自然，曲折才有旋律。"

公主："以苦为乐，向死而生。"她握住少主人的手，少主人手一紧，很认同公主的格言："人间最怕真情哪。"

公主："为情而生，为真而死。"

少主人："为情而生，为真而死，无怨无悔。"

公主摇着头后又点着头："无怨无悔。"

少主人："咱俩一起做个甜美的梦吧，明天去白坭墩画画哈。"

公主恢复原来的姿势："甜梦一、二、 三，睡！"相拥而卧。

白坭墩，斗笠山余脉，方圆十里盆地，四周林草茂密，两道山岗环抱，中间垒矗起一个巨型白色的大蘑菇山体，下面是大片沼泽地，绿色灯芯草，一望无际，一年四季郁郁葱葱，再往下是收窄的溪流盈盈潺潺，不急不湍，悠悠注入柳河。

转过山沟别有洞天，朔风阵阵，虽是初秋，已散发出冬的寒意。锁扣带着众人轻车熟路地拐来拐去，进入一个大洞内，里面极为宽敞，一堆白泥，各种草叶，手摸成品、半成品和各种各样的陶坯，旁边崖边，是一座烧陶器的窑，窑搭在崖岩上，好借助风力催动烈火，又远离植被，古林朽枝在冬季也会发生火灾。

锁扣是主人，忙着生火烧水，挑最好的白陶盘碗盅搬到公主的面前，拿了一把自制的画笔，有用灯芯草制的，有野芭茅芯草制的，也有田竹枝烂后磨成的，还有七八种颜色的调料，给孤洞增添了些生气，俨然是一座世外桃源里的画室。

爱画之人，对景色自然钟情，心品着四周风物，看着白坭墩千万年冲刷成艺术品模样，赞叹不已："哦……主……占地三五里，大白蘑菇……”她用手比画着。

少主人：“神来之笔！世界上仅此一座。”

锁扣：“洞爷说，是神仙洒下的甘露变成的这白泥巴呀。比糯米还黏。”他将两碗硬泥给他们两人捏着。

鸟蛋捏着小狗、小鸡、小螃蟹，造型粗糙丑陋竟丝毫不在意，一个劲地努力反复来回塑造着，乐此不疲；泥质上乘，练泥乃品质的基础，这回何仕可的大力气派上用场，用力锤泥、揉泥、踩泥，累得汗流浃背；少主人自小讲究，造出芭蕉碗模型特别精致，又用硬泥捏直接成型，还在盘底镂出一个“仙”字；公主从未有过的放松与开心，在锁扣一摞碗盘盅里挑出几个精心绘画，不断换笔描摹与着色，如鱼得水，进入忘我的境界，享受着艺术的新奇圣洁洗涤心灵的快乐。她在碗上画了一幅以远山黛景为背景的《江南春》，盘内景《荷池》的几朵用蛇血点红的红花，迎风摇曳，婀娜多姿，呼之欲出。锁扣本不多言，一见《荷池》跳起来大叫：“绝色，绝色！烧出来比现在还要好看百倍，万倍！” 鸟蛋被他突然大叫吓了一跳，何仕可跑过来一看便傻眼，嘴笨语塞，只有伸出舌头边上舔一下，鸟蛋怕他弄坏：“剪刀舌！”慌得何仕可赶快护裆，锁舌，怒目相对，尔后笑了。

少主人将自己捏成的硬泥盘递过来，让她看了看自己镂的“仙”字：“留点丹青吧，做个纪念呀。”

公主开心地边笑着边思忖着，提起灯芯草笔在盘底写上两行字：“白云白山无人剑，空山空灵满钵金。”

少主人反复暧昧地念着：“哇，穷人日子过成诗，金山银山白坭墩啊！”附和着。

鸟蛋、锁扣不认字，羡慕道：“哥哥，你们读过书的就是不一样，画的比真的好看，说的比唱的还好听……”

锁扣：“嘿嘿，这白坭墩，今天算是遇到真神仙来了……”

鸟蛋：“哥，我与锁扣去弄点吃的，别饿着神仙了。”又吩咐何仕可劈干柴，把瓷罐里的水烧开。

智者见泉，愚人见石，公主全身心沉浸于圣洁的白泥陶坯上，在作画的快乐之中，物我两忘，爽静的笔尖下飞转地思考中，字画配是她拿手好戏，一盅上面腾升一轮圆月映在江面的倒影镶嵌着秀丽的小篆书。圆月蕴含着高雅的素意：“春有花，秋有月，夏有凉风，冬有雪。”少主人久久地注视，她浑然不知，专注的天性，艺术的天分，更有爱的滋润，心爽画必美。每到画龙点睛处，两人总是睛中有秋波荡漾，相视浅笑，向画里倾其灵动。

鸟蛋与锁扣是野外生存的高手，两人乐着嚷着让何仕可帮忙拿“贡品”两条大鲶鱼。两条鱼生猛水灵，还在强有力地挣扎着，不服地愤怒扭动，意思是：“我这么大的个，在这沟溪潭里纵横十几年，哼，就这么轻松给你小子钩钓上来……拿我下锅做……美……食。”

鸟蛋提着二三十个鸟蛋，怀里一大堆水果：“哥哥，赶快来尝尝，又大又胖的‘八月柞’，秋天斗笠山最甜的果子，来，一人尝一个吧！”鸟蛋一人发了一个，还有几串放在地上，这“八月柞”形状像茄子大小，剥了皮里面比香蕉还白，比苹果还甜，鸟蛋剥开一个最熟的（已裂开厚皮）给少主人，少主人轻轻咬一小口：“啊，还是野味水果香甜，不一样的甜味啊……”他边说边送到公主的嘴边，公主不看咬了一口，谢意地点点头，算是赞美，头也不抬地继续作画，少主人默默爱怜地守着、看着，等她吞下，又喂她一口……

何仕可连吃三个，鸟蛋吃一个，锁扣一个，何仕可还想吃，鸟蛋拦住：“公主喜欢吃，等会带回去，她晚上吃，饿鬼，贪甜祸。”

何仕可憨笑认错，忙着继续添柴催火，锁扣在活割鲶鱼，一条一条放进白陶锅里，鸟蛋又剥了一根给少主人，手里还捏着几个鸟蛋不肯往罐里放，要看着少主人吃完“八月柞”才离开。

少主人领情地几口吞下，上前拿一个鸟蛋打趣地说：“刚才还干锅冷汤，这会野味飘香，这蛋呀，外面往里面破是食物，要是里面往外面破呢？是什么？”

鸟蛋：“是破蛋。”

锁扣习惯性地歪着头想：“里是……”

何仕可从来不喜欢动脑筋，一个劲地摇头：“里面往外面破，怎么破嘛？”

少主人重复着，眼睛看着公主，公主停下笔，柔性温情地说：

“是生命！”

锁扣先悟到：“生命，啊，由里向外是一只新生命！”

何仕可稍慢看着锁扣兴奋，见形启智，也比画着：“又一只小鸟出生，新生命啊！”

鸟蛋悟到后，看着又听着锁扣的言行又蹦起来：“天啊，地啊，要读书啊，我抓了一辈子的蛋……”

少主人：“一辈子？”

鸟蛋：“我搜了几千几百八十个蛋，怎么也没想到，由里到外是生命，那我搜的偷的抓的都是新生命啊，从今天起，我再也不去偷蛋了，哥哥，我只知道舌头是心的窍，嘴是肚子的门，读书开一切窍啦……我也要读书……”

少主人：“读书？”

何仕可：“臭蛋，读书最累的，我读过……”

鸟蛋：“你是大笨猪，我可是聪明鸟。”

何仕可大手一摊：“天不怕，地不怕，苦不怕，死不怕，我就怕读书……哈哈、哎哟，天下最难是读书……”跟着摇头大笑，“读这么厚的书，一个字记不住，前面记住了，读一百遍一千遍，转个背就忘得一干二净……读书人天生的，要祖坟……我家几代人都是干力气活，一读书就变蠢，哈哈！”

鸟蛋脸红脖子粗指着何仕可：“你家祖坟葬在牛包山上，出硬力的。哥哥，洞爷说我是读书的料，就是没人教，是不是，锁扣？”

锁扣：“是，能不能读书没看到过，耳听为虚，眼见为实，洞爷说过也不算，你又能编，又能唱，那倒是天下无双。只有读过书，才知道是不是读书料，就像铸秦半两，能用的都是真钱啰。”

鸟蛋又喜又开心，摆起架势：“编是学问，唱是本事，又编又唱亦凤亦凰啊。”

少主人：“想读书是好事，自古楚人都把读书放在首位，再穷再苦也要千方百计让下一代进个学堂，你俩本是读书的年龄，可是现在兵荒马乱，劳役苛重，尸横遍野，能有一条生命活着就不错。”

公主：“心想一尺，天宽一丈，你看那细缝里长出大树…….”

少主人："咱们设法在这里建镇开埠，先堵住狻猊岗长江溃口。造万顷良田，家中有粮，心中不慌，只要有吃的就能立足生根，再开这白垺墩金山银库，就能建学堂，请先生教你们啦。"

鸟蛋："那太遥远了，等了道士老了鬼，我今天就想读书啊……"

少主人看看公主："那好，你今天回去准备一个大沙盘来当简牍，树枝削尖当笔，我每天教你十个字……"

鸟蛋大叫："太少了，太少了！"

何仕可："一天十个字嫌少哇，一天三字我都嫌多……"

鸟蛋："大笨猪，你这货怎么跟我比。"

公主："那你一天要学多少字呢？"

鸟蛋："一千字，不不，一万字，学一本书好啦。"

少主人笑着说："好啦，不管多少字，不限定，你能学多少，我就教多少，量体裁衣，度身定制。"

鸟蛋高兴地又跳起来转圈："太好了，唉，锁扣一起学吧？"

锁扣看看少主人又看看公主："我想一边学写字，一边学点画……"

公主大笑起来："好，我教你画，主教你字。"

鸟蛋一歪着脑袋："嘞，那不行，你怎么能比我多学一样呢？我也要学画画，画洞爷的那两只大鸟，日月鹰、鹊儿喜。"

少主人："好，一言为定，一起学，明天开课。"

这时何仕可一边试着煨汤，一边大叫："哇，好鲜，好鲜的汤，哇！"

锁扣将煮熟浮飘在罐上的鸟蛋捞起来放进清水里降温，少许剥开薄壳，将一个个嫩得像豆腐的蛋，放进鲶鱼汤里，鸟蛋兴奋地望着心想："今天的蛋又嫩又圆啊。"一想到要读书，心潮如罐里的鲜汤翻滚。

第四章

鸟蛋望着罐里翻滚的蛋："要是拉坡来弄，那味道更鲜，更美啊。哎，锁扣你昨天去过骷髅婆的洞里呀，没人吗？旁边那些洞也没人吗？"

锁扣："骷髅婆做事总是那么诡异，心机重重，可能又藏得更深……"

鸟蛋："这回应该不会像往常一样深藏，应该去了桃花源。"

锁扣："你怎么知道？"

鸟蛋："因为拉坡喜欢那地方。"

锁扣稍思忖："嗯，女的就算再强，一遇到男的也变成藤了，哈哈哈。"

公主在旁听着哑然失笑，瞟一眼少主人后问锁扣："女人变成藤，又是洞爷说的？"

锁扣："也许是……是……他说的……"

鸟蛋："女人是藤，男人是树，是我偷学的歌里唱的。"

锁扣恍然大悟："对、对、对，我是从你的歌里听到的。"

锁扣热情高涨："白坭墩这鬼不下蛋的地方，我一个人不知道来了多少回，今天竟然还有仙女在这写诗作画，难道是白坭墩的神仙醒了？"

锁扣冲洗碗筷，拿出自己烧出来的白陶器，今天第一次总算派上用场，鸟蛋试着汤皱起眉毛："太鲜了，鲜过头了，就变成甜的了。"

何仕可得意地炫耀着从衣袋里取出两包东西一晃："臭蛋闪开，我两年前就想好了。"鸟蛋、锁扣、少主人、公主都看着何仕可。

"盐、五里香。"何仕可说罢倒进罐锅里。用木勺搅动，顿时汤色，香味即变，鸟蛋喝一口爽得连声叫好："大笨猪，大笨牛，你总算一辈子做了一件让我瞧得起你的好事。"两人一边打嘴仗，一边忙着夹肉捞蛋，分到五个碗里，争闹声、白陶碗碰撞声、锁扣的吆喝声响成一片。

少主人对公主耳朵小声说："粗人也有细心之处。"

公主喝了一小碗汤，品两片鱼，吃了一个比所有水果都甜美的"八月柞"。待少主人吃完后，锁扣在汤里加了一把野辣椒、野八角、野花椒，又辣又麻，这正中鸟蛋、何仕可的胃口，三人边吃边喝边嚷，顷刻各自被辣得满身大汗，龇牙咧嘴："辣死我啦！""过瘾！辣到肝里去啰！""哎哟，我的娘，辣到头皮都喊热……""走，走，走，咱们仨山下搬白泥去。"

公主回头望三人窘相，微微浅笑一下，又继续作画，着迷地轻舞画笔，心浸于诗意之中，少主人拿了一杯水送到她身边，她抿一小口，幸福地对着少主人一笑示谢，在这与世隔绝的地方，醉心于喜欢做的事，她一直含笑着一丝不苟地作画。

少主人拿着水杯又是羡慕又是赞叹："仙，你表面文静，弱不禁风，内心却强大无比。"

"啊，是吗？哪里看出来的？"画风出淤泥而不染，硬朗不失细腻，潜心于工笔，诗意扑面。

少主人痴情地看着画："你喜爱荷花圣洁，白描融糅篆书，书为画点睛，自成一体……"

公主："哈哈，情人眼里处处美，谬夸自己人。"

少主人跟着大笑起来："我也学过画画，就是静不下来，一心只想练武复仇，一切冤火都潜蛰于修炼功夫之中。"

公主放下笔，伸伸懒腰，久不画，身子还是疲惫："乱世之中，无理可讲，无冤可伸，人性已成牲畜，习武阳刚之美防身，男儿本身不屈不挠，磨砺铁打的意志，乃汉子之本。"

少主人靠近公主，帮她捏捏肩肌，揉揉香体，扶她走近石洞门口一起看外面风景，抬头看着天上绕着白坭墩上空飞舞的鸟："人最幸福的境界莫过于自由，如果错生在暴君时代，那就惨了，始皇帝没有半点错，全身都是堆着功德，一切错都是别人的，一切都是假做成的，一切都是神秘。”少主人有感而发。

公主：“专制就是靠神秘掩错，暴君在咽下最后一口气时，他没半点错，但是他的错在他死了以后都会一一显露出来……”

少主人：“成为千年万载茶余饭后笑谈。”

公主指一指刚画完的白陶罐上《荷边初月》：“很多大师都喜欢早晨日出时的荷花，我却偏爱初出的月亮与荷花。”

少主人蹲下细品：“一身素意。”

公主：“至尊之位，王侯深宫，过眼烟云，兴衰难料，真比不上像这白坭墩野趣横生，安身立命的好场所，欣然自乐。”

少主人：“啊，应该还有更好的世外桃源，养自由之心。凡是长灯芯草的地方，一般都湿气太重，如果做几个大火窑，那三乡十里的气候就有所改变。”

公主：“这里将来会是一个世上罕见的白泥陶都。”

少主人：“马上会成为闷声发财的摇钱树，你的画作会随着白泥陶器进入咸阳宫，溢流民间，陶画千年不朽，卓尔不凡。”

公主笑着依靠在少主人肩上：“我没想到那么多，那么远，我只是喜欢跟在你后面玩玩。”

少主人：“开心就好！”这时何仕可背着一堆白泥进洞，锁扣、乌蛋一人背一坨称赞：“这牛真有力，咱俩要背三天的活，他一次背上来了，再背一次下山，这牛来一次是一次，多背点储存，吃了鲶鱼有横力。”他们三人边喝水边笑闹着，又一次下山。这时谁也想不到，厄运正无声向公主逼近，俗话说“细心一世也有一刻之时大意”，一语成谶。

公主挑了一个略大的陶盘坯，拿了颜料准备走出洞。少主人赶快抢上前接过她手上这陶盘坯笑意盈盈：“还不累呀，要出去洞外画，外面风大啊！”

公主笑着：“喜欢就不累，你看夕阳西下，映照这朵大白蘑菇，真是神来之笔，不画它，心中缺憾，来一次不容易，我想把这白坭墩融进天地山水中。”

少主人："大白蘑菇。"

公主："我想用画笔把它搬到长江边上。"

少主人："像那江心洲。"

公主点点头："把锁扣'一竿漂'画在江流里。"

少主人："哇！夕阳、白蘑菇、江流、一竿漂，真是仙境。"

公主："万里长江一竿漂。"

两人走出洞，衣服被吹得鼓胀鼓胀的，头巾飘带飞舞，公主找了好几个角度，站着眺望玉立摇风，蹲下观察，艳花卧丛林，最后遴选到一个地点。一棵古松树旁，坐靠在一块石头上，少主人送上陶盘时踩倒一片杂草，公主赶着夕阳折射在白墩上的万道霞光，飞舞起笔，全神贯注地抢时间，少主人在旁边凝神静气地看着，几次想帮她挡挡风，又怕遮蔽了她的取景视线，侧身用心观察着她作画。

约半个时辰，公主玉腿不由自主地夹动两下，还是一心赶画，少主人在旁望了望，没见到什么，又陶醉于观赏作画之中。

过了一会，公主猛然站起来，跺跺脚，狠揉几下隐私处，少主人过来帮她拍拍大腿，在跺脚的地方狠踩几下，公主又迅速蹲下继续作画……最后几笔画完，她丢下笔难受地在原地猛跺脚，狠狠揉抓下部："哎哟，好像有虫蚂蚁钻进去……咬……哎哟……痒……难受……难受……"惹祸的正是她的经期之血。

少主人赶快牵着她的手，往地上一看有血迹，仔细一看，吃了一惊，地上有许多细小的红色蚂蚁在蠕动。"呀，这么……多小红蚂蚁……很小……很小的……这血……"公主蹲下一看，"啊，这血迹不是今晨女人来了月经流的血，而是刚才太痒，一难受大力抓揉伤的……"

少主人："赶紧走，到洞里找水洗洗！"风大说话听不清，她忍耐地咬着嘴唇指指，意思是把陶盘坯拿走，少主人转身抱着陶盘坯，一手抓着她的手向洞里奔去。

进了洞公主几乎倒地，蹲下扭动着身躯，少主人放下陶盘坯，将她扶起，发现她手在隐秘处乱抓，牙齿咬得咯嘣地响，鲜血从腿流下，她失去了矜持，顾不了羞耻，狠抓乱撕，一片血肉模糊……

少主人急喊着，并挡住她的手：“仙，仙，别抓，忍着点，我来找水洗洗……”

公主一声一声长嚎：“噢……噢……噢…… ”被挡住的手在全身抓，衣服被撕破，一抓一血迹一沟痕，浑身乱抓，已至疯狂，丧失理智，如万蚁噼心的地步。一声声惨不忍睹的凄厉叫声，狂抓嘶喊，浑身血肉模糊不清，瞬间判若两人……

少主人慌乱中赶快抽下腰带捆住她的双手，惊恐中看到她脖子上已出现大块大块红色疱疹，公主扯开嗓子嘶喊着，手被捆住，浑身扭动着，极限地垂死挣扎着，少主人大声吼叫：“何仕可，何仕可！”

公主的叫声已传到白坭墩山下，乌蛋耳尖大叫：“出事啦，快跑！”三人丢了白泥快速向洞里飞奔，听到少主人的惊慌呼叫。

何仕可三步并作两步狂冲，率先到达：“来了，来了！”乌蛋、锁扣随后赶到，见到如此惨况，三人目瞪口呆，半晌都说不出话来，惊恐的眼睛急得要爆出来。

少主人：“一种红色很小很小的蚂蚁，钻到公主肚子里……赶快……下山……找……”说罢他快速脱下长衫将公主裹住，抱起来要往山下走，何仕可拿了箫、拐杖剑、大棍，乌蛋哭着：“该死的蚁，我把你烧成灰……”

锁扣挡在洞门口：“白坭墩四周，特别是长灯芯草的附近，风大潮湿，专长火蚁，火蚁又分三种，一种大火蚁吃朽木树根，咬一口针扎一下的痛，毒性不重，第二种火蚁黑头红身，咬一口立起大疱疹，叫毒蚁，三两天消肿，第三种小小点点小红蚁，专围着伤残的小动物吃，还吃小虫和吸血，叫阴蚁，一旦钻入人体内，吸血衍生，奇痒无比，生不如死……”

乌蛋边哭边怨：“好像洞爷原来说过，女的最好不要来白坭墩，来了要紧紧扎裤腿、腰带，哎，我该死的脑袋，专门高兴去了，哎哟，死蚁，该死的蚁怎么不咬我……咬错人……”

少主人：“那种古树下面可能是阴蚁窝，这里可有人治？”

锁扣：“有个坏人专治蛇伤、蜂伤、蚁伤、疯病的……”

乌蛋：“那家伙叫鱼无舌，坏透顶，死都别找他，是老淫棍，专门设套坑害女人，他在南郡金口被人打断舌头，剪断三根手指头，牙都被人拔掉，拉坡上次被蛇咬伤，他没完没了地敲竹杠，最坏的是他治病不断根，还下药拖出别的病，找他治病，这病越治越多，他会在漂亮女人晒衣服时暗放阴虱，长期拖着要钱要粮的，还长期睡女人呢。”

公主在少主人怀里扭曲，牙龈咬得鲜血顺嘴流出，少主人心如火焚：“事到如此，只有求他开恩救命，不管多少钱粮，只要他开口，我都给他。”

乌蛋：“金山银山他都不满足，他一见女人就淫心作乱，上次拉坡找他治病，看他是个男人，在夜里给他治病是一边玩他的小鸡鸡……后来我打了一根锈针扎在他骨里，痛得他受不了才放了拉坡。”

少主人望望痛苦的公主，热泪长流：“快，走，只有先找他治病……”说罢抱着公主向山下飞跑，乌蛋冲到他前面领路，何仕可有力无处下，这力气活几十里路，应该是他干的，但是公主千金之躯，他丝毫不敢要求出力替换，只是紧紧跟着，一把眼泪、一把汗地替自己和少主人难过，锁扣警惕地不断提醒少主人过沟过坎要小心。

天飞横祸哦，命运多舛，爱之新娇妻受苦难自然肝肠寸断，七十里山路险峻难行，实际上根本没有路，平时人迹罕至，只有锁扣两三个月才来去一回。公主命悬一线，在少主人怀里一阵阵痉挛，面孔煎熬到扭曲，少主人心急如焚，一路狂奔，鞋子早已脱落，从未赤脚过的他，娇嫩的皮肤被尖石、荆棘、树杈戳割得面目全非，一路血印。乌蛋一路哭哭啼啼的，心痛少主人，又着急公主。何仕可也跑得鞋子不知了去向，血流如注，锁扣、乌蛋虽是自小无鞋穿，平时走路都是轻提轻放，今夜跟着少主人奔跑，哪管得上避坑？也是双足染红，一路血腥留迹。

天怜真情，只有皓月比平时更为明亮，柔光泻地，如同白昼，一路护佑狂奔众之影。

鱼无舌的洞前，不走到面前根本看不到洞门，上面长长的芭茅草掩盖了一半洞口，洞门处十几棵油桐树，叶大面阔，阴森密布，最前一棵油桐树梢上挂着一块破旧的行医标识织布。

一年没几个人看病，这里又穷又偏，住的大多是躲追杀、逃苦役之人，只有被毒蛇蚁咬了才找到这里。一到洞口鸟蛋带着哭腔大喊：“鱼无舌，鱼无舌，快……快……出来……”

半晌里面传出有气无力的口吞字听不清的声音：“谁……没大……没小……”

鸟蛋一急捡起一根棍子冲到洞口把芭茅草一弄，弄得噼噼啪啪地响：“你还没死呀，快……快出来……拿上药……”

一会里面歪拐出脱光了发、没人形的光头，骨瘦如柴的四五十岁老头，衣着极为褴褛，一看几年不洗澡，也没洗过衣服，浑身一股臭朽檀腥味，嘴歪无牙，鼻塌背驼，未老先衰，只有眼睛还算像活人，浑浊幽绿：“是……是臭蛋……上次拉坡被蛇……咬人，你还差我二升米……”他嘴里含着什么，一股恶臭烧焦味，他说话并不结巴，只是无牙边嚼边说不连贯，大概是舌头被人剪断一截的缘故，说话语音很难听清楚。

鸟蛋：“胡说，说好了的是三升米，你后来涨到七升米，还下药想让人长期在这里治，我说话从来算数，多给你两筐鸟蛋，七个秦半两。”

鱼无舌：“秦半两只能换点盐，又不能买米，我现在只能吃毒死的老鼠肉为生，活的抓不到。”

鸟蛋：“快治病，治好了，我给你七升米，送你十只活老鼠。”

鱼无舌往前边挪，边看众人：“臭蛋，你上次打锈针到我骨头里，痛死我了，这回别弄痛我，得讲点规矩，我可是名人。”

鸟蛋：“谁叫你要耍花招，那叫报应！”

鱼无舌走到锁扣面前：“报应，谁被蛇咬了？”锁扣讨厌地看着他：“不是我，是公主被蚁给咬了。”

鱼无舌一听说是公主为之一震，瞬时像打了鸡血：“啊？这里还有公主……嘿嘿……也难说……前几天，八月十五，我听到箫声、筝声，这几天还老想着，哪里来的高人……”

鸟蛋呵斥：“这里，快看病，别歪歪叽叽……”

鱼无舌借着月亮看到少主人抱着一女性，上前先打量一下，一看到抽噎的公主深吸一口气：“哎哟，这位公主真倒霉，阴蚁入阴，见血衍生，嚼咬奇痒无比，她手应该要把全身抓得血肉模糊，面目全非，哎哟，这种病，女人一碰上还不如死了的好……”

少主人：“她的手，我捆起来了，怕抓伤……”

鱼无舌：“啊，做得好，要不抓破肉，毒发全身，就是治好了，也是一身疙瘩，一身伤疤像癞蛤蟆嘛，难看死了，摸起来不光滑……嘿嘿。”

鸟蛋：“鱼无舌，别啰唆，快治啊，给你七升米……”

鱼无舌诡异淫笑：“哎呀，热毒浸入血液，痰湿诱发肺痈发作，阴宫糜烂……哟啰……马上七窍出血……水疱断经络……毒发身亡……追悔莫及……太年轻，如此美貌，人生年少，花未开，月未圆……即进黄泉……公主……千万别喝孟婆汤啊……”

公主又一阵一阵更强烈的痉挛，玉牙咬得嘣嚓作响，血顺嘴角流出，阴血顺着裤腿流淌到少主人血肉难分的脚上。少主人泪流满面，望着公主难受的面容，心如万刀剜割，公主如砖块压胸，不断喘着粗气，刺卡咽喉，差点一个字都吐不出来：“前辈积善至仁……”

鱼无舌抢过话：“这少年英气阳刚，定乃侯门之后，通情达理，不像臭蛋……”

鸟蛋火了：“鱼无舌，我踩你尾巴啦，快救人，不然……”

鱼无舌抬起头：“哼，访一访，也不掂量掂量，我鱼无舌是南郡金口名人名医，哪个不知，谁人不晓，医术高明，德行三江……”

鸟蛋大叫：“放你娘的屁，你放毒灭毒，淫医伤害多少良家妇女，舌头给人剪了，牙给人打掉了，还有脸德行三江……”

戳到痛处，鱼无舌恶厌相原形毕露：“臭蛋，别在这病人面前败我名声，我鱼无舌堂堂名人名医，声誉看得从来比命都重要……”鸟蛋“啪”一根绣针打进他肋骨眼，怕伤到腿脚不能治病。

鱼无舌哀号：“哎哟，挨千刀的匪贼，以毒武欺侮名人名医，我是读书人，哎哟……才高八斗……学富五车……什么世道啊，这臭小子哪里剽学的毒针入骨……天道……报应……”

众人惊愕，鸟蛋突然：“治不治，不治我走了，找洞爷去……”

锁扣和一声：“走。”

何仕可、少主人互望一下，鸟蛋使一个眼色拉着他强行转身离开。

鱼无舌突然大叫：“慢，听我说……哎哟，绣针痛死我了……这臭蛋邪蛋胡言乱语，公主命悬一线，不出一个时辰自会毒发身亡，现已近夜深，山高路远，哪里去找洞爷？就是找到洞爷，‘阴蚁七毒散’乃我祖传三代秘籍修正泡制而成，其药性独步天下，人命关天，我鱼无舌行医楚界三郡三江，普救百姓，救人乃医者本分……”

鸟蛋回身急问：“怎么救人，快说，别婊子立牌楼，快来实的，不然第二根锈针入骨废了你。”

锁扣：“公主痛苦煎熬，越实越好！”

鱼无舌顾不得痛，身子一震绿眼一转：“看在这少年虔诚谦逊的份上，七十升米、七斤盐、三百秦半两……”

少主人没等他说完：“好，七十升米、七斤盐、三百秦半两，一升不少，一斤不缺，一两不欠。求前辈快……”

鱼无舌：“把人放我这里三天三夜，你们回去准备米、盐、钱……”

鸟蛋：“放屁，你又安坏心……”

鱼无舌：“医德救人，医术换米、盐、钱，天经地义。”

鸟蛋：“这三天三夜公主玉洁之身，怎么能放你这阴洞臭沟之处……”

何仕可叉腰，铁塔身躯往前一靠怒目圆睁：“我家主人答应你的米盐钱，实金口玉言、分毫不差，可否你给药我们带回治疗，这里实在……”

鱼无舌瞪着眼睛：“太不懂名医之术，这阴蚁祛毒排瘀火唾湿，要三种方法齐施，一要藤药阴宫之内，二要服‘阴蚁七毒散’，三要本名医自幼修为阳功，祛毒圣药转精射入阴宫之内……”

鸟蛋跳起来：“绝你八代祖宗。”

公主喘息声加重，但头脑清醒，扭动身躯：“主……救我……”

少主人：“仙，不惜一切，一定救你，当出身家性命在所不惜。”

公主：“主，听着……我的身是你的，这……辈……子，已幸福满足，不许任何人玷污……圣……洁。”

少主人："一定。"

公主："你……快用芈离剑刺穿我的心脏，死在楚玉姬氏祖传利刃之下……然后用烈火……烧成灰烬，送郢都姬氏祖山深埋，留给你的只有今天画的白陶臻品了。"鸟蛋、锁扣、何仕可："啊……"潸然泪下泣声一片。

鱼无舌："哎……何必……我为你除毒疗祛奇痒……于医理、道理、天理都公平公正。怎么不想开一点啊？医生对女病人，视为同类……"

锁扣一扬钓鱼竿，鱼无舌嘴唇被钩破："鱼无舌，畜生，我让你再变鱼无唇，鱼无耻！"

鱼无舌痛骂："挨千刀的，老子早就活得不耐烦了，你们杀了我好了，名人名医，手无缚鸡之力，任人欺负，现在弄死毒死都没用，反正我也不想活了……哎哟……痛死我了，什么世道啊？怎么这样对待名人名医啊！"

少主人坚定道："何仕可！"这声音沉稳得可怕。

何仕可："在，少主人。"

少主人："听着，公主圣言也一定照办，不得有误！"

何仕可："一字不差照办，少主人。"

少主人："回睡屋，我刺死公主后，我为她穿戴整齐，我自会躺在她身边自刺身亡，你买下睡屋，用干柴烈火焚烧三天三夜，然后将我俩骨灰送到白垊墩一起深埋，不立碑牌，只栽上花草，仙，你最喜欢什么花？"

公主："杜鹃花吧！"

少主人："多多栽上杜鹃花。"声音激动更稳健也藏有幸福感，"走！"他抱起公主，亲一下她的脸。

公主流着眼泪："主，谢了。咱们同年同月同日生，同年同月同日死，知足了。"

少主人："知足了，到那边天堂，咱俩还做夫妻。"

公主："是，只要你不嫌弃，我愿来生来世，没完没了做夫妻。"尽管蚁毒厉害无比，但公主在爱的精神鼓励下，精神为之一振，欣慰无比。

乌蛋感动得直摇头，大声哭泣：“哥哥死，我也死，把我一起烧了，就葬在他俩旁边……”

少主人抱起公主大步离开，乌蛋、何仕可、锁扣被他俩的真情所震撼，乌蛋一声童声高喊：“走！”

何仕可、锁扣随着迸发出吼声：“走！”

突然他们被前面一群黑影挡住：“且慢！”

乌蛋一愣：“嗯，这声音有点熟悉……”

他跑上前一看，立刻哭出来大叫：“奶奶，是奶奶……哥哥……是奶奶……”

少主人抱着公主轻声：“奶奶……”心头一阵酸楚，抽泣不已。

贼娘由四人抬着，长衣掩面，慢慢挽起头巾：“孙子、孙子、亲孙子，只见一面就记住奶奶了……哈哈哈……好孝心啰……哈哈哈……”

一阵爽朗的笑把受了针伤钩伤的鱼无舌从浑浑噩噩中惊醒，丑陋的嘴脸带着惊恐的怒气：“江心洲的贼娘，你迟不到早不来，几次总在节骨眼上冒出来……”

贼娘威严自来：“鱼无舌，别把坏事做绝，快把‘阴蚁七毒散’拿出来，给自己留半条后路……”

鱼无舌豪气地摆一摆褴褛的臭衣：“生与死对我来说一模一样，什么留路不留路，南郡金口名人名医怎么能听贼摆布？救命拿米、钱、人，尝尝公主的滋味，死了也值，比看一万眼贼婆娘强……”

贼娘：“厚颜无耻，肮脏至极。你毒死你师傅鱼天寿，拿了‘毒秘籍’，还偷了四包‘阴蚁七毒散’、十一包‘蛇毒散’，四处诈骗坑人，淫荡无忌，现在你十一包‘蛇毒散’只剩下四包……”

鱼无舌：“贼婆娘，你一直盯着我……贼心不……死。”

贼娘：“哈哈，天下事怎么瞒得过贼的眼睛？四包‘阴蚁七毒散’怎么只剩下一包啊？”鱼无舌：“四包用了两包，被贼偷了一包，还有一包……”

贼娘：“哈哈，你一包也没有了。”鱼无舌赶快搜遍身上，没有，带着哭腔："贼婆娘，你又偷了我的救命药啊……"

贼娘："两包都在我手上……"

鱼无舌冲上来抢，被随行的水獭竹所挡住："贼祖宗，还一包我啊，一包我送你赚钱，治好公主的病，七十升米、七斤盐咱俩平分，再过几天快乐日子，名人名医、掷地有声、说话算数……"

贼娘："天下好坏人都有，像你这样名人名医、行骗坑人的倒不多。你还有猫腻，你偷的秘籍配方有七味药是假的，所以你配来配去总是功亏一篑。"

鱼无舌瞪着绿眼珠："哎哟，天知地知，只有我一个人做的事，你怎么知道啊，钻进我肚子里不成？"

贼娘轻蔑看他一眼："呵呵，要想人不知，除非已莫为，幻想自欺，要小心眼，我也跟你耍一次，来，我说得很快，记住是你的造化。那七味假药是：血蝎、白花蛇、曼陀罗、透骨草、霸根、灵姜片、土元。"

鱼无舌慌乱中惊叫："贼祖宗，再说一遍，再说一遍，说这么快，我……我……怎么……记得住呀……"

贼娘："贼有三六九等，我是贼娘又是公主。"她回头对少主人，"这阴虱见血溢毒，又猛又急，这包两份打开一份，红色放进阴宫患处，绿色温水服下，三个时辰之内痊愈，药对症，来得快去得也快，第二包隔夜同用，可将毒菌拔根，第三包是我自己配的，在江心洲，明日我让水獭竹送来，第三包服后，坏事变好事，日后百毒不侵还福延下一代。"

鸟蛋："奶奶，真的假的，那我跟锁扣的媳妇也病一病……也服三服……百毒不侵，下一代不怕蛇虫蚁啦……"

贼娘摸摸鸟蛋头："好孙子，别傻话，这病是撞上的，好端端的谁愿意受这罪……"

公主微弱地喘着气："替我恩谢……奶奶……"

贼娘："哎哟，小公主有缘遇上老公主，快回去，治病抢寅卯时刻，我走啦！"说罢头巾一披四人抬着急转身，一众人拥着一拐弯消失在月夜里。少主人抱着公主兴奋地与众人向睡屋奔去，不时还听到鸟蛋由哭转笑的声音。空地上只留下鱼无舌嘀咕："一夜两公主……"又抬头仰视天空，"这月亮咋照的？"

回睡屋路不远，此时月亮似知人心，更圆更亮，鸟蛋路熟由惊变喜，把两包并不大的药抱在胸口上，边跑边领路，生怕节外生枝，少主人由丢魂落魄变成希望在胸，心上人有救，脚下生风，忘记了一切疲惫，脚上伤痛，何仕可、锁扣眉展心悦，由心灰意冷到峰回路转，浑身麻溜劲，紧追其后。

少主人旋风似的进入房内，将公主平放在床上，鸟蛋迅速递上药，眼光环扫一圈后，飞快退出房屋，带上门躺在台阶喘着气，不停地擦着汗，竖起耳朵聆听着室内动静。何仕可与锁扣向恐慌的陈辛烙等人陈述来龙去脉，陈辛烙听完后，额头渗出冷汗，他又细问了一些情况，吩咐梅迁烧水，自己皱着眉头到自己房间打开药箱思索着，不时走进走出，向少主人房间张望，像是算计着时间。

少主人打开药包将一支红色圆柱形药棒轻轻塞进公主阴宫深处，合上玉腿，他静静抱着双腿瞪大眼睛，屏息敛气关注着公主的每一个细微的变化，脑海里设想着一万个应对办法，心似放在天地火炉上煎烤……

一杯茶时间，公主突然发狂地颤动，口里发出绝望的叫喊："噢……噢……嗬……啊……"少主人紧抱着她的双腿不容分开，怕药物流失，嘴上呢声安慰着挣扎难受中的公主："仙……仙……忍着点……噢……"头上大汗流淌，心中不停地祈祷，眼睛盯着公主的脸部与眼睛的表情，在梦魇中搜寻每一个疑点。

门口的鸟蛋，楼下的陈辛烙、何仕可、梅迁、锁扣等人，凝神听着楼上的每个声响，吞着口水，心里都在咯噔发毛，传来每声痛苦撕心裂肺的喊叫，让他们都不寒而栗，特别是何仕可牛一样的身躯都在颤抖着，还拉着燕鞭雨打着不熟的哑语安慰……

化不开的苦楚慢慢从公主脸上褪去，柔软的身体逐步恢复平和，少主人溢出惊喜的热泪，缓缓解开捆着的玉手，摩挲揉擦着那深深的勒痕，心中虽有喜悦，眼睛却一刻也不敢松懈，莫名恐慌还缠驻在心里，屏住呼吸，轻攥住她的手指捏搓着，十指连心，他在感知着每一个细小的动静。

少主人从未见过这般凄厉的惨嚎，揪心揪肝地痛彻骨髓，出入世间，突遭恶噩，让他淡定从容的性格惊慌得无计可施，生死时刻无情亦有情，一夜惊魂恍如隔世，他望着平静的公主，口中喃喃念念有词，他自己也不知道他说了些什么，或许只有公主心灵深处能懂。

少主人试了一下她的鼻，呼吸匀称，听了一下她的心脏律动平稳，把了一下她手腕的脉，搏动虽微弱，但是慢慢显得有力，他心安一半，高度紧张的情绪缓缓平复下来，他拉开门轻声对躺在门边的鸟蛋说："拿点温水来。"语音平稳柔和，算是报了大喜讯。

鸟蛋滚下楼梯："拿温水公主服药。"

众人如同热锅开水一下沸腾起来，陈辛烙压抑着兴奋："鸟蛋，先把服药水送上去。"

何仕可："这是楚王宫千年艾草烧的水，你与燕鞭雨分两次抬上去，后一桶用毛巾布盖实，后一桶是开水小心烫着，梅迁把九种菜汤再明火煮一次，待服药后三个时辰喝，补下体力。"大家安静地忙了起来。只有燕鞭雨靠在柱子上号哭起来，何仕可赶过去擦他眼泪指一下楼上，做一个"要安静"的哑语。燕鞭雨望一下楼上，立即止哭，红着眼眶同何仕可一起搬水。一切停当后，陈辛烙让何仕可托了一盘吃食放在桌上，盅汤、菜汤、热菜从陈辛烙提篮里拿出来一一摆放，最后在桌边放了一本《楚王宫医集》，大忧火急事端过后，大家均无言语，每个人的脚步都是轻提轻落，而心中都装着无穷尽的猜想与祈福。

少主人调好内服药将公主半倚在自己身上，小心翼翼地托着盅，拿着汤匙："仙，喝点内服药，马上就好了噢……"

公主微睁一下眼，张嘴一口一口地吞服，像懂事的听话的孩童，又像是求生的患者，更是心有灵犀的情侣感恩的反馈。药喂服完后，少主人下床拿了清水再喂服半盅，然后让她轻轻躺下，初秋子夜有些清凉，给她盖上薄被褥，添些灯油，有些怀揣不安地搬了一把椅子在床边坐下细心观察着她的每一个细小的动静，他望了望吃食、茶水，没有丝毫食欲，此时满嘴都是苦涩……

坐以待旦，没有睡意，没有饥饿，没有疲倦，期待她醒来期待她的吩咐，他看到她在向好的方向变化，心中已是弥足珍贵，康复中的抱残守缺免不了疑问重重。

“主……”公主的大病之后的第一声呼喊，把坐在床边椅子上的少主人惊喜得有些蒙，愣了一下，又吞咽一下口水瘆得慌乱，才跳出嗓子眼干涸地回答：“仙……你说话了……叫我……”

公主睁开眼心痛地点点头，满眼泪水地望着他，少主人俯下身用嘴吸干她的眼泪吞下，声音走样：”嗯……好多了吧……”

公主又点点头，想动手挽他的脖子，几次欲止，无力地自嘲一笑。少主人心领神会地将她玉手放在脖子上。“要……”公主用眼神示意便桶。少主人“哦”了一声，抱起她到墙角，揭开夜便桶，扶着她蹲在上面一阵阵倾泻，黝黑的液体半桶之多，奇臭无比，少主人却欢天喜地，他知道火热之邪，损血阴毒，冲垢排瘀，祛净湿疡，排出体外，越彻底越好。

他不时帮着公主擦额头上的虚汗，搓搓她的后背，公主两手紧攥着他的衣服，一次次发出痛快排泄后的吟息……

少主人像一位母亲那般细致，像医师一样洞察到她的需要。许久，公主无力地站起，他忙着帮她擦拭干净，盖上夜便桶，扶她移步到浴盆，添上热水，用指头探实温度脱去血衣，抱起胴体放入千年艾水之中，拂水洗涤、浸泡抓破的伤口及疱疹凸显之处，陈年艾水奇香，雾气直冲鼻耳，微微汗珠渗出，公主逐渐脸上升起红晕，手脚亦能伸曲，少主人满脸刻写着乐意。他在她皮肤上甄别变异，不时递上温水服用，抵御汗水过多的虚脱。

遭奇毒攻击，险酿终天之恨，他又添加几次热水，尽最大限度祛尽肿痛，不留缠绵难愈的病灶，引火归原，轻轻掐按百会、通里、足三里、曲池等穴位，拍击任督二脉直到公主开口说话，能勉强自立站起……

公主：“主……扶我起来……”

少主人喜在心头笑在眉梢：“好，仙……慢慢走……”

公主走到桌边看到一点未动的食物，她停下来：“都凉了，你要吃……别饿坏了……”

少主人又像孩童对公主的话百依百顺：“好，我一点也不饿，这就热去，和陈辛烙帮你做的‘九菜汤’一起热，先补下急需哈。”公主笑着点点头，伸出无力的手指在他鼻尖上调皮一刮，挽住他的脖子让他抱上床。少主人让她稍在椅子上坐着，他迅速换上干净床被，帮她穿上衣服后抱她躺下，也因为又近又慢的缘故，公主长长地柔柔地在他流汗的嘴唇上轻轻咬上一口，算是无言的最虔诚的谢意，此时一切话语都多余的。

待公主躺下，少主人一手托着食盘，一手拉开门，让他大吃一惊：“啊！”公主吓了一跳：“嗯……主……怎么……啦？”半晌，少主人：“仙，是送热食、热水上来啦！”

最前面鸟蛋双手抱着一罐热汤，锁扣捧着一盘热饭菜，陈辛烙提的一小盅九菜汤递给少主人示意给公主喝的，又顺手接过少主人手上的冷饭菜盘子，何仕可的伤脚明显刚治疗过，裹着水布，拖着鞋同燕鞭雨一起提着大桶热水上楼，鸟蛋与锁扣的脚伤惯了没有包扎，众人兢兢业业地放好饭菜、热水，何仕可拎着将夜便桶提着下楼。

鸟蛋心疼地看着少主人小声：“哥哥，公主好了点，你换一下衣服，脚伤……”少主人：“你们都快歇歇，我会的……”燕鞭雨走到门口猛回头看着公主打着哑语流着眼泪：“没事的，没事的，你爹（太子丹）会保佑你的，好好睡，好好睡就没事的……”公主手还是无力举起还以哑语并用满眼泪水的眼神告诉他：“是……没……事……的……”

送新夜便桶的何仕可放好便桶后，递给少主人一包创伤药，拍一下燕鞭雨肩膀：“要安静，别吵！”做着不熟的哑语，燕鞭雨领悟后听话地蹑手蹑脚一起下楼。

少主人拿着热菜汤，一匙一匙地喂着公主：“仙……喝了这九种菜熬的浓汤……人就会有……精神……”

公主喝了几口停下来：“那……你也要……把那……给我……吃完……”

少主人回头看看桌上的食物：“听仙的，你把这菜汤喝完，我把桌上所有的一扫精光，都装进这里。”拍拍饿扁的肚皮，公主吃力地伸出小指头，凤目挑衅，病态更显妩媚。少主人即刻用握着汤匙的手伸出小指头，勾着公主小指头意味深长地拉钩，同时鼓起腮帮作狼吞虎咽之状，逗得公主开心抿笑，认认真真一口接一口地喝完菜汤。少主人又倒一小杯温水让她喝下，因为吃饭后，每次公主都要喝下一小杯水，清洁口腔肠胃。公主盯着他走向桌子，他故意夸张地摆起海吃横咽的架势，一来公主由险转安，心结顿开，二来又惊又饿，三是饭菜可口，也真的是胃口“喊救命”时刻，年少逢美食必食，越吃越快，风扫残云、顷刻而光。他伸伸懒腰，因为太饿又吃得太快，连连打了两个饱嗝，侧面看到公主一直在看着自己，自嘲地打了自己一个响亮的空耳光。“贪嘴”站起来，不由双脚不听使唤，半脚也挪不动，原来饭饱血气涌动，催通经络，坐着吃饭，血瘀于伤口，发热肿胀，所以站不起来，强行扶着桌子立着，交替摆动脚板。公主在床上躺着，看到那双走形的双脚，血肉凝在一起，比平时肿大一倍，想起几十里山间野路，跑掉了鞋子，任凭荆棘、杂石撕戳，从未离开过鞋的脚，竟成了这般模样，浓菜汤帮助她已略恢复了体力，她蓦然地一下翻身下床，心痛地拉扶着他走向她刚洗过的千年艾水浴盆，让他自己添加一桶开水进去，她用玉手试了一下温度，看着他那张俊俏的脸，满是尘土、泪痕、污垢：“都是为了我，苦了主……”眼泪潸然而下，少主人捂一下他的嘴巴，故意若无其事地又打了一个饱嗝：“不是为了你，而是为了它……”比做一个心藏爱手势，公主感动地摸摸他的心，用耳听听：“跳得真有力！”少主人摇摇头：“真有情。”公主柔情地帮打开衣带，顺便拍拍刚吃饱的肚子，让他躺浴盆里，她用布巾轻轻帮他从头洗到脚，玉手在强健肌肉上揉擦，每一个部位都不敢放过，最后在脚上先慢慢用陈年艾水消毒浸泡，这是少主人最痛的时候，公主几次望着他，他紧闭上眼睛，双手拽住浴盆沿，一动不动、一声不吭，只能看到额头上大颗大颗的汗珠滚溜到浴盆内，从面部到躯体极为平静安宁。公主用随身佩戴的那把精巧小剪刀，一点点将瘀血、棘刺、小石粒与肉一一剥开，深处伤口可以看到白骨，洗净后她扶他坐到椅子上，穿上干净的衣服，她跪下来，用陈辛烙留下的创伤药，吸干水，敷上药膏，用白布内紧外松缠上，心细如丝，情由心发。

夜深了，都累了，和身而睡，两人左右手拉在一起，一起一伏传出微微香鼾之声。

第二天，日上三竿，众人都在甜美鼾睡，一日一夜的惊恐折腾，亦疲亦累亦苦，深睡往往来自大悲转安后的放松。“陈辛烙陈辛烙，还懒睡……出大事啦！”

突然有人大叫着，陈辛烙猛地翻身推窗伸出头，恨不得伸出三丈长的手捂住那大胆呼叫、无忌无规人的嘴巴：“混球，小声……”

那人见状，知道必有缘故，一般情况陈辛烙不会如此惊慌。陈辛烙披衣闪身而出，一看是江边船上带了樊口张步青与鲁武，心中一咯噔：“师叔呢？”

张步青神情紧张，欲张口，陈辛烙急忙地制止他说话，同时用指暗示楼上少主人在睡觉，不能吵醒，快步领三人到他房间内，关上门紧张地问：“师叔怎么啦？”

张步青是樊口二掌柜，身强体壮，长江三岔口出了名的船把舵，自小风浪中长大，后来从军入楚王卫队，勤勉机灵，郢城沦陷师叔将他带到樊口经商，帮助总掌柜打理生意，暗中收纳昔日宫中名仕，接济忠臣家眷，也算是师叔安置在樊口的心腹：“一直没见到师叔啊，我按预约时间苦等，一点音讯没有，我又派人近江打探还是……”

陈辛烙倒抽一口冷气：“一定出大事了，师叔为人谨慎，这些天江上又无大风浪，船上都是顶级水手，一般的江盗水贼绝不是对手……”

张步青皱起眉头：“我也在纳闷，师叔武功谁能近他？而且船快，当年郢城破，他在乱军中，仗着楚军习水优势，在江上运出财物、亲眷，都有条不紊、波涛惊……”

陈辛烙用手势打断他的话，意思是“运出财物”之词不可滥用，张步青一是急，二是看到自己人，他警觉环顾四周，伸一下舌头示为歉意。陈辛烙靠近一步在他耳边低语，简单告诉他少主人这些天跌宕起伏、生死攸关又峰回路转的经过。

张步青虽然经过大战、见过江上怪事奇事多多，听完陈辛烙介绍，惊得半天张着嘴巴合不拢，回不过神来，陈辛烙将何仕可、梅迁一起叫来，他才打着招呼，通报师叔失踪情况，众人一起分析、议论。

陈辛烙："师叔失踪之事，张步青带领耳目灵通亲信四处查探，今天暂不见少主人，各位对此消息守口如瓶，梅迁到江边船上做些布置，顺便注意一下江心洲动向，看能否找到一点蛛丝马迹。"

何仕可："昨夜，贼婆说这两天让水獭竹送第三服药，就是那'阴蚁七毒散'。"

陈辛烙起身："如果来了，我同他好好聊聊。"

陈辛烙开门同张步青狠狠拉着手，紧攥在一起，四目相对，事发突然，无法预知未来，都读懂对方。两人迅速分别后走了一丈余，但是他突然回头走几步两眼盯着陈辛烙，张开嘴要说什么却又摇摇头欲言又止，抬头望望少主人睡房，猛转身离去。

陈辛烙心慌意乱，虽然看在眼里，知道他似有秘密之语要说，但是也没追问，因为再多的话都没用，眼前当务之急，用什么办法才能找到师叔。瞬时自我感觉到肩上压了一副石磨，又重又沉，也不知道后面的事到底该反转还是顺转。

快近午时，阳光融融射进简陋的少主人房内，少主人一觉醒来，精神恢复得良好，起身披衣准备洗漱，望着从不睡懒觉的公主出神，她还在深度梦乡里，内外服用"阴蚁七毒散"之后，又用千年艾水洗浸，臃肿的疱疹荡然无存，皮肤比以前更珠圆玉润，侥幸躲过阴毒大劫，脸上荡起甜甜微笑，他俯身吻吻她绯红初升的脸颊，心中暗暗欣喜："睡吧，睡吧，多睡一会儿，梦吧，梦吧，做一个甜甜美梦呵，仙呀，仙呀，你蜕变得如此美丽，千万别抛下我，自成仙女去嘛，祝福啰，祝福啰，咱们这辈子笑口常开，春秋不老，后福无疆啊。"他退步久久凝望着心上人，心喜祛百病，忘了脚痛步履维艰，蹒跚靠到门边拉开闩，门开向下望去，陈辛烙、何仕可、梅迁、燕鞭雨都站在下面，做好了伺候准备，无须言语，送水、换水、送食端菜，样样周全，少主人看到鸟蛋还在深睡，示意何仕可把他抱到床上去。

众人下楼后，少主人看到公主还在梦呤呓笑，他站在床边也跟着笑，几次想叫醒梦里美人，却又不忍心，手伸来缩去，最后还是垂手伫立在她身边，跟着她梦境里笑而笑，痴而痴……

公主一边梦里说话一边又伸展双臂："来……来……乖乖……心肝……宝贝……娘抱……娘……抱……抱……啊……嗯……真乖……"开头少主人看到伸臂赶快凑过去，让她抱住。"乖乖"让他觉得太有情调了，事实上，公主的主见许多都在他之上，思绪来得快，用得活。当听到"娘"字，他觉得不是抱自己而是……他情不自禁笑起来："仙……仙，是我……是我……"

公主猛地睁开眼，思潮还在梦里："娘……啊……主……主，怎么是你……哈哈……"

少主人："哟，哟，不是我是谁呀？还叫乖乖，怎么一下变成娘？"公主松开手臂，推手躺在床上自己又笑了起来，越笑越厉害，笑得浑身抖动："哟，哟，笑死我了……笑……"大笑不止，少主人跟着开心附和着笑，突然他戛然而止，因为昨天被吓惊了胆，那全身颤抖的笑让他担忧起来，即刻思索："是不是药性过重，产生了后遗症？""哎，仙……仙……笑得这么厉害，挺吓人的，别笑得……"公主看到他憨呆的样子更好笑，越笑越开心，笑得满眼含着泪，少主人同时也被吓得泪光盈盈……

公主慢慢停止开心大笑，看着少主人急成傻样仍余笑不断，责备怜爱的眼光看着他："还不给我擦擦？"一语点破蒙着的少主人立即猛醒："啊，没事，正常啊，从未有过的开怀大笑，应是另有的故事嘛。"他弯腰嬉笑地拿手绢给她抹掉眼泪，公主却仿着他先前的动作挽着他的脖子，用鲜嫩滑润的舌头舔吸着他的急之泪："我做了一个大美梦。"

少主人："我知道你是在做梦，肯定是好梦。"

公主："主，那真是一个开心的梦。"

少主人："什么梦，让你如此开心啊？"

公主："梦中，我为你生下一对双胞胎，一丁一口，燕国是男为丁，女为口。" 少主人："楚国好像也是这么称呼。"

公主："丁为大先出世一时三刻，女儿后出世一时三刻，兄妹俩一生出来就会飞就会笑，还逗着你我笑，天上月下老人、接生娘娘、送子娘娘一齐开心逗着他俩笑。送子娘娘还念念有词，男丁叫江上桥，女口叫水中舟，咱俩喜获麟儿凤女，门第高贵，南北王侯血统纯正，将来一定是龙凤万里山河美，勤劳平凡好皇帝……”

少主人笑着：“怎么又要生好皇帝呀？就做平凡老百姓，平平安安的。

公主：“是送子娘娘说的嘛，我从来没想到要生什么皇帝……”

少主人：“啊！是神仙说的，那神仙会说梦话啰，世事一场大梦，人生几度秋凉，还是返璞归真自在逍遥，咱们要生就生顽童，有味有趣，皇帝还是让拉坡他们生去好啦。”

公主稍微平静下来：“是，人本是人，不必刻意去做，世本是世，无须精心去处世，那江上桥、水中舟实在逗人、五官清秀、有模有样……不想抱着……是……你……看到你的傻样所以我越笑越开心……”

少主人：“大难不死必有后福啦！”

公主：“谢主金玉良言。”

少主人：“啊，金玉良言不是金口玉言，金口玉言又是皇帝说的，金口玉言错的多，错了还没办法改……”

公主：“天上仙人真会为孩子取名，江上桥、水中舟多好听，日后烟柳镇水多，又是江又是河又是湖，太需要桥和舟了。”

少主人：“金木水火土五行，水为财，烟柳镇一千年一万年富人多，长江乃黄金水道，柳河连贯七十三乡，柳湖鱼鳖虾蟹藕，还有白坭墩那座金山银矿。”

公主：“哎哟，别提那白坭墩……”

少主人帮她下床：“一朝被蛇咬，十年怕井绳。”

公主边洗漱边皱起鼻子：“这饭菜好香……”

少主人：“啊，是吗……大病后知饿，那就是康愈的开始啦……来开吃……”

公主还是选择素菜，少主人放开胃风扫残云：“嗯，炖煮入味……”公主沏上热茶递给他：“解腻。”“还好野味肉类都不怎么肥腻。”“口福，十福中的第一福，练功夫的人要多吃荤，强体之需。”

少主人起身拿出第二包“阴蚁七毒散”振振有词：“天下难事必做于易，天下大事必做于细，一个马蹄铁丢失，可以丢掉一场战役，十里长堤溃于小小蚁穴，人生在有意无意之间苟活。”

公主叫起来：“哎哟喂，提蚁我就怕，心悬空摇摆着。”

少主人做个鬼脸：“啊，来，先服内药，后泡外敷，把阴毒斩草除根，不留后遗症，昨天奶奶说过明日再送一包来，你梦中的江上桥、水中舟与你一样三代之内百毒不侵。”

公主边喝着内服药边笑着：“三代的事太遥远，这药是神，但是管三代……”她笑着摇摇头。少主人侍奉她服药后，走去门边，因脚包裹着，内面隐隐作痛，他实际是蹦过去的，看看门闩已闩上，然后上前帮公主脱掉衣服：“啊，每个人的身体是一个小宇宙，复杂到一万年也难完全解释。你本身冰清玉洁，这千年艾水，和以毒攻毒之药配着一用，这成仙体了。”

公主妩媚看他一眼：“仙体是什么样的你也没见过，比喻的、胡诌的……”她故意展示，旋转几圈，“都是你的，还色眯眯地看……”

少主人把她抱起来放在温水里，千年艾水橙黄色，奇香悠悠，把“阴蚁七毒散”放进阴宫，并上玉腿，没有上次抖动的药性过程，公主闭上眼睛享受着每个汗毛孔里的通畅快感。

少主人一次次加热水，两手同时根据不同的穴位，轻重不一地推拿，从上关、玉枕、天柱到风门、肺俞、魄户至三焦、胞肓、会阴、承扶、委中、申脉、仆参、京骨按个遍。药力、水温、推拿三力齐发，公主在艾水里微汗涔涔、飘飘欲仙，大有脱胎换骨之感。

直到水近凉意，少主人才将她唤醒托出水面，公主抹一把脸上的汗珠水珠：“主，我还想再泡一会儿，从未有过的松弛，能听到血液奔流，能感觉到每个毛孔的伸张呼吸，像飘在云里……”

少主人：“那是我一直托着你的背心窝，在艾水里浸染浮动……”

公主："那就再浮动，浮动……"

少主人："水凉了会……"

公主："雄性掌心托住雌性背心窝，心肺是热的……"

少主人："明天奶奶药到，多备点热水，让仙鲜个够，现在起来！"

说罢一把抱起来，放毯上站着，少主人拿来汗巾，准备帮她擦水珠汗珠，手举起来没动，惊得："啊，天啦！"后退两步才站稳，当然脚伤也是晃动原因之一。"仙，你浑身冒着一股特殊的香气，不是艾水气，身体皮肤也变了，像荷花含苞待放、娇艳欲滴，你别真成了仙，半夜飞走了，那我怎么办？"

公主又顽皮道："快抱紧啦，我要飞啦！"

少主人一听"要飞"，顺口："别……要飞……那就是……要命啊。"上前抱住，稳住脚痛的颠簸，移放在床上，公主全身自然由内而外地蒸发着一股腾腾热气，香溢满屋。

少主人附下身体上下嗅着："好淡淡的馨香……嗯……这肉体内发出来的香与土里长出的香可不太一样……"

公主笑着："这个香就是那种书上说的，活色生香。"

少主人弓身向上顶住公主玉口，并用舌尖在内扫荡吮吸起来，公主闭上眼睛逐渐强烈地回应……

公主长呼一口香气："主呀，你说是恩大于情还是情大于恩呢？"

少主人念念有词："是恩大于情还是情大于恩……"

公主又发问，也一边思考着："到底是先有情还是先有恩啊？"

少主人："情生恩，恩生情，千种情万种恩，情有真有假，有半真半假，也有先假后真，先真后假，恩有大有小，有重有轻……"

公主插上一句："有重如山，轻如水。"

少主人顺着她的话："是呀，像骷髅婆救你，贼娘救你，生死之恩……"

公主认真叹一口气："大恩难报，重恩难谢！"

少主人琢磨着："是，大恩难报，重恩难谢，要细分就多啦，有国恩，天下太平，百姓安居乐业。”

公主慢慢坐起来望着窗外：“不像现在哀鸿遍野，尸殍满地，骷髅婆吃死人肉，一里长城一堆白骨，一座阿房宫，万座无名墓，一堆黄土骊山墓，百姓血流成河……”

少主人也过去一起探头看窗外，滚滚长江，潺潺柳河：“一寸山河一寸血，兽怕争食，人怕位争。”

公主：“战争其实是几个人打起来的，真的是与百姓半文钱关系都没有，始皇帝一个人的雄韬伟略、雄心壮志、雄风八面，却要屠城灭国，杀人为生，过足了兽瘾，威风凛凛，让万人跪拜，人在他眼里都是一群群猪羊，任意宰割，生在暴君年代的人与畜生一模一样，不用界定，人畜无异。”

公主有一些气愤，缓身站起：“唉，洞爷说若干年后还有比始皇帝更狠十倍的魔头做皇帝，那时的人不知道……”摇着头望着少主人苦苦一笑。

少主人拖着痛脚走近轻轻拍着她的后背，他对她总是每个动作都是分外轻柔，大概觉得她的身躯是温润如玉，拍重一点即碎，也可能是爱之深，一心想着护着重不得：“灭了六国，统一度量衡、文字，畅通江河、天下共路这倒是大功，修长城是劳民伤财大败笔，在美丽群山之巅压上石块砖瓦，破坏天地之间的风景，大国雄立，塞外穷山恶水，天寒地冻，怎能撼动聚七国之力的雄兵百万，虎踞龙盘之基？修长城乃雄王心虚自私之孽作。”

公主拿起桌上一朵野花用嘴一吹，残花散落一地，有几瓣飘出窗外：“凡是大魔头，杀惊了胆，割人头如割韭菜，私心乖戾、性格扭曲，想长生不老，让徐福骗子带三千童男童女求仙药，他也许知是假，但是丧心病狂不想死的心使他不惜牺牲三千幼苗孩童生命，想江山不让别人踏步，就修长城，掩耳盗铃之举，耗尽万人性命在所不惜，在他的眼里人的命如枯草不值一提。”

少主人：“好的君王聚百家之智慧，暴君一人想歪了可铸成天下大错，一个人修阿房宫，他能住几天？累死万千生灵，值吗？”

公主：“不知什么时候一把火烧个精光，始皇帝偏头痛病，是胡思乱想结下克星顽症。他骊山修深墓大墓，工匠修完一处都被秘杀深埋，防走漏风声，防贼盗墓毁尸盗宝。”

少主人面露喜色：“唉，说不定你画的那《江南春》白陶锁扣烧成功后，一万年后还在始皇帝骊山墓里呢。”

公主轻蔑抿笑：“若能换来烟柳镇众人能有个立足之地，有口饭吃，骷髅婆，贼奶奶大恩要微报，倒是值得……若专为那大魔头……哼哼，太子丹的女儿与他不共戴天……”

少主人：“仇人共天共地，不共心，楚国三户必灭秦，可能我俩若对江上桥、水中舟说，既然国统一了，就千万别再分，忘了单一最富庶的楚国，造福大国，那时不叫秦国，再分成七国，唉呀呀，苦的又是臣民百姓，像今天……”

公主点头微笑：“剩三户楚必灭秦，是百姓意志、是怀念昔日富有安居喜乐，灭秦是江上桥、水中舟他们那一代，用智慧、用功夫、用善意抢夺权势之刀和斩杀赵高之败类之战！”

少主人：“生于忧患，由不得你我，哀伤之笼万不能抱残守缺……”

公主：“总得想办法打破！”

少主人：“人非草木，破国之恨，押父之仇，兄之……”有些哽咽。

公主靠近他抚慰：“主说过，以苦为乐，向死而生，还怕什么？”

少主人摸摸她的脸牵着她软缎般的手：“始皇帝，孽造一段历史，居心不良，生灵涂炭，冤魂满地，人神共愤，祷告上天，人间别再生出几个始皇帝之类的大魔头。”

公主：“人世泱泱，他只能淫威一时，自知时日无多，仇人无数，仙药求不到，忙着造墓，不久他就会葬身那深穴之中化为枯骨。”

少主人：“左丞相李斯，中书府令赵高，正在忙着结党营私、偷天换日，其狼子野心，昭然若揭，腐朽贪婪的咸阳宫垮塌在即……”

公主目寄希望：“避其锋芒，时不我待，我们以白坭墩白陶孤品取悦权魔，积善于心，趁年轻建镇感激不死之恩，造田种粮，安隅一方，不悔来人世空走一回。”

少主人深情回望：“你的话刻在我的心扉，不慕君王，如今家比国重要，国是皇帝的，家是自己的，是天天见的、心连心的，一切也像楚国那位名人李耳说的‘无为’，只能顺其自然。”

公主：“李耳？”

少主人：“字聃，谥伯阳，楚国苦县人，有人喜称他为老子。”

公主：“啊，老子，听父辈讲过他真有学问，洞明世界，无奈乾坤，万物自然，沉默惜语惜字如金。”

少主人：“偶尔也讲学，他不带学生讲学实际上是与同辈同侪译疑辩解。”

公主：“听说还有一人在楚国住了多年……”

少主人快语接下：“鲁国人孔丘，他也有绝活……”

公主：“绝活？”

少主人：“以礼统治天下，因为他地位低下，原来是为死人送葬司仪，他就聪明地创办各种王侯送葬礼节，接近权贵，目的是到处讨官做。哎，越草根越想做高官。”

公主：“王宫中常常出现这样一种江湖中人，当然有三六九等，孔丘聪明勤奋没有错，礼字重千斤，谁敢不敬？鼓励人读书做官、做好官，做……”

少主人：“凡穷人中的聪明人都勤勉上进，凡权贵富贾后人都难免娇气慵懒，也有个别甜中蜜蜂忙采花、也有极少努力上进的奇才贵胄。”

公主调皮的秉性被撩拨起：“孔丘家穷，没上过学堂，可是他借着葬礼结识名人学贵，虚心请教，集万家之长自成一体，属辣椒里长出的昆虫之类。”

少主人：“哈哈，仙总会妙喻，一般虫子一见辣椒就痛死，可辣椒里就能有活昆虫，环境改变一切，也就是老子的无为…… ”

公主：“人生苦短，岁月悠长多变，老子家境与孔子完全不一样，他世代为官，而且是记录国家历史的官，自然对千年田地八百主的秋月春风看透，所以他认为世上一切自然无为。”

少主人：“他站在很高的宇宙观上看自然万物。”

公主拿起箫，用手指按着孔，排着节奏：“如果按老子的说法，我俩不用去白坭墩画什么画，锁扣也不用烧什么白陶，大伙也不用建什么‘烟柳镇’，更不用报什么恩、懂什么情，在这里无所事事、奄奄等死、一切虚无，像这箫不用力气吹，光按孔，无气无音无旋律，空箫、闲货……”

少主人颠着痛脚来回踱着步：“也是，燕子衔泥垒窝，老鼠打洞求生，蜜蜂采花御寒冬，人总是顺势而为做些善事，不能虚无也不能强行，一旦强行任事必然伤及无辜，干事做事善字为本，智慧取利，勤劳制胜。”

公主扶着他坐到桌边：“谋事在人，成事在天，年少必须努力……”不等公主说完，少主人：“年老进深山成仙！”

公主：“成仙之前都需要老子的心境，做事之前需要孔丘的进取之策，世上没有十全十美，更没有百坏百臭，心中有善，手脚勤劳最实在。”

少主人望着房顶回忆：“先王原来也准备划出七百里疆土给孔丘管理，后来实践中时间长了，他的许多意图露出来……先王对他有些厌恶，慢慢他知趣溜走了。”

公主：“孔丘去了好多国家，想要官做，管治民众，都被赶走，这可能有本质的原因，楚国最富有，才人辈出，他在楚国、卫国没站住，自己的鲁国更不让他做官……”

少主人：“做官靠诚、靠能，百姓才拥护你。”

公主：“做大官还有一半靠运气啊……”

少主人：“如果不杀出一个始皇帝，楚国不走亡国运，那我就是日后的楚王了。”

公主：“如果你是楚王，是国重要还是家重要？”

少主人不假思索：“肯定是国重要。”

公主噱头调戏：“哎呀，难怪我爷爷燕王喜下狠心砍下他儿子的头颅送给始皇帝，男人一当权，危难时六亲不认，你若是楚王，就对我没有今天虔诚。”

少主人不好意思抓挠着头皮：“不是说辣椒里也长虫子吗？好皇帝护江山爱美人，应该心系百姓，国字当先，若为民肯定家至上，位不同，责就不一样嘛。”

公主追问：“那美人多了，后宫粉黛三千，你看花眼，忙着蜜蜂采嫩花，花花世界……”

少主人打断她的话：“仙呀仙，你问得又远又拐弯，看不见，摸不着，那我问你，一千年一万年以后是老子成神还是孔丘成神？”

公主不假思索回应：“老子成仙，孔丘被捧成神。”

少主人紧跟着问：“那始皇帝骊山墓一千年一万年后，谁挖出来，是男的挖还是女的挖？”

公主语速更快：“从今天算起，七千七百七十七年，始皇帝尸骨被挖出来再见天日，是女皇帝下令挖出来揭开暴君豪葬之谜。”

少主人：“仙哟，你是揣测还是臆测？”

公主似乎有些神秘：“家父有一本《数无》奇书，现在应该在咸阳宫。三千年后世界变成数字，算出来的。”

少主人惊异：“三千年后世界会变成数字？算出来的？”

公主：“易为变、易为动、易为数，把有限变无限，规律乃天道，人生亦人道，合力就是天机，天机换为数，天机不可泄露，只能意会神知，无可言传，七千七百七十七年后，鸟蛋说是洞爷说的，狻猊就是东海龙王的第八个儿子，苦役期满回去做东海龙王，长江滚滚向西流，这年与女皇帝挖掘始皇帝墓时间契合且开三花。”

少主人：“开三花？”

公主：“铁树开花、竹子开花、红薯藤叶开花。”

少主人摇头：“再奇的书，要高人悟，云里雾里，看不见的契票……”

公主：“那就当茶余饭后笑料好了，洞爷的日月鹰、鹊儿喜找我来了……”

少主人纳闷一点：“动静没有……怎么听……啊，你耳朵真灵！”

窗外传来如唱似唤的鸟鸣声，公主拉开房门对着盘旋双鹰鸟语，陈辛烙等人惊奇地观看，鸟蛋这时去了锁扣那边，少主人在她身后听她吹哨子般时长时短、时弱时强地与日月鹰、鹊儿喜对话，他喃喃自语：“神了、神了，说不清道不明了，信了，成仙了……”

公主笑吟吟看着少主人仰望天空出神，转身拍了一下他的肩膀，惊得少主人回过神拉住她的双手：“我是活人仙，别神神道道的，哑语，鸟语有相通之处，巨鸟载人不是传说，我爹曾驯巨鸟载人攻城但巨鸟太罕少，攻城出不了大力。所以童稚时与鸟有缘相处。”

少主人望着盘旋翻飞的鹰：“我怕你飞了啊！”

公主：“瞎叨叨，我没习武又没长翅膀怎么会飞了呢？”

公主用手指戳戳他的太阳穴：“这里得开开窍，人修炼到极致成仙，你有武功绝技，‘八步赶蟾’倒可以借力而飞……嗯……来试试……”

少主人蠕蠕而动搓手蹦跳：“怎么试飞？”“你准备好，我唤双鹰借力。”“好，来。”年轻气盛又拥绝世武功，浑身是胆。公主见少主人已跃跃欲试，一串哨声，日月鹰、鹊儿喜拧脖空中旋转一圈，几次相互微调姿势，横翅收敛风停振在少主人上方，少主人气沉丹田打开任督二脉，一个箭步飞身跃起，双足快速蹬楼梯护栏，腾空挪动上蹿，鹊儿喜侧翅，他一闪身手扶双鹰两臂，一声尖厉唳啼，四翅齐动，卷起一堆浮沉枯叶，带人升空。

从未听过的、见过的奇迹，双鹰带人飞。按说洞爷也可以乘双鹰起舞，因为一是洞爷没有轻功底子，二是双眼被一悬岩上天蛇毒剂所伤致瞎，没有眼睛就做不好携鹰腾飞动作，况且天空中失去重心，任何一个小失误都会造成致命伤亡。

日月鹰与鹊儿喜也感新鲜，相互“喳喳”提醒“平稳、小心”。双鹰缓缓盘旋升高，少主人玉带长袖迎风飘飘，陈辛烙、梅迁、何仕可等人张大口，瞪大眼一个个呆若木鸡，既担心少主人安危又被眼前的奇迹震撼，帮不了忙，又想看神话多多演绎，更怕呼喊惊了双鹰出事可不得了，何仕可抱了一床棉被，挪着步，以防掉下来好接住。燕鞭雨哑语惊得发不出音，拼命吞口水，跑到公主身边护着，怕少主人掉下来砸到公主。

最担心着急的是公主，她秀目转动，黛眉紧锁，玉指藏放在嘴边，随时准备向双鹰发出呼唤的指令。

突然天空上，少主人一只手松开鹊儿喜……只听何仕可向空中绝望惨叫："救命啦，少主人掉……掉……"

众人跟着："呀……"突然一起捂住嘴巴，不敢再叫出第二个"呀"。

因为少主人松开鹊儿喜一刹那，一个翻转翻身坐骑在日月鹰背上，可能他怕一只鹰的力量载乘力不够，又将右腿伸向鹊儿喜，四翅翱翔，他弓身双脚站在双鹰背上，双手扶住两只鹰头，微一转动向狻猊岗飞去。

空中无障碍，年轻的鹰和少年都在好奇好斗的年龄，人鸟心有灵犀，都有表演的成色，双鹰在双桅杆船盘旋两圈，惊得守船众人抄家伙戒备，以为又是劫财抢盗的，又从未见过这种天上的江洋大盗。啊，不是江洋大盗，是空中飞贼，双鹰降低高度，众人又觉得"飞贼"眼熟，这时少主人大胆立直身体，边笑边向他们招手。"啊，少主人，少主人……少……主……怎么……会驾船……不……不，驾鹰飞……"下面人兴奋得狂呼乱叫，双鹰也受感染一次次边飞边节奏啼鸣！

盘旋一阵后，少主人怕公主着急，现在公主的口哨声鹰听不见，已超出距离，他一拍鹰头，双鹰强力振翅越飞越高，旋身舞动翅膀离开，折返回原地，守船人又挽留又是送行不停地欢呼："少主人，少主人。"这时林深处还有几只闪动着的眼睛看到了双鹰飞人奇迹这一幕。

"噢……噢……咕。"还是燕鞭雨眼尖，兴奋地指着狻猊岗方向，天空显现一黑一白两点，中间竖插着似一支鹅毛的飘飞物，愈来愈大，愈来愈近，众人已望眼欲穿、焦急地等待，公主更是煎熬难忍，一百个一千个埋怨自己："不该让他骑鹰冒天大的险，拿心上人生命当儿戏，若摔下来……哎哟娘……主啊……鹰啊……你们在哪里……你若出事……我就……自尽……陪你……主……"众人一阵狂呼："飞回来了……飞回来了……少主人啊……""跟刚才……不一样啊……""站在鹰背上……""奇了……一生十生没见过这奇……

这险……”“嗯，不是亲眼所见……打死……我也不信……”“我眼睛在放……花……”“哎哟……我头皮发麻……”“我的脚软……啊，祖宗……保佑……平安……”

日月鹰为黑色、雄性，是一般苍鹰个头的二三倍，展翅丈余，鹊儿喜为雌鹰，通体雪白，体型较日月雄鹰略小，矫健粗壮，鸣叫声音极为好听。“嘤……咯……哒……哒……”鹊儿喜率先发出平安呼鸣，日月鹰紧跟着撕裂长空的一声长啼：“喔……咯……哒……哒……”众人一阵阵挥手惊呼，只有公主仰望着天空，玉手捂着嘴唇，凝神敛气，不敢向鹰发出任何语言，唯恐弄出半点声响，憋屈的心理让她魂不守舍，双鹰每振舞一下翅膀，她的心就像鱼吞到挂钩似的拉扯一次，她心中自咒自责一千次：“主，你太年少……万一摔下来……殒命升天……”她不敢往坏处想，可恨的思虑越把她往坏处拉着想……

双鹰近了，少主人如同天神双足踏在双鹰宽厚的背脊上，两手扶搭黑白鹰头，人鹰合一，默契得天衣无缝，不管是人意还是天意，猎猎秋风看到了鹰羽在风中颤动，看到了少主人长衣长袖在迎风飞舞，鹰逐渐降低了高度，夹着疾风在众人头上方掠过，传来少主人顽皮的笑声：“仙，仙……我成……飞仙……啦……哈……哈。”公主多想张口喊一句：“快……下……来！”但声音封喉，嗓子打不开。

双鹰旋转一圈，翅膀掠过睡屋茅棚顶，瞬时，少主人瞅准公主站的楼梯处，反身逆向腾空一跃，离鹰后迅速一个“八步赶蟾”绝技挪拿脚尖一点屋顶木桩，借力一跃，稳稳落立在公主面前，双手拉住公主的手高兴道：“仙。”公主双眼涌泪，紧紧抓住他的手，越攥越紧，浑身颤抖，一声叫“哇”，一口鲜血喷到少主人脸上晕倒。

第五章

少年心狂一时，飘然驾鹰升空，新奇探险，前无古人，后无来者，岂料乐极生悲，待少主人一着地，两手相握，煎熬的担心，过度惊吓，高圆公主喷血晕了过去……

陈辛烙望着躺在床上的公主又看看焦急的少主人：“公主是刚刚阴毒驱祛，药猛自然亏伤气血，陡然心里受恫恐惊吓，又加之陡然转喜，一惊一乍又喜……”

少主人痛苦地打断他的话：“哎，都是我太冒失……”自责不已，摇头叹气，陈辛烙还想劝劝，又找不到合适的言语：“我去煮点姜茶。”

少主人略点点头，陈辛烙快步下楼，心里当然五味杂陈，师叔失踪，大家似乎成了浮萍之草，凡事没了主心骨，公主刚刚灭掉蚁虫传毒，突兀陡起，不顺心的事，近几天接踵而来，没完没了，都是性命攸关，悬案连连。

陈辛烙一会拿一碗姜茶送至少主人手上，自己轻轻退出，带上房门，力求室内安静。少主人用汤匙轻轻搅动，又在嘴唇上试了一下温度，抿呷几口，慢慢送到公主嘴唇上：“仙，仙……来……喝几口姜汤水……暖暖心……马上……马上……就会好的……噢……”他几次、十几次地柔声唤着，一次一次汤匙送着，可公主银牙紧咬，一滴水也送不进去，少主人沮丧得泪流涟涟，懊悔自己一时兴起，酿成大错，铸成大祸……

他轻轻用衣袖擦去公主口角渗出的淡淡血迹，时而俯身听听她气若游丝的呼吸，又喃喃自语：“仙，仙，你若断气，我便自刎，睡在这床上，咱俩一起走完这人生，为何上天不让咱俩好好过日子，处处为难心上人呢？你对我真心，你为我担心，你为我急得……天下再也没有……像……你这样为我着急的人了，我这辈子值了。”

一夜吞泪，他拉着她的手，不停地抚摸，不停地自言自语，自悔自恨，几次风将油灯吹灭，他重新加油添芯草，一直守着，独自饮泣……

苦命难撑，苦夜难熬，公主断气凶讯，随时触发，生命之花随时被掐断，孤灯一滴滴耗干泪油，少主人以泪洗面，其痛不欲生的心情，不言而喻，寅卯刚过，他用热水帮公主清洗面目，自己也换上上次中秋圆月之夜见公主的那套衣服，下定决心奄奄等死，他拉着公主余温尚存的玉手，听着在山间时而传来的夜鸟鸣唤之声，一点一点地消磨人间的光阴，没有了希望，只有焦态，心律郁积，数着时光将生命底盘磨穿。

卯时下三刻，东方初显鱼肚白，突然天空传来双鹰瓮声鸣叫，没有平时清脆爽悦，少主人一听到就恍惚地站起：“仙……是……日月鹰、鹊儿喜……为咱俩……送行……来……了。”他拖步来到门边，拉开房门，抬头泪眼看天，悲恸之情，油然而生，突然他觉得蹊跷，浑身一震，双鹰各衔着一株草在睡屋顶上盘旋，少主人由绝望立即转至求生的期盼，此时陈辛烙、燕鞭雨等人都站在院子里像定住一样，昂首凝望，呆若木鸡，谁也不敢弄出半点声响。

少主人拉开门，侧身站在楼梯口上：“日月鹰，鹊儿喜……快下……来……救救……”

他哽咽说不出话来。“嗖，嗖……”说时迟，那时快，日月鹰一收翅，落在楼梯上，衔着草蹦下梯栏，直接入室，将草从口里吐出放在公主脸上，转身出门，一展翅升上天空，鹊儿喜紧接着收翅落在梯栏上，与日月鹰一模一样走进内室，将草吐放在公主脸上转身展翅升空，双鹰在空中起舞发出一声声唤唱。

少主人双目送鹰升空后急忙进屋见两株草盖在公主脸上不知凶吉，也猜不透，更不敢动手，只有傻傻地站在旁边，凝神静听着双鹰有节奏地叫唤着。

公主突然一阵咳嗽，少主人抢步跑过去：“仙，仙，你醒啦！醒啦！”还是不敢触碰，因为事发突然，没有半点心理准备，像做梦，又带着浓浓神意，恐怕哪一个动作不对，就会惹着哪个机关，所以只有傻傻轻声地叫着。陈辛烙听到公主咳嗽声，急忙冲进厨房，忙着将早已烧好的第二碗姜茶水递给燕鞭雨，让他快送上去，自己也怕哪里冒出一个毛病，胆子已经被接二连三的异变吓得没有功能了。

公主又咳嗽几声，长吁一口气，睁眼拨开两株草，望着双目噙泪的少主人：“主……”少主人小心翼翼地凑过去，公主却笑着拉住他的双手，揩去他的泪水：“又一夜没睡，像瘦了……”又一阵咳嗽，少主人赶快：“嗯……刚……醒来……别说话……”看到燕鞭雨捧着碗在门口站着，他急忙接过碗，来到床边，用汤匙一口一口地喂着她服下。双鹰没有离开，不停地旋舞叫唤，公主似乎听懂了一些什么，披上衣服让少主人扶她到楼梯口，她吃力地吹着几下口哨，双鹰在空中降低高度调整着姿势畅快地鸣叫着，公主偶尔作答，最后双鹰一声长啸，盘旋一圈后，振翅冲上云霄向斗笠山一帛岩方向飞去。

公主、少主人目送双鹰，久久没回过神来，公主体力连连遭遇重创，精气神几乎消耗殆尽，她有些勉强地向楼下受惊吓的众人颔首一笑，少主人转身扶着她入内，同时示意陈辛烙上来商议下一步如何调理饮食。

少主人服侍着公主躺下休息，不一会陈辛烙拿着一小罐上楼，放在桌上，少主人快步走过去：“少主人，这是楚王宫数代名御医在百种名贵药材中萃取植物精华的百年酵素，公主百劫余生，奇毒已根治，要把毒菌从血气里清除，因此必须喝此酵素，也称这个为苦疗，楚国当年神农架区域民间率先辟谷，七天七夜不吃五谷杂粮，只喝些酵素，清水为食，能灭逆天之阴毒，我再每日熬‘九菜汤’配合服用，公主定会引火归原，一天比一天康复起来的。”陈辛烙交代完定时定量酵素服用方法后，下楼去熬“九菜汤”，少主人慢慢用汤匙喂公主喝下酵素。隔着时间又喝些清温水，看得出元气在缓缓恢复……

三天三夜后，公主神情清爽，说话还是有些吃力，但是眼睛变得格外透亮，像大雨过后的蓝天一般清澈，她微笑着指一指夜便桶，少主人满心欢喜地扶她过去："噢！"公主一阵畅快地排泄，黑色液体奇臭无比，她尴尬地对少主人歉意微笑，少主人毫不顾忌地为她做着每个清洁的环节。

陈辛烙像上次一样让燕鞭雨、何仕可送来千年热艾水，换上了夜便桶，自己亲自配上百年酵素奉上，忙而不乱，大家都寡言少语，尽管心中压着师叔失踪悬案，贼奶奶药还未送达，重重悬疑，但是眼下公主性命转危为安是最大的喜悦，只是缺了鸟蛋的顽皮热闹，气氛免不了有些落寂与沉闷。

第四天，公主已经不需要扶助了，亲自沏茶水给少主人，还能为他侍盆洗漱，自己喝酵素，喝清水呢。

公主每次喝酵素总是在抿呷之中，极难吞下，而面部也总是挂着勉强的微笑，黛眉一蹙一皱，几分凄迷，少主人每次伸长脖子，提着鼻子，做着鼓励的鬼脸，公主排滞物已成黄色，第五天已变成淡黄水泡沫，第六天已是白色唾沫物，第七天从百会穴到足三里，婉转丹田，上下贯通，常出现口咽声，香气从咽喉溢出，七天水米不沾，心肝五脏，彻底洗涤，千年艾水浸泡更助其内外双修，表里理清一切污垢，一身轻松，步履飘然若仙人，傍晚喝完最后一次酵素："明天还俗。"少主人早就托着一杯温开水递过去："仙，下凡啦。先把我的魂还给我啊……"

公主舒缓一口香气，多多感慨，明眸秋波，情海波涛漾动："主……"少主人："嗯……"

公主似乎有许多话要说又一时找不到语端，少主人上前捧起她的脸，一时只能四目相对。

公主看着摸他俊美少年的脸，然后拉住他的耳朵："听着，你最难过的时候，就是我最幸福的时刻。"

少主人瞪大眼睛不解："噢，我难过……你开心……"

公主松开拉耳朵的手，又顺势刮了一下他的鼻子，疼爱地戳几下他的太阳穴："我弥留之际，你愿为我殉情殁命，这情这心，山河不换，万两黄金难买……"说罢笑着满眼噙泪，真心真情的热泪，远胜千言万语的表白，幸福满满。

少主人领情地又一次弯下腰，低下头伸出舌头吸干她的眼泪，打趣道：“这泪水比酵素的味道好喝。”

公主：“酵素乃神仙水，苦中甜。”

少主人：“今后再别喝，别成仙。”

公主：“酵素也算是泪水酿的。”

少主人：“啊？难怪……那么……难喝……”

公主：“良药苦口利于病，忠言逆耳利于行。”

少主人：“那倒是，美丽自带三分毒，你毒到我的那颗痴痴的心。”

公主：“所以我恋人间烟火，用仙人之心、凡人之身，医治你这颗看不见、摸不着的痴花之心噢。”

少主人回味：“哎，年少却历练，鹰上飘然，死亡总是来得自然，你怎么一下子懂鸟语？”

公主：“上次你不是也说过吗？每个人身体都是一个小天体，复杂得千变万化，一万年十万年也探索不出奥秘，遇境变，遇情变，变中不变，亦如鹰眼看百里，犬嗅十丈深，在我的身体奇药制奇毒时，打开了天眼，推开了一扇灵窗。”

少主人神秘好奇：“那你后代什么都……”公主打断他的话：“仙亦人，三百六十行，行行亦有仙，仙只能在某一事、某处灵动，我就是对预知的数洞悉，洞爷的数已传给我，我的数将来也会有传人。人间奇幻，相互共融，无为作解了。”

少主人：“万物相互制衡，万物又在互动演变之中，仙是人与神……”

公主不等他说完：“人修炼到极致成仙，神修练到极致成魔。”

少主人：“啊，人与仙同心，鬼与神同境。”

公主：“洞爷明天让鸟蛋、锁扣要带一只鹰笛给你，今后你就是日月鹰、鹊儿喜的主人。”

少主人：“哎哟，你昏睡中知道送笛的事，神了，我不懂鸟语，怎么做鸟的主人？你懂……”

公主：“尺有所短，寸有所长，我懂鸟语，懂变则易数，人世都在数中，但是我只懂洞爷留下的数，我懂的鸟语只能在百丈之内有效，你会鹰笛，乐器中只有雄鹰骨笛通贯天音，你且借重箫之基，‘八步赶蟾’功，可唤神鹰于千里啊。”

少主人：“鸟蛋、锁扣已去八九天了吧。你怎么知道他俩明天要回来，还带来鹰笛？”

公主神秘一笑：“天机不可泄露，我心中有数。”

少主人：“啊，我的仙！”

公主：“四十九天后，我俩去一趟斗笠山日月洞。”

少主人：“为什么非要等到四十九天？”

公主面色凝重：“那天是洞爷谢世升天之日，也是感恩日月鹰、鹊儿喜远赴神农架采衔‘不死草’，救命之契。”

少主人急忙拿起床上那两株草，仔细端详，看了又看，轻轻摸了又摸，拿到鼻子上嗅了又嗅，有一股深沉幽香，再细看，发现叶子上冒出汗珠……

公主接过不死草：“洞爷托梦时说，此草生于从无动物能至的悬崖绝壁之上，而有土直通百丈暗河之下，生不丛，其叶似菰，汲日月之精光，须触暗河之水，四季不枯，与天地同寿，唯有神鹰可衔采救枉死之人，只要将不死草放在脸上，即可通灵复活。”

少主人：“真乃仙草，我要好好留着，日后救人啦。”

公主：“不死草，只能用一次，别贪心，现在叶上一离人近就渗汗珠，是千年万年生在悬崖绝壁之上，从未接触过动物的余脉反应，现在可食用，原本大株一株能养千人，日月鹰、鹊儿喜只衔采株叶一株……”

少主人明白点头：“啊，株上的九牛一毛……嗯……嗯……怎么……感恩双鹰？”

公主：“日月鹰、鹊儿喜本是孤儿，洞爷有缘相救豢养长大，你乃双鹰主人，洞爷遗愿，望你驾双鹰一起记录破译一帛岩那本‘无字天书’，传留后人关照子孙万代，那是最好的感恩。”

少主人：“破译天书，非一朝一夕，需一代一代传承人鹰合一，先记录……”

公主："洞爷终生艰辛探究天下奇迹，那天蛇毒液十丈之高，攻其不备，毁瞎洞爷双眼，洞爷杀死那不知来自何方盘踞一帛岩的天蛇，继而将天蛇肉喂了日月鹰、鹊儿喜，所以双鹰如此神力通灵……"

少主人："是啊，万物极品，相生相克，那天书……"

公主："四十九天，我们一起先看看，再论下一步。"

少主人："嗯，听仙的，现在咱俩做回好人，再别仙呀，神呀，梦呀的。"两人相视而笑，少主人用不死草打成结，捆住一人一只手，做戏逗公主开心。

入夜天上乌云密布，躲了月亮藏了星星，除了朔风一阵又一阵，没有狗叫，更显静谧，偶尔传来几声哭丧鸟的哀鸣，不祥之兆，油然而生。公主大病初愈，气息还是不够顺畅，开心的少主人躺下后，受伤的双脚过了子夜却火烧火燎热痛难忍，摸着黑索性坐起来，用口吹着凉风帮助伤脚减轻点痛楚。

"嗖嗖嗖，嗖嗖……"窗外突然有火光荧闪，少主人一个翻身摸到拐杖剑与箫，凝神静听，公主吓得紧靠在他后背脖子上，口唇紧贴他的耳根，好随时低语沟通。少主人听到似乎十个人的脚步声，除一人脚步沉沓凡俗，其他九人，功夫了得，特别有两个人的脚步声所显示的轻功，已登峰造极，简直与自己"八步赶蟾"绝世武功的功夫不相上下，顿时少主人额上沁出冷汗，他已经预感到厄运即将来临，这孤山野店怎么会有如此武艺卓绝之人出现呢？会不会与师叔有关？洞爷已去，鸟蛋、锁扣未归，一连串疑问在脑海里飞转……

火把越来越近，少主人猫身潜贴在窗前探望，公主也顺带帮着思索："何方神仙到此？"向外窥视。公主用手指示意，有一个熟悉的身影，步履拙拖，从后面歪拐到前面向两人轻声说着："是这里，就是这里。"

少主人一看身影有几分熟悉，听到含糊不清的话语立即肯定地耳语："鱼无舌。"

公主也似乎听出这瓮声怪气的声音，瞪大眼睛："他要找谁呢？"

少主人摇摇头思忖："这鱼无舌，无名鼠辈，怎么能请到如此高人来复仇呢？他要找的仇人应该是江心洲的人，怎么……"

他不禁把身子往外靠，定一看，更是吃惊不已，在公主身边说："是咸阳宫金银捕手！"

公主："嗯，怎么会……"

少主人用手比画，七人手持火把，这火把是秦岭皮楠竹油浸而成。制作工艺极为复杂，一般只有皇宫御用，或是皇帝身边的侍卫所持拥，红火明亮，熊熊不易熄灭，这七人穿黄金锁子甲，火光中极为耀眼，头盔上镶嵌秦皇宫侍卫标识，前面两人身材魁梧，一高一矮，非常壮实，浑身甲胄护罩，手持钉琅柳叶刀，高个子左手护腕上金光闪闪，矮个子左手上银光熠熠，少主人惊诧得手捂着嘴："怎么会是他们……"公主看到少主人从未有过的惊讶也不敢多问，皱起黛眉暗自叫苦："怎么接二连三出怪事……"

火把鱼贯进了厅堂，看到鸟蛋爷爷还是一个人半卧半坐在那里，而七个佩带秦皇宫捕手标识的人却显得非常紧张，拉开拼命的架势，嘴、脖子都用软胄甲封锁得严严实实，以至于说话瓮声瓮气，需要猜着听："车马，俺俩是大始皇帝帝御用金银捕手，你用透骨封喉针暗中射杀俺大秦帝国二十余名功勋战将，王翦将军也险些丧命在你的绣毒针之下，秦皇帝诏令我俩捉拿大秦帝国头号凶犯……"

银捕手接话有些阴阳怪气："哈哈，你这瘦老头儿，已七年销声匿迹，躲在这鸟不拉屎的地方，害得咱兄弟找得好苦，不能回复皇命，年都没法过……"

金捕手："活身押咸阳，乖乖受绑，若有半点吊诡，当即割下首级结案，来人，拿下！"七位手举火把的捕手小心翼翼地挪动磨行，却不敢靠近，倒是鱼无舌不知深浅，仗着皇宫金银捕手个个威风凛凛，人多势众："嘿嘿，你这瘦枯爷，真看不出你还是个大秦帝国头号凶犯，还和我做邻居，铁证如山，你孙子鸟蛋哎哟，那个小短命的，透骨封喉针打到我的手肘骨头里哎哟，痛死名人名医了……哎哟，陛下金……银捕手……识货……是你孙子偷了你的针害我……哼……害人害己……今天是你的祭日，坑害名人名医……没有一个有好下场，这回我可立了大功，收了好运，水獭竹在送阴蚁七毒散的药时头被砍掉了，神药又到了我手里，嘿嘿，我说嘛，为人治病，善待大众，怎么会走厄运呢？天有眼，贼，天下贼没有一个有好下场……”

他越说越来劲，这时陈辛烙、何仕可、燕鞭雨等众人都各提兵器围上来。

金捕手有些不耐烦大喝一声：“绑了！”五人将火把传递给两人合举着，一起抖开绳索套上去，鸟蛋爷爷丝毫没有反应，五人都大胆起来，开始上前绕绳捆绑，突然鸟蛋爷爷一条带刺的铁腿风式横扫，铁刺劲力穿透软甲，五人一齐大叫：“哇！”五人一齐张口惊呼，鸟蛋爷爷铁枯般手指一抖，五人咽喉同时被封喉针击中，鲜血涌出，不能言语，只能双手掐着喉咙嗷叫，满地打滚，两位举火把的捕手急往后退，鱼无舌被陡然变故吓破胆，大哭一声：“不……好……惹……又有狠角……鸟蛋爷……”拔腿向外跑，鸟蛋爷爷白色长发一甩，似根根银丝链缠住鱼无舌脖子一勒：“救……命……”

长刀一闪，发断人滚出丈外，银捕手：“江湖水，花开花谢，透骨封喉针老车马果然名不虚传。”银捕手的刀割断了鸟蛋爷白色长发，救了鱼无舌性命。

鸟蛋爷爷：“人老身残，记忆差唉，二位本是勇冠三秦的杀手，可惜魂已被阉割……”

银捕手大喝：“死到临头，口念阉割，还嘴贱！”

话还未说完，鸟蛋爷爷铁手护掌抢眼一抖，速度极快，“铛”，金捕手护掌抢前一捞，一根锈迹斑驳的花针横躺在手心上：“吠，人赃俱在！”挥刀缠头裹脑，仙人剃头，鸟蛋爷爷旋身一侧，银发飘落一地，心中惊讶：“风刀！”银捕手刚才险些被封喉，心中懊恼不已，见金捕手“水中捞月”捉了锈针，救了自己，奋身腾空冷刀斜切又阴又狠：“哎哟……”

鸟蛋爷爷刚躲过进攻的银捕手“仙人剃头”落了银发，皮肉未受损伤，人身还未落地，第二招已到，措手不及，左手“嗖”地被截断，鲜血喷出一地。不等银捕手脚着地，燕鞭雨大吼一声，钢鞭暴响直卷双踝，银捕手一惊，空中又没有撑力："不好！"话未落音，金捕手风刀闪动，钢鞭断成三截，银捕手豹蹦半空一声怒咒："大胆。"横刀翻飞，燕鞭雨还未回过神已身分二段，可是眼睛最后直望着何仕可，何仕可与燕鞭雨性情相合，率直耿介，都力大如牛，一刹那的惊异变故，阴阳两隔让何仕可早已置生死于度外，闷中一声吼，震得茅屋直晃，托起紫檀重棍，横扫银捕手腰间，正当银捕手躲避不及时，金捕手："陀螺转地。"举刀迎劈，柴檀棍力卷飓风，一碰绝世利刃，即刻飞溅成两段，一截深深插入土墙三尺，一截戳中举火把捕手，将软甲打入脾胃之中，吐血倒地，当场毙命，何仕可腹中已中银捕手快刀，银捕手险些第二次丧命，恼羞成怒，刀柄一转，何仕可心肝五脏都碎如泥浆，高大的身躯后退两步一摇一晃，轰然倒地，身上被刀绞成盆大的蜜蜂窝与泥土混为一体。金银捕手之名，令人不寒而栗，骄横一世，今天在这不毛之地，竟遇上这些歪瓜裂枣的家伙，险些失手。陈辛烙、梅迁等人本不想坐以待毙，瞬间看到武功在自己之上的燕鞭雨、何仕可没眨眼的工夫，分尸两段，身躯被绞杀一个大窟窿，陈辛烙来不及多想，手一挥，欲与其余二人一起趁黑夜隐退逃生。谁知还未转身，金捕手飞身跃起，拦住梅迁三人手起刀落，二人没来得及喊一声，已尸首分离，陈辛烙听到那举火把的捕手同时一声惨叫倒地，七个火把将睡屋点燃，自己脖子一凉两眼一黑："少主人……"

金银捕手回身捡起两个火把，照在鸟蛋爷爷身上，银捕手用脚猛踢那条假肢铁刺腿，由于杀心怒起，情绪亢奋，用力过猛，铁刺直穿脚掌痛的钻心，不免一声惊叫："啊！"

那又是鸟蛋爷爷透骨封喉针需要的缝隙，左手已离开身体，右手一抖，锈针直奔银捕手咽喉，因为刚才打斗中，银捕手的护唇软甲防护已经打开，气急心怒，又有些大意，看到骨瘦如柴的老头儿，一条断腿，又被削掉一只左臂，废人一个，根本没放在心上，避之不及："哇！"

金捕手本可挡接，但是此时离他有一定距离，又举着火把，拼尽全身力气，"旱地拔葱"右脚飞身踹过去，银捕手一歪，锈针偏上，没射中咽喉，却射中银捕手的鼻孔，金捕手刀尖一掂，削下银捕手鼻子，顺势风刀挥动，鸟蛋爷爷头颅滚出一尺有余，望着金银捕手诡谲一笑。

金捕手解开背囊，拿出药包，给银捕手包扎：“锈针有剧毒，好险！”银捕手捂着鼻子一顿乱刀割劈鸟蛋爷爷的尸体解恨，金捕手用押布包裹起鸟蛋爷爷车马的人头，扶着银捕手离开，向狻猊岗江边走去，睡店火光冲天，大风增强，一股火烧碳烤的肉味弥漫一方。

这一幕来得太突然，让人措手不及，防不胜防，金银捕手武艺如此高强，天下还竟有如此锋利无比，比肩拐杖剑的双风宝刀，戕杀只在一瞬间，燕鞭雨、何仕可也乃王宫一等护卫高手，在和金银捕手对决中，对手虽有双刀锋利取胜的成分，但是在力道特别是独步武林中的联手契合，闪电般的速度，任何抵抗都变得不堪一击。

更让人做梦都没想到的是鸟蛋爷爷竟是楚国江南名侠车马，如此高龄，骨瘦如柴，只知闭关修炼，闭目养神，喃喃自语“二两米，睡一夜铺”，竟是始皇帝诏示天下要捉拿的头名杀人犯，“透骨封喉针”，射杀二十余名功勋将领，今夜灭射五捕手，险些让银捕手一命归西，逼其割掉鼻子，他的六根针断掉一根，手中并无利器，与金银捕手拼杀丝毫未落下风，如果金银捕手没有那削铁如泥的双风宝刀壮胆助胜，鹿死谁手，还很难匡算。

撵杀生死只在一念之间，活着的人比死去的人痛苦千倍万倍，简直是生不如死，睡店楼上少主人与公主因事发突然，公主双眸如星，紧抱着少主人，心都提到嗓子眼上敛声屏气，当看到燕鞭雨被拦腰截杀，公主潸然泪下，惊恨得咬破朱唇，浑身筛糠般地颤抖，当少主人欲要抽剑提箫时，她立即按住他的双手，瞬间看到何仕可被斩杀时，少主人愤然抽剑跃身，公主突然怒目瞪起，一口咬住他的耳朵低语厉声娇喝：“让我错一次。”声音极度恐惧而坚定，突然浑身平复如常，没有半点颤抖怯意，只是更紧地按住他抽剑的手，更紧地咬住耳朵不放……

少主人两眼冒星火，浑身大汗淋漓，不停地大口大口喘着粗气，直到金银捕手离去，公主才松开口牵着他的手，躲避即将燃烧的烈火，快步下楼四周环视，猫腰警惕地向原来自己与燕鞭雨住的小洞屋寻路而上。

山间虫鸣，蛙声一片，两人借着时隐时现的火花，摸索着来到公主与燕鞭雨住处。公主让少主人在院子里石凳上坐下，自己熟悉地摸进宅洞内，擦亮火石，烧水，想让遭遇惊恐噩梦的少主人喝些水压压怒火，延缓一下极悲之情绪。

少主人呆望着咫尺越烧越猛的睡屋，眼前不断闪现何仕可、燕鞭雨、陈辛烙、梅迁等胜过亲人的兄长们被戳杀倒地的影子，回想起陪他在巫山长大，受各方照顾的点点滴滴，他们都是孤儿，没有亲人，都聪明勇敢，在楚王少年军营中筛选出来培养成王宫侍卫，一起习武，一起朝夕相处，郢城沦陷之前楚王亲自挑选他们一共十七人随师叔一起，护着自己去巫山修炼，突然，一瞬间湮灭…….

少主人自己恨自己，不停地撕扯衣服，顿足捶胸喃喃自语："金银捕手，果然武功出众，今生不报此仇枉为男儿。"大吼一声一口鲜血喷出尺余，倒地不省人事。鸟蛋在锁扣家里看到火光，两人赶到睡屋，已是烈火熊熊，他俩束手无策，懵怔中如热锅上的蚂蚁，转了几圈救不了火，一个人也没有，这里就是有人看到起火、杀人都会躲在洞里，绝对不会有人管闲事，连看热闹的人也找不到半个。

鸟蛋急中顺风听到哭声，分辨方向是公主与燕鞭雨住过的那地方，火声、风声越来越猛，事情又如此突然，惊吓中两人向着哭声方向探望，不知详情，又怕有埋伏圈套，所以压抑着情感，慢慢靠近，最后擦亮火石，一见此情景，鸟蛋怀着惊恐之情虔诚之心，摸着少主人跪在地上比公主哭声更凄楚，童声之泣喊，鬼神都落泪："哥……哥……谁欺负你啦……怎么起火啦……天呐……快醒醒哥……这到底是得罪了……哪门恶神……伤人……害人……害好人……呀……呀！"鸟蛋顽皮且聪明伶俐，情感童真无瑕，哭得肝肠寸断；人非草木，锁扣怯弱，虽内向，喜怒哀乐从不挂在脸上，蹊跷的大火，少主人吐血人事不理，他已触碰到敏感点，定是大祸之兆。苦中泡大，历经人世灾祸，他钦佩少主人宠爱鸟蛋，此时也跟着泣不成声。他清醒地一遍遍擦着火石，拉着公主："先给少主人喝点开水，解瘀热通一下经络……”公主秉性高冷，现在极度悲伤中，忘了自己要做什么，心焚无主意，一经锁扣提醒，立即站起身：“开水已烧好！”两人进洞内，清洗一碗，灌上开水，拿了一破缺的汤匙，锁扣所幸找到了半截火把，将其点燃，一起来到外面。由于风太大，锁扣放下一碗水，将火把递给公主：“外面风大，会吹灭的。”他出洞拉起在痛苦哭泣的乌蛋抬着少主人进洞放在公主草铺上。

锁扣在皮囊中摸出一包粉末倒进开水冲搅拌溶化后递给公主：“洞爷留给我的‘正气花粉’，还有配方在这里，七种罕见花粉合制而成，适用于排毒排瘀，通经活络，少主人的病是由于内愤攻心，郁隐成瘀……”

公主接过碗，点点头，乌蛋举着半截火把，公主柔声轻唤：“主……主……喝点开水……”尔后一匙一匙地喂，喝完后又把剩余开水淋浸一块罗纱手绢，慢慢揩去口上的血渍，用温水在脚掌手掌、后背摩擦，许久少主人长吁了一口气，公主香汗涔涔，也跟着松了一口气，尔后又喂了少许水，少主人逐渐平复地发出匀称的鼾声……

公主招呼乌蛋，锁扣到外面：“让他好好睡一觉，恢复……”乌蛋踮脚快步闪出，生怕弄出半点响声，锁扣跟着出来，找到了一块以往遮挡洞口的茅草编夹门放在洞口挡风，也为了更安静，因为事情来龙去脉要听公主解释。

三人来到洞外院内，乌蛋让公主在一木桩凳上坐下，疑惑噙泪的眼睛望着她，锁扣站着警戒着四周，耳听眼扫，不放过半点风吹草动。公主无奈地眺望着睡屋还在燃烧的火焰。火势虽然没有刚才那般猛烈，但是还是借着风力不断蹿出丈余火舌在浓烟中肆恣。

公主长吁一口气，一时哽咽，不知从哪里说起，还是简单讲述了刚刚亲历眼见的一幕：“真没想到你爷爷是楚国第一名侠，用透骨封喉针，射杀始皇帝麾下二十余名功勋战将，大将军王翦也险些丧命，所以被始皇帝钦定为头号凶犯……”

锁扣仰面朝天好像在回忆什么，乌蛋急着：“我爷爷不是名侠也不是头号凶犯，是弄错了人找错了门……”

满眼抑郁的瞳光，火星在内膜深处闪亮，乌蛋急切想要知道真相。公主：“你爷爷平时闭目掩盖满眼乱世黄沙，深埋内心痛楚，暗中护佑着你……”鸟蛋抢过话：“不是那样，啊，他吃不饱，睡不好，还是你们来了，才吃了几顿饱饭……”

公主着急有些愠怒道：“我亲眼所见，金银捕手，名不虚传，难怪天下武人忌惮，燕鞭雨、何仕可都乃一等高手，都闪电般被斩，而陈辛烙、梅迁等人却毫无还手之力，一眨眼就被金银捕手杀戮。”锁扣：“啊，天呐！金银捕手仗着他们有削铁如泥的双风宝刀，与拐杖剑不相上下的锋利。听洞爷说过，双风刀，淬火所铸，存世已有二百余年，还有齐国的金点枪……但是没听说过为金银捕手持有。”

公主：“金银捕手还带来五名捕手，五人被你爷爷透骨封喉针毙命，银捕手若不是金捕手危急时跃身一推，也乃你爷爷将他送上西天。”

锁扣：“没射中？”

公主：“可能是老英雄失掉左臂，射中鼻子。”

鸟蛋：“爷爷……痛……死……啦……哪个王八羔子干的？”

公主平静：“银捕手。”

鸟蛋：“银捕手，我踩你尾巴……我宰了……”

公主：“你根本宰不了他，你爷爷失血过多，飞针力道受损，尽管金捕手推移了银捕手，但是老英雄用尽最后力气射中了鼻孔。”

锁扣：“哎，还真叫的是快！”

鸟蛋一拍大腿：“再射两针……”

公主：“金捕手寒光一闪，割下了老英雄的首级，反手削掉银捕手的鼻子，痛得银捕手嗷嗷直叫，金捕手说针有剧毒！”

鸟蛋想大声哭，却干号几声，哭不出来：“畜生……龟……王八……我剪……了……你……”

鸟蛋悲咽大怒不断地大口大口喘着气，锁扣听得瞠目结舌，望望对面熟悉的睡屋火光，上前拍着鸟蛋肩膀安慰着：“鸟蛋，爷爷是大英雄！”

鸟蛋抬头惊愕：“噢……”

锁扣：“还记得他教你弹石子吗？”鸟蛋默默地点点头，锁扣：

“他把几颗有棱有角的石子放在掌上，双手一合磨几下变成圆石子，当时咱俩小，以为每个大人都会把有棱有角的石子变成圆石子，现在想起来要多么强大的内功啊！”

鸟蛋含泪望着对面的火光：“也……是……”

锁扣：“他教你抛筷子，有一次他真的一发力筷子插进树身里，还有一次，拉坡抓奇蛇王时被蛇咬，我忙着找刀砍断他手指，奇蛇王趁机逃到睡屋顶，我三人到处搜寻找不到，最后奇蛇王自己掉在地上，我们还说是摔死的，拉坡剥皮时发现：‘七寸上怎么有一根针？’当时觉得奇怪，但是谁也没多想……你爬树的爪力，上陀螺石那般轻功，都在我功力的三倍以上，这些都是爷爷常常坐着、睡着为你捏搓掌心、脚心、背心……”

鸟蛋：“哇……再也没人，帮我捏，帮我搓了……呀……啊，爷爷……爷爷……”

公主站起身走到鸟蛋身边，指着还在燃烧的睡屋，大火将要熄灭：“何为乱世？一夜那里成为血肉磨坊，民众只是暴政下的猪狗，我等本是网眼上生存的‘小鱼’，随时都有灭顶之灾……”

鸟蛋：“千幸、万幸，我哥还在……”

锁扣默默点头，已近卯时，天快要亮了，有几颗星星闪现，月亮也在薄云中渗出淡淡的光芒。公主意味深长：“事发突然，现在想起来实在后怕，一对一，金银捕手武功与你哥不相上下，若两人合力，虽然各有利器，但肯定你哥会丧命……”

鸟蛋、锁扣同时惊叫：“啊……”

“万不能硬拼啊！”“避为上。”公主：“我死死拖住他，求他让我错一次……”鸟蛋似乎忘了一切悲伤，蹦起来鼓掌：“太对了，你救了我哥的命呀！”锁扣咬着牙：“留得青山在。”

公主两眼冒火：“这一切，是鱼无舌……”

鸟蛋尖叫起来：“鱼无舌……是他？”

锁扣：“怎么……会是他？”

公主：“是他引来的金银捕手，他手上拿着你鸟蛋打进他骨头里的那根透骨封喉断残针，与老英雄射杀二十余名功勋战将的透骨封喉针一模一样，成了金银捕手抓老英雄铁证。”

锁扣：“啊，你捡的是爷爷残断针，但是针型一样，爷爷独步天下暗器，我都仿造不了。”

鸟蛋一屁股坐在地上号啕大哭：“是我害了爷爷……我是偷着捡的，偷着练的……只能钉……不会射……被死鱼无舌……钻了空子……”突然跳起来，向山下跑，“鱼无舌……我割……下你鱼头……祭我爷爷……始皇帝你会死在臭鱼堆里……臭……一万年……”童言无忌，又一个一语成谶。

此时天已大亮，东方显现鱼肚白，没有狗吠，更没有雄鸡啼叫，一切都显得死气沉沉，这里方圆百里没有家畜，野生的豺狼虎豹、虫鱼鸟兽都销声匿迹，隐藏在山林石洞的两脚直行动物都在这里躲避暴政，逃避苦役、水灾，把能吃的清理得干干净净，像活着的炼狱。

“走江边，船上可能也出事了……”少主人眼布满血丝，提着拐杖剑，拿着箫突然从洞里走出来，双脚还在渗血，石板上留下血印，踉跄几步，体虚气弱，因脚伤未愈，走起路来有些恍惚，公主赶紧上前扶住，让锁扣再加点温水喝下，接下碗的同时，顺手帮他拿着箫，公主爱怜地看了几眼，少主人几乎是蹦着走往江边方向，没落王孙，承受着蹂躏悲怆，一众亲信一夜殒命，阴阳两隔，一股怒气一肚子苦水来回在腹壁上撞荡。

“鸟蛋呢？”少主人眼睛一动不动地直视前方问了一句。“找鱼无舌去了。”锁扣赶紧应了一声，从囊中摸出一物件，找个树枝挂上，“走吧，他会来找我们的。”少主人往地上蹭着拐杖剑下山，公主紧跟上扶着，锁扣在后面跑到前面带路，本来少主人、公主都病袭体弱，但是心高志强，两人越走越快，锁扣不时向后张望，遇险坎暗沟时，提醒别摔倒，到了狻猊岗，三人几乎一路小跑。

一上狻猊岗，远远看到，两艘秦国盐商船的号旗在飘扬，这时鸟蛋满头大汗追赶上来，气喘吁吁，啧啧怒斥：“鱼无舌，跑……掉了……”

他窜前几步拦住：“哎，还有两条小船，是贼船……”

锁扣：“是，没错，江心洲的。”

鸟蛋："那些人在忙着挖坑……"

少主人剑眉紧锁，预感不妙，牵了公主手快步向江边两艘船直奔过去。众人还未立稳足，一青年迎上来，毕恭毕敬："少主人，我是江心洲石三合，二舵主送药不幸被金银捕手所杀，我带人来运二舵主尸首回江心洲，看到少主人盐商船四护卫也同时被杀，所以我让他们在水线上三丈挖坑准备埋了……"

鸟蛋喊："两条狗也被杀了…只剩两只江鹰……"

石三合抬眼看了一下桅杆上哀飞唳鸣的鹰："现在天气酷热，又怕野狼饿鸟……"

少主人黯然神伤，脚步沉重移动到水獭竹尸体前跪下三拜后起身走向守船四护卫尸体一具具抚摸，有两具不闭眼睛的给一一合上，银牙咬得格格作响，公主掏出手绢，每一具头颅面上，都细心擦掉泥沙垢尘，金银捕手惯用手段，不答话就割下对手首级。

石三合上前一步："金银捕手刀法极快，一听到鱼无舌说……"

鸟蛋又悲又急童眸噙泪："鱼无舌，从天上掉下来，地上冒出来……"

石三合："我看到一艘官船，七桨手那种船，与少主人那盐商船差不多的……很相似……我们的规矩……见了官船要躲避，同船人上岸也总要留一人守船，策变，防万一……"

鸟蛋急着追问："那是鱼无舌先下船，还是……"

石三合："我紧张地握桨朝船上看，船头站着四名虎狼队捕手，后面是金银捕手，鱼无舌在他俩耳边说着什么，又朝岸上指指点点。"

鸟蛋："哎哟……怎么不跑……"

石三合："我紧张地想，金银捕手不紧不慢，并没有要捕人的举动，神态庸闲，而且那两艘船挂有秦国盐商旗号，肯定不会有什么麻烦……"

鸟蛋："肯定是鱼无舌下了套子……"

石三合："是这样，我看到鱼无舌的眼睛一直盯着我二舵主提的药包，在金银捕手后面跟着……"

鸟蛋："挨千刀的……"

锁扣："他要的是那药包……"

石三合："是这样，金银捕手一走到二舵主面前，一句话也没说，手起刀落砍下二舵主的头……头颅滚出老……老远……四护卫还没反应过来，嗖，嗖，嗖，嗖，几乎寒光一闪，四颗头同时落地……"

少主人与公主互视对望一下，意思是与他俩看到的屠杀情景一样。

石三合："鱼无舌趁乱赶快把药包抢到手抱在怀里，然后领着七捕手向那边走去。因为他们官船上还留有人。我来不及多想飞快奋桨顺流顺风回到江心洲……"

"那奶奶……哭晕了……啊！

石三合低沉："没有，没有半滴泪……"

鸟蛋："奶奶……石头……心呀……"

石三合："总舵奶奶，比平时声音还平稳，可能语速慢一些，一字一句和风细雨地问了一遍我所看到的一切……"

鸟蛋："啊……"

石三合长吁一口气："总舵奶奶说，这条官船办完案后，一定要回南郡金口，吩咐我们，带上抛钩，碎网，在螺水江流处设伏，说'都给我拉下水，灌个半死'……"

鸟蛋："太好了……江水中……是我奶奶的天下……"

石三合咬牙望望江面又望望二舵主尸体："天还未亮江面上漆黑一片，官船果然掌着灯，拉着帆……"

鸟蛋兴奋得挥着小拳头："来了……喝……泡江水……"

锁扣："黑夜掌灯，灯下黑，根本看不到……外行……"

石三合点点头："五更风狂多变，他们又没放下桅帆……"

锁扣："咸阳宫来的刀客，只能在岸上横行，不懂风水！"

石三合："船晃得厉害，螺水汇流段，漩涡暗流多，一个抛钩拉断桅杆，船翻了个底朝天！" 鸟蛋高兴地直蹦，公主屏住呼吸紧拉着少主人的手，泪盈满眶而不出。

石三合："他们都穿着铜甲，几个桨手冒出水面，根本游不动，长竿砸中盔顶，拖上船绑了手脚，半杯茶的工夫，总舵奶奶才让我们入水潜行，将他们一个个晕死，喝江水喝圆肚子的拉到船上……"

鸟蛋："那金银捕手？"

石三合："金银捕手最后拉上来，因为他俩至死都不肯放下双风宝刀，刀沉甲重一直在江底打旋，我同江猪用短刀隔断他俩握刀的左右手。"

鸟蛋："畜生，没手没刀……看你……横……"

石三合："拉上来后，将他们按规矩全部挑断脚筋……"

鸟蛋："看你跑……"

石三合："最后用缕石绑上沉船，江面上没留一丝痕迹，带上半死不活的金银捕手回江心洲。总舵奶奶说：'如果有血债，请少主人一起去江心洲平仇！'"

鸟蛋又哭又跳："我有大仇，银捕手割断我爷爷左臂，金捕手削断我爷爷的头……我要千刀万剐……吃了他俩的心肝……才能解仇……解恨……"

石三合上前一步："少主人，坑都快挖好了，这四护卫……"

少主人看着奔腾的江面平静地说："落叶随风，就这样安葬吧，多谢你们费心劳神……"回头对鸟蛋、锁扣："去看看船上有没有布匹、梵香、楚酒，尽可能让他们走得安心些……"

他哽咽说不下去，挥挥手让鸟蛋与锁扣上船去了，公主上前扶着他慢慢转身来到挖墓坑的坡上，他呆呆地望着黄土随着木铲翻出坑外，公主见他痛不欲生的样子，一时找不出安慰的话语，怯怕哪一句不妥的言语加深触碰他的心扉："主，随缘听命吧，他们比那些筑长城白骨无归，强行征兵攻城略地死的冤魂要强得多，鸟蛋爷爷耄耋之年，拼尽最后一息，射杀五位捕手，残了银捕手牛鼻……"

少主人似乎精神一振，抽出拐杖剑一连串闪展腾挪，寒光闪动，"八步赶蟾"绝技，让他在四墓坑上空如鹰掠过，每个坑内用剑尖挑起一撮黄土，落地后将四撮黄土捏搓在手心上，揉成一团，又用剑割下衣袍一角，凝视着江心洲方向，慢慢将那黄土搓成的圆珠，细心地包裹起来，轻声对公主说："明天，将那黄土圆珠与陈辛烙、燕鞭雨、梅迁他们埋在一起吧。"公主默默地点头。

空气悲怯凝固，四具用白布缠裹的尸首安放进四个黄土坑中，一切压抑得人心口堵得慌，要千刀万剐，生吞活剥金银捕手的氛围在膨胀，鲜血与黄土的芬芳调节着每个人的嗅觉，乱世安葬，没有太多的讲究，锁扣不慌不忙地指挥着，鸟蛋插上四炷香，每个坟头洒了些酒水，香的味道，土的味道，酒的味道，借助着江风的力量浓烈而扩散后淡淡远扬。

最后少主人牵着公主的手，背对着滚滚长江，听着浪声击岸和唱，伫立作揖三躬身，鸟蛋赶忙拉着锁扣三拜九叩。石三合带着随行水贼一起行了丧礼。

众人来到江边，少主人执意要让盐商船送水獭竹尸体回江心洲，并让锁扣将两艘船上的货物均分，一船留在江边，一船送赠江心洲，石三合与众贼人都感动，万谢不尽，因为江心洲从来靠风高放火，月夜杀人，抢劫为生，第一次遇到商人王侯后人均分财物，又值饿殍遍地，尸横满野，重苛粮荒之期，特别是那五十斤盐更是价值连城，心中都暗暗佩服少主人武艺高强，为人爽朗，出手如此大方，本是大悲大劫之灾，搬运船上货物时，个个免不了眉开眼笑，喜形于色，干事格外卖力，且手脚麻利。那两只无头狗，锁扣细心放到船上带到江心洲，待今夜处置金银捕手，火锅一顿以示庆祝雪恨，并找出两套少主人新衣，一套给少主人换上，一套给公主，虽是男装，总比两人一身垢尘血污着装干净。

锁扣又与石三合商议，今晚有暴雨，留一条江心洲的船，船上三人守护商船以防不测，他们两人心里也都明白，除金银捕手这样特例之外，一般毛贼小匪，一见江心洲船只都会退避三舍，敬而远之。一艘商船载着二舵主水獭竹尸体与货物，一条江心洲小船带路，水手一一配备妥当，这时突然传来高亢童音噱头戏，众人在船上远远望去，鸟蛋单腿立在陀螺石尖上，右腿夸张地摆来摆去，不知道他故意炫技给江心洲人看，还是其他意思，顽童无怯肆恣，总是横空出世，出其不意。

“东海老龙王的第八个儿子狻猊听着，我是陀螺石尖主人鸟蛋，今天送四个新伴给你，笑着玩，偷着乐，给我看好洪，看好船，我哥哥立马笑着要在这里建大码头，开大埠，咱们天天热闹……闹……”巧的是闹字一说完，一道闪电划过。

鸟蛋惊得咋舌，一晃没站稳从陀螺尖上掉下来：“哎呀，救命啦……救……这命真不值钱，喊救都没人救，好险差点喂了大蟒啊！”

众水贼一时面面相觑，不知如何是好，锁扣试测着这条商船上的物资重量，一边用手制止众人：“由他闹。”紧接着一声闷雷轰得江水恶浪掀波，几艘船在水中哗哗啦啦山响，随着暴雨倾盆而泻，来得如此突然，就是江心洲有恃无恐的水贼们，也几分忌惮心战，像是为吃波涛饭的二舵主送行，也像是为刚刚落葬的四护卫举行的祭礼，更准确来说像是给名冠天下的金银捕手敲咒的丧钟，也算是龙太子狻猊显灵的应声，还可以诠释为上天赞许建镇开埠的礼包。鸟蛋一身水连滚带爬地钻进船舱内，边笑边说，脱下破烂的衣服一拧水后又穿上，锁扣被汹涌翻腾江水激起万丈豪情，一竿漂的绝技，让他喜欢挑战恶浪，血性直冲脑门，两脚岔开，摆动横竿一身吆喝：“开船！”各水贼岂敢示弱，各显神通，奋桨离岸，借风驭浪，一大一小两条船并行压浪逐波，箭一般射向江心，朝江心洲驶去。一道道闪电，一声声炸雷，狂风也赶来凑热闹，掀起拍天的洪峰，两叶轻舟在浪谷里顺势穿行，江与山在狂风暴雨中混成一色。

两艘船骑着浪峰，切着浪谷，穿插于浪缝之中，行至三江口漩涡串串，波浪和着乱风狂窜，最危险的“阴阳浪”排山倒海地一波接一波地欺压着这两艘船只波涛中飘曳。锁扣两眼如火，众水贼个个精神抖擞，锁扣不断寻找新的水线，巧妙避开一个个凶波恶浪，时而掩护着江心洲那条小船躲过漩涡避开狂涛，盐商船两次遇险，江心洲小船数次差点翻个底朝天，最大的排浪来了：“哎哟么呀个咳……”

鸟蛋扯开嘹亮童音一声江号子，听到刺耳撕裂长空，众水贼知波涛更认水手，长吊号喊起，人人浑身像打了鸡血，一身是胆跟着吼起来：“龙王龙王你好乘！”众水手：“你好乘！”鸟蛋：“玉皇派我送信来！”众水手：“送信来！”有的水贼听错：“送钱来！”

鸟蛋：“两脚踏翻尘世路。”

众水手：“路呀路路！”

鸟蛋：“泼下黄酒，浪让开。”

众水手：“让开，嘿嘿，波涛快让开……”

江心洲附近常下“牛背雨”，到长江中下游，离南郡金口仅六十余里，长江汉江两岸百余湖泽，造成极为特殊的气候，每年夏秋两季，经常是江北烈日高照，酷热难当，江南岸狂风暴雨掩遮了天际，江边拉起一道黑色天幕，实现江中飞鱼奇观，也就是江中鱼跃出江面飞到南岸水中受凉解暑。

一场苦搏，一场生与死的较量，一位身怀绝技少年率领众水手，护着二舵主有灵的遗体，劈波斩浪最终冲出了三江口狂风暴雨回流区，除了少主人、公主、二舵主遗体在盐船舱内，毫发无损滴水未进，其他两船水手，个个都成落汤鸡。到了安全区，大家还是用尽吸奶的力气驱行二三里后，才迎太阳露出笑脸，喘着粗气，一阵阵掌声、哨声、猜拳，庆幸自己，更是献给锁扣，卓绝领航之技。

水手们遇到这样惊涛骇浪，死里求生的场景当然不止一次两次，江心洲翻船死人也是家常便饭，但是遇到锁扣这样从容淡定，遇险不惊的舵手还是第一次，上两次领教过他一竿漂绝技，鱼钩吊得鼻子痛，但是没有一次合作，也从未指挥过这样高桅商船，在骇浪狂风中巧妙地变线，补济弱水手，潜用桨力，无帆借势驱动，危急中还斗胆无数次掩护小船化险为夷，领航护迹，真是不可思议，行家一伸手，就知有没有，众水手对这位降伏恶浪惊涛少年佩服得五体投地，尊为心中的江水之神。

快近江心洲，虽算得上是晴空万里，风平浪静的天气，但巧的是一朵积厚硕大的白云一直随着太阳移动，像是要蒙住阳光的眼睛，白云的边上镶嵌万道金光，奇异的天象，勾起许多浮想，蕴藏着不可捉摸的玄机。

船靠近隐蔽的码头，小船先靠岸，水草中暗桩拴上船索，盐商船也慢慢靠近搭上跳板。石三合用手势与暗语指挥着众水贼上岸后一字跪着弓起腰脊排列成一个人字形，请锁扣“踩脊上岸”，这是水贼感激恩人的一种方式。锁扣也无谦让之意，飞身点踩着众人背脊上岸转身鼓掌致意，众水贼起身鼓掌回应。公主、少主人当然面露惊讶，鸟蛋一时有些失意。锁扣上前伸手请少主人、公主上岸，山上下来许多拿竹篾的帮手，抬着二舵主尸体前行，石三合留下向看船与搬运米布、油、盐货物，当然还有那两条无头狗的人，作了一番交代后，领着少主人、公主、锁扣、鸟蛋一起跟在大队人马后面，登阶踏级而上。

远眺江心洲，只不过弹丸之地，特别是汛期，江水猛涨，就像长江里飘着的一片浮萍，随时都有可能被一排狂浪卷走吞噬，如果知道上面还有人居住，谁都会提心吊胆——那一粒绿豆大小的孤洲，会不会一夜沉没？

真正上到岛上却不然，别有洞天，面积约半里地凹处还有十几亩农田，几头耕牛无忧无虑地在密林藤葛中吃草，两口一大一小的鱼塘，旁边摆着几间破旧茅舍，几处又尖又薄的岩石峰，都被树木藤草遮蔽，也是抵御外侵的屏障，凿洞垒坑的机关之地。

二舵手的尸体运上小山顶，下面二丈处已挖了一个深坑，没有棺木，坑里放满了葛藤，可能象征着长青之意，除了几棵屡遭江风肆意歪长着的古树，树干都不高且粗壮，而树冠叶茂，再细一看，发现这附近，都长着一坑坑的葛藤，啊，可能是水贼聚墓之地，埋葬仪式很简单，一个老头闭目念了一些江湖黑道上的咒语，这时石三合已去了贼奶奶那里，来送葬的二十三人左右，长居岛上的二十一人，其他十几人都是分散在附近的耳目头，头祭礼长者，拿了三碗酒，三口针，听说以前是咬破手指滴血酒里送行，现在贼奶奶改成以针破指，减少痛苦更快捷。三根针浸在酒里，长者自己先刺破中指滴血酒里，随后分三组刺指滴血，血酒相融，长者又念咒语，一碗酒向天空“英灵升天”，一碗三发向大地“身归黄土”，一碗用手指弹往死者全身“留住情谊”。带着酒的醇香众人每人抿一口酒，算是送行，然后一齐动手将许多葛藤缠满死者的全身，直到看不到尸体为止，然后用藤拉手牵放进绿色藤坑中，这时填满土，土上又从四周拉来活的葛藤盖上，直到完全看不到黄土为止，葛藤有节，节上有须，见土生根，叶子肥大，二舵主葬下后一个星期内，只知道方向，谁也找不到坟，藤蔓相连，郁郁葱葱一片。

最后长者带着众人，仍是口中念念有词，三拜九叩行了辞别大礼后下山，这时石三合满头大汗赶上来迎接少主人、公主、乌蛋、锁扣一行，众人一起下山。

石三合不停地向少主人说着什么，锁扣一人慢吞吞地留在后面看天上的云，看着地下的藤，望望山下的人，若有所思，心潮起什么浮想翩翩。石三合用声音引导少主人、公主、乌蛋、锁扣穿过约十丈漆黑洞廊，一拐弯却是另一番天地，推开一道暗门上几步台阶就是一个天然石宫大厅，待大家上到大厅，石三合又把暗门关上，大厅四周又有几个小洞房，有床、有凳、有桌，就是没有门，离江面约三层楼高，即是汛期也有一两层楼高，既安全，又敞亮，几间房应该是开会议事或外面作案回来头目栖住的，也可能是暑假时消夏所用。当然水贼的客人应该很少很少。

穿过石客厅，路走窄窄洞内廊桥，下面江水汹涌，若是晚上抬头可见江上星月，过了廊桥像进了迷宫，可见许多石洞，大多数石洞都被垂下的树枝藤蔓掩盖，从外面往里看一个石洞可能只有人的眼睛大，真是别有洞天，移步换景之感。

都是年少，好奇心强，左顾右盼，惊叹不已，突然一个熟悉的声音传来：“哥哥，哇，这里好好看啦……哈哈……看好景……啊……能看到整个江面……哇，好大一群鱼……江豚……哟，乌也啄鱼……锁扣……这鱼不用钓，直接抓……” 顺着声音看过去，见乌蛋在岛顶山上，两块巨石伸出丈余，像张口的乌嘴，乌嘴石上有一棵歪脖子树，树杈远远伸出，乌蛋吊在上两脚腾空戏耍，嗓子有些干哑，昨天哭过，可是今天又扯开喉咙喊号子，顽童见了奇景，又着了魔，开心不已。

石三合急得脸上变色：“快下来，那是瞭望台，已经摔死几人的，旁边有绳索……快下来……”下面江水浩瀚，波涛汹涌，树枝上吊着晃荡，太高太危险，万一枝丫断，失去支撑……”就是有“八步赶蟾”绝技的少主人也有些惊慌：“啊，小心！”锁扣深谙水性也觉得鸟蛋胆太大："危险，危……"

鸟蛋听说有绳索更来劲，放下树枝，拉起绳索飞身荡了出去，又荡了回来。

石三合更急："那绳索不能……动……的……要总舵主批准的……是下江面救人……用……的……总舵主知道要罚……我……的……哎……哟……小祖宗……"还未说完。

鸟蛋荡了回来，两脚空夹刚好坐在他双肩上："嘿嘿，这绳子真麻溜好用！不玩了，不惹奶奶生气。"

石三合又气又好笑："快下来，见奶奶去，她正在审金银捕手……"

石三合带着他们四人踩着石栈道向下走了二层，拐几道弯，来到江心洲最西面，也就是下到底层水方向，这个石洞有些像密室，洞顶几丈高，正面洞壁上，天然有一排倒钩乳石，拴着各种绳索，也像刑室，江水碰撞石岛的浪花一阵阵溅起，如同一阵阵闷雷声震撼心扉。金银捕手双脚悬吊在乳石倒钩上，绳索可升可降，他俩面部离江水约一丈，散开的长发被溅起的水珠雾化湿染，直立反垂着，握刀的左右手从江底拖起来时，手腕被割断，留在江底，伤口还有淡血渗出，创口被江水冲刷得发白。练武的肌肉还是一块块地有模有样，胸膛不停地急剧起伏。金捕手不停央求贼奶奶救命，银捕手没了鼻子只能嗡嗡吭吭呻吟，完全没有了昔日咸阳宫始皇帝御前头牌金银捕手的威风，骄横跋扈的雄横。四名水贼不时用水淋洗着他俩的胸膛，两把磨得快要卷口的钢刀放在两个被百年，或几百年，甚至不知道多少年的血染成檀紫色的木质屠盆上。金银捕手浓密的胸毛已被褪刮得干干净净，壮实的胸膛不停地怯怯起伏，下面可能是厨房，不时传来火焚烹煮、切砍剁碎骨肉的声音，还飘出鲜熟的狗肉味道……

雨天收伞，滥杀成性的铁血硬汉，人算不如贼算，成了阶下囚，砧板上的肉，横竖一切由不得自己了。死到临头，金捕手一边求饶哀号，一边不时瞅瞅四周动静，也在猜想这帮比自己善不了多少的贼匪，是活煮，还是慢切。一双求生的三角狼眼，急得滴溜溜地转。断了握刀的手腕，双脚被割断脚筋，眼与咽喉已是泪干声哑，唯有耳朵毫发无损，命至危时，还格外机灵。他听到一串脚步声从楼上走来。既轻又盈没有丝毫的杀气，他似乎捞到了一根救命的稻草。抬起头一看，自己都傻眼了，一位十五六岁英俊少年，英气逼人，牵着手的是一位年龄相仿的笑靥如花仙女，还有一位九岁、一位十二岁左右童娃，领他来的是一位精壮的汉子，但是对这几位乳臭未干的孩童，显得唯唯诺诺，恭敬有加。金捕手杀人为生，残人为乐，捕人为业，积怨千万，这几位娃娃，是哪位仇人的后代，还是哪位王爷子孙，阎王还是神仙派来的救星，脑筋飞转，怎么也转不出一个头绪。这时石三合与锁扣耳语几句领他到楼上边观看边叙事。

少主人、公主、鸟蛋一一上前问安：“奶奶好……”“奶奶节哀……”“奶奶别太生气……”

贼奶奶表情如冬日寒霜，耄耋之年，失子之痛。虽是一代女辈枭雄，人非草木，万刀割肉，强忍着不去参加二舵主入殓丧礼，是为了让儿子永远活在自己心里，留住最后递药会话的温度：“这是七服阴蚁七毒散，亲自交到他们手里，多给几服让他们留着，万一遇到危病先急用，快去快回，这两天天气反常，朝夕瞬变……”

水濑竹接过药包：“知道啦，娘，别担心，送到马上回……”最后的离别话语，成了永远的回忆。她右手示意，“你们坐下”　。只是握到公主的手时，愠怒中绽出一丝很难被人察觉的微笑。

金捕手：“老神仙，活神仙饶命……我们只是奉命……捕拿……我上有老……下有小……”贼奶奶淡淡道：“是呀，始皇帝封地五千亩，三栋六院大宅，娶了七房夫人，大夫人四十一岁，去年还娶了一位十三岁美少女，艳福不浅，你那九个孩子，听说是三男六女，肚子里还有两位未出世的。哎呀，刚要生了，可惜见不到父亲……”

金捕手触到痛处：“哎呀，我太想家啦……放我一条生路啊……活神仙　……少神仙……女神仙……我要……回家……”

贼奶奶语气平缓：“是呀，做儿子的谁不想娘呀？你俩父母双全，享荣华富贵，荣耀一方，被人掏出心肝五脏，大卸八块，丢在长江里喂了王八，你们父母不哭死？”还没等贼奶奶说完，银捕手哭着鼻子带血，腔中含悲：“不要……不要……”

金捕手："神仙……来生我做一万次你骑的马，感谢您的不杀之恩……"

贼奶奶："嗯，我记起来啦，当年二位是快马双刀，关中游侠，勇冠三秦，无人能敌……"

金捕手："哎呀，神仙，好心神仙，那都是江湖送的薄名……"

贼奶奶："嘞，二位马上如风，刀闪如电，屡屡割下纵横天下高手的头颅，韩国包尔哥，赵国罗氏七杰，燕国华羽为，齐国沙地飞，魏国刘亦首，前天夜里最后提着楚国老人车马的头，八面威风……"

金银捕手心中惊厥："哎哟，神仙慈悲……那是……一时糊涂……误会……听信别人谗言……"

"误会，天上仙也这么说，你们提着车马头颅，邀功心太急，想献给皇帝，升官封地，可是万里江水滔滔，可惜呀，你俩旱鸭子不懂浪涛俚语，风生水起之道……"

银捕手恨恨地嗡嗡："是呀……我说……不走……他非要闯，水道近，夜里赶到金口，明天再换三匹快马赶回咸阳……"

金捕手不满地瞟了银捕手一眼："老神仙开恩，你儿子的头是他割下来的……你放了我，我的家财一半孝敬给你……"

贼奶奶突然见风使舵地呵呵一笑："当真分一半给我？"

金捕手似乎看到了希望："我金某人，从来说一不二，决不食言。"

贼奶奶又故意拖问："我放了你那银捕手留……"

金捕手急于求生抢着说："他鼻子中了车马透骨封喉针，我即刻削掉了他的鼻子，算救了他一命。"

银捕手平时比金捕手口才好，现在没有了鼻子，说话吐字不清："呸，呸，若不削掉我的鼻子，死也少一痛，六根完全见阎王。神仙，他听鱼无舌的，要不谁杀你儿子？要放放我，我的家产全归你。"

金捕手："那你全家几十口人，喝西北风……"银捕手："比死强！"

贼奶奶呵呵一笑："哟，看来都舍不得死舍得钱财，保住命啊，还是放了……"

金捕手急喊着哭着："神仙……神仙……救命，我全部财产都归你……我的财产比他多……都归你……快放了我啊……我要看我父母……妻子儿女呀……"

贼奶奶鄙弃地看了他俩一眼："你俩从小拜师学艺，金银手攻防合一，转换补遗，珠联璧合，阴阳刀法独步天下，今天拆散了喋血绝技，都献上了财产，我只能放一个，杀一个，那该放了谁？"

金捕手昂起头高呼："神仙……肯定……放了财产多的……"

银捕手："是他割下了车马的头，包裹人头丢在江里，我只是砍了车马的手臂，命不至死，要放，该放我啊！"

银捕手气得抬头用手指着金捕手："神仙……他的心狠毒……前几天在南郡金口他砍下了美孕妇的头，还奸尸……"

金捕手唾沫一口喷在银捕手脸上："还有脸？你强暴九岁女童，还灭了一家十一口……"

"住口！"贼奶奶再也听不下去，虽年近古稀，可老树新芽一声叱喝，如雷霆之怒，让人惊诧，这声音没有相当的内修，很难达到如此摄人心魂的震撼："双面色鬼，孽生贪婪，借权势之刀，视人命如草芥，割无数人头，邀功抢位，留下无数孤儿寡母，天能容地能容道能容，我不能容……"稍顿，"来人！"四名水贼一齐应声："在！"

贼奶奶怒气冲顶："两畜生杀了二舵主，让他俩尝尝江心洲的惩恶死法。敲掉满口毒牙，开膛剖腹，先切掉肚肠，后割肝，然后慢慢剔掉肺，再……"

一水贼高声接话："总舵主放心，再挖掉肝胆，最后掏出心，大卸八块，丢到后江喂王八。"这时石三合领着锁扣下来静静地站着看着。

乌蛋突然哭着求奶奶："那银捕狗砍掉了我爷爷左臂，金捕狗割断我爷爷的头，我要亲手为我爷爷报仇，以牙还牙，砍断银捕狗的左臂，割断金捕狗的头……"

贼奶奶豪情万丈："有种，孙子为爷爷报仇天经地义，你可以砍断银捕手的左臂，切断金捕手的右腿，不能割断金捕手的头颅……不能便宜他…….让他俩没心没肝地慢慢死……"

鸟蛋童眼含泪："记住了奶奶，死后被掏尽心肝的是天底下最坏的人。"他走到少主人面前鞠一躬，"哥哥，借你宝剑用一下。"

少主人递去剑柄，鸟蛋咬住手抽出剑，持剑走到银捕手面前，用剑比画两次，空气凝固，针落地的声音都能听见，银捕手疑虑地看着这八九岁的孩童向他走来，眼睛突然恐惧地睁开，瞳孔放大，他识货，识出这剑的寒光："哎哟！""嗖！"银捕手的手臂落地歪倒在湿淋淋的铠甲上，血水混流，银捕手痛苦地号叫。鸟蛋走近金捕手，金捕手本能地双脚乱撑，不停扭动，他望着银捕手那只熟悉的手狂叫："别，别！""嗖！嗖！"两刀，从大腿到脚踝，刚好也巧，掉插在头盔里。

鸟蛋将刀上的血在金银捕手裤子上摩揩，贼奶奶急忙叫他过来，怕他一时兴起割了金捕手的头，乱了江心洲的规矩："孙子过来，剩下的活让他们干！"四水贼："好嘞，来啰。"两盆白水将金银捕手从头到脚冲洗得干干净净。两名水贼屠手舞着刀花，念着咒语，用刀背敲掉金银捕手满口黄牙，每敲掉一颗到屠盆"嘭"溅起小水花，斜着漂向盆底，昔日每取一颗武功高手人头，就情不自禁狞笑，黄牙展露，强者荣耀。今天一颗颗碎掉进檀紫屠盆内，只落下半盆水内漾起微小涟漪，金银捕手痛得如同无牙之虎，满口鲜血唾沫垂流，摇头晃脑，无牙无言……

贼奶奶望着江水奔流喃喃自语："咸阳宫里的人都敬水，始皇帝在洞庭湖遇恶浪又急又吓又怕，将国之玉玺和氏璧丢入水中求饶，上岸后三天冷汗不干，不过这国之宝印，怎么能浸在泥水里呢？该有人借水道送回去才是……"

"不过豢养的金银捕手，谈不上生死之地，存亡之道，在江心洲没有几斤几两，一江浊浪横流，即刻人间蒸发，一切戛然而止。孙子们，这不是闹市，这是你们看到的真事。"公主紧攥着少主人的手，脚底发冷，头皮发凉，她亲眼看到了金银捕手骁勇无敌，燕鞭雨这样的护卫高手顷刻立斩身亡；瞬间转换，金银捕手如此悬吊眼前，这是故事，又不是故事，是真事又不是真事……她默默念叨着老话："没有鬼，没有神，有因有果报应。"

第六章

少主人握住公主的手，形如冰雕。眼前浮现陈辛烙、梅迁、鸟蛋爷爷悲惨地瞬间死亡在金银捕手的刀下的情景。若不是公主拼死拉住他，今天不可能坐在这里，已是刀下之鬼，对金银捕手即刻死去，暗暗有一丝遗憾，这可是天下一等一的高手，若能一对一决斗，“八步赶蟾”武功，绝不会落下风。

公主的“让我错一次”换来自己活在人间，做一万个梦也梦不到金银捕手面对江水竟如此脆弱不堪一击，水火无情不是虚言，天堑必须敬畏。不愿放过任何一个细节，哪怕是死前一个眼神，鸟蛋毫无怯意，眼睛瞪得又圆又亮，他像在看一出杀戏，兴奋不已。心中也有暗自思忖爷爷曾经对他说：“强中更有强中手，恶人更遇恶人磨。”那奶奶算不算恶人呢？

少主人见水贼屠手又用清水洗涤最后一次胸膛，用钢刀比画着切线，他默默地摸着拐杖剑柄心里涌起几分庆幸：“鸟蛋用它削断银捕手左臂，砍断金捕手右腿，喋血武功盖世强人，不枉此利器一刎之缘。”

“呼！”“呼！”钢刀划皮囊，开膛剖腹竟如此响声，鲜血倒流顺着金银捕手的喉、脸、眼泻向屠盆，心肝五脏热气腾腾，如同挂吊的猪羊内脏没什么两样，不同的是猪羊牛死后任人宰割，金银捕手命还在，魂还在飘。

地狱空荡荡，恶魔在人间，一切荣耀与贬损此时都戛然而止，威风八面的御前捕手、令人闻风丧胆的豪强，无力龇牙、无力回天。

众人看着他俩的心脏还在有力地搏动，江心洲屠手一声高亢“开膛歌”不拘一格喊唱，厨房下面远处江边暗哨，四五处洞内只闻声不见人，贼奶奶、石三合跟着屠手一起和吟。因为凡在江心洲唱“开膛歌”的，一定与江心洲有人命之仇，歌词简单，宣泄着怒气。

屠手：“一刀快哟。”众人：“哟嗬喂、咿呀嗬嘿。”

屠手：“二刀轻呀。”众人：“哟啦哟啦嗨嗨。”

屠手：“三刀剐嘛。”众人：“哟啦哟啦咳咳。”

屠手：“五刀割吔。”众人：“哟嗬哟嗬诲麻子哟。”

屠手：“六刀净呀嘿嘿。”众人：“嘿嘿、嘿嘿，干干净净哟，嘿嘿。”

没有生吞，只有活剥，屠盆里的心肝五脏，离开了身体冒着血气，再无功能，金银捕手没有一丝气息，吊着的肢体与剖解的畜生无异。

“去义厅！”贼奶奶一声令下，身边洞里闪出两个壮汉，抬着竹椅，让贼奶奶坐上，刚才唱“开膛歌”的只闻声不见人也有他俩。

在众人离开之际，少主人突然心头一紧，眼前一黑，他在屠手挪动屠盆时，金银捕手铠甲边上，躺着一个烟斗：“那是师叔的烟斗！”他趁人不注意，一个“八步赶蟾”挥剑砍断悬吊金银捕手四肢的绳子，在落地时一弯腰将烟斗放进衣兜内，石三合与屠手齐声赞叹“好身手！”砍绳乃是假，捡烟斗乃真。

义厅，厅很大，四五十名各网眼头目，加之岛上全部人等，除了放哨和刚才两个屠手外，整齐有序，盘坐在一个个芦苇编织的椅子上。

让少主人眼前一亮的是厅堂正中央，矗立一块野火如霞的七彩江心巨石，巨石上方悬挂着楚国牦牛尾的旗帜。楚国灭亡，只有江心洲贼窝才一直保留着自己国家的旗帜。亡国存留下来的王子，虽然年少，心中怎能不倒海翻江？他噙泪久久凝望，泪眼深处似乎在重现旌旗蔽日，上千辆奔驰的车马，在楚界巡弋的情景。“挫其锐，解其纷，和其光，同其尘，湛兮，似或存”在耳边又一次回荡、响起……

公主则被四周石壁上分位、分层、分时挂满的千姿百态的木桨所吸引，这些桨都是在水贼手上一年或十年或几十年在浪中搏击“人去桨存”的文物，供后人纪念瞻仰，巧手灵刀刻上他们的名字，每把桨柄上都系着楚国编织红色飘带，江风透过石洞，红色飘带纷纷如蝶舞动，似灵魂在招手、似生命延续的解读。

正位台阶上藤编的大椅子，又精致又结实又美观，应该是精选的藤编孤品。用心的是四周藤花藤叶从两边洞口不知道何年何月“常青藤”和谐天成，布满石壁，绕着大舵座椅自然生长簇拥。

乌蛋望着那墙上挂满的桨，用手向少主人比画着“一桨一个灵位”，眼睛在舵椅上不停打转，依他的心性可想上去坐它一把，忌讳下面几十名水贼的眼光，一个人自言自语作罢：“这把椅子够霸气，我可以躺着睡觉嘿。”

贼奶奶被人抬上舵椅，她坐上一踮脚那椅子转两圈，左转两圈右转两圈，一按机关升高三尺，众人行大礼后，贼奶奶扫视一眼大众：“江心洲有规矩吗？”

众人高声答：“没有！”新鲜，规矩都没有，少主人、公主、乌蛋为之一震，心生疑云。

贼奶奶：“江心洲没规矩吗？”众人声音更洪亮，简直在吼：“有！”

贼奶奶侧耳谛听：“什么规矩？”

众人齐声并唰地一下站起来同时伸出两个大拇指交叉手怀抱：“变！”

乌蛋兴奋到了极点跟着大声喊：“没错，变！变！变！”

贼奶奶：“也有不变的，江心洲上只住多少人？”

众人：“二十八人！”

贼奶奶：“网眼上多少人？”

众人：“七十七人！”

贼奶奶示意大家坐下：“江心洲无中生有，有中生无。二十八应天二十八星宿，应地七十七网，一个不能多，一个也不能少，记住江心洲是神仙放在这里的一个石龟壳，七层四十九洞上之土是千百万年吹来的，江心砂石上不朽不竭。贼不是一个好职业，江心洲的贼不是盗贼，是劫贼。今天是一个大变的日子，我儿子二舵主水獭竹入殓，我也要上岸养腿啦，唉，真有些舍不得……”贼奶奶两眼泪花晶莹，众人依然静默无声，贼奶奶突然声音铿锵有力："舍不得也要舍，变数到了！"她突然站起来，两个侍从想上前扶，她用手制止，"来，请新舵主上位！"

众人掌声雷动高呼："舵主上位！"贼奶奶笑意盈盈，两个侍从扶着她走下来。

石三合这时站在前台上高呼："请新舵主上位！"

众人再一次高呼："请新舵主上位！"

锁扣还是赤裸上身一边挂一个自制的皮囊袋，手持钓鱼竿，连飞带跃，几步蹿上舵主座椅，右手持杆左手扶搭在座椅机关上，抿着嘴微笑，石三合与一起搏击风浪水贼鼓掌尤为激烈，可能石三合已通报各位网眼水贼，所以他们一边鼓掌一边还是有些懵怔但并不惊讶，惊讶的是鸟蛋。少主人与公主面面相觑，有些惊喜也似乎有些担心，人生晃荡，命运无常，十二岁少年一日跃居大名鼎鼎江心洲贼首，坐江湖忌惮之位，真是有些不可理喻、不可思议。鸟蛋惊讶得张着伶俐顽皮巧嘴，一时合不拢，半天回过神来挥着小手："喂……喂……锁扣……你有没有搞错……当贼……说当贼……就当……贼头头……快给我下来……你姐还在那洞里……谁管你……快给我……下来……"他要冲上去拉，被少主人攒住，用眼示意"不用"。鸟蛋四周望众贼之势，根本没人理会自己，又见锁扣突然高高在上、霸气十足、气势逼人，他手持的那钓鱼竿像逆天之尺，石三合这样有本领的人，如此诚悦之心拥戴他，鸟蛋非常失落，在他内心，锁扣是自己的一个知己、合得来的玩伴……

总舵主贼奶奶将身上一串钥匙抛向锁扣："舵主，这是江心洲金银财宝库的钥匙，全部家当，富可敌国，请用心守护，里面还有孙子送的那颗夜明珠。"说罢笑着看一眼少主人和鸟蛋。锁扣笑着用鱼竿钓一点旋转垂放在石三合手上："拿着，我懂波涛却不认得珠宝，我可以打开天下任何一把锁，所以我不需要钥匙……"逗得众人嘻嘻笑起来，不认识他的那些水贼们初步从他的言语上对他有了几分信服。锁扣继续说："总舵主奶奶永远是我们的总舵主，入土为安的二舵主永远是我们的二舵主。我为舵主，石三合为三舵主，三舵主为大家管好金银财宝，管好大家想知道、想要得到的一切。”众人都没想到少年舵主要说的这番话。群情一下子沸腾起来，连刚刚大悲之中的贼奶奶也高兴得忘了痛忘了悲也跟着鼓起掌，吹起口哨。

一阵疯狂的掌声后，石三合挺挺腰杆，心花怒放地对众人：“老规矩，现在由舵主带领大家一起念新规训，舵主念一句大家念一句。”众水贼起立，贼奶奶也起立，都把手臂交叉着，竖起大拇指，锁扣挠挠头、揉揉耳，一时无词，天真憨笑。

鸟蛋急得又叫又蹦：“不是金刚钻，专揽瓷器活！”

锁扣突然从座椅上站起来，右手握竿，左手放置胸前，童音未脱、男声未全地高喊：“我是江中蛟龙。”

众人：“我是江中蛟龙！”

锁扣：“吃浪涛饭，念风波经！”

众人：“吃浪涛饭，念风波经！”

锁扣：“专劫贪官之财！”

众人：“专劫贪官之财！”

锁扣：“专劫豪强巨富！”

众人：“专劫豪强巨富！”

锁扣：“专劫不服！”

老水贼声音变小，年轻水贼都士气高涨，扯开嗓子喊：“专劫不服！”

锁扣继续高喊：“也劫公主！”

众人都笑着应付：“也劫公主！”

年轻水贼情绪更加高涨，手舞足蹈：“也劫公主！”

鸟蛋边笑边指着锁扣：“见色忘友，哎哟，又一个垃圾……”

贼奶奶少见地羞涩浅笑微声和着：“也劫公主！”一是想起当年被劫的不幸，二是也祈福后一代舵主能天遂人愿，哎，人不风流枉少年。

锁扣继续：“就这些……”

众水贼也跟着：“就这些。”哄堂大笑！石三合示意大家坐下。

锁扣发令：“三舵主。”

石三合急忙略夸张道：“在！”

“送总舵主起岸，周全安排。”

“是，舵主。”

锁扣：“送少主人、公主、鸟蛋回烟柳镇。”

“是，舵主……烟柳镇？”一时众水贼议论纷纷，因为大家对这里方圆几百里地名烂熟如泥，没听说过烟柳镇。

锁扣大声解释：“就是狻猊岗，将来少主人要在那里建烟柳镇，江心洲日后全体助力。”众人又觉得有新意，本来江心洲舵主上位，从未有外人。今天三位列席，但见少主人英气逼人，又与总舵主孙辈昵称，来路不凡，建镇垒埠，财源滚滚，谁不心仪？

石三合：“是，舵主！”刚要转身。

锁扣：“还有快通知樊口张步青来烟柳镇狻猊岗议事。”

石三合：“是，舵主，马上办！”

刚要转身：“另外，少主人的师叔离奇失踪，追查！”

石三合刚要转身：“记住，逢五安排船只，我要同鸟蛋一起在少主人那里读书……”

鸟蛋鼓掌：“臭贼，看谁读书聪明！”

石三合这次不转身，立着聆听。锁扣看看他：“明天把我姐接到这里来。”

石三合：“是，舵主，我会把一切安排得万无一失的。”锁扣觉得自己说得太多，嘻嘻一笑：“就这些啦！”

石三合：“我送舵主先歇歇，回头我一一安排。”说罢，招来十几人一起簇拥锁扣离开。

“哼，人上位，都这样！”鸟蛋不服地暗嚷看着。

少主人、公主、鸟蛋三人来到睡屋，烈火焚空过后，留下尸体烧焦刺鼻恶臭，有些大木头桩，阵风刮过去还有明火，看到陈辛烙、梅迁、何仕可、燕鞭雨等人尸体已烧成肉炭，少主人一阵目眩神晕，鸟蛋本想去找爷爷的尸体，走几脚下去，让暗火烫得他连连跺脚退回，看看脚掌已被烧起一串血泡，回望四周，一片苍凉，顽童无计可施叹一口气：“哥哥，你俩回上面旧洞先歇息，我去螃蟹地找门头尺来把尸体给埋了，天还热，免得发臭，对不起爷爷和何仕可、燕鞭雨他们……”话未说完，一阵哽咽。少主人上前搂抱着他的肩膀拍一拍，算是安慰：“螃蟹地远吗？他们能来吗？”鸟蛋擦一下眼泪，指一指柳河出口长江入口处：“下走快些十四里地，回来上走十五里地慢些，门头尺会几门手艺，现在有一二百人，为朝廷军队做铠甲，那人既聪明又滑头，见钱眼开，我帮过他，多给点秦半两，他应该会来。”少主人也没办法，看着惨不忍睹的场面，心如刀割，想他们尽快入土为安：“快去快回。”

天近黄昏，鸟蛋：“哥，你俩快上去吧，站在这里久了，心痛会得病的，我马上就回，明天一早让他们过来。”说罢脚上泡也顾不得痛，也痛惯了，他一跛一颠地一溜小跑离开，还一两次回头挥手，示意少主人上到公主旧屋去。少主人目送他走远，牵着公主的手一步几回头地向山上方向走去。初秋凉风乍起，远处江面残阳如血。

柳河入江口处，右边有一座小山丘，形似螃蟹，几条沙石沟，坎石伸入江水内，极像螃蟹脚，壳顶上砌起几间高矮不一的石屋后就不太像螃蟹了，后面是树木支起的大工棚，是南郡生产制造铠甲、马鞍、马铁掌的主作坊。由于手艺好，由几十人逐步增加到几百人。咸阳宫将军战将的盔甲大部分都在这里制造。这里也是方圆百里最特殊的禁区，在这里做工，可免筑长城、修阿房宫、修骊山皇墓苦役。谁都不想做苦役，这里的头目半官半商，名叫门头尺，也有人称他为柳河小始皇帝，选谁用谁，门头尺一句话。

门头尺会木工、布工、泥工，还当过几年屠夫，杀猪宰羊，流传多个版本上位行家野史，更值得炫耀的是他亲自进咸阳宫为始皇帝量尺寸，定做黄金锁子甲。南郡郡尉牛犇见他也礼遇三分。

门头尺，出身贫寒，父亲挑担走村穿巷做零活。母亲帮人缝衣也算半个裁缝。门头尺十二岁跟一位孤寡老人学木工，成人后又帮一位有名的风水先生专门接棺木活做寿衣墓。由于他勤快会事，自练强记之技，又有一套吹牛口才，哪一家哪一年几口人，身高、胸围、腿长、腰围长多少，他到哪家做衣服活，把周围几十家略有名望大户人家衣服尺寸背诵得滚瓜烂熟，如果第二次、第三次到大户人家做活他把去年全家尺寸背一遍，今年大毛、二娃、三仔、四妞、五哥长了多少尺寸又对主人预背一遍，每次都把内当家的母亲们震惊得目瞪口呆，一位外人裁缝把自己一群孩子的尺码记得滚瓜烂熟，心中的喜悦、心中的佩服、心中的信任不言而喻，每年的活怎么等也要等到他做，木工活、墓工活全包，他不但能记、能说还能干，更能帮人出主意，剽学风水，掺进一些夸张的水分，最拿手的是装神弄鬼地叫人千万保密，“天机不可泄露”“说破不灵“，一些墓地朝向、树石摆件通常与男主人密谈，男主人们连妻子、儿子都不告诉，至死时才与当家儿子遗说一二。

岁月流转，积水成潭，门头尺有了一大群徒弟追随，人脉广布，在狮虎相争、魔鬼混战的年代，这位声色犬马之徒、幸灾乐祸之辈，巧妙避开了军役、苦役之累，还开门建埠掩护一批亲友徒弟进隶属于咸阳宫的江南盔甲作坊，有饭吃、有衣穿、有活干，直属朝廷庇护，可谓造福一群亲友信徒。

门头尺，瘦高个，一对金鱼眼，又圆又溜，微微翘起的尖下巴上方红口白齿总挂在嘴边：“我在咸阳宫，见始皇帝，那阵势，吓得人脚软……我亲自给皇帝量尺寸，怎……么量……不准带硬尺软尺进宫……只穿一内裤衩，外套一件朝廷内侍长衫，圆筒式的，不准有腰带的……”

边说边卖关子：“用手尺浮量，手指不准碰到龙体，隔着衣服距离一寸五游量，旁边侍卫放一张帛一支笔，皇帝不问都不准吭声，限时的……哎，这辈子知足了，亲自给功盖三皇、德压五帝的始皇帝量尺寸……始皇帝长凤眼，比一般人眼睛长一半，天生看管天下的慧眼，说话声音很特别，似豺声，尖细发问：‘来人！’”他学着皇帝喊话，有时忘形之嫌。

夜幕拉起，掌灯时分，螃蟹地作坊虽不是禁卫森严，但也有防偷防盗的通报信息守门人，乌蛋历来我行我素，对螃蟹地来过几次，轻车熟路，几个闪身到了门头尺面前，门头尺先是吃了一惊，立马脸上笑容可掬：“啊，贵客，乌蛋，你怎么晚上来，怎么不先通报一声？”

乌蛋一脸不快：“来点水喝……渴死了……”

门头尺对身边人："快，快倒水！"转身发现鸟蛋神情有些不对，"哎，鸟蛋，你上次给的秦半两是真的还是假的？"

鸟蛋没好气："用了吗？"

门头尺："用是用了……"

鸟蛋不屑一顾："用了就是真的，用不出去就是假的。"门头尺："那倒是，能用出去换盐换米是真的，换不了盐米是假的。"

鸟蛋："我有用不完的秦半两，又有桩生意……"

门头尺眼一亮："什么生意啊？"

"前夜我家睡屋起火，爷爷与几位客人烧死了，每具尸体二个秦半两，你帮我找个好地方埋了，按尸结账。"

门头尺眼珠飞转直下："哎呀，前天大火冲天是你家的呀，哎呀……是内火……还是天火？"门头尺一副噤若寒蝉模样。

鸟蛋不耐烦道："管它内火天火，吃亏认栽，反正给你秦半两……"

门头尺圆眼一阵上下翻滚，诡秘一笑："你那钱比真钱还漂亮，再说现在有钱也买不到米、盐，搁在手上多了反而成了一堆废铁。"奸笑几声，摆出不买账的架势。

鸟蛋："门头尺，上次你没钱进货，江上翻船赔钱，咸阳宫要你的脑袋，我帮你大忙，半价给你钱救急避灾……"

门头尺抢过话："你那钱我帮你销了一大半，至今后怕还提心吊胆……"

鸟蛋跳起来："你占了便宜还卖乖，钱花了关过了，鼠肚鸡肠算乱账，眉毛到额角上了……"

门头尺圆眼一瞪："你那是自己造的假钱，朝廷若抓住了，一万个头都得砍了。"

鸟蛋不服气："天下钱都是人造的，不偷不抢能用的都是真钱，不能用的是假钱，你用了我给你的救命钱，头还长在你的脖子上，不知感恩还想咬人，你是良心发麻，气过得来血过不来，不愿帮我就不帮，河通江，江通海，咱们路还长，走着瞧。"

门头尺被顽童言语激怒："小鸟蛋，乳臭未干，还来教训我，洞爷死了，你爷爷又被烧死了，你如今是无家的狗仔，你不看看这是什么地方，堂堂隶属于咸阳宫的军库作坊，我门头尺是见过始皇帝的人，快滚出去，否则不客气！”

鸟蛋天生不怕强势不服霸凌：“什么始皇帝，他翻脸比翻书还快，你翻船少货不是我用大钱救了你，你早就是咸阳宫的无头鬼了，不知好歹的人……”

门头尺一拍桌子：“放肆，敢在我的地盘上教训我，来人，给我把这条狗仔赶出去！”门外十四五名大汉都身穿盔甲拿着刀剑冲进来。

鸟蛋不躲不避：“大胆，门头尺，你吃错药了，敢跟我耍横斗狠，我让你断子绝孙。”手一扬剪刀叉飞了过去，门头尺裤裆里“叮当”一声，金属相互碰撞产生微火花一闪，门头尺拉开裤子与上衣，铜制护衣裤衩，上身护心镜：“哈哈，雕虫小技，我是做什么的？隶属于咸阳宫的盔甲作坊，哈哈，快滚出去，免得死了狗仔，不能吃不能喝，还脏了地方。”几个壮汉抓住了骂骂咧咧的鸟蛋丢出外面，挣扎中门头尺顺势用手中铜棍砸掉了鸟蛋刚长全的三颗门牙，弄得满口是血，又痛又躁，平生上了最大的当，吃了最大的亏，受了最大的委屈。

“父！”“父父！”二位七岁、九岁的小女孩，一位十二岁左右的小男孩，穿戴比较华丽，一看就是门头尺的孩子，这里都是大人，很少听到童音叫骂声，他们听到响动，特地跑来看热闹。

“榈根，快过来，别看……”门头尺显然是叫喊那一位大男孩，声音有些焦虑，像在担心或隐喻着什么。

鸟蛋一见，两眼圆睁，突然大喊一声：“你脚下有蛇！”拧他胳膊的壮汉一蒙，低头往下看，还真以为脚下有蛇，本能地双脚蹦起来，一走神，突然撒手放开鸟蛋，捂着胳膊肘狂叫：“哎呀，痛死我啦！哎呀，救命啦，痛死。”他刚一松开鸟蛋一只手，另一位见同伙突然大叫痛，以为是被毒蛇咬了，自己茫然失措怕咬到自己，一怵一惊，眼睛在地下找蛇。

鸟蛋趁机溜脱，翻身右手一扬：“剪刀叉！”瞬间那小男孩猛地一震，随即倒地乱滚，两手捂着裤裆，哭爹喊娘，顿时鲜血顺着大腿流到地上，左右翻滚中两坨小肉瘤也顺着血从裤腿滑出。

门头尺声嘶力竭一声大吼：“天呐，完啦！”

冲过去抱着小男孩边嚎边哭：“榈根，榈根……天啦……榈根……儿子……”众人不知如何是好，怎么一位壮汉突然手胳膊肘痛得如此厉害，怎么小少爷裤裆里流血?

门头尺抱着儿子狂喊：“抓住他，把他绑起来，我让他也断子绝孙！”

众人如梦初醒，这些徒弟及打手们也从未见过门头尺这般哀号，失态哭喊，简直是万箭穿心之痛，悲极无药可解。一听到门头尺下令“抓住他！”众人舍命向前，合力围逮住鸟蛋，十几位打手都身着盔甲各持器械，鸟蛋左冲右突无用，人小力弱，圈子越缩越小，几只大手将鸟蛋按在地上，如同逮住一只小野猫，猫在不停叫唤挣扎，最后被四根绳索捆成大字形，悬吊在两根立柱上，门头尺大声哭喊，因为他三位夫人给他生下四个女儿一位男丁，这榈根乃他掌上明珠心中宝贝疙瘩，突然被鸟蛋剪掉了命根子，儿子痛得呼天喊地像一根根钢针扎心，他失去理智，圆溜的眼睛悲泪如雨，找到一把剪刀冲到鸟蛋面前，一手撕开他的破裤子，一剪刀下去，鸟蛋两个小睾丸掉在地上鲜血跟着像河水一样流淌，又一剪刀下去，小鸡鸡摔在地上。门头尺哭着：“你让我断子绝孙，我也让你断子绝孙！”

鸟蛋痛得浑身发抖，头上豆大汗珠往下滚，不叫一声痛，不流一滴眼泪咬着牙叫骂：“门头尺，你做盔甲只护得了你一时，护不了一世，黑心狗，忘恩负义，该有报应。”

“鸟蛋，鸟蛋！”门外传来少主人呼喊的声音。

快要痛死的鸟蛋即刻兴奋起来：“哥……哥哥……快来救我……哈哈，门头尺……你仗势……欺人……有你好果子……吃……哈哈……”

少主人一手牵着公主一手提着拐杖剑冲了进来，一见鸟蛋被吊成大字形在柱上挣扎，下身裤裆处血肉模糊，他飞身跃起，八步赶蟾，空中寒光一闪，绳索碎断，将鸟蛋抱在怀里。

公主赶快上前拉住鸟蛋的手："鸟蛋，怎么回事，怎么闹成这样？"

门头尺是见过大世面的人，一看少主人这般功夫，若是平时定会心平气和地让步，今天他已丧失了理智，一声大吼："打死他！"

众人先一愣，听到门头尺第二声："打死他！"一齐刀剑棍齐下，向少主人劈刺砸过来，少主人护着公主抱着鸟蛋飞剑横扫，又快又疾，十几人的刀剑棍都成为两截，这下众人可吃惊不小，门头尺还想喊第三声，咽喉失语，惊得叫不出声来，紧接着少主人挥动宝剑一个"疾风扫落叶"，十几人的头盔铠甲散落一地，门头尺呆望着一地的铜片，一屁股瘫坐在地上。

众打手从未见过如此利剑神技，做铠甲的都懂，此剑削铁如泥，要小命更不费吹灰之力，一齐跪下："神仙饶命，神仙放生，神仙开恩……"

鸟蛋忍住剧痛："哈哈，我说啦……做铠甲的……只防得了一时……防不了一世……"

"痛死……我了……哎呀……痛死……我……了……"

梮根痛得爬到门头尺面前："父……痛……"

门头尺："神仙……我三房夫人，生下四个女儿……就这一个儿子……给鸟蛋……剪了命根子……我门头尺断子绝孙……啦……神……"

少主人看到门头尺儿子梮根痛得哭天喊地，门头尺哭得肝肠寸断，又看到鸟蛋裤裆下血流不止，他轻柔揎开破裤子，看到一片血肉模糊，心痛流泪一语三听，说给鸟蛋听，说给门头尺听，也说给自己听："乱世之秋，生存已是不易，没有深仇大恨何必互残至此……"他说不下去，一阵抽搐哽咽。

门头尺为少主人虔诚的话，热泪似乎浇醒他，冷冷凝望着天空，心中自省："我门头尺靠左右逢源，世人道我圆滑，奉承拍马屁发财求安，怎么一下子坏了和气生财的规矩啊？酿下如此大祸，自吞败果，制造盔甲防自当先，真是祸福相依，这笔账怎么算……"

鸟蛋失血过多，平日生活艰苦，脸色苍白，他见少主人抱着他泪流满面，他举起又瘦又黑的小手擦去少主人的眼泪："哥哥，洞爷说，人比狼下等，狼比人高贵，别在这些市侩仔面前流泪，门头尺太阴损，我帮过他，他势利眼，冷热脸，看到洞爷死了，我家起火了，爷爷也死了，他奚落我欺负我，竟敢用狗爪子拿铜棍打落我的牙齿，我就要他断子绝孙，跟他死磕……"

少主人还是禁不住泪流满面摇着头："何必呢……不值得这样……啊！"

这时那个手肘抬不起的壮汉爬到少主人面前哀求："大仙，求你救我一命，我浑身痛……"

鸟蛋对少主人微声说，看来他没有力气："活该，哎，我没有我爷爷的本领射进去透骨封喉针，是按进去的……"

那壮汉应该是正中命门经络，他满头大汗，磕头如捣蒜，额上碰地血流不止，少主人一声叹息，运足气，一声虎啸般的大吼，震得所有人无语，连娇生惯养疼痛难忍的榈根，也止住哭声，少主人隔着铠甲从血缝里猛一抽手，一小粒断针头贴在掌上，他将那断针头让公主用小手绢包着，装进鸟蛋上衣兜袋里，鸟蛋惨然天真一笑："哥哥，好功夫！"那壮汉立即不痛，爬起来甩甩胳膊，又朝少主人重叩三个谢恩头，转身向门外跑去。

"报，大师父，江心洲的烧火棍、半瓢水来找您。"

门头尺一听说江心洲来人，几乎一下跳了起来："啊，快……请……快……请。"

烧火棍、半瓢水快步走进来，后面跟着刚才通报的喽啰还有刚才胳膊上针被吸出的壮汉。烧火棍瘦高个，手上拿着的乍看是黑木，细看乃是铁棍，半瓢水手上提着一个结实的袋子，里面叮当作响，像是铜铸的珠子，背上斜挂着一个大铜瓢，走起路来也是"刮刮"传声，好像是用铜瓢装上铜珠子作为兵器，专打眼珠子，很少人见过使用，听说又准又狠，一旋一转借助瓢内弧旋之力，一打眼睛就是两个血坑。他俩对这里很熟络，互相都认识，应该是江心洲网眼上专门负责这块领地的耳目，从他俩眼光里看得出他们已经知道门头尺与鸟蛋一番过节，所以他俩没理会门头尺直奔少主人与鸟蛋询问伤势、刚才胳膊针被吸出的壮汉与门头尺耳语一阵，说这是烧火棍、半瓢水。

一转身，门头尺赶快躬腰迎上：“烧爷，瓢爷，好久不见，这时候来，不知有何吩咐？”

烧火棍从怀里取出三张图，习惯性地先咳两声，门头尺伸长脖子脑袋飞速转动，猜着这三张图是什么指令或什么秘密，更联想着又要破多大的财。

烧火棍走前两步：“才听说，聪明人惹了惹不起的人。”

门头尺额头开始冒汗，想着怎么突然这小小鸟蛋身后有一个神仙般武艺高强的哥哥，从没听说过啊，更想不通怎么和江心洲又有深切的关联，烧火棍的表情告诉他，关系还真不一般。

烧火棍一脸愤怒，语调喷着火气：“门头尺，门外是天，门内是家。”

门头尺赶快附和着：“是……是……门外是天……门内是家。”

烧火棍：“今天割睾切鸡的事，失了下头留着上头，先不谈……”

门头尺汗流满面，心中猜着三张图到底藏着什么玄机：“是是……失了下头……再不能失上头……多谢烧爷指点……多多赐……教……多多……”

烧火棍打断他的话：“舵主有令，埋三处尸体，一具独臂老人，失的左臂寻上。第二墓五具男尸，一字排开，都用树木护住后再填土。还有七具穿盔甲的尸体，”盔甲二字故意加重拖长，“挖深一个烂泥坑，丢在里面，让狗鼻子嗅不到就行，多带几双铠甲铁鞋，有余火，天亮前埋完，跟我走……”

门头尺不假思索：“烧爷瓢爷放心，这埋人做墓，我们拿手活计，门垛、门楣、门槛，带足二十人跟烧爷瓢爷去埋人做坟墓，快……啊……多带……几双铁鞋……”

刚才那位手胳膊中针的叫门槛，少主人帮他吸出锈血针，他佩服少主人绝世武功为他即刻去了疼痛，感恩之情使他格外积极：“门槛知道，走，带七把斧头、四把锯、六根卯钻、三把锤、五把锄镐，另留八双铁鞋装篓子里备用。”

众人一阵忙碌，举起火把，扛着家伙，烧火棍、半瓢水走前面，门槛用心擎着火把照着。

少主人抱着鸟蛋寸步不离，一路浩浩荡荡火光明亮，人群鸦雀无声，到了火场几十双铁鞋觅踏，回声沉重。

睡屋，烧火棍、半瓢水也换上铁鞋，夜间风一吹还能看到火炭火花一闪一闪。烧火棍与门槛在现场找尸，半瓢水带着门槛、门楣拿着三张图，一部分到后山挖车马老人坟墓与五具男尸合体坟，门楣带着五个人到柳河旁泥潭边挖大坑埋那穿盔甲的七人。

门槛分工又快又细，来的都是行家里手，除了挖土声锯木声，人只有喘息声，特殊的场景，静静的。

少主人抱着鸟蛋来到公主住地，把他轻轻放在床上，鸟蛋还不习惯睡床，也怕血迹浸了床被，少主人示意听话，还少见地亲亲他那气短胸膺，面色无华的小脏脸，公主已翻找出燕鞭雨留下的一小包创伤药，少主人用清水先洗一遍，鸟蛋忍住疼痛，苍白的脸上直冒冷汗，少主人褪掉鸟蛋那破裤子，把他抱到椅子上，自己解开腰衣照着创口用热尿为其消毒，在这时这是最直接也是最真心的处理方法，热尿淋伤口，鸟蛋痛得浑身颤抖，其实本来也一直在颤抖，现在抖得更厉害。

公主上前拉住他的手贴在自己脸上："鸟蛋，很痛的，在家里……可以……可以大声哭……啊……"

鸟蛋失去控制，爱语暖心，孤儿命贱，公主传递如此爱意，少主人热尿治伤，顾不上羞怯，躬亲力行，更是忍不住涕泣奔流。

"哇！哥哥……好痛……好痛……啊……"

公主一边抚慰："哭吧……哭吧……哭出来……可以减轻……痛……的……哭吧……哭……可以好受些……"

少主人待热尿略干，又把他重新抱到床上，把鸟蛋的脸紧紧贴在自己脸上，万般疼爱，尽在两人泪水之间。

少主人拿着创药，轻轻涂敷在伤口上，他心中一阵痉挛，因为那创口是门头尺在怒中用做铠甲的剪子剪得又深又重，他也更被小小鸟蛋苦命孤儿，生于乱世，极强的忍耐力惊得更疼爱更惋惜，泪水在他那剑眉凤眼中形成一串串怜悯雨水，止不住无声淌下。

鸟蛋虽小，天性聪明伶俐、顽强，看到少主人的眼泪，看在眼里刻在心头，男儿有泪不轻弹，今天这对患难小兄弟流了个够。公主、少主人一边一个三人同哭，公主、少主人在左右吸着鸟蛋脸上的泪水，吞进肚子里，孕育着彼此虔诚之花。

少主人擦了一下鸟蛋的脸，望望对面火把："鸟蛋，你先歇一会儿，那夜里我与仙看到了金银捕手屠杀那位置我俩清楚，把爷爷、燕鞭雨、陈辛烙、梅迁、何仕可入土为安后，我马上回来。"鸟蛋懂事地点点头。

刚要出门，张步青带了四五个人满头大汗跑上来，少主人一愣："来得正是时候，留一个人先烧点开水给鸟蛋喝，他受了重伤，另一个人快弄点吃的，好补充元气，再派几个人到江边船上拿些布，把六具尸体多缠几层，体面些干净些，我心里也安一些……"说罢哽咽泪流。张步青等人黯然神伤，低下了头，如此大的变故，江心洲报信人都已告知，鸟蛋受伤还刚见到。

急事急办，没有赘言，众人快速离开，各行各事，鸟蛋爱赶热闹的心性被疼痛抑郁，他默默地目送少主人等人消失在夜幕中，没牙齿可咬了，只有痛泪闭上童眸，关掉想看的一切遐想。

五更秋寒，疏星朗朗，后山断岩处，有一块丘地四周葱翠，枯树横陈。从无人迹踏至此，砍伐一批树林，做了活树棺木，铺垫了些许芒草用就近乱石砌成坟墓。还是锁扣行事心细，按他画的图似乎计算好了每一寸空间，如今那一隅荒原豁然开朗，如同神仙用尺预埋丈量过，车马前辈墓面向东方日出，俯瞰滚滚长江，冢墓巨大霸气，死后犹显江南第一侠的风骨，四周松涛阵阵，如同永不休止的鏖战嘶吼。五座长坟一字横列气势如虹，似强龙伏卧、似坚城垒堡矗立拱卫着鸟蛋爷爷虎视绵亘烟柳大地。

少主人拉着公主的手，张步青率一帮人远远伫立，门槛带着螃蟹地工匠已撤走，只留几双铁鞋供他们走火焚残场之用，临行时还不忘行礼谢少主人救命之恩。

"窸窸窣窣。"有小动物爬了过来，发出如哭似唱的声响，张步青警惕地拔出腰刀，倒是公主耳聪明："啊，主，是鸟蛋来了……"

少主人快步冲了过去，低头一看，真是鸟蛋。由于伤得太重他不能直立行走，一路渗流着血迹。少主人心痛地一把抱起浑身颤抖的他，紧贴着那张顽强倔强懂事毫无血色的脸，忍不住心中泣血，公主见状泪如泉涌……

少主人把他抱到车马老人坟前放下，鸟蛋见到黄土，知道他爷爷睡在里面，想起天天在一起送饭唠嗑依偎，突然阴阳两隔，深埋黄土内，千呼不应，万喊不灵，冰凉石土，活与死的现实。

他摸着石头爬上黄土，撕心裂肺地哭喊："爷爷……爷……爷……你不要我啦……杀你的仇人喂王八啦……你说等我十二岁……长大点……要教我的……要告诉……我好多秘密的呀……老爷爷……我哥去为始皇帝求药还没回来呢，你说哥哥有一天会回来……哪一天呀……爷爷……我没爹没娘又没爷爷了，牙被人打断了，鸟也被人割了呀。"鸟蛋童心悲切，字字穿人心腑，少主人、公主、张步青与众人跟着哭泣，一同伤心不已，专横世道，百姓苦苦挣扎，家家血泪……

鸟蛋三叩九拜爷爷后，少主人又抱着他到燕鞭雨、何仕可、陈辛烙、梅迁等人坟上一一拜过，少主人一番劝慰，然后抱着他一起到睡屋，查看老爷爷可能留下些什么。

睡屋已烧成一片废墟，满目疮痍，令人触目惊心，大家都套上铁鞋，来到鸟蛋爷爷常闭目静坐的地方，鸟蛋与少主人扫开火灰，鸟蛋指着一块活石，还有些发烫。

少主人用剑撬开，鸟蛋用手伸进去摸来摸去，摸到一个石疙瘩，他试着左转右拧一推一拉，石疙瘩掉下去了，探头内窥，有一个圆洞，他让少主人手长往下摸，果然有一大一小方盒，用力拖拽出来，大盒内有一套四十九口飞针，一幅练飞针示意图，小盒里装的是少主人给鸟蛋的楚国相思鸟，还有一副女人用的上等金簪，一个巧手绣花囊袋。鸟蛋深情地佩戴上相思鸟，抱着盒子揣摩着飞针示意图。

少主人看到内面还有金色的闪光物，他用力扒开几块石头，一个大皮囊袋，拉的绳索已松开一个口，刚才看到闪光的就是从这里发出，拉上来解开一看，一副做工精致、用料考究上等着装的黄金双层锁子盔甲，手护腕、脖子、扣上都铸有“车马”字样，显然是定制的极品。

少主人让张步青拿着盔甲，盔甲顶上有利箭射穿的洞。他又抱着鸟蛋来到陈辛烙的房间及厨室，鸟蛋熟悉方位，陈辛烙房间衣服浮财已化为灰烬，但厨房暗室内令人惊喜。粮食、盐油及楚宫医药、酵素、酒类毫发无损，几本秘籍书在一木盒内，锅、铲、罐都不怕烧，吃的能顶半月有余。

少主人同张步青议事，烧火棍和半瓢水这时又返回来，带了几十人，说是奉舵主之命，带了一张草图，三天内恢复盖好睡屋，几条船都停在狻猊岗江边，水贼们也不答话，随从带来了一些匠人，说干就干，按草图抢活，少主人抱着鸟蛋与张步青、公主又回到旧洞。

张步青将车马那名贵盔甲挂在洞壁上，鸟蛋打开飞针图看得入迷，少主人走近盔甲护腰带上还铸有“受命于天，既寿永昌”字样。他心惊自忖：“这八个字是始皇帝和氏璧国玺上的，为何铸在铠甲腰带上呢？啊，是不是受命于天，射杀敌阵大将，也乃天意？天意无形无根，自己自信的意志都可以理解为奉天之意。”

老英雄将自己的名字与秦国的国玺鼎语都铸在盔甲上，留给后人猜想，他年迈时销声匿迹，救了拉坡，带着鸟蛋，隐居在荒原野山，那一晚与金银捕手生死对决，如果金银捕手不是削铁如泥的宝刀助力，很难胜过这位骨瘦如柴，白发银丝，“二两米，睡一宿”的耄耋老者。

还有那一晚子夜时分，他去哪里呢？那小盒里女人金簪是谁的？那个精心缝制绣花荷袋出自谁之手？他要留给谁呢？今天他了断了人间一切恩怨，长眠于砂石黄土内。

少主人叹了口气，回头看看重伤的鸟蛋，伤中添伤，丧亲，名副其实的孤儿了，自己已是他唯一的亲人。他招手公主、张步青来到洞外，先看了一眼热火朝天的水贼们与工匠在抢建睡屋，又一招手带着他俩来一个制高点，俯视长江、柳河、柳湖，长叹一口气对公主说：“仙，你画一幅图。”

公主靠上前顺着他手指向远方：“主，真是一幅江南画。”

少主人左手指向狻猊岗："用石头方阵堵住一里长江患口，可造万顷良田，同时打通上面垭口，让柳河改道一分为二与柳湖贯通河道两岸建埠造房，山坡上几百个洞穴溪流将它们串成珍珠水链，依山而居，小道相连，小泉互拥，栖居仙境，大文章在石头。"

张步青听得有些动心："石头？"公主爱意浓浓地笑吟吟想听下文，少主人此时脸上在晨霞映照下英武潇洒，神采飞扬，少年壮志，大有纵横捭阖之势："这无名之山，最多的是石头，把这些石头用来堵住长江患口，修埠建屋，筑路垒岸，取之不尽，用之不完。"

公主兴奋道："点石成金啦。"

张步青频频点头："那成了长江边上的一座石头城，万里长江第一镇啊！"

少主人微笑颔首："仙！"

公主："在。"

少主人继续笑着说："石头是个又丑又重的东西，你要把它画成天上的仙宫，画成美妙绝伦的石头城，让每块石头美得像玉巧得像布，千姿百态的石头城。"

公主笑答："天下第一烟柳镇。"

张步青："那始皇帝来了不想走怎么办？"

三人一齐逗笑，少主人意气风发创造的思维活跃异常，两眼溢满兴奋的光芒："劈开垭口，将千万方巨石滑到狻猊岗去堵住长江患口，堵长江之水，三种石头，一种对江水是三角石，用石尖顶破波浪，第二种是长条石与第三种四方石互压互咬坚不可摧。"

公主回头望望山上："这山石变成砖块，又轻又坚且美。"

张步青："防火、防风、防水、防潮还防盗，那阿房宫全是雕梁画栋木头，哎哟，又上油漆，惹火之祸根，一把火化为灰烬。"

少主人沉思一会儿："楚宫郢城也起过几次火，烧得人财两空。"

公主："山上这些石头全用上盖房屋，地就自然平坦多了，家家留院，把泉水互通，变成两条溪流，一条是纯净饮水，一条是洗衣冲污水。"

张步青："顺势而流，由高向低，污水注入柳湖肥鱼壮虾，还可灌田润土，天下可从没有这样双溪环城。"

少主人："第二要用好水，柳河主道可由长江螃蟹地长江入口处行轻舟船队至今后烟柳镇港口，埠街屯水，城依港发，水路亦为财路。"

公主点头："那倒是，水系八方客，波连万里舟。"

少主人："港口的土变为田，港口分支水又可将一马平川的土分割成形状各异的田，有田必有渠，挖渠的土分别在万顷沃野上垒成小丘，丘上种满梨、桃、李各种果树，农夫边种田边歇息，躲雨避阳，还可以尝甜果解渴抵饿，柳河两岸排种柳树，点缀一些枫树、水杉、松桐之类，要真景比画好看。"

张步青："那实景的春天，桃红李白，柳绿成荫，帆船点点，荷开鱼跃，再来几瓶酒……"

公主："神仙都要下凡来啦！"

张步青突然："这连年战乱，民不聊生，又修长城又建阿房宫，又修骊山墓，百姓苦的……"

他头摇得像货郎鼓："哪有那么多人种田，挖港口，造田修渠盖房栽树？找十个男人干活，我都难，留下没死的都是老弱病残。"

公主认同地望着少主人："是呀，建一个镇，不是建一座房，一个村，这人力物力……"

少主人深深吸一口气，微笑着抬头望着天穹，又长吁一口气目送滚滚江涛后浪推前浪，浪浪相连奔腾而去，他突然开怀大笑，这笑声发自内心深处越笑越厉害，笑得连咳嗽一阵，两眼笑出了泪花，公主、张步青被莫名其妙的笑声，笑得不知所措，开始尴尬地陪着无声地跟笑，后来面面相觑，到后来两人猜疑，慢慢有些着急。

公主从未见过他这般开怀狂笑不止，上前拉着他的胳膊摇晃："哎……主……主……停……"少主人猛转一圈笑得更厉害。

公主又上前去拉着他的胳膊："主……主……捡到宝啦……捡到八百两银子……呀……这么高兴……"

张步青张大着口，既不敢上前也不敢后退，站着傻傻地发蒙。

少主人听到公主说“捡到八百两银子”，满脸通红，戛然停止笑，并用衣袖擦擦笑泪，公主上前用手绢给他擦去脸上汗渍，少主人将拐杖剑从右手用寸劲猛换到左手，力道之大，“咔嚓！”利刃迎着朝霞阳光乍闪，跃出半寸，借着弹力又入鞘内。

少主人一招手示意张步青过来，因为刚才瞧见那剑跳动的寒光，有些发怵又见的江湖上千奇百怪的太多，张步青有点怯生生地靠过来，他心里发蒙的是，他深知少主人的武功高强，更知这把削铁如泥的宝剑之厉害。刚才少主人骇人的笑声怕是什么病根，观公主也有几分惊愕，一旦手起头落，所以他摸着脖子，挪步较慢。

朝霞映红天际，一阵微风吹拂得少主人长衫衣带飘起，他胸膛起伏，傲然自信地对公主说：“仙，你们担心的恰恰是我最不担心的。”

公主看到他胸有成竹的架势附和道：“哦，主，那就好。”

张步青想听下文，碎步趋近。

少主人：“始皇帝灭六国，霸业初成，连年战祸，十室九空，加之苦役如枷，民不聊生，他两次巡游已感觉到，疆土再辽阔，国力空虚也无用。”公主与张步青默默点头。

少主人回头望着张步青乐融融地问：“始皇帝现在最大的包袱是什么？”

张步青摇摇头，公主思索一会儿也找不到答案，甜笑着看看他解谜。

少主人有力道：“军队！”张步青似乎茅塞顿开，不禁惊叫认同：“啊，最大的包袱是军队！”

少主人：“军队鏖战，杀人为生，一旦无仗可打，那就是坐吃山空，军饷粮饷，都要真金白银豢养。”

张步青接话，他思维活跃起来：“始皇帝军队太多也杂，闲着无仗打也难管训，弄不好还造反。”

少主人：“江南富庶，要造万顷肥沃良田，直供咸阳宫优质米，用闲军队来屯田垦荒，他何乐而不为呢？”

张步青开始手舞足蹈：“少主人说得有理，那是他几十万杂牌军，三秦及北方已三年大旱，颗粒无收，所以他对牢房关押犯人下令屠杀灭口积粮，连军队伤残人士也一律屠宰。”

少主人指着山垭：“我们要八百石匠，凿开垭口，用那里的石头堵住长江水患口，让柳河改道，以水切割出一望无垠良田，流水乃软黄金，鱼米依水而生；挖筑沟渠一来可以灌溉，二来还可以饲养鱼鳖虾蟹，鹅鸭溪池欢叫，柳湖荷藕莲香，八十泥匠八十木工砌渠修房造水车，制柜造床……”

公主高兴道：“一要石匠，二要泥瓦匠，三要木工。”

张步青：“哇，这里现在死寂到时候可热闹死啦，落的是实锤啊！”

公主：“太美了，主，有点像做梦吧，炊烟起，广种蚕桑，男耕女织，沧海桑田，新建一镇，济世良药造福一方。哎……”欲言又止，“嗯。”

少主人看出她心中顾忌：“来八千弃军从民男丁，来八千战争苦役丧夫妇女，可以拖家带口，到烟柳镇重组鸳鸯，刀耕火种，贡粮纳税，有名有姓，喜度余生。”

张步青：“百姓生在乱世，只要有一口饭吃，就欢天喜地，军队男丁多是村庄强征入伍，若有田种，能成个家，再苦再累，做牛做马都心甘情愿，更何况这烟柳镇，有长江、柳河、斗笠山，天下第一镇，江南鱼米乡，只要第一年产了粮，往后年年胜天堂。”

少主人：“要建成烟柳镇天时地利已备，现在需要巧妙打通关节，寻求朝廷庇护，让始皇帝题写烟柳镇名，让南郡郡尉牛犇写奏书，让蒙毅将军和谐，天下无难事，只怕有心人。这块土地已与我结下生死之缘，把它建成一个富庶美丽如画的小镇，子孙万代，不管如何变换，烟柳镇的人，只求有米有鱼还有船。”

公主忧虑伤感：“百姓最怕的就是战争，死一个男丁就殃及十人，父母失去儿子，妻子失去丈夫，孩子失去父亲，耕种失去劳力，哎，一个朝代出一个魔头皇帝，那就是天下最大的灾星，杀人如割草芥，整人如同猪狗，他高高在上，顺者昌逆者亡，淫威天下，百姓吃草咽糠。生而为人最苦的是没饭吃，凡是暴君主政，没有狗吠、没有鸡鸣。”

张步青有感而发：“来人生一世，谁都怕死怕饿更怕病，连饭都吃不上，还不能说吃饱或者吃个半饱，如今始皇帝的殃民，脸上都是一个颜色‘绿菜黄’，没有一日三餐，还要爬着日出而作日落而息。”

少主人：“所以要千方百计建烟柳镇，辟一块桑田，尽一份良心。”

公主：“乱世善举真要祈祷上苍护佑。”

少主人豪情涌动：“诚心所至，金石为开，不信天启。”

还未说完，一个童声清晰嘹亮在空中回荡，又飘且实，亦如仙音：“不对，洞爷说始皇帝过分暴戾，滥杀无辜，必遭天谴，应坐江山三十七年，只剩下没多少年啊，四十九岁短命，尸臭三十三天，臭不可闻，死无葬身之地，骊山墓内睡的不是始皇帝，是个被打死顶包的疯子，哈哈哈……”

童声银铃般咯咯笑个不停，随风消逝，三人惊疑不定，公主追声探望：“应该是鸟蛋的声音……不对……他伤得那么重……爬都困难……怎么……会……像一阵仙风悠忽呢……留声不显形。”

张步青：“莫不是真有仙童显灵让我们……”

“哈哈哈！”少主人自信仰天大笑，“天上的事谁都看不见、摸不着，怎么猜都对，我只信人间有道，以苦为乐，向死而生！我现在的目标简单，要始皇帝写出烟柳镇三个字，避官邪人渣，后面是……”

公主也抢着他的话：“八百石匠、八十泥工、八千士兵解甲归田……”

张步青：“还有八十木工，八千寡妇……”

少主人遥望长江天际：“开荒拓土，繁衍生息，开花结果。”

少主人开心地拉着公主手往回走，顺便柔情嬉笑地摸一下她的肚子：“饿吗？”

张步青呆望着天，喃喃自语：“天只能管下雨、下雪、出太阳，哪管得了百姓的肚子啊？”也跟着低头往回走，嘴里叽里咕噜边走边说着什么，谁也不清楚。

洞内，鸟蛋正躺在床上聚精会神地看着爷爷留给他的“飞针图”，手里拿捏着针比画着，少主人与公主入内他全然不知。少主人上前亲昵道：“鸟蛋，刚才不是你说话吗？什么时候又练着‘隔山传音’啊？”

鸟蛋：“洞爷曾经教过、练过，总未成功。”鸟蛋轻描淡写地说着，眼睛一刻也没离开“飞针图”。

少主人转一圈提嗓吸气试练几下：“隔山传音，本应是巫山真传，我也练过，总打通不了三关七穴……”

鸟蛋放下“飞针图”又顽皮起来：“裆里没了鸟，头顶开了窍，地狱门关上，天上开了窗，也叫因祸得福，咬牙痛一把，换点绝活。哥哥若舍得鸟不要了，三关七穴自然就通了。”少主人摇摇头，公主羞涩地笑了笑。

鸟蛋突然假装手一扬：“来，张步青，你割了鸟……”

张步青这段时间怪事连连已成惊弓之鸟，更知“剪刀叉”神技，为人又特别机警，一看鸟蛋要使“剪刀叉”，那顽童什么荒唐事都敢干，吓得捂着裆一声大叫，同时蹦出洞外一边喊：“别……别……我没练……过……那功……”乐得鸟蛋哈哈大笑，张步青看是恶作剧，探头赔笑，瞥了一眼公主，自羞得满脸绯红。

少主人笑着招呼张步青过来，深情柔和且严肃：“现在有三件事要紧急办。”他皱了一下眉头望一下窗外，张步青赶紧正面恭立聆听，公主、鸟蛋自然安静下来，少主人来回踱步一会：“一，快去樊口给我、公主、鸟蛋弄些秋冬季衣服来，公主按她的身材多备几套男装，她要同我一起去南郡金口，还有咸阳宫，同时带一些简单家具被褥之类。”

张步青扫一眼三人后：“少主人，这好办。”

少主人看他一眼：“备三套一大二小深水探物鱼皮衣，我要去陀螺石下，斩蟒取宝，好去南郡郡尉府、咸阳宫，呈礼铺路。”

张步青有些胆怯：“斩蟒取宝，可是生命攸关，多少英雄好汉、江海水贼都不敢去陀螺石涉险……”

“照办。”

“少主人可要特别小心……”

鸟蛋重伤后第一次又兴奋起来：“哈哈，哥哥还有宝剑在手，有我与锁扣助阵……咳咳，东海老龙王特别心疼……先借一下，迟早要还。”

公主也有些担心，她知道一切话都是多余的，只有担心的份，轻叹一口气，爱意地望着少主人。少主人一招手，公主、张步青跟着走出洞外，鸟蛋也要下床，少主人用手示意躺下：“如今三里之内，你不必挪步。”

张步青对鸟蛋竖起大拇指：“神啊！”

三人来到院内，少主人：“第三件事有点重有点难，找二十八位石匠、六位泥匠、三位木匠在这里先建一座模仿屋，亦为烟柳镇今后议事处，仙好好统筹设计，万不能短视，形、水、色、林、路，让后人仿造。”

公主信心满满：“凡人做的，神仙住的！”爽爽一笑。

少主人赶紧补一句：“多带些简帛刀笔来，她要画出一个天下第一镇。”

张步青：“是，明白，少主人有主见，行大善，百事有解，万事不难，我来办。”

少主人上前：“今后半年左右都在睡屋住，江边的船，后勤事务都想细些……”

张步青：“少主人放心，少主人只管考虑大事，小事实事步青会尽量办妥，这几天早餐、中餐、晚餐都在船上做好，马上会有人送过来。江边船货有江心洲的人监管，不会有事。”说罢，招手远处几位随从，做了一番布置之后离开。

少主人拿着师叔烟斗，反复思索着，想窥探出一些悬案中的蛛丝马迹，一次次揉碎想念，总是想师叔哪一天回来，缱绻全方位布局兴建烟柳镇。“师叔失踪，不会是江心洲的人干的。”

鸟蛋还是头也不抬地研习“飞针图”，手里不停地捻搓着“透骨封喉针”，试探着潜移脉动的力道。

少主人一筹莫展脱口问："那会是谁呢？"

鸟蛋冷冷道："那要问金银捕手才知道。"

少主人："你不是看着了的？开腔剖腹死了。"

鸟蛋："嗯，死快了一点，要是死慢点，他是会知道师叔生死下落，还能解释出许许多多悬案难题。"

少主人默许："也是，今后若再要碰到如此顶级杀手，得让他多活几天，把渣吐干净再死。"

鸟蛋："嗯，呵呵，哥哥呀，张步青也知道师叔一半谜底的，只是现在不敢说。"

少主人惊疑得猛地站起来："噢。"

鸟蛋："有几次欲言又止，好像有什么心思……现在一心办烟柳镇的事，留个心眼就行，瓜熟蒂落之时，他自会跟你全盘托出，后天逢五锁扣要来上课了，如果是江心洲的人干的，过一段时间，位置坐热了，书读多了，他也会慷慨地向你说得一清二楚。"

少主人若有所思地点点头，刚要走出洞外，迎面来了船上送饭的，他赶紧招呼进洞，揭开饭菜，色香味美，难得张步青心细安排得有条不紊，战乱灾荒之年，能享用如此烹饪上乘佳肴，实在稀罕。他与公主先给鸟蛋添了又添夹了又夹，希望他能多吃点，多喝点，养好身体，早日又活蹦乱跳地热闹。

鸟蛋流了血受了气，肚子也饿得干瘪，毫不客气，一顿猛吃猛喝，待肚子圆起来，还打了几个饱嗝，一抹嘴又全神贯注地研习他的"飞针图"。少主人、公主相视一笑，相互礼让着一起用餐。

鸟蛋喜欢下雨，淅淅沥沥润物无声，静心练功。一大早船上送来伞，少主人与公主撑伞踏湿，登高巡走，因为上次锁扣做的较粗糙的笔墨给大火烧了，要等张步青带来简帛刀笔才能绘画烟柳镇建造图，两人现在边走边议，先打好腹稿。

快近中午，实际上已是未时下三刻，少主人与公主收伞回洞屋，抖抖身上雨水，秋雨瑟瑟也有几分寒意，无衣可更，摆摆身跺跺脚了事，由于下雨船上饭也就晚了两个时辰送来，鸟蛋有些古怪皱着眉望着屋顶，待三四个人放下饭菜碗筷勺："放下，有毒！"公主胆小吓得好险连碗带勺掉在地上，少主人懵怔地看着罐锅，鸟蛋从床上翻身下来，伤口未愈，勉强忍痛走到汤罐旁用勺搅动汤，舀起一勺，靠近鼻子嗅嗅，走到那位端汤的清瘦少年面前，那少年十六七岁年纪，长得眉清目秀，面白皙干净得像个姑娘，本来送饭菜晚了有些不自在，一听鸟蛋说汤有毒，他吓得浑身筛糠似的颤抖，声音僵硬，吐字含糊不清："没……没有毒……我敢保证，我一手一脚熬出来的……张大人……让我……千万精心选材……用的是泉水……没有……江水……熬……"

鸟蛋舀一碗送到洞门外棚檐处，有几只躲雨的鸟在那里雀跃，放下碗后鸟在周围好奇地蹦跳着，警惕地越趋越近地向碗靠过来，那清瘦少年有些不服气地瞪着眼看着，想尽快证明自己的清白，鸟在碗边还未伸出长嘴，一只小老鼠闻到鱼鲜汤的味道，激动得直接奔了过来，也许饿得太厉害，粗略看看，便举起前蹄爬到碗上，没来得及四处瞧瞧就喝起来。

清瘦少年可惜地自语："哎，荒年真可惜，太便宜了这小老鼠。"

少主人心里也嘀咕："这小老鼠喝得津津有味，哎，老远船上拿上来，真浪费了……"

他正想着，几只鸟看到小老鼠饥不择食地醉喝，也大胆轮番跳上碗边探嘴品尝，边喝边叫着"味道不错！"

一堆人瞪着大眼睛看鼠鸟争食，鸟蛋的眼睛慢慢睁圆，怒气外腾！喝了一半，突然小老鼠感觉有什么不对似的，对着天仰起头"呜嗡、呜嗡"地蠕动，嘴巴、眼睛明显开始颤抖，一声绝望似的惨叫，翻身倒下，在地上狂蹦乱跳，想逃走脚抽着筋，只有原地打滚，嘴角开始喷血，挣扎一阵断气了，血还在流，远处流动的血凝固变成乌黑色，几只鸟在棚檐下乱飞几圈也纷纷掉在地上，长嘴与眼睛渗血，没有哀叫几声就气绝身亡，众人目瞪口呆。

清瘦少年跪在少主人面前颤抖地怯哭着："冤枉……冤枉……哎呀，六月飞雪的冤啊……我一手一脚……选的，鱼是江里钓起的活鱼……水是我亲自取的泉水……"

鸟蛋轻声对他说："别出声，有人在听……"

众人惊得魂不附体，四处张望，敛声屏息。

鸟蛋大声喧嚣："喝，喝……好喝……这汤不错……来，添饭。"

鸟蛋示意清瘦少年添饭，他自己狼吞虎咽吃起来，少主人、公主刚才吓得还未回过神。鸟蛋示意他俩快大胆吃，少主人、公主互相担心对方，捧起碗忐忑不安地慢慢嚼，鸟蛋幽默地挤眉弄眼让他们快吃，不时指指洞外："还有戏！"

鸟蛋吃饱后来到清瘦少年身旁温和地说："你叫什么名字？"

清瘦少年满眼冤泪："我叫谷粒。"

鸟蛋："啊，谷粒，这毒肯定不是你下的！"

谷粒感激道："是，请帮我做主，借我一百个胆也不敢呀，更何况张大人是我的恩人，少主人又是张大人的恩人，双恩……"

鸟蛋神秘地看看四周，众人围上来，凝神静气地听解释，少主人与公主无心吃饭也捧着碗凑过来。

鸟蛋扶着谷粒肩膀柔声静气："谷粒，刚才过山坳时是不是有一个人撞了你一下，还歉意地帮你扶住汤罐的盖子说'哎哟，我瞎眼不认路，好险撞翻了你这汤罐子，哎哟，该死，该死……对不起……哎'？"

谷粒像被马蜂蜇中一口，惊得跳起来："哎呀，活神仙，活神仙，是，是，碰到一个乞丐扶着拐杖，衣衫褴褛看不清脸，话一个字不多一个字不少是这么说的，把我也吓得不轻，我真害怕把汤罐给摔了，对不起张大人更对不起少主人啊！"

鸟蛋追问："他的脸一点边也没看到？"

谷粒："我吓了一跳走几步回头看他，他也回头正好看我，但是又快速低下头……"

鸟蛋轻声喜叫："有了，那是独眼虫，他下的毒，鹤顶红。"

众人敛声惊呼："啊！"

鸟蛋对谷粒说："你们不动声色回船上，告诉江心洲的人，说独眼虫下毒，他们知道他藏在哪里，既然江心洲出面护江，就由他们了断好啦。"

谷粒惊疑地问："那独眼虫要是跑了怎么办呀？"

鸟蛋："不会跑，他正躲在哪里看有几人中毒死，他好领赏。"

公主："那江心洲众人一定会找到黑心下毒人又是以毒攻毒。"

鸟蛋："黑吃黑小菜一碟。"谷粒带着三位送饭菜的拿着空罐空碗下山，一丝幽光的眼睛盯着他们，似乎在算测着钱与米的收单是多少。

梦是幻的，虚名变实祸，斗胆想发横财，往往成噩耗。独眼虫是专干偷鸡摸狗、四处下毒的勾当，眼睛是被人打瞎的，所以取绰号为独眼虫，他与鱼无舌一丘之貉，坑蒙拐骗的成色，还没有鱼无舌野心大，档次高，常常以酒仙自居，嗜酒成性，留下丑剧闹剧一本本，好逸恶劳，劣迹斑斑。这回又是鸟蛋"隔山传音"的绝技让他先知先觉，众人躲过"中毒身亡"之大祸。

独眼虫望着谷粒一行抱着空罐离开，心中一阵喜悦，舔舔糙裂的嘴唇，想着钱粮就要到手，惬意眯起眼睛竖起耳朵等待中毒痛苦的叫声……

"哎哟！"一把铜瓢"乾坤盖"从天而降，扑在他的头顶上，又沉又闷，瓢"磨豆腐"又昏又黑他跟着瓢旋转起来，一根硬棍敲在铜瓢上，如同五雷轰顶，霎时山崩地裂，瓢一揭开，虽是青天白日，独眼虫还是什么也看不清，唯独脑袋神经在告诉他"这回遇到了硬货，像是有灭顶之灾"。他拼命挣扎着想清醒，晃动着脑袋，一屁股坐在地上努力眨眨眼，费了好一会儿工夫才看清面前站着两个人，一个是烧火棍，另一个是半瓢水。

他半晌才吞吞吐吐："啊……啊……是烧爷、瓢爷……不知……"

烧火棍将紫铜棍一挥一砸，旁边一块石头粉碎，吓得独眼虫缩住脖子抱着头战战兢兢偷望着恶煞，绞尽脑汁思索着是在哪里得罪了这两位水阎王。烧火棍咬着牙关一个字一个字地蹦出来，显然是愤怒到了极点："独眼虫，你吃了豹子的心，野熊的胆，敢对江心洲护奉的大神下毒。"

独眼虫马上明白惹下大祸了，由坐变跪，磕头如捣蒜地求饶："烧爷，瓢爷，天大的误会，不知者不为罪，是门头尺让我来的……"

烧火棍："门头尺？"

独眼虫："是，是，这一块除了爷的江心洲……就是门头尺有钱有势，他……他请我……"

半瓢水大喝："放肆！"

烧火棍接着又是一棍将旁边一棵松树拦腰震断："岂有此理！"

独眼虫求生媚态尽显："瓢爷，烧爷开恩开恩，我实在不知道，谁都明白长江白天归皇帝管，夜晚归江心洲管，借我一百个胆也不敢在太岁头上动土，该死的门头尺……"

烧火棍不耐烦大吼一声："跟我走！"烧火棍前面走，独眼虫连滚带爬地跟着，半瓢水走在最后面警戒，以防生变。

谷粒抱着空汤罐已返回，烧火棍将独眼虫带到少主人面前行大礼："少主人，是我俩粗心，让这人钻了空子，险酿成大祸、铸成大错，回去定当请求舵主重罚。"

少主人："言重，世事弄人，亦如草原旱季、沙漠风暴、江海长雨、森林大火，防不胜防。所幸鸟蛋隔山传音觉察，让小老鼠与几只小鸟顶过去了。"

独眼虫一见汤罐旁边躺着一只小老鼠与几只小鸟正是中了自己"鹤顶红"的剧毒，喷出的血已变成黑紫色了，他不禁"啊"了一声，心中暗暗称奇："谢天谢地没毒死江心洲护供的大神，自己有生的机会。"

鸟蛋不紧不慢："独眼虫，这罐子是你摸过的，刚才抱下去的空罐子是干净的，这汤还是温的，要不要你也喝一点，免得浪费。"

烧火棍："喝。"独眼虫吓得面如土色，又哭又磕头："烧爷饶命，是门头尺让我干的，他开了个大价，三条人命给我三个秦半两、三斗米、三坛酒，我是财迷心窍，真不知是爷护的大神啊。"

半瓢水提着他的脖子，像老鹰抓小鸡似的，要将独眼虫按进毒罐子内，独眼虫急得像杀猪似的嚎叫："爷饶……命……有……毒……死人的……爷……开恩……饶命……"

鸟蛋止住："好啦，你说门头尺让你干的，那好，你去同门头尺把话说明白，可以饶你不死。"

独眼虫瞬时像抓到一根救命的稻草："神仙，大神，大神开恩，我一定跟门头尺没完，说个清楚明白，是门头尺那个混蛋……"

鸟蛋不想听下去，煞有介事道："烧火棍、半瓢水带他去门头尺那里说个明白。"

半瓢水将他一下扔地上顺势一脚踢得独眼虫翻了几个跟斗，同时大喝一声："走！"

独眼虫已吓得半条命，嘴里不停发誓，不停咒骂门头尺："门头尺，不得好死，坑我害我，害人害己啊，我要跟你把账算清楚……"

望着烧火棍、半瓢水押着独眼虫往螃蟹地走去的身影，公主伤感："哎，这人的心拔凉拔凉的。"鸟蛋手捻着飞针："坏人，得慢慢地死才是。"

第七章

睡屋日抢夜战，众水贼与带来工匠，很少说话一个劲地做事，无拘无束各自施展拳脚，按图施工也按部就班地提前完工。四处打扫干净，一声不响地离开了，没有礼节，没有寒暄，只有鸟蛋欣笑着，送上这一句话："这一群贼，活不错。"

张步青带着五六条大大小小的船来了，像是搬家又像是安家，在当时江面上这样的船队极为扎眼，五六十人熙熙攘攘，反反复复地跑上跑下，惊扰得狻猊岗浪花不停地拍岸咆哮。

张步青总是满头大汗，到处奔走，吵嚷中安排得有条不紊，首先将主力人员三十多人带到半山公主住处扎营，就近找了三个洞穴，让他们洞外搭起茅棚，十人一组，石匠当然重中之重，生活物资，连种菜的种子都有专人管理，长治久安，安营扎寨，算是烟柳镇第一批建造先锋了。

睡屋的图形是锁扣绘画的与原貌几乎一模一样，只是比以前更坚固，颜色更漂亮些。少主人与公主还是住楼上，张步青住在陈辛烙的位置，鸟蛋住在燕鞭雨原位，他又要谷粒住在何仕可原来的地方好与自己唠嗑。三大箱衣服搬送两箱到少主人和公主房间，一箱搬到鸟蛋房内，张步青有审美眼光，春夏秋冬几十套，件件尺码如同度身定制，鸟蛋的年龄放宽的尺寸也预留得恰到好处，公主美丽绝伦，自然是衣饰主角，室外室内穿的搭配有度，品质上乘。女扮男装的衣服与室外穿着的衣服隐性中不失考究，少主人还是原来那样，件件华丽，飘逸如仙。鸟蛋从未穿过如此合身考究的衣服，他挑来捡去，选出几套好练功夫的衣服挂在墙上，每套衣服穿上都要跑到楼上让少主人、公主欣赏赞誉一番，关上房门，换来换去，床上床下鱼跃不停，伤口愈合，不能大动作翻滚腾挪，手上飞针功夫算初步入门，不时窜到谷粒房间，噱头多多，顽皮匪性又回升，两人笑声不断……

公主无心品赏新妆，一拿到简帛刀笔，迅速磨墨挥毫精心绘制烟柳镇第一座开埠屋“统领楼”。为未来人间仙境竭尽全力，倾注想象，为尘世之花添彩，又糅合工匠们的智慧，扎实而不短视，遥想而不浮躁，一股恒定的力量传递到画卷之中。

烧火棍与半瓢水提着独眼虫的人头来复命，说是门头尺不承认让他去下毒，说是独眼虫贪财栽赃，没等独眼虫张口，门头尺趋步快刀割下独眼虫的人头，并指天跪地发毒誓，自己洁白如泉水，心善守矩，一心想把铠甲做好，忠诚皇命，说独眼虫乃酒鬼，三乡五里地名声狼藉，几次借钱未果，独眼虫心中怀恨加害于他，口若悬河，滔滔不绝……

少主人轻轻叹一口气：“独眼虫已无话可说，就算悬案一宗，世事无常，人心不古，日后凡事小心提防，烟柳镇逐步开工免不了鱼龙混杂，泥沙俱下，烦劳二位多多巡视。”

烧火棍心中一阵高兴，冷冰的脸上绽出少见的笑容：“少主人言重了，舵主之令，义不容辞，在下钦佩少主人主政大事，且武艺如此高强，能为少主人多走几步路，多看几眼往来人实在天大的福气，走了。”说罢也不打任何招呼，提着独眼虫的人头像送彩礼一样去了江边。鸟蛋手捻飞针，目送烧火棍、半瓢水远去，嘴里蹦出两个字：“等着！”

公主一夜未眠，“统领楼”草图《飞雁》完成，原地保留了前方三十米那块巨石和后面两棵古松，灵感是从巨石配古松而来，整体造型如同一只蓄势冲天而起的南飞大雁，巨石成了飞雁的头冠，双松亦为爪地腾空的双足，三十米廊房是大雁的脖子，内设议厅、餐厅、随行人员住所，两边为厢房，最头边餐厅，接镶主楼处为议事厅，议事厅右边设开放性回廊，可品茶闲坐，俯瞰烟柳镇的全貌。

主楼更藏玄机，一楼为暗室，两边设有活石，入内有密室，藏宝之用，通三楼室有绳铃，入夜只要轻移活石，有人闯入，铃铛自响，催梦警醒，二楼议事厅，像张步青、鸟蛋、锁扣一起议事就餐，旁边还有一个二人室，非常机密商议之地。三楼当然是卧室，一超大阳台兼作画室，双窗设有一滑吊楼绳，提取浴桶水，还有排污通道，更靓丽的要数练武平台，四根方石板勾缝防水，回廊内摆满刀、枪、剑、戟、棍、棒、槊、镋、斧、钺、铲、耙、鞭、锏、锤、叉、戈、矛十八般兵器，大小三重石锁，哑铃，沙袋，一应俱全，北斗星位七具木人桩供少主人练功之用，还特意在北面墙上暗设危急中“八步赶蟾”蹬踏助力栓柱。整体建筑依附着巨石为体，以石为美，华丽而不奢侈，坚实中凸显精巧，简单而注重细节，霸气中有一丝燕王宫、楚王宫根脉，其中巧妙的是长竹筒穿引溪水灌屯两大洞泉，凿两条清活渠水线借泉为池，饮水寄渔，独具匠心。对石材质感的精准把握，冷暖色彩在蓝天白云下碰撞，专设一旗杆，作镇旗礼仪飘扬之用。

清晨，少主人洗漱后看到公主疲惫和衣而睡，他看到桌上十一张总图与分图，爱不释手，生怕图张长翅膀飞走，攥得紧紧，握得手心都沁汗，反复琢磨，仔细端详，自言自语：“看不到，想得到……嗯……味道，还是味道……”

他轻轻躺在她身边，嗅着她芬芳香体，吻着秀发，用舌尖试探着她的鼻息，想她醒，又怕她醒，倾心的爱慕中，才华同感情升级，美男儿心中镌刻下深深敬意：“仙，你真会烹饪人心啊！”

他一跃而起，小心拿起十一张图，飞奔下楼，喊来张步青兴奋地笑着说：“这图比你的头还重要，快找能工巧匠，绘出多套作施工之用，总图绘制后还我，让每个人都琢磨，让每个工匠都想象，交给你啦，只许锦上添花，拜托啦！”

张步青被少主人满怀激动情绪所感染，瞪着眼睛：“少主人放心，我用嘴一块块吃掉这图上的模样，吞进肚子里变成一幅活的心图。”

少主人高兴地一声大叫，一手拍在他肩上：“好！”

张步青被吓了一大跳，带气一拍，其力无穷，一屁股坐在地上，愣一会爬起来抱着图往山上跑，边跑边嘀咕：“看到他奇迹是这样生成的哟。”

高圆公主后来数天内一直赶绘烟柳镇鸟瞰总图。

因时适变，鸟蛋潜心研习爷爷经图中二大绝技，一是“透骨封喉针”，二是没见过的“鱼头刀”。他一边在治疗伤口，一边苦心钻术，每天上万次飞扔着筷子，时时望着用不同的力，筷子飞的速度路线落点各自不尽相同，飞箭能百步穿杨，飞针在对方还未回过神时，一愣一张口之间射入之咽喉。

“鱼头刀”是渔夫剥蚌螃用的下尖上圆的刀具，背后刃薄，经过改良专用爬墙树的工具，精巧受力，如同铁指甲插进砖缝内，借力攀升，自从裆里没了鸟，练起功夫，身子似乎轻了许多，许多隐匿隐秘的穴道被打开，力道直贯于手足，每个关节都仿佛变成险戾峭壁下的波涛，可以层层发力，他找了两把渔夫用的剥蚌螃刀，每天夜里在后山古树下穿梭，渐渐会气通督任二脉，瞬间能催动全身精气，快速精进，亦如神助。

鸟蛋晚上常常回忆洞爷讲给他《心术数》，反复琢磨，飞针倾危变诈之间的奥妙。手不停地在黑夜空中划动，而屡屡力不达尖，原因是将小指忽略了，三指捻针，小指乃矢乃舵，因为每根手指都单属阴经或阳经，唯有小指内走心经，外走小肠经，阴阳兼备，直达心肾，潜藏巨大能量。他摸着黑，在床上挂起张步青刚带给他的新棉衣，移到墙角处，手捻针，气聚丹田，冲开任督二脉，小指热催脾肾，力达三尖，手一扬，钢针“嗖嗖”直插进棉衣内，紧接着“嗖，嗖嗖”，“收回！”一组组轮番飞射，意念定位，异常精准，越练越起劲，汗水涔涔，心中暗自报喜：“爷爷，我摸到了您的窍门啦！”隔壁传来谷粒匀称的鼾声。天快亮了，迎来了又一个黎明。

清晨，“叮当，叮当，叮叮当当……”几十名石匠铁锤奏起拓荒的乐章，虫鸟惊得不鸣不唱了，悦耳声响，喧闹得沉寂的山神瑟瑟发抖，鏊沟岩壁万年的石头成了宝藏。“叮当，叮当，叮当，当当当”，虽是金属的碰撞，但是，那不是杀戮声响，是穿越千年原始的呐喊，是要发呆的净土变成粮食，叮当声中百姓要挣脱饥饿的折磨，能吃饱饭是长期战争中留下的生灵最实在的奢求念想。

清晨“叮当，叮当，叮叮当当”敲响这块土地，唤醒烟柳镇的前世今生。

张步青镇得住局面，每人每天定额完成多少合格石材料，与吃饭多少挂钩。粮食当然紧俏，他粗细搭配，采种兼宜，派人到柳湖捞鱼摸虾，秋天已是采藕的季节，工匠们每七天采一天藕，除了改善生活，还将大批藕磨成粉，提早应对明年春荒。

张步青安排完工匠后，今天最重要的是少主人要去南郡金口，拜见郡尉牛犇。办妥彩礼，派好船只，上岸后的驭手马匹车辆齐备，因为少主人要从金口转走旱路直奔咸阳宫。今天准备明早出发，睡屋修葺一新，少主人一早赶写奏书，当然名义是由南郡郡尉呈始皇帝的："陛下万岁，今有辖区狻猊岗，长江最宽处，一带水灾患口，常年受洪涛肆虐，若凿石堵住，可垦粮田万顷，每年直供咸阳宫贡谷三万担，特呈奏抽八百石匠凿壁堵江洪，八千军士解甲归田垦荒造田，逐步收留寡妇及遗子女八千人，安家落户重配鸳鸯，开埠建镇造福一方，民颂陛下恩德无量。并跪请陛下御笔亲题镇名'烟柳镇'万代留芳。大秦国南郡郡尉，牛犇叩上。"公主忙着整理少主人与自己衣物，明天自己也要换上"男儿装"，以前与燕鞭雨四处逃难，女儿身曾做过许多遮掩，那都是脏烂差的穿着，形同乞丐，明天陪同心上人进官府还要入咸阳宫，自己秉性爱美，怎么才能隐藏娇娜？换衣换帽，试来试去还真不是一件容易的事。本来按常规就该在睡屋静候，可是几次突发变故让人至今心悸不安，少主人发誓一时一刻不分离，同生同死，也只有这样，一起赴危，听天由命了。

锁扣送来上次公主手绘的白陶碗罐，绘后的白陶更添剔透晶莹之感，色彩独树一帜，绿色荷叶，苍翠欲滴，蛇血点染的荷花光泽格外炫动，真实的质感，闻所未闻，谁都叫绝。公主绘画天分显露，灵巧的笔尖在白陶作品上熠熠生辉，加上烧窑工艺，增色三成，她自己拿在手上，百看不厌，少主人更是目瞪口呆连声赞叹："命换来的啊！"两人挑了几件包裹严实，二件送牛犇，二件送蒙毅，五件送始皇帝。

公主："师叔给你取的那个姓名可记住了，总不能让牛郡尉、蒙将军叫你少主人呀。"

“少主人”三个字公主含娇藏啧地拖长声调，惹得少主人扑哧一笑：“记住啦，林萧云。”

公主：“张步青已将你名帖、到地日期分别让人呈送到牛郡尉、蒙将军那里，别让她们呼称你林萧云，你还不知林萧云是谁啊。”

少主人连连念数遍：“我是林萧云，我叫林萧云，在下林萧云……”夸张滑稽的表演，把公主逗得笑出矜持的泪。

螃蟹地，夕阳西下，江面橙红，小道上走来一高一矮两少年，走得不急，边走边玩，一会扔几粒石子调戏波浪，一会蹬下招惹草中虫蝶，谷粒担心怯怯地问：“鸟蛋……”

鸟蛋打断他的话：“我没鸟了，也没蛋了，说好了，从今天起，我叫何仕可。”

谷粒赶忙改口：“啊……又忘了，何大人……你怎知道门头尺要上茅厕？”

鸟蛋故作高深：“本大人已经交代那门槛了。”

谷粒还是有些不放心，毕竟门头尺是大人物，有头有脸还有钱的地头蛇：“交代谁？”

鸟蛋瞪起眼睛：“不当问的别问。”

谷粒：“是……是……不当问……何大人别怪罪，我胆小，吓大的。”

鸟蛋笑一笑：“嘿嘿，你这一口一个何大人叫得我浑身好舒服啰。”

谷粒：“该这么叫，我们张大人有权有能，见你像老鼠见了猫，总是夹着腿走路哟。”

鸟蛋：“哈哈，都护着命根子啦，哈哈！”

谷粒：“有本事通吃天下，有志不在年高，你是我心中货真价实的何大人啊。”

鸟蛋得意扬扬：“哈哈，今后做一个货真价实的何大人，现在是虚的啰。”

谷粒快走进围墙，有些心慌意乱：“何大人，我上不去，就在这里等你。”

鸟蛋看他胆怯的样子："怎么，这么凉快，额上还冒汗？"

谷粒："吓得。"

鸟蛋："啊，对，你是吓大的？"

谷粒："是。"

鸟蛋："你爹娘没给你生个大胆？"

谷粒："我没爹没娘，没有胆。"

鸟蛋："那谁把你养大的呀？"

谷粒："我是狗娘养的。"

鸟蛋："噢？"

谷粒似乎平静下来了："我爹死在修长城，我娘怀着我要去找回我爹尸骨，路上一生下我，娘就发血晕，给一群野狗吃了，有一条没尾巴母狗把我叼走，躲躲藏藏喂我三年左右才被人发现……"

鸟蛋同情道："啊，比我和锁扣还苦。"

谷粒："我没觉得苦，狗娘养我，幼小不知事，听说修长城一路常有死尸，所以野狗能活命，后来修长城的一位裁缝从狗娘那里把我收养下来，也没怎么饿着，裁缝爹总是吃半饱让我吃饱，裁缝爹饿死的，张大人又收留了我，那时刚九岁，快十年了……"

鸟蛋："啊，张大人可是个大善人，是谷粒恩人！"

鸟蛋感慨地望着谷粒："那你说是情大于恩，还是恩大于情呢？"

谷粒一脸懵怔："不知道。"

鸟蛋："那善恶总能分辨吧？"

谷粒："那我知道，善好。"

鸟蛋："那善恶总在争斗又怎么分呢？"

谷粒摇着头："不知道。"

鸟蛋望着渐黑的江面："善恶各不偏袒，看谁有本事，你等着。"说完抽出两把"鱼头刃"，往墙上一插一点飞身入内快如闪电，谷粒蹭在墙下望着墙壁，听着动静瑟瑟发抖，口中念着："狗娘保佑，狗娘保佑何大人千万别失手。"

没有一杯茶的工夫，黑暗中传来"嘭"落地声，那黑影一拍谷粒肩：“走！”

谷粒哭着：“饶命，饶命，我是跟着……”

乌蛋哈哈一笑：“跟着走！办完了，回去给我做点好吃的。”

谷粒一回神：“啊，啊，是何大人，这么快呀，好好，回去一定做最好最好吃的给何大人，哎哟，吓死活人。”

一边摸着黑牵着乌蛋的手，一边喃喃自语：“恶有恶报……善有善报……说报就报，就报。”

第二天一早，盐商船取锚，张步青亲自护航，因为在金口起岸后那里已安排驭手马匹车辆等候，互相初见面，不认识怕万一出错，所以他要亲自交接。

一路顺水顺风，江风猎猎，偶有鱼跃江豚探头，公主也算第一次在江面上轻松观赏景致，轻舟破浪，两岸山移，水中动态观山，另有味道，她联想起那夜与少主人初会，中秋圆月之时，筝箫同和《山水》一曲，手不禁动起来，观他痴意赏景，想必他已入诗画之中，除了钦佩才华又有些惋惜：“哎，若乃当年燕国公主，又何必扮男装，掩娇花嫩瓣本色呢……世道……戏人啊……”

商船大帆鼓起，风催舟飞，两条小船无帆难借风力，桨手奋力追赶，乌蛋卷起手筒回头喊道：“累死江心洲的！”

少主人握住公主的手浅浅一笑，张步青意味深长地扣紧头巾，怕风吹掉：“嗨，难得锁扣处处有心嘞。”

南郡金口江边码头，岸上两匹枣红膘马，驾辕一辆豪华商车格外引人注目，另外三匹二黑一白骏马立地在车后，时而有些不安分地“扑哧”甩头踢蹄嘶鸣，车上插着飘舞的秦国字样盐商旗，路过的人，都会被如此雄健膘壮的骏马群所吸引，懂行的人更会驻足品赏一番，同时向驭手投来羡慕的眼光：“这架势，非富即贵。”

潇洒的两名年轻驭驾手，任子宴、肖远，三代为昔日楚王驭官，任子宴二十七岁，正值年轻力壮，膀宽腰圆，浓眉大眼，着一身短装束，手持驭鞭引颈张望，肖远也是手拿长鞭一边照看着不愿久站的三匹马，不时一声“刹”呵斥，白净的脸上眉清目秀，常常扫视四周，警戒之心，显露无遗，站在东门旁的胖子叫包一和，祖上亦为楚宫御膳厨师，做得一手可口好菜，更突出的是天生惊人酒量，张步青知道牛郡尉嗜酒如命，少主人滴酒不沾，从前都是师叔应付场面。再三权衡，让他随行，一路照顾生活，还可以改困酬酒避免尴尬局境。

一众人上岸，张步青与两随从背着三只大箱子，还是满头大汗，前后招呼着，少主人气宇轩昂，长衫飘飘，路人都会多看几眼，猜想半天，公主女扮男装，拉低帽檐低着头跟在少主人后面，鸟蛋见人多就兴奋不已，左窜右跳看不完的新鲜。张步青将三个行李箱放在后面，一边放一边叮嘱着任子宴、肖远、包一和，本来在樊口已说够了，足了，临行时总嫌不够，忙着布置生怕哪里出纰漏，或有差错，难怪背后人称他为“啰唆婆”。

鸟蛋第一次骑马，高兴得挺胸昂头拉住缰绳充老手，张步青让肖远用链绳拉住他的马头辔，任子宴驾车，包一和单马断后，中间肖远带住鸟蛋马头辔并排行走，马车快走了，张步青两次欲言又止，似有话要说，这样的情景已有过几次，少主人早就察觉，只是不愿说破，此时他推出车门，招呼他过来：“有话直说。”

张步青一急，马蹄又跺脚要走，甩扫尾，催着上路：“少主人……”张步青不愿往下说，这是欲言又止。

少主人笑着果断接话：“知道啦，回去抓紧建楼，太辛苦你啰。”

张步青受宠若惊慌着说：“楚王赐我再生之恩，再苦再累都应该的，少主人一路多多保重。”说罢替少主人关上马车厢门对任子宴手一挥，子宴扬鞭一声“得！”双马奋蹄碎步小跑，向南郡郡尉府奔去。

秦灭楚国后，将版图划为三郡，南郡金口离老鄂城相距三百余里，是原来楚国最繁华的码头，商业贸易活跃之地，郡尉府面对一碧万顷，滚滚东去的长江波涛，扩基垒台，石壁黛瓦，红柱回廊，双狮护门，左右连排五座军营，禁卫森严，平日较为清净，今日分外热闹，牛犇已收到张步青提前呈送的彩礼，对拟烟柳镇之事，大为喝彩！带着一行人快步到府门外迎接，人未到洪钟似的笑声先飘出：“哈哈哈，来迟一步，有失远迎……哈哈哈！”

牛郡尉五十出头，身材高大壮实，面色红润，爆炸式络腮硬胡须，满脸留下多处深浅大小不一的战争伤疤，虎目牛鼻，左手如同蒲团扇，又大又粗，右手只剩大拇指与食指大半截，常常成握拳姿势一半藏在袖子里，虽着便服丝毫遮掩不住虎将雄风，咆哮山河的气概。

少主人伫立恭敬行礼，牛郡尉虎目圆睁，一乍一愣上下打量着少主人："喳，哈哈，几年不见，这娃童变成大人啦。比俺还高一截，当年你师叔要你做我干儿子，哈哈！师叔忘了没？"

少主人乖巧机变："来时师叔再三叮嘱，要我给义父行三拜大礼。"说罢，"扑通"跪下连续三拜，起来时凤目含泪。

少男儿多年思父，从未感受父子之间那种吼叫情谊，又提到师叔从小呵护有加，如今诸多变故伤及旧情，今天三拜似乎找到了身后那堵父亲高墙，依稀中那年十二岁见到豪爽牛郡尉已有好感。今天他如此爽朗亲近，烟柳镇开埠建设担子太重，已有些喘不过气，力不从心，伏地叩上，抬头泪目。

牛郡尉妻亡不再娶，情重入心，家在汉中郡，两女儿出嫁，一儿子七岁死于伤寒，一见如此美少年跪拜，一声义父，又见少年明眸噙泪，他忍不住一把将他久久抱在怀里大哭起来，刚烈将领深受始皇帝宠爱，未读诗书，却明大义，屡建功勋，从不争禄邀升，豪情万丈，坦荡胸怀，在大秦军中威望极高，原来隶属蒙恬部下，与蒙毅有深交，人以群分，物以类聚。老少一抱一哭，也感染了周围的人，男儿有泪不轻弹，他俩哭的是时代，哭的是战争所带来的凄苦，哭的是英雄气短，哭的是美少年热泪人怜，老少爷们的孤独……

公主本想忍着泪，心上人一哭如同水推黄沙，几次狠咬牙唇，可鼻子一酸，越忍越凶，抽噎不止，最后还是水漫睫线，一泻垂丝，鸟蛋不管三七二十一，放声哀号，他的哭把牛郡尉吓了一跳，少主人泪目回望着他，鸟蛋一听到别人不哭了，他睁开眼，见众人注视，又有一些不放心的意思，用袖左右一揩，破涕为笑，露出几颗被门头尺打断的门牙："嘿嘿！"

牛郡尉用大左手帮少主人抹去泪："哎，儿子，师叔呢？"

少主人又补擦一遍："义父，师叔不幸染病，近来又偶感风寒……"

牛郡尉挥挥手膀：“啊，人不怕死，就怕老，一老百病找上门。”

少主人：“义父说的是，再加上一直过度奔波……”

牛郡尉：“师叔是个明白人，送来的烟柳镇图，我看了又看连做梦都在想，想得如此周全，我还想找个茬，怎么也搭不上弦，要是真做得像那图上画的，哈哈，没的说天下第一镇，俺接始皇帝来住几天，保准他舍不得走，哈哈……没见……过。”

鸟蛋突然尖着嗓露出不关风的牙齿喊道：“不是师叔想的，他病得不见人了，全是我哥哥想出来的，她画出来的！”

牛郡尉惊异：“啊，儿子，果然英雄出少年，长江后浪推前浪，打死俺都想不出来那些招数。”

他拍拍大光头脑袋，公主脸上瞬间升起红霞，他转身拉着公主的手左右看了好几遍：“这娃……真是……他画的？”

侧头问少主人，少主人微笑赞许地点点头。

他放下手，有些惋惜地摇摇头：“哎，这图就是天上神仙也画不出……哎……这娃若是姑娘那就好……哈哈，配我儿子做媳妇……噢，天生一对，地生的一双……哈哈，那我就要你们今天晚上府上拜堂……哈哈！”

鸟蛋想说什么，被少主人制止，副郡尉眯起三角眼在公主身上打量，当与公主目光相碰时，公主本能地低下头。牛犇郡尉罕见地高兴，爽朗的笑声极感染人，他将副郡尉杨梁平做了介绍，又叫来旁边六位过来：“儿子，这是我在汉中带来的兄弟，一直跟我拼杀，一起出秦关，五十一人现在就剩咱兄弟七人了，来，都见过少主人，洛霖、向八、李宏明、朱兴贵、毕直、列重山，都是你最亲长辈的，哈哈！”

六位都礼节性地向少主人问候、少主人也一一回敬各位叔叔礼节，乐得牛郡尉笑声不断，最后一挥手：“向八摆上等家宴，多弄几坛‘凤凰三点头’，照顾好少主人马匹行囊，今后少主人回来就在府上住。”

向八在六人中年纪可能最小了，挂边四十左右，浑身肌肉绷得紧紧，豹眼短脖，走路两脚生风，喊惯冲杀的嗓子有些沙哑：“是，老大。”热情地招呼着，带着任子宴、肖远、包一和指挥着几位亲兵，将马匹行囊一并带到后院安置。

牛郡尉牵着少主人的手，公主抱着一个小礼盒，鸟蛋跑在众人前面，好奇地四处打量郡尉府：“哇，比江心洲漂亮多了。”

牛郡尉一边走，一边说：“建造烟柳镇公函已从驿道送至蒙毅将军府上，他是咸阳宫卫戍门神将。”

少主人礼貌道：“义父安排周全。”

众人在前厅停留饮茶，牛郡尉疼爱地牵着少主人手将他们三人带至自己批阅公文内厅，唤人沏茶，还特意嘱咐把甜点给鸟蛋贪嘴打闲。公主内心赞叹：“凡是战争中撵杀出来的功臣，常常大捷见功，除了勇猛善战，还粗中有细，世事皆洞明啊！”

牛郡尉不停给少主人倒茶，将甜点送到他嘴里，不断介绍且加劝说：“上等好茶，叫‘女儿红’，秋天易上火，多喝点。”

“嗯，南郡芝麻糖，甜吗？莲米，当地人说是清心火的。”望着鸟蛋抢着吃，像猴子剥玉米，少主人示意慢点。

牛郡尉可是童心回照：“哈哈，爱吃就多吃，别拉肚子就行，哈哈，娃儿，晚上宴还有许许多多好吃的，别撑破肚皮哟……哈哈，甜比苦的好吃啦，不是？”

鸟蛋高兴得直点头：“太对了，甜比苦好……呵呵……这日子不错……甜……”牛郡尉兴致高涨：“你爱甜，我就爱酒，哈哈哈！”少主人提示：“别甜过头了，拉肚子呢！”

听到少主人言语，牛郡尉再也不劝他们吃喝，拍拍大左手，沉重地将自己家世讲了一遍，少主人认真聆听，他望着郡尉又想起父王被羁押之苦，胜败之间，泾渭之分。牛郡尉意味深长：“大道无道，大理无理，有啥因结啥果，义父一大半辈子跟着始皇帝打天下，杀人为生，哎，到你这代，如此小年纪，敢挑梁，敢担当，为百姓堵江患，造良田，建镇立埠，大善举……”

少主人：“义父过奖，古训为男到十五立父志，女到十五踏婆家，趁早做点小事，心安，不负时光。”

牛郡尉发自内心畅快："哈哈，儿子呀，有志不在年高，天下凡盛世之前，总是大乱，大开杀戒，百姓大苦，聪明人大冤……这些……都躲不过，避不开……

"你看我这手，原本是右手吃饭拿筷子，攻城时被砍断三指半，现在左手吃饭……

"我本想回去做汉中郡郡尉，始皇帝偏要我下江南做南郡郡尉，大树底下不长草，一百件事总有三十年是反着来，所以我喜欢喝点小酒，醉了就成了仙，飘飘离开人间。"

鸟蛋边吃边听："那醒来呢？"

牛郡尉打趣："啊，又当郡尉呀，哈哈。"

鸟蛋："那死了呢？"

少主人赶快制止："哼！"

牛郡尉反而更高兴："死啦，最想同妻子合墓葬在父母坟下面到阴间守孝，光打仗在阳间欠了一大堆孝债。"

鸟蛋无惧无恐："那谁送你去葬呢？你死了什么都不知道，别人要怎么葬就怎么葬，修长城的，修阿房宫的，修骊山墓的，一路白骨，都野狗口葬啊，惨着呢！"

鸟蛋口无遮掩，少主人急忙接过话，公主也在旁拉了一下鸟蛋，示意他闭嘴塞一块芝麻糖到他嘴里说："甜的！"

少主人："义父，童言无忌，义父正值壮年，且如今天下太平，百废待兴，日子会一天比一天好，义父身体底子好，会长命百岁。倘若日后百年去世，我一定会送义父回乡，同义母合墓，阴奉爷爷奶奶尽孝，我在阳间每年燎祭焚香，尽晚辈之责。"

牛郡尉一点也没生气，反而虎目噙泪，左手猛一拍桌，"嘭！"桌腿断了，茶水茶具撒泼一地，侍从慌忙上来清理，牛郡尉举起左手小指，站起来走到少主人面前，少主人立即恭敬站起来也举起小指，两人拉钩互扯三次小指为约："儿子呀，我就等这句话，拜托啦！"

少主人："晚辈尽孝，天经地义。"

牛郡尉又开怀大笑，这笑声中藏着千丝万缕的夙愿与心结。

公主打开小盒子，拿出在白垅墩由锁扣烧制、自己绘画的《荷池》盘子作品，递给少主人，让少主人呈给牛郡尉。

“啥，七彩石头，这……这画……是地上长的还是画的……哎哟，我的娘，没见过……稀奇货……”牛郡尉好奇地翻来覆去地看，爱不释手。

少主人上前：“义父，这是烟柳镇白垠墩出的稀世白泥做成的坯，‘他’画上《荷池》图，再用窑烧成这样的，这红色荷尖是蛇血点染的……”

牛郡尉哈着腰用大巴掌左手托着，右边残手扶着，生怕碰坏，连声叫唤：“儿子，这宝贝，要是爷爷奶奶能看到，那可是大有眼福啊……”

他回头对公主：“这娃手是神仙的手，神啦！哈哈哈哈。”

他似儿童看青蛙，左右上下观赏：“稀奇……稀奇……哎……好好放案桌上……嗯……天天看……哈哈。”

他回头问少主人：“给蒙将军、始皇帝一人送一个？”

少主人恭敬：“义父，都备好啦。”

牛郡尉兴致勃勃托着轻步将盘子送到公案桌子轻轻放好，一边给少主人说：“那好，那好……”

放好盘子端详少许：“啊，始皇帝一见，百姓就见不到了，他不爱财爱人造的宝，一见这宝贝肯定就是诏天下，直供、御用啦，哈哈，也好，皇帝爱的，日后天下人人都爱嘛，哈哈。今天也算双喜临门。儿子回来了，宝贝也来了，哈哈……儿子呀，人生难得几回醉，没几次这么开心的，哈哈，晚上咱爷俩痛饮几盅，哈哈哈……”

少主人上前挽着牛郡尉的手臂带几分撒娇似的央求：“义父，孩儿从小滴酒不沾，还请义父与众人说清我的歉意，请他们别误会，不过我带了一位替我把盅的……”

牛郡尉歪着脖子，斜着眼睛笑意满满看着少主人：“呃，这是义父的地盘，我说了算，跟他们说不说都一样，没啥歉不歉意的，不嗜酒，也是一美德，始皇帝总对我醉酒不满意，说是容易误事，可我从来打仗没有误过半点事，酒逢知己饮，诗向会人吟，品酒因时因事因人而异，今晚向八也是滴酒不沾，他掌控军队，众人醉要一个人是清醒的，这是义父的尺寸……”

少主人微笑着扶着郡尉踱步回内厅：“义父久经沙场屡建功勋，如今坐镇一方，南方潮湿，品酒驱寒亦来乐事，只是义父尽可能不过量，护身为上。”

牛郡尉：“儿子话在理，今夜醉最后一次，日后嘛，多为一人独品，客礼时让向八控制限量……哈哈！”

少主人一拍手：“太好啦，那该谢八叔啦。”

牛郡尉：“到底是你师叔教出来的，懂事。明天，你们好好在府上休养几天。俺让驿道先传书信至蒙将军。说我儿子要来，好让他多些准备安排。”

少主人行谢礼：“谢谢义父，太让您操心了。”

牛郡尉用左手拍拍他的肩膀，世事洞明，人情练达，话多人不爱，礼多人不怪：“今后担子重啊，哈哈……”

牛郡尉坐在宴席之首，少主人坐在他的左手，公主、鸟蛋坐在右边，六位拜把兄弟分两边而席，副郡尉杨梁平与牛郡尉对面就位，一番官场礼节客套后，先上的本地名菜：夏口豆腐，樊口鳊鱼，芝麻湖藕，沔阳三蒸，云梦荷莲，治村牛尾。味淡清香，公主甚是喜爱，一一点评，后面酒力助兴，秦岭牛排、关中羊腿、阆中乳全猪一一摆上，牛郡尉开怀畅饮，也不讲究辈分爵位，各自好吃好喝，他满面红光，乳猪的油腻沾满横生胡须，左右一抹，油黑锃亮，一杯酒仰脖一吞：“儿子，老爹就一点天生癖好，嗜酒，这秦岭名酒，叫‘凤凰三点头’，古法酿制，端午采曲，重阳投料，九次蒸煮，八次发酵，七次取酒，三斤高粱两斤曲，才能产一斤白酒，还要存放好几年才能勾兑，勾兑又不能加一滴水，嘿，这纯劲……”他又一杯下肚，侍从赶忙斟满空杯，他扶着杯举起来，对着烛光凝望，杯内透彻清亮，他拿到鼻子上嗅嗅：“行军打仗，离不开它，上阵三杯，舍我其谁，伤着不知痛，死不知悔……嗯……没死……不过右手指没啦……换左手杯……”鸟蛋没吃过这么好的宴席，逢菜抢着先尝，喜欢的干脆拉到自己面前独食，偶尔用筷子夹一些给公主，开心得手舞足蹈，他站起来：“右换左，一样醉，一样快活！”

"哈哈，没错！"牛郡尉高兴附和，又一杯直入喉管，少主人给他一个劲夹菜.

他越是开心："向八。"向八只喝点白水，时而与喝白开水的少主人、公主、鸟蛋互动："在！"

牛郡尉扫视一圈众人："我答应儿子啦，今天是最后一次醉，因为是难得高兴，日后向八控酒，我只喝六七成，哈哈。"向八站起来："遵命！"

大家都被牛郡尉豪爽痛饮所感染，懂酒的人，不拘一格，酒前酒后两重天，他请大家同饮一杯后放下杯即刻静下来，鸟蛋四处望望，觉得奇怪："是什么灰规矩，又有话要说啦！"

牛郡尉语重心长地对少主人说，也是有意让大家听："儿子，俺不太会做官，可俺看到做官的难，做官的险……"大家认真地听着，有的是半醉半醒的，只有副郡尉表情有些诡异，一只手扶着酒杯，一只手放在桌下，胸部抵着桌边，不知是听到牛郡尉的话激动认同，还是自己酒作用，一颤一颤，眼专注地望着公主，闭着嘴唇露出很难发现的一丝微笑。

牛郡尉："北边大旱，我这里征粮快把地都征穿了……哎……苛责必积怒……儿子建烟柳镇，屯田出粮，大善举，始皇帝最急的也是粮，他多次诏示垦荒出粮……"

他举起杯："来，祈福，天佑日后烟柳镇多出粮，让一方百姓吃个饱饭。"一饮而尽，少主人举白水边陪饮一杯："谢义父吉言。"

牛郡尉久住南方，话语也就自然来回切换"俺""我"："俺宁可骑马撞阎王，不愿乘船碰龙王，水火无情，今年水灾多，长江几次险汛，又出多起水上命案，够吓人的。辖区管带三只眼，咸阳宫金银捕手，栽在江底，朝廷来人几番查巡，我对他们说，旱鸭子多走陆路保险，别在水里逞能，咱们都见水让三分。"众人称是还有别的水患故事，也都附和着闲扯上几句。

牛郡尉又把话题转移："向八，多培养两个本土水军统领，以防不测。"向八："已配备到位。"牛郡尉兴奋道："哦……不错，俺们可以都醉，留你一个人清醒就行，年轻，多担当点，别出纰漏，哈哈！”众人跟着大笑，有的还抢着与向八猜拳几下，翻掌伸指。

这时趁热闹中，副郡尉对向八耳语几句，向八微微领首，他弓身退席。

向八、洛霖、李宏明、朱兴贵、毕直、列重山六位中，列重山酒量最大，绰号为九斤六，他喝至五成已无敌手，但是他早早就发现不说话，一直微笑的胖子包一和酒量不浅啊，酒逢知己千杯少，他站起来举着杯，走到包一和身边，洛霖、李宏明、朱兴贵、毕直都站起来稍微退开，都知道他的海量，也知道“酒戏”开锣了。列重山一言不发，碰一下包一和的酒杯，包一和昔日在楚宫酒秀见过大场面，只是连年战乱，处处饥荒，从未遇到如此美酒佳宴，微笑一饮而尽，列重山示意侍从给双方摆上九个杯斟酒，牛郡尉比看戏还上瘾，看着他们一对一连碰九次，包一和本性不会多说话，一直微笑，列重山知道碰上了对手，都把包一和的微笑，看成对自己的轻蔑，一时酒兴直冲百会穴，大吼一声：“来一坛！”牛郡尉附和着：“来一坛。”

侍从一人抱一坛，打开盖，一股烈香熏染全席，列重山拧起坛子直往嘴里灌，包一和举起坛子应战，鸟蛋急得大叫：“哎呀，别喝啦，喝这么多水，等会尿在裤裆里……”

列重山喝完，连打几个酒嗝，一屁股坐下，想笑想说什么，开口说不上来……

旁边的人都知道九斤的列重山过量，牛郡尉见包一和面不改色，知道还有余地，也惊讶不已，酒疯大作：“再来两坛！”索性脱掉上衣，挺着茸茸胸毛，霸气雄横，提取一坛一口气哗啦啦，包一和地位极为低微，一生哪能有几次与英雄郡尉拼酒，身为少主人侍从，为酒而来岂敢懈怠，提取坛一饮而尽。

鸟蛋急得抓耳挠腮：“哎哟，我的天，今日遇酒仙，不用酒杯只用大土坛灌，等会喉咙当尿排……”

公主在轻轻地不停制止他，这时列重山已在椅子上呼呼大睡，鼾声一声比一声大，沉重得像拉起风箱。

包一和喝完第二坛，想上茅厕，脚像灌了铅一步也挪不动，牛郡尉惺惺相惜，如此酒友一生也只能遇一两次，示意站在旁边朱兴贵扶他移步客舍。

洛霖、李宏明、朱兴贵赞誉包一和的酒量空前绝后，牛郡尉的酒量已越过警戒线，他底子厚，撑得住，为官主政一方，心境大不一样，加之少主人恭敬有加，侍从将他衣服重新穿上，他红头红脸，红眼睛深情地看着他：“儿子，吾身无形，心安即归去，今天见到你，俺的心肝在酒中泡着，可是心神却异常安静……”

少主人又轻轻抚着他的背，尽着晚辈孝善之能，牛郡尉感从心发：“儿子呀，记住，世事无常，蚍蜉能撼倒大树，百里长堤溃于蚁，当皇帝不轻松，也不是一件好差事，已感觉到咸阳宫，要第三次巡游吧？”旁边洛霖答：“是，第三次，第二次在洞庭湖遇恶浪，把和氏璧国玺丢水里，说是镇水神。”

牛郡尉打一个酒嗝大手一挥：“镇水神，鬼扯，都是那些不打仗、不建功的术士糊弄的，说是巡游离宫避灾添寿。这次俺见他，气色大不如前，他有哮喘病，坐咸阳宫多宽广多好，多稳，哎……巡游车马劳顿，颠簸不平的路，风餐露宿，雨雪风霜，每天还要亲自批奏书一百二十多斤，又累又不通气，没有好水，好空气，好食物，龙体怎么会好啊……他一倒……咱们这些跟着他打天下的……大树下面不长草……蚍蜉能撼大树倒……嗯，真想不通，再好的马车，哪有咸阳宫大……闷死……”

说罢：“向八，记住巡防，儿子，来，回房内，该睡啦，最后一次醉啰……俺答应你的……”

少主人扶着他，侍从带路，向八令人送列重山回家，众人散去。

少主人侍奉着牛郡尉宽衣解带就寝，在帮助他脱马靴的时候，突然牛郡尉有力的大左手一下抓住少主人的右耳朵，半睡半醒地望着他：“儿子，那小兄弟女扮男装是你心上人……哈哈……天生一对……”

少主人慌忙：“义父，你……怎……么……看出来……啦……”

牛郡尉疼爱地把他耳朵拉得更近，用肥大的额角打着他的额头：“哈哈，假的真不了，真的假不了，人全身都可以变，唯独眼光不变！”

少主人："那倒是，眼睛中的光永远不会变。"牛郡尉松开手，头一仰，喟然长叹："儿子，天上没有神，地上没有鬼，可是人间却有道……"

"哦。"少主人觉得义父表面粗犷，战场上杀出来的将军，都有独到之处，自己慢慢喜欢上了他的彪悍，他的简单，他的真诚，还有让人想不到的细腻与深度，相比之下，觉得自己太嫩太嫩了，嫩得像水田里的一株秧苗。

牛郡尉慢慢托被挪枕，准备躺下，突然严肃地一双虎目盯住他："儿子呀，你不要为情所绊，又是哭、又是泪、又是死，男人来这世上，要有一颗铁打的心脏，能屈能伸，能败能胜，能折能弯，能缺能圆，以天下社稷为重。"

他略顿一下，看到少主人晶莹闪光的眼睛入神地注视着自己更加语重心长道："可是，这世间注定有阴错阳差，久分必合，久合必分，缺的多，圆的少，始皇帝说的没错，叫圆三缺七，每次行军打仗总嘱托多想想败在哪里，少想胜，越想胜，结果是败！"

少主人听得入神，牛郡尉的话字字珠玑，像撞到他的命门："是……是……义父……我的心天生又慈又软，义不生财，慈不掌兵。"

牛郡尉瞪着醉眼慈祥道："义与慈都是好东西，要看怎么用，不同的城墙有不同的破法，世上没有一本书是万能的，世上没有一把钥匙能开万把锁，世上没有一个人能完全把控所有人，包括始皇帝。"

少主人："义父，心智是千战万险磨出来的啊。"

牛郡尉盘腿而坐，酒可能让他强壮的骨骼变得柔和，他扑哧一笑："就像你要创建烟柳镇干一番大业，又怕心上美女给抢跑了，女扮男装带在身边，可能是带身边更保险，女扮男装想掩盖危险，说不定衍生更大的危险……"

少主人一个寒战，牙齿在磕碰："义父，吓着我啦！"

牛郡尉："人要有两颗心，一颗是爹娘给的，是肉长的，一颗是世道铸的，慢慢磨出来的。"

少主人不禁啰唆起来："这磨要两人一起磨，怎么磨都不怕，都值，一个人磨……”说罢眼泪又在眼眶里打转，牛郡尉用右手残存的硕大拇指揩干他的眼泪。

牛郡尉声音变得格外轻柔：“儿子，她仙气太重，把她当成蝴蝶一样呵护着，心就开朗了……”

少主人一下跳起来：“义父，她还真像只美丽的蝴蝶，您老先歇着，别让她飞了啊……”

他一起身夺门而出，向宴厅冲去一边喊：“仙，仙！”

牛郡尉哈哈一笑，打了一个响的喷嚏，加一个酒嗝夹杂着浓浓的酒味：“嗯……上天堂去……做一宿……神……神……仙……”往后一躺，顷刻鼾声如雷。

晨曦照在南郡府兵马场驯马道上，曦光透过江堤树隙撒满一地，两匹马并辔狂奔，相互耍技嬉戏，任子宴领着鸟蛋传授着各种马术，谁知鸟蛋自幼攀树掏蛋，形如松鼠般灵活，陀螺石上悬壁之功力，身轻体瘦，骨干如铁，一经点拨，举一反三，现学现用，反客为主，狂奔中常常偷袭任子宴，两人反复在较量中开怀大笑，虽是秋风凉飔，还是汗流浃背，因为开心，所以不知疲惫。

两人正练得起劲，狂奔中突然坐骑惊慌不听指挥。“吙吙！”

往侧边躲避，任子宴一声惊呼：“马神！”

鸟蛋回头懵怔：“什么马……”

还未说完，一声惊乍：“哟……哟……！”

原来一匹黑色精灵，浑身白花点点，无缰无绳无鞍，追风漂移，飞奔中而不起烟尘掠过时，两道寒光一闪，任子宴、鸟蛋上衣被割开而又没有伤到皮肉，两马掉头奔跑，上衣成碎片飞舞，两马惊得又掉头夺命狂跑，两人吓得抓紧马鬃紧伏在马背上，后面又闻马鸣声，鸟蛋大叫。

“哈哈！”马肚子下面翻身一个满身披挂，金盔银甲的汉子，手持两把薄刃背后马刀，腿一紧，那马一个直立旋转，双蹄一并，雄骠肃立，马背上的人又一声“哈哈哈”大笑：“凉快了吧？”

鸟蛋定神揉眼一看：“啊，向八……啊……八叔…吓死我啦！”

鸟蛋拍着胸脯，做着鬼脸：“人吓人吓落魂啊……”一边说，一边圆眼不停贼溜溜在那匹马身上打转。

向八看任子宴："功夫不错！"

任子宴："向大人过奖，我是少主人驭手任子宴。"

他指一指鸟蛋："何大人，何仕仁大人。"

向八笑吟吟："昨晚已认识，很会吃。爱马他从未骑乘几个来回，一摸十行啰。"

任子宴："向大人与马有着奇缘，拥此马神，又有如此骑技与功夫，实在让我一饱眼福……"

鸟蛋摸着赤裸上身："八叔，难怪老郡尉这么宠你，我若有此马神亦能封射上将咽喉……啊……不是……说错了……取上将之首级……嘿嘿！我不但会吃，还会好几门绝活呢。"

向八四周环视一眼高兴地调侃："回去，换衣服，怕着凉。"顺手一下抱过鸟蛋放在身前顺手挠了一下鸟蛋腋窝，痒得鸟蛋缩成一团，咯咯笑个不停，一夹腿，一声吆喝："吃早饭。"

马神奋蹄前跃，一阵风似的飘回营地。任子宴拢住鸟蛋马匹，随后追赶。

兵营餐厅离客舍十余丈，向八翻身下马，他正要去抱鸟蛋下来，不料鸟蛋正搂着马脖，一溜从马肚子滑下，顺势用针扎了一下它裸露在外拉尿器，这敏感的地方，从未有人触碰过，一针乍痛，旱地拔葱，蹦起三尺，慌得向八紧抱着马脖子不停安抚，豹眼四处搜索。鸟蛋故作不知，留一小秘密存放在二人一畜之间，解了向八惊扰了他的马匹之气与尖刀剥了上衣之羞，向八心中嘀咕也不想深究，马神吃了暗亏，也不能言语。

任子宴赶到翻身落地，牵着两匹马，急不可待地细品马神："哇……啧啧……"赞叹不已："山一样的脊梁，罕见的葫芦蹄，着地无印，飘纵如飞，眼藏十里光，耳听八里外。"

向八高兴道："有眼力，真正的良驹，不用缰绳知道安危，能听人的心声，更不用钉蹄铁，能着地踏飞燕。"

任子宴瞪大两只眼睛："此神骏只有帝王能乘骑啊……"向八接过话："未必，过去是，现在不是。"打一个口哨，马神蹄起如风离去。

向八看着飘驰的背影，饶有趣味地讲着它的来龙去脉：“情大于恩，缘大于分，它原是燕国太子丹的坐骑，名叫雪花……”还没讲完。鸟蛋一声尖叫又捂住嘴，自觉失态失礼，向八半疑半惑地看他一眼：“主人上西天，它无缰绳，无人管，遭遇强盗流寇围堵数日，寸草未进，掉进陷阱。众盗贼正全力抽打擒拴它，缘分来了，我听到它的悲嘶，那是良驹才能发出的哀鸣怒吼，是神马才能发出的呼救……”

向八抽出两把刚才割削挑贼亮马刀：“俺挥刀斩了十几名盗寇，救出雪花，我见它浑身是伤，血流不止，抱着它大哭起来……”

鸟蛋听到这里落泪，向八把刀入鞘：“我父母入土，我心痛如刀绞，可是我没有眼泪，打仗受伤从不知疼痛，只有雪花第一次让俺落泪……”

任子宴听着，暗暗点头：“爱马懂马，心有灵犀。”

鸟蛋上前牵着他的手：“八叔，你真是个真男人，你教我点吧？”

向八自嘲一笑：“我劝你做个坏人……”

鸟蛋松开手，一缩脖子：“八叔，真会说笑话，我可做不了……”

向八蹭下，盔甲骨碰上悬挂刀鞘叮当作响，拉住他的光胳膊：“你骨骼清奇，古怪走邪路，比走正路来事。”

鸟蛋：“八叔，咱俩像是一伙的吗？”

向八半天不解，也不究问：“我说的坏是以坏制坏，我说的邪是以邪制魔，世上的魔只能用邪才能剿灭。”

鸟蛋深吸一口气，冥念一动：“八叔，牛郡尉在用你的坏、你的邪制魔吗？”

向八搓搓他的赤膊前胸后背：“哈哈，胸是邪，背是魔，别凉着，快走，快换上衣服，罩住这邪与魔……”

任子宴半懂不懂地牵着马匹走向马厩。天还未大亮，少主人与公主尚未起床，鸟蛋站在房门口不停地神秘而又焦急地招呼：“八叔……八叔，快来看！”

向八看他着急的样子，急忙走过去，低头一看吃惊不小：“嗯，怪事！”

原来是看到，鸟蛋隔壁房门旁边有一只耳朵，血淋淋地掉在地上，但是血迹只有三五步就断了。鸟蛋找了一根草根棍低头将那耳朵拨了又拨，低声：“八叔，昨晚半夜我听到响动，推开窗一看，有一个黑影一晃，翻窗入了隔壁房间，我一拉门，他听到有动静急忙从窗口跳出来，一着地就逃，我用剪刀叉旋下他的耳朵，本想剪掉他的裆下蛋蛋，他猫着腰连滚带爬没有角度，所以就剪了他的左耳朵，天黑也没细看，也想到军营安全，不会有贼，今早约了子宴练马，直到现在才看到。”

向八脸色越来越难看，让附近侍从拿了地上残耳急步走进总帐房内大吼：“查，谁没有左耳朵？”

主营七帐，卫营队军巡队紧急集合彻查。士兵个个木然：“不知谁的耳朵惹了大祸。”

刚刚轮值脱衣就寝军士，被火急令折腾得一地鸡毛。巡律官拿着钢刀，在每个士兵脸上一拨，验查左耳，寒光阴冷的刀锋，大胆士兵怒目如火，胆小士兵瑟瑟发抖，军营上下一片肃杀。

牛郡尉被火急令军鼓号角惊醒，以为有兵乱反水，扒开窗帐一看又不像，急令向八来见，向八呈明因由后，又派人去接少主人、公主、鸟蛋来前大厅。鸟蛋已向少主人、公主说了经过，刚一坐定，主巡律官来报：“主营七帐二千一百七十三人，卫营哨五百三十四人，骑营八百零五人，杂役堂六十二人，水营一千一百一十一人，一一查验双耳周全，只有三十三人耳朵因战争缺陷乃有旧伤，无新伤。”

牛郡尉一挥手，左手猛搓几把大脸：“军营客舍，怎会有贼？”他似乎想到了什么，急步奔去案室，脸上自嘲式微笑，“哈哈，还好白陶盘在。”

鸟蛋盘腿坐在圆椅上：“我知道那贼是谁！”

牛郡尉：“哦！”向八似乎已知道答案：“说。”

鸟蛋看了一眼少主人：“应该是副郡尉杨梁平。”

牛郡尉虎眼一瞪：“那……那……怎……么……？”

鸟蛋平静道："他现在应该过了江，走了。"

牛郡尉瞟了一眼鸟蛋："来人，请副郡尉过来议事。"

门外侍卫头应声急去，众人静候，只有牛郡尉不时用右手残指挠挠耳朵、大光脑袋，来回踱着步，心里在盘算着什么……

"报，副郡尉不在家，寝室内有许多血迹，刚查了口哨，说是卯时带了几个人过江，留话，急赴咸阳。"牛郡尉低声愠怒："恩将仇报，赵高鹰犬，蛰伏陷害俺多次，畏罪潜逃，自取其咎，也好落得耳根清净。"回头安静道，"向八，令文司奏明始皇帝，防阴狗先下口咬人。"向八站起身："是。"

牛郡尉一个劲往少主人盘子里夹："南方鲜蒸，虾馅饺、凤爪、芹菜炒豇豆干，多吃点……哈哈……男长十八足……你还在吃长饭……味道咋样？"少主人谦让着："义父，我自己来，您多吃点，康健长寿啊！"公主看得满眼漾福，自己的心上人，义父如此疼爱有加，兵荒马乱的年代，还求什么呢？

牛郡尉饭量大得惊人，一口一个馒头，囫囵吞枣似的将桌上风卷残云吞个遍，吃到饱时，看到少主人、公主、鸟蛋都看着他，自己笑一笑："哎，打仗可没有这么多好的吃，临阵时始皇帝也是半饥半饱，命悬一线。哪顾上饱肚子…… 打江山易，守江山难……"他转向少主人，"儿子，建镇易，守镇难，天下能说清楚的就不是事，说不清楚的才是个事……哈哈，辣椒里长虫子。"

鸟蛋晃着头："不难，洞爷说，天下难事必做于易，天下大事必做于细……"

牛郡尉："哈哈，一套一套的，说易做难，如今六国被席卷一空，百万秦国军拿着刀枪，无处下嘴，闲着……个个张着嘴……人性最叵测最恶，一升米养恩人，斗米养懒人，担米养仇人……见多了，见怪不怪……帝国殊途，殉道者同归……总觉得哪儿不对劲，一切在变……"他四顾环望一圈。

鸟蛋多嘴又在逞能起来："何为易，易为动，动亦变，变乃天理，只有变才算是永恒。"

少主人打趣："又是洞爷说的？"

公主补一句："好记性！"

牛郡尉："哈哈，一切来得毫无预兆，小家伙……魔性不……"

鸟蛋又抢着接话："八叔说，我能以坏制坏，以邪制魔，若知道那杨梁平副郡尉是坏人，手重一点，快一点把他灭了，万事大吉，少麻烦，对邪魔，只有快刀开路，才有路。"

牛郡尉看到他无束无忌："快刀开路，得有技惊四座的本领呀。"

鸟蛋手舞足蹈："哎呀，我全身是本领，只是比八叔马上功夫差点。"

牛郡尉："哈哈，那让八叔教你，把那点补上，不就全啦！哈哈，十全十美啦……哈哈……"

鸟蛋打拱作揖："是、是、是，就差那么一点！"

众人开心的笑声中，早餐收场，似乎忘了不愉快的那一幕。

少主人侍送牛郡尉回堂府后，回身牵着公主的手往客舍里走，后面鸟蛋追上来神秘兮兮道："哥哥……哥哥……姐姐家的宝马雪花……在这里……今早刚看到的，无绳无缰，跑起来又飘又快似飞……棒极了……"

鸟蛋眉飞色舞，公主惊得合不拢嘴，半天喘着想起："雪花……雪花……无绳无缰……对了……又飘又飞……又稳……对了……是它？"

少主人有些慌："怎么回事，什么雪花棉花的，飞什么飞？"

公主拉住少主人的手秀目含泪："主，是家父的坐骑，一匹极其罕见的宝马，灵悟人意，无绳无缰。"

少主人："哦，哦，仙，怎么会在这里？"

鸟蛋："八叔说是他从贼寇手里将它救出来的，八叔还说，他父母逝世他只是心痛，没哭，打仗受伤痛也没哭，平生第一次掉眼泪，是见到雪花遍体鳞伤大哭了一场……"

公主："感恩八叔，人间伯乐。"

少主人长叹："啊！时势使然，显本真图景。"

公主急向鸟蛋："它在哪里？"

鸟蛋："在军营里，找八叔打一个哨它就来了。"

鸟蛋领头见很多营帐分不清哪是八叔的营盘，就找到一位附近兵头："嗨，我八叔在哪里，帮我找来，就是向八。"

兵头一看这小娃娃口气咄咄逼人，一对金鱼眼溜溜犀利，潜伏几分杀气，兵差都是怕硬不怕善、滑、软："是，我去通报！"

三人站在那里四处张望，不一会向八出来："啊，少主人。"那通报兵差一愣："啊，少主人！"暗自伸了一下舌头，鸟蛋不忘给他一着招呼，兵差满心乐乎乎。

鸟蛋拉着向八偏外几步："八叔，我哥哥也喜欢骏马，想看看雪花，您打个哨，我们在那边等。"

向八正忙，打一个响哨后对鸟蛋说："它就来，我有事，你们到那边等。"又打两个哨，急忙返回营帐内。

鸟蛋机灵地带着少主人与公主，走到较偏的地方等候。"咯踏，咯踏！"一阵急骤的马蹄声由远而近，雪花长鬃毛舞动，一阵旋风似的飘移而至。公主激动得浑身颤抖，罕见地声嘶力竭地用燕国土语呼喊，一边情不自禁地向它迎面奔去："雪花……雪花……！"

雪花止步一愣，双耳竖起转动，鼻子不停地开合，突然它一声长嘶，不停地打着响嚏，四蹄原地腾空迎向公主，当公主情绪失控地一把抱住它低下的头颅时，只见它又黑又亮的眼睛里泪水莹莹，它认出了那是五岁到九岁天天骑在它身上一起玩耍的公主。

嗜血的年代，活者十不存一，与灵性的动物一起在记忆里镌刻荣哀。公主如同见了久别的亲人，用姣美的面庞不停地亲昵着它的眼睛、鼻、耳、嘴唇，一边动情道："雪花，雪花，你怎么在这里，咱们怎么会在这里相见？还记得你总是驮着我在燕京大地上飞驰吗？好几次我掉下来，不等我身子着地，你又咬住我甩到背上啊……"

雪花竖起耳朵，兴奋地听着久违燕语乡音，一边不停地舔着公主的玉手，大尾巴举向空中奋力左右摇动，四蹄轻轻踩踏着地，一声一声嘶鸣。旁边少主人与鸟蛋感同身受，陪着落泪，也在内心深处祝福着人畜主仆异地相遇之缘。

突然雪花四蹄跪下，不停地咬着公主衣带向背上甩头，公主破涕为笑，明白它要驮着她行走，她轻盈地骑上去，雪花慢慢收蹄站起，仰头朝天长啸，摆着前进又后退的舞步与少主人、鸟蛋打着招呼，扬鬃甩尾，舒缓地起蹄漫步，欢天喜地踏着脚下乐土，它要带着她看这里的天高地阔，看军营内每个熟悉的角落，它行走有点傲慢不骜，不停地昂头拥尾，雄壮的身躯，在高圆公主胯下柔软得像绵羊……

向八出营门望见这亲昵的一幕，虽然百思不得其解，但他猜出个中微妙，任何人不能驯服的烈马良驹，与他百战中出生入死，他断定他们之间存着深奥带着传奇血性的故事……

灵物之间，不必道破，一切踏雪无痕作解，因为心里深藏着勇士虔诚的善恶。他久久伫立微笑着眺望，转身没有习惯性打出唤马的口哨，而是改为甩一个响亮手指，作为祈福的自我安抚的响号。

雪花撒欢又撒娇地用蹄声告诉公主："我是这里的主人，驮着昔日的主人，冥冥中七年后缘约，生命很贵，经不起浪费，这每一步都是个坎，每一刻溜过去后就不能溯回，我是畜生说不了话，可我的心懂你的善，懂你的泪，我不能独善其身，我命运在人手里，我遇到了疼爱我的主人，并行不悖，我不能太沉溺旧时回忆，饮鸩止渴。必断，必舍，必离乃尘世生灵的命运……

"现在，我是这里的主人，驮着昔日的主人，再开心地带你去江堤走走，听波涛唱和着缘分的歌声……"

风骨是灵魂和精神，江风吹起公主长发飘逸。她解开了男式头巾，多少缘议，多少落魄，多少困顿，殊为不易。雪花的每一个蹄声像是亡父的心声传递，雪花身上每一个经络向她散发着热能。这里不是燕京大地，一切都是过眼烟云，只有雪花是真切地存在，在它的山一般脊背上起伏之间，不时闪现着太子丹的身影。

雪花想让她看个够，雪花想让她愉悦，雪花蹄上记录着时间：晌午了，别饿着主人，还有少主人，鸟蛋在焦急地等着。

它原地旋转两圈，公主会意地扎上头巾，贴伏在它脖子上，雪花又一声长嘶肆意狂奔……

三个时辰过去了，少主人额头沁汗，不断瞭望索想，内心急得如同火上烧烤，表面也只能装着坦然，脚步来回走动，下脚越来越感觉到由轻而重，鸟蛋也不敢在军营内四处乱窜，那神马疾跃如飞，这人生地不熟也找不到，更何况少主人也要人陪着，他只有不停发功"隔山传音”，但一次次失望，因为不在范围之内，他只能暗暗乞求着：“真有神仙让公主平安返回，我给神仙磕响头，要不把我哥急成五脏虚脱……这等一人……比死人……还难受。忙中出错，极喜必忧……哎……都是我多嘴多事……”

牛郡尉几次派侍卫催少主人吃午饭，少主人总是面带微笑礼貌回复：“请义父稍等，马上就来！”侍卫每次也总是一个字“是！”离开。

鸟蛋突然像捡到金银财宝蹦起来：“回来啦！”两人同时侧耳细听，“咯得，咯得”，急骤蹄声由远及近，雪花飞速飘至，少主人不顾一切冲过去，高高跃起，拦腰从马背上搂抱住公主稳稳着地，心急心喜语慢道：“回来啦，累了吧，渴了吗？义父等吃午饭呢，饿了吧？”拉着她的手一连串地问，公主一直开心在笑，与雪花挥挥手，她早已学会了南方侬侬软语，音色又温润细腻：“雪花，未时下三刻见。”雪花高兴得如同幼童过节：“哼哧，哼哧。”摇头摆尾，还有些夸张地扭动腰，撒娇心欢而去。

牛郡尉费尽心思要让少主人吃好吃饱，表达方式是一个劲地给夹菜添汤，孤身异乡主政的彪悍将领对待从内心喜欢的晚辈也难免几分过度溺爱，雄主柔肠。每次饭局上，这位刚正不阿、敢想敢言的真性情之人，总会粗中有细地要向少主人说上几句官府上的话：“原来楚国的那个老子，留下些东西，倒可以琢磨琢磨。天地不仁，以万物为刍狗。天地间，其犹橐龠乎？打天下与坐天下两回事……”

少主人每次总是洗耳恭听，顺着长辈训诫，虔诚应允，更令牛郡尉话匣子打开絮絮叨叨一阵：“平心而论，当年秦国财力物力人力与齐楚强国相比相差十倍之多，人见人欺，能席卷六国，戮心之至的应该是商鞅那《律典》。拿敌人人头领赏，拿贡献升官，人人魔性开窍，大开杀戒以一当十以一拼百，所以攻城略地如同秋风扫落叶。现在很多军士，在几个郡或十几个郡都有封赏的土地，把家眷接来收租安栖，为了奴役计，也为强权，干脆都在各地登记为秦姓。”

公主心悸回忆：“我亲眼看到那些士兵拧着三个人头为一组，五个人头一提，十个人头为一打，登记领赏，人头似红薯萝卜，一堆一堆的，惨不忍睹，遍地是血……”

鸟蛋接话："然后挖一个大坑埋了，上面再栽一棵树，如此每座城边都有几十棵大树长得奇快，绿油油，叶子上滴油。那大树的根都长在人头上。"

少主人苦笑着："别说啦，吃不下，饱了……"

郡尉疼爱地看着他："儿子，战争没有对错，只有强弱，今后有孙子时，请手持戒尺，请上等老师，传道授业，武夺天下，文安邦，治天下，造福百姓，真还要读万卷书的大聪明人。"

向八娴熟马术，每天清晨教鸟蛋各种技能，马刀太重，鸟蛋就用两根木棍比画。雪花不适合与其他马匹演练，因为一般马匹一见"马神"就吓得腿打哆嗦，况且这几天雪花与公主又在人马契约之中，所以向八特意挑了两匹上等战马，纵驰盘旋，对抗也愈演愈真，愈演愈烈，两人汗流浃背，战马也累得气喘吁吁。一壮一少，情趣相投，都是迷之自信、狂野不驯之徒。攻防互不谦让，打斗中各出险招，马下交流中多为雄性担当，饭桌上两人称得上水乳交融，一来一往，情义深长。

侍卫飞马来报："八爷，膳食时间到！"向八拨马一边："好！"

两人停手相互笑一笑，擦擦汗，意犹未尽。鸟蛋："八叔，两木棍太轻，像唱戏用的……"

向八："已命人去为你铸两把童刀，初练马术，重在内修于心，人马合一，木棍比画路数，假以时日，功夫来自恒韧，双马刀，攻城首选，一盾一锋，一阴一阳，一虚一实。我之所以百战无伤，全靠左刀护身，右刀克敌……"

说罢左刀刺向鸟蛋面部，鸟蛋慌忙遮挡，"咔嚓"，一根木棍来不及抽回，右刀已到，两根木棍已截断在地上。鸟蛋将手上两小截木棍砸向对手面部，双刀护闪，天上木梢飘落一地……

两人都满意地一阵嬉笑，并马回营房用膳，鸟蛋调皮地又做个鬼脸："八叔，肚子哭了吗？"

向八纵马前行，笑着甩下一句："馋猫会偷腥，呵呵……"

鸟蛋不依不饶追上："八叔，什么叫馋猫会偷腥啊，是好话还是坏话呀？”

向八：“是好是坏自己称。”

鸟蛋据理刨根问底：“猫可以称，腥怎么称嘛？”

这几天最忙的是牛郡尉，公务是秋收争分夺秒征粮“南粮北运”。战争男丁杀了一半，修长城苦役又押走三分之一劳动力，修阿房宫，筑骊山皇墓能工巧匠又多出自江南。现在别说找几个木工、泥工，就是找个有手有脚的匠人都难。富庶之乡已是残山剩水，老弱孀妇幼成了种田主力军，歪瓜裂枣躬耕哪能有好收成？水患时他亲自带些亲兵离营检验，大部分民众对这位粗犷个性郡尉略有好感，自己半饥半饿，尽量交皇粮。

牛郡尉牛脾气，为今秋征粮已与咸阳宫闹得极不愉快，他禁止军士拿刀枪到百姓家抢粮，他压着下方绅士土官尽量挨家挨户求情说理加搜刮，还多次上奏始皇帝解散一半军队“种田养鸡生儿育女”。他反复叮嘱属下：“别逼出人命，明年开春还要人种地。”刀兵相向，尸横遍野，如今男瘸子都是宝。

征粮纳贡让他忙得苦不堪言，总在向咸阳宫喊话：“地都征破了，田征得漏水不长草。”

再忙再累再烦，一到中午，不管远近，他就纵马往回赶，一定要陪少主人吃饭，时而穿着官服跑到膳食房过问，惊得厨师伙夫乱成一团，有的把菜刀藏起来，怕郡尉瞧见菜不开心，一刀抹了脖子，难得的是牛郡尉总是笑嘻嘻地点头品吃，丝毫没有平日的腾腾杀气，有人背后好心地嘲讽：“天下只有儿子是‘父心宽’的菜。”他饭量惊人，酒量无底，牛羊肉类至爱，他变着花样让侍从们出主意，暗中记录着少主人最爱吃的饭菜，然后告诉膳厨们尽可能为其准备，每次看到少主人吃饱吃好，他笑得心里开花，抿几口“凤凰三点头”来助兴。

今天中午最丰盛，因为明天少主人一行要去咸阳宫，有许多烟柳镇创建的事要呈述。蒙毅已回函“诸信已阅，待来人细议”。牛郡尉也想为少主人长期建立起朝廷人脉，去函旧友们，望其助力。桌上摆满江南菜：芦蒿，水菜，莲藕，菱角，茭白，鸭脚掌，水烟头，配有虾蟹鱼鳖，或蒸或煮或灼，看得出厨师们费了不少心，还有盛名鲜娃蚌。

鸟蛋："今天吃到高潮，涨水啦！"不由分说两手抓着就往嘴里塞，公主赶忙递上筷子，鸟蛋接过筷子，自己又拿一双，模仿着刚学过的双马刀，将看到顺眼的盘中物抢回往嘴里塞："哎，还是做官过瘾，山珍海味……比锁扣……做水贼强……要是近给他送点过去……哎，我怎么这么有口福啊！"

牛郡尉往少主人碗里搬运，少主人一边礼谢也一边狼吞虎咽，同时不忘往公主碗里轮番堆垒。江南佳肴，不肥不腻，清香爽口，看到他们三人山呼海啸地享用，乐得牛郡尉像儿童喝蜜汁，甜到嘴里沁到心里，笑个不停："江南雨热同期，秋季是最享吃的时候，哎呀，这吃饭玩意儿，还是要老少同桌热闹……"等他们三人吃饱喝足后，牛郡尉才开始风卷残云，这长辈总是想晚辈吃饱，晚辈离席后自己放胃收割，这种护犊之人就是爱之深，动物本能。

刚离席走到外院，鸟蛋乐极生悲。向八这时送来两把幼童马刀，做工精致，双鞘特别华丽，双刀锋利无比，鸟蛋吃得高兴，又得到如此倾心礼物，更是喜不自禁，舞动起来，刀光闪闪，寒气逼人，不料木棍和实刀操练，不是一码事，一个鹞跃翻身接刀失手，刀锋毫不客气划右手掌，血流如注，若再重一点断手不是唬人的。鸟蛋痛得大声号哭，左手托着右手："哇，手割断啦……哎呀……痛死人……了……"吓得向八上前抱住他，同时急令侍卫让军医快来。

牛郡尉跑出来冲着向八嚷嚷："怎么不用钝口？胡闹！"

军医跑得满头大汗，对刀枪伤内行，消毒上药："还好，只伤皮肉，未及筋骨。"配了些药交给少主人。

牛郡尉对向八说："功夫不到，给他改一下。"

鸟蛋一下蹦起来抢过双刀用左手抱在怀里："我不要钝口，看出来啰，学会护住左手啦……哈哈，我左手没伤着……左手撑住……右手杀人……"

牛郡尉、向八互相望望："这可是块打仗的料。"

"嗯，晚出生了十年啊！"

征粮队伍雄壮威风，锣鼓、马队、号队摆列整齐，十八刑棍，四人抬刑铡刀，八人抬大轿……向八陪着牛郡尉缓步走近，他俩在低声说着什么。

牛郡尉："哎呀，坐轿比抬轿还难受……"

向八："骑惯了马，利索。"

牛郡尉："是呀，可是这征粮不是攻城冲阵，不坐轿子没人抬就不像大官，民不畏呀，哎……还八人大轿……憋气，坐在里面像个女人……放点酒在里面没有……"

向八："放啦，汉中凤凰三点头，在左手边，四支小装。"

牛郡尉见有酒笑笑："好，浑身胀痛时抿几口，解个闷，打个盹，真是苦差……哎，亏始皇帝巡游一直坐马车厢，短至几个月，长至二年，哎，闷晕……"

到了征粮队伍前一片肃静，牛郡尉将官帽向上一顶，虎目如火，习惯扫一扫队伍，残手将左手箭袖一勒，破嗓门如雷震："听着，锣给我敲响些，鼓给我擂重些，威风号子喊亮些，腰杆直一些，征粮，只能吓唬，不准打人，几名带刀侍卫耳朵给我竖起来，打伤人田无人种，吃草哇？真种田人不闹事，闹事的不是种田人，遇到胆敢无理取闹者，刑铡伺候，就地斩首。不多征粮，咱们就得先饿死，走！"

簇拥着他上了八人大轿，锣鼓齐鸣，喊声震天，队伍出发，领头号队长领呼："征粮！"

众军士重复和应："征粮！"

领呼："皇恩浩荡！"

众军士："皇恩浩荡！"

领呼："征粮！"

众军士："征粮！"

领呼："交皇粮，国兴大昌！"

众军士："交皇粮，国兴大昌……"

少主人、公主、鸟蛋在窗口看到牛郡尉训话上轿，目送队伍远去。鸟蛋左手托着右手："这么多人不去种粮，专门征粮，那些种田人都一个个面朝黄土背朝天，骨瘦如柴，累得半条命怎么经得起打？牛大义父还是有点善性，善性也很好，是个性啊。"

少主人摸摸他的头叹口气："还痛吗？"

鸟蛋："当然痛，是一阵一阵的那种痛，里面像火苗烧……"

少主人意味深长道："刀锋乃物，不懂人意啊，义父征粮，是在吃刀口上的饭，日后烟柳镇种粮得有几套好章法。"

鸟蛋又来劲："哥哥，我有好多好多章法……"

公主："那你写下来。"

鸟蛋即刻蔫了，左手抓抓头："我只能说章法……"

公主："好章法说也行啊。"

鸟蛋："等咸阳回来，我与锁扣逢五读书认字。那时，我又说又写。"自我得意扬扬。

任子宴、肖远、包一和在整车备马，收拾明日启程必备物，鸟蛋酷爱向八为他定做的小双马刀，虽然刚受伤，不能帮忙，却要任子宴在自己乘骑的马鞍上挂上双刀，他反复上下试坐，一会挺胸，一会儿猫腰，他心里乐滋滋地想："此去咸阳宫，说不定能遇见始皇帝，我就飞马上前……嘿嘿！"

公主似心事重重，觉得这里住得安全，有点回到小时候燕王宫的感觉，明天去咸阳，路远坑多而任重。自己的爷爷燕王，少主人的父亲楚王都在那里被羁押，昔日王侯，今日囚徒，亲人不能相见，有抽刀断水水更流的愁绪。还有一件心底秘事一直压着……

她打了一个口哨，拉着少主人："主，明天要离开这里，有些舍不得雪花，咱们出外走走吧。"

少主人："好哇，去营外龟山登高望远，呵，美极了！"

雪花飘至，俯身让公主坐上后立起，公主顺手一拉，少主人借势轻轻一跃，搂住她的腰，公主低头用燕语在雪花耳边平和道："雪花，明天我们要去咸阳，今天下午想去龟山峰顶看日落，辛苦你了，咱们……"

没等公主说完，它一声鸣嘶，高兴地昂首奋蹄："我知道，常去那里。"先是碎步出营，然后旋风般奋蹄向龟山上冲去。

第八章

龟山不高，却圆润雄浑，三方根基扎在两条江里，又名翼际山，似天外飞来抱住双江咽喉的巨石。相传大禹治水，水怪在两条江汇合处兴风作浪，屡治不畅，后来天降神龟灭压水怪，久而久之化石成山，形成前指长江北带汉水，双江浮拥，西背月湖，南濒莲花湖，威武盘踞与蛇山夹江而峙，成千古万里长江之仙境。

“背月湖”“莲花湖”亦有玄传。这两湖是神龟两条后腿撑出来的，善佑百姓，屯水灌溉吸水藏患。“背月湖”是渔夫、农夫的“天气预报”，也乃耕作季节“刻度表”。“莲花湖”更神，遇千年洪灾，双江合漫成汪洋一片，莲花叶亦幻变成舟，营救灾民。总之是神龟降世，苦了自己、利了百姓。与狻猊岗龙王第八个儿子守堤倒有些相似，只是多了些故事。

龟山顶石有一龟裂缝，里面长出一棵一线松。根深万丈，千年长一寸，至今出石只有三尺，据说是神龟母亲，怜儿子千古暴晒，顶不见水，特放一株松吸江水至顶上石，也作为三伏酷热之时，子夜三更洒甘露润石的标记，因为夜晚天上神仙的眼睛，看石中绿色乃金光四射，龟母不用搜索一眼就能找到儿子栖居的地盘。

雪花来到龟山下止步，少主人先跳下去后抱接下公主，公主上前拍拍马胸，亲亲马首：“这里我来过，只是未登上。”雪花高兴地昂头甩尾：“我带你上去，但是只能扯着我的尾巴上，太陡坐不住的。”公主：“好，稍等。”双方似说着哑语。

公主走近一稻田边，少主人跟着过来，雪花原地踏步做着准备活动，公主在田边扯起一株稗子，久久凝视然后既平和又伤感地打起手语，少主人不解，公主剥出几粒小黑籽对少主人说："我与燕鞭雨亡命天涯时，常剥这小黑籽充饥，燕鞭雨说他就像这稗子，在稻中天天提心吊胆怕被人拔掉，因为野生长，长得又高又快，农夫均谓稗子乃稻中'劫贼''败类'，哎，他现在什么也不需要了，也不是这出身卑微的稗子了。"说完眼盈泪花，"还有一次好险吃了中毒，此后他说越鲜的蘑菇越有毒，陌生的草果，总是他先尝，三个时辰过后，我再往口里送，没有他，我可能也要像骷髅婆那样吃死人肉活命了。"

少主人上前轻抚她的肩膀："人为刀俎，我为鱼肉，雄心向野心的异化，英雄向枭雄的演变，魔性向着残暴专制推行，逼着人性扭曲屈服，昧着良心呼喊万岁万万岁，一代暴残三代人，如今江南稻田没人耕种，专长稗子。"

公主："是呀，不遇上了你，我只有吃稗子，何畏想起那燕国风霜。"

少主人牵着她的手："大祸后必有大福，吃稗子的日子再也不会来的，等办起烟柳镇，粮丰草茂，六畜兴旺，咱们那时带着江上桥、水中舟又一起来龟山。"

公主拉着他的手瞪大眼睛盯着他，想说什么，少主人笑着用手捂住她的玉口，拉着她向山上走去，雪花早就等得刨蹄打喷嚏，看到他俩来了，寻山中小道一跃一纵引路。

少主人脱去长衫递给公主，一身短装，英俊可人，往下一蹭，公主甜蜜地趴在他的肩上："我的白马，你比此时的雪花强呀。"

少主人："哈哈，因为我只有两条腿呀，只要你高兴，我愿意把你背到咸阳宫去。"说罢将拐杖剑一横，双手一托，起步登山。

雪花不停地用蹄蹬踩，遇到荆棘，它就用高大强壮的躯体一压一推，在为少主人领路开路，不时回头望望提醒："当心，这里有一窝坑。"

上到山顶，长江看不到波涛，犹如一条金黄色的玉带缠绕于众山之间。举目向右，汉江清澈如潭，从龟山脚下注入长江，黄清混合，像极两根巨弦合唱，江山多娇。

雪花用巨大尾巴扫着线松那块硕大无比的龟石，公主高兴地走近用手轻轻抚摸着线松幼芽，少主人汗流浃背地赶来蹬下，在石缝里寻里寻外地找线松的根在哪里，万丈根，肉眼根本看不到，十丈深处一块黑黝黝且还有一丝凉气自下而上，润湿着龟裂之石，少主人配合公主的手深吸一口气帮着吹掉松针上的微尘为千古名松做着清洁。雪花挤过来又用长尾巴扫着龟石，公主一边站起来一边为少主人脸上擦汗，又将长衫披在他身上，由于风较大，公主就帮他穿上，系上腰带："它看你累了，想让你坐下歇歇。"两人牵着手一齐坐下，少主人爱怜地坐在公主后面，搂着她的柳腰将公主背揽在怀里，将剑放在右手，左手时而抚捏着白嫩如玉的脸，鼻子来回吸着秀发上的那股香气。

公主对雪花："领情啦，雪花，你也……玩去吧……噢……"雪花点头甩尾在四周游走，山顶上江雾笼罩的草格外青涩，雪花不停地独自啃着，这里从来就没有牛羊，它兴奋地独自尝鲜。

少主人在天高地阔的龟山顶上，感慨万千，胸中自有一股豪情激荡少年初心。

公主："水性仁爱，滋润万物，生生不息，从这里看江南如画，另一种没见过的美，只能意会不能言传。"

少主人："水也坚韧，水滴石穿，水也可以摧毁万物，让山石沉沦，异变为洪水猛兽。"

公主："没错，我同燕鞭雨曾在九曲荆江见过，汛期水出三峡，浊浪滔天，掀起拍天洪峰，轰鸣声犹如千军万马咆哮，真是吓人，水的力量，现在一想起来还心有余悸。北方人都怕水，更何况我，天生胆小。"抬头望望少主人羞涩一笑，少主人轻轻拍拍她的背部安抚。

公主将他的手捉住放在胸前："水往低处流，走过的路从不回头，还有水无色无味也无情呀，哎……想多了哦，该说些开心的话给你听啰。"

少主人抽手整理着她的秀发："还记得我俩第一次相识合奏的那首《山水》吗？那里边的旋律中就有水为阴，山为阳，石与浪，土与涛，木与潮的哲理，重要的是人对江山二字的品韵。"

"上善若水，以柔克刚，百折不回，如今每当我一看到江河我就免不了心中一阵剧痛难过……"公主哽咽站起来瞭望着天际尽头。

少主人赶紧“嗖”的一下爬起来，扳过她的身子，呆盯着她的泪眼：“水是天上掉下来的，江河是千年万载自然的流淌，怎么又伤心起来？”雪花停住吃草，抬头“咴咴”几声，它也听到了哽咽声。

公主抬起头，双手搭在少主人肩上，神色凝重：“主、主啊，听我说，我们还包括鸟蛋、锁扣、燕鞭雨、陈辛烙、梅迁、张步青……”

她顿了顿：“都是没有父母陪伴之人，免不了孤苦……”少主人惊愕：“哎，没父母陪伴的太多太多啦，都是出了个魔头始皇帝，天下百姓都遭殃，也不是光我们……”

公主捏捏拍拍少主人的肩膀：“没有父亲肩上的宽厚，长到今天我找到了依靠。”

少主人：“那还用说，我也是，自从遇见了你，我觉得这世界阳光温暖，天天充实，时时快乐。”他忍不住亲吻一下她的脸庞。

公主双目炯炯有神：“我一万个听你的，你永远是我心中的主，我只求你能一件事上听我一次，而万万不能反悔。”

少主人高兴道：“别说一个，一万个听你的，君子一言驷马难追，难道大丈夫……”

公主捂住他的嘴：“真的？”

少主人挪开她的手：“真的，龟山之上，我若反悔，天打雷劈！”

少主人举起左手掌发誓之姿。公主毫不客气与其击掌，正准备说话，突然雪花长啸吼嘶，四蹄腾空，剧烈地拦阻着什么，如此异动，两人目光自然盯着想看个究竟，一个白色的精灵像捉迷藏似的左窜右跳。少主人：“啊，是一只白兔……哎不对……是一只狐狸……”

公主也扭头发出疑问：“哇，我怎么没看见呢？只看到白色的东西一闪。”这时雪花腾挪至远处。

两人掌心相对，并未离开，四目凝视，少主人高兴地期盼着她开口。公主美目含泪，嘴唇颤抖，几次想开口，却如鲠在喉。

“主，长江之水在我心中也有断流时，我憋得……慌……心里像万把……万把……钢刀……割肉……”

少主人收起笑容感到事态有些严重，公主很少像这样筛糠似的浑身失重，一定有过不去的坎，他紧搂着她的腰，防她瘫软在地：“仙，那么痛苦，就不说了行吗？哪有那么严重的话要……哪有那么严重……”他一急，也语无伦次。

公主强忍着波动的情绪：“主，因为我太……在乎你……所以……难受……”

少主人跟着热泪长流，一边思索着，这一次的眼泪与上几次诀别事故不同，是急着要看到心上人的症结，脑筋转动几十次找不到根由，只有在泪中释放困惑。

公主瞪着泪眼乞求：“主，你咬破我的舌头，给我留下一个伤口，每到吃饭时我就会想你。”

少主人一下子嚷起来：“仙，这一万个我做不到，你这是什魔附了体？好好的舌头，为什么要人咬啊……”

公主还是强硬地控制着：“主，我知道你做不到，心疼我……我自己咬，你把我舌尖上的血吸进你肚子里，让……”说罢，猛咬一口，鲜血顺嘴角溢出。

少主人来不及多想，他知道公主心里一定有什么大事要告诉自己。她的胆子小到打死一只蚊子的胆量都没有，她下如此决心破舌滴血，必有重大缘由，他凑上去用嘴深吸着她嘴角流出来的血，并吞进正在抽搐的喉咙直流进肚子里，公主含泪略显微笑，少许，公主镇静地自我站立，长吁一口气，少主人掏出她手帕帮她擦去嘴角上的血与脸上的泪，他等待她道出心声。

公主慢慢从激越的情绪中清醒，一字一句：”主，你太完美了，我要在你嘴唇上咬一口，留下一道伤疤，让你永生记得我。”还没等少主人反应过来，她突然猛地在他嘴唇上猛咬一口，痛得少主人：“啊！”血如泉涌，公主既暗喜又心痛，轻轻吮吸着鲜血，像龟石一线松润泽咽喉里的“话树”，好让“话”脱口而出，公主平静如初，少主人惊愕不已，瞪大眼睛似木雕一样看着她。

公主越来越从容：“主，我不能为你生江上桥、水中舟，因为上次灭阴蚁时正是女人经期，今生我永远做不了母亲……”

少主人突然拨云见日，茅塞顿开激动地拍着胸：“哎哟，我说是什么大事，吓得半死，不生江上桥、水中舟就不生呀，我讲了一千遍，只要你好，咱们做神仙夫妻，让烟柳镇人多生多育不就行了，行大善啦，到年迈时遁入斗笠山，去研探无字天书，半猜半悟，最后化蝶成仙……”

公主莞尔一笑，用舌头舔着刚被咬破的伤口止血消毒，又张开嘴让少主人用舌头舔自己舌上的伤口，止血后，公主拉着他的手向龟石前方踱步，她长吁一口气：“主，咱俩虽是落魄王侯之后，不是数典忘祖，也不报金科玉律，不结怨、不结仇，但是，战争已止息，人性重在繁衍，作为夫妻，一定要看到林萧云子孙绕膝，人丁兴旺，那是女人的天职。”

少主人抓住她的两手放至胸前：“楚国封地三十里到八百里到三千里江山，一夜郢城破，灰飞烟灭，夜夜梦魇，千年田地八百主，世事轮回，变化无常，唯真情永系，千金难买，传家有后当然是好，可比起你我相知相爱，心地纯真，一切都是渺小、俗不可耐。”

公主深情：“我更有福，能得到主的如此表白，此生无悔，刚才你答应我的要求，是一言既出驷马难追，我要你答应我再娶一位像对待我一样的妾，为你为我为熊氏生儿育女，传宗接代，我想这也是你的父母、师叔，还有去仙岛为始皇帝求长生不老药的那位生死未卜的同胞哥哥的夙愿。”

少主人面有难色：“这……这……”公主突然严肃庄重道：“男子汉大丈夫，切忌过分儿女情长，天地间，不论富与穷、贵与贱，传后为大，传后为善，我痴情而不傻，我深爱着你，这是我最希望送上的祝福，求你答应我！”

公主凤目如火逼得少主人两眼无处躲藏。“答应我！”公主的声音更加严厉，不容有任何的解释，少主人面色苍白，受伤的嘴唇不停地嚅动着，出声极其为难。

公主由火转怒：“我如此赤诚之心，你若食言，我将极为难过失望，活着灵魂不得安宁，那我只有结束生命，跳悬崖而解脱。”说罢向岩石旁冲过去。

急得少主人双膝跪下：“我答应你！”声嘶力竭的呼喊声惊得雪

花飞奔而来，那白色的小精灵在远处带来一只银公狐和三只小银狐。石尖上昂头鸣叫，和着喊声如哭似唱。

两人好奇地一起扭头观望着。“啊，猜不透的征兆。”

深秋，龟山下面农夫在闷土粪堆，野火如霞，凉风爽爽，长江、汉江汇合处，波光粼粼，残阳如血，少主人、公主久久遥望着远方，相互沉默不语。

雪花催着下山，又在嘶鸣，不停抬蹄试着走几步，一看主人无动于衷，又掉回头甩尾嘶鸣，不停地重复着，直到公主牵着少主人的手向下走，雪花才兴奋地一边踩踏泥土、木渣、杂草引路，一边警惕四周动静，马通人性，可爱可赞。

走了几步，公主回望着少主人嘴唇，柔身问：“痛吗？”

少主人指左胸口：“痛错了地方。”

公主俏皮地回敬：“小男孩，你还未长大，别恨我。”

少主人不满地抄到她的前面蹲下：“驮你下去，有上有下。”

公主用双手爬在他的肩上：“承受之重，一风吹醒。”少主人背着她回头认真地说：“那你也答应我。”

“嗯？”公主哼了一声，不正面回应。

少主人：“娶一位满脸麻子丑婆娘……”

公主还没等他说完就啧啧：“一千个不答应，一定找一位像我这样的做江上桥、水中舟的娘。”顺手在他腋下一挠，痒得少主人嘿嘿一笑，险些摔倒，短暂的僵局打破，重归于好。

晚餐，牛郡尉迟来一步，征粮之累，有些倦怠，他害怕看到那些一批批骨瘦如柴的农夫，悲泪盈盈，有的拖儿带女送粮，一粒粒金黄的谷子筛选得干干净净，种田人自已往往是半饥半饿，半菜半糠充饥，他们如此勤力躬耕，还饿肚皮，为什么？因为他们大多数没有土地，土地已成了战利品，都封赏给打仗大小功臣，他经常想不明白：“怎么种田人都没土地？”

黄昏还有余光，牛郡尉未脱下官服就匆匆忙忙赶到前宴厅，一阵风跟着他游进屋内，他还未坐下就嚷嚷：“别等我，别等我，来来，快吃快吃，真是肚子饿瘪了，菜闲着……”

一坐下还是给少主人夹菜，满满堆着，自己也饿了，毫不客气地吃掉几大块肥肉，缓过饿劲后，接过侍从的酒，自喝自饮，打了几个饱嗝后："儿子，走驰道快很多，向八已把公文都办好，明天车把上换插上南郡郡尉旗，往西北走，会越走越冷，斗篷都准备了。"

少主人给他斟上酒一边："谢谢义父这么忙还为我操心。"

牛郡尉看着公主和鸟蛋略一思忖："要不让他俩在府中等待，你轻车简从，速去速来，利索。"

鸟蛋嘴里正含着一块肉，一听要留下，急得吞不下，干脆吐在碗里："哎，哎，那可不行，我可要去咸阳见世面，看把戏，别……别……出馊主意……"

牛郡尉见顽童无忌无虑，顺滑可爱，逗他一阵哈哈大笑，连干三杯酒助趣。

少主人忙着解释："都想看看繁华，一路也多些谈趣不孤寂……"

牛郡尉："哈哈，我小时候也一样，总喜欢热闹，凡有点事什么的，哈哈，成群结队，出秦关时我带了五十一个兄弟，现在就剩下七位了，向八当年就比他（指着鸟蛋）大不了多少，吵着要一起打仗，挣功名……热闹……哈哈……那就你们一起热热闹闹……"

突然他一瞪眼："不过，你们这一摞子走比较打眼，西北地贫瘠而民风彪悍，一路风霜，防寒、防病、防劫，事事多个心眼噢。"

鸟蛋："有我在，谁怕谁，弟兄嘛为患难而生，南飞北归，无惧人间是非……"他咬文嚼字，仿学究形姿，令人捧腹。

公主在众人笑中问："又是洞爷说的？"

鸟蛋晃晃伤手："向八叔说的，止痛着呢……"

牛郡尉更高兴哈哈大笑，几乎笑出眼泪，自斟自饮三大杯："啊，本事，现剽现卖……哈哈……人小鬼大……哈哈哈……"

皇家驰道，大多数是在原来楚国驿道、秦国驿道的基础上拓宽而成（巴国、蜀国已被秦吞并），许多地方正在修建驿站供官方使者栖住，驿站其实最重要的是提供优良的马匹，特别是在战时，始皇帝在攻打一个国家之前，首先第一要务就是修驰道，许多驰道从规划到具体施工，他都亲自过问。驰道是加快进攻速度、兵源前赴后继的保障，一名士兵打仗后面就有五位军士民夫支持粮草、刀械、医治、服装、盔甲等。

王翦、蒙恬两位战神，乃始皇帝左肩右膀，而两位作战胜利，一是归功于商鞅制定的《律典》即论功封官嘉赏，激发每一位军士好战激情，秦国所到之处，气势如虹，人人奋勇，以一当十，割头立功，二是两位将领都擅长夜战，隐蔽军力，出其不意，兵从天降，驰道功不可没，亦如“畏秦军如虎，怯秦国神速”。

入驰道递交南郡府文书，虎符军旗在马车顶上飘扬，猎猎作响，越向北走，越觉得有些荒凉，没有战时的澎湃，人喧马叫，偶尔行至三五里才有些信使飞驰而过，信使分三级（战时分五级）：一等信使穿红衣背挎红色军符袋，换马不换人，一般都是始皇帝用；二等信使着黄衣，负责传达人事安排，押解粮钱；三等信使，是皇亲国戚、富商巨贾用，还负责犯人押送等。

道宽人稀，鸟蛋非常惬意，一路上他缠着任子宴比试马技，还不时与对面信使或官人、商人会面时暗中抽出左马刀，“嗖”地削割人家马尾巴，好几次有人回头索要“马尾巴”，大多是任子宴赔钱作罢。

行至南阳郡樊城界，丘陵岗地较多，在一个长下坡时，后面突然奔来二十多匹骏马，速度奇快，肖远将辕车向右靠，有避让之意，可是一群人并没有超越，而是一齐甩鞭吆喝，惊得辕马放蹄狂奔，单马下坡太快易失蹄，双马驾辕车马匹受惊极有翻车危险，肖远不敢拉闸喝马减速，昔日王宫驭手经验丰富地迅速飞快转舵，规避坑石，口里轻声哨唤，稳定双马情绪，同时任子宴一看势头不对，纵马取鞭一连串“辣椒炮”震得追马耳朵直摇，慌忙靠边躲避，鸟蛋一声童啸：“邪了！”他用右手伤掌穿进马镫用手臂悬吊在马肚上，左手抽刀“旋风扫地”，一匹马断蹄摔出几丈远，骑手晕死在地，一匹马被削了嘴，成了没“嘴”之马，鲜血喷流，剧痛中摔下骑手，冲出驰道，往田野里惊逃。

鸟蛋开心大笑着，得意忘形，欲借蹬鞍摆荡之力翻身至马背上。

“大胆！”一匹枣红马飞跃而来，快如闪电，娇叱声刚传到耳朵，白光一闪，剑尖已挑断鞍镫绳。

鸟蛋猝不及防："哎呀，不好！"一下子跌落在地上，险被奔马后蹄踏中，他一个"泥鳅打滚"避开，后面十几只铁蹄从他身上奔来，卷起滚滚黄沙，使他睁不开眼，他只有凭着触碰的风力，闭上眼睛，几个翻身躲避，跃身驰道边沿，他边躲边骂，吃了一嘴泥土，站起来边吐沙边揉眼，窝了一肚子火，正要破口大骂，看到远处少主人的辕车已停下，任子宴已擒住他的马，少主人开车门翻身跃上马背，手持重箫，往回追赶，怕伤着鸟蛋，上前遏止那一群挑衅闹事的马队，同时示意任子宴、肖远、包一和护住车辆。

一群人马围逼着鸟蛋，还有四五个去抬着摔晕的两位骑手，还有从"无嘴马"滚落坐在地上号叫的人，大概是折断了腿，一时场面气氛极为紧张，砍断两条马蹄，削掉一张马嘴事小，若摔死两个人可有大麻烦，还有那个坐在地上起不来的可不好办。

"给我跪下！"刚才挑断马镫的骑手，披着华丽的斗篷右手持剑，气势汹汹。

鸟蛋从不服硬，左手握住马刀，右伤手托在胸前："我踩你尾巴啦！"

一众随从都瞪着好奇的眼睛上下打量着这个左手握刀的儿童，毫无惧色，出言顶撞自己无人敢龇牙的主人："我喊一二三，再不跪下，我就割下你的小狗头。"

鸟蛋蹦起来："放肆，我的头，不是韭菜！"说罢，纵身跃起，左手挥刀，直刺马腹，那枣红马惊得猛向后退，马主也没料到这顽童如此胆大包天，明明领教了自己"飞马挑镫"的身手，竟还敢主动攻击胯下坐骑，一探身"海底捞月"咔嚓、咔嚓、咔嚓寒光闪动，没等鸟蛋反应过来，手中的小马刀已被截成三节，鸟蛋大吃一惊，这剑怎么与少主人的拐杖剑一样削铁如泥，天下如此利器到底还有多少？

丢了心爱的礼物，怒从心头起，初生牛犊不怕虎，他一声吼叫，声音带着哭腔："赔我的刀！"

手一扬亮出绝活"剪刀叉"，却如同苍蝇碰壁被弹回，那人穿了铜丝裤裆，他岂愿服输，就地一滚，跃身射出"透骨封喉针"一边还高喊："滚下来！"不料那人手奇快，竟然抓住飞针，反手一扬射中鸟蛋右膝盖，立即单腿跪在地上，由于那针钻进骨骼缝内，顷刻痛得鸟蛋就地打滚，呼天喊地，这一来一往只在瞬间。少主人翻身下马，心痛地抱起鸟蛋，又怕弄痛他的伤手，用右腿伸直他的右膝盖，运气一喝，一推一拉飞针被吸出，鸟蛋瘸着站起来，那人也下了马，提着剑向他走过来。

鸟蛋有所忌惮，急忙躲在少主人身后，小声怯怯道："哥哥，那剑与你的拐杖剑一样厉害……啊……哎哟……痛死我啰……"他指一下向八送的小马刀，断成三截在地上，少主人也看了几眼，又盯那人走来。

来者不善，善者不来，此时讲什么都是竹篮打水，只得靠武力代言，少主人侧身低头，静观其变。那人斗篷包裹着全身，三角形篷帽遮掩半边脸："闪开！"一声娇叱，冷剑如风，直取躲在身后的鸟蛋咽喉。少主人不退反进，避开锋芒，箫头重顶他左胸，那人势猛前冲。一般应对剑的攻击的招式是格挡，一格挡，他利用削铁如泥的剑锋，瞬间砍断对方手中兵器，削断其手指，让对手丧失战斗力，束手就擒，而且在武德上是对手撞上他的兵器，对手理亏一截，一般如此云端式剑手，即使断臂也不会失态哀鸣，都愿苦苦撑着，绝不求饶。不想高手不退反进。

少主人纹丝不动站立，等待下一波攻击，少许，对手连续吸吮吐纳几口气，丧心病狂地刺、劈、挑、削、扫，一串"银蟒吐信"招招狠毒，直奔要害，速度奇快，令人眼花缭乱，银光闪动，卷起道道阴光，少主人丝毫不敢大意，檀箫拖、推、揉、抹，脚步更是灵活多变，闪展腾挪之间，抓住一丝对手回剑空隙，他快速抽箫又一次直击对手左胸，刚刚余痛未消，特别忌惮，急护旧伤，就在此时，少主人攻左胸是诈，一声虎啸："着！"八步赶蟾绝技，跃向空中，敛气冲开任督二脉，聚千钧之力于箫尖，如蛇之牙、豹之爪，精准击中对手手腕处大陵、内关、间使三穴，致使血阻于命门。瞬时手掌劳宫穴麻木，利剑脱手飞向天空。少主人巧妙用箫接住，对手被惊吓出一身冷汗，连退三步，众人护主，面面相觑，只有鸟蛋高兴得连蹦带跳：

"哈哈，开心死啦，不知天高地厚，耍横挑衅，你这只疯猫看到蛇尾以为是老鼠尾巴，呵呵，天外有天，你不知深浅，撞到江心大硬石头啦，我哥哥还有狠招没放出来，还不跪在地上，抬头看看天有多高，地有多厚，掏出良心尺量量……"少主人制止鸟蛋喧闹，将剑柄一挑飞了过去，对手怯意地接住，看看左右，一挥手立住，要面子似的摆出决斗架势。

少主人平心静气："这位少侠，承让，不知何处得罪，万望指正。"

对手惶恐而又怨气横生："轻巧，你那顽童砍断我两条马蹄，削掉一马嘴，二死一伤，岂止是得罪，是杀人，一命抵一命！"

鸟蛋宣泄似的跳起来："放屁……是……"被少主人厉声喝住，沮丧地站在一边，不服气地一个劲鼓嘴嗤唇。

少主人："皇家驰道，我等赴咸阳宫急办公务，长坡险段，你等挑衅凶逼，惊我辕马，险些车翻人亡，我家顽童稚意未脱，万不该一时意气之怒，伤了贵少侠人马，心怀歉意，望盼能赔赏钱财，息君之怒火。"

那人觉得有些意外，望望远处，南郡虎狼军旗在车顶上飘扬，又看看少主人英气逼人模样，壮胆上前一步："我等看到你的驭手驾车技能如此高超，爱马之人，路途寂寞，奔驰中只想热闹热闹，不想这无头小鬼，下如此重手……"

少主人上前一步施礼："请少侠恕罪，是我疏于管教，酿此大祸……"

还未说完，突然听到对手极为滋美地发出一串银铃般的哈哈大笑的声音，那笑声发自内心，丝毫没有卖弄或装饰，爽朗中显露一股霸气："什么大祸，小菜一碟，今天算我人生第一次倒霉认栽，我记住了这笔账，后会有期。"

说罢翻身上马："走！"众马奋蹄，尘土飞扬，一件件斗篷逆风鼓胀，像是滚滚黄沙中的移动花瓣，掠过辕马车时，突然一只锃亮新马镫从马群中飞上天空，精准地将辕车上旗帜砸掉，惊得站在旁边的胖子厨师包一和面如土色。

少主人将鸟蛋放在马前来到车旁，公主下车让任子宴换上新的南郡衙门虎狼旗帜，安排大家喝点水，吃点便食，压压惊，肖远拿起马镫为鸟蛋换上，大家默默无语，继续上路。

原来计划从江陵到汉中郡西城县直奔青铜关，有驿站人告诉说，此路多处路桥被水冲垮，所以现在改道经房陵、柞水、山阳至青铜关。

进入山区，奇峰突兀，绝壁连环，道路蜿蜒起伏，行进自然艰难，遇上坡时，少主人大多数下来步行推车，鸟蛋的马也挂上长绳系在车把上，帮助牵拉，任子宴驾辕车，肖远、包一和下马推车，行进虽然缓慢，但配合相当默契，胖子包一和一推车一出力就习惯放一两个响屁，逗得大家咯咯笑个不停，时而笑得车停在陡坡上，任子宴急得扬鞭吆喝："不能松劲，危险，一二三，上！"多数此时包一和定会摔了个嘴啃泥。

山高地少，百姓生活清苦，自古以高粱、玉米、红薯等杂粮为主食，近年劳役抽丁，税费上升，锅里清汤寡水，兜里干干净净，民不聊生的大势逼到深山每一个村村寨寨。

幸好张步青多次往返咸阳宫有经验，做了细致安排，厨师包一和在这穷乡僻壤，不毛之地，得以大显身手。通常七八天没有驿站，就在桥下或河边做饭夜宿。包一和带了连钩鱼线，特制的鱼饵，一放进就近深潭里，那些野山孤潭里的鱼，从未嗅到如此诱惑的香气，不一会儿大小十几条清纯鱼儿上钩，一提一拉，活蹦乱跳的鱼儿成了鲜嫩无比佳肴，吃鱼肉，喝鱼汤补充体力，吃野菜消毒排胀，自带的米与当地红薯杂焖，香气馋人脾胃，随车的佐料与高山尖椒辣的鸟蛋每次吃得满头大汗，直呼过瘾。

贫瘠之地，包一和的厨艺俘获人胃，悬崖峭立，山高皇帝远的边陲小镇也能富裕一行之人，"喝西北风"都是别人的事情。

凡是野外宿营，都是少主人与公主守夜值更，披上厚厚斗篷，时而依偎，时而踱步，时而仰望银河璀璨，浩瀚星云，心上人不管走到天涯海角还是深山老林，夜从来不长不寂，手牵着手，走近辕车听听任子宴、肖远、包一和、鸟蛋传出节奏的鼾声，稍远，听听马吃夜草的“吭嘶吭嘶”音响，静夜之下，有情人的甜醉时分。

长鞭立处便是马的家，任子宴卸下马鞍、缰绳让它们自由觅食，大多溪河两边草茂芽嫩，也是远来牲畜的口福，可谓“马无夜草不肥”。

晨曦中醒来，到暮色苍茫夜宿，行万里路，读万里书，鸟蛋似乎长大了很多，右手伤口愈合，时而在马上冥想天外有天人外有人的道理，抽出马刀比画，回忆左马刀被那人截成三段，反手能捉住自己射出的飞针，还伤到骨髓深处的情景：“那个痛啊，才真叫是痛。”自己闯了祸少主人成功化解，并没有责怪，而是谆谆教导：“发脾气是本能，控制脾气是本领。”“与智者为伍，与善者同行。”“忍住一时之气，避免百日之忧。”慢慢品悟着“心宽一尺，路宽一丈”的道理，经常喃喃自语：“揣着明白装糊涂，就算高人不是，赔钱赚吆喝算不算坏账？”一脑子疑问，在一路长道上留下无数问号。没错，人是折腾大的。

房陵在西周以前曾是一个小小的国家，还出过帝王，“帝子丹朱避舜于房陵。舜让弗克，遂封于房，是为房子国”（房国是有记录历史以来最早的部落方国）。因“纵横千里，山林四塞，其固高陵，如有房屋”得名，除了山还是山，除了林还是林，与神农架毗邻。

自古大小统治者，都乃筑城而居，垒土为安，房陵辖区之首府叫梁州城，梁州城不大却屯满高粱亦为食亦酿酒，当时称“皇酒”，后来普称“黄酒”，七分高粱二分玉米一分果酵，加之山泉水纯，此黄酒其颜色黄淡剔透、清澈，味醇香溢，御寒祛湿，高山人“心晃晃，意飘飘，喝醉穷富一般高，无尝脖子架着刀”的至爱。

梁州城，四周群山环抱，悬崖陡峭，云雾缭绕，昼短夜长，太阳溜下山，却很难见到夕阳，傍晚就来了。少主人一行来到梁州城下，鸟蛋见到远处有些人家，童趣喜欢热闹喧杂，催马前往。刚到城门处，一小男孩衣衫褴褛一手举着住宿招牌，一手拉着迎风飘挂的破衣遮住肚皮，鼻涕一抽一缩，如同拉风箱高喊着：“住宿、住宿！”

大胆上前拉住马缰：“河头棚住宿，河头棚住宿，有一百五十年魔麻芋花下黄酒，住宿便宜……”

鸟蛋神气地看着小男孩有几分好感，似乎已找到了玩伴：“什么一百五十年？”

小男孩拎着缰绳背诵：“魔麻芋花，一百五十年一开花，红甲虫传粉，配着黄酒喝了，金枪不倒……”

鸟蛋：“什么金枪不倒？”那男孩扑哧一笑：“不知道。”

鸟蛋摆出一副来头不小的架势：“不知道，还介绍。”

小男孩：“教的白。”远处有老有少拿着住宿牌的一起哄笑。

“抢客，问住啰。”“卡啰，卡壳啰。”“报应。”小男孩低着头有些尴尬，鸟蛋反而更疼爱他：“喂，叫啥名？”

小男孩高兴地又有些绝处逢生的感觉：“我叫木耳！”

一高兴，声音响亮，二条大绿色鼻涕“呲溜”掉在地上，鸟蛋毫不介意，“咱原来也这样”，揽生意乃老本行，更觉得感同身受：“木耳？”

男孩紧紧拉着马缰套近乎：“鸟蛋哥……”

鸟蛋瞪起双眼，腰一挺：“叫我何大人，不叫鸟蛋。”

小男孩不好意思地解释，一笑滑溜地改口：“啊，何大人，何大人，大大人，我娘在山上拾木耳生下了我，又用装木耳的篓背回来，弄得我浑身都是木耳，所以就叫我木耳……”

鸟蛋觉得很有趣，自己是树窝上掏的蛋，他是山上的木耳，都是“野生的”。“你几岁？”“十二岁半。”小男孩算数似的举起手，做一个右手“十二”、左手“五”（代表“半”字）的动作，做完又赶快拉住马缰，望远处那群拉客的同伴，怕煮熟的鸭子飞走了。

鸟蛋喜欢刨根问底：“那你娘和爹呢？开宿店？”

小男孩有些难过木然地回答：“我娘背我上山拾木耳，她喂了熊，留下了我，有村里人把我找到的，快饿死的时候捡回来的，我爹被抓去建皇帝墓……”

鸟蛋：“咸阳宫那边？”

小男孩点点头：“我爹是巫师，算卦、看墓……”鸟蛋叹了口气：“巫师，怎么没算到你娘大凶，被熊吃了……”

小男孩虔诚地瞪着大眼睛抬头望着他摇摇头：“不晓得。”

鸟蛋看到身后车马停着，他朝任子宴笑一笑："住宿的找到啦。"

回头俯身："木耳，带路！"

身子一挺，木耳欢天喜地，手还是轻轻攥着马缰，边走边跳："谢何大人，包你高兴。"

名曰梁州城，实为偏僻山区小镇，街上没有多嘈杂，比乡村富裕，多为木楼上盖着黑瓦，大户人家挂着红灯笼内面放着蜡烛，通红通红，随风摆动，添了生机、几分喜庆，木耳踮着脚尖走，个头太矮牵马缰的手一刻也舍不得松开，赤着脚高兴地舞动破衣飘布边走边唱："静静地摇，轻轻地摆，灌了黄酒别发呆，今天赊账，后天还来。"拉到生意，不挨饿，很有成就感，童心得意，一切都灿烂。车内少主人与公主在窗里望见，跟着喜悦，相视而笑，祈福鸟蛋千里之外有了玩伴。

魔麻芋花酒店，坐落在由东向西的尽头桥边，由一片高地改建而成，属于"屋小院大"种类，二层木结构楼拐弯处丁字型厨房，马厩房、草料房齐备，住客多为辕车客户，下面溪流潺潺，对岸还有一小瀑布悬挂，蔚为壮观，四周古木参天，风光旖旎，屋顶都是茅草盖成，可能是经济拮据，来不及铺上黑瓦。难怪木耳拉客如此卖力，新店地偏，不易揽客，男主人原来是猎户，意外采到山中一百五十年一开花的"魔麻芋花"作为招客的诱饵。这种物品放在黄酒里浸泡后，酒力据说对某种功能作用极为强大，也无人现身说法，只是渲染溢美传说而已。

院子里已停有二三台辕马车，任子宴习惯靠边停下，众人上二楼，要了二间房，洗漱完毕，下去一楼用餐。鸟蛋本要和木耳一起吃饭，奈何少主人看到老板娘塞了两个红薯一个玉米饼给他，开了后门："滚到桥下去。"把他撵走。少主人觉得这样对待木耳，心里略感亏欠，人生地不熟各有各的规矩，也就不往心里去了。有两个红薯一个饼不挨饿足矣。

任子宴给足一倍半的钱，老板娘笑得合不拢嘴连声尊称"财神，稀客"。包一和焖了米饭，猪油炒了店里野鸡肉及野菜，老板娘特意选了两坛上乘黄酒，众人好久没有吃到如此可口的饭菜，包一和嗜酒如命，加之近日车马劳顿，一坛酒一饮而尽，恨不得一醉方休。任子宴知道他的酒量也没劝阻，因为临走时张步青苦口婆心一再叮嘱一路上绝不能醉酒误事。饭后各自上楼，包一和一人还在“残酒未醒”也不好阻他酒兴，他对任子宴主动说：“先上去……我等会……到河边吹吹……凉风……就醒酒了……”

任子宴：“那我等会到河边找你。”

包一和大手一挥：“不用，黄酒属土酒，不醉，走走，就上……哈……”

少主人与公主凭窗对坐，望着窗外，品着茶，好久没有如此惬意过，深山风景，远处水声涛声，自然喧闹，人声静谧，动静之间，溢出玄意，天地造化，人间几处屋檐窗下……

少主人：“人说北方水硬，沏茶三分渍。这里的水与巫山一样清澈，茶水略含三分甜意……”他一边品茶一边回味。

公主望着外面，心生诗意：“陡峭岩石与深山泉水共舞，黑白婉约，远胜五彩缤飞，斗笠山的景色与这里的美应该是同源一脉，可惜没上过斗笠山，没见过一帛岩，没读过无字天书。”

少主人：“应该是，咱们化蝶成仙的地方，可能比这里更美。”

还没说完，鸟蛋闯了进来：“哥哥，很怪，我太有名啦。我没来过这里，怎么木耳叫我鸟蛋哥，我真的长得像个鸟的蛋啦？”

他自己自我打量自言自语：“又没写着鸟蛋两个字……怪……”

少主人像被电击一样猛地站起：“没遇到不等于没有……”他突然想起张步青几次欲言又止的情景，对鸟蛋说，“你回去悄悄地躺下，三更过后，约肖远、包一和一起开后门，不要弄出声响，不要被任何人发现，到任子宴车上静候。”

鸟蛋有些紧张：“又要发生什么灾呀……”少主人：“别多问，照着做。”鸟蛋轻轻退出去，进了自己的房间关上门熄了灯。

夜，万籁俱静，弯弯月亮藏入云层，高山地域星星似比平原稀少，伸手不见五指。少主人牵着公主的手背着随身包袱，蹑手蹑脚，凭着白天的记忆摸到后门，刚要拉闩，手部被另一只手抓住，惊得少主人几乎跳起来，公主在后面：“哦！”

捂嘴消声：“是我，鸟蛋。”一场虚惊，肖远已去车上，鸟蛋等在这里，他习惯夜路。

少主人将箫一端递给他，三人互牵着一探一挪走着，少主人出门时略停留少许，静听一楼住客没有鼾声，他更坚定：“今夜必有事。”

都上到辕车上，就差包一和，任子宴本已去河边转了一小圈，天太黑，陌生地方没找着就回到车上，大家凝神静气等待天明。两个时辰后，应该是刚接五更天气，山风乍起，有几个黑影在晃动，突然四周火星闪耀，迅速燃烧，有一股木子油味传出，瞬间火势蔓延屋顶，火借风势，木屋茅草滚起一个大火球，似乎听到里面有人呼救二声，很快被大火吞没，烈焰蹿空，越烧越猛，有几户人家推开窗户看看，一会儿又关上窗，偏僻的小酒店，不会殃及邻户，山区人见祸不太围观，明哲保身、事不关己已是大福，更怕惹火烧身。

大火把黑天熏染得红酱般的透亮，十几个蒙面黑衣人半蹭着朝辕车后退，两辆车已钻进几个人，后面三个人没上车，另外三五人去牵马，站在车旁的三个人显得有些惊慌，摘下面罩布，其中一个略老，五十出头，中等个，背略驼，问：“三秋，应该烧死了吧？”

叫三秋的人较壮实，左脸有一块圆形疤：“火这么猛，铁身子也会烧红。”

任子宴隔着窗户听到熟悉的声音，定眼认出：“啊，是吕总掌柜的人，韦言山，三秋，邱宁成。”

少主人并不认识，吃惊到胃，瞬间感觉到事情的严重性，一声怒吼推开车门：“把他们抓起来！”

任子宴、肖远、鸟蛋冲了出去，鸟蛋一看公主还在车上，返身照顾她下来，送至少主人身边。

那三人听到旁边车里突然冲出来人，借着火光认出任子宴，肖远，猜出那英俊少年便是少主人，一下瘫软跪在地上，六魂已吓掉了五魂，磕头如捣蒜：“少主人饶命，少主人开恩……是总掌柜……让我们……等在这里……”任子宴一鞭打在韦言山脸上：“我们要是走江陵呢？”

韦言山显然是此事件的头目：“那边早有人……这边是让我们双保险……”

任子宴：“来了多少人？”

韦言山鼻子里流着鼻涕，他还有一个外号叫“鼻子客”：“连我们三人一共十二人，请了九人是樊口‘龙狮会’的。”

那九个人是打手，有些武功，一见三人跪着，就知道事情败露，三五个人牵着马，四个人抽出刀僵在那里。

任子宴大喝：“滚过来，跪下！”

那几个互相看看没人向前，同时他们也是杀人越货，无恶不作之徒，一看任子宴、肖远像个人样，少主人如此书生，还有一个小儿童，根本不放在眼里，在樊口出发时，总舵主就介绍过少主人武功高强，但是僵在这里，直观少主人并没有那么可怕，不见棺材不掉泪，吃江湖饭长大的当然不肯就范，其中一个五大三粗壮汉：“你给我跪下，老子一辈子没跪过！”

其他也有二人壮着胆站出来挥着刀：“韦言山，火放了，乌龟没烧死，不关我们的事，按规矩，分一半钱给我们，走人。”

一提钱那九个“龙狮会”的心齐胆壮：“三十秦半两，少一个子老子就砍你的狗头。”

任子宴大喝一声：“住口，看看这里站着是谁，全给我跪下。”那九人开始发飙：“哈，哈，笑话！”

“长得体面，嘿嘿，咱们是吃刀口饭的，认钱不认人……”说着提刀探步围了过来。

乌蛋早就不耐烦一声喊：“我喊一二三，有本事不跪的无头成仙！”

九位杀手看着乌蛋，听话来路不凡，看人一小捣蛋，都站着不动，运气壮腿挺胸，想看看这顽童戏耍。

乌蛋声音更响亮更自信：“一、二、三！”

故意拖慢三，空气一下凝住，那跪在地上的韦言山、三秋、邱宁成也扭头观看。

鸟蛋突然疾风般一个飞跃，右手一扬。

“哎哟，哎哟，痛死我啦！”

“饶命……饶一命。”

“哎哟，小祖宗……救命……”哀号一片，九位杀手抱着腿痛得如同陀螺遍地打滚。

也吓得跪着的三人浑身筛糠似的颤抖，心中唠叨：“还是楚府中有高人啊……”

鸟蛋冷眼看着刚才还不可一世的杀手，满地乱滚哀号的狼狈样，比舞台演出的因果循环折子戏还真实，他旋转着脚步，一股气聚丹田，一声呵斥：“起！”一位杀手顿时如释重负，他战战兢兢从地上站起来，接着第二至第九个依次筛糠似的摆成一列，凶神恶煞的脸，变得汗泪涕沙血混合模糊不清。

刀兵相见勇者胜，技惊四座要本领，任子宴、肖远被眼前一幕折服，少主人心疑：“这罡斗取针内功，怎么一夜修成？”

公主暗中赞许：“乾坤颠倒，黑白混淆的年代，恶人只能被恶人磨，苦练的功夫，平冤的利器。”

鸟蛋懒洋洋擦拭着右手紧握的马刀自言自语：“英雄不问出处，善恶刀刃间。”

随着五更寒风袭来，火光渐弱，白光闪过：“呀……”九杀手中一人头滚到跪着的韦言山、三秋、邱宁成的面前，三人已吓得丢魂落魄。这几十天一起谈论杀人放火领赏的那张熟悉面孔，滚到自己的面前眨着眼，慢慢闭上，先走一步。

鸟蛋怒气升腾，心胸剧烈起伏，举起刀。“放下，真错不在于他们，这帮狗仔只是跑路贪财的帮凶。”

鸟蛋听到是少主人的声音，即刻放下举起的马刀，缓缓长吁一口气，额头在火焰闪耀下，渗出一层汗珠：“统统给爷站好。”

那跪着的三人不知跪好还是站好，面面相觑，鸟蛋补上一句：“滚起来！”

那三人像领了赏，站着总比跪着有尊严一些，迅速爬到那八人右手边站着，韦言山碰巧踩在刚才被砍头的尸体上，他年龄略大，形体猥琐懦弱，一个踉跄摔倒，嘴巴刚好啃在死尸的脖子上，爬起来满嘴是血还装腔作势地站得笔直笔直，生怕行为出了半点纰漏，求存压倒一切。

乌蛋咬咬嘴唇："人在做，天在看，谋财害命，杀人放火，良心到底值多少钱？"

他逼视着，那十一个人抢着答，嘈杂一片，"值很多钱""无价""三袋子秦半两"……

乌蛋发令："错，良心不值半文钱！"

十一人齐声："错，良心不值半文钱。"

乌蛋手指渐渐熄灭的大火："去找出死者尸体，搬到这里来免死。"

韦言山听得最清楚，理解最到位，想不死的动物本能使他转身就往火灾屋里跑，心一急又踩在死尸上，嘴又一次吻上脖子，一切都顾不上，爬起来就跑，十人中有三人已转身，其他人愣了一下，明白后争先恐后冲入火坑找尸体，他们拨开残柱、家什，脚上都穿的是放火时特意配的厚重防火鞋，不一会儿，"魔麻芋花"老板娘夫妇被抬出来，四人一组，八人都各自抱一只手脚，都想立功，小心翼翼放在地上。尸体面目全非，形同焦炭，老板娘手中紧拽的钱匣子一放在地上，几个秦半两滚了出来，烧变形了，字迹模糊不清，爱财如命，死有余辜。

不愿看到的也来了，韦言山表功似的抱着死者两条胖大腿，头钻在两胯之间，后面三秋与邱宁成一人一边扛着胳膊抱着腰，又重又沉走得步履蹒跚，越来越近，尸体左手腕上已看清晃动的金链子，大肚皮鼓胀得老高老高，像一座移动的大尿包山。看清了那少有的体型，熟悉的金手链，任子宴自责地一声哭喊："包一和！"扑了上去，那三人慌忙放下，韦言山一个转身踉跄倒在包一和大肚皮上，重重一压，昨夜两坛酒在烧透的肚皮里一激荡，喷出一道酒柱洒了三个人一身，一阵热灼的酒香，混入寒风纷纷飘扬。

任子宴的哭喊，扑倒在包一和身上，肖远跟过去潸然泪下，三人自小在楚宫长大，跟随父辈学艺，又一起战乱中跟师叔到樊口，此次远行，万没想到就此永别。少主人、公主手越握越紧，看到包一和被烧得面目全非，看到任子宴哭得捶胸顿足：“我怎么没在……河……边找到……你……”二人痛彻心扉，默然泪奔。

鸟蛋痛心疾首，断牙咬破下唇一声怒吼：“统统都过来，该还孽债的时候了！”

十一人怯怯兢兢，站起来。

鸟蛋用马刀尖一个个敲点着他的鼻子：“放火烧死三人，你们选出三人偿命……”

三秋、邱宁成一把揪住韦言山：“是他要我们来的，是他出的馊主意，酒里放了‘酒醉花’……”

鸟蛋用脚尖挑起一把刀抛了过去，三秋接住：“跟你走，倒霉运，也让你做无头鬼。”

韦言山怒目：“反了，你敢杀我……”三秋手起刀落，韦言山倒下，头滚到旁边水沟里。

鸟蛋将三秋、邱宁成叫过来：“趁你俩耳朵清醒，把话带回去，让张步青接替总掌柜，吕掌柜吃里爬外，恩将仇报，他要跑那就是找死，他若知罪那就免死，你们俩属疯狗帮凶，不惩不平我心中怒火，对不起冤魂，过来作个纪念，冤死三人你们俩也有份，一人断其三指，一人赐一匹马回烟柳镇狻猊岗报信。”

马刀一闪，六根指头落地：“滚！”二人也不知痛，神经此时已经紧张到极点，掉三指比掉头好过一百倍、一千倍，听到给马，觉得太给面子，举着流血的残手，爬上马鞍恨娘少生两条腿，忘了道谢，更不敢多看一眼，夹腿飞马逃离这生死是非之地，没分到钱，保住头已是最大的赚“头”啊。

八杀手扭住了“先点火”“先泼油”的两位，黑道规矩“先”字为头首，分赃占两份。福没沾上祸得扛，鸟蛋脚下寻着两把刀挑抛过去，那两个杀手倒是敬业的汉子，一个说“认了！”一个说“栽了！”双目一闭，仰脖朝天，“咔嚓！”两头落地如球滚到一起还互相看了一眼，一个闭上，一个瞪着。一起为钱来，到头来这“头”也太不值钱了。

鸟蛋蔑视地用手招来六位："杀人越货，无恶不作，钱人人爱，想快钱、想大钱，这路上有人慢慢帮你们还的，举起左手放在你胸前。"

有两人慌得不知胸在哪里，把手按在后屁股上，一看不对又改过来，知错求情地看鸟蛋，这令人闻风丧胆的噩耗场景让人不寒而栗，一个微小的迟钝与失误都会让人瞬间丧命，凡是杀人者，都是最怕死之徒。

鸟蛋也有些疲惫与厌恶，想把他们赶走后，安葬包一和："宁和善人吵架，不与脏人说话。"他慢慢举起马刀，一双双惊吓求生的眼睛看着他，马刀几番飞闪，六人均掉下三个指头，都整齐地掉在脚尖下摆着，血涌出来，渗进地下："捡起来，带给你们的后代！"六人顾不得痛，都捡起来，有的拿在手上，有的装进口袋。

鸟蛋又一声轻轻地、平实地像送客："慢慢走回老家去，多多保重，不送。"

那六人听明白后先倒退着，后转身走，最后一阵奔跑的脚步声，迎来天晨曦明。

远山冉冉升起红霞，魔麻芋花旅店被焚毁一旦，满目疮痍。天已大亮，一场深秋浓霜染白了群山大地，众人身上斗篷像撒了一层白盐，一阵哭喊声从桥底下渐渐传来："何大人……何大人……天底下好人……怎么被烧死了啊……哎哟……何大人……是我害死了……你呀……哪个挨千刀……的……放火……"

鸟蛋走几步寻哭声向下看："啊，是木耳！"众人也移步垂目，见到木耳还是昨天那件破衣衫，蓬头垢面，身上没有霜，可能在桥下栖歇的缘故，他一边哭一边向上爬，肚皮不时被风吹开破衫而裸露。

到了被烧毁的茅屋前，完全崩溃，索性一屁股坐在地上，仰头拍地叫骂："该死的天……不管事的天……含冤被烧死的人你不管……何大人……何大人……"

鸟蛋在后面二十来步被他真情打动，犀利童眸噙满泪水，慢慢向他走过去："木耳。"

木耳哭得伤心，大清早还没完全睡醒，以致鸟蛋连叫几声也没听见，童声哀鸣，总是要一段时间惯性释放，鸟蛋拍一下他的肩膀，他嫌烦，身子一摆，鸟蛋只有呆站在他后面，让他哭个够，替自己哭一半也好，他有斗篷在后面挡着风，半晌木耳觉得身后有人，一睁泪眼看着身上罩着厚厚的黑色斗篷："神仙在为我挡风不成，刚骂了半天，显灵啦？"

他摸着斗篷扭头向上看，一下子吓得想爬起来却站不稳二次倒下，倒是鸟蛋拉着他的瘦胳膊一提才站住："哎……何大人……你没烧死呀？"

他机警后退两步："不是鬼吧，变鬼没这么快嘛，噢？"

鸟蛋伸出热手捂着他脏兮兮的脸，他大喊："哇，热的，是何大人，何大人你在就好。"

鸟蛋："你知不知道，有人要放火？"

木耳擦掉泪水："不晓得啊，他叫我去城门外抱一个骑马的，同我一般大的鸟蛋哥接过来，是何大人啦，他们给了我二个红薯一个玉米饼，我说何大人叫我一起吃晚饭，老板娘把我撵走了。"

鸟蛋"啊！"了一声牵着他的手，来到三具尸体前看了看。"木耳。""嗯。""可认识这里最会盖房的匠人？"

木耳自信道："认识，叫托桑，那城门是他爹爹修的，那驿馆是他盖的，泥匠、木匠样样拿手，还会弹棉花，这里人叫他'百匠'叔。"

日出三竿，红霞满天，万里无云，蓝空如洗，太阳的强光迅速融化严霜，大地一片湿泽，山区人睡得早醒得晚，各家客栈逐一开门。鸟蛋让任子宴、肖远带着少主人、公主去驿站休息："哥哥昨晚都没睡，折腾劳心，姐姐烦你费心，来看看，我想在这里建一个石头墙，铺盖石头大片瓦，不怕放火烧的酒店。名字叫'江南烟柳镇'留个纪念，包一和埋在那个地方，有酒店不寂寞，热闹，还代代有人供着。"

任子宴："那钱呢？"鸟蛋指一下，苦笑作答："那两辆车上多的是，盖三座这么大的酒店都绰绰有余。"

任子宴已信服，但还是补上一句："多谢你费心血了。"

鸟蛋漫不经心："那是。"

鸟蛋一番构思，众人忘了疲惫，觉得有景、有情、有义还有计。

牛郡尉赞美他“人小鬼大”名不虚传，都认真跟着他围着“火场”走一圈，看着他不慌不忙地指指点点：“姐姐画一张有点像烟柳镇统领府那样好看的图，日后牛郡尉、咱烟柳镇的人去咸阳，都住自家酒店。”不多话的肖远插上一句：“不怕水浇，不怕风啸，不怕火烧的烟柳镇酒店。”

任子宴：“始皇帝若经过这里，肯定会要住上一晚。”

公主环视四周：“包一和的墓安放在右坡上更合适，迎着太阳，守望着南方，中间隔一溪涧，酒店下面设一小酒窖，透过小小天窗让他天天能闻品溢放的酒香。山溪上可架一竹涧接入一泓清池，饮用漱洗方便且干净还免除常年担役之累。一牌一旗帜‘江南’‘酒店’字样为衬托，‘烟柳镇’三字在牌上为金字招牌，在旗帜上飘扬迎客。”

鸟蛋高兴地叫了起来：“哎呀，姐姐有才，字字说到我心坎上了，包一和生时酒苦，死后酒香，他一定高兴，把这趟事办完，我要好好读书才是，好，你们去驿站休息，我来把这里的‘烂尾巴’理干净。”

任子宴架好车，鸟蛋拿下一个自己的小包袱，肖远侍奉少主人与公主上车后，带上鸟蛋、包一和的坐骑一声鞭响，离开劫难之地，往驿站驶去。

鸟蛋打开布包，找出一套体面衣服给木耳穿上，乐得木耳咯咯直笑，配上对襟夹层背心，更显富贵，只是穿上鞋他极不习惯，走几步脱下来提在手上：“何大人，你是不是天上掉下来的神仙，来救我上天堂去……何大人……有没有天堂……”

鸟蛋打开韦言山那辆车在里面搜寻回头笑着：“有。”

木耳凑上耳朵：“真有，你见过？”

鸟蛋：“见过，你也见过。”

木耳：“啊，我也见过，没有没有，天堂可了不得，我吃的是猪猡饭，睡的是桥下洞，穿的是死人不要的衣服，瞪再大眼睛也找不着天堂……”

鸟蛋找了一个袋子，里面装上十一个秦半两，往木耳肩上一挂：“天堂，远在天边近在眼前。”

木耳揉揉眼背着钱袋半信半疑往天上看，迎着阳光一个大喷嚏，身上一穿暖，鼻涕一次性喷在地上，鸟蛋在车上搜到一条小布巾丢给他，木耳擦干净鼻涕，擦干净喜泪："何大人……天堂……是蓝的……是空的……在云的里面吗？没看到啊……"

鸟蛋一拍他的肩头，手一指烧成的废墟："在那里，你的天堂！"

木耳惊愕着："烧光了……就是天堂……"

鸟蛋又是胸脯一挺："木耳、木头、木心。"

木耳傻笑着："何大人，我是还没长大的小穷鬼，你是大神仙，所以蠢嘛……嘿嘿……"

鸟蛋扫一眼用马刀拨着他的耳根："听着！"

木耳吓得一动也不敢动，哆嗦地回复："听……着……听着……啦。"

鸟蛋提高嗓门："那里就要盖一座梁州城最棒的酒店，有石墙、石瓦、酒窖，竹涧引来山泉水，铜门、铁锅、白菜刀，你是主人，名字叫作'烟柳镇'。"

木耳："我是主人，我叫'烟柳镇'？"

鸟蛋抽回马刀摇着头笑着看他："你是主人，酒店名字叫'烟柳镇'。"

木耳摸摸耳朵高兴道："啊……好听……酒店名字叫'烟柳镇'……嘿嘿，石墙、石瓦、酒窖……那可要……一大堆钱啊？"

鸟蛋瞥他一眼："钱最不是个东西，哼。"

木耳坦直地望着他，拍着身上钱袋："何大人，钱是这世上最好的东西，钱能马上买到红薯、玉米饼，春四奶奶说还能买到鬼推磨，人驴睡觉……"

鸟蛋也不理他说什么，转身："那九匹马，两辆车也是你的，今晚咱俩在车上睡，一人一辆。"

木耳高兴地跳起来："真的，不睡桥下啦。哇，不冷啦！"拼命作揖，"神仙，神仙，我见到活神仙了。"

喜泪横流，鼻涕一串，慌忙掏出手布擦掉，他心里在想着："盖酒店太大了，要的钱太多了，九匹马两辆车是不是自己的也难说，那是别人的，不过今晚可以睡在车上不冷是真的，这新衣服上扛着一袋子钱是真的，这神仙也应该是真的啊……”

鸟蛋从他袋子里拿出一个秦半两问：“袋子还有多少钱？”

木耳毫不犹豫地回答：“剩十个。”

鸟蛋高兴道：“啊，不认字，会认钱。”

木耳赶快申辩：“认钱不要认字的，何大人，我没钱用，一堆钱我都会用，绝对错不了，我帮人拉客，卖木耳、卖黄酒一毫也不会差的。”

鸟蛋：“见钱就开窍也是本事，你拿这个秦半两去买最好的东西，咱俩吃，顺便雇几个人来打草喂马，然后把剩下的钱给托桑作为定金埋七个人，一个做大墓，六个随便埋远些。”

木耳似乎谈到正题，头一昂：“何大人，今天可以雇六个人，打七天草，雇两个放七天马，一个秦半两要到当店换十个银毫，六具死尸埋掉在这里只要五个银毫，另一具尸体大墓要多高多大还不知道，上等棺木加两层椁也只要六个银毫，盖酒店给他四个秦半两做定金就高兴死他啦……”

鸟蛋开心道：“先把这里用木头围一个马厩，明年开春后那边栽几棵香樟树，夏挡太阳冬挡风。”

木耳：“这更简单，将根包上茅草栽树冬天也可以成活，马厩明天就可以围成功，看价格一起包给托桑做，他手艺好、徒弟多、做事快，就是……”

鸟蛋翘脸一扬：“就是什么？”

木耳：“见钱眼开，脾气怪。”

鸟蛋抢上话：“呵，我是神仙专治怪！”

说罢手一扬：“我肚子饿了，想吃好吃的，埋人、放马、做院子，一天办完。”木耳提着鞋，赤着脚飞似的向城里跑去。

没跑二十几步，他突然转身往回跑：“何大人，人蹄没有马蹄快，我可以骑马吗？”

“你会骑吗？”

“我先是马童，后做乞丐，然后帮人做小买卖的，骑的是土马，没骑过驰道上的高头大马。”

鸟蛋：“啊，都是你的马，你想怎么骑就怎么骑。”

木耳快步冲向一头黄子骠，将鞋斜插入怀中，赤脚蹬鞍：“驾！”一抖缰绳箭似的射出。

鸟蛋一语双关：“人小鬼大！”

少主人一行到了驿站递了公文开了三间房，一夜虚惊，实在有些困顿，驿站总归是衙门，有士兵巡逻把守，较之客栈，算得上安全之所，四人略洗漱后闩门倒头便睡，鸟蛋的房空着。

鸟蛋的房空着，人可没闲着，他将那两辆车仔仔细细翻了个遍，秦半两二百多枚，床被、衣服，还有一本二十多天十二人用钱明细账，几瓶樊口出品的荷酒。他把秦半两分成五十枚一袋，共四袋，还有二十几枚做零用，另行放在车匣子里。反锁了车门，饿着肚皮美美地睡了一觉。直到木耳拿着饭桶敲醒他，一开车门，闻到烧鸡香，胃口大开，先吃了一只麻辣烧鸡，麻辣得他满头大汗，又吃了一碗玉米饭，喝了一碗河溪里长的虾鱼汤，啃了两个饼，胀得肚皮圆圆的，实在太困又美美睡了一大觉。醒来伸个懒腰，下车骑上马，锁了车门，刚要去找木耳，因为木耳递上饭菜桶，又急忙返身去找托桑去了。

木耳远远策马奔来，向他介绍着“有钱能使鬼推磨”所做的事情：“尸体已抬走，远埋在一块洼塘边，茅草铺垫，黄土一堆，包一和富贵入殓，棺木上乘，按公主指定的地方安葬，石条石碑随后运到，还买了一对石象，按当地说法石象守候吉祥，管三代的荣衰之事，‘大官大富贵人’才能用，碑上只能写上‘江南樊口包一和之墓’。”

因为生日不详，逝日写在左下角，除了留给鸟蛋的马之外，其他马匹已赶到下河水草丰茂的地方去野牧，打草的正在收割着，这里木料多，几十根围马厩，吆喝着运来，粗铁钉被锤敲震得山响，几十人在忙碌着收拾烧毁的灰炭，浇铲血迹，清扫得一如新地，木耳都安排得有条不紊，丝丝入扣，当地人碰上大财主，平时无事可做，人人卖力，争先恐后抢着表现。

世界太静不是世界，江湖太清不叫江湖，做事的只认钱不认人，当木耳带着鸟蛋来到托桑面前时，这位正忙着的“巧匠”放下手中活，一脸瞧不起地看着这位“何大人”，他心中暗想着：“这胎气未脱、乳臭未干的童娃，咋有这么多钱呢？一晚上把一个讨饭的穷娃变成一个土皇帝……”他心中一千个不服，一万个不畅，把壮实巧手节掰得直响，一双精灵的眼睛带动好用的脑筋转个不停。

鸟蛋看他那副样子也不想搭理，正在干活也不便多言，只礼节性地点点头，策马掠过，回马厩时，木耳递上水，他喝了几口：“木耳，你缺一样东西，这酒店你镇不住。”

木耳：“缺啥东西？有钱啥也不缺。”

鸟蛋笑着手一扬，木耳痛得滚下马来，浑身乱滚，鸟蛋趁机取下他装钱的袋子，又一次伸缩掌，木耳从地上爬起来，拍拍身上灰土，还有余痛，龇牙咧嘴。

鸟蛋提着钱袋子：“有钱啥不缺？”将袋子又重挂在他肩上，“你缺护身武功。”

木耳急着争辩，生怕鸟蛋不信任他，把美美的差事毁了：“我有武功。”

“什么武功？”

“隔山打牛！”

“啊，谁教的？”

“瘸子丐三，一个红薯教一句咒语。”

“有什么用？”

“就是你恨那个人，隔着山念咒语，那人就倒地，倒霉……”

“我躲到那圆木后面，你试试‘隔山打牛’功夫。”

说罢鸟蛋跃过护栏藏身圆木后面。木耳盘坐在地上念诵着咒语，不时用无名指做成剑式伸缩，鸟蛋绕到他后面，扯起他的耳朵。

“哎哟！”

他尴尬地站起来，拍拍屁股的尘：“哎呀，我不恨你嘛，所以不灵呀。”

鸟蛋瞪他一眼：“隔山吹牛！”木耳低下头。

鸟蛋看看他，摇摇头，轻轻叹了口气：“你先练逃藏吧，功夫都是十年磨一剑，苦出来的，像我哥哥那样天下第一高手，天分占七成，像我这样，功夫苦练占七成。天分只占三成，像你这样的开荒破地初入行的，百分之百苦三年再看看天分是多少。”

木耳点点头：“何大人，刚才什么东西像针尖虫一样钻进骨头缝隙里，咬到心都痛啊……怎么你手一扫……又不痛？我练练这个？”

鸟蛋苦笑一下：“呵呵，这种绝世功夫犹如虎之牙、树之根，慈悲中成就坚韧，十年后再看你的造化，你先练逃，到咸阳或回烟柳镇后，我给你请一位高手护着你，他也是你的师傅，苦练十年之后，二十二岁半，你将会在这里开花结果，镇得住南来北往客，双脚踩稳梁州城。当然，先得当乖孙子……”

木耳听得认真，一直鸡啄米似的点头，鸟蛋看他顺从认真的样子，甚是喜欢，也决心一帮到底，让烟柳镇客栈在远山深处扎下一条根。

他踮踮脚尖对木耳说：“看看什么叫逃功，来追我！”他向一棵古樟树跑去，木耳在后面提着鞋拼命狂追，想不落伍，鸟蛋不时回头挑衅地看看他，木耳更拿出吃奶的力气追赶，累得气喘吁吁，钱袋子叮当作响，他低头跑到大古樟树下抬头喘气，四周平坦，可没见鸟蛋的影子，他正凝神搜寻。“我在这里。”

他抬头四处看看，一点影子也没有。刚一低头，“我在这里”，连续几次，他纳闷刚刚才隔十几步，怎么一下子飞了呢？

“神仙……何大人……神仙变的……我明白了……我遇到了……神仙……”

鸟蛋从树上滑下来：“什么神仙，逃藏功夫，练出来的，看……”

鸟蛋手上握住两把圆鱼头刀，飞一样爬上树顶，“嗖”飞一样滑下。

然后递过圆鱼头刀给木耳：“上去。”

木耳接过圆鱼头刀奋力插上爬不了三步，跌了下来，连续十几次，弄得满头大汗，鸟蛋接过圆鱼头刀，又一次飞一样爬上树顶，飞一样滑到地面：“刀借树力，人借刀力，打任督二脉，气沉丹田，瞬聚千钧之力，一鼓作气，气助人轻，力达脚尖……”

他一点点示范：“每天晚上用三个时辰苦练，将刀变成你的翅膀，飞身上树，飞跃城墙、桥梁、岩壁，像壁虎那样在墙上游离……”

木耳认真地看着、听着、品着，一边思索：“原来神仙都是人练出来的啊……”

鸟蛋带他到车上：“财不露富，财惹杀身之祸，这四袋子里平均装着五十枚秦半两，这二十枚在车匣子暗格里，藏着零用，你袋子里最好不超过五枚秦半两，今晚你把这四袋子钱藏到鬼都找不着，苍蝇蚂蚁看不到的地方，记住，这够用十辈子，只你一人知道……”

木耳做梦也没想到有这么多钱，心中又喜又急又怕，盘算着今晚如何练三个时辰“逃功”，四袋子钱三百年都用不完的“藏功”。

房陵梁州城衙内，只有十九人当差，四名衙役，十五名卫士。统领袁学久看了公文，得知是牛郡尉义子到，又是去拜见蒙毅将军，格外重视，况且林萧云在军挂有要职，官衔还在自己之上，更重要的是他是牛郡尉从家乡招募出来的兵，后来由于武功突出，作战勇敢，且年轻，被遴选进了始皇帝亲兵卫队，属蒙毅管辖，大部分郡、县级官员多为亲兵卫队里小头目中选拔，郡尉绝大多数为原秦国籍的作战功勋将领担任。亲兵卫队，忠诚皇帝，训练严格，礼仪上近乎苛刻，上下贯通顺利快速。袁统领设晚宴为少主人一行接风，鸟蛋与木耳在一起未到，四人入席八人围坐，礼节寒暄后，因山区清苦，两只野鸡一只同木耳泡汤，一只焖辣椒土豆，其他都是山中素菜，黄酒自然少不了，还有七种麦粉馍（千层饼、花圈馒头、烙干饼……），麦粉品质上乘，做工一流，袁统领亲自为其斟汤递饼，馍配野鸡汤，实在堪比牛郡尉府宴的山珍海味，馍爽爽上口，汤鲜烹浓，公主赞叹不已，少主人自然美言谦谢，众人略品黄酒，皆大欢喜，初更时分，愉快散席。

一阵阵寒风来袭，天上月隐星稀，鸟蛋在车内吃完任子宴送来的汤与饼，累了一天，睡意蒙眬，两个眼皮自打架，睡十天八夜才解困。“咯噔、咯噔”马蹄声靠近，他一边打着哈欠一边自语：“木耳回来了！”

木耳提着一个小土罐，里面装的辣椒窖焖的野兔肉：“何大人，

何大人，上等野兔肉，还有热饮汤。”

一个大竹筒装满水，他浑身热气升腾，刚练完“逃功”后提着小土罐与水筒往这里赶。马鞍上还吊着一个烧热水擦身洗脚的大铜盆。

鸟蛋一开车门被野兔肉香将睡意赶走一大半，跳下车抱着小土罐靠到车避风面，开罐又吃又喝，木耳将马拴在新草料槽上，跑过来帮鸟蛋挡风：“何大人，味道……”

鸟蛋：“上乘，解馋又解困。”

木耳：“有马就有志，一跨上去腰板就硬挺，咱们这山沟里的，认马不认人，这野兔肉他恨不得不要银毫子，骑这样高头大马，非富则贵……”

木耳抢着说鸟蛋抢着吃：“今天碰到桃花运，嘿嘿，头一次……”

鸟蛋好奇地稍停下来：“桃花运？”

木耳：“耳朵给人咬了。”

鸟蛋：“我给蛆咬过，洞爷把我救下来，没给人咬过，男的咬的还是女的咬？”

木耳骄傲地：“肯定是女的。”

说罢伸过右耳给鸟蛋看，鸟蛋：“晚上看不清，摸着像有牙印似的。”

木耳：“是咬不是吃。”

他指指兔子肉，继续解释：“咬是喜欢，微微痛，不出血的那种……”

鸟蛋：“那是谁呀？这么会咬啊……”

木耳左右看一下，怕有人听见：“是那个巧匠托桑的小女儿，大名叫丹洛，小名叫四季，大辈分的都叫他四女儿，她有三个姐姐，大姐丹霞，二姐丹瑞都出了嫁，三姐丹阳十四岁，她十三岁比我大……大……半岁多……十一天……长得像仙女……”

鸟蛋来劲：“那么好看？”

木耳：“一点不假，就像画上画的仙女一模一样……就是过年卖的那画……”

鸟蛋："比我哥哥带的那个……"

木耳："不，一样漂亮，一样的好看。"

鸟蛋："啊，那可了不得。"

木耳神气地往鸟蛋身边靠一靠，伸手摸到小土罐的野兔肉，津津有味地嚼："傍晚她打花菜回城南，我带她一程，她见过没坐过这骏马，高兴地紧抱着我的腰，嘴巴在我耳边说：'木耳，听我父亲说，你一晚上从讨饭的变成富王爷，撞上鬼运'我给她说：'我撞上活神仙'她说：'带我也去见见那活神仙，不想天天打花菜'我说：'见活神仙可以，我就说你是我媳妇'他就咬了我耳朵，还笑个不停，我就把她送回家去了。"

鸟蛋胸膛一挺："见活神仙大发，拜泥神仙大傻，隔山打牛，扯淡！"

他用头顶一下木耳，两人咯咯地会意大笑，两只手同时伸进小土罐内费了一大把劲才拔出来。

鸟蛋笑着："那就真把她要过来！"木耳抢到了一块兔腿肉，正要往嘴里送，又改为送到鸟蛋嘴边，鸟蛋毫不客气撕咬。

木耳："那托桑很难缠……"

鸟蛋兴致极佳吞下兔腿肉，弄得满嘴是油，头一歪："不怕，有活神仙在。"两人一起开心大笑起来。夜更黑了，洗完手，各自回到车内反锁上门睡觉。万籁俱静，偶有夜鸟啼鸣。

"嘭嘭""卟卟，嗵嗵"鸟蛋被一阵石匠用的工具撬车门声惊醒，正要叫骂："我踩你尾巴啦……"

一把尖刀已戳入门内，另一锤声重重砸到车门锁上，震得车身直晃，他一个泥鳅打滚同时摸到马刀，车门即破，听到外面一群人在追逮木耳"小要饭的钱在哪，快拿出来饶你不死。"

木耳在车底下辕架边躲窜："这里没有钱，我藏起来啦。"

一个黑衣人低喝："藏哪？"

木耳："很远。"

一不小心头撞在车辕架底盘上"哎哟"倒地，脚被黑衣人抓住倒拖出来，扭住他瘦小的胳膊："藏很远，带我去，天边地角……"

木耳："哎哟，痛死我啦，哎哟……找到鞋……我穿上……好带你去呀……哎哟……"

他故意大声叫着好让鸟蛋听见，还故意问："钱给你，你们是谁呀？我好给朝廷始皇帝的何大人回话。"

另一个破嗓门，听声音气势像是头头，只站着，就他一个人披着斗篷，像一根黑色的木桩："雪水沟来的，三郡七县土皇帝，小娃娃，乖一些，别拿始皇帝吓咱，他两次派重兵剿咱，丝毫没伤到咱弟兄们半根毛……"

没等那黑木桩说完，木耳叫起来："啊，是毛瓜，雪水沟大强盗……""啪！"

另一黑衣人一巴掌重重抽在脸上："放肆，怎么跟咱大当家的说话？"

那黑木桩就是毛瓜，他力大无穷，一身浓密黑毛，生得瓜子脸并不难看，眉毛、瓜脸、尖嘴上布满黑毛，从小到大一身毛越长越多，据说他母亲被野人掳入深山石洞三个月，逃出来七个月零二十三天他出生，所以咒他的人骂其"黑野种"，也因为一身黑毛，人不人，兽不兽的从小受人讥笑、欺辱，长大后脾气暴躁，性格怪僻，最后聚一帮地痞无赖，风高放火，月黑杀人，盘踞雪水沟为非作歹，臭名昭著。

"哈哈，知道我的名气，不错，带上钱跟我走，今后在雪水沟当二皇帝……"

木耳："是儿皇帝还是二皇帝啊？"

毛瓜觉得有趣："嗯，还是块料……"

扭胳膊低声喝："走，带咱拿钱！"用力一扭。

木耳："哎哟，我是讨米要饭的，谁告诉你我有钱嘛？"

毛瓜诡异奸笑："天机不可泄露，规矩。"

木耳大声："这不公平，我带你去拿钱，你要告诉我谁说我有钱不是噢。"

毛瓜："嘿嘿，是块料，小小年纪还会套话，想摸个清楚，断个明白……你给谁下了四个秦半两定金啦……还盖什么烟柳镇酒店……

白日做梦……哈哈！”

木耳大声呐喊：“哇，是托桑想私吞定金，给他事做赚钱还起歹心，恩将仇报，我的钱藏在他家院子里，你们去找他要……”“啪”一巴掌又抽在他小脸上，听叫声比上一巴掌打得更重：“哎呀，你把我牙打掉啦……痛死我啦……”

这一巴掌像是毛瓜打的，低声狂怒：“敢给咱耍心机，活剥人皮！”

鸟蛋潜伏片刻，明白了木耳话意，初步判断出黑暗中人数位置，当听到木耳哭喊“打掉牙”，条件反射，怒火攻心，刚好一黑衣匪撬开门，右手提刀已入车厢内，左手拉住门把，鸟蛋飞身一跃，马刀一闪，那人拿刀的手跌落在地与身体分离：“我的手……哎哟……”鸟蛋一跃正好撞在他身上一上一下同时着地，那人后背着地垫底，闷声一摔，“扑通”一声，听到脊骨断裂之响，哭喊：“痛死我啦！”

鸟蛋当他触地瞬间借势一滚，碰到木耳那辆车，正爬进去搜摸的人，两脚吊在车门外：“可恶！”

鸟蛋挥刀砍断双足，痛得那人仰身高叫：“我的脚……我……没脚……娘啊……我的脚……”

毛瓜突然听见一人喊没了手，一人喊没了脚，两人几乎同时哭喊，那速度快得令人毛骨悚然，快得令人心中发怵，惯匪识货，“碰到高手”一闪念中，潜意识觉得流年不利，命犯凶煞，转身想逃，不料两腿拔不动、抬不起，“扑通”一声跪下，双膝痛彻骨髓，就地打滚：“哎哟，痛死我啦……哎哟……”

扭住木耳小胳膊的那人一看头头倒地痛得哭喊，平时刀子割肉身不眨眼，怎么一下子如此难忍难受呢？不免心慌一愣，突然自己两只手臂像被蚊子叮了一下，即刻麻木无力、疼痛，右手刀落地，左手松开了木耳，两腿本能想逃，不巧与毛瓜一样跪地翻滚，毛瓜两手还能抱腿护痛处，抓地捶胸，他两臂僵直，只能靠哀号扭动腰减压。

木耳则高兴得又蹦又跳：“报应，活神仙显灵，报应，活神仙显灵！”近处几位黑衣人听到毛瓜绝望哭喊，心怯地提着刀围过来，“嗖嗖嗖”，几把钢刀同时落地，紧接着一片鬼哭狼嚎，那五六个黑衣人都是左手捂着右手，跺脚喊痛，滴血不见，也不知道伤口在哪里，只知道掌心处，骨头里万针扎骨髓，痛得泪汗双流。

鸟蛋低身童喝："都滚过来！"十七人已重伤十人，那七人本想偷马拉车，突然被如此场面惊呆，丢了手中的刀，乖乖走了过来。"托桑请你们来，现在你们去把托桑请来，当面对质，否则你们也像毛瓜一样……"

木耳："哈哈，活神仙显灵啊，哈哈。"那七人一齐跪下磕头如捣蒜："活神仙饶命，活神仙饶命。"鸟蛋："滚！"七人爬起来向城南托桑家高一脚低一脚跑去。

鸟蛋拉过木耳："走，睡觉去。"到了车上，鸟蛋捧着木耳下巴看看牙齿，木耳咬着白牙给他看，"一颗也不少，我是唬他们的，练的是诈术"。鸟蛋高兴地拍拍他的脸："藏术中的诈术，是块料。"不一会儿鸟蛋传来均匀的鼾声，木耳瞪大眼睛警惕地趴着看漆黑的窗外，听到悍匪恶贼们声嘶力竭地哭喊声，夜，犹显安宁。他侧过身子轻轻抱着鸟蛋的脚，吻了又吻，心中默默地说："小小何大人，大大活神仙啊……"

第九章

山区深秋，严霜一夜，大地似铺上一层白色棉絮。一早任子宴送来玉米粥与馒头，夹着几碟小菜，还呈上一摞草图。几张是施工总图和精细分图，一张是给鸟蛋的总瞰图。

鸟蛋睡眼惺忪，对吃的兴趣不大，一见草图如获至宝，即刻来神，快速地一遍遍翻阅，任子宴见到外面众匪哀号场面也见怪不怪，只是扫了几眼骑马离去，木耳比鸟起得早，忙着准备一天的活计，昨晚被匪贼解缰的马匹好在并未走远，在附近河边自由放牧，他一一找回。

鸟蛋与木耳匆匆吃完早餐，鸟蛋伸一个懒腰，打一个饱嗝，提上马刀，将一摞草图放在木耳手上，木耳“腾”地跳下车，一眼扫向毛瓜，正好与毛瓜那浓密毛眼里的眸光相遇，毛瓜平日的凶焰已荡然无存，一夜折磨，剧痛难忍又无法动弹，肠子都悔青了，千不该万不该听了托桑的鬼话，“两个孩童，两辆车财宝”，弄得自己一生洗不脱的奇耻大辱，作案劫财杀人放火绑架千百件，从未失手，如今碰到的不是乳臭未干的“孩童”，而是天上下凡的“仙童”，回忆昨夜一眨眼寒光追命的刀法，背脊一阵冰凉，本能想转身，那功夫比想的还快，不明不白地双膝跪下，一无血渍二无刀伤三无绳索捆绑，让人痛不欲生，刚才看到任子宴送饭，来之疾疾，去之匆匆，不卑不亢，不惊不乍，哪里来的回哪里，这两位仙童后面莫非还有高人？他忍着剧痛点了一下人数，下山十七人，手腕被削断的孟汤三跑得不知去向，断脚的阮河阳抱着自己的断脚半死不活，无伤的七人正扭住托桑泄恨消灾。托桑一下半夜跪在那里，又之被人床上拉起来，赤裸上身，两条胳膊被押着，眼泪鼻涕俱下，一副狼狈相。

木耳："听着，活神仙到！"

众匪已筋疲力尽，哭叫声戛然而止。鸟蛋胸脯一挺，手掌几合翻飞，照着匪首毛瓜一劈一吸，毛瓜不痛了，一阵感激的窃喜，跪在地上虔诚大拜，口中激动高呼："活神仙，活神仙，活神仙开恩……"

鸟蛋一阵秋风扫落叶似的摆步舞掌吸针，解除痛苦后的悍匪们，仿着匪首毛瓜大拜谢恩："活神仙，活神仙开恩……"拜个不停。

毛瓜爬起来怨愤地走向托桑，照着他肚皮上猛踹两脚，托桑跪了一夜又累又冷，又被踢得低头喘息呻吟，不敢哭叫。因为两名扭胳膊的悍匪习惯性呵斥："不准叫！"

毛瓜正要再踢，被鸟蛋唤过来，他抬起的脚又收下，弓着腰跑到鸟蛋面前战战兢兢跪下："活神仙，活神仙，小人听候吩咐。"

鸟蛋在跪着的悍匪头顶上擦拭刀锋，吓得那匪额上冒冷汗，一动不动。鸟蛋转身至毛瓜面前："人生苦短，你作恶多端，蛮横跋扈到了家，先……"

毛瓜抬头望着刀锋，眼珠子快爆出来，昨夜那断手砍脚寒风直接吹进恐慌的心里，大揖悲声："活神仙，饶命，活神仙，小人知错……错……"

鸟蛋冷笑："井底之蛙怎识长江蛟龙！"说罢挥刀狂舞，顷刻毛瓜头顶变成秃头，上身衣服剥去，脸上胡须，眼上浓眉，身上长毛，随毛飞落，一身"青白"。

马刀比剃头刀锋利精准百倍，毛瓜呆若木鸡，跪在地上，筛糠似的颤抖，任其削割，众匪从未见过如此手段，只有大眼瞪小眼对视傻看着的份，惊呼："真神！"

鸟蛋收刀："你罪不可恕，以毛发暂还孽债，今后嘛，最好向善。"

毛瓜急忙："活神仙，其实我心很善很善，是走投无路逼我进了雪水沟的。"

鸟蛋："旧债免提，快立新德，现在要你做成两件事。"

毛瓜哭着："感激活神仙不杀之恩，别说两件，两百件，两千件……"

鸟蛋打断他的话：“我不太喜欢听空头愿，乱中识人，泥泞识马。”

毛瓜：“是……是……”

鸟蛋将木耳手中一摞草图拿过来自己留下一份，将施工样图递给毛瓜：“建一座烟柳镇酒店，你一切听木耳吩咐，保护他的安全，寸步不离，只能比图上画得更好，找最好的巧匠来做，比图上多一个烧施茶、躲风雨的亭子，建在桥头那边。”

毛瓜激动地接过图：“是，柞水有最好的巧匠，手艺远在托桑之上，完全听我的，感谢活神仙不杀之恩，理应报答，日后我来烧施茶赎罪。”

鸟蛋让木耳去车上拿了十七个秦半两给毛瓜：“你带的人该留的留，该散的散，不要再踏入苦海。”

毛瓜不敢接钱袋，感动得两眼噙泪，看着送到面前的钱袋子，抢惯钱的手抖动不已。

“拿着！”鸟蛋一声低喝，他醒悟道：“啊，拿着。”

鸟蛋回身看托桑，对毛瓜说：“第二件事，让托桑的女儿四季嫁给木耳，你做媒人，明早择时定亲。”

毛瓜半晌没回过神，他对托桑恨得咬牙切齿，还要做媒人，正在发愣，传来鸟蛋愠怒低喝：“听清楚了没有？”

毛瓜惊吓道：“活神仙，咱听得清清楚楚，让木耳掌柜与托桑四女儿定亲，咱做媒人，明早咱与木耳掌柜一起……”

鸟蛋高兴道：“哈哈哈，真懂事，听着，我的刀很快，我的话很少，伤人不见血，每件事，每个字都给记清楚，听明白，好啦，这里就交给你跟木耳了。”

说罢跨上马向驿站驰去。众匪敬畏中存有感激地一起跪拜：“谢活神仙，谢活神仙……”

只有托桑胳膊还是被两个黑衣人扭住，赤裸的上身已冻得发紫，鼻涕还在流着，泪眼射出执拗怨怒的凶光。

夜晚，木耳分两次送来本土地道山珍、野鸡、黄酒、嫩竹笋、小河鱼汤，与包一和的手艺不相上下，吃完饭鸟蛋叮嘱他明天认亲不要太寒酸，给留下的毛瓜等人订制冬衣斗篷，公主选一条楚宫藏品，三尺绫罗红色花纹丝巾送给四季，木耳礼貌道别，众人各自歇息。

少主人与公主回到房间后，收拾行装：“后天与袁统领话别，后天必须离开，再不能耽误行程，始皇帝第三次巡游在即，蒙毅将军每次都要领军护驾，一出行就是八九个月才回宫。”

公主：“是，先把行装收拾好，后天一大早就出发，都说是卯时天未亮赶路吉利。”

少主人轻轻叹一口气：“始皇帝在咸阳宫时会处理各郡急务，一旦上路巡游，沿途盘根错节，凡事他都亲力亲为批奏作断，极不喜欢外郡追驾办事，那样会乱了秩序。”

公主点头认可：“加之车马劳顿，精力有限，还有朝中诸多大事……”

少主人面带自嘲的苦笑：“也真难为皇帝。”公主上前靠在他胸前：“所以，人不为王，天赐福啊！”

第二天快近中午，木耳骑着高头大马，毛瓜等五人扛着抬着定亲礼物来到城南托桑家。托桑名曰巧匠，选的地点略高，做工较考究，一楼石头墙，镶嵌圆檀木透风窗，圈养牲口，两头牛，十几只羊，一群猪，鸡笼不计其数，二楼木结构，厨房与客厅烤火的地方都是薄石块拼成，防火细节处理恰当，三楼是两间女儿闺房，大女儿、二女儿已出嫁，三女儿与四女儿一人一间，还配了挑拱回廊，前面有半个院子是用来晒衣，晒果之用，挑拱上挂满了玉米高粱和红色辣椒，在当地算是中等偏上的殷实人家。

出于对毛瓜的压力与恐惧，托桑与媳妇还是坐在二楼厅堂受了木耳三叩拜，礼物都搬到二楼摆放，众人礼节性饮了一杯茶，推说有事忙，也没吃饭就离开了，因为昨天的过节，心中都存有敌意，只有木耳、四季和四季娘三人心花怒放，开心得像喝了蜜糖，脸上挂着满满的笑意，憧憬着未来的美好。

托桑媳妇拾捡着礼物，这一次在四个女儿定亲中，算最丰盛的一次，礼物中给托桑夫妇、三女儿、四女儿都配了当地上乘衣料，防寒靴帽，特别是那条红纹丝巾，四季抢着戴在头上，往返楼上楼下飞奔，连她母亲与三姐都只能看看不能摸，三个女人都爱俏，没见过这极品楚丝绫罗，围着赞叹不已，爱不释手，百看不厌，很是热闹了一番，只有托桑阴沉着脸，抽着土烟，心里盘算着什么……

四季跑上阁楼拴上房门，拿着母亲给她的陪嫁铜镜，反反复复自我观赏陶醉，也联想到母亲自从生下她以后再也没照过镜子的苦痛，少女黯然伤神，因为连续生四个女儿没生儿子，脾气暴躁的托桑，将妻子的一只眼睛打瞎，鼻梁打断，一条腿折残，也从那以后，母亲只把心用在女儿们身上，对托桑逆来顺受，打骂从不言语，心如死灰。

四季照着镜子："木耳，你那么聪明，这将来生男生女，可不是你我说了算的呀，是神仙定的，不生儿子怎么都赖着女人呢……"

自言自语完毕，一阵伤感，悄悄把红绫罗丝巾藏在怀里，背上背篓出去打猪菜，母亲与三姐要到地里收割高粱，一群猪把三位女人累得团团转，收割高粱玉米种地活，还要带看牛羊，农人忙四季，四季花不同。

群山叠翠，晚秋携冬，是房陵山区最美的季节，山的缘故，最浓的秋景总比山外晚十几天，也就是说这里的晚秋正是浓意绽放的最佳时节，风和熙熙，太阳不再火辣，而是柔美的金色，蓝天上的白云飘逸悠扬，天空蓦地高远，野菊含霜斗艳，大棵大棵的原始桂花古树花簇十里芳香，远山红叶摇曳着，勾带起"景在赏人"的梦想。

山坡上，四季扎着那心上人送来的心爱的头巾，心爽手快地打着猪草，心甜人不累，不时伸着懒腰仰脖向着远方恣意儿声喊唱："哪只雄鹰，敢戏云层，哪匹骏马敢走泥泞，姑娘长大呀，只盼嫁个好男人……"唱完独自一个人又放声大笑起来，她乃盛秋一景，忙在画中。

傍晚一阵急骤的马蹄声来到山坡下，木耳一勒嚼口，黄骠马一声长嘶，前蹄竖立，转身昂头甩尾迎接女主人的到来。"木耳，你真准时。"

四季背着满篓猪菜料，粉嫩的脸笑靥如花，牙齿雪白，负重地从坡上走下来。木耳接下她的背篓，扶着她爬上马背，再把背篓举上去让她自己背着，当木耳要踏蹬时，她笑着问："喂，好看吗？"

木耳高兴道："梁州城的仙女！""真的？""真的！"

“心里话？”

“心里话。”四季一阵开心满意地浪笑。

木耳踩镫跃身上马：“驾！”

四季紧抱住他的腰：“不要跑，走慢点，我有话要问你……”

木耳勒住缰绳“驾”碎步慢行：“啊！”四季：“这么漂亮的头巾，梁州城买不到的……是……”

木耳：“啊，何大人，就是活神仙的姐姐送的。”

四季：“你的命真好。”

木耳回过头：“是你的福大嘛。”

四季探身爱意地咬住他的耳朵，木耳顺着左转过头龇着牙：“哟、哟。”

四季松开口：“你真的在乎我？”

木耳：“在乎，只要你愿意，命都给你。”

四季：“我不要命，我要心。”

木耳：“啊，心比命重要？”

四季：“听人说，命可以说完蛋就完蛋，心是永远不死的。”

木耳：“是这样？”

四季：“魂长在心上，如果你真爱着那个人，魂就会在那个人心上长根。”

木耳：“我的魂要在你心上长根，怎么长呀？”

四季有些激动道：“你愿意？”

木耳不假思索坚定道：“一万个愿意啊。”

四季脸上升起少女绯红，在夕阳映照下，一脸吉祥金红色的云霞：“我教你。”

她用手一指，木耳会意策马进入较隐蔽的河湾，拴好马，在一块被河水冲洗得干干净净的平坦石块上，四季将红色头巾铺在石块上……

一阵激情过后，四季还是紧抱着他不放，在他耳边幸福道：“你长大了，你的魂已在我心中扎根了。”

木耳喘着气，还在回忆刚才销魂蚀骨的享受：“那你的魂在我心中扎根了吗？”

四季坐起来，指着隐私处流出的一丝鲜血：“它与你心上的血已相融相通，一样的鲜红，我的魂也同时在你心上长根了。”

木耳：“那就好，那就好。”

四季边穿衣服边说：“今后生不生儿子是靠命的，你可别……”

木耳抢过话：“别瞎说，生儿生女都一样，不生也行，只要咱俩一辈子在一起，比什么都值。”

四季高兴道：“真心话？”

木耳：“真心话，我的魂长在你心上。”

四季激动得噙满眼泪，久久舍不得分离，黄骠马一声嘶鸣，夕阳余晖渐尽，两人穿好衣服，四季将头巾塞进怀里，两人彼此一笑，重新骑马上路，一直把四季送到门口，自己快速返回驿站。

四季回到家放好猪草，立刻奔向楼上洗漱，她的心中像揣着一只小鹿蹦蹦地跳，毕竟是少女人生第一次，木耳在特定的环境刺激下，提前成了大男人，她想起来又觉得自己非常了不起，边洗边想着怕起来，摸着平复白皙的小肚皮，暗自问：“会不会怀孕？”又歪着头给自己壮胆，“反正是木耳自己的种，两人的魂都已长在心上……”

四季穿好衣服，准备去厨房做晚饭，母亲与三姐每天秋忙收割要很晚才回来，不料被父亲罕见地叫住，她即刻背脊发凉，额头渗出冷汗，心想是不是自己与木耳的之事暴露，加之平日父亲打骂从不手软，脾气上来，抓着什么就用什么暴揍，母亲与四个女儿无一幸免，所以全家人见了他总是提心吊胆，可是今天变了。

托桑漫不经心地指着一筐猕猴桃：“四季，把这点桃子送给木耳……”

四季一听给心上人送桃子，不由一阵高兴地走到桌边刚要伸手拿筐，托桑却提过去揭开盖着的一桐叶顺手拿起一个大红桃：“这是猕猴桃王，一棵树上只有一个，让木耳一定要给何大人吃，他是木耳的大恩人，活神仙，山里人穷没啥感恩的值钱的东西送，听说他们明天要离开梁州城，就算咱们的一点心意吧，记住千万千万不要说是我叫你送的，就说是你摘的，是你的心意……”

四季高兴爽快道：“父，知道的。”说罢，抱着小筐桃子一溜烟地跑去驿站找木耳。

木耳来到驿站在鸡蛋房里一阵冲洗，兴奋得魂不守舍，想到自己“能做父亲的本事”，浑身力气陡增，小男子汉的霸气爆棚，鸟蛋看到他奇异的兴奋：“捡到宝啦？”

木耳不好意思道：“嘿嘿，刚送四季回家……呵……呵……”

鸟蛋替他高兴：“恭喜恭喜，秋天是摘果子的时节，日后……哈哈……”

两人正说着，门房说四季姑娘找木耳，鸟蛋更来劲：“哇，男女之间，一时不见，如隔三秋啊……”

木耳笑着跑出来，见四季送桃子更是欢天喜地。

四季拉着他：“咱家院子里种的，野外抢不过猴子，记住这个是桃王一定要给你的大恩人吃，看着他吃掉，再把桃子分给那几位，自己也一样吃两个，我在这里等你送筐子给我。”

木耳迫不及待：“明白，一定，等我。”飞着跑回鸟蛋屋，“四季给大家送桃子，她家院子里的，她亲手摘的，这是桃王，何大人尝尝……”

鸟蛋一见是四季送的桃子，满心喜悦，这桃王半透红色颜色光鲜，他曾是野果为生，拿起来就咬，味道极为甜美，上等果中果，木耳在旁看着他津津有味地抢着一口接一口吞咬：“何大人，这味道……”

鸟蛋只点头，不答话，一个劲地旋咬着很快只剩核，他舍不得丢，把桃核顽皮地舔了个遍，逗得木耳“咯咯”直笑，木耳放下几个自己挑一个边咬边提着篮子分送少主人、公主、任子宴、肖远，拿着空篮子来到四季面前，四季：“那桃王何大人吃了吗？”

木耳边啃着桃子：“嗯，吃啦。”

“你看着他吃下去啦？”

“是，他把桃核都舔了个遍。”

四季在他脸上亲一口：“大男人，我走啦！”转身往家里跑。

木耳：“喂，我送你……”“不用。”

回到家，她把吃桃子的事原原本本说了一遍，托桑高兴得一拍桌子，把四季吓了一大跳，一声低吭：“好，世上哪有活神仙，是真神仙从来就不说话，哼……哼……”一阵狞笑。

四季也没在意，赶着进厨房做饭烧菜，今晚时间上有点紧，等会母亲三姐准饿了，利索地烧火打水熟练地忙碌起来。托桑点上水烟，呼呼地猛吸起来，与平时不一样的是，胸膛有些剧烈的起伏，手也在微微发抖。

雨，调节气候的转换器，晚秋入冬前，下起纷纷冷雨，时大时小，人们不约而同地找出冬装棉被，抵御下半夜寒气来袭。深夜，鸟蛋突然腹痛难忍，紧接着翻江倒海似的呕吐与拉稀，呕吐物与大便奇臭无比，一次紧接着一次，在茅厕里蹲着，一次次在便桶里呕吐……

木耳惊慌地喊醒少主人和公主，任子宴打开药包，选了止呕吐与拉肚子药服用，可一次一次服用，反而吐得更厉害，少主人抱着他找来冬装棉被，因为他已无力蹭到茅厕，浑身软绵绵，没有半点力气，干脆让他坐在棉被上把稀淡薄臭水拉在旧布上方便，少主人见他性命攸关，心急如焚，公主一次次用热水给他擦脸抹手脚，减轻痛苦，给点热量，鸟蛋又喝了半杯水，同上次一样一入肚后强烈地呕吐与拉稀，肠滚胃翻，痉挛痛楚，少主人抱着他不停地在他肚子上轻轻摸揉，公主蹲下用热水洗着他冰凉无力的手脚。

鸟蛋努力地睁开眼环视众人，用无力的手勉强挽着少主人的脖子笑着：“哥哥……哥哥呀……我陪不了你去咸阳宫了……”

少主人低泣：“别乱说，我们……”

鸟蛋无力摇摇头：“把我埋在那里……与……包一和……做个伴吧……”

少主人几乎是哭喊：“不会的……会……好的。”

鸟蛋又一苦笑：“哥哥……要是求仙药的哥哥回……来，让他与锁扣……到我坟前看看……看看我睡的地方……哈。”

少主人：“别乱说……弟弟……明早让袁统领找当地郎中来看看……会好的……”

鸟蛋无力摇头：“这肠子……一见水……像刀刮……掏鸟窝太多了，阳寿……提早到了……”

公主哭成泪人，不停地抽搐着用热毛巾擦着："会好的，忍一下……别说难过的话……哟……啊……"

鸟蛋无神的眼睛盯着公主："嫂嫂是哥哥心中的魂……只要嫂……在……哥哥……身边……一切都安稳……嫂嫂……千万……千千万……一步也别离开……"话未落音，一口鲜血喷出，随即一抽一搐，大便拉出一坨血堆，紧接着昏迷不醒，鲜血一直从嘴角渗出……

天一亮，任子宴喊醒袁统领，说明鸟蛋病因，危在旦夕，袁统领慌得披上衣服，冒着雨敲衙门郎中的门，三人跑着来到鸟蛋身旁，老郎中见统领如此重视，自己定定神，深吸一口气，闭目把脉，闻呕吐物，更可贵的举动是他撸起袖子，用手指沾起呕吐物放在舌尖上来回舔一番，然后起身洗手漱口坐下："这毒乃与当地巫毒有关，巫毒又有十三种，这种毒数上五乘，一般三个时辰毙命，现在已熬过七八个时辰，实在是命大，何大人可贵在于先前尝过一些有毒食物，要不熬不到现在……"郎中急得满头大汗，开了药让厨房马上煎药，自己急回宅内去换上厚衣，说是马上就来。少主人也请任子宴送袁统领回室，免受风寒连累染病。

人间鬼魅阴沉，一早托桑喊起甜睡的四季，让她快去看看，何大人他们出发了没有，木耳有没有送行。四季听说去见木耳，一溜烟爬起来戴上斗笠，疾步向驿站奔去。

门房通报后，木耳哭哭啼啼见四季，四季大吃一惊："木耳，谁欺负你啦，一大早……眼红成这样……哭了一夜……"

木耳垂头丧气地点点头。四季睁大眼睛，似乎这事与自己有关联，脑筋里飞速凝向着："何大人出事……事……啦？"

木耳："是，你怎么知道？"

四季："是……"

木耳："又吐又拉臭物，后来又吐又拉血，现在昏迷……衙门郎中也在里面，说是中了巫毒。"

四季深深呼吸一口气："木耳，你在这里等我，别走开！"说罢转身往回跑，木耳呆站着，身心俱损，以泪洗面。

四季边跑，边想着计策，脑海回想起父亲一串举动：“要我送桃，要何大人吃桃王，要说自己摘的……不能说他摘的……一大早要我去看何大人走了没有……父亲每次表情诡异，举止隐藏着什么……”

她突然停住脚步想起小时候一次：“不准动这桃子，有毒，谁吃一口谁死。”

父亲将筐里一个桃王拿在手上包起来，送到楼上下来后还警告：“以后家里的桃子，我叫你们吃就吃，没叫吃，万万不能吃。”

他又拿起一个小红色桃木盒：“这是咱家的解药，不能对外说，是灭仇人用的桃。”

她心中一害怕，冷汗一身，疾步进门，强装着笑脸迎着焦躁不安等待中的父亲，托桑一见她回来急切地问：“何大人他们走了吗？”

四季笑着：“走了，门房说是在火烧那酒店撒施舍钱，好多人，去了领赏钱，您也快去呀，赏钱……”

托桑吃惊自语：“哎，怎么回事……”慌忙戴上雨具疾步出门。

四季一见父亲出门，飞快移步上阁楼，找到小红箱子，没有钥匙也开不了，干脆抱起来就跑，慌乱中过门槛摔了一跤，牙齿磕在门槛石上，两颗门牙碎了，满嘴鲜血，也顾不上：“木耳在等我，何大人命悬一线，要解药。”

爬起来就跑，一身雨水，热气腾升，面颊绯红如熟透的桃子，气喘吁吁，远远招呼：“木耳……”

木耳一见她，奔过去看她一身雨水，满嘴是血，刚要问，四季将红木盒子递给他：“木耳，快，昨夜吃的那桃王是我父亲摘的，有巫毒，这是解药，快救何大人……快……”

木耳还要说什么，四季猛一推：“快去救命！”

木耳抱着盒子冲向鸟蛋房间，将红盒子递给衙门郎中。

四季回到家，一阵阵打着寒战，又冷又怕，她移步上阁楼，烧了一盆热水快速洗了个澡，换上衣服，梳理一下长发，嘴角牙齿还在渗着血。

“嘭！”托桑气冲冲甩门而入，丢掉斗笠狂怒高喊：“四季，你这个臭猪仔，哪有发什么赏钱？哼，哼，一个鬼影都没有……”

他咆哮着上楼推四季房门：“你发什么呆？丢了魂，那何大人死了没有？怎么没见动静？没一点……”

他似乎想到了什么，跑下楼搭上阁楼梯，一阵乱翻乱扔，狂怒地吼叫哭喊着：“我的解药……解药……我的红药匣子……我锁上的啊……”

他下楼扔掉梯子，冲进四季房看到四季还在那里木雕似的呆坐着，上前一把抓住她的长发，边拖边打边踢边骂：“你偷了……我的解药……送给……谁啦……吃里爬外的东西……”

一直拖着滚下楼梯，丢在二楼地上指着她：“你的心被狗吃了！”

上前又是一顿暴打，四季向后拢拢头发平静地一字一句：“我的心被人吃了。”

托桑火上浇油：“还敢犟嘴！”顺手抄起板凳照着四季的头上劈下，一股血腥味弥漫满屋，四季应声倒下，鲜血从发中流出来。

托桑上前猛踢两脚：“你死，你死，死了少一头猪仔吃食。”

他又重新捡起倒在地上的梯子，扶起来上阁楼上翻找：“我的解药……解药……”

四季苏醒，翻身慢慢向楼上爬，满身是血，长发已被血染透，一梯一地血迹，她咬紧牙用最后的力气爬到房间，用颤抖的手找到那条红色绫罗头巾，艰难举起扎在头上，倒在床上，最后用左手抚摸着下巴尖儿，右手摸着头巾，勉强地微笑了一下，闭上美丽少女的眼睛，永别了与木耳幸福的憧憬，刚刚含苞待放的花蕾被无情折断，只留下天天打猪草用的背篓独自静静地在墙角边……

母亲与三姐背着高粱回屋，一见满地鲜血，丢掉背篓奔上三楼四季的房间：“四季，四季……娘回来啦……四季，你醒醒……天啊……四季……娘的心……娘的心，你把娘的心挖走啦……你才刚刚十四岁啊……冬月初八才满十四岁呀生日快到了……女儿……女儿带娘一起走……哇……”哭得天地寒心，肝肠寸断。

鸟蛋服药后，不吐不泻，阳气逐渐回升，衙门郎中又调剂一坛药，两个时辰后服下，呼吸复原，四肢和身体慢慢在回暖，少主人将他全身清洗后换到另一个房间，自己与公主也各自清洗干净，任子宴、肖远将原来房间清理干净，众人一起陪着郎中一起去吃早餐，郎中说："这种是当地巫师萃取的蛇唾液与蝎子的混合毒，是用竹针注入成长的桃内，无色无味，无半点破绽，有案无据，防不胜防……官方也难介入，这种毒，杀人土案往往也成了无头冤案，所以人们对一些无良巫师总是敬而远之，处处堤防躲避。民间也常常爆发灭巫、杀巫的传闻，当然也有好的世代巫师为民治病消灾……"

公主突然醒悟："木耳，快去看看四季。"

少主人对任子宴、肖远："你们陪着一起去，有个照应。"他们匆忙吃完早餐随木耳一起骑马去了四季家。雨还在下…………

相距十余丈，木耳听到四季母亲声嘶力竭地大哭，他大叫一声："哎哟，出事啦！"拍马紧跑几步，飞身下马，闯开半掩着的大门，直接向二楼冲去。

"剁了你！"托桑如同一头疯牛，眼睛血红，举起斧头向木耳直劈过来。

任子宴不愧是王宫驭手，疾步跟上长鞭一甩正中托桑凶横双眼，"哎哟！"一斧劈空，捂住双眼倒地。

肖远在后护住马匹，任子宴跟上楼，见木耳哭成泪人，伫立许久，心里一阵阵刺痛，外面雨越下越大，风一阵紧接一阵，他突然想起这等大事要赶快禀告少主人，立即下楼将木耳马匹拴在大门外，留下肖远自己返身回到驿站，把事情同少主人、公主说了一遍，隔壁却传来鸟蛋脆弱的声音，让他们过去，三人来到鸟蛋房间，他已恢复正常，只是身体暂时虚弱，也同时要感激长期吃蛇鸟野菜为生的岁月，使他的体质抗毒性比平常人超强几倍。

他的"隔山传音"功夫让他了解到突变的一切："四季为救我而死，让木耳厚葬在桥对面，看着烟柳镇酒店，她喜爱红绫罗头巾，快十四岁，拉十四条祭绳，上面吊满各色花巾，留着色彩斑斓的美丽，帮她安一座永远热闹好看的家。另外让四季的三姐嫁给木耳，照顾好四季母亲，也是我的一点心意，难办的让毛瓜去办。"任子宴转身去找木耳。

第五天，晴空万里，袁统领一早前来送行，和十七位衙役一起送至桥边，只留两位看门。少主人与袁统领并马而行，气宇轩昂，英姿飒爽，引得梁州城内沿街人好奇观望。鸟蛋带木耳来到四季家门口，只见托桑呆坐在那里，两眼红肿如桃，鸟蛋怒从心起，拔出马刀，几次旋马举刀，几次又落下。突然一只猪经过，他一声凄厉大喝："要你的头！"马刀一闪，割下猪头抛托桑怀里，喷了托桑一头一身猪头血，那无头猪来不及叫喊，四蹄竟跑出十几米才倒下，不停抽搐。托桑怀里的猪头瞪着眼睛与他对望了许久，托桑已是有眼无珠，世界已一片漆黑。

鸟蛋探身在托桑的肩上擦掉刀刃上的猪血，插入鞘，拍马离开，木耳不解地追上："何大人，你这是……"

鸟蛋回头望一眼二楼："他是四季的父亲。"拍马去追赶少主人。

送至桥边，袁统领礼节性话别，转身带领众人回衙门。少主人过桥下马与公主一起携手来到四季彩墓前一番祭奠，公主四周环视，有感而发："生如仙花，不识牵挂，静好秋叶，远离烟火，听风鸟虫鸣，看溪水依然东去，绝美星空，无关风月。"

少主人上前拉住她的手："漫步时光回廊，缘起缘灭，终是一指流沙，红尘初妆，碾碎梦魇无常。"

两人三步两回头地伤感地离开，一起上车。任子宴知道耽误太多，该赶路了，长鞭凌驾响，马匹快速奔跑起来，车轮卷起一道薄薄烟尘。

鸟蛋与木耳千言万语地交代了许许多多，最后分别时："木耳，寒冬即到，给毛瓜他们合理添置，住宿、衣食，强盗改邪归正，非常难得，贵人不可贱用，拿七个秦半两呈送给袁统领，三个秦半两给衙门郎中，三十个秦半两给四季娘和三姐，钱乃身外之物，既要精打细算，又要义薄云天。"

木耳哭着："是，何大人，我记住活神仙的话……"

鸟蛋："阎王面前扯断链子的人，留下的是传说。"

说罢两腿一夹，坐骑蹄跃往前冲，他又勒住缰绳，略一停顿，再风一般远去。

木耳哭着下马跪在地上："活神仙，我天天为你焚香。"

青铜关，位于乾佑河中下游，安梁山、壮阳山、月西沟、梅花湾，如棋子散布，地形如一把巨大的钥匙状，原本是秦国与楚国往来咽喉之地，沟壑互联，黄土厚重，许多南北隐士喜欢栖居于此，故又名为"隐关"。

数天来，任子宴策马苦赶行程，风餐露宿，有些辛苦，一路上很少话语，还遇到毛瓜带着能工巧匠的四辆车队人马，一晃而过也没搭话。只有鸟蛋一个人常常在后面一阵接一阵演练武艺，研习马上功夫。

进入柞水后基本是一马平川，北方的荒凉，雄浑悲怆。傍晚到青铜关，高台孤垒，牛羊味浓，两边街道各色灯笼悬挂，锣鼓喧天，鸟蛋兴奋得抓耳挠腮，一会儿在马背倒立，一会儿倒骑手滚翻，惹得行人驻足观看，更绝的是他仿着高亢的秦腔，把一咏三叹的地方戏味唱得入木三分，出众的嗓音，超级语言天分，大胆的添油加醋，摇头晃脑的纯粹本质："你的老虎吃了我的羊，我打死老虎没商量，如今霸理跟我算横账，兔子剥皮倒逞强，难道就因我是草民你是王……"唱得丝丝入扣，不绝如缕，引得阵阵喝彩，还有一群人追着呼喊赞赏，连疲劳的任子宴、肖远也开心笑弯了腰，车内公主不停地笑着回头鼓掌。

不巧的是不大的镇上，问了几家宿店都已客满，有人指点任子宴来到这里最豪华的大酒店"梵香楼"。要了三间房，歇了车马，进了餐，鸟蛋大赞"味道棒"，吃了个肚儿圆，累了，各自回房洗漱就寝。

梵香楼，名不虚传，融合南北要素，妙笔朱丹，都出自名人之手，皇族陈设，没有敷衍，真金白银打造的豪华裹挟着几分雅气，梅兰菊竹，松柏常青，悬匾"澹泊宁静"更是画龙点睛，几幅不打眼的画吸引着公主驻足观摩，久久不愿离去，难怪许多世外高人，隐遁如此，开这家店的主人，应该是显赫家族，来路不凡。

公主一边看画一边轻声细语："主，这空气里好像弥漫着一股熟悉的味道。"

少主人牵着她的手："哦，可能与燕宫有几分相似之处。"两人边走边欣赏，走向自己的房间。

天有时风和日丽，有时云遮雾障，人生的路没有一条是直的，自己没走过的路，那只是传说中的路，自己没有经历过的险那不是险，那是故事。

一早梵香楼后厅十一根粗壮的柱子上绑着五个人，鸟蛋与公主先醒来，因为可能他俩都曾经中过毒，抗毒性比一般人强，醒得早些。鸟蛋口干舌燥："我踩你尾巴啦！来人，快放我下来，我要喝水，我要上茅厕，我要操你八代祖宗。"守护的人倒很礼貌，客客气气，拿来一杯水喂他喝水，不料最后一口水还未吞下，喷了那人一脸，鸟蛋咯咯大笑起来。接着少主人、任子宴、肖远都蒙蒙眬眬醒来，互相观望，都动弹不得，也不知何故，懵怔中不知所措。

鸟蛋喝了水，又开始大嚷："快叫你当家的滚出来，爷要……"

那被喷了一脸水的人，不怒不怨，反而满脸堆笑："我能给你水喝，不敢放你下来，听说你们都武艺高强，所以五更就用了点'夜来香'请五位到这里来，等我家裘老太、飞雪小姐来会话定亲后，才能……嘿嘿……"

鸟蛋不耐烦："什么裘，订什么亲，你不睁开老鼠眼看看，'鹅'的什么人。"

鸟蛋一问一答中说了很多当地话："快给他们水喝，改改醒，否则定了亲，先拿你开刀……"

那人吓得趴下磕头："小大人，别吓我，我从小胆小，我叫裘安，是裘老太远房亲戚，我那……"

鸟蛋："快去送水。"裘安爬起来给众人喂完水后，还端来一盘红色香点燃在每个人鼻子上嗅嗅，顿时，众人神清气爽。

公主听说定亲，吓得花容失色，以为自己真身暴露，她苦苦望一眼少主人，心里下定决心，若真要"订婚"，一是撞墙二是跳楼三是咬舌，她在思索着，如何为少主人保住圣洁身子离世。

少主人望着公主落泪，心痛如刀绞，明枪易躲，暗箭难防，第一次身陷缚固笼，空有一身绝技，龙陷浅滩遭虾戏，虎落平阳被犬欺，他一千个后悔，大意失威失志失能，不该住店，要是静坐一夜也不会沦落到如此下场。人间不卖后悔药，如今砧板上的肉，横切直切由别人摆弄。

任子宴、肖远自己被绑着，一点也不知道，稀里糊涂刚清醒过来，想着“为何要绑着定亲”，也思虑着，这野蛮“订亲”虽然轮不到自己，可是少主人与公主无论哪个被“定亲订婚”那都是棒打鸳鸯、生死攸关，如今也只能瞪着眼睛干着急。

突然鸟蛋大喝：“死裘安过来，你那裘老太想同我订婚……这像话吗……噢……笑死天下人……”

裘安慌得奔过来恨不得用手堵住他的嘴：“哎呀，小老大，人吓人，吓落魂的，这话炸口，要死人的……”

鸟蛋：“那谁同谁订婚啊？”

裘安揩着头上大汗又去拿一碗水递给少主人，满脸笑得皱纹如波：“恭喜这位少主人，我家小姐真有眼光，你也真有福气，普天下好男人搜个遍，嘿嘿，最后找到了你……运气……”

少主人一边喝一边听，越听越觉得不对劲，一声怒吼：“胡说八道！”

吓得裘安碗掉在地上摔碎，赶快拿扫帚清理，开心道：“这脾气好，能压得住我家小姐……哟……有缘……天生一对。”

鸟蛋：“裘安，你家小姐听说是那个又丑又穷，嫁不出去的那个……”

裘安又跑过来急忙争辩着：“错、错、大错特错，我家小姐是头枕泾阳、咸阳，脚踏铜关、渭水，马跑千里不吃别人家的草，人行千里不踩别人的田，耿百万的独生女儿，是含着金汤匙、坐着聚宝盆来到这世上啊，哈哈，这还不算我家小姐睿智聪颖、肌肤如玉、皓齿如雪、倾国倾城、艳压群芳，从咸阳到渭城到这小小青铜关，无人不知无人不晓，耿百万的女儿耿飞雪，武艺高强，十几年孤独求败，连皇帝的儿子扶苏都看不上……哎哟……这位少主人……是天上掉下来的大富大贵之人……”

鸟蛋似乎听出了门道：“裘安，你家小姐四十几岁啦？”

裘安："哪有，哪有，刚满二十八。"

鸟蛋望一眼十六岁的少主人笑得合不拢嘴："哈哈，女大男整整十二岁呀，天下奇观，哈哈，真好玩咯。"

裘安指着胸："哎，等会儿你见到就知道，比十八岁还显嫩，还显俏。"

鸟蛋："为啥嫁不出去啊？是……"

裘安抢着争辩："是我家小姐眼界太高，太美太富，功夫太厉害，她在咸阳放话，谁打得过她，谁就娶她，听说只有这位少主人赢过她，所以只有用'夜来香'请你们来……嘿嘿……"他向五位谦笑拱手。

少主人与公主互换一个眼色："啊！""原来是他。"

鸟蛋："她也够胆，敢不要当今威满天下始皇帝的儿子扶苏做丈夫，岂不是死罪？"

裘安自豪地撸起袖子："这话长了，可别吓着小老大，大富不是一朝一夕，情深不是一谷一衣，耿五根在青铜关发迹，后在泾渭筑基，与始皇帝曾祖父秦昭襄王结儿女亲家，富二代耿秋在咸阳兴业，耿知理又与始皇帝其父异人，结为女儿亲。始皇帝自小与我家老爷一起长大，知根知底，始皇帝喜欢我家老爷节俭天性，从来不穿绫罗绸缎，总是贫民布衣，可是他又特别精于算账，前些年始皇帝打仗，总是牵着他的手，搂着他的肩同商车马粮草之事，我家老爷常穿打补丁的裤子去见始皇帝，两人促膝长谈，抵足相眠也是常事，天下也只有我家老爷一人能在始皇帝那里无话不谈，倾心畅叙，而且国家需要什么，皇帝要什么，只要有，耿家从来都是倾囊而出，从不留一叶一粒，自然扶苏与我家小姐从小在一起玩耍，我家小姐当仁不让、敢爱敢恨的脾气，始皇帝看得一清二楚，曾有人撮合扶苏与我家小姐，始皇帝摇头作答，始皇帝有二十多个儿子、十多个女儿，其中有两个女儿嫁给我家小姐大哥耿飞龙、二哥耿飞虎为妻，三哥耿飞图，武艺高强、善驾鹰犬，乃始皇帝亲近护身侍卫，我家小姐还是朝中中书府令赵高显赫权贵的干女儿，赵中书府令为人极为精明，与我家裘老太敢作敢为极为合拍，始皇帝、赵中书府令为我家小姐婚事也操过不少心，只是……"

乌蛋："嘿嘿，你还真的吓了我一大跳，那快叫你家裘老太、耿飞雪小姐来见我，看她俩长的三头六臂。"

裘安："裘老太与小姐从咸阳赶来，在路上，诸位暂受委屈，千万不要恨我怨我啊，来来来，我倒水……谁……还要喝……"

乌蛋："那耿飞龙、耿飞虎在那里？"

裘安："啊，大少爷在咸阳，二少爷在渭城打理生意。始皇帝不杀富人不杀生意人与我家老爷有千丝万缕的联系哦，血浓于水一点也不错，我家小姐的眼睛他们都说与始皇帝有些像。"

乌蛋："你见过始皇帝？"

裘安："没见过。"

乌蛋："那你怎么知道耿飞雪的眼睛像始皇帝？"

裘安："听说的。"

乌蛋仿着他的话："啊，听说的。"

裘安："还有三少爷耿飞图乃赵中书府令女婿。"

外面一阵人喧马叫，瞬时门被推开的声音传来，十几名彪形大汉入内站满四周。"哈哈，这风……"摘斗篷跺脚抖灰的声音。

裘安跑到门边腰都弯到叩地迎接两位女主人入内，裘老太坐下，品了几口水，她全名叫裘君丽，原是魏国赫赫有名的总镖头裘不败之女，雍容华贵，一身武艺，浑身是胆，说一不二，肤白貌美，精明干练，实际掌管着耿家财产大权，与朝廷赵中书府令及一大批官员均有交情，褡裢不断，绝顶的聪明，就是从不涉政，只谈生意烟酒，又好在商场上童叟无欺，江湖上许多争斗都请她当调解人，官官斗，官民争也请她当和事佬，作为富可敌国的巨臂巾帼之英，遗憾的是独生女儿耿飞雪二十八岁还嫁不出去，从公子王孙到黎民百姓，明探暗访乘龙快婿，使出了浑身招数屡不如愿，一块心病逼得她白发频添，几番急出大病，险些摧垮生命。

天下父母心，越是爱得至深的宝贝疙瘩，越是叛逆让人操碎心，久旱逢甘霖，千年等一回，掌上明珠一厢情愿看中了心上人，所以老太太极不情愿地施计，想促成鸳鸯，给女儿一辈子幸福，再说那耿飞雪脱掉斗篷后，着一身梅红短打盛妆，发鬓高挽，樱桃小嘴，皓齿如雪，特别是那天生丽质肌肤，温润如玉，细长的眼睛秋波荡漾，似睡含醉，溢射出另类光泽，柳叶眉如描似画，不施粉黛，轻盈缥缈，一切天生，毫无妆饰，更不糙娇，一半仙气，一半英气，腰悬利剑，脚踏云靴，身材凹凸标致，一双丰腴之乳坚硬有型，高高耸起，配着傲天直鼻，霸尽人间风骚。

裘老太喝了两口水，凤眼一扫，霎时心中一惊，怎么五人中竟有三人有些眼熟？立即站起来，径直向少主人走过去，不禁佩服女儿的眼力，心中一阵狂喜，如此气宇轩昂，亦雌雄之美，刚柔齐备，平生第二次见到："啊！"耿飞雪从来敢作敢为，此时见心上人被捆绑柱上，心虚、心有愧疚又心痛，羞涩地低下那高贵的头，手也在微微颤抖。

裘老太见过无数风月，窥到女儿显露的窘境，心中会意地笑，怜爱地对裘安说："来，给少侠松绑，苦了晚辈，罪在于我，见谅，见谅。"

裘安求之不得地冲上去，要给英俊少年松绑，不料一声厉喝："闪开！"

裘安吓得倒退三尺，一屁股坐在地上，半天才爬起来。

少主人剑眉倒竖，怒气冲天："何须松绑，天理不饶，生死何惜……"

裘安笑颜圆场："少主人息怒，是好心好意，让你受点委屈，我已和你说过了，我家小姐有意与你订婚，因你武艺高强，有捕虎伏熊之能，怕你伤人闹得亲家不快乐，外人看笑话，是我出的馊主意，得罪少主人的地方，要罚要打就……"

少主人打断裘安的话："杀戮时代，民不聊生，百姓长歌当哭，我等长途跋涉进咸阳宫，为民建镇，开垦万顷良田，救一方生灵，路经此地，入店为客，你们恃富霸凌，假设数处客满，骗我等栖居，用毒残伤，强行绑婚，滑天下之大稽，无耻如同禽兽，我已有心中鸳鸯，从一而终，岂能看得中你这面上皇亲国戚，实为劫贼草莽……"

裘老太从未被人顶撞，当着众多部下，被如此恶语相辱，气得浑身颤抖："放肆，小小年纪，口出狂言，目无长上，找死！"

裘安急得满头是汗："老姑奶奶，息怒，息怒……"

又跑到少主人身边："马上要成亲了，大富大贵就要来了，动作粗了点，可心是善的，心是一家人……”

少主人寸步不让：“这位胖婆老糊涂了，强横惯了，内心堕落肮脏，暗香阴毒，伤人手段下流卑劣，龌龊可憎，要杀要剐，快快动手，君子与贼岂可同屋。”

裘老太气急败坏，平生最忌别人说她胖更没人骂她贼，一声大喝：“来人，拉出去砍了！”

公主一声求呼：“主！”

同时耿飞雪：“慢！”

喝住要冲上来的武士，两眼含泪看着少主人，拉着颤抖的母亲：“娘，是我的事，干吗要你生气呀……”

裘老太一看刚烈如火的女儿笑中含泪，谙知各种滋味，心软三分，精明一世的眼睛转动一下，在思索着下一步棋该怎么走。

“哈哈，真开心，哈哈，耿小姐，聪明一世，糊涂一时，你们要订婚，找错人了，哈哈，好简单的喜事……办成这样，哈哈……”

众人一愣，转个头看着鸟蛋幸灾乐祸的表情，他对耿飞雪挤眉弄眼：“只要你答应赔我一把刀，这婚事我包啦。”

少主人、公主、任子宴、肖远也不知鸟蛋又要卖什么药，面面相觑不知所措，裘老太见过大世面，但未见过如此大胆顽童，是江南来的，怎么又能说一口地道的青铜关话呢？一脸狐疑，倒是耿飞雪真的走过去：“你砍断我两条马腿，连伤我两名卫士，你一把臭刀还要赔……”

鸟蛋：“呵呵，耿百万的女儿还这么小气，你是要一百匹马，一百条残命，还是要一桩称心如意的婚事嘛？”

耿飞雪看一眼裘老太：“这……”

鸟蛋追着问：“这什么这，这生意这账还用算，你妈真没教好你。”

裘老太心里一紧，心中纳闷：“这歪瓜裂枣还长着一豹子胆，竟敢指到我的头上来……”

鸟蛋调戏讨好她：“你这眉毛是长的还是画的，真好看！”

耿飞雪脱口而出：“长的。”

鸟蛋："啧啧，你这皮肤，天上神仙都比不过，唉，凭你这美色，还打败我这大英雄，订婚何难？只是你错了方法，呵呵，还不求我，你来十个娘都没用，只能添乱……不是……"

耿飞雪被一捧一怂，觉得说的真实且有道理，回头又看一眼裘老太，此时裘老太被折腾没了主意，反思："也是，订婚是自愿，一百个娘也没用，是不是自己添了乱呢，想当年嫁耿百万……"

鸟蛋继续抱怨："哎，便宜没好货，好货当然也不便宜，雪儿搜尽天下男人没一个中意的不是？万年等一回碰到心中真男神，就应该你赢我陪你君临天下，你输我陪你东山再起，愿意拿万两黄金、江山、性命换真爱……"

还没等鸟蛋说完，耿飞雪少见主动地动情热泪盈眶："我愿意……"

鸟蛋趁热打铁："美丽自带汾毒，那天你要是穿这身衣裳，貌若天仙，三秦大地，你排第一，不是第二。"

裘老太由怒换喜，平生最得意最爱听的就是别人夸她的女儿："哈哈，那是！"

鸟蛋继续掏心："那天你穿的不男不女，斗篷裹着全身，败在你心上人之手，又惶急如蚁，怒气冲天地跑了……"

裘老太跟着补话："就是，姑娘要有姑娘样。"

飞雪回一声娇喝："要您管。"

裘老太持强一世，只对掌上明珠百忍千爱，遇怒不争，默认无语。

鸟蛋得意极了："那天一遇上真爱，应该立即露出美女身，笑靥如花，一路待我们好吃好喝，柔情似水，妩媚百态，大摆筵席，让青铜关张灯结彩……"

飞雪脱口而出："小菜一碟。"

裘安帮着急："鹅听懂了，是好主意，女要柔呀男要刚……"

飞雪恼火地将利剑柄一抽一缩："多嘴，割了你的舌头。"吓得裘安躲到裘老太后面捂住嘴。

飞雪走近鸟蛋，有一点羞愧难言，反望一眼少主人："那天我痛死了，他击中了……"

鸟蛋怪脸调侃："那也不是有意用竹箫击中你的左'面包山'，因为那天不知你是千金小姐，现在看你只有十五岁，要知道你这么美，我哥哥绝不碰你那'元宝'最痛处，他非常害羞的呀，那个痛，只有我痛过，隐位的痛啊，比割心还痛……"

他做出痛的模样，飞雪直点头，逗得所有人都笑起来，裘老太扭头窃笑，似乎是想起一种痛，脸上浮显不易察觉的红晕，抬起右手抹向左胸乳又瞬间离开，掩饰性地拍向左肩。少主人几次要打断鸟蛋的话，都被高圆公主泪目制止住，情危，只能顺变。她用眼神告诉少主人眼下最重要的是脱困。

鸟蛋高声："狂风折不断柳枝条，以柔克刚真大气，必能修成正果，天下美酒都要慢慢酿，不能热急，飞雪你答应我三个条件，我答应你婚姻终会圆满。"

飞雪："三个、三百、三千条件都行，只要我能做到。"

鸟蛋："始皇帝三千美女伺候，男女有别就在这里，烈女命从一而终，好男的像狮王，一群妻子。"

飞雪抢着："我愿意，他有一百个妻子，我就做第一百零一个就是了……"脸上羞飞滚烫如火的红霞。

鸟蛋："啊，我的三个条件太简单，你举手之劳，你的婚姻百转千回，我要与你一起好说好商量。第一个我要上茅厕，第二第三个条件是秘密慢慢谈。"

飞雪极为爽快："行。"

寒光一闪，绳断千节，还未落地自已紧接着："呀。"一声惨叫倒地。

鸟蛋高兴地："生手怕熟手，熟手怕高手，高手怕失手。"一滚身一扬手逼向裘老太。

鸟蛋年小身瘦，动机又是"绑亲"之举，小看了顽童，手上绳索并未紧绑，鸟蛋早在捻动手脚，贯通气血，想一举制服耿飞雪与裘老太，松绑少主人他们，同时验证一下自己剽学的功夫"击腕脱剑"。那天，少主人用箫击中耿飞雪手腕使其利剑脱手，让他羡慕不已。

今天瞅准机会演练，他扬手"透骨封喉针"拍中耿飞雪天柱、魄户、仆参等穴，同时以拳击中她左手腕的阳谷，使利剑脱手，少主人惊讶不已，这一招是他前段时间用“妙点中堂”绝活，崩落耿飞雪利剑之术，他一见就会，现剽现卖。紧接着一个滚翻对裘老太封喉锁臂逼丹田，三针齐发，同时想抢到耿飞雪那把削铁如泥的利雪断刃剑，让众武士不敢近身，将举世无双精巧利刃据为己有，比自己马刀好用！

手刚触到剑柄：“哎哟！”

手掌被裘老太反手飞针射中，两膝一麻，跪地如钉钳，痛得嗷嗷大叫：“痛死我了，痛……”

裘老太一推一合，耿飞雪一个鲤鱼打挺站起来抢利剑，向鸟蛋后胸刺去。

“慢，要刺先刺我。”少主人急得撕心裂肺地大叫，飞雪抬头见少主人求情，怒气顿消一大半，狠狠地将剑入鞘。刚要呵斥鸟蛋发威，被裘老太制止，她惊异地看着手中一根飞针喃喃自语：“车马，车马……”

鸟蛋痛呼：“车马是我爷爷，哎哟，痛死我啦……”

裘老太像被雷击中，一下蹦了起来：“嗯，是你什么？”

鸟蛋感觉到有渊源：“是我亲爷爷，我父母修长城死啦，爷爷把我带大……痛死我啦……快帮我……哎呀，爷爷……快来救你孙子呀……爷爷……啊……别热水煮青蛙……熬死我咯……”

一个劲地嗷嗷叫。裘老太两眼含泪一推一扬将三根针收回。

少主人不禁一声：“哟，好功夫！”

他钦佩裘老太如此年龄如此距离如此轻松拔出入骨奇针，丝毫不显山露水，其内力远远在自己之上。飞雪闻声复杂地看了他一眼，一边揉搓着隐伤余痛，鸟蛋奄奄地一屁股瘫坐在地上，吭哧吭哧行礼：“谢老奶奶护犊祛痛之恩……”

裘老太皱眉：“哎，缘分，一进来就觉得哪儿见过，形倒像车马，神却远离车马，你这‘透骨封喉针’是按图索骥剽学而成，未得真传。”

鸟蛋一下被震住，瞪大又亮又圆的眼睛：“您是真活神仙，武艺如此高强，两眼识真假，这图在这里，这我爷爷藏针的荷包。”他从怀里搜出来不敢近前，扔给裘老太。

裘老太接到图放一边，接到荷包浑身一震，失声尖叫：“天啦，五十一年，还……依旧如新……”

飞雪好奇伸长脖子窥看，心中暗念：“深绿色缎面，淡黄包边，一对鸳鸯……”

鸟蛋爬到身前跪着：“您见过这荷包，是前些时我从他床下窖里找出来的，用防火羊皮包了好几层，内面有三十一根针。”

裘老太淡淡道：“这荷包是我绣的。”

站着的、绑着的人们一齐惊呼：“啊！”耿飞雪瞟了一眼少主人，捂住嘴。

鸟蛋怯生生坐在地上问：“您认识……我爷爷……见过面……吃过饭……”

裘老太将荷包紧贴着胸口：“车马老英雄，江南第一侠士，文武全才，屡屡用‘透骨封喉针’射杀秦国大将，一骑绝尘，胸有诗书，铜铁风骨，忠义侠情，朝廷重犯，曾在青铜关疗伤，是我家救命恩人，也窃走了我少女春心，那年他三十一岁，我十六岁，一别五十一年，天地竟然这么小……”

鸟蛋：“老奶奶，无巧不成书，地下说不清楚的事，那就都是天上安排的。”

裘老太激动地回想着，突然想起：“你爷爷现在可好？”

鸟蛋一边流泪一边擦泪沉痛道：“给咸阳宫金银捕手杀死了，埋在狻猊岗，今后叫烟柳镇。”

裘老太听了久久没有动静，目光呆滞，浑身颤抖，慢慢低头，大颗大颗泪水低洒在荷包上，湿了鸳鸯图案，突然胸膛剧烈起伏，一声声撕心裂肺的狂喊：“车马……”

随之一口鲜血喷出，染红了衣裳，染红了那小小荷包上的鸳鸯，急得飞雪帮她抚背揉胸，半晌她一连串深呼吸，平静下来轻声吩咐：“裘安，送客。”两手一抖，八片锃亮飞刀，干净利落切断少主人等人的绳索。

她闭上美而沧桑的泪眼，心中默默诵念：“缘未尽，情入骨，恩债、情债、孽债还不了了……”

绳子一松，公主险些倒地，浑身麻木，少主人抢步心疼地扶着她，帮她揉揉膝盖，拍捏肩膀，蹒跚向门外走去，任子宴与肖远也活动着手脚跟随，快要过门坎时，飞雪一声哭喊：“林萧云留步。”

众人回头看到她以泪洗面没有了往日矜持，她慢慢走向少主人面前，双手颤抖地拉住他的手，少主人不知所措，公主两边望略想避让，飞雪昂起那高贵的头颅，如玉脸颊上升起难舍红晕，泪滴大颗大颗落下如雨洒桃花，让所有在场之人几分怜悯，她强忍着悲绪：“你要走了，我留不住你，只留下你那支击痛我的竹箫与我朝夕相伴，乃我圣物，见物见人，孤灯下一辈子梦中等你，要我低头比砍头难，苦苦寻觅我心中之神，你要疏离怨恨离我而去，我心中滴血，又错在‘绑婚’，覆水难收，我认命但我抗命，从此我们永不见面，我请你记住，我不是妖艳贼妇，如今的我死容易活难，你已搅动一江春水，我倔我犟我羁，但在你面前我心纯洁如雪，是一只温顺待宰的羔羊，也有雷霆万钧之力，元气满满助你善举大业可期。我知道一切都是竹篮打水一场空，我请求最后离开时你抱我一下，我吻你一下，算是终生痴情解脱……”

说罢，泪水更加汹涌地溢出，感动得众人动容。裘安奔泪，鸟蛋大哭：“飞雪，看你那么凶那么恶，你对我哥哥真情千两黄金难买，万里江山换不来，你是口恶心善，不是，对我哥哥口也善，比蜜还甜，真情无价，你这么美这么富，对我哥哥又这么好，全天下找不到啊。”

少主人被眼前情景吓蒙了，公主也被飞雪真情感动得泪流满面，哽咽不已：“主，真爱没有错，真爱发自钦慕与善心，飞雪乃女中极品豪杰，纯粹本真难得，请圆她一个夙愿，平抚一片苦楚痴情。”

少主人四周看看，有些为难，急中对公主：“我怕她咬我，因为我被人咬过。”

公主圆润柔和地笑着：“值，那是爱到极致。”

少主人张开修长的双手，飞雪大声哀号着顺靠进他的怀里，浑身筛糠似的颤抖，樱桃小嘴舔吻着他的脖子与脸颊，久久舍不得松手，而且越抱越紧，少主人在众目睽睽之下有些难堪，裘老太一直紧闭双目，沉入自我黑暗世界。少主人轻轻想推脱两次都不成功，裘老太一声咳嗽传来，飞雪身子一震，自知有些过分，突然想起少主人的话“怕她咬我”，瞬时她热血膨胀，一不做二不休，牙齿上移咬住少主人肥大的耳垂，由轻到重，一股鲜血溢出。

裘老太可能闻到血腥味，猛地睁开眼“噢”了一声，飞雪越咬越紧，松手不松口，摸出小白丝绢，牙齿咬穿耳垂，少主人龇牙不出一声呻吟，让血流淌到樱桃小嘴里，飞雪慢慢地似乎平静下来松开口，用白丝绢捂住伤口，少主人挥手不轻不重地给了她一耳光，血染透了白丝绢，她松开手，公主迅速用自己的手绢捂住少主人伤口，两人动作不紧不慢，接替适度，像之前演练数遍那么自然和谐。

少主人有些愠怒，公主一边捂着伤口对飞雪：“诚心所至，金石为开，珍重。”

飞雪长吁一口气：“谢你教我。”

公主扶着少主人走过门槛，飞雪最后望了一眼少主人，转身快步登上二楼。裘老太目送少主人一行人离开后：“都退下，我想静静。”

一行人急着上车，如同惊弓之鸟都想快快离开，暗中不知不觉中了“夜来香”还心有余悸，绑在柱子上失去自由，大有砧板上的肉的感觉。跑了一段路程，任子宴才发现，马是自己的，车厢却换了，而这车厢跑起来极为舒适轻快，已超越当年楚王宫任何一辆品质，表面上油漆朴实无华，掩盖了它优越的精巧，车厢略比原来宽敞，用的是百年以上紫檀木，肥梁细柱，棺轴咬合极为紧密，轮子加装叠板，过小沟坎与横木闲石，丝毫感觉不到颠簸，最难的是巧匠们计算出轴上、辕把、车厢上的绝对平稳数值，大大减轻马匹的负重感，还安装了三挡刹车板，足以媲美始皇帝的座驾了，能找到如此高人造车，毫不夸张地讲应该物质与人脉缺一不可。

任子宴、肖远边跑边打量、边议论着，作为驭手，自然心花怒放：“人强不如业强，马壮不如轮圆。”

少主人搂着受惊的公主小憩，也感觉到座靠舒适得当，越坐越感觉到与原来老车不一样，马蹄“踢踏、波呵”声，车轮节奏地碾压声，催眠睡意，不久传出一深一浅、一粗一细、一强一弱的香鼾声。而任子宴与肖远，两人轮换持鞭，越跑越新鲜，还是不停地你一句我一句地探讨着。鸟蛋一个人在后面还是继续比画着他的马刀，研习着裘老太描述的“车马老英雄，一骑绝尘，飞针封喉屡屡射杀秦国大将”之神技。翻转在马鞍上挥臂扬手，试仿着各种身姿。

三秦大地，初冬即临，寒风凛冽，一片萧瑟，沿途枯草萋萋。鸟蛋感觉到后面有狂奔的马蹄声，回头看去黄沙卷起烟尘，他警戒地侧让到路边，抽出马刀，远处奔来的三匹烈马，都穿着斗篷，看不清面目，快到跟前都放慢速度，高头大马，一看都是有价良驹，一声声长嘶，任子宴、肖远识得它们的脚力，减缓车速扭头回望，少主人与公主也被雄壮的马嘶声惊醒，三匹马越靠越近，明显是冲着车辆而来，逐渐与其并行，鸟蛋俯身专注，准备随时力拼。

前面那人掀去斗篷露出脸，笑眯眯从怀中拿出一小荷包递给任子宴：“我家小姐差我等送给少主人创伤药。”

说罢，礼节性地靠外慢随，因为他要复命回话。任子宴接过后递给肖远从右侧窗户递给少主人，少主人也听清楚是裘安的话，心中怒怨未消，接过药包，打开小窗户往外扔：“矫情！”

鸟蛋手快催马上前，不等药包落地一个“海底捞月”捡起，又从窗口递给公主：“哥哥呀，药是药，情是情，止痛就行啊。”

公主嫣然一笑接过去，对鸟蛋：“我来给他涂药。”

鸟蛋回身向跟随的裘安打了一个响哨，告诉他：“收到！”

裘安开心地甩一串响鞭作为谢意，调转马头回青铜关，走着走着，鸟蛋略有所思，上前与任子宴耳语几句，也调转马头追裘安而去。

飞雪跑到楼顶，目送少主人一行扬尘远去，望着咸阳方向，泪如瀑布奔流，长跪不起，连续几天激动、沮丧、烦躁、失望，为情痛彻心扉无法自拔，逞强的个性，让她面对少主人只是一滩泥泽，沉陷着、渴望着、绝望着……

她虚弱地回到房间，抱着曾击痛她右乳的重箫亲昵，拿着有血渍腥味的白手绢，不断嗅着，神经似在追梦中恍惚，嘴里不停地重复：“林萧云，我咬了你，痛吗？恨我吗？我本不知道要咬你，是你教的呀，哎……痛在你身上更痛在我的心里。”

华灯又上，裘老太在门外急得像热锅上的蚂蚁，女儿陷入痴情之井，掌上明珠变成嫩豆腐掉到灰里吹不能吹，拍又不敢拍，从小宠养的任性，现在让自己吃尽苦头，她来回踱步，又不敢上前敲门，她忍着、叹着，让厨房做了几遍的汤菜佳肴晾在那，不时用耳朵听室内动静，房内黑灯瞎火，传出喃喃梦语，她极度恐慌，害怕心头肉变成了神经病：“那怎么得了？那样只有先杀了她，然后自己了断……林萧云啊……只有你能……医治她的病啊……神仙显灵……救救……我的宝贝呀……”

“雪儿，雪儿，我给点灯，饭菜都凉了……快开门。”

她强打起精神，喊了数遍：“娘给你说，今晚我让林萧云他们住咱们的竹韵轩，给准备了最拿手的八大菜，肯定吃得饱饱的，睡得……”

门猛地被拉开，险些将靠在门上说话的裘老太拖倒：“娘，他们在竹韵轩吃饭啦？八大菜，今天咬痛了，流了血，得多喝点上汤补补。”

裘老太托着灯，壮胆讨好她：“要你说，安排鹿骨人参雪蛤盖老火汤，那小子……哈哈……准吃个肚儿圆，你快跟他比赛吃，咱们不能输，长得白白嫩嫩的……谁不爱……细皮嫩肉。”

飞雪一听“林萧云”名字就兴奋：“哎呀，我忘了，肚子饿得厉害，羊肉大葱姜，还有爆炒牛筋葱花，还有罗汉饼……”

裘老太喜出望外，重复喊着菜名，楼下久等的裘安，连滚带爬地张罗着，马上汤菜齐备，飞雪目无旁人，狼吞虎咽，裘安讨好她：“小姐，药送到了，我亲手交给少主人……”

飞雪睁大眼睛：“他说什么了吗？”裘安哈腰打拱：“他说啦，让我带话回来，谢小姐有心，这么远追赶送药……有点说不过去……你关着门，我又不敢敲，现在才把话传到……”

“哈哈，真的？”

裘安："那还有假，人家读书之人，遇事讲个理为先……"

飞雪坚定回应："那倒是，上次胜了我，还谦谦……哈哈，今后凡有林萧云的事，快敲门踢门捶门叫我。"

"不碍事。"说完，又飞快加一句，"不得有误。"

裘安唯唯诺诺："是是是。"边擦着额头上的虚汗退下。

裘老太看她恢复了活力，顺势帮她找事做："你留了人家的箫，还不找最好的工匠再做一支，要不他失了爱好……"

飞雪高兴得跳起来拉着裘老太坐下："哎呀，还是我娘吃盐比我吃米多，是啊，要再造一支胜过这支几倍的，让他天天拿在手上，一吹曲就想起我……"

裘老太："你仔细看看这口径内面是紫铜的，亦是乐器亦为兵器，这支重箫没有相当的内功是吹不响的，若吹响它，音可传一里或十里开外。"

飞雪试着几次狠狠吹都是哑音，一脸茫然。裘老太太疼爱她："真爱源于钦佩与仰慕或感恩，我将你俩称了一下，知道斤两，两人容貌相当，都乃孤品美男女，武功他胜你一筹，要说你从师与他的师傅技艺略胜，只是他更勤奋苦练深钻，所以身怀绝技，你还怕苦了一点，手持利剑，削铁如泥也斗不过这支竹箫不是？他以箫作为护身克敌武器，是避嫌朝廷，抚弄仙音，他应该有怒怨且根深，以曲诠释，所以我给你找京城名师，下一番功夫，了解到他欣赏哪些名曲，苦练超越他的技艺，他日韵律交流，知音亦知心，走清修苦路，最终定成眷属。"

飞雪："娘到底是周旋五尊，破译红尘情事高手，只要林萧云喜欢，吃再大苦，受再大的罪，我都心甘情愿、不留余力，直至成功。音律本是女辈之长，我亦有古琴垫底基石，定能超越他的技艺，亦为知音。"

裘老太站起身拉着女儿的手："真情也乃重毒，若转为痴情就会变成九死一生的劫，痴情这把伤人刀，你要握住它的柄，让刀尖向外而不是对着自己的心，为了真情，有的活着比死难，有的死比生更难，千姿百态，像极了那罂粟花……"飞雪点头："哟，没错，还是娘知女儿心啊！”

裘老太摸着她的长发：“娘还要告诉你，痴爱无药可解，只有将真爱化为大爱藏于心中，护住美貌，练成超凡技艺，隐身为他做一切益事，才有你想要的结果。真爱九缺一圆，就像天上的月亮。”

飞雪佳肴扫尽，精神抖擞，伸一个大懒腰，打了一个哈欠，亲昵地反过来给裘老太捶背：“娘，我与林萧云是不是算那种有缘无分的？”

裘老太：“缘分可遇可抢亦可变。”

飞雪：“那您与车马老英雄算……”

裘老太：“有缘无分。”

飞雪：“缘到哪个火候了？”

裘老太：“手都没碰过，他救我出窑洞把刀柄递给我，他掐刀面把我救出来。”

飞雪：“由恩变爱……”她拖长声调。

裘老太：“恩是固定的，恩先要转换成情，而后变成爱。”

飞雪：“是长得俊俏武艺高强而生情？”

裘老太长吁一声，捶两下胸脯，吟咏再三，摇摇头。似触动隐伤，引起涩痛：“哎，陈年旧事……”

飞雪翘起嘴：“我想听。”撸起袖子，不罢休的架势。

裘老太瞟了她一眼：“长得林萧云模样，高挑个，穿衣显瘦，脱衣满身一块块肌肉……”

飞雪补上一句：“功夫到家之人都那样，一块块的，铁骨铜筋。”

裘老太：“这世间，官运一半是杀出来的，财运一半是天上掉下来的，大侠之风骨，在于不贪官、不贪财、不贪色而尊义重情。”

飞雪故意引话：“那手都没碰过，怎么算缘嘛？”

裘老太舔了下舌头，脸上升起难以察觉的红晕，眼睛愈来愈亮：“他见过我洗澡……”

飞雪：“哇，羞死人啦！”

裘老太：“第一次他就在我们全家偶遇危险时，拔刀相助，第二次救我们全家，可能是有意一路护送，绝境中他不顾个人安危，身伤多处，奋力退敌，在我家养伤数日，一见我就脸红，可我一不在家他就着急着寻找……”

飞雪听得动情：“哎呀，娘，要是林萧云找我就好啊……”又轻轻给裘老太捶肩捏背。

裘老太：“天热，那天家里无人，大门闩了，我独自在后院凉棚沐浴，他喝了几口小酒，吟着曲也赤身裸体地走进来冲凉……”

飞雪激动道：“哎哟，那多难为情啊……”

裘老太：“两人互相望着，许久一动不动，也动不了，像僵尸一样，后来不知哪里有点响动，他才回过神先跑了。”

飞雪遗憾道：“哎，怎么不……”

裘老太：“第二天他就来了个不辞而别，再也没见到。”两行泪溢满眼眶。

飞雪着急道：“那荷包怎么给他的呀？”

裘老太：“他在我家养伤，我帮他洗衣服时放在衣兜里送给他的，不想五十一年，今天原物归还，天意。”飞雪帮她擦掉眼泪，裘老太回头望着飞雪久久地痴笑着。

飞雪：“娘错在当时没冲上去抱住他……”

裘老太：“那时才十六岁，哪有那胆？赤条心上人，哆嗦吓掉魂，哪像你敢咬破人家耳朵？”

飞雪骄傲地带着分析回忆：“他的血已融入我全身，一辈子不后悔，我要有缘又有分，不管多少分，有分就行，生一个同林萧云长得一模一样的儿子就一生心满意足了，我比娘当年更漂亮更有钱，林萧云与当年车马也不一样，车马乃江南名侠，又射杀秦国大将，杀来杀去，血腥味太重。林萧云，拥有王者之气，文武兼备，儒勇双修，一副书生模样，腹有诗书气自华，且武功那么高强，使用的兵器又是重箫更添雅致，他胜了我，并没有张狂忘形，而是谦谦有礼，那惊鸿一瞥，令人魂牵梦萦，眷念终生。胜败之间尺寸由心丈量，咬破耳垂他一声不吭，何等的诠释滴血的心盟，敢甩手一巴掌打出平衡，打出男人血性……小小年纪，建镇为民生，善举一方……”

裘老太："可惜晚了一步，他的心已许给那女扮男装的'小兄弟'，车马当年有爱意又不近我兴许另有隐情，大侠一诺，泰山难移的重量。"

飞雪突然转怒一声娇喝："娘，你别老把死人跟活人比，晦气，不吉利嘛……"

裘老太："哟哟，又来牛劲……我这是帮你出……出主意……啦。"

飞雪眼泪又在眼眶打转："她是女的，我怎么没看出来？"

裘老太："你一心扑在林萧云身上，心无二用啊。"

飞雪顿悟："也是，他一切都听她的啊……"

裘老太："大侠禀赋与凡人不同之处，一言九鼎、至死不渝。"

飞雪："可那女的，似乎处处向着我。"

裘老太："那女的来路不凡，带侯门之气，韶华清艳，纯情而自香，没有惊人之技、过人之处，那林萧云岂能对她唯命是从，处处呵护恭顺？"

飞雪着急："娘，他心被人拉走……"

裘老太："她不是留给你的……"

飞雪急着抢说："你若盛开，清风自来。"

裘老太："那是善意，也亦玄机，好啦，明天回渭城，看看怎么把那支箫做成极品，把这支信物练成仙音，有情人终成眷属，从今夜起，要凡事学着圆润柔和恒韧……噢……别老吓着我……"

飞雪顷刻变温柔："娘，女儿懂了。"

裘老太做一个鬼脸，心中自嘲："流年不利，撞到前世鬼，今晚会梦到车马。"

说罢下楼而去，一路吩咐裘安送香水上楼让飞雪洗漱，才回到自己房间就寝。飞雪追到楼梯口向下喊了一句："还要赔车马孙子一把刀。"

夜阑风静，皎浩星月，清凉空明。青铜关乃耿百万祖上发家之地，而现在耿百万多在咸阳，那里有七条街商铺自用与出租，倚仗始皇帝之势，借赵高、李斯、姚贾等几十位权官购租并大量土地，承接阿房宫、骊山墓诸多工程，当年为始皇帝捐钱粮无数，如今借始皇帝之威，日进斗金，财出财进，算得一手好账，生意如日中天，无人能及，自己节俭，为人圆顺，常常穿着打了补丁的裤子出入皇宫，穿梭在权贵巨贾之间。裘老太奢华，女儿飞雪个性张扬，常住在渭城，随性自在，只在重大节日回咸阳团聚，周旋于众大官白富之间。

裘老太带着女儿一年顶多来一两次青铜关小住，重在去梅岭玄观祭拜，为耿家祈福，耿百万每年清明节必带飞龙、飞虎、飞图为祖上扫墓，成家规。平时青铜关祖业都由裘安打理。耿百万、裘老太很少过问，这一次裘老太与飞雪突然来到是个例外，裘安忙得团团转，梵香楼上上下下紧张、恐惧出错，下人提满一浴盆香料水，备放一桶热水添加，都退下站在楼底口守候。

窗外下起淅沥小雨，有些凉意，耿飞雪拉上窗帘，宽衣解带，准备沐浴。

突然窗帘风动，一黑影飞身而入，轻盈着地一滚，飞雪防不胜防，惊得头皮发麻，一刹那间懊悔窗未上栓。在渭城自己卧室有两个丫鬟伺候周到，院外多重暗哨，但在青铜关却一时疏懒，酿成大错，此时赤身裸体喊又不敢喊，跑又不敢跑，为了护住身子她一下将浴盆掀翻，水流淌一地，缩着雪白的胴体，只露出一个头在外，两手紧紧扣住盆沿，细长眼睛瞳孔放大，睫毛上挂满热气腾飞的水珠，心里恨怨：“大胆毛贼，还敢来劫色，将你碎尸万段，剁成肉酱喂狗。”

那黑影半蹲在楼板上隔着浴盆，摘掉斗篷露出脸。

“是你？”飞雪低声愠怒，几乎是咬着牙蹦出音。

鸟蛋：“是我，见一次面很不容易，我那两个特别的要求，必须先让你知道，否则你我都要误了大事。”

飞雪：“我割了你的舌头，怎么来这里说？”

鸟蛋：“我踩你尾巴啦，说完我还要追赶我哥哥去，夜路辛苦，你懂的。”下面用人在喊“滴水、漏水啦”。

裘安赶紧上楼：“小姐，怎么漏水了……”

飞雪：“漏就漏，滚开！”裘安：“是是，滚开。”

飞雪：“快说。”

鸟蛋将头贴近："嗯，别咬我。"

飞雪牙咬着响："臭猪头离远点，找死，找死。"

鸟蛋："嘿嘿，无处不是我生门，死我之地，怕死的不会来，怕羞的站起来说话。"

飞雪无可奈何，两次交手，第二次落了下风，碰到硬钉子了："快说，车马孙……"

鸟蛋见她软下来，抵着她的耳朵密语数句，惊得飞雪有些意外，胸脯一阵剧烈跳动，长吁一口气："好，我答应你，小心，这可不是闹着玩的……"

鸟蛋："放心，我从不做亏本的生意。"

说罢又在她耳边说着联络的办法："记住啦？"

飞雪点点头，没有了敌意，眼睛在飞快转动，在搜索着什么计算着什么。鸟蛋："我走啦，后会有期。"走向窗口。飞雪低声："慢，你到马厩等我。"

鸟蛋稍停一下留声不回头"好"，一下跃出窗外。

小雨已停，天上露出半昏半暗的月亮，飞雪披着斗篷来到马厩，一个口哨，一匹无缰花马奔来，鸟蛋惊叫："哇，是雪花……"

走近一看又不是，比雪花更年轻更雄壮高大，低头一看还是一匹公马，而雪花是母马，花纹像极了。飞雪疼爱地将重箫给它鼻子上嗅，又将白手绢的血渍抵在它鼻子上："它叫雪豹，是匹千里马，幼驹时来我家，风水先生测算说是女婿坐骑，所以这次带来，原定是送给林萧云，还准备把青铜关所有财产送给他……哎……"

鸟蛋上次给雪花踢了，对这雪豹有些忌惮，畜生没啥情面可讲："我替你带给我哥，他肯定喜欢，那青铜关就送给我不就行了。"

飞雪："贱货，你投十次胎……"

鸟蛋不屑道："有钱人都小气，我哪看得上啊。"

飞雪："人穷嘴硬，那你看上啥？"

鸟蛋："换换皇帝。"

飞雪眼珠急转："你……你……吓着胆大的啦！"

鸟蛋不疏不腻、不怠不急从两大截门牙缝里迸出三个字："走着瞧。"

飞雪抬头看看昏昏残月，对着雪豹马又嗅一次重箫与白手绢：“雪豹，这是你的主人，好好服侍着噢。”

雪豹似乎听懂她的话，一声长嘶，飞雪将它嘴搂在怀里亲了又亲：“它听得懂人话，鼻子比狗还灵敏几倍，让它带路，告诉你哥，它只认主人，别为难它。”

她牵出自己的马翻身上鞍：“走，送你一程，反正睡不着，林萧云那冤家，偷了我的心，带走了我的魂，我愿为他死，我愿为他生……哈哈……天下第一大傻瓜。”

说罢一夹鞍镫向驰道奔去，雪豹跃身超越飞奔在前面引路，鸟蛋纵马跟上，上了驰道两人并路而行。

飞雪：“你信缘吗？”

鸟蛋：“半信半疑。”

飞雪：“那你信啥呢？”

鸟蛋：“信土地。”

飞雪：“信土地？”

鸟蛋：“土地踏实，可种五谷杂粮。”

飞雪：“那天呢？”

鸟蛋：“假天真地，天上谁也没上去过，什么仙啦、神啦、鬼呀，都是该割舌头的唬出来的，我就当过活神仙。”

他向飞雪呵呵一笑，飞雪也会意“割舌头”含义。

飞雪：“那你服什么？”

鸟蛋：“服我哥，服真情。”

飞雪：“这句话我爱听。”说完调转马头飞奔而回，鸟蛋舍不得地目送她消失在夜幕里。

初冬处女雪，来得又冷又急，一夜飞絮，让三秦广袤黄褐色的土地银装素裹，幻成白色仙境。“嘶咴、嘶咴、嘶……”一声声雄壮马叫声将少主人唤醒，当听到第二声时，全身为之一震，这种声波强烈地冲击着他的五脏六腑，撞闯着心扉，拨动母根亢奋的神经，如同喝了一杯烈性美酒，热血冲腾。世上最强有力的声音。

“嘶嘶、嘶咴……”

他慌得迅速穿好衣服，提了拐杖剑，夹着斗篷看了一眼熟睡的公主，带上房门，奔出“竹韵轩”酒店大门，循声向右看去，不禁一声惊叫：“啊，天哪……”

一匹无缰骏马，浑身冒着热气，雄健的身躯，永不知疲惫的神情，高昂着头，甩着尾巴，硕大的马蹄踩踏出一片新土，那神驹一见到他，兴奋地又一声长嘶，摇摆起好看的舞步。

少主人狂喜：“雪花！”

那花纹与雪花太像了，他飞跑过去抱住马头一阵亲吻，那畜生不避不退，更加肆意地竖起前蹄，一个漂亮的人立：“哇！”前蹄如鹰爪，后蹄稳稳弓立，露出丰腴的肚皮与雄器，它在展示、它在表达一份唯我独尊的张狂与诚意。

少主人已确认这不是雪花，它与雪花在血统上有着某种联系，是能蹄踏飞鸟的神骏，他继续爱抚，可它却舞步式旋转疏离，并又一声声长嘶，欲显奔跑之姿。这时任子宴、肖远和公主都相继跟过来，大家第一感觉都错误地评论：“怎么雪花跑到这里来了……”

公主睡眼惺忪，激动地惊呼：“雪花，雪花……”她很快理清了关系，那不是太子丹的坐骑，是一匹年龄二到三岁的公马，比雪花更矫健，雄威霸气，而花纹却像极了，一丝哀伤升起。任子宴耳精听到旁边有微弱的鼾声，定眼一看是鸟蛋熟睡在马鞍上，一身雪花，他上前把他叫醒：“哎呀，何大人……何大人……这神马是你找来的……呀？”

鸟蛋被人声马声惊醒，他一夜抱着马鞍上睡觉，雪豹领路五更时赶到这里。

少主人：“呵呵，它的声音像惊雷滚滚，又像似松涛阵阵，太振奋人了！”

那马还是不让少主人靠近，旋转着舞步，摇摆着身姿。

鸟蛋大喊：“哥哥，它叫雪豹，是昨夜遇神仙送给你的。它要见血认亲。”

少主人不假思索：“啊，真的？”

毫不犹豫地一口咬破中指，鲜红的血涌出来，雪豹眼前一亮，碎步跑了过来，用长大舌头舔着少主人的伤口，又轻又柔，少主人又一次抱住马头又亲又吻。突然它耳朵一竖，四蹄刨刮土地，一副奔跑姿势。

少主人一声吆喝将拐杖剑抛给鸟蛋：“好嘞！”

飞身一跃骑上马背，雪豹兴奋长嘶，如离弦之箭冲出，快如闪电，卷起疾风一阵。

少主人高兴得连声欢叫：“哟呵，好脚力，够劲，来吧！”

他施展轻功之技，立身一脚轻抚马头向后一个翻身，稳稳站在马鞍上，又惊险向后一跃，如树叶飘起，手抓住马尾在风中飞驰，一用力向前一倾，双腿盘坐在马背上，又一下跃身地上，展开百步奔跑之术，与雪豹一起六腿竞技，雪豹似乎受到刺激，更加尽全力地奔驰。

少主人一跃抓住高高飞扬的鬃须，又飞身入鞍：“回！”雪豹掉头狂奔到众人面前戛然而止，毫不喘息站立。众人一阵喝彩，少主人少有地极为高兴，让任子宴喂养马匹，自己拥着鸟蛋牵着公主一起回房洗漱，并告诉肖远，吃完早餐准备赶路。

他不时回头看雪豹，自言自语：“如此神骏，定有来头，无须问得太过于明白，方能一身轻松。”

第十章

平时一向不多话的肖远冒冒失失赶上来："何大人，这神马是哪位神仙送的啊？"

鸟蛋笑着回头："活神仙呗。"

肖远站在原地嘀咕："我爷爷的爷爷传下话，天下极品神驹是用竹子里的竹剪成竹马，仙人吹口气成的。"

自从见了雪豹，少主人像是变了一个人，爱得出奇，宠得出格，时而狂奔，显马踏飞燕之能，时而与公主背靠着背，鞍上诵经吟咏，晚上寒冷他要跑下来看它几次，有时抱着它的腿小憩一阵，每逢这时雪豹懂事地半蹲下来为其遮风挡雨，每天还要给它梳理鬃须，清理全身毛发。

公主笑言："你爱它胜过我，你爱我胜过自己。"

少主人每次也不做任何解释与争辩："哈哈！"大笑作答，呵护千里神驹，人间尤物，从不疏漏一星半点。

雪豹每次引领众人都夜宿竹韵轩，每到此楼，掌柜都把吃食住寝安排得事事周全，鸟蛋爱啃的羊肘，公主喜欢喝的燕窝汤羹，少主人爱吃的牛排蜜醋骨，任子宴爱偏辣的宫保鸡丁，肖远一餐要吃五个大羊膜煎饼，一家比一家做得更精致，一家比一家像是算好了时辰，不热不凉恰到火候地托上桌，不卑不亢地伺候着，谁也挡不住长途劳累之后的可口佳肴，美食充填饥肠辘辘的胃，在粮食匮乏，与狗争食的时代，真的是难能可贵，如此定向可口的饭菜，不恭维，不献媚，比家人还朴实的服务，让人一声叹息，更奇的是掌柜从来不收钱，均是免费吃住。

“主人有话，咱自家人，免了。”大家也不想问何缘由，任其一半烟遮一半云埋。

一向多嘴的鸟蛋从未吃到如此好吃的食物，从未享受如此“家人”优待，每次吃得小油嘴笑得合不拢，天真的脸庞挂满得意：“不要钱的日子，比有钱的日子过得好一百倍，真解馋……”

有时做梦：“谷粒要有这么好的厨艺，我得多活二百年，好吃好喝，谁舍得死啊？”

最让少主人狂喜的是，每位掌柜都精心备好上等草料，单独马厩，淡淡盐水，像伺候皇帝般地伺候着雪豹。

公主：“他好几次梦里笑醒，说雪豹真有口福。”

少主人内心：“只要雪豹能吃饱吃好，我就不饿。”

咸阳，人头攒动，熙熙攘攘热闹非凡。鸟蛋又兴奋得手舞足蹈，看不尽的五光十色，街阔屋高，钟灵毓秀，心中暗赞：“大大的始皇帝，宽宽的咸阳街。”

威风凛凛的雪豹，昂头甩尾，踏步引领着众人穿街过巷直奔“竹韵轩”，沿途有些许人认识它，一些辕车为它让道，连皇宫禁卫军的车队也礼让三分，鸟蛋爱出风头，时而追上与其并行，不停地挤眉弄眼地接受行人们的羡慕，借雪豹之威，显摆王者之范。人群中一双眼睛藏在脏兮兮的斗篷底下，鼻尖上长着一颗黑痣，双眼浑浊，此人惊奇地认出鸟蛋。

千古一帝，奢华气派。豪华咸阳，秦国之都，其霸气显露，豪华无处不在。“竹韵轩”又名“绿舟”，这里原是咸阳城仅有的一片洼地池塘，位置较偏僻，耿百万祖上不知是“神仙点拨”还是有先见之明，以便宜的价格买下了这块风水宝地，更眼光独到的是深挖池塘，扩大数倍水域面积，将塘土堆成一个形似北斗星位的七个大小山丘，山丘上遴选七种名竹，按生长习性排种，各种竹子之间铺就林荫石道，又人为设置朱漆木栅，并栽种银杏、松梅、梅花、青藤等百木千草点缀其间，池塘内广种荷莲，岸边围几十栋农舍，种菜兼养各种家禽，既是仙境又是烟火人间。

如今此处已是阔绰的都城商业中心地带，七座山丘早汇成竹海，也是黄褐为主色调的咸阳城中仅有的一片“绿舟”，极晴日若从高山远眺，竹韵轩形似一条绿色之船，格外显眼，若走近，令人心旷神怡，风清目爽。

整座建筑高六层，地下两层，地上四层共六屋，咸阳城第二高度，仅次于咸阳宫楼。黑黛筒瓦，脊顶压摆灵禽瑞兽，正门两块天然青冈巨石矗立，托起牌楼，更值钱的是中间金字“竹韵轩”的落款为嬴政，始皇帝极少题字，为商家挥毫仅此一笔。全国南来北往官僚贵富入住，见匾额敬畏三分，惮压骄奢之气，文官在此处下轿，武官下马，由礼童引入大堂之内。

正门牌坊皇帝御笔威震天下，大堂内却大气素雅，紫色纹石墁地，平棋天花悬顶，单翘重昂斗拱木灵柩双面巨门，轻盈开合，浮雕百花，镂空鸟兽，石木台阶，名玉钳画，瓦鳞、榱桷、檐牙、栋柱、门隔壁隅、门槛穿厅、斗拱回廊均用材名贵而又显简朴，华而不奢、以技取巧、以艺张扬，特别引人注目的是大堂左右一杵一秤，平复千万顾客心境，又令人久久回味，不能平静：“啊，裤子打补丁的耿百万，名不虚传……”嬴客人传颂与赞叹。

左边一根碗粗的铁柱锃黑光亮斜插在一块巨大磨石水池中，柱尖往上不停地冒着一串串细微水泡，石上刻着“姥姆铁棒磨针，内心守恒”，右边一杆铜秤洗磨铮洁，盘中摆放金砖，砖上凹字“童叟无欺、心境公平”，耐人寻味，蕴含无限勤朴哲理。

一轴三连宫，显殷实人家基固宅阔，廊庑榫卯连接到第二厅堂，这里是声名远扬能容纳二三百人的戏台，白天放下幔帐，只有琴、洞箫、埙壶、琵琶等乐器悠扬演奏，夜晚却是名伶，古秦腔轮番上场，好戏连台，喝彩不断，也是吸引顾客一大法宝。三厅堂则是供奉水火二将的地方，神像亦为铜铸鎏金，束发顿足，着袍衬铠，体态威严，执旗捧剑，栩栩如生，木结构的建筑，火灾乃商人最忌惮的地方，耿百万每天起床洗漱后，第一件事就是来拜水火二将，祈求平安，而赑屃驮的始皇帝御碑则放在最后面安静之处。有一次始皇帝便服私访回宫对做贴身侍卫的耿百万的三儿子耿飞图直言赞赏：“做生意就该这样。”也对日后来御题“仙台”埋下伏笔。

“仙台”原叫“天台”，是耿百万屯放财宝、家人栖住、迎朝廷高官驻足之所，建于山丘高地，俯瞰竹海池塘全貌，每当荷开莲丰之时，丹桂飘香三季，始皇帝若不离宫巡游，一定要来这里小住几日，一边批阅公文奏书，一边甩甩手、揉揉腰，看荷开鱼跃、波浪涟漪，闻香赏月，久久不愿离开，可能是顾忌这里不能上朝议事，所以总是住上三五天，从不久住，特别是夜里他会较长时间闭目静坐，听波吟浪唱，阵阵竹海涛声……

原来的“天台”也是他悟觉仙境之感，始皇帝改为“仙台”时，当时耿百万拿墨宝在天台上让他写下“仙台”二字，耿百万问要不要落个御名，他摇头作答。后来人猜测他一辈子喜欢“仙”字，不怎么喜欢“天”字之故，摇头不留名，一是门坊上已有皇名，不必重复，二是这里毕竟是私宅，没留名必要，三是他秉性言寡，不愿多话，此景闲静，也算是顺境随心。

国家富闲人多，国家乱坏人多，一入城，鸟蛋身边跟着一帮乞讨的，他兴趣盎然，分几个银毫给弱小乞丐，一批跟着继续讨要，一批人抢小乞丐手中零钱，大街上瞬间撕扯叫骂声起，鬼哭狼嚎，还有几个地痞无赖竟敢动刀割马尾，有的欺他“小不点”想拉他下马搜身抢劫，鸟蛋被激怒，手一扬割马尾的薄片匕首掉在地上，那十四五岁的痞子痛得托着右手掌打滚，跳上马镫想拉他下马的手自然被针扎中倒地哭叫不已，鸟蛋嗤之以鼻：“什么咸阳城，三教九流之地。”两腿一夹跟着雪豹一起从右边骑门直接进入“仙台”楼下。

掌柜与一众侍从久久等候在这里，雪豹轻蹄路熟走向属于专用的竹林内的马厩，咀嚼着精美草料，少主人被最高礼遇引入“仙台”正寝室，也是始皇帝每年两次来这里住过的地方，是飞雪来咸阳的住所，第三个入住的应该是少主人了，公主和鸟蛋分居两边厢房，任子宴与肖远住在一楼左边的房间，随时可以看到窗外竹林里的马匹。

侍从人员比其他住过的竹韵轩更和善从容，颜值更高，不卑不亢，语调谦卑而柔和，高级的礼仪，虔诚的微笑，让一向好动捣乱的鸟蛋不得不装起君子，学着正经跪坐的样子，不懂处紧盯着少主人与公主，现场拿出看家本领——快速剽学。

少主人入室内之前对公主、鸟蛋打招呼，洗漱后一起至楼下转转，三位年轻男侍童也按规矩随之入室伺候，只有公主微笑着谢绝，少主人和鸟蛋乐得会意一笑，公主见景心情大好，少有地做一媚态给少主人，经过他身旁时对着他被飞雪咬过的耳朵龇牙：“美丽自带三分毒。”

三人相约由三侍童引领从正前门牌坊到首厅看了杵与秤，转到戏台听了一会儿琴、洞箫，惹得二人手痒，三人只看了几眼就一起去宴会厅吃了丰盛的晚餐，任子宴和肖远另有人陪同点炒饭菜。吃完后兴致极好的鸟蛋抹了小油馋嘴：“嗯，做大富人比当皇帝强，富、肥水长流，官，只几声炸雷。”少主人与公主相视而笑，那笑带着几分赞许默认。

信步走进竹海，涛声阵阵，来到池边好似又回到江南，久没见到池塘，鸟蛋玩得尽兴，不停用瓦砾薄石片在水面上“掠窝波”，瓦砾在水面上连连蹦跳，有几个、十几个，最多时有几十个，他选好上佳薄片，测好角度用尽全力，要公主一次次帮他数“跳数”。直到天黑才返回“仙台”楼下。鸟蛋探头看“天花根”，侍童挡住，接过鸟蛋手中剩下的瓦砾往里一丢，久久才听到微弱的回响：“啊，好深的沟壕！”“仙台”四周遍布机关，人造天险。表面上藤蔓绿叶覆盖的底下，是尖桩扶墙深渊。

上到仙台，掌柜陪着裘安伫立恭候，裘安奉上两只精致的锦囊盒子：“少主人，这是我家小姐复制的重箫，请试音。何大人，这是我家小姐赔您的刀。”说完将箫盒递给少主人。

裘安打开马刀盒小心翼翼将刀柄递给鸟蛋，自己从挂带间抽出腰刀，让鸟蛋试刃。裘安与鸟蛋也算是半个相识，鸟蛋高兴地挥刀劈砍，虚张声势，穷尽其坏，故意让刀影来回在掌柜与裘安脸上晃动，寒光一闪，裘安的刀被砍成两截，众人吃惊不小。

鸟蛋兴奋异常：“削铁如泥，哈哈……”拿刀缠头裹脑地比画，吓得胖掌柜与裘安面如土色，不停咂舌，拼命朝墙壁退避，恨不得钻进墙缝里，鸟蛋的张狂被少主人制止。

他拿起箫掂掂重量，仔细端详一番：“能工巧匠，心血之作，这内紫铜心，外包古竹镂空之技，不是一般人能制造，难度极高。”

裘安高兴地看到鸟蛋将刀入鞘，才放心地上前几步讨好：“要说心血，我家小姐真是情到极致，送少主人心爱的‘雪豹’千里马，眉头不皱一下，这重箫您试试音色，就知道流了多少汗水……”说到激动处，哽咽不已，连带胖掌柜也跟着为之动容。

少主人为情所动，心生愧疚，泛起一丝愁肠思绪，拿起箫运气催音，一曲《山水》惊得公主连连鼓掌：“这音色绝佳，天下极品，远胜原来那支箫了，真该感谢飞雪姑娘费心，还要烦请转告那位制箫高人，如此短时间和出这绝美玉音，盼有缘拜见。”

少主人默默点头，裘安转哀为喜：“一定转告圣言，裘安在此告辞。”

胖掌柜擦擦来之不易的泪与汗，胆战心惊地捡起地上断成两截的刀，陪着裘安告退。少主人找来任子宴让他夜里去官门递上拜帖，明天去蒙毅将军府上协商办理“烟柳镇”诸事。

第二天早晨，任子宴、肖远驾车，少主人和公主在车内，鸟蛋照旧独自骑马随后。因入咸阳宫禁止携带兵器，刀剑只有留在“竹韵轩”，只有少主人手中拿着重箫。一行来到咸阳宫东门一号岗，守军看了公文又是去蒙毅将军府，礼节放行，二号岗都下车，将内巡查后放行，三号岗管制较严，都要简单搜身。因为蒙毅统领内宫禁卫军，所以住地离始皇帝最近，全权负责皇宫安全，一般持帖拜见蒙毅的都放行，今天三号岗军头是韩孝成，绰号尖头，高个子，身手矫捷，浑身杀气腾腾，六亲不认，这里也有一个内在原因。

尖头原是始皇帝二十八贴身卫士之一，这些卫士的选拔，条件异常苛刻，一是忠君，二是个人历史清白，三是无烟酒赌嫖等嗜好，四是武功高强，五是各自擅长的兵器必须互补，六是高矮胖瘦均衡搭配，而且二十八人中每年有个年龄偏大的必须调换，尖头是二十八人中的五个高个子之一，刚刚调至三号岗做军头六七个月，还不到一年，始皇帝贴身侍卫凶焰余威还在身上燃烧，更有中书府令赵高在后面撑腰，蒙毅管理警卫军队，当时赵高是管理朝中官员、皇帝身边侍从、宫内军队小官，都是蒙毅提名，审批权又在赵高手上，秦国统一后，为始皇帝打大半个江山的首要将军王翦，第二次辞官归故里频阳东乡，王翦儿子王贲请缨离开都城远赴西北戍边，王翦是秦国继白起之后又一位杰出的军事家，为始皇帝打下半壁江山，难能可贵的是留下“功大即祸”警语，急流勇退，洞穿权谋，低调到什么时候老死的，埋在什么地方都无人知晓。

一家四蒙三代名将护秦，他们原是齐国人，也有后人争论蒙武、蒙恬、蒙毅都是在秦国出生，不能算齐国人。蒙毅祖父蒙骜侍奉秦昭襄王，官至上卿（蒙毅与祖父一样官衔），曾经夺取中原要地成皋、荥阳，置三川郡；攻赵榆次、新城、狼孟等地，取三十七城池；攻魏国取高都汲邑，又攻占赵国重镇晋阳，力克太原，攻韩四取十二城。

蒙骜为秦立下赫赫战功，而蒙毅父亲蒙武曾为秦国将军，与王翦一起率六十万大军灭楚。四蒙中蒙毅的哥哥蒙恬最突出，从小生长在军中，喜读书，酷爱书法，改良过毛笔，后人称其为西北最早开发者，现今贺山纹砚（磨墨用）与他爱好书法不无关系。蒙恬少年学习刑狱法，还担任过审理狱讼的文书，作战以智取胜，从未败绩，攻城快、攻城多、死人少是他的标签，被后人誉为“中华第一勇士”，他常身先士卒，第一个登城。

蒙恬当时战功排名第二，仅次于王翦，而他文武双全，写得一手好字，且深谙刑狱法，始皇帝对蒙恬、蒙毅两兄弟特别尊宠，拜蒙恬为内史（秦朝京城的最高长官）。蒙恬担当外事多，蒙毅则刚中有细，为宫中内谋，当时号称两兄弟为始皇帝“忠信”心腹，其他诸将高官都不敢与其争宠，这是始皇帝第二次巡游归来的事。

为了进一步巩固政权，始皇帝调蒙恬辅佐最心爱的儿子扶苏率三十万精锐，守卫边疆，防匈奴作乱，也可以说为扶苏日后接班打基础。而最寄厚望的官中数蒙恬想的赶不上做的，计划赶不上变化。蒙毅常年随蒙恬学习刑狱法，书法都受其影响，有一次赵高私制“免死牌”触犯宫刑，蒙毅执法如山，要将其斩首。想不到的是始皇帝却出面求情放了赵高，官复原职，从此结下梁子。今天那尖头领军就是受赵高指使，成了盯防蒙毅的线人。

后人说“江南才子，山东将，陕西沙土埋皇上”。更应该说，后来赵高作乱，成批山东名将，冤埋在这里的黄土上。

蒙毅被始皇帝在名将中选为身边禁卫军首领，是想到用蒙毅的智谋。每次恶战，久攻不下时，蒙毅常率领一队精锐，挖洞入城，或用大树荡秋千入城或撑杆入城，里应外合，屡屡出奇制胜还时时在敌城中深夜四处放火，有时不用兵器只带锣鼓号角高擂高喊："秦军入城啦！快跑，快逃哇！"险招百出，在军中传为佳话、神话。

尖头昨夜饮了酒，睡眼惺忪，哈欠不断，冒出一串串酒气，早起上岗一脸不快，接过公文扫了几眼，毫无表情扔给任子宴，要不是任子宴接得及时，几乎要掉落一地。鸟蛋对他如此粗鲁举动极为反感，几次欲言都被少主人制止："这是咸阳宫，皇帝近在咫尺，我们又是蒙毅将军的客人，不要添麻烦，人家严格执行公务也是为了皇宫安全。"

少主人眼神里的话，鸟蛋能读懂，忍气吞声，接着尖头让两军士将车内翻了个遍，然后让任子宴站过来搜身，到处捏捏摸摸，动作猥琐极具挑衅之嫌，肖远也一样搜个遍，搜到少主人面前看他英俊貌美，调戏地捏了一下脸蛋，刚想说什么，一张口来了一阵冷风，一个喷嚏打得十丈远的牛受惊，唾液溅到站在后面公主的脸。

公主自然不满扭头愠怒擦拭。

尖头不屑一顾地抛开少主人走向公主面前："哟呵！过来！"摆出要严格搜查的架势。

公主冷艳退后一步："且慢，我们是南郡牛郡尉大人特使，前来拜访蒙毅将军，岂有如此放肆搜身之礼，要搜请呈蒙毅将军允许后再搜。"

尖头似乎醒了，碰上敢抗拒顶撞的毛头少年，恶狼暗狐三角眼一转："三号岗对可疑人等一律搜身，这是蒙将军之令，谁敢违抗，格杀勿论，过来！"说罢伸手来抓公主衣领。

"放下你的爪子。"传来鸟蛋童稚厉喝之声。

尖头回过头一看是一孩童："嘿嘿，乳臭未干的孩童，我这是手，你连手同爪都分不清，还要见蒙将军……"转身怒视公主要动手。

“请息怒，如果这样，今天就不去打扰蒙将军了，改日再登门。”少主人横在中间，将公主拉向背后。

尖头一声坏笑：“哈哈，崽卖爷田的想逃，我早就看出来了，咱火眼金睛，谁也混不过去，来人，给我拿下，捆送蒙将军那里候审。”

鸟蛋见一众军士拔刀枪围了过来，上次在“梵香楼”被绑了一夜，现在见了绳子就像见了蛇一样害怕。

尖头伸手过来抓少主人，少主人一闪身，他扑了空，心中火起，一提气“怒鹰抓鸡”，少主人不动声色旋身抱箫而立，尖头用力过猛，重心难控，“扑通”重重摔了个“狗啃泥”，一嘴脸的沙子，他一个鱼跃站起来，恼羞成怒，在部下面前两度扑空，被这白面小书生给耍了猴戏，抓人从未失手，不给点颜色拿出真功夫，愧为始皇帝御前卫士。

一声虎啸，矮身蹲步，挥拳横贯，聚千钧之力袭向少主人面部。

“放肆！”

鸟蛋早已按捺不住不满，心中一股火气迸发，一扬手，尖头“扑通”跪在地上双手双膝动弹不得，似杀猪般倒在地上嚎叫，众军士面面相觑，不知所措，从未见过如此场景：“怎么凶悍无比，力大无穷的军头瞬间成了豆腐渣？”

鸟蛋不慌不忙走向尖头呵斥：“我是何仕仁大人，都给我回岗位上去。”挺着胸摆着显。

众人一听这气势语调：“皇亲国戚。”当差的脖子最重要，乖乖回到各自的岗位。

“咴蟖、蟖”，一声响亮的马叫，掀翻窘境场面，少主人第一时间反应过来：“雪豹。”

鸟蛋坐在尖头身上跷起腿：“快上马，飞雪说过它能上御道。”

少主人一见雪豹心花怒放，也没想太多，飞身一跃又躬身抱上公主：“去蒙毅将军家。”

雪豹昂头摆尾，奋蹄踏上御道，飞奔而去。

众军士惊得张大嘴，都认识雪豹，也只有它能上御道：“哟，好险，谁惹得起耿家大小姐。”

可能耿飞雪进出中，肆无忌惮、骄横跋扈的个性，让他们已经吃过苦头，有两个军士在岗上摸着脖子，对同僚做着鬼脸伸着舌头，又看看地上的尖头，谁也不敢吭声，心想“吃不了兜着走”。

“我来啦、我来啦……”

鸟蛋起身望去，一位头发花白，两鬓重霜，身材高大壮实，浓眉大眼老者，手中拿着红色金牌，小跑步赶过来，对着任子宴的人与车鞠躬，一边笑眯眯道：“对不起，林大人，我来晚了……”

任子宴：“我家少主人已骑着雪豹进府里了，这军头非要无理搜身，惹怒了何仕仁何大人……”

有军士急着上前：“年伯，他太急了点，这……”

叫年伯的真名赵大年，赵高远房侄儿，从小孤儿，在赵高府上长大，十三岁从军，练得一身好武艺，臂力过人，曾是有名的弩弓手，十六岁入始皇帝二十八卫士之列，六国归秦后，他因人勤快，秉性厚道，改为夜侍役，帮着始皇帝提管拉尿的夜壶，他白天睡觉，晚上值更，兢兢业业，由于他臂力大，除了提夜壶还提沐浴之水，倒掉沐浴之水，工作虽然有下贱之嫌，但是毕竟侍候的是皇帝，又是赵高叔父指派，他乐此不疲，时间一长，始皇帝也喜欢他，持之以恒，心无杂念的憨性，到蒙毅府上当管家，刚来一年多时间，也是赵高有意安排监视政敌的眼线，隔三岔五，赵高会叫他去询问一通。他官职不低，都尉俸薪，因为他为人随和，军士称呼他为“年伯”，同级或高官暗中称为“夜壶”，赵大年年龄越长，倒是挺喜欢好友们叫他“夜壶”，因为咸阳宫内高官如同芝麻，为皇帝提夜壶的更少，武将不打仗，大多赋闲，“夜壶”的名声却越叫越响。

夜壶看看军士，看看地上缩成一团、杀猪般嚎叫的尖头“痛死我啦……痛死我啦……哎哟……阎王……逼命……啰……”

鸟蛋在一旁暗中运气，试着提升技艺，让针尖在骨髓里咀嚼扎叮，尖头痛得一惊一悚。夜壶吃惊地看着鸟蛋，俯身看了看尖头手掌与膝盖，一双出众又大又厚的手，关节爆米花似的炸响，一推一合，吸出六根钢针，不动声色递给鸟蛋：“得罪得罪。”

尖头爬起来满头虚汗：“年伯……”一股恶气、闷气填胸，又不便发作。

夜壶温和训着：“宫内行事要有分寸，皇帝要安静，今后凡是到蒙毅将军府上的，一律放行，一切有俺挑担把控。”

说完瞟了一眼跑去报信的军士：“辛苦你了。”

尖头默不作声，吃亏认栽。那报信的小军士侧站在远处一只手摸着赏钱心中暗喜：“天子脚下当差，水深着呢。”

尖头第一次吃了闷亏：“这到底哪家跟哪家啊？”

暗中自责而又后怕：“该学乖的时候了。”

夜壶一肚子话要问，对六根飞针疑心重重，时间仓促，他疼爱地牵着鸟蛋的手，领着任子宴、肖远的辕车一起向蒙府走去，路上两人由陌生变得无比熟络，情趣相投，笑声不断，任子宴与肖远坐在车上，望着鸟蛋的背影百般不解，摇着头，似乎记起牛郡尉的那句“人小鬼大”。两人也合着传来的咯咯笑声，拥鞭抖缰心中万谢鸟蛋帮着出了口闷气。

雪豹停在蒙毅将军府大门口，少主人跃下同时抱着公主轻轻着道：“去吧，这里可能要一会儿，到时我一个响亮的口哨……”

雪豹耳朵来回转动几次，像是在思考，蹄踏数步，一声长嘶像是回应，向中书府令府上自己专用的马厩奔去。二人目送雪豹走远，没有马上进入府内，而是一边欣赏建筑，一边等鸟蛋他们，因为公文礼品都在辕车上。

蒙毅将军府，原是两任相府，一丞相被株连九族，一丞相无后老死而终，高官都忌惮住在这栋大阴宅，蒙毅毫不在乎，一来统领禁卫军镇守咸阳宫，地理位置上最方便，更重要的是离皇帝近，一有召唤，说到就到，好履行护卫天职，常年战争已养成军令如山，时刻临阵的好习惯。

大宅豪华气派，四门石狮拱卫，背上双龙对吻金球，地上重石铺成甬道，两边千万条石，依势砌成门坊，三大天井炫光大厅，结构严谨，前后八岗，勇武威严，内设回楼转廊，二楼主人，一楼大厅多为待客议事之用，杂役侍从各自另有两排厢房，顶楼设有风景台。与同级高官相比，这栋深院巨宅算是中规中矩。

夜壶满脸虔诚微笑，牵着鸟蛋连蹦带跳，后面辕车跟随。“请进请进，昨夜夜里蒙夫人做了一个梦，说是今天大喜，有婿上门，可不是？一来就是二位美少爷，呵呵，有戏。”夜壶看着少主人与公主快言快语唠叨着。又是让客人先入，又是让守卫帮着奉接公文礼品，还招呼杂役带着任子宴、肖远去后院御车喂马。壮实的身躯蒲扇般的大手划来挥去很是卖力。

一进大厅，一派静穆，夜壶压低嗓子介绍：“这是议事厅，一切摆设都是老相府的，常开军务会。”

走过穿厅，天井的光将二厅照得亮堂，是直亲私密好友聚集的地方，布置得简单大方，只是大白天名贵的香案桌上点着红烛，墙上挂着两副锃亮盔甲与战刀弓箭，夜壶走近连鞠三个躬，对着盔甲一下哽咽起来：“少爷，江南牛郡尉义子来看你俩啊，要是在家可好陪着玩儿的……给你俩报个……信……”

少主人、公主心头一紧，为老人真情所动，目含凄泪，鸟蛋怯怯小声问：“这是谁……”

夜壶用大手擦着泪：“这是蒙毅将军大儿子蒙日升，小儿子蒙日普，长得像林萧云一个模样，人见人爱，哥俩相隔一岁半，一般高，一身好武艺，十五岁前后脚参军，蒙日升曾在牛郡尉麾下，勇猛善战，蒙日普在他伯父蒙恬军中，有名的克阵先锋……”

鸟蛋急切追问：“那现在……”

夜壶：“一个二十一岁，一个十九岁，双双阵亡，太年轻了，走得太早……啦……唉，皇帝封两兄弟为‘忠孝将军’‘骁骑将军’，那两牌子一直放在蒙将军床上，夫妻俩与两儿子同眠。”

鸟蛋叹一口气：“唉，那牌子有啥用，木头做的，越看越伤心，还不如藏起来……”

夜壶愣愣望了一下鸟蛋：“也是，啊，也不是，那是两兄弟灵魂……”

鸟蛋：“哪有什么魂？我都做过活神仙，打仗成千上万地死，那天底下鬼撞鬼，魂撞着魂，人都没法活了。”

夜壶瞪大虎目，又是愣愣地点头："也是。"

鸟蛋有些气愤道："秦军割头领赏，那无头魂都算冤魂，魂是活人想的。"

夜壶沉思一下，又抬头坚定道："也是。"

同时定眼看看这金鱼圆眼顽童："一肚子蛋。"

少主人与公主也觉得有些道理跟着点头。

鸟蛋："那还有孩子吗？"

夜壶用大手揉揉哭过的鼻子眼睛，露出笑意："有，一个了不起的女儿，蒙日丹，昨天刚满十五岁，刚才不是说了吗？蒙夫人昨夜做梦说今天女婿上门，这不，一来一双。"

他笑着看看女扮男装的公主与少主人，公主调皮地张大口，用手指着少主人的鼻子："好事成双。"她一眼看出并认真地想：这个叫作夜壶的长辈，平素谨慎有余，今儿一点也不防备，已把我的夫君当女婿了。

夜壶有些紧张地嘱咐："唉。等会不要提那墙上盔甲的事，夫人会很痛心的，林萧云又长得与蒙日升、蒙日普太像，哎呀……咋就这么巧，就像三兄弟似的，她会……"他一拍一甩大手无计可施。

公主与少主人深沉地对望一下，鸟蛋点着指头："都说高兴的事，比如夫人说女婿上门，做梦的事……"

夜壶高兴得像孩童，连连点头："对对对。"瞟一眼鸟蛋又高爱三分。

踏过丹墀门，一派水静流深的感觉，天井旁那棵桂花树有些年纪，因为没有雨雪直接侵袭，还散发着余香，四周有多种花草，并不名贵的冬菊竞相绽放，给大家带来一线生机的景象。

蒙毅与夫人正在对弈，棋盘上显示胜负已定，终局已至。夜壶蹑手蹑脚走近蒙毅身后小心翼翼："大人，客人到。"

蒙毅关注着棋局并未抬头："哦，坐。"

倒是夫人热情有加，手上拿着一枚棋子敲着案台，发出一阵爽朗的笑声："哈哈，快坐，坐呀，别站着，远道而来的贵客……马上就收盘……哦，我要输了……哈哈。"

她头发有些花白，气质端庄，雍华不让，白玉般的牙齿，晶莹剔透，给人圣洁亲切的氛围，丝毫没有贵夫人的架势，像是一位大众的母亲。两位侍从托盘上呈上温热茶杯，少主人与公主礼节性地接过捧在手上，夜壶示意他们在这里稍等，拉着鸟蛋的手带着侍从一起离开。

少主人托着茶杯并没坐下，移步至夫人身后观察着棋局，夫人笑着摇头："哈哈，我认输了啊……"

少主人礼貌地插话："没输。"

蒙毅抬头："哦，长高了。"

夫人回头看着他："哈哈，来来，你来解危……"

她慢慢站起来，客气地让少主人坐下，侍从上来呈上两杯茶，蒙毅饶有兴致地边喝边关注着棋局动向。

少主人巧妙设下拙劣布子，局势趋平。

夫人边饮茶边赞誉："啊，妙招，哈哈……"

蒙毅微笑着警惕起来，几番博弈中，他不时观察少年脸上的变化，像是在搜寻着什么，残局翻盘免不了跌宕起伏的戏剧性，最终打成平局，在蒙毅豪爽的笑声中收场，好感萌生，距离顷刻间拉近，并将三位引到后厅叙事。

走进后厅，让人褪去一切烦躁与火气，随着环境恬淡下来。夫人巧手布置得极为简洁。雅致的自制花篮，普通花草入内即显高贵，天然石槽池里的多色小鱼迎客灵动，一只纯白玉猫观花赏鱼，一跃一蹲，彬彬有礼，遇来客，翡翠绿的眼睛滴溜溜地转个不停，美丽如雪的长尾巴不停地打着招呼，耳朵与爪子协调地微动，忙个不停，装得人模人样，一声撒娇似的："喵……"惹人捧腹，营造一屋和善生机。

刚入冬，夫人亲手刺绣的提花棉套包很结实，尺寸恰到好处，主座后面有一精巧香案，正墙挂着一幅价值连城的墨宝，镶嵌在名贵而不失雅致的木框里更彰显华丽。

少主人着了魔似的被墙上四个大字所吸引，思索着这是用什么特殊的毛笔写的，字风迥异，自成一体，严谨工笔，浪漫写意，泼墨纵横恣意，藏锋玄妙，烟灭无踪可循，整体均衡，不拘一格，大胆留白，诱人遐想，极尽传神之作。

他一边仰着脖子凝视，一边用右手的食指在左掌上仿写着，公主也靠近平心静气，全神贯注地欣赏与分析着并情不自禁地跟少主人说：“这‘九’字如龙腾，‘缺’字如残垣，横如桥，圆如月，组合起来，亦如数百哲人先贤在无言地诉说。”

少主人频频点头，转身对蒙毅与夫人：“二位大人，这‘九缺一圆’不知是哪位长辈留下的墨宝？看墨迹似是近年所书，看字体又像出自五十至八十春秋高人之手，如方便真想去拜见，求字一幅，终生珍藏，爱不释手，一辈子临摹拜学。”

夫人爽朗笑着：“少公子好眼力，正是今年八月十五所书。”

她玉手指着小篆书落款年月。少主人急忙误认误听忘形叫起来：“我说呀，八十五岁写下如此古色春意之作实为人间罕见，我期盼当面求字，跪拜为师。”少主人一心专注书法，误听了数字。

公主插话圆场：“我家少主人，擅洞箫，亦酷爱剑术、书法，棋类只是偶尔对弈，因为乡村野岭，极少人赋闲落子陪弈。”

少主人接过话：“少时下棋，亦有名师指导，十三岁后几乎没见过棋盘，长时疏忽，以至今日献丑。”

蒙毅也附和着调侃起来：“呵呵，可真会说话，是你师叔教的还是你义父授的？牛犇可总是满嘴火炮，小时候你未成年，小家伙，今天能将残局追平，可非一般，想必书法也笔走龙蛇、技艺了得……”

少主人慌忙作揖：“大人，大人，乡野之人早成家，这是我的妻子……她的画可与此媲美，我的书法不堪入目，只是痴爱而已。”说罢牵着公主的手向蒙毅夫妇行了三个礼。

夫人惊愕，半晌平复笑声，上前轻轻抱住爱抚地摘下公主的头巾，梳理着她的秀发：“哈哈，我说呢，哪家小子长得仙女似的……哈哈。”

少主人上前：“她的名字就叫仙。”

夫人：“嗯，清香脱俗，飘飘欲仙……”

蒙毅疑问：“呵，江南话里，怎么带有燕域口音？”

夫人回头：“哟，还真是……”

公主被触动苦情，在将军府内似乎回到昔日燕都，凤目含泪，笑意盈盈："二位大人，小女实是燕域名门之根，不料一夜重回艰辛，流浪乞讨至江南，缘遇少主人成亲，一路男装只为安宁。"

夫人被坦诚言语感动，也神悟美貌如花高圆公主的苦衷："是，女儿家出行，就该多多防范为上策，江湖由来险恶，世道……"还没说完，蒙毅在一旁轻轻咳嗽一声。

夫人即刻领会又一阵爽笑，笑声亦如银铃，大方警觉且充满虔诚："哈哈，闺女，难为你，到了家还女儿身，等会娘给你换上红妆，复还可爱的仙女模样。"

还没等夫人说完，公主已经泣不成声，"扑通"跪下颤抖喊出久久埋在心里的呼唤："娘！"

夫人热泪盈眶，笑着拉起公主，用视线引着她看墙上"九缺一圆"字幅："人生九缺一圆，如今大秦统一，百废待兴，牛郡尉来信说，少公子要建烟柳镇，大善之举，青春无价，高兴才是。"

蒙毅又调侃着想换个氛围："小伙子，你刚才说要拜师？"

他指着墙上字画，少主人不假思索："千真万确，恨不得立即就去，不惧千里之外，见到高龄大师，九叩三拜，心诚亦赤，意坚如铁。"

蒙毅："大丈夫一言既出。"

少主人慷慨激昂："驷马难追，太少了，万马难追！"

蒙毅借助情绪："来人！"

一侍从入内作揖后，垂手静听吩咐。

蒙毅指着墙上字："听着，去请书写'九缺一圆'的大师下来收领徒弟。"

侍从看一眼墙上的字，急转身向门外跑去。

少主人连连作揖："千恩万谢大人赐福，能有缘成为大师之徒，乃祖上阴德，林萧云永记洪恩，一定苦练成才来报答二位大人。"

门开处，一美少女，如同冬天乍泄一道春光走来，高挑个，亭亭玉立，蓝身冬衫，红鹅绒环扣背心，白色羽毛镶边，笑意盈盈，越走越近，瓜子脸，柳叶眉，从内红到外，秀发长飘如布，迈步偏大，衣带生风，从容高贵，洒脱灵动，亦如出水芙蓉的美人胚子，稚嫩未开的花蕾，艳压群芳之丽靥。

当她亭亭玉立站在少主人、公主面前时，两人同时一声惊叹：“啊，天啦！”

蒙毅与夫人一见女儿，脸上洋溢出疼爱之情，夫人上前一步轻轻抱住她杨柳娇腰。“娘，你们叫我？”

蒙毅仰起脖子，有力的手抹一把脸，打着哈哈。夫人松开手指着墙上“九缺一圆”字画几分幽默介绍：“出自这位大师之手。”

她女儿眼波脉脉，羞涩一笑，对两位年轻貌美来客看了一眼，又看看父亲，猜想不知为何要议论到墙上的书法，将门才女，刀枪中长大，听惯了鼓角喧闹，冲杀嘶喊，也受大伯与母亲文脉气韵熏陶，遇事不惊，举止文雅又挟几分矜持，红唇皓齿一直在笑，两个浅浅的酒窝，装满幸福与修养。

公主情绪高涨，因为这字的功力与人落差太大太大，也是第一次缘遇到与自己美貌才华相当的同类同性梦里姐妹：“主，师傅到，三拜九叩啊，哈哈，别发呆呀……”

惹得蒙毅与夫人也同时发笑，女儿一头雾水：“什么师傅……什么三拜……”她本来一直在笑，天生爱笑乃她的招牌。

少主人羞憋得满脸通红，无可奈何地赔笑有些尴尬勉强，窘境中怯怯走到蒙毅面前深深鞠躬作揖，吞吞吐吐：“大人恕罪，我想亲眼看令爱挥毫一饱眼福……”

蒙毅：“来人，拿笔墨，小姐练字，书法“九缺一圆”，让江南远客品鉴。”

侍从熟练地在桌上摆上笔墨简帛，夫人帮女儿将右手袖子卷起扎紧，又轻轻在巨型砚池内，将已经磨好的墨汁又轻轻磨动，看着女儿收敛起笑容，饱蘸浓浓笔墨，凝神静气，一番龙飞凤舞，“九缺一圆”呼之欲出，顺手留时落款，盖上朱印歇笔。

公主惊呆，长吁一口气，拍拍胸脯，一声高呼：“好赞！”

少主人心悦诚服，额头上渗出汗珠，久久望着桌上墨迹，又对照墙上的字画后退两步，略整理一下衣衫，憋闷得满脸羞红，庄重地褪尽一切疑虑与火气走到蒙日丹面前：“师傅，在下林萧云，酷爱书法、洞箫与剑术，今天亲见师傅如此佳作，慰平生所愿，请受我三拜九叩之礼。”

蒙日丹惊愕中不知所措，林萧云心诚意决地，重重行了大礼。

公主独自发自内心高兴地鼓掌，蒙毅又仰起脖子哈哈大笑，不失时机地又用调侃的方式为窘境解围，他像是在下棋时看到了这位高傲、德才兼备、文武双全少年此时的依从性与配合度，拿捏七寸是睿智将军的绝活：“哈哈，拜师完毕，师傅把徒弟请起来呀。”

蒙日丹如梦初醒，伸出丰美的纤手，修长而柔软的玉指握着林萧云的掌将他拉起，两人面对面，四目相对，霎时少女满脸飞霞，羞红艳似桃花，少主人站起来也是一脸红晕，不好意思微笑，侧着身看着公主像在求救。

蒙毅借势挥手：“既为徒弟，何不挥毫，好让师傅评点评点啦？哈哈。”

夫人附和着笑意满怀主动走向桌边为其展帛搁笔后，又轻轻转动起墨杵磨动起来，蒙日丹伸手引请，林萧云看着公主，公主与蒙日丹做出同样手语，一齐走向文案桌前，蒙毅习惯整理一下衣领，走向桌的对面，用不同的角度审视，并将女儿刚书写完的“九缺一圆”让侍从拿捏着两角提起，拟挂在墙上。好让林萧云抬眼临摹观看。

林萧云拿起笔，让墨汁浸透毫尖，轻轻调着状态在思索，蒙毅点题“九缺一圆”，指向侍从拿着的作品，林萧云会意一笑，偏一下头，舔了一下唇，运足笔力一气呵成，众人鼓掌，林萧云拱手摇头，自愧难当一脸羞红，蒙毅高兴地拿起笔，照他的字比画着，有些夸张地调节气氛，也有实实在在的逐字品读的成分，同时递笔给女儿，在旁边又铺好一张帛：“师傅给徒弟评评噢。”众人附和鼓掌，林萧云自然拍的最响，还一边看自己的字，一边对照侍从手中提举的师傅墨迹，微微点头又摇着头，自嘲自责地对比笔画。

蒙日丹接过父亲的笔，一拿起笔，似是条件反射，由凡人走向圣坛，收起笑容认真盯着林萧云的字看，嘴唇在微微嚅动，像在腹语，林萧云认真恭敬侍立，两耳等待聆听，众人都看着桌上的字，连捏举着蒙日丹刚写完字的侍从也探头望望桌上书法，又比较一下手中还未干透的墨宝，空气凝固，静得针掉在地上能听到响声，众人都进入到另一个世界。

蒙日丹斟酌再三，突然侧头微声回问正在磨墨汁的夫人："娘，我对贵客应该怎么称呼呀？"

夫人爽朗地压低嗓子笑起来："哦，哦，光顾着谈字，忘了介绍，事前已跟你提到过的，他是江南你牛犇伯伯的义子，来咸阳宫是想始皇帝为创建大善举烟柳镇题个字，这是他的爱侣，一路女扮男装，呵呵，他叫林萧云，你就叫他云哥吧。"

公主认可地一个人轻轻击掌赞许："太好啦，那我也跟着沾个光，贴个彩，我是燕域人叫我燕姐，云哥、燕姐与烟柳镇烟字挺顺的……"

还未说完，蒙日丹甜甜地抢着叫出声："燕姐。"

公主走近又含着泪将脸奉上，蒙日丹个高微微躬身，两人左右脸贴脸确认了称呼。林萧云看到两人都拥艳惊四座之美，心又贴得如此之近，暗自替她们高兴，但是眼睛却一直盯在字上。

蒙日丹端庄道："云哥……"

林萧云想听评语顺着应声，眼还是在字上，没有移开："嘿，哎，师傅指教……"

蒙日丹谦逊一笑，拿起笔边写边评："字魂在精辟里，造字前辈对每个字都经过千百次打磨思虑，形在前神在后，笔为阳，墨为阴，重在韵，字亦无言的老人，字也是人间背后无形的玄妙之歌声。

"例如，'九'字一撇应藏锋余顶，下行担起千钧之力，最后轻提笔尖收起，要收得急，营造利刃之感，飞勾墨如飞龙昂起头，妙在折后略收笔瘦身，拥飞身之姿，滚动翻身之感，内心听到龙吟声，尾上翘起的分寸，似舵又似根……

"缺，如岁月刀痕，难越迟暮，让墨汁流入人生断崖，造出千丈落差之感，挟残垣洞墙之姿，亦字亦画……"说到这里公主失声惊叫："啊！"心有灵犀。

蒙日丹顿一下，看了一眼公主会心一笑："一，如舟似桥，意在摆渡，渡人亦渡己，就像你要创建的烟柳镇，借地聚人，托举善行，造福一方。简单一横，越简单越难写，简单中的不简单。”

林萧云越听越着迷，忘了自我，听到这里似有彻悟之感，不禁发出长长一声低吼：“不简单！”惊得蒙日丹瞟了一眼，他全然不知，眼睛一刻也不离开笔端，耳朵一字不差地听着，思索之风暴，在脑海里掀起拍天洪峰，蒙毅一旁频频点头，夫人还磨着墨，关注着这位江南美少年虔诚之心，学艺钻技已萌生疼爱之意。而这一切都尽收于公主的眼里，荡起无边的涟漪。

“圆满即是丰盛，生命的节拍，没有围墙，天上月亮三十天只有十五一天最圆，一年只有一次最圆，那就是八月十五。月盛之时，即是缺的开始。世道轮回如此，九缺一圆，圆字里藏着芸芸众生，人。”她重重写了内的“员”，将笔递给林萧云：“云哥，你来收笔吧。”

林萧云接过笔，久久没回过神，望着公主傻傻地笑，公主爱意万千：“师傅命你圆圈收场。”她伸出食指在“员”字上下比画着一个圈，林萧云却胆怯地拿着笔，似有千斤之重，内心有些忐忑不安地反复比画，额上的汗，池中的墨一起渗着漾着……

蒙毅用激将法：“嘿，闭着眼瞎圈一个，最自然！”

林萧云似乎来了勇气，屏住呼吸足浓墨揉、藏、顿、拖，猛地一圈，笔力垒起劲道，少男少女、师徒天合之作，创造出点睛之感，空灵处令人遐想无限。这回喝彩中最出彩的是蒙毅。

蒙日丹还语重心长：“万技苦练为基，每日需挥笔不辍，万艺巧在独辟蹊径，亦如蛟龙或憨态迷人也可古树悬空，万变中天马行空，万变亦根不离宗……”

林萧云听得鼻尖渗汗，唐突：“师傅，听说你昨日刚满十五岁，如此才学，我八十五岁都难以企及，唉，要能天天与师傅学习勤练就好了。”

蒙日丹：“云哥大志于胸，切不可为一技一巧痴迷，男儿应以民生民福为担当，造福一隅，慰藉方寸之间，容装山河之大气，剑术护身健体，洞箫传音千愁乐解，书法修身养性，不求蜚声遐想，三五知己，自娱自乐乃最高境界也。”

林萧云频频颔首称是，思绪中自生惭愧，看不出小小女孩师父，除了书法之外，还给自己解权衡利弊，指正轨明道，俨然长辈训诫，刚才鼻尖为写字冒汗，现在为人生阅历汗颜。恰好这时侍从通告午饭备好，众人在夫人礼节客气的爽朗笑声中一起走向餐桌。

鸟蛋已留话，说他撵着夜壶他们一起去了竹韵轩，去享受山珍海味。将军府的饭菜也精致，有荤有素有汤营养搭配均衡，但是比起竹韵轩，只能算是粗茶淡饭，像鸟蛋这样的吃货自然往“油肉罐子”里钻了。

席间，蒙日丹不断往公主碗里夹菜，亲热得呢喃笑语不断，林萧云潇洒的秉性荡然无存，拘谨地捧着碗机械性地喝着汤，心里却泛起陈年水老窖的涟漪，满脑子想着小师傅率意书法，软笔饱墨，柔中力刚的本领，且那般自然随性，朴素纯真中屡出惊人话语，天才无炫耀，将门藏天骄啊！

形服掺假，心服愿为奴婢。蒙夫人见他规规矩矩样子，不言不语细心吞嚼，且又长得颇像两个儿子，愈看愈疼爱有加，轻言细语，和颜悦色地不停给他添汤夹菜，亦如母子，蒙毅一个人狼吞虎咽，吃饱后快速离席，去抢着时间批阅公文。只有蒙日丹与公主有说不完的话，笑不完的趣事。晾着林萧云不声不响地去看字，夫人边轻步退场去为蒙毅沏茶。蒙日丹最后牵着公主的手一起上楼去试换女儿红妆。

在竹韵轩，鸟蛋给夜壶他们点了雁翅黄花、鹿龟焖、熊掌铁烧板、参煲野鸭后，到晚上凉粉、酿皮、凉面、扯面、醪糟、元宵、蒸瓦糕、烧饼、腊汁肉、醋蒜头等三秦名吃扫个遍，还专门为夜壶点了始皇帝巡游必备的，出自竹韵轩的独家特产水竹笋，上等陈酿秦枫喝得夜壶酩酊大醉，开心不已，吼着秦腔入睡，梦中还喊着要喝千日醉，睡上三年再返回。

只要有人的地方，就会有千奇百怪的人性，就有扯不清的是非与恩怨情仇，有恩怨就有江湖，人就是江湖。吃得太好太饱，肚皮油水多了起来，撑着又变成难受，肖远满面油光打着饱嗝，邀任子宴出去逛逛。

任子宴想了想：“啊，你去吧，早点回，我去看看马料，别弄丢了。”

肖远不屑一顾："嘿，你说的，这咸阳城只有一家竹韵轩，谁人不知，哪个不晓，我闭着眼睛也能摸回来。"

任子宴："那也是。"

肖远打着哈欠吹着马蹄哨曲，踢着步跟向大街走去，任子宴望着他开心的背影，摇摇头去了马厩。

肖远沿街闲逛，街上华灯初上，虽是初冬，人群丝毫没有减少，千姿百态的各种防风灯笼摇曳中点燃温暖之光，热气腾腾的开笼馒头，开锅的饺子，红色辣椒野性地爆炒牛羊肉，小竹筒打散酒，揭开酒坛，醇香飘扬，和同人声的吆喝喧闹一起驱赶寒潮，各种小贩叫卖格外卖力，或推车或挑担或蹲坐缝隙间，背的、抱的、胸前挂的应有尽有，潜游于熙熙攘攘的人群中。

肖远第一次见到如此热闹的北方夜景场面很是惬意，这一路，竹韵轩的美味佳肴吃得肚饱肠肥，本来较内向的个性，丰盛的宴餐让他活跃起来，浑身有用不完的力气。

回房难寝，索性上街消磨时间，对吃货他已嗤之以鼻，闲情逸致地倒背着手走向卖字画、雕刻、捏泥人的铺上，欣赏老先生们冻笔书写的"寒炉美酒常温、红叶迎冬、一点禅灯唤冬月，初寒对节雪带爽、三九吟梅，盛夏咏荷、雁宿池塘、瑞雪飘农福"。虽然读书不多，但是驾车各地也去过名城将府，耳濡目染有些眼界，免费观赏捧个人场，忘形中不小心撞到一卖糖葫芦妇人，那妇人仰身摔倒，糖葫芦滚撒一地。

他慌得不知所措，急忙上前伸手将那妇人拉起："啊，对不起，对不起，撞到你，哎，得罪得罪。"

他用力一拉一拽，用力过猛，那妇人一下没站稳扑到他怀里，嘴巴刚好吻到他耳根与脖子敏感的地方，肌肤相触，仅是一瞬间，如雷似电，他感觉到了一瞬的温柔，满面羞红，慌着帮她拾取地上的糖葫芦，重新帮着插在草垛上，边捡着边一个劲地道歉。

那女的整理一下衣襟，由愠怒慢慢变成柔和："算了吧，落地的食物就不卖了，就算饿一顿好了，再说你撞我也不是故意的。"

说罢，拿起草垛棒扛在肩上，深深叹口气抹着泪："哎，倒霉透了……”转身往回走。

肖远对她如此明理大度之举，心生怜悯与歉意，在衣兜里掏出三个秦半两追上去：“大姐，大姐留步……”

那妇人吓得蜷缩状，警惕地怯怯后退着望着他。肖远捧着钱又掏心掏肺致歉：“真是对不起，一时不小心撞到了你，坏了你的生意，这是赔钱也是补错，望接纳。”

那妇人怯生生地接过钱：“这糖葫芦只值几个银毫，哪要赔这么多啊。”

说罢手有些微微颤抖泪光溢眶，凄楚动人，细看还有几分姿色。

肖远被迷住，有些魂不守舍，话也变得语无伦次：“大姐，听你口音……不像……本地人……像江南……”

那妇人亲昵地一笑，满口白牙增添丽色：“你怎么知道哦？”

肖远恨不得把她一下抱住，他听得出那妇人在善意赞许他的耳听力，也促使刚才被莽吻的地方发热：“我是南郡樊口的。”

妇女惊讶得似乎要尖叫：“噢，天啦，我也是樊口的。”

肖远不相信自己的耳朵：“怎么这么巧？几千里外，能在咸阳城遇到乡人。”

那妇女口气越来越柔和，浅笑中带有媚态：“我是樊口万寿桥村的。”“我也是万寿桥村，鲶鱼岗湾的。”

肖远恨不得喊着说。那妇女上前几步痴望着他：“太巧了太巧了，我是溜子口上湾的，我们湾种桑养蚕，抽丝剥茧很有名。”

四目相对，舌头似抢着要伸出来，乡音缴械一切提防，呢喃软语，有着说不完的话，相见恨晚的心越靠越近，妇女知道肖远是陪主人进咸阳的驭手，肖远知道妇女随丈夫来咸阳修骊山墓，但是丈夫死了，自己带着两个孩子在此靠卖糖葫芦为生。

那妇女突然想起了什么：“大哥，太灵验了，早些时候有位大师算我今天遇到贵人，真的撞上了，哈哈。”

肖远：“大师？”

那妇女眉飞色舞起来：“走，就在那槐树下，大师不讲吃穿，不食人间烟火，看相能知福祸，算推时辰能知生死富贵，好多年前他算准了我丈夫有死劫，三天中应验，这周围都是老熟人求他问凶吉，大卦大祸大贵的命他收大钱，像我这样的孤儿寡母的，从不收半个银毫，仙人啊，人都在缘中定数里，不过……求神一定要诚心，丝毫不能猜疑，凡大事更不能泄露天机。”

肖远一个劲点头，接过妇女手上的糖葫芦草垛棒扛着，那妇女亲昵地隐挽着他的软肋骨肘下抚摸，边走边说越靠越近越靠越紧。

僻静旧街拐角处，一棵古槐粗大主干被虫蚁几百年侵蚀，破裂成一大空洞，形似恶魔的巢穴，潮湿阴暗，不远处两家饭馆灯笼光亮影照到一个人影，头埋在黑色破旧斗篷内，双手紧缩在怀里拉裹着衣缝避寒，蜷缩成一团，旁边树枝残桩处挂着“逢凶化吉、测福验祸”粗白布黑字招牌，招牌还包着黄三角边，脏兮兮地飘摇。

那妇女隔着十几步远轻声叫唤：“大师大师……有缘……还没回去……”不知是说给肖远听还是提醒那饥寒交迫的“仙人”。

那黑影蠕动一下，似乎精神一振，枯瘦的手伸出来不停地摇动着一个木制漆盒，里面似有几颗珠子在晃动，相互发出金属撞击声，嘴里叽里咕噜似在跟哪个天边影子说话。那妇女在肖远耳边神秘地唠叨几句后走近黑影恭敬有礼地虔诚跪拜：“大师在上，你的三界之语真灵验，你说今天我要遇大贵人，可真撞上了，我一天只卖几个银毫，这位大哥碰翻了我的糖葫芦赔了我三个秦半两，我这孤儿寡母，可以给两个娃儿添置点冬衣了，真该谢谢你了，天师。”

肖远看到这情景心里五味杂陈，咫尺之遥的这位神仙，只有一股难闻的味道，除了古槐树，没看出哪里有半点仙气，但刚认识的这位家乡妇女，凭自己的接触倒是面和心善，况且江南樊口来咸阳修宫筑墓的能工巧匠不下几千人，因丧夫滞留妇女孩童是常有的事，更重要的是这妇女并不贪财，三个秦半两是自己主动追上去送赔的，初次听到乡音缘故，肖远对这位妇女已心生好感，她对这位大师如此敬重，自己爱屋及乌，心随爱顺，迁就地站在妇女身旁作个揖，附和着：“蒙大师大名远扬，请受在下一礼。”

那妇女看到作揖言词得体报以妩媚一笑，肖远见有情人朴素纯真笑意，显示自己见过大世面架势，双手一抄昂然伫立，博其好感，想的是推进更亲密，那妇女果然机灵，侧身站在他旁边将手搭在他手上，肖远浑身一热，心存守望，想入非非，意中在等写人生浓墨重彩一笔。以前的那个闲雅散澹、怒其不争、性格木讷、胆小怕事的驭手，一个时辰蜕变成另一个人，换了灵魂。

突然天师将木盒打开，将盒子内的珠子洒在地上，旧神文盘上滚动几个带神秘文案的四方玄粒子，他凝视盘上粒子，枯指不停指点方位，冥思掐算少许淡淡飘语："客官与马为伴。"

妇女高兴地狠狠捏住肖远的手，两人手心似乎一起渗汗："大师灵验，他刚才说的是……"

肖远："驭手。"

妇女激动道："对，驭手，大师帮咱俩算算……日后……"

妇女瞟了一眼肖远，肖远对这位忽然冒出来的大师起先有些疑虑，江湖行走多年也有些戒备，一面不相识怎么知道我与马有关呢？我说驭手时只同这位妇女讲的，他又不在场，秉性只认半个真，不认三个假，这妇女的情真已撼动了他的心，也认真望着盘与粒，盼着下文。

天师情绪高涨起来："呵呵，你驰福不浅，还是一匹天赐的万马之王的神驹啊，恭喜了。"

这回轮到肖远惊叫："啊，大师真厉害，你怎么知道呢？"他瞪大眼睛询问，那妇女摸着他汗手有意用力，示意"别急，不要暴露自己的想法"，肖远也降下热度，理解那妇女向着自己的诚意。

天师不理会他俩表情，仍不抬头："我乃名医，久行医积善偶得天书，悟出数，数为易，易为动，动即变，天地间瞬息万变之中，联系神与人就靠数的推算，医易同源，我乃不是神，算是神的译者也。"

那妇女着急地催促："大师费心往下算……"

天师掐指抬头望望夜空，翻着白眼，鼻子尖上一颗大痣极为特别，半晌低下头："嗯，你的主人年少貌美，亦有王侯之气脉……"

不等说完肖远抽出手，一拍大腿叫起来："哎哟，神了，天师在上，请受我一拜。"

说罢"扑通"跪下一本正经行了一个大礼，妇女惊恐地赶忙扶起来：“怎么回事啊？”

肖远心有城府地不语，那妇女急着想知道玄机：“天师……”面部表现出沉郁哀婉之状，肖远看了她一眼，更感激又感恩能拜见大师之缘。

天师继续掐指拨粒推算，表情愈来愈严肃，几次仰望天，不时发出哀叹，那妇女攒着肖远的手心，有些微微发抖。天师突然长叹一口气：“客官祖上敬奉神灵之德，所以有今天必然中的偶然之缘……”

肖远：“哦，还真是。”

天师有些为难：“哎，你拜早了，你主人福大，更难得你家祖辈对主人诚心可嘉，啊，护主的时候到了。”

话还未说完一阵狂风刮过，测字向凶吉的粗布招牌乱舞，哗哗与树枝碰撞作响。

天师借机：“看这风在说话了……唉……”

那妇女：“大师有话明说，不用避讳。”肖远默默点头。

天师：“奇数为阳卦，偶数为阴卦，阴阳之数揲筮，显示七日内神马与主、六与九相冲有大劫，死期已定，你七日内必上吊自缢而亡。”

妇女跪地如鸡啄米：“哎哟，天师大恩大德救命，我做牛做马感恩，这位大哥虽是偶遇但却善良至极，请……”

肖远如遭雷击，喘着粗气：“这今晚与鬼神碰面，即遇生死大劫，我死事小，少主人与雪豹乃世间人杰尤物，万不能泯灭。”

天师望望额头上渗汗的肖远：“要解劫数，需得破财消灾。”

肖远不假思索：“天师，只要能救少主人与神马，一切在所不惜。”

言语坚定。天师：“难得难得，仆为主忠心耿耿，世上罕有，上天明鉴垂怜。”

妇女哭泣不止，以泪洗面，肖远为她擦掉眼泪：“只要我主平安，我乃贱命一条，生死在所不惜。”

妇女哭得更加泪如雨下，寒风一吹晶莹哀怯，天师一声长叹：“世上真情，天界冥知，人神共理，万事通灵。”

妇女口口声声求救好人，肖远心中锥心刺骨，一梦浮生，缘一知己，生死攸关之时，确实难舍。啊，祈求上天护佑，语中带着沉痛苦腔。

天师又算又掐，嘴里不断念念有词：“啊，化一马二命劫数，需七七四十九个秦半两，二位真情感动天地神灵，十七个秦半两即可，但是天机不可泄露，只有天知地知你知他知我知。”

那妇女将头猛磕渗出血迹：“千恩万谢大师解救……”

天师语气坚定：“刚才一阵风语神已知明，神马、王者之后都亦来上天星宿，你回去看，那神马右后蹄已有血印，若灵验，马上回我，我备解药予你，若无血印，那即是愚人功力欠，不必来也。”

恰巧这时一个人影走近，毕恭毕敬行礼后：“天师，长安观大殿昨日已封顶，一切安顺。”

天师似理不理：“大殿北面大力神柱要加固，七十年之内有地震，那脚基须牢，加固防祸啊。”

那人应着：“是是，回去即刻商议加固之策。”

天师指一下身旁一破旧囊袋，那人用力一提，几十个秦半两滚落一地，那人忙着捡起，背着躬谢离开。

那妇女羡慕道：“天师大德建观传后，堪比骊山墓得民心民意……”

天师：“我自知命数天命到，行将就木之辈，已是黄泉客，尽心做些解惑之事，尽些微力而已。”

肖远一切看在眼里，大师验法陌生且知自己根底，大义功深，那妇女还对自己心怀爱善之意，当机立断：“天师在上，为救我主与神马，十七个秦半两我即刻去取，天机不可泄露，我定守口如瓶。”

妇女：“大哥远吗？”

肖远：“竹韵轩。”

妇女有些依依不舍：“大哥，小心从事，万千守规，我就在这里等候。”

肖远坚定道：“好，我即去即回。”说罢疾步返回竹韵轩。

望着肖远的背影，大师站起来伸个懒腰：“你的泪说来就来。”“你教的，泪为钱流，一想到一袋子秦半两，我就想哭。”“别的算不准，这牵马的，七天内必上吊。”“那是真色劫。”“不全是，三者皆有。”大师伸出三个指头，拇指顶着食指指尖。两人相视而笑，静候其变，屏声敛息等待肖远的出现。

肖远来到后竹园马厩，给自己的马抖抖料，顺顺毛、拉拉缰，眼斜视十步之远的雪豹，他转一圈，若无其事地从神驹后面经过，故意解系脚上鞋带，蹲下一看差点惊诧出声，赶快用右手捂住嘴，心里怯蹦直跳，似乎有一双绿色的眼睛盯着他："看到了吧，右蹄子上有血印……"

他极力稳定情绪，长叹一口气，轻步回到房间，平时他与任子宴两人一间房，自从青铜关耿飞雪的出现，一直受着特别的优待，侍从一人一间，他同任子宴也有分工，任子宴管理公文之类，肖远木讷管理钱财，这也是张步青因人因能力分工，他拿上钥匙来到辕车旁，小心翼翼打开了底座下的暗锁，取了十七个秦半两，为了不显眼用马料袋提着出了竹韵轩侧门，快步向古槐树直奔过去："理据双全，真神显灵，只要能护主佑马，我肖远就干了一件一辈子值得的大事，生死攸关，不能有丝毫大意，况且一路惊险不断，贵人都是多灾多难，知道少主人、雪豹与自己七天后安然无恙，再将这一神奇大事……嘿，记在祖德上。"

那妇女远远轻盈上前牵着他的臂膀，手在微微发抖，肖远满头大汗，妇女边走边用衣袖给他擦汗，疼爱有加。来到天师面前，肖远上气不接下气有些语无伦次地恭恭敬敬递上马料袋："大师，真灵验，那神马右后蹄上确有血印，这是十七个秦半两，如若七天我主与神马平安，我还要重谢大师洪恩。"

天师又掐指算来算去，那妇女代他拿着马料袋，放在刚才取走钱的旧袋之处，细心数了一遍："天师，十七个秦半两，一个子也不差，请将解救仙药……"

天师不屑一顾钱袋，从怀里取出一个大绿色包与一个小小的红色包，慎重交到肖远手上："绿色包里的仙药放在神马草料中，解神马飞奔中迷途飞坠悬崖，红色仙药待你主及所有人共席时，你神不知鬼不觉地倒入汤罐里，每人添一小碗即可，七天平安时，我在这里等你，三喜临门的大事再告知。”

妇女激动地又跪拜又谢恩，一语双关道：“多谢天师成全。”

肖远解怀小心翼翼地揣上仙药，不停作揖，天色已晚，他快速先行告辞，信心满满地筹划着救一马两命的事。待他走远，天师一下扑到马料袋上，枯手颤抖地数着那十七个秦半两，将每个秦半两放在干瘪的嘴唇上又亲又吻，喃喃自语：“万丈红尘三杯酒，千秋大业一壶茶，没有它买不了酒，饮不了茶……嘿嘿……”

那妇女长叹一口气：“该换一个好地方，美美地睡上七天七夜，你我各自买上七套新衣噢……”

天师大笑：“哈哈，还是糖葫芦甜又圆哟。”他取下招牌布揉成一团丢进旁边臭水沟里，顺便将半截绳子抛在树杈上。

将军府后院厅内，一片雅静，蒙毅细心翻阅公文，用心品读慎思着，虽然早前牛犇驰道快马已送来传本，真正几千里亲手呈上的公文，拿在手上的重量极不一样，如同重兵攻城前的宁静，夫人送上茶点，蒙毅习惯性地边饮边酌字酌词推敲，预设始皇帝的反应，自己如何得体地应答，在众多奏折中急务急办。

林萧云独自坐在旁边，观察着将军的表情，眼睛观字的变化，会在眉宇间有所显示，夫人疼爱地示意他品饮，他彬彬有礼回绝，他的心绪跟着将军表情波动，夫人将一小包蜜枣塞在他手上，他拿着微笑致意，眼睛还是凝视着公文翻动。

整个厅内的气氛极为静。“哈哈，燕姐姐穿什么都像仙一样……我是第一次看到……姐姐这么美的……”

公主拍拍蒙日丹的肩膀：“嗯，再说我就不自在了……脱下来……不敢穿了……自长大还未穿过这么华丽漂亮的衣裳，沾妹妹的光，托妹妹的福，一出将军府就……”

蒙日丹：“没事的没事的，在咸阳城都可以穿，咱俩一起穿，去华山逛逛，艳一艳那悬崖绝壁，炫一炫巅峰天际，要不白白浪费了天下绝美女儿腰，关在深宅大院，裹着男装厚斗篷……”

夫人这次笑得自责：“哎哟，真是人大性长，一杯茶的工夫练出铁嘴，要去华山晒晒太阳，吹吹长风，去就去呀，不是关在深宅大院，是苦在没有好伴……"

蒙日丹一高兴抢话，忘了众多规矩："娘十几岁也想飞吧，也是，玩嘛真要好伴，玩伴玩伴，话不投机半句多，是吧，娘？"

夫人恢复爽朗笑："瞧这娃，平日乖巧，今日有伴即有势了，一会儿扯到娘身上，关呀飞呀的。"

她开心地瞟一眼丈夫又指一下墙上桌上"九缺一圆"的字画："明日让赵叔带你们出去兜兜飘飘圆一回，不过要高高兴兴去，开开心心回，不是娘唠叨，华山可是天下险山，万不能……"

蒙日丹搂着她的肩膀模仿她的后续话："女儿家站有站相，坐有坐姿，一出家门，步步深坑，万事小心求安，切勿……多着啦……像娘这样，那华山苍鹰没有一只能飞上天……"

夫人高兴地向蒙毅求助，也在为女儿说话，怕丈夫不同意他们一起郊游："哎呀，她爹呀，你看看你看看嘛，都是你给惯的宠的，人言女大十八变，可不，这说变就变，还没到十八岁呢……"

蒙日丹："什么十八，云哥不是说我八十啦……"

蒙日丹诙谐地瞟一眼字画，看一眼林萧云，林萧云慌忙憨态可掬地解释："我是说那字不到八十岁功夫练不成的，没说师傅八十岁……"惹得众人一齐大笑，蒙毅放下公文边笑边想着什么。

林萧云："等公文办妥后再去华山，是不是更一身轻松，更开心……"

夫人投出赞赏的目光，蒙毅假装咳嗽两声："今晚我去见始皇帝，若顺利，明天你们去华山看看。"

蒙日丹坚定道："肯定顺心顺意，仗打完了，天下归心，为民生计大善举，皇帝求之不得，明天去华山仙游咯，姐姐要不要挑件好斗篷，好云靴……"

公主："啊，日后烟柳镇不仅是江南一隅粮仓，风光如画，还有白坭墩罕世之宝，我们带了几件贡品，一共五件，妹妹觉得喜欢先留两件，其他呈皇帝鉴赏。"她一边打开小包裹，拿出三盘两盅罐摆在案桌上，让夫人与蒙日丹惊叹不已、赞不绝口、爱不释手。蒙毅也好奇走过来看看敲敲从未见过的白泥烧陶。

夫人："这白泥烧陶，似玉非玉，似陶非陶，晶莹剔透，上面画作更是巧夺天工……"

蒙毅："始皇帝对天然宝物也欣赏，但是他更看重人为创造之极品，常遇人造罕物，总是赞不绝口。"

林萧云："这白坭墩是一座小山丘，离烟柳镇还有百十里山路，在崇山峻岭的深沟里，进出不太方便，是利用石洞简单窑烧制而成。"

蒙日丹："这极品画一经烧制更活灵活现，堪称世间孤品，出自哪位八十岁天师之手啊？"她调皮地望着林萧云却指着公主诡异地笑着。

林萧云炫耀神色作答："确实是你燕姐画的，还险些丧命……"

蒙毅、夫人、蒙日丹同时："啊？"

"好险！"

"滚下山坳吗？"

蒙日丹捧着她的脸，用额头顶住额头："天才天佑，完好无损的好姐姐，看看仙女这双巧手，这玉手也是画作呀……哈哈。"

公主谦和微笑："姐姐小时候拜名师学过一段时间绘画，后来逃难命悬一线，饥不果腹亦如惊弓之鸟，一点点陋技全都荒废，这几幅是挑来的，那地方风大，又有毒蚁，有些赶，急，献丑了。"

蒙日丹将《江南春》《荷池》《烟柳镇》《旭日》，其中《江南春》为两幅一盘一罐，一齐摆在案桌上用心赞美点评，还不停地摇头晃脑："姐姐既有工笔，更重写意，偏好把图案放在上部，冲逸不羁，猖狂肆意，恭肃鄙野，画风迥异，有江南之柔美又含燕京城粗犷广袤，不拘一格，大胆留白，赶工之急，逼得你时而寥寥数笔，传神至极，特别是那荷花，旭日点染红色……"

林萧云："那红色是活蛇血，一经烧制后红得活脱闪耀，栩栩如生。"

夫人："是这样，真亦神来之笔，这荷花、太阳似在叶中动，水中升……哈哈……"

蒙日丹："姐姐的字，貌丰骨劲，墨厚藏神，初看圆软轻滑，若团团棉花，细看则骨骼分明，内含刚劲，静淡清奇，自成一体，应该云哥同你拜师才是啊。"

公主："羞愧得我无地自容，恨不得钻进墙缝里躲起来……"

蒙日丹："往往是率意书写，笔墨随趣，方有灵性，看看，快来看这里，你笔下的烟柳镇啊，用铁线描生涩古拙，不屈姿态，勾画成这般风水宝地，而且笔笔都是自己的建成啦，我要去好好看看，做一回神仙。"

公主与林萧云同时鼓掌："生命有节拍，没有围墙，妹妹是烟柳镇的主人才是啊。"

"师傅驾到，天地田野皆生辉，圆满即是丰盛，等你。"

夫人虽然生得雍贵，爽朗天性罕见来一个插科打诨："你们不请我，那我只有骑着毛驴摇着扇拖着竹棒找上门。"众人大笑。

林萧云："言重言重，您若来，八人大轿请，所有神仙都换上金身迎！"

夫人一派童趣重生，她拿起桌上笔夸张地空写："真的？那我也去画一幅烟柳镇挂在这墙上，看谁是仙谁是神。"

蒙日丹娇啧："爹，还是人多好玩，娘要返老还童啦。"

蒙毅丢出一句大家都意想不到的话："她从来就没老过，何必要还童呢？"蒙日丹开怀大笑："姜是老的辣啊，爹爹可是妙语熔金，好了，好的我收下两件，差一点的呈给始皇帝。"

蒙毅急打圆场，鹰眸含笑旁人毫无察觉地已扫视一边厅门，平衡一下女儿话语偏激偏嫩："都是极品，上好的送给始皇帝。"

众人鼓掌，蒙日丹做个戏剧脸，挑了《江南春》盘与《荷池》，夫人忙着重新将《江南春》罐、《旭日》盘、《烟柳镇》收起包装连同公文一起交给丈夫，众人一起送他出将军府上双马辕车去咸阳宫内见始皇帝。

鸟蛋与夜壶在竹韵轩吃饱喝足，夜壶酩酊大醉，但是有一样是清醒的，不敢踏入始皇帝住过的仙台楼半步，鸟蛋怎么给胆怎么劝说都无用，虽然语无伦次头摇得像货郎鼓，鸟蛋只好陪他一起回将军府护卫居所，从侧门入内，喝了两大碗醒酒茶，躺了约半个时辰，披了羊皮衣坐起来，看着鸟蛋练手上飞针功夫："喂，你那么好的功夫怎么那么怕始皇帝？一提他的名，你就紧张……"

夜壶："嗯，是，你少提为好，一提心一紧，汗毛倒竖起来。"

鸟蛋停下手，凑过来看："始皇帝到！"果然夜壶身上汗毛根上一片疙瘩。

鸟蛋好奇地解开他的衣裤，试验着，两人边试边笑，老顽童小顽童闩上门一切无忌，开心知己乐在其中。

鸟蛋："你这身皮肉为他生的？"

夜壶："头都是为他长的。"

鸟蛋："这汗毛疙瘩是长期吓出来的顽症吧？"

夜壶："可能是，没想过。"

鸟蛋："那你伺候他见了面怎么办？"

夜壶："僵硬的。"

鸟蛋："若坏人行刺呢？"

夜壶："活的，浑身热血偾张，如同饿虎扑羊，命不是自己的。"

鸟蛋："哈哈，一群哑巴虎、哑巴狼、哑巴狗……呵呵……"

夜壶默认地跟着笑："二十八卫士，都是无父母无家，从小在苦水中泡到八九岁，有武师从中万里挑一进行管教，吃好喝好练就一身童子功，再细分刀枪剑戟棍棒锐斧钺铲耙鞭锏锤叉戈矛镖，十八般武艺要样样精通，熟悉各种兵器路数，攻防利弊，再选自己擅长拿手的练成绝活，我是从弩弓手中选拔出来进二十八卫士的，比我先入列的练得更苦……"

鸟蛋很喜欢打听宫中皇帝秘密，没完没了地追问："那二十八贴身卫士都没找女人？"

夜壶："没有，都单身一辈子，自小喝了雌阴汤，长力气不长鸡鸡，叫婴儿鸡。"

鸟蛋得意道："呵呵，有伴了。"

夜壶不解道："有啥伴？"

鸟蛋："一群武太监。"夜壶："也算是。"

鸟蛋："那你也是后来的婴儿鸡？"

夜壶："不是，已长成形也要喝雌阴汤，没性欲。"

鸟蛋："太好了，哈哈，没性欲，有形无能，白长的哟。"夜壶跟着咧开宽厚的大嘴憨笑，打着酒嗝。

鸟蛋："那你帮始皇帝提夜壶……"

夜壶急着打断话："那壶名叫夜壶，我当班的都是白天……"

鸟蛋："那应该叫白壶，哈哈……"

夜壶："始皇帝白天睡觉晚上批公文……"

鸟蛋："黑白颠倒。"

夜壶点点头："都是给车马吓得，白天行刺易得手，夜里有耿飞图十几只灵犬鹰隼，宫里又无人走动，一个人影都没有，安静极了。"

鸟蛋："打仗的时候不是这样吧？"

夜壶："打仗时同正常人一样，灭六国后，有内外几次刺客出现，太平了的皇帝反而又累又惊，心里不太平，偶尔也有白天批公文议事的。"

鸟蛋："那白天睡觉有女的陪着吗，大白天怎么睡得着呀？"

夜壶："有，前几年上午下午各换两个，就是白天通常三四个，第一次巡游改为上午一个下午一个都在车上，颠颠簸簸还适合做男女之事，宫里巡车都拉上厚厚又好看的窗帘，跟夜晚一样，宫里要点灯，巡车上不用，怕摇晃烧着起火之类……"

鸟蛋："那你啥时候进去呢？"

夜壶："摇一下铃女监宫进去，摇两下铃我进去，先小便后沐浴。"

鸟蛋："那始皇帝每次赤条条站着拉尿？"

夜壶："是，我跪着接。"

鸟蛋："拉完尿就洗澡，那夜壶浴盆可有讲究？"

夜壶："冬天我把壶包一层棉，夏天就不用了，我是拉弩弓的，宫内浴盆很大，我一连提四五桶水，一桶五六百斤，接尿是我的事，那壶很重，妃子提不起，帮他洗澡的是女的，我退出。巡车上洗不了，就用热水巾擦，到宿营地时冲洗沐浴。"

鸟蛋："我要是能给始皇帝提夜壶，就给他一剪刀！"夜壶酒吓醒一半，瞪着惺眼，结巴道："你……怎么老……说些吓掉魂的话……”

乌蛋不屑：“不剪下头就割上头！”

夜壶腾地站起来捂住他的嘴：“小祖宗，你不要头我要头，出这门胡言乱语，即刻掉头，墙有风壁有耳……哎哟我的命根子痛……”

他一站起捂乌蛋嘴巴，裤子一下掉在地上，乌蛋顺势用火盆炭火点了一下小龟山，夜壶一下被烫痛蹦起来酒意全消。

乌蛋：“那耿飞图呢？”

夜壶：“他不是二十八卫士之列，他是侍印官，也是始皇帝不公开的女婿，耿飞龙既是始皇帝女婿又是赵中书府令的女婿，连襟的皇亲国戚。”

乌蛋：“那始皇帝到底有多少儿女啊？”

夜壶一边提着裤子一边龇牙咧嘴忍着痛：“儿子好像有二十几个，女儿有十几个，始皇帝不怎么管，大节晚餐偶尔聚一聚，最爱的是扶苏，在匈奴边界布防，又派蒙毅的哥哥，文韬武略大才大德大智慧大将军蒙恬辅佐，扶苏可能是日后的新皇帝……”

乌蛋漫不经心道：“怎么老把那个傻胖子胡亥带在身边？”

夜壶：“胡亥并不傻，有些小聪明，天性爱玩，常给皇帝带来些憨直快乐，留在身边也防他在外面年轻胆大闯祸。”

乌蛋又放厥词：“若撞在我手上，我就好好修理修理那小胖子。”

夜壶：“今夜又要做噩梦，哎哟，踩到狗屎遇到鬼，吓死人，睡觉……”

乌蛋拉住他：“你一个人多寂寞，咱俩一分开，你就想死我了……哈哈……还不趁这档口，把所有要说的全部说完，门闩着，出这门咱俩就变成另外一张嘴……”

夜壶连连点头：“也是也是，门闩着，你知我知，信口开河来个痛快……”

乌蛋故意在他耳边嘀咕：“到时我让耿飞雪给你弄瓶千日醉打够呼噜，睡个够。”

夜壶高兴道：“这我信，能让你们住仙台楼，那个是比天大的面子，哈哈，我只想醉不想死，只有醉了才不汗毛倒竖起鸡皮疙瘩。”

鸟蛋：“始皇帝马上要第三次巡游，满天下那么多仇人，就没人能让他殇命？”

夜壶似乎有所触动，又斜眼看了一下门闩，打个酒嗝长叹一口气：“哎，始皇帝一统天下，盖世之功德，前无古人后无来者，应当好好在咸阳宫享福，等他心爱的阿房宫完工，搬过去好好和妻儿享乐，何必要兴师动众车马劳顿？一路颠簸一走七八个月，有时闷热难挡，有时寒风刺骨，车马威仪几千人随行，沿途百姓有的恭迎，有的回避，鞍前马后受连累，殇阴亏阳，众多随从病疫不断，蒙毅将军每次督军护卫，寝食难安，那个苦呀……”

鸟蛋：“那么个厉害的大皇帝，放着大宫殿不住，何必要自讨苦吃，还害得千百人一起苦，是疯还是傻？”

夜壶：“看不懂，应该是朝廷太史令那帮观天象的衙门，装神弄鬼搞的……”鸟蛋：“太史令是废物？”

夜壶：“不打仗不种田，游手好闲的江湖术士，算卦问恶吉之徒，一群无业懒狗，把他们收在一起封个官，成了一个领赏部门叫太史令；今天天上牛角星当命要躲，明年九曲星绕乾坤要避，冬天还可多盖被子，热天可麻烦，再大的车哪有咸阳宫大？窝在里面汗流浃背，那个闷呀，比蹲地上茅坑还难受，始皇帝还从小有哮喘病，常常咳嗽得痰带血丝，若羊角风发作，死人的哟，这些病比刀枪飞针暗箭还难防一百倍，简直是防不胜防。”

鸟蛋：“呵呵，你我想歪了多吃一盘肉，多喝一碗酒，皇帝想歪了，可是天崩地裂，千百万人头落地……都是为了想活二百岁，长生不死，所以不听人话听鬼话，人话真，鬼话死无对证，看不见摸不着，好唬人，徐福说一句鬼话，蓬莱有长生不老药，上千童男童女做祭品葬身鲛鱼腹内，我哥也被征去，听说遇到海上龙卷风，只有少数船靠岸，不知道我哥爬上岸没有……”

夜壶：“肯定爬上岸啦，不是酒话。”

鸟蛋作揖：“这句话我爱听，就像始皇帝爱听别人喊万岁一样。”

夜壶得到赏语，咧开大嘴笑着：“好话一句三冬暖，恶语一出六月寒。”

鸟蛋：“不知豺狼虎豹是不是也爱听好话，嗯，狗爱不爱听好话？那些太史令吃闲粮的鬼话，越是暴君越爱听，真话半句听不进……”

夜壶壮胆地靠近鸟蛋耳边，鸟蛋大声呵斥：“胡子扎着人，门闩着……”

夜壶微笑一下：“还真是，扶苏几次反对修长城，一是大秦国兵强马壮扼守隘口要道足矣，小小匈奴弱我百倍，训练精兵雄骑是永恒不破的铁血长城；二是许多庸官贪官在鸟都飞不过去的险岩上筑墙披瓦劳民伤财，美丽山河被砖盖石压破天地风水，万年不利。”

鸟蛋眼睛一亮拍掌：“这扶苏说的人话，讲的真理，将来肯定是个好皇帝！“

夜壶忧伤：“若不是始皇帝最爱的儿子，恐怕早就成了无头鬼了……”还做了一个抹脖子的手势。

鸟蛋试探着：“听说赵中书府令如今越来越得宠啊？”

夜壶：“我叔父不会打仗没有战功，但是修阿房宫、筑骊山墓、筑长城功劳不小……”

鸟蛋：“还有狠狠收税，全国选美女，那个阿房宫中的人也是他暗中配的，教了不少讨好皇帝的功夫，上千个童男童女，还有太史令那帮巫师术士都是他一手操办，他特别懂神知鬼投之所好，得以大红大紫，一展心机。还把你送到这里来当他的耳目……”

夜壶惊得张大嘴巴：“你……你小小稚童，将来到底要做什么啊？我背上发凉……”他把棉袄狠狠裹紧。

鸟蛋神秘一抿嘴：“将来帮着换个好脾气不骂人的皇帝，始皇帝功太高权太重，可惜对太阳的热一点办法都没有，阿房宫木头多，好柴料，野火焚风烧个干净，骊山墓又深又大谁睡啊？长城不如岩坚，岩石都能风化，土砖土瓦迟早的笑话。”

夜壶在颤抖，一口吹灭灯烛：“我做噩梦遇到活鬼……”说罢一头钻进被窝里紧紧地蒙住头。

鸟蛋见状发出童稚的笑声：“嘿嘿，真逗！”黑暗中余音绕梁。

烟柳镇

唐马◎著

下册

羊城晚报出版社
·广州·

图书在版编目（CIP）数据

烟柳镇：上下册 / 唐马著. —广州：羊城晚报出版社，2021.2

ISBN 978-7-5543-0895-0

Ⅰ. ①烟… Ⅱ. ①唐… Ⅲ. ①长篇小说—中国—当代 Ⅳ. ①I247.5

中国版本图书馆CIP数据核字（2020）第262653号

烟柳镇：上下册

YANLIUZHEN: SHANGXIACE

策划编辑 朱复融
责任编辑 朱复融
责任技编 张广生
装帧设计 友间文化
责任校对 谢泽澎 顾晨咪
出版发行 羊城晚报出版社
（广州市天河区黄埔大道中309号羊城创意产业园3-13B 邮编：510665）
发行部电话：（020）87133824
出 版 人 吴 江
经 销 广东新华发行集团股份有限公司
印 刷 广州市友盛彩印有限公司
规 格 787毫米×1092毫米 1/16 印张44.75 字数60万
版 次 2021年2月第1版 2021年2月第1次印刷
书 号 ISBN 978-7-5543-0895-0
定 价 108.00元

目录

第十一章

林萧云一夜未寝，伫立于将军府门厅外石凳旁，望着飘落的雪花，没有丝毫寒意，等待着蒙将军。

长期侍君，处处克制，连年作战后回归太平时，睿智的将军们多有隐形藏迹之感。雪天晨曦已初显光亮，白色茫茫中一对虎头马车悄然驶近，林萧云竟一点也未察觉。一个慈爱的声音将他惊醒，对林萧云轻声："一夜没睡，进屋去，别冻着。"话语里充满关爱与欣赏："小少年急公文批阅结果，难得懂事。"

进到后厅，夫人早已生炉驱寒，沏好茶，她诙谐善笑，得体而又手巧，自己能做的就尽可能不支使下人，接过丈夫的斗篷挂上，疼爱有加地招呼林萧云："南方人怕冻，站了一夜，喝碗姜茶驱驱寒。"

林萧云笑着："多谢了，一点都不冷。"

夫人用一阵爽朗的笑声，活跃了气氛："小孩不冷，酒缸不结冰啰。"

蒙毅也跟着开心地笑："诚心久等，必有好运嘛！"

夫人带头恭贺："就是，小小年纪，如此用心，天佑英才。"

"什么才啊、英才啊，我们燕姐的心表面风平浪静，其实隐藏得比海还深，比谁都急，比谁都……"

蒙日丹挽着公主的手臂推门入内，直言快语地边说边笑，做着极其夸张的动作逗人。公主笑道："哈哈，妹，评字，评画，飘仙的境界。现在又评到海，我可没那么深，只是长荷的那个小池塘罢了。"说着隐喻自己画的那个白泥陶作品，众人开心起哄着。

夫人却收起庄重的笑容，让大家坐下，示意丈夫解释公文：“哟，哟，美姑娘，姐儿俩都巧舌如簧。来，听听咱们的烟柳镇吧。”

蒙毅抿一口茶，习惯性地搓搓手，嘴巴“啧啧”两响，小心翼翼地从大包裹里抽出精致的专用防水防火封皮袋，黑色龙纹图案暗示其为诏书，轻轻打开袋拿出归置整齐的简牍展开，龙纹衬底，颜色略淡于封袋，“烟柳镇”三字墨浓遒劲，跃然简上，众人不约而同渴望式赞叹：“哇！”

蒙毅淡淡地回忆：“始皇帝今晚特别高兴，一连写了好几片，他让我挑，我不敢挑，他最后自己选了这片。”

蒙日丹：“字没有我写得好，可万万个管用啊。”

公主：“这字铁画银钩，骨力坚韧，历代王中也算得上佳品呀。”

蒙毅微微点头，用一个旁人看不出的眼神瞟向门闩，又拿出第二片：白坭墩御窑。众人相互惊喜地贺望，有些出乎意料。

蒙毅：“他对《江南春》那三件贡品爱不释手，似玉非玉、似陶非陶，晶莹剔透，既欣赏又有几分疑惑，对《荷花》《旭日》，那两点红，反复琢磨……”

蒙日丹：“好奇，没见过。”

蒙毅：“我说这是活蛇血在制陶时点染上去的，他笑着拿鼻子嗅嗅……”

蒙日丹：“嗅不到腥味。”

众人浅笑附和。

蒙毅：“我讲是烟柳镇后面崇山峻岭，夹沟内天然白坭墩，路险风猛，暂无人迹，画画老者已逝，有一传人烧制。我担心召见，要现场作画……”

公主在蒙日丹耳边轻声：“你父亲才是大海，深不可测啊。”

蒙日丹：“是吗？我怎么没看出来呀！”她滑稽地转动眼睛，又弯下腰，鼻子顶着父亲的鼻子看，夫人拍了一下她头顶，蒙毅则喜欢她的即兴撒娇。

蒙毅拿起茶杯，夫人快速添加热水，蒙毅品呷几口，抽出一册写满字的简牍长叹：“八千军士解甲归田，南北各半，遴选年龄偏长、有务农经历、身体强壮者前往。八千寡妇挑健康无病、可携子女及公婆长辈者，拟在临近五郡组织，军丁遗孀优先，每人赐三尺红绫，蔗糖半斤，沿途驻扎，军士护卫，若遇劫财、劫色及欺侮者，先斩后奏。‘烟柳镇’开埠一年内粮油，五郡分供，并承担三百头牛羊及各种农具输送之责，三年内粮食免征。白垠墩御窑由南郡金口牛郡尉派专人合议，逐步开窑烧陶专供阿房宫御用。”

蒙日丹：“哎哟，始皇帝还真不容易，想得那么细。娘呀，都说他是杀人魔王，果然还是有人情味啊，我想哭……”

蒙毅：“始皇帝经常每天要批阅一百二十余斤公文之多，主政亲力亲为，虽脾气暴躁，处事效率极高，令百官敬畏。”

夫人听完长叹一口气：“你云哥哥今后更不容易，虽是方寸土地，一隅之乡，但可造福万民，修复战争创伤，还民衣食无忧，担子不轻。”她看了一眼林萧云，满眼深情寄望。

蒙日丹豪气上冲：“是，是，是言之有理，解释世界容易，改变世界难，我也要去出力，燕姐已经带了个好头。”

夫人不屑地爽笑：“还小呢，翅膀没硬就想飞……”

蒙日丹不服：“燕姐自小逃难，今天还亭亭玉立站在这儿呢，鸟越小单飞，日后就飞得越高，无惧风雨，看姐姐男扮女装进京城多好的故事嘛，我若早生几年，我就要跟着爹爹跨马提枪、攻城略地，打天下。”

夫人打断她的话：“人小不懂事，没受过战争苦，无论胜与败，都是撕心裂肺的痛……”说罢有些哽咽。

众人沉默，激情直下。

蒙毅平静地看着女儿：“国家战争没有善恶，只有对错。”

大家一时无语，蒙毅看着伤心的夫人，知道她又思念日升、日普两儿子了，便语气低沉对林萧云道：“重在当下，如果天下创建上百、上千个烟柳镇，岂不是太平盛世？”

众人鼓掌，林萧云情不自禁地狠狠击掌，表达内心激越与向往。

蒙毅慈祥地说："我向始皇帝表明，林萧云乃御林军挂职，骠骑先锋参将属咸阳宫内线，他看了我一会儿，点头应允，因为他一向喜欢全国各处放线。

夫人望着林萧云："太年轻，挂个职好，地方就不会挟持，多层保护，六国刚归秦，放个线在宫内安心。"

三秦大地初雪，一片银装素裹，朝阳喷彩，旭日千里熔金。任子宴驾着蒙将军的驷马辕车迎风奔驰，夜壶一身反羊皮裹束，虽鬓须尽白，腰悬护刀，手挽长弓，背插雕翎箭筒，一副暮年英雄扮相，眯着虎眼，紧抿着寸厚的大嘴唇，挺胸端坐在副驾位上，警戒四周，连呼吸都不敢有丝毫大意。

车内却另一派景象，林萧云正襟跪坐于中间，左边是公主，右边是蒙日丹，三人都背靠着宽敞的后座，特别是两件豪华艳丽的女斗篷格外打眼，出门时夫人试图阻止俩姑娘："别穿得太打眼，干净宽松旧服好登山。"

蒙日丹任性不让："难得天气爽，人间几回娇。"专挑艳服，公主与自己似登台唱戏一般，精心搭配，人美妆倩，似两位仙女飘落人间，一路笑声不断。

蒙日丹少女情窦初开，且又才华横溢，长在将军府，无拘无束，无忌无惮，天性乐观，妙语连珠，激情感染得公主似重返燕王府，稚意腾升九重天，还时常拿林萧云设套捉弄，二对一地让小男神不知所措，羞笑作罢，只有低头认输的份。青春气息狂泻，车内拒冬，生机盎然。

亲昵嬉戏，惊诧得夜壶时而向后窥望，他长期护卫始皇帝，威仪天下，一片肃穆，头一回护送少男少女，他们笑个不停，自己也想跟着笑，转而夫人的嘱托随风在耳边响起："那林萧云乃牛郡尉提携的义子，二里地一根苗，你拉的一车宝贝，万万不能有任何闪失，更要防住他们年少任性。"他深呼一口气，超大的巴掌更有力地掂掂长弓，时刻提醒自己肩上的重量。

鸟蛋还是独骑，忽前忽后晃荡，时而一脚踏鞍，一脚踮在马头上，时而身藏马肚下，双腿吊悬马脖，时而一手扯着马镫一手挥刀劈挂，创险为乐，不厌其烦地比画着那锋利无比的马刀。肖远说要留下照看马匹、车辆，没有随队伍去华山。计划往返三天，仅一天时间游华山，二天奔驰在路上。广袤平原在移动中后退，约四五个时辰后在一家官驿内就餐，酒楼掌柜专迎朝中各路官客，识得蒙将军车马与夜壶，殷勤客套，用心服侍，罕见二位如花似玉的深闺仙女，当即特意安排内坐，因为美得实在炫目，这已是乡村野镇，害怕惹来不必要的麻烦。蒙日丹还是游意兴浓，妙语不断，饭桌上倒是公主为夜壶以及任子宴添汤夹菜，礼貌暖人。开心的鸟蛋狼吞虎咽，虽然在“竹韵轩”吃娇了嘴，但毕竟苦中泡大的顽童，一路跃于马上马下折腾，饥饿让他从不挑食，还催着大家快吃、快喝，继续赶路，咕哝着要快看那“华山险在哪里”。

夜壶识货，夸赞任子宴驭手之技，两人一左一右交流，话慢慢多起来，因为风大，几乎是相互对着耳朵吼来嚷去，忘了疲惫，语言一投机，遥途反而变成乐旅。

车内公主羡慕：“有父母真好，睡得香。孤儿夜里总是不安神，半睡半醒。”说罢看一眼林萧云。林萧云眼光认可后又移向车窗外，像是一直在回避。

蒙日丹脱口而出：“那倒是，我娘常埋怨，说我是‘睡不醒的猫’，哈哈。”

公主：“你父母胸襟宽广，历久弥新，老夫妻越爱越火，越爱越深，夕阳果然灿烂。”像是要活捉真爱大善。

林萧云回头望着公主，像是在听课，又像是听自己未来的预言。

蒙日丹：“呵呵，真爱应该来自剧痛，彻悟也许属于无奈。种花赏菊，品茶研字，弈棋描画，大部分是逃避。抽刀岂能断水？酒醉必醒，战争是浓得化不开的苦楚，伤心断肠时多梦痛楚，因为每逢节日忌日，我娘总是一次一次哭醒，泪湿罗巾……”

林萧云眼里露出一丝郁悒的微光：“那是时代哀音，绝望呼喊，药不能治假病，酒不能解真愁。战后复归太平，而官场看不见的硝烟暗起，争名夺利，排除异己，累得都戴起假面具，相互抹黑，相互拆台，相互掩盖，丑戏连连上演，只有一个人在看……”三人会心一笑。

蒙日丹："云哥还真是个当官的角儿！始皇帝如今开始疏离战功赫赫的武将，亲赵高、李斯之流。循迹林山隐居，才是侯门后人所选，天下最聪明的大将军乃王翦老伯，为大秦国打下半壁江山，现在布衣居于乡下，人影都找不着。你的那烟柳镇哪，留个缺给我，办个写字堂啰。"

林萧云："师傅真会说笑话，偏隅疏地，没有梧桐，哪能引凤凰啊？"

公主用肩眼狠挤一下林萧云，大声喧笑："种嘛！"

林萧云："噢，种啊？"

公主："树是人栽，路是人开，多多种梧桐，引群凤起舞，烟柳镇即是天山瑶池、人间仙境哟……大美江南……"

蒙日丹手舞足蹈大呼："画。"

林萧云玩心被撩拨，开怀大笑起来："两只凤都把一条龙搅晕了！那就种上一排排梧桐，让皇帝重写'凤凰镇'，不叫'烟柳镇'让一群凤凰栖居在此，让天下凤凰都飞来，那狻猊岗不上工，龙海王不睡觉，大家一起升空，到天上神仙那里去闹……"

蒙日丹笑出眼泪："哈哈，绝好的主意啊！我就想与天上仙女们比一比，谁弱谁强嘛！"

公主："那还用问？昊天肯定傻眼，将妹妹收编。"

两人互相隔着林萧云嬉闹喧笑："老昊天哪比得上咱林统领呀！"

夜壶回头憨笑："这护王没有护花香。"

傍晚达到华山脚下，入住官驿站内酒店，掌柜曾是虎狼师外围护卫统领，虽不是皇帝贴身侍卫，出入保驾常在一起，自然与夜壶熟悉，只是身带重疾，失了左臂，额上留下一道很深的伤疤，显然是战斗中留下的印迹，只有半边下巴。晚餐均是当地山珍野禽，汤鲜肉香，掌柜知道夜壶好酒，特地备了名曲窖藏香，但是夜壶告诉他："只能下次你来咸阳同醉……"示意这一车宝贝万万不能大意，掌柜也是大半辈子做武士护卫，心领意会，忍着嗜好，两人只浅饮三杯作罢。

夜上，蒙日丹快步入室，先下手抢了公主同寝："云哥，借一宿姐姐与我，明早毫发无损还你。”

林萧云见她俩彼此亲热，还开心公主难得有个好玩伴：“师傅言重，姐妹情深噢，热闹啊，我一个人睡得更安神，明早千万叫醒我，别两人游览华山，我还在床上打着鼾。”说罢狠狠学拉风箱的“嗡隆、轰隆”声。

两位仙女边笑边道：“晚安。”防贼似的夸张地关上房门。任子宴也是一个人在楼下睡，习惯地要去照看马匹，检查一番车辆。鸟蛋与夜壶捡了小吃，两人又没完没了地交流天南地北趣闻。

蒙日丹钻进被窝里：“姐姐你抱着我睡。”

“好好，来，姐姐抱着你睡，你香我也香，哈哈。”俩人一夜有说不尽，道不完被窝里“秘语”。

突然蒙日丹翻身起床，在行囊里掏出两支可折叠式精致铜器，中间还有个环，两头尖如锋针：“我喜欢我娘抱着我睡，十岁那年才独自睡，真真不习惯，天生就依人，最好永远不长大，呵呵。”她将两件铜器放在枕头下面藏起来。

公主：“这是啥？”

蒙日丹：“判官笔。”

公主：“能写字呀？”

蒙日丹：“私人利器。壮胆宝贝，有它做伴睡得沉。”

公主：“啊，你还会武功呀？真看不出来，弱不禁风的样子。”

蒙日丹：“能看出来的都是假的，藏起来的才是真的。兵荒马乱，人吃人的年代，女孩儿最好能护住自己，像姐姐逃离流浪多危险，一遇事心惊肉跳，还要女扮男装……哈哈……”

公主点头沉思：“嗯，是的，手无缚鸡之力，处处小心躲避，要不是燕鞭雨一路护着，早就没命了。”说罢，把蒙日丹抱着，拍着背。

蒙日丹伸出半个头好奇道：“那云哥每天都抱着你吗？”

公主：“以前抱，不抱睡不着，现在不抱了，抱着反而睡不着。”

蒙日丹：“怎么会？他对你情深似海呀！”

公主："情在性灭。"

蒙日丹："有毛病？"

公主："是。"

蒙日丹："能治吗？"

公主眼噙泪花："万药不灵。"

蒙日丹着急地坐起来，反把公主抱在怀里："让我爹去找御医，也许能治。"

公主感激她的真情，摇头："在白垊墩绘画时，经期遇阴蚁后，再服用重药，治了根却断了经、灭了性，对男女欢事恶心。难为你云哥了，原来想为他生'江上桥''水中舟'的夙愿……哎，人间没有鬼，没有神，却有因果，就像你书写的'九缺一圆'还真是。嗯……只能等下辈子了。"

蒙日丹："真让人心碎，天妒红颜啦，'缺'到姐身上！天若有眼，我愿为姐扛这一'缺'啊！人生多舛，我从小就不太相信圆，圆是别人看的圆。姐姐貌美如仙，才华艳溢，人慈心善，怎么让你'缺'的不知不觉、'缺'得如此之重？那是世道'缺'德，真不公平！"蒙日丹愤愤气极，愠怒不已。

公主噙泪而笑："又来了！"伸手指她的脸："世事九缺一圆，可是万事有解呀。"

蒙日丹高兴得"嗖"地坐起来："哇，有解呀！怎么解？"

公主微笑着："只有你能解。"

蒙日丹："我？"

公主点点头："是。"

蒙日丹："我可不是医师，只能写写字什么的。"

公主："为姐姐解困，你愿意吗？"

蒙日丹："一千个愿意，一万个愿意，万死不辞。"

公主撇撇嘴："别嘴上一套，一来真格的就后退。"

蒙日丹："哪里话！妹的性格你还真没看出来，宁可前进一步死，决不后退半步生。"

公主点点头："这我信。"

蒙日丹急着想知道："姐姐快说，马上能解就好，快刀斩乱麻。"

公主："妹妹也嫁给林萧云，为他、为我，也为你生下'江上桥''水中舟'。"

蒙日丹脸上瞬间飞起红霞，捂着脸急出眼泪，禁不住大叫一声："哇！"

公主掰开她的手指，替她擦去眼泪："林萧云乃龙之角，妹亦凤之冠，他本该拥有三宫六院，他三才齐备，一流的相貌人才，一流的文武双才，一身的财富，心诚人善，打着灯笼在咸阳城也再找不到一个……"

"妹妹？反悔啦？"

蒙日丹泪眼蒙眬，认真地望着公主："嫁！"

公主一下抱住她，浑身激动颤抖，忍不住大声怯哭："妹乃吾毕生知己也。"蒙日丹羞得无地自容，怕别人听见，用被蒙住两人的头，彼此相拥，一起泣个够后，两人又破涕为笑。一字定终身，一夜香鼾声入月梦，华山脚下又诞生奇缘，后世亦传为佳话。

鸟蛋撒娇地要夜壶帮他洗澡："哎哟，你的鸟鸟呢？

"给人割啦。"

"哪个绝八代割的？我去找他算账。"

"不用。"

"那可吃大亏啦。"

"我怎么能吃亏！那滑头现在死比活难。"

"想死都死不了？"

夜壶给他轻轻擦拭干净，心痛溢满双眼，流下泪来，小心伺候着他穿上衣服，内心许多惋惜："哎，下手够狠的，刚来世上的犊子……"

鸟蛋不以为然："有什么好哭的，长大点谋个太监职位，当个差，有吃有喝的，还能管管小皇帝。这年头，没死就是命大，能在皇帝那里混个官，大福大贵。"

夜壶深思着："你若为太监，皇帝跟着你团团转，哟，天下大乱……”

鸟蛋：“哪能呢！想多了，跟着我转的一定是个好皇帝，不会靠杀人、宰人、坑人。看到没？刚刚那掌柜伤得惨啊。”

夜壶：“哎，他算有大福的，伤而未残，打仗一个前方兵士，后方得五个人支撑，一个残兵，要六个兵扶助，所以始皇帝不留残兵，干脆处死，把军饷抚恤金尽量发送给死者亲人。”

鸟蛋：“太狠毒！那谁当兵、谁拼命？”

夜壶：“伤的毕竟是少数，仗打胜了，赏的也够多，总有人拼命，比种田强，胜者英雄，败者寇，攻下一座城，灭掉一个国，粮食，金银财宝，还有美女，都是大秦国的。”

鸟蛋：“光靠抢……”

夜壶打断他的话：“小孩儿家不懂，灭一个国家那可要真本事。六个国家原来各自都筑城、挖壕沟、建国界，始皇帝把六个国家的修军事防御的钱集中在一起，干脆修一个大长城，把六个国家修宫殿的钱建阿房宫，把六个国王筑墓的钱……”

鸟蛋不耐烦道：“建一个骊山大墓。”

夜壶笑一笑：“现在驰道一跑到底，一个秦半两天下通用，多方便！如今强盗少了，贼也少了，造反的也少了，害怕酷刑，害怕彪悍的百万精兵，一代战，二代苦，三代日子就好过了，忘了小国，忘了仇，天下太平啊。”

鸟蛋用针狠狠扎一下他的厚手背：“醒醒，风吹落下巴。”

夜壶像被蚂蚁咬了一口，一掌吸出针，这是他第二次罡气吸针，第一次吸口针惊讶到了家，这一次平平淡淡，拿在手上：“针是车马的，功夫不是。”

鸟蛋：“你见过车马？”

夜壶：“两次。”

鸟蛋：“长啥模样？江南很多人会这飞针活，他不见真神不露像。”

夜壶懵怔：“哎哟我的娘，一个车马飞‘透骨封喉针’，闹得秦军鸡犬不宁，始皇帝白天睡觉，晚上批文就是因他而起，怕白天人杂他混入刺杀，命比江山重……”

鸟蛋：“你想想连我这小孩都会几下，首先是用来捕飞的蜻蜓、扑树上蝉的……”

夜壶：“啊，一人会不打紧，人人会可麻烦……”

鸟蛋：“不麻烦，射人是迫不得已而为之呀。”

夜壶：“也是，像咱们这里唱秦腔，人人都能唱几嗓子。”

鸟蛋：“那你怎么练就的吸针大法呢？”

夜壶：“可费周折。”

鸟蛋：“哪般蹊跷？”

夜壶：“二十八卫护多是北方硬功夫，内家功靠气贯三十六穴，催动任督二脉发力，请来武当真人、峨眉长老、衡山三杰传授内功，二十八人都会，学到家一点的就四五人，我算其中一位，因为我是弩弓手的底子，气至指尖比一般人容易。”

鸟蛋：“呵呵，什么真人、长老、三杰，不如请我一个人教。”说罢将针扎进夜壶大腿。

“哎哟，痛，别乱耍。”夜壶手掌一翻将针吸出。

鸟蛋嗷叫：“针是车马的，功夫也是车马的，根更是车马的！”

夜壶一个劲地摇头：“你是剽学的，车马功夫我见识过，针带寒风，人带神风！”

鸟蛋：“你真见过车马？”

夜壶：“嗯，见过两次。”

鸟蛋：“交过手？”

夜壶：“我放了他一马。”

鸟蛋：“嗯？”

夜壶：“实际上是救了他一命。”

鸟蛋惊讶：“啊！奇了，怎么跟我投缘的，都跟我爷爷有一腿？”

夜壶舞动超大厚手，瞪大虎目羡慕自豪地回忆：“第一次，那时我十四岁，入军一年半，见他一身金甲，披着白斗篷，斗篷上都溅满鲜血，灿若桃花，左手挥刀，右手飞针，连射五员大将，落马殒命，所到之处人仰马翻，如同波开浪裂，万马军中逃脱；第二次王翦将军早有布阵，设下多处陷阱，又令我埋伏在城门暗处，那年我十八岁，有千步穿杨之力，被誉为全军第一神箭手……”

鸟蛋顺手强拉一下放在旁边的长弓，试探臂力：“观看啦？”

夜壶：“时隔四年，勇猛丝毫未减，射杀二员大将，自己坐骑被坑住。”

鸟蛋“哇”一声哭出来。

夜壶：“百条长枪齐扎”

鸟蛋动情大哭：“爷爷……”

夜壶：“他身受重伤。”

鸟蛋：“老天救命呀！”恨不得上前捂住夜壶的大嘴巴，几次边哭边用手指塞住耳朵，不敢往下听。

夜壶：“只见他口衔钢刀，抓住长枪杆，飞身跃起，右手一扬，一位骑兵都领咽喉中针毙命，他抢了那匹不错的马……”

鸟蛋：“好眼力，哇，抢到好马，快逃命啊！”

夜壶：“他伏在马上冲了过来。”

鸟蛋拉着他的手臂：“千万别……”

夜壶：“我的上司命我拉满月弓……”

鸟蛋又哭着：“别松弦。”用手捶他宽厚的胸膛。

夜壶：“砰！飞箭如流星，射落他的头盔顶缨，我故意抬高一寸……”

鸟蛋急忙高叫着，跪在地上连磕头：“谢谢你放我爷爷一马，救命之恩，那副盔甲还在……”

夜壶：“啊，你真是车马孙子？”

鸟蛋：“那还有假，你射落他的盔缨，他回头还给你一个手指响哨示谢。”

夜壶：“呃，还真有那么两下子……”

鸟蛋双手吊在他粗粗脖子上：“我爹爹欠你恩情，怎么还？”

夜壶：“哈哈，打仗刀兵相见，生死家常饭，哪有啥恩呀情呀的，只有胜与败、追与逃。”

乌蛋："阎王簿上都有恩与情，添孝减寿之规，何况你我都是大活人，哪有恩情不报不谢之理！连我这小孩都懂，你这蠢脑壳几十年，快入黄土都不懂，白活……"

夜壶被一顿训，道："也是。"

乌蛋："你怎么那么喜欢我？"

夜壶："惊吓出来的。"

乌蛋："假话。"

夜壶："真话。"

乌蛋："我又没扎你。"

夜壶："哎哟，吓得不轻。那天我还以为车马老英雄显身。"

乌蛋高兴得抓耳挠腮："啊，好听，本'英雄'。"

夜壶自嘲道："看针是车马的，看人一孩童，刁钻古怪，无怯无畏，眼睛还贼溜溜地转，身上藏的针，第一是想掩盖，第二才是……咳咳……又是蒙将军府上贵客，且小小年纪有这等功夫，当时在我心中极出风头。"

乌蛋听着翘起嘴："半真半假。"

夜壶用粗指头按下翘起的嘴唇："你才是半真半假，到底哪句是真的，哪句是假的，难道全靠猜吗？白天听起来像是真的，睡一晚上醒来又觉得是假的。"

乌蛋掰开粗指头反着拧："一天、一年、一辈子天天说话，哪有那么多真的？半真半假才是人话，始皇帝十句中九句是鬼话……"

夜壶的蒲扇大手赶紧捂着他的小嘴："闭嘴……"

乌蛋挣开："真话！那你从来没有想过讨个女人、生个儿子？"

夜壶将手一挥："想过，生不了。"

乌蛋："喝雌阴草，没男人性，恨过没？"

夜壶："没有。"

乌蛋："嗯？"

夜壶："命。"

乌蛋："狗命。"

夜壶："真话，咱们这种职业，活着从命，死了狗命。"

鸟蛋："假话，始皇帝也是男人，凭什么一个人霸占几千女人，还个个漂亮得花似的，公平吗？"

夜壶又斜一眼门闩："公平。"

鸟蛋怒气愤愤："哼！"

夜壶教训的口气："他是皇帝，天子，天上神仙下凡的……"

鸟蛋："神仙变的？那怎么也生病、还哮喘、还出汗、还放屁、还求不死仙药、还筑墓呀？"

夜壶哑口无言，呆呆道："不知道。"

鸟蛋反点着他的大鼻子教训："天上没神，地上没有鬼，有善恶，有因果报应。你爹娘死了有魂的话，怎么也会挡着你不让喝雌阴草，断子绝孙；我爷爷那么厉害，要是有魂的话，怎么会让人割了我的鸟，一辈子抱不了女人？"

夜壶听得动情："我想哭。"

鸟蛋："人间有活神仙，有活阎王，你救了我爷爷，就是我心中的活神仙，这恩不长一寸，不减一分，咱们这情倒会长，会减会变，活的；恩是永远的，情是靠真、靠趣、靠钱，男女之间恩与情加性还要子女一起来护着呢……"

夜壶服气地一声长叹："也是。"一双大手粗关节捏得爆米花似的响，似唱秦腔的节奏。

鸟蛋："有酒吗？"

夜壶："这屋内啥都缺，就是不缺酒与黄连。"

鸟蛋："酒喝了暖身好睡觉，这黄连可苦。"

这一回该夜壶卖关子："酒去孤独，变糊涂，二十八侍卫吃苦黄连是宫内规矩，知苦知难，泻火护肝胆，知思清醒，守则守矩，拒甜，吃惯了，不苦反而不舒服。"

鸟蛋："这招新鲜。"

夜壶兴奋不解："你想喝酒？"

鸟蛋："滴酒不沾，我想的都是大事。"

夜壶："这可是真话。"

鸟蛋神秘地吩咐："拿一个大杯，一个最小最小的杯。"

夜壶："只有大杯，没有小杯，俺一个人也只有一个杯。"

鸟蛋："那好，就先来说大事，一个杯还更投缘。"

夜壶摆上杯摆着酒："啥大事？"

鸟蛋一脸认真："你救过我爷爷一命，放了他一马，这可是恩重如山的大事，车马孙子报恩做你的儿子。"

夜壶吃惊道："这宫中侍卫，不准有三亲六故，都是好汉一条、光棍一根。"

鸟蛋："咳，父子情，重在心有灵犀，死后，我帮你竖个好坟，烧一炉高香，天知地知，你知我知，心到情到。再说，你现在不是贴身拿壶的？"

夜壶抢着："你知我知，大事俺得把杯子洗干净一点。当过贴身侍卫，一生要守规矩。"说罢用水冲杯，又用酒涮杯，慎重擦干大手，将酒倒满。

鸟蛋走到杯前："爷爷，放你一马的人，我做他儿子了，你睡得更好啦。"说罢一口咬破中指，将血滴入杯中。

夜壶异常感动："车马老英雄，到底是出了一个豪杰孙子，人小气概不凡。按辈分，我也该做你老英雄儿子了。"一口咬破中指，鲜血入酒，即刻染红。

鸟蛋拿起杯："爹，今生今世咱俩成个家。"

夜壶感动得热泪盈眶："儿子，恩摆在那儿，父子之情现在开始。"

鸟蛋猛喝一口吞下，伸出舌头，用手扇风，满眼是泪。夜壶举起杯一饮而尽，放下杯，一把将鸟蛋举过头顶架在肩上，在房内转上几圈后又抱在怀里，放到床上。两人脱衣相互而卧。

一老一少，床宽被厚，相拥温暖如春，窗外飘起鹅毛大雪。

天气轮转，天公作美，晚上积雪三尺，屋檐挂满冰溜，溪边冰溜长丈余，如藤似蟒。江南来的鸟蛋兴奋不已，冰封隆冬与他无关，找了根竹棍，到处敲打冰溜为乐，与夜壶打雪仗，虽然憋着一串串小声嬉闹，却早早惊醒了林萧云、公主、蒙日丹、任子宴及掌柜。

众人来到厚冰如甲的溪地，举石砸冰，棍敲，剑刻，五花八门地在冰上戏耍，少男少女一个个在冷爽的晨风里面红如桃花，喘着热气，喧闹不止，乐此不疲，直到旭日东升，云层拉开金碧辉煌的天门，太阳炫耀光辉，并在掌柜几次催促下，才热汗淋淋地回室就餐，鸟蛋不时返回丢几个雪球，地上打几个滚，舍不得离开这别致的冬景。

吃完早餐，掌柜让每人挑换登山冰靴，唯鸟蛋童鞋难觅，翻箱倒柜寻遍，最后找到一双女式姥姥穿的，还是大了三分之一，夜壶细心用麻索将鞋与腿捆绑在一起，鸟蛋拿起双马刀当拐杖，大脚靴“扑哧，扑哧”实在是累赘，没有平日活泛灵巧。

林萧云除了带上拐杖剑，还特别在腰间插上那根飞雪送的精置洞箫，因为玉女峰中山崖上有一棵独柏，能迎风和韵箫声。爱箫，懂箫，弄箫人，都要在断崖千仞、巅峰之上一显身手，传音天界，还慰夙愿。

蒙日丹快乐得如同飞鸟，与公主精心装扮，全身紧束，红色镶金边，暗花提凤图，实不多见的斗篷飘飘欲仙。掌柜从未见过如此倩丽美女，不敢正眼视之，一个劲地帮助两名“背夫”整理行装，查验中午饭菜、火炉、火石、打锤寸棍之类，热情过头，半边下巴、几颗牙齿一直乐着，送迎贵客登山。

他还几次悄声问夜壶：“要不要配上几个护卫？”

夜壶知道蒙日丹、林萧云、鸟蛋功夫了得，又有自己可助一臂之力，一拍长弓：“人多难管饭，免了。”在掌柜“吭哧吭哧”张罗声中，两个背夫领路，一行人挺进华山之巅。

一串串脚印踏破如同白色棉花的冬雪，山越来越陡，冰越来越厚，公主时而摔倒，任子宴一跤接着一跤地连滚带爬，两个领路的背夫慢慢地放缓脚步，累得气喘吁吁。鸟蛋本想冲在前，不服华山之险，奈何一双“大足”拖累，只得扯着夜壶背上长弓拖行。

玉女峰秀丽多姿，最早迎来日出，站在顶端俯瞰全山形如一个巨大螺壳，朔风穿过撞上岩崖时的回旋激荡如哭似歌，两块擎天石似一双姐妹，一高一低牵手而立，中间一棵千年带刺古柏（科名为柏树中的刺柏）杆粗根深，苍翠百余丈，傲立悬峭之巅，直冲云霄，枝叶繁茂，遮天蔽日，恰似一把绿绒大伞撑在天际，掩护着迎日巨石“姐妹”。

众人登顶，目睹极致风景，欢喜若狂，能见如此绝妙之景，着实养足一辈子眼福，只有夜壶急着不停吆喝：“别乱蹦乱跳，都是白雪，当心滑倒，万丈悬崖，深不见底，掉下去可没命……”却见他们没人听，还在得意忘形。

他把一块几百斤重的大石头抛下同时大喊：“谁掉下去啦！救命啦！”

众人瞬间安静，只见那石块如惊雷滚过，带动周边石块积雪，腾起冲天烟雾，“轰隆，轰隆”震耳欲聋。

公主吓得两腿发抖，吐出舌头：“哇，好险，好险啊！”拉住林萧云与蒙日丹。任子宴有恐高症，蹲在地上捂住眼睛，不敢直立，更不敢往下看。

只有蒙日丹与鸟蛋望着夜壶侃笑：“哇，石头碰出血啦！痛得大声大声哭啰！”

“我爹掉下去啦，救命呀，救命呀，我没爹了啊！”夜壶被逗乐憨笑，两背夫一脸茫然，陪着傻笑一阵。

时近中午，阳光透过树冠缝隙照射下来，密叶中显示出万道金丝，将千颗冰珠折映得晶莹闪耀，加之木材溢出醇香，尤衬这棵独柏贵不可言，娇不可喻，神不可测。

仙境弄箫，婉转悠扬，雄浑音色，气贯长虹，一曲《山水》荡气回肠，奏到高潮时疾风骤起，横扫独柏上的寒雪，冷飕飕，越刮越猛，粗大树干摇曳，枝丫强烈震颤，漫无际涯的针叶呼啸舞动：“呜喔，呜喔。”卷起凛冽涛声和着洞箫在“螺壳”中共鸣，众人触景生情，仿着回音一齐呼喊，尾声时夜壶吼起荒腔走板的野路子秦腔，此时却入木三分格外好听。

艳阳当空，夜壶催促：“抢日头，去落雁峰。”正当众人撤离时，“螺壳”远处无名石洞内传来答谢箫声，林萧云驻足凝神静听，一声轻叹：“啊，天籁空灵，幸会……”举箫又一曲《楚血啼莺》高难度回敬知音。

落雁峰，元首绝顶，华山最高主峰，亦称南峰，天近咫尺，星斗可摘，站在棋盘石端，如临天界，如见传说中的文明始祖伏羲邀仙在此对弈。一般登山者大多数半山折返，初生牛犊不畏虎，一行少年，风越大，人越浪，只要新奇，哪管天高地厚，越是高险，兴致更是浓浓。

鸟蛋见任子宴举步维艰、胆怯心颤，在旁一个劲地给他鼓励：“嘿，大老爷们儿，别像六十岁婆姨，这道双马八尺都能行走，人不过一尺二，宽着呢，只看脚尖，跟着脚印，想着杂耍绳索晃动着都能走，放开胆……”

蒙日丹搀扶着公主，三步一笑，七步一滑，青春年少，越走越顺，公主不时回头眺望林萧云远处追赶的身影。

蒙日丹：“他偷懒落后，待会儿让他背咱俩下山。”

公主：“好主意，今晚让他吃不完兜着走，看咱姐妹的好戏。”

蒙日丹：“是，敢登华山的人，都不好惹。”

两人抱着喘着笑着，等着林萧云一起登棋盘石。

华山天生险峻雄奇，只有雄鹰才能飞越的落雁峰不知是哪位高人赐名，其实是“落鹰峰”。远近岩石、雪松枫树上乃鹰栖息之所，棋盘石上是鹰群在无人时的小栖之地。今日几乎没有游人，天寒地冻，又险又冷，谁拿小命来登高眺雪景？况且苛政如虎，民不聊生，饥肠辘辘，谁还有气力登高玩命？只有这一群将门之女、落寞王侯之后、侠客遗孙成就此行，童心喧闹无忌，一路嘻哈着敢惊扰山神。

快到棋盘石时，蒙日丹与公主等着满头大汗追来的林萧云：“我帮你扶着、挽着、攒着、搀着、攮着姐姐，你捡了便宜，我累得成了泥神仙，该罚你背我上去。”

公主：“就是，不是妹妹，我早就摔下山谷，天下男人都靠不住，还是姐妹真。”

两人一顿奚落，林萧云作揖谢罪，公主按下他的肩膀让他半蹲着，示意蒙日丹爬上去，蒙日丹笑着轻轻一跃，双手搂住林萧云的脖子，林萧云顺势站起来，双手托着她的玉臀往上一撑，惊得蒙日丹一声尖叫：“啊呀！”那敏感部位，像山巅原始积雪，第一次被异性触碰到，脸羞飞霞，林萧云即刻横剑双手握剑鞘剑柄，公主挽住他的手臂一齐上棋盘石。

古石生灵草，寿松栖异禽。先到的夜壶沿着棋盘石踩出一串脚印，似一个边框，提示别越界，如果脚踏空，后果不堪设想。鸟蛋高呼狂喊，在天际硕大平石上打滚，两背夫失声齐喊叫：“危险危险！玩命啦！”

任子宴规规矩矩地站在中央一动不动，宣示着安全，睁开惊恐的眼睛望着“驴打滚”的鸟蛋惊叫：“哇！”两背夫又看到林萧云背着蒙日丹脸贴脸，公主脸贴着他的胸，三个人像活冰雕。

相拥而偎，背夫羡慕得直吞口水，这情景也让鸟蛋吃惊不小：“啊，再加一个雪儿在左边更炫酷啊！”

夜壶眼睛一亮，咕哝着：“呀，三仙来棋盘石，咋摆棋子？”

任子宴低头看雪，抬头看天不看人：“啊，神鸟！”

众人抬头，含笑迎风惊呼：“天哪，百鸟图。”

“落雁峰，就是不见雁。”

“雁南飞，夏天回来了！”

“雁栖泽，这悬空绝壁……”

“嗯，也是。”众人议论着。

苍鹰振翅，众鸟伴舞，岩隙中的古树挂在空中摇曳，一场视觉盛宴。

公主：“啊，画。”

久久痴迷搜索着，心中默默打着腹稿：“天造雄奇，壑沟成岭，绝壁仞峰，万古屹立不化，深谷朽木，活树倔强生于悬崖之上，鹰鸟快乐鸣唱，万物与世无争，哎……”

她从夜壶箭筒里抽出一支羽箭，心中风云激荡，以棋盘积雪为底，羽箭作笔，展开奇思妙想……

夜壶觉得肚子有些饿，他饭量惊人，望望背夫的两个大背篓，吩咐生火做饭。两个背夫轻车熟路在棋盘石下方一个隐蔽小洞旁，掏出干柴垒石生火，纯雪化水，两大铜锅内放满几十斤上等牛羊肉，佐料齐备，八个人带足二十多个馍，掌柜知道夜壶饭量，今天得缩着肠胃。众人登山也是累活，所以饭量加倍再加倍，只是累了背夫，幸好锅碗罐筷刀勺都存放在石洞内，也算华山主峰一秘。

公主倾心作画，林萧云、蒙日丹敛息静气，边看景边看画。鸟蛋闻着辣椒、花椒、八角、野橘、羊肉膻味，馋得口水直流，舌头不停地在嘴唇上舔来舔去，大呼小叫："有他俩鬼牢都热闹。"

夜壶一直笑着看他上蹿下跳，喊着："悠着点，别跌下去！羊肉可吃不成了！"

任子宴在包一和那里学到许多菜式，略懂厨艺，不时与两背夫一起商议指导，绝壁上，散发出绝味烹饪之香。

突然天空群鹰、凶隼以极快的速度哀鸣躲闪，各色小鸟翻飞乱窜，众人抬头瞅着乱象，不知何故。夜壶兴奋地取弓搭箭高叫："嘿嘿，上等货。娘的，真走运！你过来，过来！"

鸟蛋眼尖，抽出双马刀挥舞："哈哈，有本事你下来呀！"

一头雪白巨雕，展开门扇般的翅膀，披着太阳的金光，来回扭着傲慢的头颅，俯视众生，不时发出威仪天下的鸣啼，特殊的方向，大翅膀屏蔽了阳光，给棋盘石带来瞬间的阴暗。

林萧云："嗬，与'日月鹰''鹊儿喜'般大个，力可载人。"

蒙日丹："啧啧，真美！"

夜壶敛气眯眼，不停地调整角度，长弓如满月，利箭闪着寒光……

巨雕迅猛升高，湛蓝的天幕似无垠大海，白云幻成浮动的波涛，它盘旋着准备俯冲，亦如搏浪飞舟，一声长鸣，半收起翅膀居高临下向一群惊慌失措的小鸟扑来，巨大身躯抖动，翅膀一开一合，形成一道强劲气流，将几只鸟掀翻，失去平衡，利爪同时精准抓住两只较肥大的鸟，一只麻山鹊，一只乳鹰，爪钩已深深钳进两只鸟的体内，鲜血如翠滴，羽毛从高空飘落，哀鸣绝望地挣扎，众鸟惊叫着逃离。"嗖！"响亮的利箭刺破天际，弦声还在余鸣。"哇！"众人齐呼。"神准"飞矢如流星杀伐之刃正中巨雕命门，它惊愕得浑身一震，咽喉不能出音，鲜血顺着箭杆流下，似红色雨点洒下，它不屈于颓势，几番绝命的困斗，一只乳鹰在魔爪下逃脱，折断一只翅膀，带着伤，扑棱扑棱歪着飘着坠向悬崖一棵斜松。

巨雕胡乱在空中摇摆，绒羽簌簌飘下，崩溃的瞬间，几次想昂起头，探望天空，奈何此时心脏已停供血，咽喉被割断，平日独霸天空的如铁的嘴与爪已成为负重，最终“轰隆！”摔在离夜壶仅几尺远的雪地上，积雪四溅，红血一地，让人倒吸几口凉气。

夜壶欢喜若狂，张开强壮的双臂，摇动着铁般的身板，拍着超出常人两倍的又厚又大的手掌：“哈哈哈！捡到天上掉下来的宝了！踏破铁鞋无觅处，得来轻巧一箭功，哈哈，久等，久等了！”

众人跟着围了过来：“神雕。”

“少说二十几斤。”

“翅膀像两扇大门啊。”

夜壶提起雕的脖子，鲜血还在流淌，不时动弹几下：“小心这爪子，一碰上，就得剜一坨肉才能取出来，这可不是好惹的。”他提醒挨近的好奇的鸟蛋。

夜壶平时嘴笨，此时却神采飞扬：“前年始皇帝巡游，在齐鲁雁云山遇到五十年大白雕，耿飞图费了九牛二虎之力才拿下，只有这只半个大，它身上有四宗宝。”

鸟蛋：“我只知道，巨雕乃空中之王，不知道还有四宗宝。”他挨近瞅瞅：“我同锁扣见过巨蟒肚子里有宝石……”

夜壶斜了他一眼：“这是百年雄白雕，那巨型翅膀叫‘黄金之翼’。一宝是笔……”

公主与蒙日丹同时惊叫：“笔！”“我大伯最会制笔！”两人兴奋地各抽出一只手抚摸着那雕的超常粗壮的羽毛。

夜壶左手高高提起：“二宝是制作强弩弓超常箭的矢羽，嘿，太重要了，能让箭飞得更快、更远、更准。”他抽出一支箭比着雕羽：“可做八百支上下矢羽，哈哈，够用啦！”

鸟蛋接过箭，拔一根绒羽比画着矢羽。夜壶：“别乱拔，根根都是宝。第三宝，雕嘴雕爪，避邪，鬼不进门，神让三分，无论放在哪里，三丈之内无蛇虫蚁……”

鸟蛋抢着说：“放在白垊墩，嫂嫂能安心画碗画盘画罐了，这雕嘴给哥哥，走到哪里挂在哪里，或者不如让锁扣给我做成手套爬树爬墙……呵，真是实用的宝。”

夜壶："第四宝，雕肉煮滚烫汤喝……"

"是吗？"

"喝了长生不老……"又是鸟蛋插嘴。

夜壶："喝了滚烫百年雕汤，日后百毒不侵，血冷了雕毛拔断都拔不出来，靠剜削剔肉取出，还损杆。血冷后的雕肉三天炖不烂，活血雕肉只虽三刻即食，不给辣椒，给姜、麻、八角、花椒，那汤鲜啊……"

鸟蛋高兴道："快，快趁热血！"

两个背夫沾了大光，喜得眉开眼笑，赶快倒水进炖罐，加干柴烈火："喝滚烫雕汤啰！"

"百毒不侵，益寿延年。"

"喝了要是能飞才过瘾。"

夜壶挽起袖子，深深吸一口气，顺势借力，先拔粗壮的雕翎羽，后拔椎脊羽，再拔抚生羽，鸟蛋帮忙分别堆码整齐，数来数去总数不准："雕翎羽七百九十七根，八根，六根，九根，哎不对，重数……"

夜壶拔光雕翎羽时提起大雕整个身躯，取出箭头对着深深伤口道："你以为在天上，想咋的就咋的！"

鸟蛋指着血流的创口："你以为你是天上的始皇帝……"话音未落，吓得一背夫拿着的碗"咚"一声掉在雪地上，幸好积雪如棉，没有摔破，捡起来快步溜走，夜壶四处警戒一圈，瞪一眼鸟蛋："你这刁嘴！"

鸟蛋做一个鬼脸认错，吐一下舌头认栽。

公主继续作画，蒙日丹与林萧云一边看画，一边谈论大伯父蒙恬大将军如何为始皇帝制笔的故事，公主对笔自然喜爱关注，不时停下来附和议论"笔"的话题。

画该收笔了，蒙日丹赞叹不已。雕汤香气四溢，夜壶、鸟蛋"先喝为敬"，尝鲜不止，连喝几碗，赞不绝口，两人跑来喊这边三人品味，不料被画绊住，两人反复对照山景，不停地议论："这画得比现实中真的还好看，这画比雕汤好喝，这画有啥法子弄走呢？放在这里太……”

蒙日丹：“白雪作底，箭尖箭羽当笔，深浅中显笔墨气韵，白色盛装，冰崖壁上，古松盘虬，野蛮生长，扭曲而张扬，突兀树冠，凌空飘展，飞鸟随心恣意，啊，大白雕雄霸振翅……”她扭头望着炖罐里热气腾腾的雕汤。

鸟蛋会意地拍拍肚皮：“啧啧，好味道。”做着噱头痴迷状。

蒙日丹：“箭尖刻，箭羽扫，别样线条，嗯，天人合一，松木石鸟同框，嗯，那崖上东青花……”

公主笑着用箭尖点点花瓣：“这冬青花又称‘七彩花’，赤橙黄绿青蓝紫，七种颜色绽放冰崖上，实在遗憾，怎么也画不出来……”

蒙日丹望着白色世界里的“七彩花”迎寒风震颤：“如此绝作，岂能遗憾？我替姐姐摘来，求个十全十美。”说罢活动起身子，扭扭脚，转动一下手中的判官笔，解下紧身腰带。公主握箭修割点扫细节：“妹，帮着题个画名呗……”

没听到回声，她一看蒙日丹走向崖边，探探脚，突然她凌空一跃，抛出彩带，缠着一根树枝，向下滑，右手拉住彩带末端。任子宴一声大叫，捂住脸，双腿一软跪在地上，夜壶“哇”还没喊出声，张大了口，趴在地上，向下望去，全身骤然变僵，公主惊吓得一屁股坐在地上，翻身向岩边爬，林萧云拉着她傻傻地说不出话，棋盘石上瞬时鸦雀无声，一片死寂，两背夫惊吓得张着口，拿着勺一动不动，似冻僵的冰柱棍。

只见蒙日丹裙褶飘舞，借着摆动之势一个蜻蜓点水将判官笔灵巧一削一折，将花拿在手中，手攀腰带，脚踏冰岩，一腾一挪，纵身向上，几个跨动，手举鲜艳七彩花，在众人目瞪口呆中，笑靥盈盈地走到雪画边轻轻将鲜花放在画花的位置，自己仰面哈哈大笑起来：“啊，姐姐，看，太美啦，一虚一实，物我同在，绝壁绝景，留不住的千古绝唱！哈哈！拿箭笔来，配个词好啦！”

她，若无其事地约束着腰带，林萧云回过神从公主手上接过箭笔恭恭敬敬地递上去，战战兢兢地说出所有人要说的话：“师傅呀，你的胆是铁铸的哟！”

林萧云："这腰带有钩……"

蒙日丹不屑调笑："大惊小怪。"

公主拼命拍着胸脯："妹，你真不该这样不计成本浪漫啊！姐吓得半条命……哎，都是画惹的祸。"

大胆的鸟蛋怯怯地望一下崖底，又久久仰服地瞅着蒙日丹："真人不露相，这蜻蜓点水不湿翼的功夫在我哥哥'八步赶蟾'之上啊，天外有天。"

夜壶老眼噙泪什么也不说，背过身子抹抹泪，长叹一声："走走走，喝碗热雕汤，唉，都饿了不是，这画再好看也撑不住肚皮。唉，唉，真是吓得俺像这'白雕头'了。"

蒙日丹拿着箭比画数下，最后在画旁写上"雪缘""冰崖花松鸟图"八字，刚被吓呆的公主与林萧云，禁不住双双鼓掌惊叫："绝！""赞！"

夜壶被突然的笑声又吓了一跳，回头痴望少许，自己摇摇头去为他们三位备汤找筷碗，暗自哀叹："这护'花'比护'王'难百倍啊。"

太阳偏西，寒气对大地发出拷问信号，险峰之巅牛肉辣椒味令人垂涎，登山辛苦，一场惊吓过后，都觉得饥肠辘辘，蒙日丹与鸟蛋毫不客气地抢着吞下两块肉，林萧云招呼着公主吃了半块辣牛肉，后面各人吃了两馍顶住饿囊，精彩随之而来，夜壶细心给蒙日丹一碗香鲜甜的雕汤，再半个羊肉馍。

蒙日丹喝一口汤大叫："哇，我还要一碗！"一汤一口馍吃起来，眉飞色舞地示意公主："绝味鲜！"

夜壶将另半边馍递给公主，转身一碗汤呈上："嗯，的确味美"

公主边吃边点头赞许，林萧云推辞要夜壶先吃，夜壶坚决要最后一个喝汤，任子宴、两背夫也拗不过，只有先品："有毒不侵。"让每个人来劲："好喝，好喝，百年巨雕不知吃了多少毒蛇、狐、隼，所以存毒浸透毒体，有力能飞。要是能长命百岁才好，活一万岁，就不用三千童男童女去求仙，那始……"

鸟蛋吃饱就来精神，说到"始"字，被夜壶挡住："雕汤，嘴别刁。”千仞绝壁上，品百年雕汤，棋盘石旁，一众美食飨客。

夜壶给大家都喝过鲜汤后，自己连喝三大碗，猛吃下一罐牛羊肉、六个大馍，背夫不失时机地送上一小盅，好烈酒的根性，对天独饮，一身兵的血性忠勇化作豪爽狂笑，惊人的食量，将大雕两只腿、翅膀、脊肉吃个干净：“嗯，快走，上云台峰，小心哪，脚脚踏稳，那可是最最险的峰。”

酒的力量让他壮着胆，对蒙日丹又敬又爱又不满地冒出一句：“咱们是人不是鸟，别乱飞。”

在大家去登峰时，林萧云突然想起什么，返身冲上棋盘石，自言自语：“七彩花中一红一紫两朵……”将花举在手上，追赶上公主和蒙日丹，将紫花插在公主头上，红花插在蒙日丹头上，一红一紫，颤颤震浪地闪动。

俩姑娘开心嬉笑着：“有心人噢。”

“有情人咯。”鸟蛋回头对林萧云伸出俩拇指：“绝活！”

华山险，最险在云台峰，四面悬绝，凭险独秀，自然造化，鬼斧神工，若要到达顶峰，必过鹞子翻身险段，须面壁贴腹，屏气挪步，任子宴爬到边缘上浑身筛糠似的颤抖，闭着眼睛对着已过的众人大喊：“有鬼拖着我的脚往……往……深渊拉……啊……”

鸟蛋：“别怕，大胆摸着石壁挪……”

任子宴绝望道：“我没胆，身子没力像棉花……”

林萧云：“啊，那你闭着眼睛往回退，在那里等我们。”

任子宴小心翼翼趴在地上摸着众人上来的脚印倒退至宽处，才怯怯立起身子。

一背夫喊：“不能站在那里，往下找一棵大树爬上去，怕有狼群。”

任子宴“哦”了一声，慢慢往山下半滑半走，不敢回头，恐高症无药可治。

太阳西下，奇景幻显，金光万道中，凛冽寒风席卷雪花而至，与蓝天白云共舞。众人齐呼过瘾好玩，吆喝起哄着，鸟蛋在前，两背夫在后指路，深一脚浅一脚走在通往云台峰的“一线岩”上。因为大雪铺盖了脚下的犬牙石，只有探着走，公主实在无力行走，一直趴在林萧云的背上，紧紧箍着他的脖子，如影随形。刚才过鹞子翻身时，夜壶暗地吓出一身凉汗，自己背着一捆雕羽实在招风，也有几分吃力，让他更惊讶的是蒙日丹侯门深院少女，常见她写字作画，没见过她舞刀弄枪，理应弱不禁风，却一路上身轻如燕，快乐得像小鸟无惧无恐，半人半仙。

突然两背夫绝命惨叫，往后退逃，“一线岩”只能单人通过，两背夫被夜壶巨大身躯挡住：“不好，华山五鼠！岩狼！”

华山五鼠，臭名昭著，屡屡劫财劫色，重案累累，六国归秦后朝廷曾多次派官兵围剿，一度销声匿迹。五鼠平日以狩猎为生，先前有一帮喽啰帮着探信踩点作案，换粮购物，官兵剿灭其党羽，五鼠潜伏深山偶劫大户人家，踪迹诡秘，他们惯走悬崖峭壁，一身爬岩越石功夫，登峰造极，练就锐月飞盘刀，最厉害的搏斗之技是五爪套索，适合悬崖上搏击，还养了几十条比狼小、比狐大的岩狼，凶悍无比，在冰崖之上匍匐如飞，咬住猎物至死不松口，凡是看中的目标百擒百逮，无一失手。

随着两背夫后退惊叫，鸟蛋还没回过神来，四五只岩狼嗥叫着，龇牙咧嘴急速窜了过来，他一下蹦起来，四只从他裤裆下钻过去。一只岩狼咬住一背夫的小腿将其拖倒，那背夫用背篓死死抵住它的头部，惊慌失措地又叫又挪。又一只岩狼跳起来撕咬后面背夫的肚皮，那背夫跳起来躲闪，一边用背篓猛地砸其头部，那岩狼没咬到肚皮，落在裆下，迅猛上蹿，一口咬住命根子与睾丸，痛得那背夫大呼救命，死命用背篓压住，越压越紧，越扯越痛，跪在雪地上哀号求饶似的喊叫。另外两只岩狼扑到夜壶身边，他左右两波风脚，靴重力沉，两只岩狼一前一后惊叫着滚下万丈悬崖，夜壶快速取下长弓搭箭，正准备拉射，突然一阵阴风袭来，他迅速低头躲避，不想身子一歪，后面一捆雕羽被五爪套索勾住。他正想回身看看怎么一回事，那套索猛地一拉，捆绳断了，人也打了一个趔趄，雕羽散落一地，他以极快的速度扑抓雕羽，但是风比人更快，一大部分雕羽被卷向天空，与雪花一起翻飞，飘向夕阳前的蓝天云霞，四处飞扬。

夜壶极为心痛，以迅雷不及掩耳之势将剩余的雕羽夹在双腿之间，又一次盘弓搭箭，不料被眼前恶战惊呆。五鼠中的钻天鼠、入地鼠、飞窜鼠放出的五爪套索将林萧云背上公主的脖子套住，公主一声惊叫，林萧云飞快地一只手抱着她的腰，一只手抽剑，不等套索回拉已将绳索割断，同时十几只岩狼汇成一股阴风卷了过来，因为个头不高，冲起一道道雪浪。蒙日丹腾空跃起，一声娇呵："姐姐，到我后面来！"舞两只判官笔精准戳中岩狼双眼，霎时四五只岩狼嘶吼着滚下悬崖。一只套索向林萧云飞来，他跳起避过，利剑横掠，扫断绳索，同时数只岩狼碰剑毙命，血红染雪一地。

钻天鼠、入地鼠、飞窜鼠一震，恼羞成怒："死无完尸，跪地活命。""俺只要那俩仙女。"

"作对，这地冬天没果子吃。"三人相互猥琐大笑。

蒙日丹透过晚霞风雪看到那三只鼠土里土气，深山野人个头结实，贼眉鼠眼，难怪江湖称为鼠，一身杂狼狐皮毛御寒装束，丑陋至极，还臭口污语，便一声娇呵："小毛猴，坐井观天，天鹅在天上！"

三鼠似没听懂："坐井……观……天？"

"天鹅在……"

"仙女声音比鸟好听，嘿嘿。"

林萧云趁机快速解开公主脖子上的断绳，蒙日丹往前一步将她挡在身后，轻轻笑着拍一下她的肩膀："别怕！"同时与林萧云摆开与三鼠决斗的架势。

领头的钻天鼠将身后绳索一拽，噌地解开那畜生的颈套。林萧云："啊，狼王！"

蒙日丹定眼一瞅，那畜生凶悍无比，个头是一般岩狼的两倍，伸吊着血红的长舌头，露出锋利獠牙，两只爆红的眼珠子在白雪映衬下格外显眼，据说凡是长期吃人肉的四脚动物都会幻变成"红眼珠"，见人就疯狂，妄想着要一口吞噬。那狼王狂奔袭来，速度奇快，如同雪地上一道划过的闪电，林萧云侧身挥剑横扫，那狼王贴地一滚避过剑锋。

蒙日丹腾空跃起："看我的！蜻蜓点水不湿翼，绝活派上用场了！”身体斜着倒悬在空中，更绝的是判官笔一旋，一道红色液线伴随着一股难闻的辛辣味直射入狼王张开的血盆大口，直入咽喉，那狼王不停地“呕吼”，极为难受，似在蒸火里燃烧，不停摇摆着头颅，张口喷着热气，舌头舔搓着冰雪。蒙日丹着地一顿，判官笔一旋，一道黑色的液线射向狼王的鼻孔与左眼，瞬间狼王凶狠的模样全无，掉头飞窜，由于奔袭太快，磕绊在石头上一连几个翻滚。

钻天鼠一时不知所措，猛地吆喝口令：“二中，口伙冲，口伙冲。”

那狼王疼痛难忍，嗅觉失灵。“呀，咬错……”一声毛骨悚然的哀号，狼王一口咬住钻天鼠的右手，钻天鼠毫无防备，万万没想到自己养的畜生会咬自己，他一声惨叫后马上明白“至死不会松口”的训语。狼王已失去理智，只能“见肉解恨”。钻天鼠猛挥镗月刀，手起刀落，斜平一削，只剩一排狼王牙齿钉在右手上。

一辈子霸道彪悍杀人越货，从来看到的是别人哭、别人痛、别人死，今天竟太阳东边落了，轮到自己苦楚受辱，他恼羞成怒挥动镗月刀，飞身截向林萧云，两人在“一线岩”上各展轻功，闪转腾挪，劈挂挡扎，摸戳挑拿，扭打在一起，几个回合不分上下，此时天上下起飞雪。

林萧云利剑闪动，心中惦记公主安危，又是风雪遮日月，有所顾忌，钻天鼠地熟镗溜，又嫌那排狼王牙齿钉着隐隐作痛，减掉三分之威，此时入地鼠想帮助钻天鼠以二敌一，不料被蒙日丹截住，两人同时恶斗，皆势均力敌。飞窜鼠正要冲上来帮入地鼠先擒住这美丽的弱小仙女，却被迎面一只呼啸而来的响箭射中面门，抱着透风的脑袋稀里糊涂地滚下万丈深渊殒命。

钻天鼠缝隙中见飞窜鼠不明不白滚落悬崖，心中一惊，知道今天遇到了强手，他狡黠一退，几个躲避将林萧云诱上一块活石，他趁势一逼，林萧云一脚踩空：“啊，不好！”整个身子倒仰悬空，他急忙翻身行八步赶蟾绝技，向上腾跃，不想那钻天鼠亡命一跃，万丈悬崖空中抱住林萧云的双腿，要同归于尽，同陨深渊，林萧云此时已知命绝，狂喊一声“仙”。公主一直心惊胆战，上次见到金银捕手与车马一战，她拖住了林萧云，今天这险岩上生死搏杀，她一点忙也帮不上，还成了负担，她绝望呼喊“主”，想爬向悬崖殉情，奈何浑身瘫弱无力，半点不能动弹，目眩神昏，远处传来炸雷似的娇吼：“哇！”她看到了这惊心动魄的一幕想爬过去，却力不从心。

此时千万支画笔不如一只判官笔，只见一道红光飘过，蒙日丹飞身跃下悬崖抛出绫罗带缠住半截树桩，滑降至末端：“云哥，拉住我的手！”

这一滑险捏人魂，她滑得奇快。林萧云屏住呼吸等死，但是本能的求生真气奋力鼓荡，拼尽全力使出八步赶蟾之功，虽双足被钻天鼠死死抱住，不能上升，但下降的速度相应减慢，当蒙日丹的玉手触到他的手时，两手互抓，三人停留在万丈深渊上空摇曳。

瞬间的尖峰对决，吓呆入地鼠，当他看到红绫带环半截树愈拉愈紧时，如梦初醒急奔过去，举起镗月刀向下砍。“嗖”一支神箭长眼正中手腕，“啊！”呼痛声还未喊完，第二支穿胸而过，插落在五六尺远的雪地上，入地鼠倒地归天。

林萧云瞬时提膝探剑，“咔嚓”削断钻天鼠双手，身子一轻，加之蒙日丹一攥一提，他顺势一纵一跃施展八步赶蟾之功，起死回生。与蒙日丹一起飞身跃上“一线岩”。这时公主似从阴返阳，一下子跳起来冲上去，犹如神助，紧抱住林萧云：“主！”回身抱住蒙日丹：“妹！”热泪奔流不止，无惧风雪严寒。林萧云双目含泪上前一把抱住蒙日丹的纤腰：“谢师傅救命之恩，赐林萧云再生之德。”

说罢轻轻吻了一下她的脖子，引起蒙日丹一阵开心，仰头望天地大笑：“哈哈哈，好痒！”一刹那的阴阳两隔，无手的钻天鼠如枯叶飘落山谷底，入地鼠躺在咫尺一动不动，魂归阴曹地府。夜壶三箭解危，瞬间的真实故事让三人无言以对，林萧云放肆地在俩仙女脸上脖子上一顿乱亲乱吻，激发三少年同时无拘无束地喧笑，天地倒置，风雪骤停，夕阳如朝。

三人循着“一线岩”，林萧云在前，左手提剑，右手牵着公主的手，公主走在中间，牵着蒙日丹的左手，蒙日丹右手提着判官笔，三人手牵手穿成串，来到顶端平台。前面夜壶屹立如山，手挽长弓，凝视着鸟蛋捡起不知谁丢失还是故意留在云台峰上作纪念的击竹乐器，鸟蛋愉快地敲打，随着节奏扭动着身躯，酝酿着歌词，忘记了刚才发生的那场恶战……

秦军中第一强弩手，刚发出救命的三箭实在是危机中解了难题，“尺有所短，寸有所长”，不是虚言。当他发现飞窜鼠扑向公主时，后面的两背夫被岩狼咬住大腿与命根子，挡住他后退的路，弓不能拉满，距离近。正当他想着干脆拿箭去拼搏时，鸟蛋一个滚翻，挥刀砍断两只岩狼的头，留着半个脑袋死钉在肉上，扶着夜壶急速后退丈余开弓劈射飞窜鼠，紧接着又射中举刀砍绫罗带的入地鼠的手腕，他在有效射程拉弓时，鸟蛋却与嗷嗷叫的树洞鼠、爬岩鼠激战：“兔崽子，还有两把刷子！”“真看不出，我溜你更滑！”

以一敌二，双刀与雪花一起翻飞，一虚一实的刀法与二鼠镗月刀混在一起，越战越勇，越战越“滑”，丝毫不落下风，有意地逼着二鼠频频后退。他急攻中假装一个失手“哎哟！”二鼠以为他受了伤，一蒙一愣一迟疑，动作慢下来，他疾风似的突然发力，虚刀一晃，树洞鼠上当，镗月刀上挡，可是不见刀来，实刀削铁如泥的功效，镗月刀碎。

树洞鼠大叫：“啊，兔崽子，人小鬼大。”手中没有兵器胆怯三分，后撤还未站稳，飞箭已穿胸而过，最后绝命惊呼同伙：“爬岩鼠，快逃……”

爬岩鼠远远看到钻天鼠、入地鼠、飞窜鼠那边没有了动静，一般获胜时岩狼自会飞奔而来助阵，心中暗暗埋怨：“流年不利。”看到树洞鼠已殁命，又听到他喊逃，返身跃起，纵身跳上悬崖。“嗖”，他刚离地面，因头向上、脚朝下，飞箭带着凄厉的哨响正中屁股靶心，“哎哟！”一声惨叫滚下绝壁。

“看是你快还是我快！”夜壶又拉弓放一空弦，弹出嗡声。

远处鸟蛋：“哈哈，腿快不如箭快，逃的不如飞的，哈哈，我信了！”弦外之音：“真是你射落我爷爷盔缨啊。”

天象奇幻，风停雪止，晚霞出现最后的“回光返照”，染红了天际，残阳如血。林萧云、公主、蒙日丹一起来到云台峰顶端，鸟蛋兴奋地击竹哼歌："华山越险，我越巅，头上顶着个大红天，千个险、万个险，不如云台峰上一声喊，千好看、万好看，不如两个姐姐活神仙……"

那两凤一凰和着歌，手牵手跳着，大劫后的欢娱中，夜壶一边细心地整捆雕毛，一边随击竹节奏吹着响口哨，似大白雕冥唤之音在夜空中回响……

冬雪无夜，皑皑白雪中众人拾路而归，两背夫伤无大碍，夜壶给他俩上了金疮药，带回驿站后再慢慢敲剔岩狼牙，一人多了一根棍子，一瘸一拐，下山可以连滑带滚，比上山要快许多。

行到平缓处，乌蛋喊了数声"任子宴"，再下几丈听到任子宴激动地哭着回答："我在树上……救我……"同时传来熊狼共吼之声，令人毛骨悚然，汗毛倒竖。

一背夫说："这里驻军多年，狼熊几乎绝迹，都被士兵猎吃光了，这三四年偶尔有熊狼狐出没，食少，熊不冬眠了，有些反常。"

夜壶长叹："匪过如梳，军过如篦。"昔日华山常常驻扎数万新兵训练，军粮时有不足，极速登山、长途奔袭、劈杀对练十分辛苦，体力消耗殆尽，食肉量自然大增，督官长期派出几十人、百余人"靠山吃山"，围歼、诱坑、猎网所有"两腿四蹄两翅"的动物，招数全用上，以解军饥。

饿是世界上动物最为恐惧的东西，灭六国一场场战争，以屠杀为生，田地荒芜，又逢几次重大水患与旱灾，统一后苛政劳役暴压，饿死在人们特别是底层百姓中间已是司空见惯。

众人小心翼翼接近，见到一只成年公熊背靠粗大树干挥舞熊掌不停地与围攻它的群狼搏斗，不停地怒吼，狼熊身上各有伤口，熊血狼血腥溅一地，更激发这两只以凶残著称的猛兽，你死我活决斗到底的根性，为的亦是要吃到树上任子宴这口肥肉。

乌蛋喊："不用怕，我来啦。有我在呢！"他卷起手掌筒为树上筋疲力尽的任子宴壮胆打气，一边将双刀互敲互磨得山响："说是狼怕铁器，怎么一点都不灵？"

夜壶拉着弓："饿极，人都吃人，何况畜生。"乌蛋这回借用夜壶的口头禅道“也是”，他面前闪现出骷髅婆吃死人求生、鱼无舌吃死老鼠活命的场景。

“嗖”一支飞箭精准穿透公熊两只竖起的小耳朵，还擦掉一撮头顶部熊毛，夜壶大声呵斥驱赶：“滚开，回山里去！”

众人和着扯开嗓子狂喊，鸟蛋提着肚皮，用尽全身力气恫吓：“快滚，逃呀跑呀蠢货，不躲不退，这里就是你的坟场。”他又将手中的双马刀弄得更响。

那熊只看了一眼喊的方向，嗷嗷叫着与狼群搏斗，它似乎“重打的不重喊的”。那坐在咫尺的头狼也只侧头看了一下这群老少妇孺，根本不把人放在眼里，发出继续指挥战斗的嗥叫声！

看到这光景，夜壶颓然放下长弓，极不情愿地对着鸟蛋苦笑一下，突然果断拉弓，一声雷吼，似军鼓猛震：“等不了，死期到。”弓满如月，利箭穿过公熊头，它半声“嗷”未喊完便极不情愿地扑通倒地，四脚朝天。

公主捂着眼睛：“呀！”同时狼群一齐冲上去撕咬熊最薄弱的肚皮，那头狼似笑着要感谢帮手制服敌人，第二箭飞进它吊着长舌头的口腔，劈碎半个脑袋，凄厉一声嗥叫毙命。头狼命绝，狼群只是瞬间安静，一惊一愣，又继续咬着熊肚皮，一刻也未放下，极饿的兽性爆发，吃比死重要。

鸟蛋童声高呵，舞动双刀冲上去：“我来公平公平，一口也不许吞下！”利刃寒光闪动，快如疾风，似仙人切萝卜，狼群在贪婪中身首分离，留下一排排狼牙钉在熊肚上。

初夜，寒山冻土，鸟蛋横扫过膝积雪，清理刀锋上的兽血，走到大树下高兴道：“任子宴，快下来，没事了，快下来！”

任子宴一动不动，声嘶力竭地拼出全身力气哭喊着：“我动不了！”

鸟蛋惊讶地望一眼夜壶：“他长时间坐在上面，树上比地上凉，冻僵啦！”夜壶用力拍几把手，望着上面思考着办法回应。

鸟蛋彻悟：“啊，这样。”他一下子甩掉拖累了他一天的“大头鞋”，赤着脚如同松鼠迅速窜到任子宴身边，在他身上拍一拍，冰碴筛下的糠似的纷纷往下掉。

众人抬头注目："啊，真亏他冻成这样还能坚持。"

夜壶："揉揉他的手指，敲敲全身，震动震动气血，别强拉，一拉就断。"

鸟蛋："啊，这样。"解下刀鞘在他全身拍打。

夜壶心痛他的脚："你用雪搓一下自己的赤脚，会冻伤的……"

鸟蛋："哈哈，我一生出来就赤脚，才穿几天鞋，想冻我，哼，老天爷没那能耐，看看，狼掌熊掌仙人掌，哈哈！"他夸张地抬起冻得通红的脚掌指着树下死熊死狼借喻。

夜壶："哼，野犊子，快敲，冻坏了可别哭鼻子。"

鸟蛋做个鬼脸后，用心细致、轻重有别地敲上十几遍，累得气喘吁吁，这时一背夫从背篓里摸出一小竹筒抗寒烈酒，丢给树上的鸟蛋："他能喝酒吗？暖暖。"

鸟蛋接过酒："呵呵，雪中红宝贝，他喜欢酒，只是没有那梁州城死去的酒仙包一和厉害。"他在树上随意醉晃着，几次险些掉下来，逗得任子宴与树下的人笑得前倾后仰。他侍候着任子宴将酒喝下，连打几个酒嗝，每一个酒嗝他都要戏耍"惊弓之鸟"似的作秀动作。众人忘了险、忘了冷，酒的作用，雕汤的力量，鸟蛋终于掰开了任子宴的双手，但是任子宴脚站不起来，鸟蛋抽出马刀砍断脚下树枝，夜壶张开有力的双臂拨开断枝，稳稳托住掉下来的任子宴，他双手将任子宴举起来，林萧云提气催动任子宴弯曲的双膝，鸟蛋跳下来，又用刀鞘拍打，敲到裆部时传出"叮当"冰碎声："啊，是尿柱冰，带骚味。"

夜壶将他扛在肩上，任子宴实在过意不去。"没啥，有难同当、有福同享不是。"夜壶大大咧咧边说边往山下走。两背夫砍下熊掌放进背篓里："明天给各位大人补补。"

两人拿出小雪锹一阵猛铲，后知后觉将熊狼掩盖："过几天带人来取回去，过冬的上等皮毛。"

鸟蛋："嘻嘻，喝了白雕汤，还要尝熊掌，没白来华山，值咯！"

两背夫虽然身上有伤，但是依然很尽职，拐着瘸着抢着在前面领路，山陡道险，还有三十余里。蒙日丹一天登三顶，又一场搏杀，虽有武功在身，已是筋疲力尽，林萧云怀抱着公主背着蒙日丹，一路随队快速连滑带拖，大汗淋漓，浑身热气腾腾。鸟蛋赤着脚灵活无比，永不知疲惫，忙前忙后，一时在陡坡扶扶任子宴，一时用刀鞘护着公主下险道“别碰着头”，一时又对林萧云说“哥哥，这里有坑，小心”“你身上热得像蒸馒头”。

蒙日丹笑着踹他一脚：“哎哟，馒头没吃到，吃了一狼掌。”“有他在，阎王殿里都热闹。”林萧云喘着粗气赞誉。这时无风，大雪如同大朵大朵棉花铺天盖地又下起来，没有路，没有人的脚印……

含着金汤匙出生的落败王侯子孙、将门娇小姐，殊途同行，大雪赐给每位行人公平，不认谁血统高贵。雪越下越大，直没大腿，两背夫挥动小铲开路，后面的人踩着前面踩下的脚印跟进，公主、蒙日丹也从林萧云的怀里、背上下来跟着连走带拖，鸟蛋像在白色的大海里赤着脚游泳，夜壶还是扛着任子宴常回头关照着鸟蛋：“别掉坑里，有坎，这里滑。”鸟蛋实在感到身高不足的劣势，好强地连滚带爬落在最后面：“娘的，要是长个翅膀能飞就好了……”

还是鸟蛋眼尖，他停下来发功“隔山传音”。

夜壶：“快跟上，别在后面做鬼作怪。”

“哈哈，有很多人来抬尸……哼，去你娘的，本大人活得好好的……停下来，停下来，有火石没？”

都累得够呛的，两背夫早想停下来歇歇：“有火石，有油布条，有……”

鸟蛋：“向那边连放三箭，告诉他们不是抬尸，是来接驾。”

夜壶望望茫茫天际，半信半疑地取下长弓，将任子宴搁在一大腿上，两背夫将油布挑挂在箭上，点着火，一团火焰升上天穹，在白色的世界里格外显眼，一道景观又让疲惫的少男少女雀跃：“哇，真好看！”

“太好玩啦！”

紧接着第二支、第三支飞射天空：“啊，这么久，有鬼看到！走，别等了，会冻僵的，走……”夜壶扛起任子宴，众人蔫了盼望，继续艰难行进。

“快看，那边回应啦！火箭，哈哈，我算的、听的，活神仙呢！”

众人停下，鸟蛋让夜壶砍下一根树枝，两背夫将油布条缠在上面，高高举在手上，边走边晃。

“来了来了！”

“嘿，真来了！”

蒙日丹看着那双冻得发紫、还来回蹦跶的脚，深情地对林萧云与公主说：“好看的皮囊千篇一律，有趣的灵魂万里挑一！”两人认同地向鸟竖起拇指。

鸟蛋睁着圆眼睛误解为“有糖！”

远处一片火光，人喧马叫越走越近，也越来越快。前面俩马开路犁雪，后面三辆马拉雪橇，跟着二十几个人扛着担架、皮被褥，十几人操持刀枪，走近还能闻到酒香。

掌柜激动得语无伦次：“哎哟，把俺吓成半条命了，俺还以为是来收僵尸送咸阳宫的，活神仙显灵，全是活的！”

鸟蛋跳上雪橇将脚伸进毛皮囊内盘坐合掌：“活神仙是我啊，嘻嘻，先暖和暖和。”逗得迎接的人哈哈大笑。

众人见他赤脚登山下山惊诧不已：“冬天冷雪寒彻，华山赤脚仙。”

一路上，众人披围上厚厚的皮毛被褥，蒙日丹和公主将头深深埋进林萧云的怀里，窃窃私语，如沐春风，笑声不断。鸟蛋不停地用刀鞘帮助任子宴敲打冻僵的手脚，不停地鼓励他咬牙运气，缓缓用力伸展腿脚。掌柜与夜壶品着酒，回忆昔日的往事，俩老骨头挺胸立坐如雕，任凭风雪呼啸：“明天后天好好睡两天，就算又死了一回，今晚陈酿老酒，一醉方休……”

鸟蛋耳灵：“好主意，明天吃熊掌。”

到了驿站，掌柜早备有二手预案，山珍、老酒，治冰雪冻伤，鲜汤嫩馍，厚被热炕，能活着接回来，这里就是人间天堂。掌柜先让每个人喝大碗热补汤，半碗长面，各自用热老姜水洗浴后更衣到宴厅，早早升起的火炉柴旺焰烈，让人暖融融，实实在在的宾至如归感。

饭菜汤可口，大战之后，阴阳间轮转，一天登峰，极目险界生还，加上热水洗涤一身清爽，双凤戏凰，鸟蛋一旁插科打诨，汤甜、心热、浪笑声声……

任子宴由专人负责治疗冻伤，华山冬天，千年治冻伤留下许多药方，治疗冻伤在官方驿站更是家常便饭，汤饭菜酒一应备齐，边疗伤边吃饮，只是他的汤与酒里添加了药物。后来任子宴常讲："我一车夫，享了冻的福，沾了蒙将军的光，一生也做了一回皇帝。"

子夜，各自回房。

只有掌柜与夜壶酒正酣、话正浓，夜壶惊诧于蒙日丹的功夫："那轻功，从未见过，万丈悬崖采花，绝壁救人，军中只有她能擒昔日车马。"

掌柜喝得满头冒汗："哎哟哟，真看不出……"啧啧称奇，又听了射大白雕、灭五鼠、射熊砍狼之事："啧啧，一天做了大半辈子的事，险些阴阳两隔……"

掌柜头摇得像货郎鼓，感同身受："谁出的馊主意，冬雪逛华山，蒙将军曾救过俺一命，放了俺一条生路，俺一直藏思于心，身卑力微，报答无门，要是他的千金在这里有个三长两短，俺只有以死谢罪……"

两人静了半晌，掌柜又斟满两杯："谢天谢地，咱俩现在还能碰杯，还为民除了五鼠之害，俺可睡安稳觉了，又能见到百年大雕雄羽，明日让娃娃们好好品尝熊掌，哈哈！"

夜壶得意开心地连饮三杯，掀帘望望窗外："笨人走捷径，天照；聪明人走弯路，天谴。"

掌柜："八辈子别打仗，一想起那惨烈厮杀，提着一堆人头邀功，头皮就发麻，人不是人，兽不像兽。"主动自斟自饮一杯，低头吟叹。夜壶："偃旗息鼓宁静，生于战火、死于安乐，王翦将军最懂啊……"

"每次陪始皇帝上战场，也是心惊肉跳，一听到军鼓号角声，置身威武仪仗军中，攻城打仗。还是你这份差美，安安静静享太平……"

掌柜乐了，一只手拍桌子："嘿，残身贱命当闲差，只缺老哥饮酒聊天，险山险水风景无限，独臂独身，独灯独眠月半边。"

夜壶瞪大眼睛半天，冒出口头禅："也是。"他沉思一想，给两人各斟半杯，举杯摇摇，意思是最后一人半杯喝完睡觉，他看到掌柜酒至九分九了，自己也喝到八分限，两人将杯碰得暴响收兵，一饮而尽。

夜壶："老弟，一辈子打仗，刚才你好像是说唱诗的味道。"掌柜得意："若不打仗、杀人割头、放火为生，也许是诗人，诗与画由心而生，始皇帝喜欢听击筑，在军中我常常领头击筑而歌呢，只是你在皇帝身边没听到。"

夜壶起身而立："也是，始皇帝喜欢听击筑，高渐离背叛大秦助荆轲行刺，始皇帝就看他擅长击筑唱歌，才饶了他不死，日后还常传他进宫击筑，最后他又造反才给杀了……"出门时加一个酒嗝音符便分手。

门外一背夫疗完了伤，将两只熊掌反复给几只猛犬嗅来嗅去："记住这味，天晴进山。"然后交给厨师。

公主与林萧云在房内，火炕温适，窗外风卷飞雪，公主拉上窗帘："主，今天又险又累，前面抱一个后面背一个，真亏你力气大。"

林萧云边脱衣服边笑："涉险重生，回味无穷，异性相拥，力大无穷噢。"

公主像大人哄小孩："早点睡，我去与蒙日丹说说话，缝缝冰崖采花时衣服上拉开的几道裂口，马上就来。"转身一个媚笑，吹灭灯带上门。

林萧云躺着回忆起蒙日丹大胆不羁，轻功如燕，以及趴在背上的馨香："哎，文武双全的美女是从天上掉下来的，蒙将军家里能捡到，凡间生不出来的啊，唉，师傅，真服了你……"

房间一黑，一天折腾，正是少年嗜睡的时段，一会儿就传出均匀微微的鼾声。

公主牵着蒙日丹的手，两人蹑手蹑脚地来到林萧云房门外，听听里面已没有动静，公主轻轻推开房门，捏了一下蒙日丹瑟瑟发抖的手，深深吻了她发烫的俏脸，递给她一块折叠多层的白绫罗布，示意她闩上门后，公主离开，回到蒙日丹房内。

蒙日丹情窦初开，第一眼见到林萧云就心头震：“啊，白马仙童转世。”侯门将女之尊，恃才自傲秉性，又见他已有万里挑一的美女侍候左右：“嗯，也许空有其表庸人一枚。”挥毫收徒受拜，见“江南春”白瓷之画，姐妹字画为媒，惺惺相惜，情感骤升，今天玉女峰上一曲洞箫《山水》如哭似怨，撼天动地的旋律，娴熟的技艺，气贯长虹的一气呵成，那一刻由惊变敬，由敬转痴，后来“八步赶蟾”之绝技，闪转腾挪中，那一流的剑术，触目心喜：“哇，三才齐备少男儿，吾心已被你碾碎……”

她浑身颤抖，手抖得解不开衣扣，好不容易褪光全身衣饰，拿着那三尺白绫，怯怯生生溜进闷热男人味的被窝里，一动也不敢动，胸膛剧烈起伏，她小心翼翼移着白绫靠近，肌肤相触，如同烈焰冲腾，尴尬煎熬，咫尺窘境，心中恼恨自己“怎么能如此草率行事呢？”恨不得拿起白绫冲出房门，可是没有半点力气动弹，进退两难，似飘在云中，又像跌入泥潭……

夜壶入房，虽已酩酊大醉，可他体魄出奇健壮，且又酒量惊人，更有佳肴饱饱填腹，所以每次狂饮之后，总留住那三分清醒。当看到鸟蛋沉睡中露出那一对红辣椒似的小脚，他就坐在床边，解开狼皮袄，放在鸟蛋心口上，一双大手紧捂着，来回揉搓：“哎，这江南娃，咋比老西北还耐冻呢？”

鸟蛋半醒：“爹……”

夜壶：“噢，醒啦？”

鸟蛋：“舒服……”

夜壶更加使劲摸捏：“啊，那就好。”

鸟蛋：“爹，我怎么能让你也舒服呢？”

夜壶：“俺够舒服啦，这酒有劲。”

鸟蛋笑出声：“老酒鬼，要是老色鬼多好，可以讨个娘。”

夜壶：“呵呵，哪有酒色双全的！色一迷糊，就品不出酒的纯味，哈哈！”

鸟蛋迷糊中仿一句：“也是。”夜壶醉笑捂着他那对小冻脚，顷刻鼾声如雷。

第十二章

鸟蛋："哎，我一不会品酒味，二不会贪色味。"

夜壶："嘿，你玩味，比啥味都高级。"

鸟蛋一被戴高帽就兴奋起来："真的？"

夜壶一本正经道："真的，俺身上啥都是真的，讨厌假的。"

鸟蛋："啊，熄灯睡吧，黑夜比白天真。"

夜壶打着酒哈欠："也是，黑夜安静，话就纯些不是？"一边脱衣睡下。

辰时尾，天刚蒙蒙亮，寒山冻土，又添一夜飞絮，白色茫茫一片，几颗星不愿退隐，雪停后，一个劲地在天穹闪烁。咸阳宫将军府已两次快马来询，掌柜代回复："蒙将军府上贵千金一行安然无恙，因登山颇累，故小住两日回府，勿念，华山驿馆叩上。"

一夜销魂，林萧云先醒。

日上三竿，窗外一片银装素裹，咫尺华山，厚厚积雪覆盖，层层叠叠，另类巍峨。驿馆客少，将军爱女驾到，掌柜招待得无微不至，任子宴一夜蒸疗，冻伤痊愈，一大早忙着伺候马匹，清理车辕，当然驿馆一直有人在照料着牲口，任子宴得到众多帮手。

鸟蛋兴奋不已，永不知疲倦地奔忙，敲打玩耍冰溜，自娱自乐，喊杀连天，夜壶细心检查雕羽后陪着鸟蛋堆雪人阵。公主先用早餐，叮嘱多烧些洗漱水备用："丹小姐与林萧云昨夜研习轻功，弈棋较晚，早餐免用，中午下楼好饕餮了。"鸟蛋双刀飞舞，冲入"阵中"天昏地暗地劈杀，功力精进神速，令夜壶咋舌。

天蓝雪白，太阳火红火红。公主走到门前轻叩：“主，吃午饭。”

“哦，仙！”林萧云声音有些走神。

三人提前午餐，熊掌焖得馋香四溢，饿了啥都好吃，蒙日丹、林萧云没有了平日斯文，两人狼吞虎咽，公主频频为两人添汤夹菜，一旁掌柜乐得眼睛眯成一条缝：“嘿嘿，穷地方，哎，没啥招待。后生仔就得多吃点，冰天雪地，该补补，昨日华山又惊险。等熊皮弄好，送蒙将军垫铺……打一生的仗，落下湿疾多……”还猛地抹几把老泪，边笑边揉眼，又忙前后张罗添饭添菜，总是站在门槛上张望，像老用人不越雷池一步，掏心窝地在一旁守候。

散席时蒙日丹向掌柜颔首以示谢意，令其受宠若惊，当她走到厅门口时，不料林萧云一个“八步赶蟾”侧身跃起直奔二楼，蒙日丹受到挑衅，“蜻蜓点水不湿翼”一声娇叱，稳稳落在林萧云前面，俩人你闪我挪，你腾我挪，谁也进不了房门，各展功夫，嬉笑斗法。

后面赶来的公主挟着棋盘，捧着棋子：“下棋，下棋。落子不悔……”

推开房门，三人闪身入内，同时发出一声带有谢意的惊呼：“哇！”就在他们三人吃饭时，掌柜吩咐下属重新填旺火坑，搬来大铜罐烧足水，浴盆里洒了冬季难寻的七彩鲜花……

掌柜看到两位少年各显轻功、腾挪若飞，摇摆独臂，嚼着半边下巴，喃喃自语：“生而为人，只求有一双好手好脚。”

公主笑吟吟帮助摆完棋子：“五打三胜为赢。”说罢掩门而退：“我到那边泡香花澡。”

蒙日丹闩上房门，没有了少女的青涩，一颦一笑，示意林萧云为她脱衣解带，丰沛春情涌动，宫内冬暖花开，二人赤裸翻滚，殚精竭虑，技艺娴熟，宛如行云流水的博弈，激情化作一次次柔吻，潜龙闹海，波开浪裂，同时冲上巅峰，喘息吟哦中，翻开酣畅淋漓乐章，直至曲终谢幕。

安静了，只有一丝丝的闭目微叹，似婴儿梦里啼鸣之声。

雪人阵里捉迷藏，夜壶喘着粗气，鸟蛋精灵古怪，一会儿躲进雪堆里玩，一会儿贴着雪人掩体，一会儿出现在呆愣夜壶的背后塞一把冰。夜壶躬腰探望，又被塞进一根粗大的冰棍，惊得嗷嗷直叫唤：“哎哟，黑牛不给黄牛抵命啦！”几十个回合，夜壶脖子、眉毛、耳朵里都塞满冰雪，凉得搔抓乱抖。

打白雪仗让乌蛋笑得前倾后仰，乐得捧腹不已，在掌柜多次催促下，蹦回屋檐，任子宴在旁看得眼花缭乱：“笨熊斗灵狼，我的恐高症啊……”

夜壶在回廊跺着脚，磕磕帽子，宽衣解带抖雪，穿戴整齐后，望望天空的太阳，看看一动不动的华山：“哎，生而为人，不老就好。”

蓝黑的夜空，挂着一弯金色的月亮，寒冬冰雪一次次在傲阳下洗礼后化作微弱的溪流，一到晚上又静止不动，似有似无地诉说着哀愁，大树兀立在雪堆里，华山犹如一匹天上垂吊凡间的大白骆驼，崇山峻岭已被厚厚的冰雪严实包裹，巍峨挺拔，气势磅礴。这便是《华山雪夜》，公主的画作。

她站起身，伸个懒腰，搓搓手，反复品韵着新作：“嗯，雪景华山与江南之春，天壤之别，明早让日丹题词配字就好了，来一次北方实在辛苦，真的不容易，送给妹妹做个纪念，留一个时空记忆。”

火炕上温暖，形单影只并不清苦，倒是自己喜欢的清修之境，她找出蒙日丹随身携带的简单刺绣工具，用浅笔描出“江上桥”“水中舟”的名字，粉红色底，配线巧绣，明早一起送给蒙日丹，算是给一代传承后代的礼物。丝线连心，越绣她心里越是愉悦，既腼腆又内涵，既敏感又多情，飞针走线中串起未尽母责的柔情蜜意。

她暗忖度，笑意盎然，甜泉涌动，祈愿未来的无限憧憬。

夜静人不静，乌蛋拽着夜壶踏雪找乐寻趣，明早要离开这里，乌蛋有些不舍：“还没玩够，咋火烧屁股地往回赶？”

夜壶：“蒙日丹第一次出远门，哪有父母不急的，况且华山险，天下闻名。哪像咱俩，好汉一条，无牵无挂。”

乌蛋：“那回咸阳，我想见见始皇帝……”

夜壶停下脚步：“又在白日做梦，我现在都见不了。”

鸟蛋：“远处瞅瞅那种。”

夜壶：“更扯淡，耿飞图灵犬猛隼、老鼠、兔子都逮得着。”

鸟蛋望着月亮：“那我就跟狗和鸟交上朋友咯。”

夜壶扑哧大笑：“亏你想得出，哪能！”

鸟蛋：“我能。”说罢抓起一把雪团跳起来，塞进夜壶嘴里。“哎哟，冰掉牙，小兔崽子……”一老一少追逐着回房，留下一串一深一浅的脚印。

天刚亮，又一个冬雪晴日，蒙日丹与林萧云起得最早，穿戴整洁，似乎忘了昨夜惊龙闹海、凤穿牡丹交情之欢，恢复了儒雅矜持状态。蒙日丹轻轻叩开房门，惊喜地欣赏着《华山雪夜》画作：“啊，心有灵犀，意到笔随，大有莽苍之威、灵动之险，画华山雪夜圣景的可能只有姐姐你一人吧。”

公主：“那难说，天外有天，人外有人，艺无止境，你来配字吧。”

蒙日丹爽快提笔，略思考，一挥二就，“华山雪夜”跃然帛上，随身带来的朱印慎之又慎地按下，林萧云帮着收叠，公主还将“江上桥”“水中舟”刺绣一并送给他俩，蒙日丹高兴得啧啧称奇：“姐姐刺绣堪称一流，要生一对金童玉女才能配得上呀，呵呵。”

林萧云冒一句：“女人总想得远，想得早，想得细。”两仙女又借题将林萧云奚落一番，朗朗笑声惊醒了夜壶与鸟蛋。

驿站送行乃常事，掌柜把路上吃的、喝的安排得井井有条，众用人忙前忙后，叽叽喳喳热闹非凡。一张张朴质的笑脸将寒山冻土、白雪皑皑、险峻雄奇的华山染上一丝春意。几位心善面慈的女佣见到林萧云阳刚朝气，俊美潇洒，绝美少年，又见一对貌若天仙姐妹，流下难舍的眼泪，他们听了那背夫传说的射雕、灭五鼠、万丈悬崖采花、屠狼诛熊之事，都把这一老者、三少年、一顽童视为所有驿馆宾客中最最传奇的英雄。

鸟蛋率先跨上马，来回表演马术，挥舞双刀，展示各种绝技，看得送行的众人目瞪口呆，心服口服，不停鼓掌赞叹，越有人夸奖他就越来劲，动作越来越惊险，逗得两位年长的厨师背过身，捂着眼，不敢直视，两背夫不停添油加醋：“这算最简单的技，俺俩见的那可绝……”

掌柜用仅有的一只手掏心窝地拉着夜壶难舍难分，夜壶却用另一种方式安慰着：“这里滋养温润，与世无争，过几年我来陪你住，讨几分清静。”老哥俩牵手捶胸告别。

红日冉冉升起，蓝天亦如洗，任子宴持鞭反复检查数遍，骏马不停扬蹄喷气，催促主人们赶路。鸟蛋活跃不羁的童心，吹起响亮的口哨，一骑绝尘飞驰而去，夜壶照样坐上副驾驶，细细摸着背上囊中的雕羽，一挥手，任子宴甩一响鞭：“驾！”马车启动。

“慢！”蒙日丹突然一声娇呼，推门跃出，跑步来到掌柜面前，脱下身上乳羊褥、藏蓝色背心，双手托着递给掌柜的一只手，笑容可掬道：“前辈，恩谢您这几天真心实意照顾，这是我外穿的，送您内穿防寒，尺码一定合适。” 说完迅速返回车内。

任子宴猛一挥鞭，早就按捺不住的奔马，奋蹄疾驰追着鸟蛋方向，马蹄“嘚嘚”，越跑越快，夜壶扭头朝送行人挥手，心里给掌柜庆喜：“小棉袄。”任子宴佩服地向后车厢的蒙日丹看一眼，又对夜壶会心一笑：“嘿，用心写的字总来得出人意料。”

掌柜卑怯地眼噙泪花，半个下巴颤抖得说不出话，久久伫立雪中，目送马车消失，而心中百遍千遍地念叨：“闺女……”

一路上，有鸟蛋在就没有寂寞，纵马飞奔，不时双刀挥舞，风卷残云地削砍道两旁的灌木，演练各种技法，几次踩空，连人带马翻下河沟，还好冰厚雪深，没伤着，爬起来嬉笑，朝任子宴、夜壶车内三人做着各种“卖相”，逗得众人开心不已。

车内公主坐在中间，林萧云、蒙日丹一边一个倚靠在她的肩上：“姐，你身上怎么有一种不能言说的妙香啊？”

公主拍拍她手：“哈哈，以祸换福呀。”

“那我也要换换，像你这样香。”

“哈哈，以福换祸谁都不愿意，那应该是冥冥之中的一种意外游戏。”

“是吗？那我也要游戏游戏才是。”

“噢，鲜血淋漓，光鲜亮丽，你选哪个？”

“选光鲜亮丽 。”

“就是啊，祸福之间谁都愿意选福。”

“那人声鼎沸，借居山野，你选哪个？”

“你猜呢？”

“借居山野。”

“哈哈……”公主诡谲地做了几个哑语手势笑而不答。

林萧云嘟囔：“海阔天空，奇思妙想，掐指算祸福，真有你俩的。”

蒙日丹一脸不悦：“喂，我俩都去，你去不去？”

蒙日丹逼着问，半晌，林萧云道：“那我也只有跟着去啰，借居山林。”

四个字一字一顿，逗得两仙女笑得前倾后仰，互相拍打，扭成一团，惊得夜壶不停扭头张望，又不知所措地自嘲自笑：“隔窗猜谜，看不透，摸不着……”

蒙日丹突然指着车外道旁的一棵大古树：“姐，那树木独自荣枯，终其一生，从不言语，深根一动不动，若真的借居山林是不是太寂寞了一点啊？”表情上略有伤感。

公主看着那棵冠顶堆满积雪的巨型古木，意味深长道：“万木依根，千溪有源，飞禽走兽为邻，借居山林，循迹自然，极乐世界，灵魂修行，优哉游哉。”

林萧云神秘兮兮地望着她：“以苦为乐，向死而生。”

蒙日丹用指尖点点两人的鼻子调侃着：“最好结伴而行，闹中取静，那才是真正的与世无争，做活着的鸳鸯仙人。”

远处的鸟蛋勒马静立，像是听到了什么，可能在使用“隔山传音”，功夫，策马旋回，蹬鞍侧身趴在窗口：“哥哥，做人比做仙人好啊，喝雕汤，吃熊掌，仙人喝西北风，生而为人，踏着忽晴忽雨的江湖，以梦为马，踩着风尘，满世界流浪，多过瘾！嘿嘿，女人呀，头发长，见识短！”

蒙日丹吓唬似的掏出判官笔：“小心舌头！”

鸟蛋一低身，跃马跳开，留下一阵笑声，继续领路，丢下一句：“九缺一圆，圆有脊吗？”

林萧云：“又在哪里剽学的……”

正午，任子宴选了一处避风石岩，支锅起火，细心的掌柜先将寸柴木都用桐油浸过后再风干，最后火旺汤鲜，加上泡上羊剁馍，大家说着笑着吃着，野炊的乐趣，喧嚣一地，鸟蛋一时兴起又脱了鞋，赤脚要掏鸟窝。

夜壶死拖住：“小祖宗，别冻坏脚，天寒地冻的，别欺侮那些可怜的鸟，它没窝多惨，况且这窝里是寒性鸟，冬天哪有蛋？”

林萧云也温和地帮腔：“下来，摸不到的颜色叫彩虹，抱不到的叫微风，别弄得鸟惨叫，让人揪心……”顺便拿着鞋靴走过去让他穿上，摸摸他的小脸，抬头望着大树杈上厚雪覆盖的鸟窝：“也算救下一个家吧。”

鸟蛋闷气跨马上路，一肚子不服气：“我是靠掏鸟窝长大的，不掏鸟窝早饿死。哼，皇嗣嫡亲，凡沾一点王气，一个个都假惺惺的，有一天饿到你饥肠辘辘，看你还装，让你求着我掏！鸟自来是人吃的，人比鸟贵重吗？那始皇帝掏了千百万人的窝，砍了千百万人头，谁都不敢放个屁！我只是掏个蛋、赶个鸟而已。哎，真倒胃口……”

快近咸阳，晚霞给白色大地披上金色光辉，远眺秦岭，绵延百里，层层叠叠。鸟蛋纵马来回奔驰，催任子宴：“快，进城啰！嗯，还是咸阳大，闹哄哄的好玩。”指着秦岭：“那是啥地方？” 夜壶也来了，那个高兴劲儿，毕竟一个也没少，把人都带回来了，还有那个雕羽，他时而摸摸，这战利品，在他心中是最大的收获，此生能射杀这“空中之王”最大的猛禽，更是送给蒙恬将军最厚重的礼物：“将军酷爱笔，懂行之人，见货识宝。”

他提高嗓门：“那是秦岭，现在啥也看不到，若春天、秋天上去，哇，青山绿水，雁阵红枫，西北江南，大秦帝国的龙脉！”

鸟蛋旋马转了几圈，带偏见地反复瞧瞧：“玄乎，啥‘龙脉’，短了点，还不如咱们的狻猊岗。”

进城约三里处，前面鼓钹声大作，街两旁的人大多数都停下来垂首而立，个个胆战心惊，呆若木鸡，夜壶急速让任子宴将马车靠边，一个箭步冲过去将鸟蛋的马缰绳死死勒住："别看，别动，别出声！"

鸟蛋哪里肯呀，伸长脖子探望，非要看个清楚明白。夜壶小声警告他："始皇帝御用红衣刑队，专杀朝廷大官。"

几十个赤马红衣武士，持枪悬刀，簇拥着四人四马，九龙盘舞的座盒上面供奉着一把"祖龙剑"，外鞘铜铸金鎏，亮光闪闪！后面十几辆马车，每辆车上十字木架上绑着一个无头的人，血从脖子上不停地流冒溢滴，恐怖得令人不寒而栗，旁边挂着一个人头，舌头伸出老长老长，舌头上扎根银针，眼睛惊目冥视，形态可怖，那一刻的表情，凝固定格。胆小的人谁也不敢抬头看，刽子手丧心病狂的虐杀手段令人瞠目结舌，后面是大官的亲人家眷，不分年老少幼，一律五花大绑，嘴里塞满破布，无声流泪，特别是那些幼小儿童，惊吓得哭不出声，不停蠕动身子，妇女老人窒息得都已半死，街上一片肃杀死寂，只有马蹄声、车轮声，以及微弱啃噬善良之殇的叹息声……

鸟蛋紧握着双刀柄，当看到与自己年龄一般大小的稚嫩"玩伴"挣扎时，双肩紧锁，两眼冒火，夜壶担心他鲁莽闯祸，飞身跃上马背将他紧紧抱在怀里。公主紧紧靠在林萧云肩上，悲凉落泪，似万蛇咬嚼心扉，心中哀叹："老弱妇孺，何必如此杀戮呢？一人犯法一人当啊……"不停抽噎，似与那些濒死挣扎的大官亲眷感同身受，林萧云一脸无奈，不停地轻抚着她的背，只有蒙日丹冰冷如雕像般平静，轻蔑而又带着微笑的美目为其送行。

夜壶在马背上低头并低声抵着鸟蛋的耳朵："这红衣刑队，专杀反官贪官，还有蓝衣刑队专杀奸商与抗税臣民，白衣刑队也叫'花衣队'，血溅到白衣上成花衣，专杀偷盗拐骗和谋杀放火下毒的。"

鸟蛋酸酸地反问："那老奶奶和幼儿是啥罪？"

夜壶："这叫连坐。"

鸟蛋："那谁连上都不知道，就做了无头鬼，这官谁敢做？"

夜壶："得，无论哪朝哪代，一千年，一万年，官都有人争着抢着当，朝廷的事儿，也像四季更迭，变来变去，一派一派的，一帮一帮的，按了葫芦浮起瓢……”

鸟蛋怒叱着：“一人犯法，全家割头！”

夜壶：“打仗时法少，现在法越来越多，现在涨到三百几十条……”他摇着头。

鸟蛋：“谁记得清？”

夜壶：“记主要的，不杀人放火，不偷不抢，不……”

鸟蛋调侃语气：“不强奸。”

夜壶：“噢，这条咱俩不用记。”自嘲自暗笑。

鸟蛋：“为啥割了头，舌头上还扎了针？”

夜壶：“这还不懂？祸从口出，禁止乱说。”

鸟蛋：“万岁万岁，要全说皇帝爱听的。”

夜壶：“是这意思。”

鸟蛋：“暴君都这样……”

夜壶紧捂住他的嘴：“先勒脖子断气，舌头就伸出来，然后割下头，扎针……你小心……”

鸟蛋：“没事，咱俩小声，旁人听不见。”

夜壶：“刚才那些无头鬼，都以为别人听不见，别自作聪明，耳目多着呢，无处不在。”他眼睛扫视一圈人群。鸟蛋：“左也不行，右也不行，站在中间更不行，看来这年头还真的要借居山林了。”

夜壶：“多做少说，或者只做不说。”

鸟蛋：“那连坐呢？不说也得死，假如蒙将军犯罪，我们大家都得死……”

夜壶捂住他的嘴：“你迟钝一点、乖巧一点好不？”

鸟蛋掰开大手望着远处刑车队：“哎，说真话治死罪，人太聪明也是罪，个个都压成歪瓜裂枣，皇帝才最放心、最开心。”

夜壶：“人傻是福，不杀不压，江山不稳，皇帝会生病。”

鸟蛋：“哦，生啥病啊？”

夜壶：“心病。”

鸟蛋：“没这病，心病不是病。”

夜壶：“为啥三户共一把切菜刀？”

鸟蛋："怕造反！"

夜壶："不压不杀，就会造反。"

鸟蛋："呵呵，会骗的皇帝比会杀的皇帝厉害！"

夜壶不解："嗯？"

鸟蛋："吾是天上派下凡的天子，去苦人家里送几个红薯，然后去伤残士兵家帮着找个老婆，再摸摸穷孩子的头呀，揭开锅盖看看，扒扒地里庄稼啥的，多着呢，不比针扎舌头厉害？巡游把百姓赶得鸡飞狗跳墙，那才是真本事的皇帝，官要是会作假，那得靠玩出来的哈。嘿嘿，走着瞧，看我玩的，您看，好戏在后头……"

夜壶扫一眼渐渐散去的人群："杀一儆百也管用，聪明人烂主意多，六国灭啦，杀了人，劫了财，仇人多，许多人为了斗口闲气，总想较劲，扭扭胳膊，杀他一个他不怕，杀他全家，杀他连带六亲，他怕不怕？他家里人怕，会帮着，挡着别犯王法。"

鸟蛋："哄呀，骗呀，杀呀，刮呀，都是王法。"

夜壶："杀头、扎舌、游街，是做给世人看的，真正叛逆不服朝廷的，是被暗杀，头掉了，人还在做梦。"

鸟蛋："那焚书坑儒，也是做给世人看的吗？"

夜壶："一半一半，没烧看病、绘图、种地的书。"

任子宴的马车缓缓来到跟前，夜壶翻身下马重新坐在副驾驶位上，回头看看车内三人表情，向前一挥手，"嘚嘚"马蹄踏踩在石板街路上，声音格外清脆，任子宴平时很少说话，见到刚才一幕，心起波澜："哎，真晦气，今后出行，先翻翻日书。"摇头无奈苦笑一下，一个响鞭："驾！"车速快起来，望着街上滴下的殷红色鲜血心存忌惮，想快点离开不祥之地。

夜壶不以为然："想多了，常事。"白了一眼任子宴，暗示驾车，必须心静。过石板街，拐进子午嘉巷，离愉乐宫数十丈处，突然一蓬头垢面、衣衫褴褛、骨瘦如柴的中年疯女，一双枯黑的手，手中高举一个破的"圆"字，凄厉呼喊："圆圆，我的乖乖……女儿……圆圆，我是娘……娘……亲娘……女儿，女儿，圆……乖女儿……娘……"

那女人直冲过来，由于事发突然，任子宴收缰太急，双马双蹄高高扬起，眼看抛起的四蹄就要踩下，夜壶大吼一声，闪电般用双臂托住四蹄，同时用左脚轻轻横扫，那疯婆像干瘪的球，连续几个翻滚至街边，一眨眼工夫，夜壶将四蹄放下，闪身挪出位。在疯婆翻滚时，蒙日丹失控地双眼惊恐噙泪，迅速蹦起来，一头撞在窗格上，狂吼乱叫：“哦，哦呀……”声嘶力竭，失态地盯着疯婆一举一动，在疯婆翻滚时情绪更加激动，众人都看到翻滚时，疯婆下身没有裤子遮羞，两大腿之间一大块目不忍睹：“红腊肉”似的一大片久结疤的伤口，那伤口是不知多少蹂躏、多少虐残留下的痼疾。让天地寒心的绝望呼叫一刻也没停过：“圆……女儿……娘……”一种不能言说的刺痛让蒙日丹一声声从腹中升起的忧闷低沉哀鸣冲震娇嫩的咽喉：“哦……咯……哦哟……”

林萧云不知所措地紧紧抱住她，公主慌得全身发抖，她不知蒙日丹为何见了疯婆如此反应强烈，只是一开始看到那举起的“圆”字有些眼熟，还没来得及思考，蒙日丹着魔似的悲伤、狂怒、无奈之举与平日洒脱飘逸、恃才自傲、灵动不羁的她判若两人：“妹，妹，怎么啦？妹呀，快跟姐说……主，抱紧她，别撞着头……妹妹……”

这时看热闹的人驻足围了过来，一队飞扬跋扈从咸阳宫出来的巡逻马队冲过来，举鞭就打街边人群，夜壶一个箭步冲上去紧紧护住那还在喊叫想爬起来的疯婆，一边大声呼吼军丁：“别管闲事，俺在这里，快过……”头领左右瞧瞧，又见停着的是蒙将军的车，不敢停留，快速离开。

夜壶向任子宴连连挥手，任子宴迅速催马离开是非之地。乌蛋策马盘旋到夜壶身边，惊恐地四处张望，不知为何快到家，又节外生枝，他猜不透，看不懂：“最大的帮助就是不阻拦。”因为他看到夜壶的举动对疯婆有体恤之心。而马车一移动，蒙日丹一个急转身扑到后窗又郁闷地低声娇吼……

在车快要消失在拐角处时，一位健壮妇人气喘吁吁跑来，那疯婆一见到她就立刻耷拉着脑袋，停止呼喊挣扎，安静下来，夜壶看了那妇人一眼，也没说什么，翻跃上乌蛋的马背，追赶任子宴的马车而去。因为再纠缠都是枉然，禁不住回头观望。那妇人蹲下来，给疯婆说着什么，夜壶扭头，嘴唇情不自禁地开合着，留下一声叹息。

马车拐角直向咸阳宫驶去，疯婆在视线上消失，蒙日丹返回原坐，胸膛剧烈起伏，眼泪如雨，嫩稚的脸蛋憋得通红，一阵长长且难受地咳嗽，随后涌出一大口殷红的鲜血，慌得公主急用长裙衫接住，急速掏出手绢给她擦揩并抚着柔肩，心中极端难受。蒙日丹这灵异之举动，使他吓得灵魂出窍，心中暗自埋怨自己的命硬："怎么连连赶上揪心扯肝的事儿……"

马车进咸阳宫门，蒙日丹深深长吁几口气，稳稳地调整着呼吸，慢慢平静下来，自己掏出丝巾，擦擦带血丝的嘴唇，整理一下衣衫，甜甜地对着公主微笑："姐，没事的。"又深情挪开林萧云拍打后背的手，一个媚笑以示谢意，三人同时做一个长长吐纳。一切恢复平静。

车到将军府，蒙日丹抢着跳下，提起长裙，飞似的向后厅奔去，林萧云、公主怕有什么意外，顾不得拿行囊，跟在后面追跑。

蒙日丹身轻如燕，熟路径，长衣飘舞，凉风飕飕，林萧云牵着公主顾忌摔绊，扶着她的手臂奔跑。蒙将军夫妇早听到内佣传报："大人，小姐车马已入咸阳宫。"

二人在后厅高高兴兴地等候，谁知蒙日丹一进门见到夫人就"娘！"一声似濒临绝境求生的呼喊，雍容富贵的夫人，看到女儿的脸色苍白，面显倦容，吓了她一大跳，女儿从未有过如此过激的举动，还没有等她反应过来，蒙日丹一下扑上来紧紧抱住她，浑身战栗，放开泪泉之闸，如同汛期江河一泻千里。蒙日丹哭得山摇地动，石头落泪，夫人稍一定神，轻轻拍着她的后背："看看，看看，又来这招，还总说要远走高飞，三天就变成这样……"

蒙日丹声嘶力竭，毫无顾忌地嚎着，像是要释放千年幽怨，边哭边喊："不是三天，是三十年呀！娘……"

蒙日丹继续放声怯哭着，这时夜壶及家佣已将行囊绕着放在一角并退出，林萧云与公主笑着在一旁。夫人拍了一阵子看着蒙毅数落："你把女儿娇惯得啥样子！呵呵，比出嫁还哭得伤心……"

蒙日丹听说到"出嫁"二字一下停住哭，抬起头，泪还在流，移步靠在蒙毅肩上抽噎着，打了几个哭颤：“爹，你派人去询咱们，着急了吧？咱们在华山之巅先是射下了百年大白雕，随后又灭了五鼠和灭了一群狼再加一头大熊……”

蒙毅摸抚着她的秀发：“啊，那可了不起，华山五鼠危害一方，为国家除了祸患，真是可赞可贺啊！”

蒙日丹指着公主：“姐姐还在棋盘石上作了一幅雪画，可惜带不回来给您看啦，画的真是太美啦。”

蒙毅将眼光投向公主：“啊，多好的故事。”

蒙日丹抢着说：“哥哥的轻功‘八步赶蟾’更是厉害，剑法让人眼花缭乱……”

蒙毅：“哇，是吗？”

林萧云抢着接过话：“我与钻天鼠打斗中，是师傅蜻蜓点水功夫救了我，此恩……”边说边汗颜地低下头。

蒙日丹打断他的话：“恩已报啦，背我和姐姐下山，大雪天累得满头大汗。”

蒙毅：“一天登三顶，又打斗，累啦。”

蒙日丹撒起娇来：“爹，实在走不动。”

夫人在一旁调节气氛：“亏得有人背你下来，福气可真不浅啊！呵呵……”

蒙毅的手摸到她头发内有一根小树杈取出来：“怎么树杈钻到头发里去了呢？”

他笑着打量，蒙日丹一把夺过来跑到公主头上寻找，也取下小树杈，上面还残存三朵蔫花，一边大笑一边拿在手上给蒙毅看：“这是万丈冰崖上我采下的七彩花哟，哈哈……新鲜的花插在头上既香，又浪，还艳，哈哈，笑死我咯……”

林萧云与公主向蒙夫人点头默认，蒙夫人拍着胸：“笑死你！吓死我啦，再也不准外出，以后就待在家里……”装着要打她的样子。蒙日丹躲到蒙毅身后做着鬼脸：“我会飞。”逗得满屋人开怀大笑，由悲转入嬉戏声中。

蒙毅褒奖道：“丑丫头，长大啦！嗯……”

蒙日丹绕到他背后将两个花树杈放在他耳朵上扰动，惊得他抓耳挠腮地躲闪，夸张地做着噱头动作，毫无平日将帅之尊贵威严，蒙日丹越挠越起劲，毫无忌惮地纵身狂笑，夫人、蒙毅故意返老还童地跟着戏耍，两人忍俊不禁地开心地热闹着而不失端庄："看你把她惯的，哈哈，改行唱戏呀，哈哈。"

众人笑得又蹦又跳地鼓掌着，林萧云扭过头去无声地自嘲，满屋乐得春暖花开。

许久夫人擦着笑泪，含着笑意："好啦，好啦。大老远回来，时间还早啦，快同姐姐上去洗漱一下，别让厨房伯伯、阿姨们费心久等啊。"

蒙日丹即刻停止顽皮举动平复安静下来，拉着公主的手礼节性地与父母告辞，一阵旋风似的上楼，林萧云低着头，一声不响地背着、挂着、抱起所有行囊疾步追着跟上。

夫人上前帮助丈夫拍打一番耳朵，拍掉肩上木屑沫，意味深长地望着二楼，转身去厨房安排膳食，而蒙毅在公主斗篷撩动一刹那，锐利的目光看到长裙下摆的殷红血迹，反思着女儿一哀一喜的举动，身经百战的用人心法里了然，不免眼中闪过一丝不易察觉的忧愁。

本来也做好乌蛋、任子宴、夜壶三个人的饭菜，放下行囊后，乌蛋拽着夜壶，让任子宴驾上自己的马车去竹韵楼吃山珍海味，蒙将军家宴偏清淡较节省，吃饭都规规矩矩，礼节谦逊，更体恤用人，乌蛋觉得不自在，不对味。

他一到竹韵轩，就如鱼得水，借耿老太与耿飞雪之威，摆出副富可敌国、通吃天下的豪气，放胆吆五喝六。

蒙日丹三人洗漱完毕，各自换上干净且华丽的新装下楼，俊男俏女，青春光彩夺人，满屋生辉，一时活力无限，众用人个个眉开眼笑，谁都爱看几眼，暗赞几句："天上掉下来的美仙客与咱家小姐极匹配……"心爽脚步勤，都想趁上菜时多瞅几眼这对"江南少夫妻"。蒙日丹下楼牵着公主的手，挽着林萧云的胳膊，先去厨房与各位用人侍从微笑着行见面礼，随后三人随同父母入座，乐得众用人开心羡慕不已，虽不言语，各自都甜在心里，笑在眉梢。

桌上开饭，蒙日丹站起先为父母添了热汤，再给公主、林萧云一人一碗，最后给自己添上后落座：“趁热喝。”众人温馨浅笑地举起碗握着汤匙，权当美酒 “一饮而尽”。吃饭时，蒙日丹又给父母夹菜，她知道哪几道菜乃父母至爱，看到菜的成色，也知道今天烹饪火候，先吃哪后吃哪，然后示意公主，林萧云：“姐姐这里野荠菜香嫩，云哥给你两块鹿腿肉先填填……”夫人微笑着只吃不语，蒙毅边吃边微微颔首赞许女儿待客能力。

“嘭！”门被人猛地推开，鸟蛋连跌带撞地，大声惊慌地喊叫：“哥……哥哥……花豹……花豹给人毒死……啦……”

众人吃了一惊，事发突然，林萧云“啪”地放下碗筷，站了起来，一愣之间，鸟蛋还想要说什么。“坐下，吃完饭再说，多大个事呀？”旁边蒙日丹微笑着和风细雨地冰冷抛出一句，语速不紧不慢，音量不卑不亢，均匀中含有无穷的力量，林萧云一瞬间似被闪电击中，温顺礼节地坐下，重新端起碗筷，暗中瞟了一眼鸟蛋，像什么事也没发生继续就餐。

鸟蛋金鱼眼睛一转一转，头上冒出冷汗，尴尬得恨天无缝，恨地无洞，被眼前气场震慑地踉跄退出轻轻掩上门，背靠在墙上喘气，远处步履蹒跚赶来的夜壶打着手势训斥着：“兔崽子，俺车还没停稳你就跳，没爹没娘的娃，没一点规矩，这里可不是黄鳝庙，是咸阳宫里的将军府，哎哟，胡乱闯，一只没尾巴的活猴子哟……”

林萧云一时半会转不过神来，毕竟是心爱之灵物，突闻噩耗，不禁簌簌落泪，蒙日丹见状，略有愠怒，不屑而轻描淡写道：“自古大丈夫，除国破家亡方才洒泪含悲，嗯，空负天生八尺躯。”公主笑着亲昵地往他碗里夹一根香喷喷的野芹菜：“啊，情有可原，你担心什么，什么就控制你。”

同时她用脚轻轻在下面点踩一下。林萧云似突然顿悟，在将军府做客，须万事收放自如：“愚徒受教了。”说后笑着恭恭敬敬地给她添上一小勺鲜汤，又给自己添上，举碗当酒一饮而尽。

蒙日丹开心大笑起来陪着，她一干到底将小汤碗倒过来，来了个“滴水不漏”。

林萧云自吃了一惊："她的吸络乾坤大法功力，如此炉火纯青，却深藏不露啊……"

他兴趣地深长舌头将小汤碗反复舔了几圈才将小碗反过来，也是："滴汤不漏。"

公主不懂武功之玄妙，助兴用心用力喝一碗汤，细心反扣，不断十几滴汤水点湿在餐桌上，众人哈哈大笑，侍佣在一旁实在忍不住乐，背个身子，努力紧捂着嘴巴，憋得连声轻轻闷咳。

吃完饭，林萧云礼节离席。稍后蒙日丹携着公主的手向父母礼貌告退，亲密上楼，不一会儿在楼上的欢笑中传来琴与筝合奏之声，楼下老夫妻俩一边品茶，一边凝神静听，中间蒙将军去了一趟前厅，表情严肃地回来坐。夫人在桌上合着拍子赞叹，见丈夫落下，高兴地竖起了大拇指："她姐姐的琴技略胜一筹，丹儿的筝有武功底子相托，棋高一着……"蒙毅呷一口茶闭上虎目，沉浸于《长风》旋律之中，手指情不自禁地在大腿上抚动，忆起昔日金戈铁马，率军攻城略地的战斗之中……

"姐，你的润泽能使沙漠变为沃土。"上楼后蒙日丹一直亲昵不断。

蒙日丹泡好雪菊茶双手恭敬地递给公主，公主接过轻轻品一口："淡香味浓啊。"

蒙日丹自己捧杯微饮："菊养肝明目，启程时给姐多带一点回烟柳镇慢慢用，饮菊如思妹啦……"

公主："不必了，江南也有菊，已给妹够添麻烦啦！"

蒙日丹翘起小嘴不乐意："哪里话，一千个麻烦，一万个麻烦，也顶不上姐姐一句开心话。"

公主："妹妹言重。"

蒙日丹："姐坐不住了啊！"

"妹妹筝音韵律，让我觉得这将军府在晃。"

"呵呵，又逗妹妹啦！"故意让杯里的茶微荡，姐妹俩人品才艺投缘，胜似个夫妻，超越父母，赛过子女之情，同性同心同情，一夜无话不谈。她轻轻碰一下公主的杯，两人相视而笑，一饮而尽。

公主放下杯，动情道：“刚才妹的箏音韵律中，我仿佛看到沙漠奔羊野牛寄骨之处，国破家亡，大有覆水难收之感。”

蒙日丹异乎寻常的温顺，抱着公主的脖子，一只手捧起她的手在嘴上吻吻：“姐乃太子丹的千金，林萧云亦楚国小王子，精灵古怪的乌蛋是大名鼎鼎江南第一侠车马的孙子，他正在挟着无法无天的耿飞雪，通吃天下，扮猪吃虎……”

公主睁圆眼睛，气定神闲，钦佩不已道：“哇，妹妹，会算卦？京畿重地，你怎么知道这些底细啊？”

蒙日丹靠得更近地磨蹭着她的脸，嘴贴在她耳边：“将军府位列上卿，始皇帝内谋……呵呵，雪菊性寒，且明目，江南菊艳，霜雪中的菊根吸吮冻土，久久为功呀……”

公主抚着她的秀发：“分久必合，合久必分。有时涌比浪更可怕……”

蒙日丹：“此一时，彼一时，王朝亦如是，四季更迭，太阳月亮亘古轮番起落，九缺一圆，人生定律，与姐在一起，琴棋书画只管今日快乐，忘弃往日千愁，万万不能漏掉半点开心，哈哈，玩它个水落石出。”

公主模仿着夜壶的腔调：“也是。”两人青春的笑声在深院大宅夜空中回荡。

冬月十五，皎洁当空，疏朗几星不知疲惫地不停竞相闪烁，子夜时分，更鼓偶尔巡响，大地披上一身银装沉睡，万籁无声。

将军府后院天井旁，一树红梅迎寒怒放，她越冷就越傲，越傲就越香，越香就越艳，在百花凋零时迎风斗雪，独拥绚丽，幽香远溢，灿如云霞，沁人心脾。蒙日丹推开窗户让梅香进室问候，时不时与公主探头赏月，品读着天寒地冻画卷的奇妙，闻着浓郁空气中的另类芬芳，秉烛夜话，守着这悠悠寒月，等待林萧云。

五更鼓响，林萧云踏雪归来，入室前跺跺脚上的雪花，抬头望望圆月夜空，似乎嗅到了梅花的冷艳幽香，轻轻一声叹息，上楼见两姐妹等着自己，心生歉意：“这么晚，还没睡啊……”嗓音略有沙哑，剑眉凤眼里看得出，他伤心流泪的痕迹，他也无意掩饰，自己窝心难受，淡淡地讲述着花豹被毒死的来龙去脉：“花豹是被下了断肠草药的毒，是肖远中了江湖骗子的圈套，哎，鸟蛋说那贼人是鱼无舌，竹韵轩掌柜在派人查找，天下名驹之殇，朝廷也有听闻……”

公主着急：“那肖远呢？”

林萧云：“他自责不已，又遭任子宴拳脚相向，加痛骂，在那上当受骗的树下吊死了，托掌柜厚葬。”

公主：“哎，人心难测，云谲诡秘，何必呢？为啥如此狠心……”

蒙日丹：“这世上没有神，没有鬼，却有道和因果报应，此事不宜张扬为好，咸阳宫人多嘴杂，帮派林立，防人，生拉硬扯，再弄出个案子来，牵连上将军府就不好了。”

林萧云平静钦佩地看着她：“我也这么想，义父已收到咸阳公文，在狻猊岗、螃蟹地、九里畈三个出入口，令人竖起巨大木刻牌坊——烟柳镇，张步青传信，一切如火如荼忙着，统领楼已竣工，仙画的那烟柳镇鸟瞰图，已让工匠放大二丈高一丈宽，用桐油做了防护，做了基座八仙衬架摆在柳河入口处。“

蒙日丹：“姐姐仙手巧绘，我好像已看到那画中烟柳镇啊。”

公主：“那咱们一起回烟柳镇吧。”

蒙日丹：“这……”

林萧云：“我已让任子宴备好车马，明天吃完早餐启程回烟柳镇。”

蒙日丹一把抱住公主：“姐姐，我好舍不得你离开。”林萧云认真地听，说不出一句话。

“得呀……”蒙日丹踱着脚，撒着娇，舍不得他俩离开。这时公主突然想起重要事急办，神秘地将蒙日丹、林萧云拉着一起进内屋：“来，有最重要的大事商议。”

夜壶在窗口看到鸟蛋与一位绿衣人在远处一棵棕树下窃窃私语，在神秘地说着什么，那绿衣人身材瘦长且矫健，腰缠白金属带在月光下特别扎眼，头上戴着特别精致的尖顶防雨防晒竹制帽，只看得见下巴，眼睛鼻子都在帽檐底下，他背手而立，不停地交换玩弄着二根紫竹齐眉棍，交换动作奇快，而且没弄出半点声响，懂行的人一看就知道“偷梁换柱”之功夫已登峰造极。

鸟蛋进屋，满脸愤懑翘着小嘴巴，气喘吁吁一屁股坐在床上，夜壶递过一杯蜂蜜水，他懒洋洋接过，先呷了一口后一饮而尽，将空杯还给夜壶。

夜壶接过杯：“你老跟那绿衣人嘀咕啥？”

鸟蛋有些烦躁：“让他记住今天冬月十五，是肖远忌日，每年去祭奠……”

夜壶：“这货养不起，他听吗？”

鸟蛋又神气起来：“敢不听，他是我的拐杖！”

夜壶：“你可知道他的来头？”

鸟蛋好奇劲上来了：“噢？当然。”

夜壶：“一生出来没有眼睛，爹娘穷，将他扔到荒郊喂狼，可是奇就奇在狼却将他养大……”

鸟蛋：“哇！”

夜壶：“他异功不知是谁教的，练出‘飞毛腿’，奔走如风，所以江湖人称为‘夜行风’。”

鸟蛋略加思索回忆：“这倒是。”

夜壶：“他奇异还加一怪……”

鸟蛋更来劲：“怪？”

夜壶：“他专吃有毒的蛇、蝎、蜈蚣、蜘蛛、蚂蚁，天天吃，‘五毒俱全’，行路时的饭菜，在他那两根紫竹齐眉棍以及尖顶竹帽里都藏着‘粮食’。”

鸟蛋：“你咋知道的？”

夜壶：“始皇帝打仗时，常从耿家借用他送秘信，难在伺候他那怪的膳食……”

鸟蛋：“他光能跑路，武功怎么样？能打不？”鸟蛋“嗖”地抽出双马刀比画着。

夜壶一边躲着刀锋，害怕鸟蛋失手伤到自己：“别瞎比画，嗯，没听说他跟谁交过手。”

鸟蛋："哪天与他过几招……"又飞快舞动双刀，寒光闪耀，虎虎生风。

夜壶抱起厚棉被防身避到墙旮旯："那耿飞雪算是中了邪，天大的蹊跷，怎么会听你的……"

鸟蛋停下来："日后皇帝也许都听我的，天下人听皇帝的，那才叫本事，裘老太听我爷爷的，耿飞雪也得听我的。哈哈……"

夜壶将被子铺到床上，一边摇头一边叽叽歪歪："一物降一物，人小鬼大，爹还真舍不得你走……哎，人老就图个亲热……"有些伤感地擦揉着眼睛，鸟蛋上前抱着他的粗脖子："爹，不怕的，咱俩写信嘛。"

夜壶笑起来："咱俩都不识字，咋写？"

鸟蛋："哎，这好办！我画一朵花，就是开心；我画一个又红又圆的太阳，就是天热；我画一只鸡、一只羊、一头牛，就是吃得饱，吃得好；我画一只老虎，你就去烟柳镇救我；我画一匹马，那就是要来咸阳宫看您……"

夜壶粗大手指跟着画，不停地点头："那封面画啥才能找到我？"鸟蛋拍一下大额头："傻爹，难怪你一辈子那家伙不生儿子，白大的，我叫别人写你的名，驿站送到将军府，嗯，要不画一只装尿壶……"

夜壶："那哪成，太不像话，我大名叫赵大年……"

鸟蛋："放心，我回烟柳镇，我哥马上开课教我同锁扣读书认字，第一课就学写'赵大年爹亲收'。"

夜壶高兴得大叫，一把抱起鸟蛋高高举起来："俺还从来没收过一封信，儿子你天天给俺写，俺天天看，天天猜，哈哈……"

一老一少乐得又蹦又跳，又吵又闹地告别。

鸟蛋："如果耿家找到毒死花豹的凶手，你，你就给我画一张弓，让我高兴高兴，要不一想起这事心里压着一块石头，堵得慌。那家伙一定是鱼无舌，天下坏人来天子脚下做坏事……"

夜壶："嗯，不能那么说，天下还是好人多，别急，刚才我看到蒙将军军中第一神探祝叶青来了，这案就一定能破。"

鸟蛋由悲愤转兴奋："那祝叶青真有这本事？"

夜壶将他抱在怀里，信心满满："你想想灭六国，天天刀枪相向，攻城略地，杀人为生，而且是只管杀不管埋，为升职邀功抢功，为财为色，为出言不逊，多少无头案，只要祝叶青到，一一必破。"他神秘地拍拍鸟蛋的小脑袋："而且是蒙将军派他来的……"

鸟蛋："专听蒙将军的？"

夜壶："他不是一生出来就是神探，我也一样不是一生出来就是第一弓弩手，只有三成天分，七分是生生死死、磕磕碰碰摔出来的，蒙将军栽培了他，还救他几次命……"

鸟蛋深思着："啊，这样，生死之恩最难忘，最难报。"

夜壶："一定能破，你等着我画弓给你。"

鸟蛋跳起来猛亲他一口："哎哟，您这胡子，扎得像针，也难怪没老婆。"

夜壶："胡子如针，就是命硬，没人想我来着，就盼你给我画马。"

鸟蛋很动情："一定一定，重要事，我还会让夜行风给你送亲口信。哟哟，说到亲，就嘴痛，来用我的马刀给您把胡子刮掉，尽份孝心。"夜壶躲着装可怜："哎，刀可是割脖子的！"

鸟蛋继续威胁："傻爹若抓到那毒马凶手，你怎为聪明儿子解恨？"

夜壶憨态可掬："将他剥皮，吊在肖远上吊的那棵树上铆足劲，拉满月弓，射他一百零八箭，箭箭穿膛。"鸟蛋丢掉刀，拉开他上衣，鲶鱼般钻在他肚皮上"吹泡"，发出像放屁一样的声响，痒得夜壶咯咯笑得叫饶。

翌日清晨，蒙毅与夫人习惯早起，两人一起一边观赏着梅花，一边做着吐纳呼吸，还不时望望檐角，抬头看看屋井上的天气，稍稍活动，回房洗漱，信步来到后厅，两人同时大吃一惊！

原来昨夜三位少男少女变戏法似的将后厅装饰一新，两席盘座摆放堂中，铺垫上朱红"寿""喜"绸缎，布画、刺绣、屏风、写字桌、笔墨，布置得古色古香，典雅素静，处处独具匠心且又大方自然。特别是一对吉庆圆铺垫，格外显眼，又让人联想，一把棕黑色琴琴身闪闪发光，一看就是有些年头，那可是蒙恬从楚王宫挑出来的极品，送给蒙日丹作周岁礼物，旁边是一台筝，琴与筝之间留有一个空位，很显然，有讲究的思考伏笔，整整齐齐，又活灵活现，别出心裁中处处显露出诗意无限。右墙角云台上，一大把梅花插放在陶瓶内，红丝带捆束，色香融合，沁人心脾。

历来布置讲究的夫人微笑中含有极为满意的神情："啊！"蒙毅反背着手不停欣赏地转着圈，心中反复思忖："这是哪门子阵法？哇！"不时发出超出想象的赞叹，惊喜中怯怯调侃，凑近老伴："要唱戏呀？"夫人得意地笑着，猜不透的语气："等开锣吧，哈哈……"

"爹，娘"，一声清脆甜美的呼喊，门开处蒙日丹在前，公主跟随，林萧云提着重箫在后，都一身倩丽装扮，笑容可掬，翩然而入，亦人亦仙，惊得端庄雍贵的夫人第一个失态："我的娘啊……"

蒙毅纳闷傻了眼，呆若木鸡地站着，张着合不拢的口，凝望着熟悉而陌生的闺女，心中："咋一夜换了一个人？"

三人不施粉黛，素面朝天，可是脸上青春的光泽灿烂如霞，欣喜的目光炯炯有神，看得出他们心中激情在冲腾，火焰般金色瞳子在闪闪发光，英气逼人，让这对不凡的父母有些慌乱失措，心生畏惧之感，从未见过美少男少女如此精致的装扮，头绳发带、花卡、手镯、金链、吊坠、项圈、耳环，姿态迷人。蒙日丹与公主各自穿上姥姥、夫人当年出嫁凤装，林萧云脖子上系着野性风铃，醒目得体，典雅华丽，匠心独具。

夫人定了定神，细细品味着那些自己年轻时佩戴的饰品，在女儿身上重现，精彩绝伦，大开眼界，一时爱的狂潮涤荡着心灵，她望望丈夫，猜不透，有些丈二和尚摸不着头脑，爱美之情让目光很快又闪回到宝贝身上，上下打量着，蒙毅在梳理着思绪："这掌上明珠，哎，女大十八变，她一夜十八变……"

"两位大人请上坐。"公主开腔，使两位发蒙的长者从梦中醒来，不约而同乖乖坐到太师椅上，互相勉强地带着笑容面面相觑蒙毅双手规矩礼节地放在大腿上，像见始皇帝般正襟跪坐着，似听候圣谕，夫人打起精神回归慈祥模样，她似乎已从林萧云与蒙日丹的眼神中捕捉到了一些什么，目光有些湿润，回眸中看到丈夫鼻尖上渗出几颗细微的汗珠，这反应一般在生死攸关大战中才有。”

冷艳高洁、恃才自傲的女儿，让他俩一筹莫展，少不好惹，老花了的眼睛里扑朔迷离。“二位大人在上，午时前我等将离开咸阳返回烟柳镇，临行千言万语，感恩，感恩还是感恩！”说完深深鞠了一躬。

夫人礼节性圆场：“啊，言重啦。”

蒙毅微微点头示意，心想：“呀，是不是找差事，想就任一官半职？”

公主激动道：“除了感恩将军对烟柳镇的操劳，夫人生活上的多方关爱，还有一事望二位大人成全恩准。”老夫妇相互对头一眼，微笑着一言不发，夫人已从女儿与林萧云眼中飞快获得答案，身子自然一挺，喜出望外，笑靥如花。

公主：“小女因画而被毒蚁侵害，无传后之能，天赐大幸，林萧云乃龙之角，蒙日丹亦凤之冠，两人美貌如仙，文武双全，属人间祥瑞，盼二位大人成全他俩成为夫妻，为林家传宗接代，百年好合，白头偕老，恩准其圆大缘。”

话刚落音，秉性沉稳的将军忍不住脱口而出，声调含赞许之意：“啊！”心中暗喜：“今早抽到了上上签！”

因为女儿一天天长大，他一直思考暗访着未来乘龙快婿，满朝同侪子女中无一看中，“提亲”的贵胄不少，他总是一语笑过：“还小。”

他自己认为比夫人更懂女儿，天资聪颖，美貌出众，不羁个性，往往是婚姻大事上最难逾越的沟坎，自从对林萧云惊鸿一瞥，他就萌生爱念，一直寻找机会撮合这桩婚事，原想通过牛犇郡尉来成全，不想今早竟如此如愿，想到此心甜到醉，一闪念又怕女儿反抗，他偷着看了一眼林萧云与女儿，又联想这布置的客厅：“呵呵……”一个劲自言自语又吐不出话音。

还没等他说完，蒙日丹笑如花开，大声抢话：“我愿意！”

惊得蒙将军张口结舌："这丫头，咋一点不知羞？愿意放在心里，含蓄乃女德之尊，这戏里头莫非在华山已有约？"

他不禁拿起茶杯，想掩饰："爹，那是空杯。"

蒙将军自嘲地看一眼夫人："啊。"

将杯放回原处，心中埋怨老伴怎么忘了沏茶："唱戏忘了道具呢，令我尴尬。"夫人再也不想装了，一串开心祝福的笑声感染了所有人。"娘天生爱笑，笑是幸福的伴娘，笑是提味的美酒佳酿，笑声替代最美的语言，哈哈……"蒙将军也跟着开怀祝福。

蒙日丹兴高采烈，几乎要蹦起来，拉着林萧云的手："恩谢爹娘成全。"喜泪盈眶，规规矩矩，走上前，在早已放好的红色铺垫上跪下，三拜九叩行大礼，林萧云一直满面羞红，笑着随蒙日丹一起认认真真叩拜，两耳根热得发烫。年少纯真的心，让老夫妇更添爱意，内心祝福。礼毕，三人走向乐器，公主抚琴，蒙日丹拨筝，林萧云握重箫居中，一曲《山水》悦耳悠扬，轻盈绵缓，神韵无穷，余音绕梁，三人各显技艺。老夫妇被一个个"绝活"感染得鼓掌，直至手心发痛；第二曲《雪里梅香》是夫人至爱，筝乃当时乐器之冠，由细到粗的琴弦在蒙日丹手指之间，迎风呼号，披雪盛放，铿锵有力，琴附和重箫，音域互渗，纠缠汇合，迸发着顽强生命的呐喊，不屈的咆哮之音，夫人激动得站起来鼓掌赞美后辈精湛技艺，以虔诚之心致意，两长辈激动得携手站起来，各自长舒一口气，笑着躬身答谢。

第三曲《飘》，蒙日丹与公主换位，两人笑着互赞后，蒙日丹破例边谈边唱，筝、重箫降调轻随附和，蒙日丹与鸟蛋一样都是天生的歌喉，音质纯甜，边弹边唱：

万古江河水悠悠，
哪滴浪花能回流？
万丈悬崖从未动，
哪座高山低过头？
爹娘养女恩情重，
放飞鸳鸯画中游……

人美、音美、心美，歌声让蒙将军热泪奔流，蒙日丹含泪深情的歌声也让公主目含笑泪，只有林萧云满面羞红，闭上双眼陪奏，沉浸于妙乐之中。别开生面的订婚礼，咸阳宫内仅此一例。

惊人一幕出现，出人意料的举动让三位少男少女诧异不已，蒙将军似返老还童，他主动牵着夫人的手走到筝边，示意夫人抚琴，两人试调了几下音阶，奏一曲三秦大地脍炙人口的《秝曲》，是专为婚姻大典时演奏的乐章，两人虽然多年未摸过琴筝，但是昔日高手功夫未退，晚辈们热血催动，长辈忆起当年癫狂，演奏起来神韵无穷，余音袅袅，婉转流畅，古朴自然，高潮迭起时，气吞山河，三晚辈被震得鼓掌欢呼，舒柔时泉水叮咚，三人跟着静听玄妙，老少演奏令满屋生辉，欢快不已。

掌声嬉笑中夫人回房给蒙日丹、林萧云送上亲手绣的鸳鸯围巾，蒙将军给蒙日丹送上蒙恬送给自己最好的羊毛软笔，盒子装饰得极精致；送给林萧云一册书："这册《归藏》手抄本，莫读死书，重在领悟，真功夫在书之外。"

林萧云接过书："岳父岳母品质已在音乐中展现，岳母手绣，千丝万缕，深情于内，岳父话简语重醍醐灌顶，萧云一定铭记于心，尽一切努力不负大人，竭尽所能，不负建镇为民初心。"

公主又率先鼓掌欢赞，早餐时间到，大家一起走进膳食房，夫人不停地给林萧云、公主添粥菜，挑馍选饼，叮嘱着蒙日丹给他们路上准备了哪些吃食，半严肃告诫自己忍着离愁，高兴得只喝了一小碗粥，眼睛里舍不得"半边之子"、惹人爱的新女婿远离。

相约，明年八月十五在烟柳镇成婚。

天又昏暗起来，飘起鹅毛大雪，像是凑热闹且越下越大，任子宴驾车来到将军府正门外，乌蛋、夜壶也跳下马帮着林萧云与公主搬递包裹行囊。

蒙将军夫妇送至回廊下，林萧云与公主行重礼告辞，蒙日丹牵着公主的手已哭成泪人，公主一边安慰："妹，明年八月十五烟柳镇等你，乖些，很快就见面噢……"自己边哭得泪奔，两人紧抱着，任凭林萧云再三催促，丝毫不愿松开四手，且还越哭越凶。

乌蛋策马盘旋对夜壶："这比真出嫁流的泪还多。"夜壶也有些伤感："哎，这泪真，流下来的滴滴比金子贵，等会儿爹送你城外三十里，俺也要哭着回来……"

鸟蛋调笑："您的泪比银子贵。"说罢鸟蛋索性"无厘头"再现，演戏似的放声干号，惊得公主与蒙日丹抬头互笑，才慢慢放开手，林萧云将公主送上车后走向蒙日丹："师傅接招！"一个"八步赶蟾"凌跃起，重箫直点头上命门，蒙毅识功夫，"哇！"一声喝彩，蒙日丹岂肯就范，鹞子翻身，"蜻蜓点水"，更知心中男人用意，以功夫当作恋恋不舍千言万语，借用门前之景物，留下雪中思念的痕迹，也是对岳父、岳母无言的辞谢。

暴风雪中，你来我往，闪转腾挪，各自施展最高超绝技，最后蒙日丹飞身倒剪抽出林萧云头巾，林萧云左手虚招晃过，右手以雷不及掩耳之势，摘下她的耳坠后，在她耳边道："烟柳镇等你！"飞身跃入车内对任子宴："走！"

长鞭炸响，"得得得"骏马放蹄奔腾，车轮滚动，众人被两人精湛武艺所折服惊呆，还没来得及鼓掌，车辆已上御道远去，鸟蛋蹬了一脚夜壶马肚，一愣间，两人并缰追赶而离。

雪地上除了刚刚打斗时留下的脚印，只有蒙日丹僵立，捧着林萧云的头巾，微喘着香气，静听着远离马蹄声，许久，她突然转身飞奔上楼，闩门怯哭。

蒙毅夫妇则站在回廊处，目送车辆消失于风雪中，久久没有退意，蒙毅举目仰看昏暗天空处，喃喃自语："嗯，一身上乘功夫，可惜生晚了几年……"

夫人不动声色，伸出手掌接着几片飞近的雪花："不晚，若早几年，那就像咱家日升、日普，不谙世事，勇猛善战，为了皇帝的江山，英年早逝，生而为人，早早将盔甲挂在墙上，让不会打仗的妇人，心上吊着鱼钩……"

蒙毅有些不满意地看她一眼，机警地巡视一下四周："天太凉，进屋吧。"伸出手抱着她的肩入室。夫人转身，当一只脚迈过门槛时，顺手提起长裙仰视丈夫："想不通头痛，想通心痛。"

蒙毅弯腰帮着她扶着手肘，低声像议似嘱："大奸似忠，大伪似真，世间巧人最难做。人在朝中，社稷为重。”

夫人抬头爱慕地看他一眼，几十年相处举案齐眉，沐雨栉风，心有灵犀，她习惯听他讲些大格局言论，蒙毅却不合时机地做个鬼脸：“两面人。”

夫人趁他不备，一口咬向他的耳：“天堂之路，即是地狱之门，请看准七寸。”

蒙毅夸张地只张开大口，不出半点声音。“天上有镜子。”半晌他回应一句，还是警觉性地看看四下无人，转动着带刺的眼神，夫人也跟着扫视一眼：“心是用来伤的。”

蒙毅也开始戏剧性地侍奉着：“哎，人生呀，本来就是琴呀、箫呀、筝呀演奏的曲子，乐器越多，演奏技艺高，曲子就越耐听，一切靠磨合出彩，又顺其自然。”

夫人：“是呀，鬼怕杀人的人，坑埋人的人。”两人你一句我一句低声理论着，走到红梅旁品着芬芳，蒙毅抬头静听着楼上女儿被褥蒙头抽泣声，和着吹起响亮的口哨，心中：“嗬，桀骜又深情的双重性格。娃，该是人生第一次伤到心。”

夫人顺手摘下一枝花，嗅嗅戴在鬓角上。蒙毅入房内更官衣去了咸阳内宫，每日巳时三刻，如果没有重大事故，都要去见一下始皇帝，那是君王白天准备就寝的时间。夫人探步上楼，反反复复几次，没敲没喊，最后还是默默回到自己的房间。

深宅大院，又恢复到往日的寂静。路长路短，缘浅缘深，由西北向南回家的马格外兴奋，顶风冒雪奔驰，浑身热气腾腾，加上修养了一些时日，体健神爽，善跑的本能，不断地超越路上不多的同类同行者，包一和、肖远的两匹马失了主子，无人乘骑，缰绳拴在鞍上，跟着熟悉的辕车奔跑跟随着，不时凑热闹回应前面任子宴超车时的鞭声，“咴咴”附和着，不知是思念主人还是“白吃白喝”想干点活，只有畜生自己明白。

净土不净，底下无底，一出城因为雪大天冷，偶遇些往北方修长城的役工，去咸阳修阿房宫、骊山始皇帝墓的则江南人较多。

鸟蛋见到那些衣衫褴褛、骨瘦如柴的劳工，拖拉石材砖料，屡屡翻车路基两旁，一是寒冷，二是饥饿，体力不支，有一辆石条车则后翻，将拉车人脊骨砸压断，滚翻过程中，断腿伤头脑，本不多的血渗流出，他痛苦呻吟求救："救命啦……痛死我……娘……"乌蛋勒马停住，听得出他是南郡口音，两士兵冲下去，又命其他数名拉车夫下来，抬起石条重上路基，很吃力、很艰难地重新上路，而那伤夫只能躺在地上绝望哭喊，动弹不得，不远处类似翻车滚石伤者，士兵干脆一人一刀结束性命，扬长而去："该死的蠢货，老子今天完不成工，又要挨鞭，走，快走，今天条石不够数，都得死，快走……"声声暴躁地呵斥："狗眼认着路，再翻车，自个找魂去……"

乌蛋见不得恃强凌弱，也对江南乡音求救有恻隐之心，几次抽刀要冲下去理论，打抱不平，都被夜壶死死拦住："小祖宗，别啥都想管，天子脚下充好汉，你那车能拉多少死尸啊？气顺点，平平安安回烟柳镇，别给你哥嫂添麻烦……"

夜壶冷眼四处扫视："看，那边还来了一罕见送寒衣的妇人，很少有妇女背着婴儿走驿道，一般都走民道，可以讨点水喝，这驰道是给马儿跑的，送寒衣走驰道就是送死……"

乌蛋策马缓走过去，边走边对夜壶说："哎，她们不识字，不认路，不知道从江南到咸阳有多远……"

夜壶："这些妇女，有的送寒衣，有的送几个红薯，有的是送娃给丈夫看一眼。"

乌蛋心事重重，丈夫一来几年，有的是妻子怀孕时被抓来做劳工，这些女人真蠢，没出过远门，有的语言也听不懂，大咸阳劳工数万人怎么能找到丈夫呢？他帮她们着急，夜壶摇着头："敢来咸阳找到丈夫的女人，一半是有脾气爱丈夫的烈女，一小半是农活重干不下去找依靠的，一小半是送娃寻夫的，她们都一路讨米要饭，一路上被恶人强奸强留，大多数被饿死、冻死、病死，要命的是娃娃陪着死，一路上就断了回头路，都不知咸阳有多远多险要，唉……"

乌蛋抽出马刀一阵挥舞，忿气满胸："洞爷说的是始皇帝杀人如麻，血流成河，死无葬身之地。"

夜壶不屑一顾："洞爷肯定是个瞎子。"

鸟蛋："嗯，你怎么知道是瞎子？"

夜壶："他瞎说。"

鸟蛋："你乱说。"

夜壶掸一下毛帽盖上的积雪："没下雪前这山这地啥颜色？"

鸟蛋："黑色。"

夜壶："现在下雪这山这地啥色？"

鸟蛋不假思索："白色呀，憨人问蠢话，明摆着……"

夜壶："世间就是忽黑忽白，大势谁也兜不住。"

鸟蛋："嘿，那倒不一定。"翻着眼看着天。

夜壶："那你能用被子把这雪花兜住，让路好走些，翻车自然少些，能办到？"

鸟蛋："啊，办不了。"

夜壶和颜悦色："万物藏阴阳两面，六国六个王，相互打仗，相互筑城修池也有重劳役，始皇帝原想将六国围城之用统一财力物力修一道大长城防匈奴……"鸟蛋打断他的话："啥匈奴，才几百人、几千人，穷得没粮吃，秦国雄兵百万，口水都能把匈奴淹死，连鹰都飞不过去的地方都垒石摆砖，傻到极、蠢到死。"

夜壶点点头："也是，但是那些都是下属混蛋干的，唉，鹰都飞不过去的地，筑啥城墙，不是始皇帝……"

鸟蛋不耐烦："那修啥阿房宫，为一个小女人修几千几万间房子，哪能住得过来，把人当狗累死饿死，他能得到好死，天都不答应。"

夜壶无言以辩："也是，但是他喜欢那阿房姑娘……"

鸟蛋胡扯："咸阳宫后院美女三千……"

夜壶冤屈一脸："那些美女，一个个见始皇帝吓得呆若木鸡，面如土色，有的浑身颤抖，躺在床上像木偶人……那阿房一见皇帝像见百姓，直言快语，常常逗得皇帝开怀大笑……"

鸟蛋不屑道："活妖精。"

夜壶辩驳："人精，妖精是冷的，阿房摸过我的手，我还背过她，是热的。"

鸟蛋："哼，热得千人死、万人埋，将来一把火，烧它个七七四十九天”

夜壶：“自从盘古开天地，男人都喜欢为心爱的女人盖房子，只不过皇帝为她盖得大了一点。”

鸟蛋：“有钱无罪，无钱有罪。”他勒马靠近那妇人，从怀里掏出两个秦半两递给那妇人，那妇人接过钱，傻傻地将背篓里的娃娃往上挪一下，不停步，也不谢，继续往前弓着身子赶路。夜壶上前帮他抖抖领上的积雪，轻叹一口气：“娃刁钻却心善，可好心害了好人啰。”鸟蛋不解道：“噢？”

第十二章

夜壶："给她钱还真不如给她一个饼，她从来没见过这么大的钱啊，说不定还不认识这是钱，穷百姓都是一毫二毫地用，一个秦半两，几百个毫，况且再多的钱也买不到任何东西吃，如果这钱被坏人看见，会有杀身之祸，野狗分尸……"

鸟蛋心头紧，皱着眉头回望："您咋不早说呢？"远处刚才伤死的劳工旁几只零散的狼与狗在争夺食物。夜壶拉着鸟蛋的马头说："也许她福大命大。"一提缰绳追赶任子宴已越过山坳的辕车。

朔风呼啸，暴雪逞威，任子宴驭鞭频频甩得山响，奔马并缰飞驰，迎面有二十几匹军马，上面坐着黄衣刑衣军士、军长、统领手，奔执长矛，人人提鞭悬刀，后面远处还有三辆供给后勤车辆，他们凶神恶煞模样，吼着喝着："快走，猪头看啥看，老子一刀捅了你……"

那些军士押解的犯人极少，看上去稀稀拉拉，六七人左右，囚犯双手与脖子锁扣着重枷锁，衣裳单薄，都赤着脚，步履艰难，在皮鞭驱赶下，一个个低着头、缩着肩往咸阳方向缓缓蠕动着。那些军士看着任子宴在冷天雪地里驾车飞驰，且长鞭山响，车稳，他们疲倦中有些好奇，不禁回头追望："这驭技不错！"

鸟蛋与夜壶并马齐驱，迎面与一名囚犯、三名骑马军士擦肩而过，冲出数十步，鸟蛋勒转马头，前看后瞧。夜壶："有啥好瞧的，快走！"

夜壶连催两遍："黄衣刑队押解的，大多数是想造反的……"

鸟蛋更觉得新鲜："就凭这么几个病快快的？"

夜壶："小娃懂啥，这些囚犯在当地都是有一官半职的或小头面人物，爱整事，被告的。"

鸟蛋："呵呵，真看不出。"

夜壶："一般黄衣刑队一人押五犯人，这二十几匹马，应该有一百多犯人，现在只剩下六七人，千里迢迢，一路上死光了，特别是那些文官与教书的、集中写屁诗的，哪经得起折磨，嘴硬身子弱，每死一个少一张嘴吃粮。"

鸟蛋："啊，明白啦，死得越多，军爷们就吃多一份。"

夜壶："就是活吃死人粮。"

鸟蛋："这么往死里整，干脆早死，何必……哎……受这份罪……"

夜壶："呃，他们都以为来咸阳王都讲理，鸣冤鸣得白，都赌着一口气。看那穿……薄衣的，烟柳镇那边来的啊。"

"嗯……"一听说是家乡那边来的，被欺负着，还赤脚踏雪，鸟蛋立即恻隐之心发酵，自己赤脚受冻的年月涌堵心头，而且他看到最前面那一位整个长发蒙住脸，不时吹一口气，让长发飘起，短暂认路，只有他吃力地较快速前行，与后面同伙拉开很长一段距离，三名骑马军士不时用鞭子甩打在重枷上面呵斥着。

鸟蛋心中不服到动怒，夜壶见惯不惊，不停催他："前面车跑远着啦，别看戏呀。"

鸟蛋拨转马头，两腿一夹，马飞快追上那走得快地囚犯。他觉得那人武功不浅，如此饥寒交迫，还能走得那么快，他心中肯定赌着一口怨气，以气催力勉强倔强前行，满以为咸阳青天耀日，能雪耻，在与那囚犯平齐时他马刀一闪割掉遮脸长发，有些长发那人咬在嘴里，那人顺势一吹，逆风三尺落地，鸟蛋旋转马头："啊，好功夫！"

一割一吹瞬间，那囚犯并未停步，一双浓眉豹眼给了一个谢意，嘴里咕哝两声，听不清语音，三名黄衣刑队军士大吃一惊，挺枪拔刀逼了过来："狗崽子，闪开！找死！"

鸟蛋大喊一声："大胆！"右手马刀一挥，长矛枪头被削断半截飞出。

“畜生不配骑畜生！”鸟蛋纵马双脚悬挂在鞍上，挥刀“仙人切入萝卜”一掠过，三马十二蹄分家，没脚的马哀鸣倒下，三军士摔了个嘴啃泥，那囚犯惊悚地上下打量着这娃。

“噢！”一声解恨兼谢意，还有几分好奇的呼啸。

军士两人持刀，一人拿着半截长矛，相互挤在一起，后面五六匹马赶过来，吓得止步不前，千里押解，见的怪事多多，一路风尘，一刹那：“啊，今天遇到凶神！”

众军士一见那匹骏马上娃脸稚气，半信半疑道：“仙娃，天下掉下来的，吃了豹子胆，哪家的？”

正在猜测的夜壶冲过来一口纯正咸阳秦腔，怀中掏出令牌：“瞎了狗眼，皇帝御前卫士！”

众军士惊得往后退，鸟蛋见状，得势不饶人放声大笑，军士们更怕，没见过这等神童，艺高胆大，放纵不羁豪气：“俺爹让你们这等蠢货押解囚犯，路上死得快没啦，咋审？”

众军士面面相觑，又一口咸阳内官腔：“他爹，谁啊？”

鸟蛋看对手露怯意，诚惶诚恐的模样，跟风大火旺：“哈哈，听着，这几个囚犯一个也不少地给我押到咸阳，要不，等俺回宫割下你等狗头挂午门杆上。”说罢一旋马冲出，夜壶迅速跟随追去。

军士头额角沁汗：“好险，午门杆上专吊违规军头，嗯，真货……”

另一军头附和：“当差衣服，看那马，御用才有，走，留这几个活口，哎哟俺的娘，越近皇都命越险啊。”

那囚犯望着远去的一老一少，心中感恩地嘀咕：“嘿，两位神仙显灵啊？”

夜壶埋怨：“臭小子，脑袋倒灵活，想跪拜而无力，你爹谁呀？”

鸟蛋一并缰绳横飘过去，对着他耳朵大叫：“俺爹始皇帝！”震惊得夜壶翻身落马还崴脚踝，一瘸一拐翻上马鞍，气得又怒又羞：“啥叫畜生，啥叫兽！你是活豹子少条尾巴！”

鸟蛋在马匹上笑得前倾后倒："哈哈，胆比老鼠都小，一物降一物，一说始皇帝就吓得屁滚尿流，呵呵……"

夜壶："你乳臭未干，初生牛犊不怕虎，不当皇差不知苦，俺从小在他身边吓大的，你满嘴胡言，毫无顾忌，你今后小心变成刚才黄衣刑队押的囚犯，都给割了舌头。"

鸟蛋又一转马头站立着望着囚犯去的方向："噫，还真是，难怪那人吐吹长发，发声古怪。"他伸着脖子，直立于鞍上："割了舌头，咋审呀，有理也没法说清啊，太可恶！"

夜壶不满地拉着他的马缰旋身："别兔死狐悲的，路边事，河边壳，谁管得了、捡得光？"

嫩鸟蛋不服气："严苛税，重劳役，还强征粮食，三户一把切菜刀，囚犯割舌头，干脆把天下嘴都缝起来，让始皇帝一年只拉一车石头，搬一块砖，挑一担谷子，就不会滥杀人，累死、饿死天下百姓，天上神仙给立个规，皇帝一年劳作一天。"

夜壶："放肆，皇帝天子，是神下凡的，哪能拉一车石头、搬一块砖、挑一担谷子，那是龙体……"

鸟蛋顶着："神下凡？谁见过神？为何还要同凡间美女睡觉，天天好吃喝吃到病，两条腿两只眼睛？龙体，龙体就是咬人的毒蛇！"

夜壶气喘吁吁："娃，皇帝是做大事的，他是皇帝，比王大，灭六国，不杀王，赵王流放房陵，齐王迁居于共，楚王负刍在咸阳闲住，后裔都没灭族赶尽杀绝，富人财产不封不抢，自盘古开天地哪有这样的好皇帝！贪赃枉法是中间官干的……"

鸟蛋不屑："你不光为始皇帝提夜壶接尿，还会替他脸上抹粉，木头人呀，石头心。"

夜壶："打仗十年灾，苦难免不了，再过一年烟柳镇也产粮食嘛，一茬人二十年后，就会国泰民安……"

鸟蛋："二十年一茬人，嘿嘿，俺能等得到，始皇帝等不到，哈哈……"

夜壶有些茫然，低声："也是。"

"啊！"鸟蛋见到路边还有一具卧着的尸体，是刚才那一队囚犯留下的，他好奇要看看是否舌头被割了，走上前用马刀将尸体翻一个身，用刀尖撬开嘴：“呀，真的被割了舌头……”

夜壶冷冷道：“哎，那还有假。”

鸟蛋端详着：“这尸像善面，不像造反的。”

夜壶更不耐烦：“呀，人家看面相，你看尸相，真是……”不停地摇着头。

鸟蛋刀尖挑开二三层衣，那衣服虽破烂不堪，却品质上乘，风夹雪卷过，靠胸有一边白内衣上有四个血写的字，虽褪色不少，可在白雪中红血字依然抢眼：“这写的啥字，还穿在胸上？”

夜壶伸长脖子：“你我睁眼瞎，像是叫啥冤的……”

鸟蛋：“人死了，啥冤呢？”他久久兜着圈转着，不愿离开，夜壶又催又叫，急得在马鞍上如坐针毡：“这样赶路，十年也到不了烟柳镇啊！”

鸟蛋狡辩着：“俺这不是想与爹多待一会儿嘛。”

夜壶又气又笑：“得，你是跟尸过不去。”

一辆豪华马车驶过来，鸟蛋旋马拦住，礼到嘴甜道：“大爷，请帮着看这写的啥字？”

那车内坐着似官模样的人，穿着考究，一看这小娃马骏胆大，伸出头看看，又朝夜壶、鸟蛋冷眼瞅瞅：“莫学我。”说罢一扬手，马车驶过。鸟蛋对着车尾：“谢谢费心啦！”

夜壶望望远去的马车，又看看那尸体上的字：“谢你个头，给那家伙耍了！”

鸟蛋：“嗯，咋说，你咋知道给耍啦？”

夜壶：“‘莫学我’三个字，这上面写的四个字，况且贴在胸口的血衣字肯定是割了舌头，没法开腔，明明是喊冤用的……”“嗯，也是，俺操他八代祖宗，骗小老子不识字，等等俺，割了那家伙的舌头，填在这尸的嘴里。”说罢纵马提缰要追。夜壶即刻挡住：“退而求和，干吗较真？看，不是又来了一辆嘛。”

驿道上的马车多为官商，迎面来的装饰较华丽，可能是商贾，夜壶反身弯弓搭箭：“嗖！”

箭劈开车顶，车内人一阵惊叫，马夫即刻停车，风雪席卷而入，一刹那，夜壶一声震吼，猛地拉开车门，老鹰抓小鸡似的顺手提出一年轻书生：“念这四字。”那书生恍如隔世，啰唆：“匹夫无罪。”

鸟蛋点头跟着小声重复：“‘匹夫无罪’四个字。来硬的不会被骗。”

夜壶将那书生提着丢进车内，又将那老者提出来：“念这四个字。”老者可能是那书生的父亲，以为遇上窃贼：“大爷，大爷，饶命，俺没四斤金子，车上钱都给你，饶我爷儿俩性命，俺几代良商……”

夜壶：“鬼要你的臭钱，念这四个字。”

那老者心中暗喜：“还有强盗恶贼悲天悯人，不要钱，只认四个字。”一看那血字颤抖着：“匹匹……夫……无……无……罪。”

夜壶高兴地与鸟蛋飞一个媚眼示意：“验证正确。”

转身又将老者温和地放进车内，顺手怀中掏出两个秦半两放在他手上：“修下车顶吧。”一扬手，车夫意会，一挥鞭溜之大吉，恨爹娘少生两条腿，将马赶得飞快。那父子俩躲着飘入车内的风雪，惊魂未定，偷偷看一眼手心上的钱，回头望望那凶神恶煞，吼声如雷、力大无穷的悍匪是否追上来，伸手拿起掩脖子的围巾：“今天是上上签？还是下下签呢，是赔还是赚……”百思不得其解，一脸茫然。

鸟蛋脸颊上被风雪吹冻得桃花般红艳，憋着怒气的圆眼喷着火般转动，痴望着雪花一层层叠着掩盖着尸体，“匹夫无罪”字样逐渐消失，夜壶喃喃自语，也在有意无意地给刁顽少年开导：“富贵花间露，荣华草头霜，这匹夫无罪之人，家境不俗，如今要做无名鬼，路边坟冢，神仙从不给人间后悔药，都是犯口祸。”

鸟蛋抬头看一下浑浊天空：“痛苦的死人，比做快乐的猪强。”

一边说着话一边探身用马刀将周边的积雪往死者身上推盖着，心中念念有词：“洞爷说，此地长眠者，声名水上书。”

夜壶也不催他，在鞍镫里不停活动着才崴了的左脚踝，可能是天冷，有些瘀痛，但要血液中畅通，否则明日会肿得像萝卜，望着渐渐被雪盖埋的“造反者”尸体：“哎，人总喜欢东张西望，生活稍好一点呀，不是庸惰就是挑刺儿，从不称称自个儿几斤几两……”

乌蛋认真看着夜壶：“也是，爹，你就送到这儿吧，等我画马给您。”说罢一咬唇，两腿一夹，那枣红骏马箭似的狂奔而去。夜壶因他突然的举动懵了一会，马上双手卷起喊话筒：“儿子，跑慢点，少管闲事噢！”久久立在暴风雪中不追也不退：“耿家也真宠这兔崽子，把老太太心爱的坐骑竟送给了他，嘿嘿，这人缘……”眼中涌溢既爱又夸更担心难舍的老泪：“哎，人太聪明就是累啊。累又变成罪，咋办嘞？”

室外天寒地冻，风吹雪花劲舞，室内升了火坑，温暖如春，枕边呼噜，此起彼伏，连绵不断，夫人却翻来覆去焦灼不安，从中午到晚上，蒙日丹粒米未进，滴水未沾，送上去的饭菜放在闺房绣厅外，冷冷凉凉又拿下来，男女爱慕亦多情之祸，深情之湖，犹如一场美梦吧，且无醒时，她蹙额皱眉：“女儿少吃一口，娘就心痛，少喝一口水，心中就酸，突然两餐空腹，闩门哭泣，从前一呼百应的乖乖，一下子变得……哎，要了娘的老命……”

正在一筹莫展的夫人，突然猛推鼾声如雷的丈夫：“哎，哎，她爹，快醒，听，女儿深更半夜弹起琴来，还哼着歌，这丫头，咋了……”

蒙毅伸个懒腰：“啊，爱的痕迹。”

夫人急忙又推他：“哎，俺心痛得快掉下来，她两餐水米未进，听听，她唱的是啥？”

蒙毅睡眼惺忪：“唱就唱吧，你听就行……”

夫人愠怒，一把将他拉起来，给他披上羊毛大氅，蒙毅瞟一眼夫人，很少见她发火，笑着解释：“心灵悲忧，源于思念，不带大苦的爱，哪有蜜甜时？留下折磨才更懂珍惜，俺在外打仗，你不也神经兮兮的，瞎操心，熬过这阵子就好了，人生的必经之路。”

他抚拍着夫人的肩膀，在耳根上亲吻一口：“小孩耍点脾气，自然而然之事，看把你急得……”

夫人赔笑一下，用食指做一个封住嘴唇的动作，两人凝神静听女儿夜半抚琴，自编自唱的曲，琴技含情，歌声直抵人心，蒙毅不在乎曲的旋律，倒是她编的词让他睡意全无，夫人的手指则在他胸前点着节奏……

孤琴曲寂寥
余音思重箫
倚楼盼南雁
春风抚柳条
夜忆华山落月
怜悯裙上腰
恨不能，骏马狂追楚江客
莲叶舟轻任逍遥
虬螭动旌旆
撑伞踱长桥
问君安好
渭水暮雨低
江南千帆翠
咸阳女儿娇

词依曲而歌，不究平仄之韵，新鲜随心而和，蒙毅喜赞女儿才艺，夫人暗叹女儿孤寂，蒙毅：“嗯，思念之情，无药可医，过两天自己会醒。”

他拍拍夫人背，又钻进被窝：“哎，冬雪暖坑，本应睡意沉香。闹腾……”

夫人听着楼上没有了动静，索性披衣踏靴，蹑手蹑脚带上房门，走向天井边，深深吮吸几口带梅香的空气，搓搓脸颊防冻，绕过院子侧面，轻步上楼，在窗边静听，刚要返身回房，不料眼前恍惚间，有两个黑影闪过，她心一惊，急步入室推醒蒙毅：“她爹，刚才，俺看到，两个黑影子在屋顶上掠过。”

蒙毅“嗖”地坐起来，快速穿戴好：“嗯，是你为丹儿着急，看花了眼？”

夫人坚定：“不会，几十年从未见过有黑影。”

蒙毅：“啊，应该马上有人来报。”他带着夫人走向前厅，信手找一册书看着，略过一会儿，果然夜壶轻手轻脚来报：“大人，祝叶青求见。”随后退去。

祝叶青中等身材，面目清瘦且精干，两眼格外有神，左手抱着斗篷，靴上有积雪，恭敬行礼完毕：“大人我奉命查花豹下毒案，回宫时已夜深，见一人影不走正道，闪躲林木间，觉得蹊跷，就跟了过来，不料那影子从东南侧翻院墙入将军府，捷步轻行，身手极好，轻功在我之上，那影子见有人跟踪，急忙变线逃离，我急步追赶，那影子左躲右闪，左臂被我飞凌射中，那影子逃得更快，随后消失，我借雪寻迹，最终在赵中郎院外消失……”

祝叶青觉得话题敏感便戛然而止，蒙毅一直平静如常，伸个懒腰站起来，和颜悦色：“到此为止，切勿外传，若无其事。”

夫人却捏一把汗。蒙毅：“一夜两次闹腾，走，快睡觉去，天亮还有许多事要办。”说罢牵着夫人的手，回房就寝，一边走一边打着哈欠，还鼻子里哼着刚才蒙日丹唱的曲调。

蒙毅与赵高、李斯等忙着早春始皇帝第三次巡游事宜，沿途整桥筑路，榷议此次随行大员名单，配备大护卫仪仗，备勤膳食，嫔妃宫女，一一精心挑选，连日较晚回府。夫人见女儿一连三天水米未沾，急得昼夜难眠，雍容华贵的脸上十分憔悴，一向漆黑铿亮的乌头发，鬓角两旁平添几根银丝。女儿特立独行的秉性，忤逆的年龄，刚好撞上与心上人分离的时刻，孤单空寂，这人间悲喜，让她一筹莫展，几次上楼想劝劝犟丫头，可是几次欲言又止，一切不知从何说起，这喜中掺苦，青春年少的男欢女爱，思念之绳索牢牢困缚着美丽雌鹰之心。

鼓敲三更，夫人最终鼓起勇气，大步上楼，还故意将楼板踩得山响。眼光扫视一遍前夜两黑影掠过的地方，她步入内厅后轻叩房门，心态平和：“丹儿、丹儿……”房内无人应答，她心中骤然一紧，那黑影子在让她产生联想：“别出啥事……”

她大了几分力在敲门，声音几分灼急，语带哽咽：“丹儿，民以食为天，一日三餐强身之本，你太不懂事，小小暂别，绝食相抗度日，饿出个三长两短，娘心痛，日后遇生死离别咋办？你两哥哥像你这样年龄，疆场战死，娘的心……明日送你去烟柳镇好了，烟柳镇要你人面桃花，林萧云不要枯槁之草……”

"娘，我想喝汤。"传来蒙日丹平淡无奇的沉稳回音，算是退让示意，喜得夫人破涕为笑，恨不得滚下楼梯："好，马上拿来噢，天冷要吃热的，饿极需慢咽……"

急步跑到厨房，夫人亲自掌勺为女儿做了精致清淡的鹿骨汤，加上已备好的羊肉泡馍，与一碟冬青菜，分量安排较少，怕久饿后饱餐伤脾胃，并吩咐明早用餐出品时间后，与侍从一起送到楼上，反手带上门，轻声叮嘱："丹儿，趁热吃，天冷凉得快……"同样重步下楼，还回头高兴地咳嗽两声，还与膳厨商议好，要恶补回这三夜耽误的美食。

旭日又升，阳光普照，咸阳城积雪格外显白，晶莹耀眼，一连四天的调养后，蒙日丹一大早穿戴整齐下楼与父母同餐。老夫妇喜上眉梢，女儿更风姿绰约，皮肤亦如象牙般，比平常白皙，似微胖了些，显得格外丰盈圆润，礼节后，端坐庄重，再也不像从前般黏父依母，举止雅静，几天绝食，几天复原充饥，整个人脱胎换骨，老夫妇互相眼中道贺："啊，长大成人。"

送行的暴风雪，时舞时歇，广袤的三秦大地，一望无际的平川，奔马蹄稳，任子宴驭技炉火纯青，返乡的心情总比来时激越；车内较为恬适，公主依偎着林萧云，两人多为缄默，眼睛盯着前方，遥望江南建造烟柳镇的热情一浪一波地在脑海里闪现；鸟蛋离开夜壶，很快就追上车辆，他还是忽前忽后，不停地演练着刀法骑技，麻烦的是他一见到劳役苦工受挨打受呵时，总想阻止，见到黄、蓝、白刑队押解囚犯时，总想看看是否舌头被割，遇到官车，他总是不屑地弄出五花八门的小动作，当别人要发火时他炫耀着那匹裘老太太赠送的枣红高头骏马，一路上以小纠缠为乐，快意恩仇，每当夜里宿营时，绿衣人自会现身，安排得妥妥当当，吃得新鲜可口。

他总是大咧咧地打着招呼："哥哥，嫂嫂，想吃啥，尽管跟我说，天上飞的，地上跑的，水中游的，只要世上有的，全能找到吃到喝到……嘿嘿，任子宴，白天辛苦噢，晚上睡好，马匹车辆，夜里有人照料……哎哟，我让他们一刻也不能离槽，四只眼盯着，看哪个王八羔子敢再下毒……"

每到夜里林萧云总免不了叮嘱："一人掌的天下，一路不平的事多如牛毛，少管闲事，少逞能，咱们来咸阳是为了造一个小小的烟柳镇，让一小众人能安居乐业……"鸟蛋也总是笑着："是，是，是。"

可一上路，坐上神骏的枣红马又心意自得起来，时而驻立，时而喃喃自语："哥哥说，真有本事的没脾气，有性有能，嗯……"可他还是独行自走，我行我素，顽劣的童心每时每刻都在悖动恣意，不时苦思冥想着他的"换换皇帝"计划，还思忖着一山不容二虎，除非公母的道理，也琢磨：公主与蒙日丹两个母的不吃醋的窍门在哪？

良药总是苦口，鸟蛋想找"白乌鸦"的个性节外生枝，酿成大错……

冬月十五咸阳出发，不紧不慢正好腊月初五这一天晚上可以赶到青铜关。任子宴加快了速度，但是过了午时还没见鸟蛋跟来，一般平时都在两个时辰内他会出现，而今天算起来快近四个时辰了，怎么还不见人影呢？公主担心地不停地回头看，想说什么，又摇摇头，三缄其口。

又走了一段路，公主再也忍不住了，不怕一万，只怕万一："主，鸟蛋这么长时间没跟上，还是往回找，别出啥事……"

林萧云点点头，他一直心中打鼓，忐忑不安，他看到任子宴不停往后看，他猜测："这顽童十有八九惹上麻烦了。"他在暗暗祈祷："凭他的机灵，又有利刃快马，希望他一下闪现在前面……"可一次次落空，又怕公主紧张，这时公主主动点破沉闷。林萧云："我一个人回，找得快点。"要往回找鸟蛋，他即刻让任子宴停下，自己跨上坐骑带上肖远、包一和的马匹，往回找，临行前叮嘱任子宴放慢速度走，不要停在路边等，走着比等安全。

鸟蛋确实遇到麻烦，起因是，他在马上一贯趾高气扬、威风八面，炫着自己拥有的那匹万里挑一的枣红神骏，与别的马匹遭遇时总占着主道，勒着缰绳故意让马头高出别的马头许多："嘿嘿，咋这么瘦小……呵呵，多吃点草嘞……"

又一队黄衣刑队二十七八匹马，押着十几人，加上后面五辆后勤马车，算是大刑队，更有领头的军士，健壮如牛，一脸络腮胡子如针似钻横着长，豹眼狮鼻，牛腰铜带，悬挂两把超大超重大刀，凶神恶煞。在与鸟蛋会面前，他就一眼认出那匹出众的枣红马，见一小男童独自乘骑，无人护佑，便心生夺马之意：“小乳童骑坐如此骏马实在浪费，给爷才配威风！”那莽汉也没细想后面大主是谁，他平时杀大囚犯，横顺了，凶惯了，统领一支不错的刑队，把谁都不放在眼里，一路遇上三五乘骑，霸着道，横着眼，把路人都当犯人，不巧遇着鸟蛋“天下通吃”的脾气，两人撞上了。

当鸟蛋得意扬扬手握两把儿童马刀柄，一颠一闪地会马占道通过时，那军头的马自感怯意往路边礼让，那军头本想霸道生事，他心中火气骤升：“马不争气，人有本事。”他会马时故意将刀鞘包边贴着枣马后胯猛一拉，痛得枣红马一下蹦起，险些将正在摆谱的鸟蛋摔下来，鸟蛋一惊稳住马，回头后看，见马后胯拉开一道口子，血流渗出来，他一把勒转马头，怒视军头：“踩你尾巴啦！”骂的还是咸阳腔，可那军头，早有暗算夺马之心，是不是咸阳腔无所谓，毫不买账，抽出大腰刀指着鸟蛋：“你奶奶的，小毛贼，快滚下来，把这马给爷，饶你不死。”

声如巨雷，口沫虽隔数尺，还是喷到鸟蛋脸上，他用袖子一抹脸：“你吃屎的嘴干净点，小心割了你的舌头。”他学着耿飞雪的咸阳语调。那军头哈哈大笑起来，附近的军士也跟着起哄，不屑地欺辱这小毛童：“割舌头，谁割谁？”

“咱才是割舌头高手。”

“小毛娃，你舌头长全了吗？”

嘈杂间，那军头绕缰过来照着鸟蛋的头削了过来，带着风声，有几名割了舌头的囚犯同时发出同情的“咕噜”声，那军头呵道：“放肆。”

鸟蛋不避让，一声童音吼叫，“铛”锐耳欲聋的金属碰响，鸟蛋右手利刃将军头大腰刀截断，大腰刀飞出丈余斜插在雪地上，众人不禁一阵惊呼：“哇！”“啊！”

军头手拿半截大刀一愣，看着鸟蛋手中儿童玩具似的马刀与自己手中超重腰刀实在不对等，实在丢人，大喝一声：“来人，将这小毛贼活捉，剥皮抽筋！”他自己又“唰”地抽出另一把刀砍来，鸟蛋这时要对付四面围过来的敌手，只能伸手拖挡砍来的大刀，虽是拖挡，由于刀重力沉，还是将鸟蛋左手刀刀尖震断，震得手腕发麻，虎口被震裂：“妈呀，痛死俺啦，操你八代祖……”

那军头很解气：“哈哈，就这点功夫。”

这时四周长枪短刀围扑过来，鸟蛋左手举着大半截刀一晃，两腿一夹马肚，翻身倒挂金钩，利刃一阵飞闪，十几匹马的腿瞬时被截断，军士懵怔中纷纷摔下，人仰马翻，他策马一跃，右手一挥，四五名军士刀枪都半截落地，他又一个鹞子翻身，扫断刚才断枪刀的四五名军士所骑之马的腿，就在这时军头奋力将半截大刀一抛，一下杀进枣红马屁股，那枣红马剧痛难忍，一下将鸟蛋凌空抛出，军头不待那蹄着地，大刀凌风横扫，枣红马两条后腿与身子分离，向前一跃十余丈倒地，再也站不起来。鸟蛋一见又哭又喊，愤怒至极，右手利刃狂扫，砍完了所有马腿，雪地上只站着一个有两条腿的人。四条腿的畜生全倒在地上哀鸣，带枷的囚犯一个个目瞪口呆，挤在一起观看，解气解恨，躲得远远的。

二十一军士也被激怒，将鸟蛋围困于核心中，轮番攻击，又忌惮右手那把快刀，择攻左手断刀，以至于鸟蛋左手多处受伤，拿不稳刀柄，靠着右手护卫，连发飞针的空隙都没有，众军士尴尬于“猫抓小老鼠”不得手，难堪得理性已模糊，鸟蛋由于人矮小且积雪困顿了灵活的脚步，无马扶持，知觉能力已四分五裂，加之左臂受伤，疼痛难忍，一腔闷火无处发泄，只能与众军士画着圆、绕着圈周旋。

此消彼长搏击中，你死我活地较量，军士们渐占上风，他们找来绳索“拉网式”缠捕，而鸟蛋一仰身利刃一晃，绳断数节，累得上气不接下气，虽有乳虎蹲山之能，体力却消耗殆尽，连后悔的时间都没有，只有苦磨等死，拿一两个垫底。

突然远处三匹奔马冲来，鸟蛋一眼认出林萧云骑肖远的马，后面跟着包一和的马，绝望中他童声长啸：“哥哥，俺在这里！哈哈！”

众军士惊诧不已，回头望远处，狂奔的蹄声已近，八只蹄子已卷刨起白雪黑土。林萧云亦看到鸟蛋浑身被血染红的样子，心痛至极，怒火燃烧，纵马冲入圈围，宝剑凌空翻飞，寒光闪处 众军士手指头如同“仙女散花”，全部失去能力，哀号一片，林萧云早就一路看不惯这些恶狼披着人皮对囚犯们令人发指地残虐，一见鸟蛋被欺，心中煎熬怨气迸发，血性的热量冲腾，他“八步赶蟾”倒挂空中将二十一人的头盔带长发削掉，手腕翻动，解掉所有人的铠甲，“叮叮当当”倾泻一地，更显功力的是催力于剑尖上，从脚背割开众人雪靴而不伤皮肉，众军士乱作一团，又痛又惊，赤着脚在雪地上瑟瑟发抖，喊饶命，平时凶焰万丈，不可一世的恶魔也有怕死求生的时刻。

鸟蛋爬上马背由危转安，死困中来了救星，而且武艺如此超凡，如同天神降临，他浑身振奋不已，高声喊叫着：“父是山，娘是潭，哥是胆！哈哈，俺是好惹的，呵呵，哥，真够厉害的……”

他跃马，手一扬，飞针射进军头的舌头上，连连飞针解恨，二十一人都伸吊着舌头，鸟蛋在腿裤上擦揩着那把右手利刃，左臂受伤，他丢掉震断的残刀：“抹脖子时刻！”

林萧云制止：“别动，我来！”

他宝剑剜点推拖，又用水力一吸，二十一口飞针攥在手心上慎重还给鸟蛋，那红色示意“不留痕迹”。

众军士血舌头如红花朵点缀于白雪之中，从此无语一生。剑回鞘内，林萧云大声训斥：“你等造反，本该就地正法。”

鸟蛋：“是，造反，蠢货太想造反。”

林萧云：“私放囚犯。”

鸟蛋：“是，是。”可能没听懂话意，附和着。

林萧云：“狗胆。”略停顿。

鸟蛋：“狗胆，狗眼，狗肝，狗肺，狗屎。”

林萧云：“冒犯朝廷，敢伤皇亲国戚……”

鸟蛋抬高了地位：“那是，我爹叫你们……”

林萧云看了他一眼抢过话：“该当何罪？”

鸟蛋兴奋蹦到马鞍上站着：“死罪！”

林萧云一声大喝：“滚，走回咸阳，自有重判。”

众军士已经是痛死、吓死、悔死，一起拥着向前蜷着身子逃命。

鸟蛋纵马追上军头用右马刀剃掉他的大胡子："你该尝尝囚犯的味道，口不能申冤，手不能写字，赤着脚。滚，哈哈，今生再也不想见你这条疯狗，哈哈……"说罢旋马转身，来到七八名囚犯前，挥动马刀劈开枷锁："咸阳天是漆黑的，牢里落满死刑犯，收不下各位。那边五辆车内东西都归你们……"一转马头与早等不耐烦的林萧云跃马狂奔，急促追赶任子宴的车辆。

众囚犯目送着素不相识的两少年恩人奔向远处，没了枷锁，昔日灵魂苏醒复归，跌宕人生，在刚刚风云流转中毛骨悚然地看了一场大戏，一百多囚犯中存留下来的精英也只有七八个人，非等贤之辈，如梦初醒中跌跌撞撞，步履蹒跚奔向那几辆供给车。留下的几十匹残马一匹都没有死，善跑的精灵一旦失去了蹄腿，除了流血只有哀鸣，呼唤狼群野狗来终结性命，自然那匹高贵名驹也不会例外。

有一囚犯停下来，抬头看看天空，扫一眼去车上哄抢食物衣料的同行人，一步步艰难地往回走，来到没腿有嘴哀呻的畜生中，找了一根断枪对着积雪沉思良久，仰头咬发，两行凄泪奔流出，嘴唇默默翕张蠕动："千古冤，此时……"少时后睁开眼，摆出挥毫架势，他知道雪地写字，只有天看，也算是诀别，半截残枪虽不如笔，可粗犷豪放："豺狼当道苍天无眼，何必苟活如猪羊！"

遒劲洒脱，铁画金钩，写完后又找了一把残刀，拿在手上放声大笑，由于没有舌头，那笑声阴森恐怖似人似兽，最后他用尽全身力气割断咽喉，缓缓倒下，与有嘴无腿畜生同卧，几十匹悲马痛鸣声组合在一起，汇成别致的哀歌为他一人道别送行。

"不好！"一声刺耳的吼叫，林萧云纵马在车边飞速跳下："仙、仙……"

猛拉开虚掩的车门，内面空无一人，驭手座上，任子宴浑身是血，面目全非，尸体已僵硬，死去多时，那根马鞭被砍为几截，右手被割断还紧紧握着鞭柄，车厢内公文物件、钱财原封未动，凶手显然已离开这里许久，两匹辕马头颅被砍断，滚到路基下，与尸体分离，惨不忍睹，行迹已被大雪覆盖，白茫茫一片，四周难寻半点蛛丝马迹。鸟蛋吓得面如土色，浑身筛糠颤抖，在车底车上哭着翻来找去，想弄点物证："哎哟，天啦，这怎么得了啊，把俺嫂嫂还回来哟……"内疚绝望至极。

躬身痛悔，半眼也不敢看林萧云，心中自责不已。

林萧云亦如一头伤心的愤怒雄狮，把车辆翻个遍，轮子扳断轴，皮辕套扯成碎片，反复绕着辕车呼喊："仙，仙，你在哪……"

心胆俱裂，悲痛至极，事发突然，生死离别，心上人毫无征兆失踪，如同暴雨浇头，万劫不复。荒郊野外，除了声嘶力竭地舍命呼喊，别无他法……

凶徒觊觎已久？远僻之地不太可能。强盗劫财？分文未动。见仙起心劫色？天寒地冻，一下午无人马经过，况且公主女扮男装，一般匪贼亦不是任子宴的对手……他一边疯狂地围着残车奔转，一边脑海在不停地思考着："仙，应该要留下一点什么…….."

他在车厢内公主坐的位子翻找几百遍，一无所获。他抱着公主亲手包裹的两人衣物，心中悲痛不已，公主贞洁自重的秉性，如果落在脏人之手……一想到这里，顿时觉得天旋地转，五雷轰顶，一阵痉挛，喉咙涌出腥味，他狂吼一声，鲜血冲口而出，倒在地上人事不省。鸟蛋急得拼尽全身力气，将他拖到车厢内，边哭边掐着他的人中，使劲地搓着他的一双手掌，不停地扯着他的指头，让血液流动："哥哥呀，哥啊，你醒醒，你千万不能走啊！你死了，我也不想活呀！嫂嫂是能找得到的呀！哎哟，我该死啊，神仙显个灵，让我去死换嫂嫂回吧……都是我惹的祸，锁扣，快来帮帮我，神仙帮我找人吧……"

鸟蛋高声童音悲哭着，一刻也不停地猛搓着扯着林萧云双手。天越来越黑，雪到夜里总是越下越大，远处狼嗥狗叫，绿色的眼睛偶尔闪动在漫天大雪中，黑夜里，它们都在向那无腿哀马齐聚，享受难得的盛宴大餐。

鸟蛋痛哭中觉得有人影晃动，睁眼一看，原来是绿衣人赶到："绿鬼你怎么才下来呀，任子宴给人杀死，嫂嫂给劫没了，哥哥气急伤心吐血昏了啊。快，快，去叫人！"绿衣人抚摸林萧云后，马上掏出两小支竹竿，打开塞子，将一股气味难闻的液体灌入林萧云嘴里：

“御寒护元。你也喝一支。”说罢转身奔走如飞去了青铜关方向。鸟蛋自己喝了半支，苦涩异味难咽：“我是好人，哥哥生死攸关，给他多喝点。”

将余剩半支倒入林萧云嘴里，又狠狠搓捏着林萧云双手留温护脉：“哥哥呀，忍着点，绿鬼去找人救你啦。哥哥，别吓我哟，嫂嫂没了，还有我呀。救命的鬼啊，快点来呀，嫂嫂会找到的呀……”

快近五更时，绿衣人先到，提了一壶热酒，浑身热汗涔涔，一蹲下迅速将“五福酒”灌进林萧云嘴里，让他喝了大半壶后，递给鸟蛋。“刚才喝了绿鬼半支‘五毒液’，浑身发热，也不饿，俺不会喝酒啊，来救的人呢？”鸟蛋心想。

绿衣人站起身来一指，远处十几辆辕车，二十几匹单骑，大小火把闪动，如同白昼，疯狂地向这里赶来，渐渐能听到，倒是有人的吆喝声：“快、快……”

“何大人，吓死人哟，魂都要落下了，神仙保佑，林姑爷没事平安，吓死老奴了……”

裘安满头大汗，在雪地指挥着，口里冒着热气呵斥着：“把姑爷抬上那辆车，盖上被子，何大人，梅岭髯翁神医马上赶到梵香楼。”

“过来把尸体弄好，那鞭柄上的手取下，一起放进去。”

“那两匹无头马也拖回去。”

“四砣仔领头开路，快，看清路，雪大谁翻车割下谁头。”

众人忙碌着，快速有序，鸟蛋惊叹：“这大富人真实惠，连棺材都有备份，拉死马的车都齐全。”自己同裘安一边一个不停地搓着林萧云的手，脚下被子里还放进两只热皮囊袋。一队长长车马队伍在五更寒风暴雪中急速驰向青铜关，众人多把火把举起，迎着黎明闪耀，将近处低矮的天空烧成酱红色锅底。

绿衣人比马快，与髯翁神医早在超大客房外的小厅迎候，髯翁可称仙翁，虽年过八十，满头白发光烁亮，须长三尺，根根硬垂如银丝，面色红润如婴，皓齿颗颗锃白坚固，能嚼骨筋实果，双目深邃慈善而明亮，声如洪钟而又和颜悦色。他一见林萧云，不待担架放下，迅速查看眼胎，试探鼻息，俯身闻嗅血迹，闭目双手把脉，然后两手一翻从担架上托起昏迷的人，回身用脚闩了房门。鸟蛋本想跟进去，可髯翁腿更快，将他拒之门外，一托一闩，行如闪电，轻如浮云，鸟蛋心中一震，他从洞爷那里见过“反弹琵琶”用脚闩门的功夫，看似简单，那可是上乘轻功修为。

他望着关闭的门板，不停地祷告：“活神仙，好神仙，灵神仙，救我哥哥一命，我做猪做狗报恩……哎哟，祸从我起，哥哥……”

裘安也站在后面，满头大汗双手拱着，嘴中也默默祈求着，绿衣人静立在回廊处，垂手静静候听差遣。

许久裘安施礼：“何大人，请到隔壁房……”

鸟蛋看到髯翁如仙模样，又见他出手老道，放心一半，也领情。裘安如此诚心实意，但是他一口一个“姑爷”不知是谁教的，有些不太满意，可是哥哥命悬一线，人家倾情全力营救，已是感恩不尽，自己闯了大祸，今后再不能鸡肠狗肚惹是生非，客气又疲惫地礼随裘安进入给自己安排房间。

室内布置豪华至极，吃喝衣饰，香水沐浴，一应俱全，鸟蛋饥肠辘辘，极悲中无心品食，只喝了些参汤水提神保命，褪掉血衣，在香水中快捷洗漱完毕后，自己涂了些金创药，穿上早备好的合体衣服，来到回廊守候，裘安、绿衣人一直如雕像似的站在那里，彼此也无心打招呼，竖起耳朵，干睁着眼睛瞅着门，煎熬地等着消息。

鸟蛋用“隔山传音”功夫，也只能听到髯公运气低沉的“嗬哈”声，偶尔传来林萧云微微呤哦，每每这时他几分窃喜地对裘安点头示意，而裘安只能急中呆滞地期盼，对鸟蛋特意的表情一头雾水。

室内髯翁运气急控木椎穴、诸阳穴、关元穴、百会穴、合谷穴，后褪掉林萧云一身脏衣，将其浸入“九仙药水”之中，不停地上下浮沉温润，一边俯身对着林萧云的嘴，运足丹田真气对吻，当身体由苍白转嫩红时，将其移至床上，一番借热推拿后，打开针包，将二十四根银针插入二十四大关穴，又喂了十七颗“元神丸”，盖上被褥，髯翁长长吁了一口气，静坐片刻，直到林萧云脸上浮出浅血色，呼吸逐渐恢复到弱弱均匀，才开门到小厅，顺手掩上房门。鸟蛋、裘安急瞪着求救的眼睛，探求只张着口，不敢出半点声。气氛有些肃静，裘安恭敬递上茶、热手巾，髯翁擦了一把汗，热手巾停放在额头双眼上，自己点着攒竹、鱼腰、太阳、睛明、四白、丝竹空等穴道按摩许久，两个时辰的疗治，显得有些虚累，待他饮完茶，缓缓稍略调整气息："贵公子江南人。"态度格外宽容。

乌蛋抢着答话："是，狻猊岗的，现在可以称烟柳镇。"

髯翁对这出语爽朗、气势夺人的娃童报以微微一笑："哦，他可曾在巫山栖居五至六年之久？"

乌蛋蹦起来，不料碰着左手伤口："哎哟喂，神啰，俺哥在那练功五年半……这病能治好吗，活神仙？"

他探头单刀直入地询问，髯翁轻抚长须："唔，万物相生相克，难得在他身上体现，他苦练的'九元罡气'险些让他送了命。"

乌蛋、裘安同时"啊！"了一声，绿衣人还是原样呆立，冰冷如常。

裘安又给他添上一碗香姜茶，髯翁呷一口："情真至极，悲气梗阻，催血逆行，乱了经络之纲，因为经脉伏行分肉之间，深而不见，络脉浮游皮毛之下，一旦气血逆行，'九元罡气'断闭任督二脉，迫使奇经脉爆裂，伤及脏器，内功愈高伤愈重，常有内功极高者，悲情劫正气，常大吼一声，气绝身亡，反之，'九元罡气'遇怒而逞威，怒则气昌，悲则气亡，可谓物极必反。"

乌蛋也练过内功，半蒙半悟："嗯，也是……"喜泪长流。髯翁继续："好在他年幼得道，纯阳护心，卫气游离皮毛而不散，有微弱延时不僵之利，幸之，及时服下'五毒汁'帮了大忙，抵御外邪，扶转正气，濡润着五脏六腑，拖住危情时刻，以至于现在脱险……"

乌蛋听到此激动不已："哎呀，恩谢老长辈！"

他磕头如捣蒜地行礼，髯翁开明道："言重，缘而已。"

乌蛋又对着绿衣人："绿鬼及时赶到，救命功高，请受我三拜。"

说罢转过身对着绿衣人行三大揖礼，"轰隆！"吓得绿衣人一屁股坐在地上，他乃耿家豢养的差遣之人，从未受过如此重礼，所以一时不知所措，慌乱中想后退一步，不觉被门槛绊倒，爬起来像面对箭弓的紧张的鸟，排斥一切重礼，心虚气短地往外跑，跑亦为他毕生唯一最好诠释。

髯翁从囊中取出七个药包：“沧浪之水清兮，可以濯吾缨，沧浪之水浊兮，可以濯吾足。公子七日内不能进食，要让脏内瘀青吸收干净，特别是到第五天，肠道至肛门清浊，长泄血泡澡，不必惊慌忧虑，待会儿派人与我去梅岭拿十年酿‘梅花酵素’七坛，一日三餐代食，一乃护体提神，二乃重新修复脏器，三乃袪病延年，尤其对内功修为，极大提升，也可谓因祸得福也。因为他的‘九元罡气’与我一脉。”

鸟蛋喜得又手舞足蹈，搬来所知的感恩言辞，巧舌甜嘴又自我加工一番：“有缘，有缘，髯仙啊，您大恩大德，添福添寿，将来比始皇帝活得长，万岁万岁万万岁呀！”裘安祈求：“何大人，何大人，墙有风，壁有耳，人吓人、吓落魂哟。”

髯翁紧张地又不动声色地警戒四周，快步告辞，裘安追着冲出跟上，命绿衣人一同去取“梅花酵素”。

鸟蛋见林萧云转危为安，立即觉得：“哎哟，饿死了，爷剩半条命。”迅速跑入自己房内，狼吞虎咽起来。

隔日鸟蛋对绿衣人说：“嫂嫂失踪，哥哥活过来了，左手马刀被震断已扔掉，黄衣刑队造反把枣红马砍死，他们没舌头、没手二十一人，查办。”绿影一闪，一阵风似的消失。

小罐“梅花酵素”一字摆着，做得极为精致，古色古香陶罐桐叶盖，看落款，已有十七年之久，极为耐看，鸟蛋每个罐都摸一下，裘安进来，他打着哑语：“让他歇息，这里有俺。”

直到子夜，林萧云醒来，长吁一口气，看看阔绰的房子，又看看熟睡在床边的鸟蛋，他起身想要喝水，嗓子干得冒火，下床声响惊得鸟蛋蹦了起来：“哥哥，哥哥醒啦，活神仙显灵，我许了一筐愿，让神仙用我的命换你的命。哟哟，天上的神仙应了愿，活神仙是髯翁神医，他救了你。”

他眉飞色舞：“哥哥你昏死在车上，我哭得天旋地转，绿衣人久等才寻人来，三更寻到找我，裘安带了气派车队，连拉两匹死马的车都早备好，髯翁胡子多那么长，还知道你是江南人，在巫山有五至六年……”

林萧云起床活动筋骨，却觉有异样：“嗯，巫山‘九元罡气’……”

鸟蛋简直是摩拳擦掌地夸张表述整个过程：“神啦，他还知道你练过‘九元罡气’，你同他为一脉……”

林萧云一呼一吸，一股风罡冲开任督二脉，气如长虹，意到气到比平时快了百倍以上，再不用发功旋掌，免不了一阵惊喜：“呀，这髯翁功力了得，他推开了我的行间穴、曲骨穴、劳宫穴、极泉穴、大陵穴、内关穴、膻中穴、巨阙穴、风府穴九大不易畅行穴道！”

鸟蛋抱着手说：“髯翁说，万物相生相克，内功修为高，越不能动真情真气，逆气如绞刀，因为你服了‘五毒汁’，他又给了你固本真元，哥哥内功因祸得福。”

林萧云两足一踮，一转一掠，一呼一吸，一跃凌空，从床这边飘到床那边，习武之人，最高兴的是功力长进，鸟蛋趁机装起医生，活灵活现地讲着七日内不能进食的道理，并打开一罐“梅花酵素”递给林萧云，眼巴巴地用激将法：“髯翁说啦，一天一罐，味奇难饮，要一口而尽，清瘀泻毒，第五天……”

还没等他表演完，林萧云已喝完，如饮醇酿，倒着罐，滴酒皆无，鸟蛋傻眼地捏着鼻子：“啊，这味太难闻，娘嘞，我想吐……”

真陷阱无盖，尽管裘安嘘寒问暖，香浴侍候，鸟蛋絮絮叨叨，把洞爷的话变成慧语连篇：“大丈夫贵在内心丰盈，淡泊永隽，无风波不动，无祸无人知，平淡为美，随意见长……”但是无法消弭揪心的对公主无比噬心的思念，每当这时，鸟蛋表演各种噱头搞笑戏，一会儿学猴翻跟头，一会儿用逼真鸡啼狗叫逗乐，还配上一些词：“女人心海底针，长江浪平静时与岸亲吻，狂怒时把岸打得遍体鳞伤，做人莫做仙，仙死不了，没伴玩，哎，做人吃得肚儿圆……”他解开衣服，露出小肚皮，拍着鼓的节奏，逗得林萧云捧腹不已。

鸟蛋掏出所有的滑稽本领为林萧云消磨时间，还遵医嘱，一杯接一杯递水哄着他喝，比赛猜拳，林萧云不停去隔壁特为耿飞雪造的茅坑，减瘀排毒，一连四天，身体虽然消瘦了，精神气色却明显回升。

第五天鸟蛋、裘安早早准备香浴两盆轮番冲洗，林萧云时在房里踱步，到正午时，腹中如滚雷轰鸣，鸟蛋一旁不停地侍候他大量饮水，腹中长泄，冲开结肠命门，林萧云一洁空蒙，五脏六腑如婴儿般纯净……

第六天林萧云脸上升起淡淡难得的红润，特别是眼睛清澈剔透如冰，泽光晶莹。鸟蛋："哥哥，换了一双眼睛，哎哟，迷死人啰，我也要喝它个七罐，让一双眼贼溜溜地转，迷倒一城女人……"

七天过后，林萧云口喘香气，精气神好过当初，鸟蛋不停开心赞美着，裘安据髯翁嘱托，精心备好九种菜汤，让他连饮三天，逐步过渡到小米粥、羊馍饼，直至第二十七天时才如常人一样享受着人间各种美味，裘安竭尽所能调配着滋补饮食，林萧云换来第二次生命，内功大为长进，众人皆大欢喜。这时渭城又选送来二匹一白一黑神骏，鸟蛋高兴得欢天喜地，骑上那匹黑马，四处飞驰，更让他开心的是同时捎来一把与右手那把刀一样锋利的三角形刃宝剑，三角形刃不会被震断，他道："嘿嘿，右手屠龙刀，左手倚天剑，剑削、崩，刀劈、挂、扫、拖，六法威抵八面来攻，一雌一雄哦，一阴一阳，来日方长，呵呵，看我何大人是哪根葱，哎哟喂，开心啰！"

他不知疲倦地在马上翻飞，研练着刀剑相配新套路，暗暗惊喜赞叹自己骨骼清奇的超人习武天分，又有利器护身，有骏马乘骑："哈哈，做巨富亲戚真爽！"

男欢女爱虽亘古、圣洁、狂热，但是也有阶段性的变异，高圆公主因为遇毒蚁伤身，自然少媚，因爱林萧云至臻至深，大义之处，牵姻蒙日丹与林萧云，心宽情纯，更令蒙、林二鸳鸯平添敬意。爱妻突然人间蒸发，生死相依之哀歌，弥漫长长黑夜，花残枝断，猝不及防，每每床上回忆起那邂逅呢喃，林萧云的心凉到冰点，不同以往的是，大悲中没有流泪，隐忍地暗自吞下苦果，死亡线上锻造了他的坚强，人生的重量逐步转移到责任，烟柳镇在苦中繁衍生息，将牵动千百万生灵，人仙相会，蒙日丹续传香火，耿飞雪牵挂孪生兄长是否登陆蓬莱，烟柳镇可让千万人摆脱饥饿，日后百万人将在此繁衍生息，林萧云须排暂时悲痛，一心以建造为要。

福泽深厚于民乃大丈夫修为，为民负重前行，大男人义无反顾，良药总是苦口，髯翁损自身寿命用真元救自己，何等壮哉，暂失知音伴侣，难堪的苦楚，但是比起拯救那八千寡妇亦何等的渺小，善字义字的一撇一捺、一点一画渐渐镌刻于胸，九缺一圆的哲理，慢慢在林萧云思虑的天平上清晰起来。

林萧云默默地在屡屡生死决斗中长大，在数次惊骇迷茫中清醒：“七成时势造就英雄，三成英雄左右着时势。”

尽快赶回烟柳镇，行前只有一件事：去梅岭与髯翁辞行谢恩。

一早起来，天空放晴，白雪依旧，朝霞初升，红黄互染的光泽铺洒大地。裘安亲力亲为，细心周全地侍奉着林萧云与鸟蛋出行，旨在去梅岭恩谢髯翁救命之恩，昨夜还详回答了任子宴的墓葬安排事宜，也向他俩简单介绍梅岭亦是耿家世代祖冢等事宜。林萧云再三要求从简，不得兴师动众，裘安又有主之嘱托，要按裘老太、耿飞雪拜山一样礼遇，经再三商榷，裘安只带两名厨师随行。鸟蛋心中则希望越热闹越好，像始皇帝巡游般更开心。

裘安领路，约走了二十里，已闻到随风而来的梅香，入梅岭，山丘前有一片似窝盘地形，四周林山苍翠，虽有积雪覆盖树冠，还是可以想象到春天郁郁葱葱的景象。裘安介绍这里葬的多是历任官吏、名人商贾、善士孝子，地是耿家的，时间一久，与耿家来往密切的各类亲朋好友，都想在此风水宝地安息。任子宴的墓迎阳避寒，埋在正位，三人上前烧了祭品，内心很是伤感，鸟蛋反复叮嘱裘安年年岁岁清明祭拜事宜。裘安鸡啄米似的一百个应允：“何大人放一万个心，一定按耿家亲友一样祭奠，代代相传。”

林萧云站了许久不愿意离去，下坡时鸟蛋含泪一步三回头：“任子宴，我会来看你的，你在阴间还做马驭手吧，再学点武艺，不受歹人欺侮噢……”

梅岭称为“岭”，不是高山险岩，而是蜿蜒逶迤丘陵地带，包抄回锁的山体，森林茂密，若是陌生人，很难找到入口，进入梅岭后，站在苍松石上俯瞰，另一番仙境。十里狭长山岗，土地肥沃，接牤牛山余脉，微伏由北向南而下，中间一条清澈见底的小溪依山淌流，一年四季波涌不断，尽管冬季严雪冰层深厚，但还能听到流水哗哗之声，环目四顾，如临仙境，红、黄、白梅花郁香，似海洋般一望无际，在白雪皑皑的冰天雪地绚丽多姿，昂首怒放，独具风采，渲染十里，红色梅花，灿若云霞，黄色梅花，雍华不让，白色梅花，高皓清雅，古梅枝干粗壮，不屈不挠，嫩芽撒娇似的摇曳，万朵梅花争艳吐纳，芬芳浓郁，幽香远溢，若游戏林中，花香沾襟染袖，萦身绕体，数日清香不绝。

林萧云久久闭目呼吸寒冷中的傲香，肆意让清纯香气进入体内循环，吐纳中享尽无瑕福德养分，鸟蛋用鼻子抵着花蕊嗅来嗅去："清香，绝香……" 嚷个不停，鼻头成淡红色，全然不知，乐得摘下几朵插在黑马坐骑的头上，顶着马鼻子："闻闻，闻闻，洗洗肺，嘿嘿，香吗？要是……"

他突然一声压低嗓子惊叫，将花朵丢在地上凝神静听，裘安吓了一大跳："嗯，何大人，看到啥？"林萧云睁开眼，看到他异常举动，盯着不语。鸟蛋即刻回神："啊，白乌鸦！"他顺手指着天上盘旋的鸟。裘安心喜地连忙解释："何大人，那是俺放出的白鸽子，让它给守冢的耿三报信的。"

鸟蛋附和着："这样啊，俺还以为是白乌鸦。"看表情是在掩饰内心极度的恐慌。

林萧云警惕地用目光搜索着四周，他知道是鸟蛋"隔山传音"的功夫遇到了什么，鸟蛋跟着裘安一边走一边不停地抚摸着耳朵，心思重重地将头或侧或低，不停地探听。

若不是裘安熟稔，陌生人根本无法进入这与世隔绝的梅园，一路爬坡过坎，无迹可寻，来到一深涧夹沟处，冰雪堆砌两岸，下面流水潺潺，耿家守冢大儿子早早搭上跳板等候，他殷勤接过黑白二马缰，顺汉沟雪水到水草丰茂处放牧，众人踏过跳板，拐过一小小山坳，林萧云与鸟蛋乍来初到被眼前景物震住，止步观看，自动敛声屏气，害怕脚步走重，惊扰了仙境仙气。

百米处拱形开阔地，一棵百年高大古枫，一柱擎天，枝繁叶茂如伞，古根如"九龙闹海"盘卧在石土之间，白雪披盖树冠之上，更显挺拔灵动，旁边精致气派的石屋群，错落有致，回廊斗拱，三个露天瑶台连接着后山，中立楼阁，用材做工极为考究，更巧的是引山涧活水绕基奔流，内设双荷花池塘，虽是冬季，锦鲤水鸟照样嬉戏，另类江南春色，裘安低声谨慎介绍：“这丹枫偶尔有秦岭、华山力能载人的巨鸟歇脚，那石屋是髯翁修炼之所，他是这里的第十三位隐居之士。”

随后裘安与林萧云耳语，鸟蛋“隔山传音”自然听得一清二楚：“姑爷按耿家祖上规矩先拜冢，后见髯翁。”

林萧云年少随和，被石屋群、古枫、梅海、涧水迷住，即点头应允，举步轻稳，如踏圣境，在他心中此地此景远胜咸阳皇宫，羊肠小道比那青牛宝马七香车好过百倍。

来到耿百万祖冢，让人大跌眼镜，鸟蛋不敢多言，不停自顾挤眉弄眼，嗤之以鼻的模样怕被看见，索性转过身去看溪流对面岩石上根茎相互缠绕的悬挂岩石上怒放的梅花。

林萧云内心惊讶地长叹：“天啦，巨富祖冢这普通得不能再普通，简陋得不能再简陋啊！”几十座坟墓按辈分排列，都是三块石头支撑着，中间一块白山石刻着姓名、性别、辞世年月，连磕头烧香处都没铺石材，都是自然黄土，唯一与穷人墓地不同的是没有杂草丛生，四周松柏护拥，精品梅种，映衬得陋冢超凡脱俗。

裘安将他俩带至祖冢正中间古坟旁，恭恭敬敬，小心翼翼点火焚香，铺上极为讲究的黄毡，口中虔诚祈祷：“老祖宗、列祖列宗在上，今有江南少姑爷、林萧云晚辈跪拜，望老祖宗、列祖列宗多多荫护，保护姑爷、姑娘无病无灾，避祸免凶，夫妻恩爱，白头偕老，仕途通达，财源滚滚，子孙兴旺，人人康健，个个成才，国之栋梁……”鸟蛋默默心颂：“加之鸟蛋，保佑俺换个皇帝干干……”正念念有词，突然传来一声巨响：“轰隆！”

鸟蛋惊得一下蹦起来尖叫：“冬天打雷，灵验！哇，真灵验！”静穆墓地，蓦然尖叫声把正在烧祭品上香的裘安吓了一大跳，香掉到地上，他急忙拾起，拿在左手上回头寻声望去：“啊，何大人，那是对岸悬石经雨雪浸润后以至于松动掉滚下来的响声。”裘安心中虽不快，还是微笑着低声细气地解释着，林萧云不满地警示鸟蛋一眼，鸟蛋装着没看见，许了愿想早点离开。

鸟蛋继续默祷告："耿老祖宗坟小面子大，保佑俺不吃亏、不上当受骗，好吃好喝好玩，保佑夜壶爹爹多活几年。"一串串福语，千千万万个寄望，情真意切，自我心动、心喜，抢在林萧云之前一顿鸡啄米似的磕头，站到一边。

林萧云在这种氛围下，进退两难，是耿家让髯翁救了自己的性命，一路赠良驹，吃喝住宿，安排得让人心都满意得发软，还厚葬肖远、任子宴，派"雪里红"去梁州城烟柳镇酒店教授木耳武功，特别是箫制刀，虽财大气粗，但人舍得啊，远途出格的侍奉与裘老太、耿飞雪同一级别，那是诚心所至，那是爱慕到痴。

更让他钦佩的是天下第一巨富，遵从祖辈，代代白骨依归简陋入土，细看墓碑上留有许多唇吻之印，久而久之累积成迹，自律有戒，何等家风！林萧云敬畏之心骤起，行了三拜九叩大礼，喜得裘安眉开眼笑，帮着搀扶拉起，躬身拍着衣上微尘，自己也跪拜辞行。

正午时分，一行人到守陵耿三七间茅房的家，随行两位厨师掌勺，烹饪的美味与梅花郁香混合着飘荡在空气中，鸟蛋嘴馋，一嗅鱼肉味道就喊叫着自顾奔跑："哎，早就饿晕啦……"

进入茅房舍内，鸟蛋瞪圆眼："哪是茅屋，始皇帝都能住。"他又在夸大其词。林萧云低声："别一惊一乍。"

他对顽童不羁的个性已有芥蒂，心中计划在他成长过程中逐渐教他读书明理，对其野性进行收敛磨砺，让他随着年龄增长立志走上正道。

大智若愚，大巧若拙。茅舍内部都乃精品石材高手工匠慢工细活砌成，与邻近隔涧而居的髯翁梅舍一模一样品质，精选芭茅草四周饰盖，是为纪念先人而留住旧貌，耿家富可敌国，对嫡亲守墓宗亲，活人生息繁衍，岂可怠慢，既是烟火传承，又是文明艺术缔造，更是人间将心比心常理。

精明似起伏的山丘，和善似肥沃的平原，耿三夫妻满面春风，守墓孤寂与世隔绝，稀少来客，每年只有清明或某逝去长辈忌日才有亲人来。耿百万、耿飞龙、耿飞虎三人从未一起来过，都是轮流祭拜，耿飞图因是始皇帝贴身侍从，已多年未来梅岭，裘老太，耿飞雪一般看心情，三年五载来一次，可姑爷来祭外祖，还是破天荒第一回，室内陈设与耿百万在咸阳住宅几乎一模一样，名贵豪华，因为耿百万一来就在这里住上七天，耿百万父亲下葬后三年里，每年清明耿百万就在父母墓旁架棚铺席陪睡三日三夜，且哭成泪人，伤心至极，此孝举，连儿时玩伴始皇帝都为之动容，内心赞许。

裘安带两位厨师其实是多此一举，耿三妻子与大儿媳妇，都是耿百万御用厨娘，也是从小用人、佃户人家百里挑一的人美手勤姑娘，耿三大儿子一辈子承父守墓护陵之职，二儿子一家在咸阳帮助耿百万打理生意，其富贵与耿飞龙、耿飞虎平起平坐，守祖冢宗亲，耿家从来是与自己儿女一碗水端平，公理公义传承家风。

第十四章

如今耿三大儿子有两个女儿，一个十四岁，一个十二岁，还有一个儿子九岁，大儿媳时隔九年又怀上孕，这次不知是男丁还是女丁，但有一规矩，姑娘家一到十五岁便接至咸阳，熟悉一年后择亲高嫁，守墓护陵只留一子，如果都是女儿，就从耿家嫡亲中遴选可靠的心善勤劳子孙来梅岭继任，像髯翁这样的隐士，也不是白吃白喝，必须教授茅舍后辈。

大孙女叫“红菜薹”，二孙女叫“白菜心”，大孙子叫“闷葫芦”，他们的大名分别为：耿雅琴、耿雅瑶、耿有义。林萧云出格的俊美，四个女人笑靥如花，围着他进进出出，暗中赞不绝口：“俺家耿飞雪，万里挑中的美姑爷，耿家八百年出一位美姑爷。”耿三妻子、大儿媳妇暗中嘀咕个没完没了。

“哟，多住几天才好，俺看不够嘛。”“俺要姑爷抱俺一下，一辈子开心。”十二岁小女儿大胆对奶奶、母亲、姐姐袒露心声，四个女人躲在外屋窃笑成一团，吃饭时，大厅大桌四女子抢着上坐，耿三忙着上菜，裘安被挤到另一边，红菜薹、白菜心霸坐在林萧云两边，就缺鸟蛋。

裘安正要起身离席去找，不料耿三大孙子慌慌张张奔了进来，神秘兮兮低声惊叫着：“奶奶、娘，姑爷带的那位小玩伴，没长翅膀也会飞……”

众人激动起来：“会飞？”

大孙子瞪圆眼睛激动地求证似的解释：“真的会飞，飞到丹枫树顶上，就不见啦！”

裘安一听浑身哆嗦，急中外跑，额头撞在门尺石上，立即长出一个“鸭蛋”，他顾不得痛，心慌得快蹦出口外：“哎哟天哪，何大人嘞，人吓人，吓落魂啰，有个三长两短，咱家姑娘，可，可不是割舌头，是要割脖子的呀，神仙保佑，列祖列宗……”

他跟在闷葫芦后面，脚步蹒跚跑至古树底下，发抖的手搭起“凉棚”向上看，只见几十只惊鸟在天空中翻飞哀鸣，时不时有枝摇积雪飘落，树冠浓密，遮天蔽日，根本看不到人的影子：“在，在哪？”

裘安嗓子变硬，怯怯地问，他心里如十五只吊桶打水七上八下，希望是一场虚惊就好。大孙子指着树顶：“藏在那里面。”众人都跟着跑出来，两个厨师见状，感觉到事态的严重性，裘安管家如此惊慌失措并不多见，也急着手提菜刀赶来。林萧云一脸愠怒对着树顶，用手卷起筒平静低声轻喝：“下来！”

一柱擎天的百年古枫，高十余丈，粗大树干需几人合围，底部三丈粗皮无枝，远看光滑得似笔杆，春夏之际偶有巨蟒爬游树顶吞蛋，平时鸟唱鸦喧，几十种鸟各自栖居树冠之上，昼闹夜静，梅岭一景。

大孙女红菜薹紧靠着林萧云，时刻想着套近乎：“啊，那里放着雪靴。”

二孙女白菜心：“呀，赤脚上树，真不怕冷呀，铁脚板。”

大孙子一旁补充：“俺看着飞上去的，那翅膀揣在怀里。”

大孙子闷葫芦一点都不闷，栩栩如生地模仿着。

随着林萧云“下来”话音刚落，树冠上即刻有了动静，枝木摇曳，积雪瑟瑟撒落一地，一个黑疙瘩像棋子爬在巨大的树干上往下滑，笑声先行传到地面，众人既吃惊又欣赏，鸟蛋赤着双脚一蹭一夹，左手握剑一点一戳，往下迅速滑落：“哈哈，几十个鸟窝，只有两窝下冬蛋。”他右手兜着的衣服里十几个鸟蛋：“冬蛋、冬蛋，胜牛肉挂面。”

众人对他超人技艺目瞪口呆，捂住嘴不敢吭声，快要落地时，林萧云怒目上前厉声呵斥：“送上去！”

众人还没反应过来，裘安本想劝林萧云千万不要让送上去，可是由于惊吓过度变异成木头人，脚迈不动，嘴也张不开，可鸟蛋已感觉到林萧云从未有过的怒火在心中燃烧，自己屡屡犯错从未受责罚，这次嫂嫂失踪，哥哥也未有半句埋怨之言。一贯口齿伶俐的顽童一刹那间深谙方圆，飞速警言省身，稍一愣，略一停，与林萧云四目相对立，即读懂了一切，自认晦气，咬牙屏住呼吸将身体一缩，如同一只灵猫，插剑提足，一纵一挪，境到逆处，力增十倍，几个闪动钻进茂密的树枝内。

林萧云谦和地微笑着与众行礼："纷扰诸位啦。"转身向茅屋走去，红菜薹、白菜心抢着一前一后护卫着，耿三妻子、儿媳也急忙跟着唯恐落后，裘安跟也不是、留也不是，对着吓傻了的耿三与两厨师一挥手："快，快回去，跟着姑爷。俺等，等何大人……"

说罢上前战战兢兢提着鸟蛋雪靴，仰望着树顶上空，等鸟蛋还完窝里的鸟蛋下来，大孙子闷葫芦对飞上飞下的同龄人佩服得五体投地，心中默念着："活神！嘿，今儿个总算见到了真仙。"一步不移地等着"神"从天上"下凡"。

鸟蛋落地，神情有些沮丧："这该算是天下最高的古树吧，难舍地向上打量着。"

裘安恭恭敬敬，不顾额角上"蛋"痛，慌着用自己的袍子给他擦掉脚上污垢："没人量过，太高太高，何大人说第一就是第一。"侍穿上雪靴后，他取下脖子上的围巾帮着轻轻拍扫鸟蛋头上、身上雪沫与留叶："何大人有神的本领，底气胆气，一鼓作气，上下擎天树，咳，飞似的，别让俗尘脏了神的羽毛。"

裘安殷勤夸赞，手上一刻也不敢懈怠，鸟蛋立即变得神气起来，浑身舒服飘然："啥擎天树，再高三丈我也都能踩在脚下。"

裘安一味奉承："那是，那是，有志不在年高，树高人冠啰。"

"俺也想飞。"闷葫芦一直在旁站着，真诚期盼地望着鸟蛋，微微咬着嘴唇，鸟蛋看了一眼裘安额上的"蛋"："你先去敷一点药，俺同闷葫芦就来。"

裘安四周环视扫一遍："那好，俺先走一步。"说罢捂揉着额头跌跌撞撞往茅屋走去。

鸟蛋上前先拍自己手掌，然后爱意地用手搭在闷葫芦肩上，可能是觉得比他年长几个月，对这孤山里的玩伴心有灵犀，他知道闷葫芦渴望交朋友。

闷葫芦："何大人，俺是不是投错胎了？"

鸟蛋："没有呀，这里美似仙境啊。"鸟蛋不知怎么回答，只得顺着搪塞。

闷葫芦："俺爹没出梅岭一步，俺日后也是。"闷葫芦一脸无奈，鸟蛋四周望望，又不知怎么回答。

鸟蛋："你娘不是肚子又鼓胀起来啦，若生了一个弟弟，你不就可以去咸阳？"

闷葫芦："俺是长子，一辈子守墓。"

鸟蛋挠挠头，又不知怎么回答："那，就安心……"

闷葫芦打断他的话："俺想翻过一座座山，走过一条条的路，踏过一道道的坎，像何大人一样有飞的真本事，也做一回真有本事的神。"

鸟蛋牵着闷葫芦的手，闷葫芦两只手紧紧拉着鸟蛋的右手，微微颤抖并渗着汗，像是抓到一根救命的稻草。鸟蛋始料不及，又不想敷衍塞责："听很多人说，是命吧。"

闷葫芦泪眼汪汪："那俺就是苦命，孤命。"

鸟蛋心中不是滋味，最怕别人流泪，更何况闷葫芦像一头幼豹子，男孩在十五岁之前有雄性撕咬成长期："想不通头痛，想通了心痛。"

鸟蛋自怨自艾思虑着，他指着远处的石屋："髯翁不是可以教你？"

闷葫芦痛楚地摇着头："他只教俺姐姐或是未出生的弟弟，长子是守墓的，不读书，不习武，只种庄稼，养梅花。"

鸟蛋窘迫地筛找出路："听洞爷说，清醒时做事，糊涂时读书，大怒时睡觉，独处时喝酒。"

"俺能喝酒。"不想闷葫芦一提酒就高兴起来。

鸟蛋找到台阶下："啊，你有福，俺不会喝酒，哈哈。"

两人一高兴，少年愁来愁去也快。闷葫芦平时少言寡语，却有一颗与生俱来的好奇心，一遇到伶牙俐齿、精灵皮顽的鸟蛋，两颗童趣盎然的心灵一语契合。闷葫芦平时不喜言谈，是不愿一辈子在梅岭守墓，不甘随遇而安；乌蛋放荡不羁，屡经劫难，算得上见多识广，两玩伴的话，如同洪水泄闸："长江有多长，柳湖水有多深，陀螺石下蟒蛇到底有几条，龙王与始皇帝哪个更厉害……"

闷葫芦问乌蛋的许多问题，乌蛋平时没想过，一时答不上来就绘声绘色胡诌："长江几百万万丈长，这头看不到那头，拉绳子量十年走不到，柳湖深得捆一个石头、放三箩筐绳子，三天石头不到底，龙王是神，始皇帝是人，比不了，但是一个德性，烦了都水淹人、刀杀人……"

快到石屋门口，闷葫芦不愿进屋更不愿意吃饭，想尽量拖着同乌蛋在一起："跟你在一起，一辈子不饿。"

"何大人，是太阳大，还是月亮大？"他伸出一个巴掌挡住太阳。

乌蛋不假思索："洞爷说过啦，太阳是男人，月亮是女人，太阳比月亮大一万倍，太阳最厉害时，能晒熟鸟蛋……"

"那俺可以一巴掌挡住它。"闷葫芦用手挡住太阳光。

乌蛋想一想："因为这梅岭只有巴掌大一块天。"闷葫芦有所顾忌，有些激动，瞪大几分猜疑的眼睛。

饭桌上，林萧云暗中早就注意到红菜薹、白菜心两姐妹换着手一直拉着自己的丝飘带，走路、吃饭都轻轻地掐着抚摸着，两姐妹肌肤亦如白雪梅花，白里润红，仙境中长大，目光清澈，玉牙晶莹透亮，虽然与外事隔绝，却有高人教授诗书，自然端庄雅致，有了学问底蕴，必有底气不惧陌生，对天上掉下来的超凡出众的美姑爷大胆靠近，好像是开天辟地的顺缘："咱耿家姑爷。"爽朗上口，敬意、爱意双重。

少女多了恣意，裘安额角长了"彩蛋"很是滑稽，举着酒杯："姑爷文武双全，梅岭梅花酒……先喝为敬。"

红菜薹抢着酒杯："喝了梅花酒更聪明，酒中文曲星当命。"

说罢一口下去，倒着酒杯，要林萧云干，本来滴酒不沾，敬酒小妹执拗与清纯，实在抵不住，站起来也一口猛干下去，众人喝彩，还未坐下，白菜心一连三杯："俺姐的酒，姑爷喝了，俺的酒更要喝。"

林萧云看到她眼里泪花闪动，真不忍心让她当众哭起来，毕竟只有十二岁，幼小的花蕾，也跟着连干三杯，白菜心激动得稚面飞霞，喜泪盈眶。

美酒多藏于深山，一滴入魂，耿家梅酒自然得近乎野趣，简朴得近乎寒碜，粗陋陶罐为酒坛，坛体都用紫藤缠绕，深埋于糠壳窖内，酒盅均乃紫竹镂成，其表面不华丽，喝到嘴里可是琼浆玉液，醇香爽口，缓慢暖身，渐渐有飘然若仙之感。

梅酒得天然梅树积雪融成清水，精选纯洁无瑕优质五谷杂粮，均衡搭配，又摘霜雪初梅苞，反复洗净为媒，一起酵作，工序严谨，赤脚踩糟，玉手散浆，都由沐浴后的少女亲自操作，所以今天喝的是上等窖藏七十三年陈酿，类似江南黄酒，其品质独步天下，祭供专用，就是耿百万来祖冢茅舍，也只能在此饮用，任何人不能携酒带食步出梅岭，已成代代相传之祖训。

饭桌上的溪鱼虾仔炒辣椒、竹笋闷腊肉、野芹菜爆香肠、鲜菇炖鸡汤都胜过竹韵轩极品佳肴，让儒雅的林萧云吃得眉开眼笑，民以食为天不假，可口饭菜，原汁原味，添神养脾，美酒佳肴下肚，又有美少女红菜薹、白菜心莺语侃笑，偏远农家迎来江南美客，又是大户姑爷，一桌子乐得如同盛开梅花，笑语连连。

耿三媳妇，今年三十八岁零二个月，目不识丁，自小从佣户群中甄选出来的厨娘，十四岁来梅岭，她的拿手出品“梅花猪肘”熏香皮脆，乌蛋乃有名馋猫，尝了一口，一下将盘子拉入怀中，独霸狂吞：“嗯，神仙味道。”

耿三媳妇早有备份，又拿一碟送到林萧云面前，顺手用筷子夹一块到裘安碗里，裘安一沾酒就忘形，趁耿三忙上菜，顺手桌底下摸了一把她的大腿，耿三媳妇最怕儿媳窥见，借机拿酒敬裘安掩饰一脸羞红。

到耿三守祖冢已是第十三代，今天的热闹乃特别雅气罕见，因为清明忌日祭拜多肃穆、眷念、哀殇，且都乃同姓同宗，一脉传承，特别是耿百万嫡亲到更是令人怯怯敬畏，生怕弄出半点差错；天下难得一见的美姑爷主旨是来石屋谢恩辞别髯翁，顺便来耿家祖冢礼祭，且在茅屋吃中饭也是情理之中，更何况林萧云执意让裘安轻衣简行，人少自由度大，气氛越来越火热。

耿三儿媳见两个女儿对姑爷破格亲昵，囫囵之地，禁锢如锁，她也是红菜薹年龄，十四岁来梅岭，今年二十八岁，与婆婆相隔整十岁。本来耿三媳妇还正是生育年龄，祖冢清规规定，在儿子迎娶年份，婆婆必吃“万年草根”，不能婆媳比着生育，免晚辈童稚打起架来有伤风化。

当年守墓者都是耿家族苦人，赐美女厨娘一代代传承，均以感恩之心，况且女到十五岁、男到十六岁除留一人守承之外，其他人离开梅岭，情中有情，富贵充裕更乃恩上加恩，也只有公平的秤才能留住守冢人的心。

耿三儿媳也乃从小侍学厨艺，高兴之中腆着大肚子去了厨房要为姑爷、更为女儿倾心烧拿手菜“梅花鹿筋蘑菇”，当她笑意盈盈拿到林萧云桌前时，婆婆禁不住大笑出声，惊得裘安四处张望，不知又是哪里暗起波澜。

红菜薹、白菜心一人夹一筷子给林萧云，等着他品尝，拿手菜就是不一样，有它的独到吃处，林萧云满意点头赞许，两小姑娘听他一直赞更兴高采烈，频频举杯，喝得三人一脸梅红似焰，迷目顾盼。儿媳知道婆婆的笑意，因为鹿筋中藏闷了鹿鞭、鹿睾，是自己寒冬高兴时偶尔做给丈夫吃的“私密菜”。婆婆大笑的是年少姑爷，耿飞雪不在身边，晚上阳气冲腾，龙吟虎啸咋办？

一碗名菜吃完，乌蛋肚子胀得像小鼓，吃饱喝足后又是一顿胡诌：“哎，要是天下百姓，不修苦长城，不修皇帝墓，不修阿房宫，人人都能吃上今日中午饭菜多好，人生走一回不冤……”

酒壮入胆，酒后显真性情，裘安额上“蛋”红得闪耀光滑，他不像平日说“何大人，人吓人、吓落魂”，而是红着眼睛卷起袖子：“是，何大人说得有理，长城那千千万石头砖搬上鸟不下蛋的崇山峻岭不毛之地有个屁用，劳民伤财，哎，一人错，天下累……”还自斟自饮一杯，传菜的耿三从未出过梅岭，不知长城为何物，只是静听每一句，每一次客人来说的话，记在心里当乐，只求梅岭太平，山那边都是别人的园，与已无关。

鸟蛋吃饱了撑着要动一动，兴奋几把将肚内山珍“梅花猪肘”消化消化，在闷葫芦面前再威风一下，唰地抽出宝刀一晃一闪，将一把铜制汤勺柄劈断，惊得众人一阵惊叫：“哇，这刀能削铜勺柄像削萝卜啊！”

闷葫芦拿着两截柄赞叹不已，两厨师从未见过，看了又看，边看边摸脖子：“这何等人能飞到树上，还有这削铁如泥宝刀，太神了，有青铜关以来，今日才算见到真神了。”

鸟蛋见众人又惊又奉承更来劲：“俺今儿个把话搁这儿，没一个匈奴兵是从长城上爬过来的，都是骑着马大摇大摆进咸阳，长城压死了天下龙脉，破了天下风水，一日不拆掉长城，天下永无宁日，千千万万埋在长城下的白骨冤魂，永不太平。”

众人不知真假，一阵鼓掌，只有林萧云一个人沉默品酒，面红如霞，一言不发。

闷葫芦一直听着看着鸟蛋一举一动，一言片语，对同龄的天外来客，心服口服，当作“活神”，只拿着筷子摆个样子，无心进食，只一杯一杯饮酒：“何大人，那长城能像‘梅花猪肘’煮着吃吗，长啥样？”

鸟蛋没有嘲笑，没有激辩，更没有牢骚，而是绘声绘色、手脚并用地轻声解释：“长城不能煮着吃，是用石头、烧的砖砌的墙。”

闷葫芦兴奋地刨根问底：“那墙有啥用呀？”

鸟蛋一脸不屑：“狗屁的用都没有。”

闷葫芦：“那筑它干啥？”

鸟蛋：“始皇帝一句瞎话，累死天下千万人。”

闷葫芦：“太厉害。”

鸟蛋：“像梅岭上面牤牛山脊上，砍掉树木，割掉草，然后搬石头、搬砖上去砌两边有垛中间走人的双面高大宽墙。”

闷葫芦：“牤牛山太高啦，咋搬石头、砖上去啊？”

鸟蛋：“有的地方比牤牛山高几倍，万丈悬崖上也要砌墙。”

闷葫芦：“哎哟，真要累死人啊，砌墙干啥呢？防野猪、防狼、防狐狸？”

鸟蛋："防两条腿的人，就是北边天寒地冻很小很小、很穷很强的小国，叫匈奴，骑马放羊的人。"

闷葫芦："马怎么上得了山、过得了墙啊。"

鸟蛋："瞎整，始皇帝儿子扶苏就不愿修，大秦国把六国都灭掉，兵强马壮，小小匈奴毛贼岂敢来攻打，一个小指头都能把他们摁倒，谁去爬那长城？"

闷葫芦："何大人说得有理，牤牛山谁爬上去，都是累个半死，都是树木林，哪有路啊，快拆了省事。"

鸟蛋："一万里，怎么拆？"

闷葫芦："哇，一万里长，娘啊，那拆……"

鸟蛋："修难，拆不难，只要好皇帝一声令下，万里长城三天拆完，然后上面都重新栽上树，那石头、砖还有些瓦木，在山下用来砌马厩、猪栏、羊圈。"

闷葫芦："那好皇帝啥时候下令拆呢？"

鸟蛋略想想："说快也快，说慢也慢，要等神仙唠唠嗑，派一个就成，得让天上神仙算算。"

众人听着他俩一问一答觉得很有趣，裘安低头长叹一声："啥时算啊？"

林萧云四周环顾浅浅一笑："梅岭童话。"站起身礼节地向裘安："走，去拜谢髯翁。"

裘安立即如梦初醒，即忙起身带领林萧云、鸟蛋去石屋，其他人都难舍难分地送到茅屋门外止步。红菜薹、白菜心哭成泪人。

"何大人。"闷葫芦满面红光，微醉飘然追出十来丈，鸟蛋返身迎着小跑约二丈远："嗯？"相互拥抱。

闷葫芦："修长城俺去不了，拆长城时你给俺捎个信，算上俺一个。"

鸟蛋不假思索地答应："行，俺写封信，嗯，'拆'字咋写，会认字吗？"

闷葫芦："梅岭都是鸽子送信，俺不认字，更不认识'拆'字。"

鸟蛋："嗯，那就让绿衣人捎口信吧。"并在他耳旁秘语一阵，拍拍闷葫芦肩膀，两人拉钩作别。

闷葫芦高兴地转身："俺等着拆长城的口信。"痛苦落泪，扭身往回跑。分别情如剑似刀，割断童趣玩伴，闷葫芦每日此时呆望着离愁天空。

鸟蛋追着裘安、林萧云一路反向小跑："哎哟，远拆长城的口信，啥时候能传给闷葫芦啊……心中没底，要让倔强一心想走出梅岭的闷葫芦痴等，这不是在骗人吗？他定会孤寂，丢下小玩伴心中难免煎熬。"

林萧云两次回头，目光示意他跟上，鸟蛋却一直忐忑不安，一起踏过涧桥，想着心思，步入石屋群，皱着眉头一直咕哝："拉坡、骷髅婆的好皇帝啥时候才能生出来呢？"

走近才知道，石屋隐于山岭坡间，依洞而建，旁边径道溪岸两边，正值梅花绽放，而四周都是若离的梨花、李花、菊花、桂花，点缀梅园间，既不喧宾夺主，也各有韵致，散落中恰到好处，所谓四季有花开，古木奇枝形如仙。

石洞屋乃天成之作，裘安轻声细语向林萧云介绍："这洞修造时颇动了脑筋，用了心思。五个天然石洞，壁面平滑如帛，按金、木、水、火、土五行排列；奇在每个石洞上方天生五个斜筒气孔，形如盛开的梅花，进风进阳光，不进雨雪，历代高人在此用各种文字、符号、图表、经本凿刻于石壁上，而且先行在此镌刻石壁者，都尽可能在最险的地方留迹，把最好的壁面留给后来者；时空中的灵魂谦让，更显得圣继绝学，千古流芳，也字字皆是情血。"

林萧云惊奇不已，倾心地边走边听，他轻拾慢放朝圣之脚步，洞内宽广阴凉，五个洞形如蘑菇，互通互连，石壁上密密麻麻，经、图、文、画、谱，各藏高深玄机。林萧云酷爱书法剑道，十几种文字、图谱走马观花式欣赏，许多文字不认识，但是各种图谱能猜读一二，越看越感觉心中沁汗，目含润泪，惊叹铁笔金钩如此一丝不苟，每组图谱精雕细琢，栩栩灵动，似与来人同呼吸，打着招呼，日拱一卒，铁杵磨针，功不唐捐，这铁笔运力，线条似在石上游走，飘行于极乐世界，看天人合一，字珠留后世，满壁飞动，将万物化于无形之中。林萧云很想走快，将五洞快速过一遍，探宝观奇，可脚步迈不动，他被无名前辈们忍耐煎熬精神所折服，喃喃自语："血泪浸染一个字，大善者无赫赫之功，大医者无煌煌之名。乾坤高手，呕心沥血，口忍最后一口气，留下毕生绝学悟道，刻在石壁之上，让日后有缘人承载，读懂，再攀登天梯。"

裘安急忙，看他太聚精会神，全神贯注，一边也看看壁上看不懂的神文玄谱，一边又递丝巾给林萧云擦擦汗，他心中又"咯噔"："呀，莫非姑爷入神要留在这里？哟，那俺可要被姑娘割舌头。"

裘安打岔："今天来是恩谢髯翁，请……"林萧云只有礼节地走快十几步，又震惊地停在《天罡原本图》上痴痴观摩，这可能是出自髯翁之手，字迹清新，还存墨味，也是他给了自己天罡真元救了一命，而气同意脉，内功超然提升。正看得入神，听洞外吵闹之声，两人一同急步上前查看。

原来是鸟蛋对闷葫芦拆长城之思，一直堵塞于心，也看不懂壁上石刻何物，很不爽快，独自去髯翁寝厅，不料被一白面清瘦书童拦住，鸟蛋道："喂，俺来给髯翁谢恩辞行的。"

鸟蛋语气大大咧咧径直往里走，那书童一闪身站在前面："客官，髯翁爷爷在闭关，任何人不得惊扰。"声音微细，礼节谦恭，鸟蛋上下打量这十一二岁清弱少年，有些不爽，又看到他挪步之快，有些功夫，语出挑衅："哎，店小妖风大，水浅王八多，别挟着、端着，俺何大人咸阳宫都出入自由，到你这山村野屋，一不偷二不抢，是来谢恩辞行，躲开。"

说罢又往里闯，谁知刚抢上半步就被书童拦住，他不耐烦，"唰"地抽出马刀压在书童肩上，刀口向外，马刀背抵着脖子，厉声低喝，出言不逊："俺刀削铁如泥，天堂之门，地狱之眼，它向来六亲不认，给俺闪开。"

那书童惊悚之间，长袖一拂，旋身易位，鸟蛋尖声一叫："哎哟！"手一麻，那刀抛向空中。

正好林萧云赶到，一见鸟蛋刀脱手飞出，要坠落到梅花林中，飞身跃起，“八步赶蟾”，扭身后撤，凝力一抛将刀还于鞘内，轻稳落立于书童面前，鸟蛋摸一下入鞘刀柄：“呀，哥哥轻功比以前快十倍，似闪电……”

鸟蛋还要咋呼，被林萧云食指一弹，“吧嗒”点中哑穴，目瞪口呆地站着。林萧云道：“在下林萧云，前来给髯翁谢恩辞行，不料随行小弟多有失礼，望见谅。”

那书童脸颊一红，钦佩地躬身还礼：“啊，失敬失敬，少侠绝世轻功，炉火纯青，因髯翁爷爷前往青铜关治病归来，丧失罡元真气，现在须闭关七七四十九天恢复真元，望少侠海涵，万不能入内。”

林萧云：“啊。”回望一眼裘安：“请转髯翁，感恩无疆，祈福前辈与天共老，择时再来。”

深深对着髯翁紧闭的寝门行了三拜九叩大礼，慌得裘安跟着一起拜，不料即时额上“彩蛋”碰在地上，痛得龇牙咧嘴。书童在一旁还礼，也为他俩虔诚心有所动。

髯翁闭关，必须清静，不敢停留多言，林萧云“吧嗒”一声解开了鸟蛋哑穴，三人快步离开，鸟蛋几次摸着喉咙想咳嗽，被圣地无形威严所震慑，口吞咽唾沫入肚，灰溜溜地跟上，暗中回眸：“哼，不大的石屋，藏龙卧虎，不好惹。刚才那功，洞爷知道，是‘空灵手’。”

三人来到溪边，耿三儿子与两厨师早在那里恭候，待客过桥后，自己到对面岸边，拖犬拆桥板，与三人挥手作揖告别。信鸽在空中一路伴飞。待走出约半里路程，涧桥旁传来激烈狗吠声。原来耿三怕惊扰贵客，将群犬入洞拴隔，无刀却胜似刀的“空灵手”与拴犬算是迎客送客的特殊礼物了。

裘安与林萧云并缰而行，即兴讲述耿家祖冢传奇，让鸟蛋兴奋地趴在马前背上，伸长脖子听得津津有味，着魔入神：“姑爷呀，耿家十三代前先辈叫耿仕元，在青铜关经营一小酒楼，也就是现在俺管的梵香楼，那年八月十五夜子时来了一位瘦骨嶙峋长者，独坐门前赏月，耿先辈那天睡得晚，也在后院品茶赏圆月，当看到长者，急忙开门迎进屋内，一同吃月饼品茶聊至天明，两人谈趣甚欢，相见恨晚，留长者一住数月，最后分离时耿先辈一送再送，潸然泪下，那长者为深情牵绊，至善所动，就带耿先辈来到了梅岭并将一幅图从怀中掏出作为礼物赠予，今天看的祖冢茅舍与石屋就是按那张图建的。

鸟蛋兴奋时插嘴：“真有缘，耿仕元，俺叫何仕仁，双仕缘。”

裘安看看鸟蛋略有所思：“嗯，日后说不定那壁上有何大人留迹啰。”

鸟蛋：“那可说不定，看缘浅缘深。”

林萧云笑着：“人生苦短，大善大智重在修为，天外有人，人上有天，刚才髯翁书童‘空灵手’再利的刀锋，若遇强者，也两手空空，道深在悟。”

鸟蛋打一寒战：“哎，打湿的棉袄，脱下来冷，穿着更冷。”

林萧云反身用拐杖剑鞘点他右肩上一挺：“花开自美，评说由人，不麻了吧。”

鸟蛋活动一下拿刀的右手臂：“啊，刚才‘空灵手’封了一个穴道，现在通了，一直微微麻。”悻悻一笑，自嘲窘境。

裘安继续讲述：“梅岭是牤牛山低头吃草的牛头，耿家掌门人，葬都不用棺木……”

“用石头哇？”鸟蛋打岔。

裘安：“用稻草。”

林萧云：“啊。”

裘安：“耿家祖冢是牛的口腔穴，神牛地红运七百年。”

鸟蛋：“哇，牛吃草，不能吃石头。”

裘安：“说来也奇，自从耿先辈下葬梅岭后，耿家大发大旺。耿仕元的儿子耿吾堂立下祖训，世代草葬，墓一律不能超越耿仕元规模，所以至今都是小墓小冢的，却建造了气派精致的石屋与茅屋。”

林萧云感慨道：“家族长盛，以善为基，以勤为本，以孝为先，万不能数典忘祖，需自律自重。”

裘安点头赞许：“富不过三代那是暴富之辈，忽视家风祖训，若要基业长青，代代掌门人必须至善至勤至和。”

鸟蛋思索不语：“耿飞雪姐姐不是掌门人就好。一切自由自在，自以为是，实惠呀。”

裘安："还有更奇的，俺那梵香楼，你没注意到，有一个小茶亭，有窗无门，也是何仕箓先人设计的，柱上有暗符，俺每天让人摆香，每隔十多年就有一位高人来无门屋内品茶，髯翁就是九年前八月十五中秋来的。"

鸟蛋挠着头："这些高人，咋知道要来这里呢？好像有根绳子串着唱曲。"

裘安摇头："何大人，这可是天问，说不清楚的，梅岭十里梅海是野生自然长的，不是人栽的，每年腊月定季不定时，梅花仙子下凡，梅岭漫天风雪中采梅唱曲起舞，耿三他孙女，红菜薹、白菜心见过。"

鸟蛋兴奋道："哇，神啦！"

五人来到苍松石，天已擦黑，要越过梅岭山脊，林萧云久久不愿离："世间没神，没有鬼，有仙，有因果，不虚此行。"

茅屋里的晚餐，耿三遇到了祖先未曾遇到过的难题，两个孙女，红菜薹、白菜心为了争夺林萧云吃午饭坐过的椅子，又闹又哭，又推又搡，怎么劝、怎么唬吓都无济于事，年轻的父母对两个女儿平日宠爱有加，虽是偏僻乡野，却视为掌上明珠，今夜一下打破了宁静。三只猛犬关了一整天放出来后，撒泄一肚子怨气，四处乱窜着，一有风吹草动就捕风捉影地狂吠不已。耿三儿子只有拿它们解怒，也想指桑骂槐地吓一吓、劝一劝宠溺的宝贝，抄起赶牛鞭对三只猛犬一顿抽打："吠啥吠，撞到鬼了！听不懂人话，抽掉你的皮，打断你的腿！"

三只猛犬受到主人一顿暴打，哀鸣丧叫，夹着尾巴逃避，耿三儿子怒吼，气未消尽，愤愤将鞭子摔在地上，"啪！"随着鞭子摔在地上的声响，怒吼一句："畜生变得太不听话！"

斜睨一眼挤着一张椅子的两个女儿，二人还是丝毫没有让意，他憨厚地自责暗叹："天下父母苦。"女儿说变就变，阴晴难料、难判。耿三儿子轻步溜进自己的房间，耿三钻进厨房不停地备菜，劈柴找事做："咱家姑爷从未祭过祖冢，今儿个是犯了梅花还是桃花？"两憨男人一筹莫展。

两位婆媳都来自耿家府上，算是见过世面的，深谙少女心动瞬间，心猿意马，超凡出众的美姑爷，在红菜薹，白菜心心里虽瞬间邂逅，却留隽水晶般剔透璀璨，今生再也见不到偶像男神，一下垮塌崩溃，只能爱屋及乌地争椅子。儿媳妇腆着大肚子，无计可施，婆婆千劝万劝没有用，倒是闷葫芦一番话让两姐妹茅塞顿开，看到了希望，并协议："吃饭时一日三餐，一人轮流坐一天，晚上椅子搬到房间一人一夜。"

婆媳俩望着两个一对雏鹰翅膀未硬，喙未固，莫名纠结恶斗，有些过头，有些莫名其妙，又无可奈何。

闷葫芦的话为何如此灵验，让眉目间漾出一缕纯浩洁气、从静中养出来的、临照水花姐妹俩破涕为笑、议和解困？猜阄划拳定椅座，闷葫芦弟弟当了回裁判。

闷葫芦边吃边笑，肚子撑得圆圆的，中午光看着鸟蛋吃自己只喝酒："哈哈！大姐、二姐虽念书，是越念越蠢，俺目不识丁，可心空开化，中午只喝不吃舍不得何大人离开，让自个儿半醉半晕，分别时少一半痛苦，醒了就饿了，你俩争椅子，俺却填饱了肚子，一个人第一次吃个独席，哈哈，太划算啰。"

红菜薹、白菜心一愣，好像煮开了的水，锅盖被拿走，弟弟平时少言寡语，偶尔发发不让念书一辈子守祖家的怨气，今日与何大人一接触，蓦然开窍，到底是男人比女人大气。两人轻吁一口气，顿时安静下来。

闷葫芦趁机神神道道，仿着鸟蛋侃起来："何大人不是人，是神，是天上的星，你俩说去年腊月十五漫天风雪，隔着窗看到梅花仙子下凡，那是忽悠爷爷奶奶的，今天见到的是真神。"

红菜薹、白菜心擦掉眼泪，痴痴听着，毕竟亲眼看到何大人在丹枫树飞上飞下，山野孤村人服真。

闷葫芦："大姐，二姐，俺告诉你一个天大的秘密，想听吗？"红菜薹、白菜心异口同声："想听。"

闷葫芦进一步下套："是真神亲口对俺说……"

眼睛扫一下四位女人，奶奶、娘也伸出脖子过来要一探虚实奇文。

闷葫芦得意道："两位姐姐要想常见姑爷，那就要听何大人出的主意。”

红菜薹、白菜心：“啥主意？”两人心都要跳出来，一同伏在桌上瞪大眼睛追问，那样子像要抢对症的“灵丹妙药”般引颈期盼着。闷葫芦卡到火候：“把那姑爷坐过的椅子挪开，一人坐一天，晚上把椅子搬到房里去，一人一夜，行吗？不必强抢，不害羞。”说完向屋顶翻一下白眼，不屑一顾地吹一声口哨。红菜薹、白菜心羞红了脸，自忖失态，两人将椅子迅速抬到一边放着，两人一左一右，答应：“行。”

红菜薹拉一下他的耳朵：“何大人给你开了窍，闷葫芦今夜一点都不闷。”

白菜心补一句：“哇，跟神学神，跟燕子学飞行，何大人咋说的？”耿三从厨房伸出头，耿三儿子将房门拉开一道缝，踮起脚跟，想听：“何大人啥主意？”

闷葫芦神秘地压低声音：“这神主意，只能自己知道，一辈子不能外传，放在心底埋着，只做不说。”

红菜薹、白菜心从未听过秘密，拼命点头：“一辈子放在心里，只做不说。”

这一下子把全家人的胃口吊得老高，耿三媳妇紧张地扫一眼四周，发现耿三和儿子两憨男人，恨不得把耳朵扯长三尺，因为闷葫芦压低了嗓子，怕自己听漏了“神主意”。

耿三媳妇只会心一笑，也不招呼，自己更想听听，开窍孙子啥馊主意。

闷葫芦一挺胸：“何大人说，两姐有皇后、贵妃的本钱，当了皇后、贵妃就可让咱们全家都去咸阳宫，换一姓耿的本家来守祖冢，你俩十五岁到咸阳后，何大人会想办法暗中教你们。”“啊！”全家人不约而同地惊呼，耿三吓得一屁股坐在地上，耿三儿子惊悚得猛一关门碰上额头，夹出袁安上午一模一样的“大彩蛋”，耿三媳妇也吃惊不小，她一回神：“没有外人。”索性将丈夫儿子拉来坐下听孙子的天方夜谭，也心中祈祷时来运转：“俺本出生在咸阳，全家若能都去咸阳，与那里的二儿子、女儿团聚，可是好梦、好棋，不管日后真假，先高兴一把。”

儿媳妇抚着肚子，幸福地看看两位笑靥如花的女儿，忐忑不安地望着开窍的儿子，她心中回索两个女儿对美姑爷魂萦梦依的暗恋，真是后怕不已：“耿飞雪霸道的脾气，卓绝的武功，貌若天仙的姿色，两只山窝里长大的雏鹰，万一惹怒猛隼，苦果要啃一辈子。”

她瞟一眼额上碰出疙瘩的丈夫，失神惊恐看着闷葫芦的憨相，轻叹一声：“父子换位来得太早了些啊，是福是祸，心中没有底。”

红菜薹天真，有些为难：“跟何大人学爬树哇？”

闷葫芦：“皇帝是你的树，你是树上的鸟，树上的鸟很多很多，你是最漂亮、最会飞、最会叫的那只鸟，懂不？”

白菜心：“当了皇后、贵妃就能常见姑爷呀？”

闷葫芦：“哈哈，笨鸟，召见姑爷，随叫随到，传懿旨。”白菜心高兴地鼓掌起来：“好嘞，好嘞，一天传三旨。”

红菜薹：“胡诌啦，髯翁老爷爷说啦，皇宫深如海，伴君如伴虎。”

白菜心不服：“各有各法，各有各招，百花再艳，唯有梅花不畏寒，喇叭不响掉头吹……”

红菜薹站起来想评驳，闷葫芦抢着说：“髯翁给书童说，人生善为基，礼为上，智为强，世界万物在变，唯一不变的就是‘变’字了。髯翁在书堂讲，取胜且勇猛者为王，何大人能上参天树，就能让你俩做皇后、贵妃。”

红菜薹：“哇，你在髯翁书堂外面偷听偷学呀？”

闷葫芦：“梅岭清静，俺常去五梅洞内看看，也常在外听听髯翁教你俩与书童读书，虽是一知半解，可是越看越想看，越听越想听，越看越听，就越想变成鹰，飞出梅岭，这不，何大人成了我的贵人。”

一叙话，让众人安静，耿三拙于言辞，潸然泪下，耿三儿子无出其右，低着头，无限锁身病疚：“原来祖上不让守冢人读书，这么厉害呀！”婆媳俩禁不住互相短瞬对视，从眼光中读到的是闷葫芦想离开梅岭，全家去咸阳，彼此欣喜、无奈、心悸与祝福。耿三痴望着孙子侃侃而谈：“偷听读书，叫学问啊？”

闷葫芦继续激昂地一吐为快："在心为志，发言为诗。守家人理应尽忠尽孝，代代父母孤苦不能变。五梅洞内高人留迹，为一理一问，一功一绝，都是千磨万险中悟出奇道，孑然一身来梅岭圆梦成仙……"

红菜薹："也是，为人就该两脚行天下，像鹰自由于天，万不能像猪，任人宰割。"

白菜心："两条腿的，四只脚的，天上飞的，天下爬的皆有七寸，书中有道，世界讲理……"

不等说完，闷葫芦调侃起来："理就是四条腿的椅子，抢就是道。"

惹得一家人大笑起来，白菜心红着脸，上来一阵轻掌猛打弟弟掩盖。

闷葫芦："天乃诗，地乃歌，父母之言欣然从命，道中理，落地生根开花，何大人说啦，拆长城时，给俺捎口信，决不食言。"他摇头晃脑，兴奋不已。

红菜薹："拆长城何年何月，俺明年就去咸阳，何大人若能帮俺当上皇后，风水轮流转时，俺传第一道懿旨是请全家去咸阳，换耿家人来轮岗，第二道懿旨是传姑爷品茶饮喝梅岭酒。"

又惹全家人喧笑，耿三儿子摸着额上"彩蛋"，儿媳妇摸着"肚蛋"，相视抿嘴无言，倒是耿三媳妇圆场："好啦，这可是天大的秘密，何大人的话，放在心里，万不能外传，红菜薹、白菜心该长大了，别再抢椅子就好。"两孙女点头应允："再不抢了，呵呵，闹着玩的。"

红菜薹："奶奶肚子饿啦，来点家酒，俺要敬弟弟一杯，嗯，世界还是男人的天下。"

耿三略有所悟，迅速钻进厨房。

死过一回方知生命的重要，髯翁无故无亲，舍己发功，伤其真元，梅岭红梅洞内壁刻，十几位高人呕心沥血，以生命为抵押，他们得到了啥？毕生绝学大悟，残生终老于乡野图的什么呢？林萧云觉得自己太自私，简直就是市侩，渺小无知，魑魅之辈，烟柳镇需要他去一起耕垦良田万顷，养活上万生灵，要用善用勤竭尽所能完成仙画中的那幅江南美镇的愿景。

他与鸟蛋背上公文，谢了裘安对任子宴的厚葬，拜托他长期打听失踪的高圆公主消息，从青铜关直奔烟柳镇。生命如弓，飞箭似梦，烈马狂奔，追星逐月，时而风餐露宿，偶有绿衣人安排前站食寝，因为一心赶路，要看马的脚力、风雨雪与驿站、酒店的距离而定，吃住对林萧云来说已没有滋味，建造烟柳镇，普惠民生，完成心上的夙愿占领了全部心声，只是苦了鸟蛋那张贪吃的小嘴，每到一个绿衣人安排的飨店，就狂吃生吞，左右一包包佳肴挂在马鞍后面摇摆，特别是黑夜里，吃食晃荡作响，马匹一黑一白，疾步如飞，吓着不少驰道上赶路的官差商人："哇，昨夜遇到'黑追命，白无常'，鞍上吊着一坨人头喊救命。黑追命，像一粒芝麻大，嗯，白无常漂亮，阴间也有俊少男啊。"

进入山区，峭石如刀与地对话，溪流泉水叮咚，路也崎岖，四周渺无人声，奔驰许久难见一村店；迎太阳的高迈，辞黄昏的暗影，好不容易赶到梁州城时，落日已掩映在逶迤群山之中。

欣喜的是木耳的烟柳镇酒店落成后，顾客盈门，生意一天比一天红火，无奈的是利弊永恒轮回，本来偏穷的山城，其他几家客店冷噤稀落，店主愁眉不展。

得绿衣人传报，木耳早早等候着恩公"活神仙"的驾临，鸟蛋一到，一片沸腾，驱赶了全身的疲乏，木耳领着林萧云、鸟蛋两人转了一圈后，回到各自客室。鸟蛋："木耳滑溜许多，到处都有'梵香楼'的影子印痕，哈哈，烟柳镇的名字先在这里挂牌啦，哈哈，真开心，等会儿瞧瞧，灯笼上写的是咱烟柳镇字样，真亲。"

林萧云心平气和地嘱咐："百姓一日三餐忍饥受饿，山里贫瘠，别乱挥霍咋呼，虽有耿家不错的家底帮助，也不能太出格，包一和还睡在对面矶岸墓里，越低调越好，咱们也要学学，耿飞雪的父亲，天下巨富，却节衣缩食，克勤克俭，日后烟柳镇勤俭二字万万不能忘。"

鸟蛋："哥哥说的大理，生而为人，做要做，吃要吃，这一路为了烟柳镇，人死一群，嫂嫂也弄丢了，咱们险些丧了命，哎，咱俩看到咸阳宫的人，可不节俭，那胡亥、赵高、李斯，恨不得天天吃人心，贪婪群官，数都数不清，咱们烟柳镇，不管有钱没钱，先混个肚儿圆，人都饿变了形，饿走了魂。”

林萧云默不作声，心里暗赞：“先混个肚儿圆。”

晚餐自然丰盛，木耳听说恩人“活神仙”要来，绞尽脑汁准备，更令林萧云惊讶的是，山沟里的新店烹饪厨艺如此高超，真乃不小的意外；此外是木耳小小年纪，把酒店管理得井井有条，除规模之外，丝毫不输咸阳名酒楼“竹韵轩”，还懂得自觉自律，每天晚上吃素，野菜粗粮，令人刮目相看。

吃完饭，借着冷夜月光，林萧云独自出门欣赏了一会儿“烟柳镇”红灯笼招牌，烛光格外抢眼，遐想无限，索性披上斗篷，迎着寒风走向包一和墓处，伫立许久，虽乃冬季，却毫无枯色，岩上薄冰月光里尤显晶莹，溪水奔流，生生不息，四周松林和着大风呼号，令人触景生情，他举目寻觅与仙在大火灾前窗前赏景的画面，似梦在脑海中显现，仙当时依偎在自己胸口，笑容笑貌，历历可见：“主，人生多舛，山河依旧，岩石亦男人裸露的胸膛，展示着坚强，溪水奔涌，似女乳的温柔和汁水的丰足，像咱俩演奏《山水》，天地人和韵味无穷。”

他的眼睛湿润了，仰望苍穹，星星一颗也未少，而心上人此时不知在何处何方，包一和在此长眠不语，对岸四季的墓前虽然木耳每天都奉上鲜花，可是小小年纪就撒手人寰，天各一方……

低沉的箫声在夜空中哀鸣回荡，没有古琴配合，只有涛声溪流，伴着思念的深情哭唱，岁月呀，如此冗长。

一阵嘈杂声传来，林萧云放下箫回头望去：“啊，是他来啦。”

原来的鸟蛋带着木耳与几个举着灯笼火把的随从，拿着祭品走来，木耳百依百顺地照顾着鸟蛋，半搀半扶地问：“何大人，这耿家到底有多富啊，房子带人带料盖好，带武师教我关中十八锦、相弈、金刚罩，带厨师传技做出品，柴米油盐酱醋茶都是他们买，说是免费帮带三年，让烟柳镇酒楼站稳站直了才离开，不要咱的半个子，您给我的钱都藏在巧地方，一毫也未用，连四季坟上的花都是我说他们办，他们跟何大人啥关系，比父母亲兄弟还亲，没见过，咋对你像敬神这么好……”

鸟蛋得意道：“哈哈，各有所投，不是对我好。”

木耳浑浑噩噩：“我一直想不明白。”

鸟蛋停住步，指着前面溪水：“水一旦流深，就不会发出声音；爱一旦蚀入骨髓，哀会止语。我的妙处是瞒天过海、偷梁换柱、借风兴浪。”

木耳摇着头：“耿家是傻，还是中了邪？有时夜里越想越怕，我就这么想。”

鸟蛋大笑起来：“哈哈，井底之蛙，没见过大世面，你呀，只管把藏功逃功练好，其他一切照学、照玩、照旧，开心长个，三年后自会又有人来教你做大事，你长到十六岁，娶了丹阳，当了父亲，一切就会明白，顺理成章。”

木耳勉为其难：“何大人，这好像在唱戏，像魔麻芋花老板娘要我领来你那样，所以有些怕，怕被下套……”

鸟蛋不无得意：“我就天生喜欢唱戏，始皇帝唱的是灭六国的霸戏，髯翁唱的是万古枯留魂戏，我唱的是玩儿的把戏。”

木耳：“哎哟喂，我不会唱戏，也看不懂戏，只觉得掉进无底洞天坑里着不了地，飘啊飘……”

鸟蛋：“别飘，心有千千结，耿家富可敌国，耿百万是始皇帝的拜把兄弟，他的宝贝女儿看上我哥，要死要活地追着，听懂了没？落地了吧？”

木耳脑洞大开，半晌，眨着眼睛张着口：“啊，像我喜欢四季，喜欢一个人都掉了魂，死了还在爱，啥都舍得，哈哈，难怪……嗯，这听你说的，原来咱也是他们姑爷的灯笼……”木耳有些得意忘形。

鸟蛋装严肃：“哼，放在心底藏起来。”用手戳几下他心窝。

木耳机警地四周看看：“我练过藏功，放心。”

鸟蛋：“藏乃机，机来戏。”

木耳坚定道：“这戏我会演，演砸了，还会逃。”

鸟蛋：“胆量是吓出来的。”

木耳笑着一拱手："是的，活神仙。"两童声放肆大笑，木耳一躬身，手向前一托："何大人，请。"又一起向前走着，灯笼火把跟着闪动起来。

包一和墓前鸟蛋放下一个永久的石杯，灌樽满酒，让木耳烧了牺牲，自己拿一大把香焚燃，打拱念词并无哀意，而是调侃："包胖子，你福大命短，木耳逢节都祭，醉着死比饿死强，这里山清水秀适合长睡哈，烟柳镇酒楼帮你撑着面子，生意越红火，你就睡得越安稳，香火就越多……"

回到房间，木耳奉上茶水鲜果，厨师尽心尽力做了拿手夜宵，没言语，只有殷勤伺候。鸟蛋一路追着跑，疯狂赶路，再也没有马上舞刀弄剑的机会，一到烟柳镇酒楼如同到了家，木耳及众人把他当"活神仙"供着，被别人敬着捧着浑身三万根汗毛都酥得服帖。木耳站着看他吃夜宵，也再三敬着劝着林萧云："林大人尝尝，给个评话，好歹尽了心，日后多个出品，店里创个牌子。"

林萧云还没有从哀思中走出来，又耐不住木耳轻声劝意，也同鸟蛋一起吃完精品夜食："嗯，很用心，下了功夫，实在算得上'落口消'上品之精品。"

木耳听了赞誉，而且这话出自"活神仙"之上的"大大神仙"之口，实在让他喜出望外："谢大人美言，日后还会多多下功夫争取做得好上加好。"

林萧云有些担心道："月满即亏之，水满则溢，这里是较贫瘠山镇，不必太抢生意，做到八成好，让同行都有些财路，你好、我好、他好才是真正的好。"

木耳一时语塞，不知如何回答才是，他万万没想到世界上会有人让他只做"八成好"。

鸟蛋一抹嘴上前解围："哥哥的话，是洞爷曾说的那样，善中提纯，良知向上，但是开店迎客，敬业修德为基，含辛茹苦，做到极致为本，同行垮亏活该他们去山上砍柴捡木耳，风水轮流转，强者生存，万古法则。"

木耳觉得很有道理，听得入神，连连点头，又碍于林萧云的面子，口里不敢吱声，乌蛋又不失时机道：“烟柳镇酒楼接待的大多是江南去咸阳办事的官吏、富商，一路辛苦，在这里歇歇脚，品品佳肴，养养身子，好继续赶路，并没有抢夺本土生意，日后名声越来越大，本店住不下，还可以分客四周，带旺一片，烟柳镇成驿站金字招牌，赚多些吆喝，一箭双雕，况且酒店盈利三成接济穷人，当然不接济懒人，久而久之，再办个小医馆、小学堂，也算是商人尽了天理良心。”

林萧云抢先笑着鼓掌：“人小鬼大，一天一进升，就不该输在‘空灵手’上。”鼓励赞许中揭一下旧疮疤，让他成长中快乐有稳。

木耳有心起个大早，备好两小马箱精致吃食，让两位大恩人路上充饥，谁知一开门，却只见薄雪浓霜中留下刚刚踏过的蹄印，他急忙转身往后院马厩里跑：“ 啊，黑白神骏走了……”

他懊悔不已，怨恨自己粗心大意，没让他们把吃的捎上：“哎，活神仙，来去忽忽疾疾，不让人感恩。”

他跺着脚，寻着印，含着泪，一阵猛跑狂追：“自认为起得早，更有早行人，神仙从来悠闲不干活，咱的活神仙咋这么忙呢？”

过了梁州城山区，渐入长江中下游，一马平川，土地虽肥沃，举目四顾，一片荒芜，奔驹驰过，常常惊飞起啄啃白骨的乌鸦。战争的屠杀，重劳役的抓捕，广袤农田无人耕种，村寨残留老幼能负重劳作，苛税征粮层层加码，百姓殒殇，沦为俎上鱼肉，苟延残喘，长歌当哭。

七国变一国最大益处是驿道畅通无阻，纵马提缰狂奔，一路惨景，满目疮痍，目不忍睹，更坚定了林萧云建设烟柳镇的决心，抚慰着良心，脑海里时时闪现出高圆公主亲手绘制的那幅美丽的图画，把画景变成实景的雄心渗进心里沟沟坎坎，毫无罅隙融入血液之中。

铆足了劲，生死已置之度外，欲闭情封，不求名利，不贪不求虚荣，只想黑色的泥土、湖塘池堤能养活饥民，让烟柳镇能男耕女织，在死寂中复活，传承烟火。

远处哭声打断了他的思索，原是一支简单的出殡队伍，这年头有十几人送葬算是极大奢侈了，前面举着一杆旧幡，死者用芦苇草卷着，又轻又小，像是一女长者，马在奔跑中中年妇人的声音传来：

“娘啊……没吃一顿饱饭，没喝一口汤……就走了呀……”

抬尸的人显老，骨瘦如柴，摇摇晃晃。林萧云放慢马速，鸟蛋总吊在他后面有一段距离，等鸟蛋追上来，望着那尘垢满面、鬓如霜的出殡队，有些无语凝噎。林萧云不禁触景反思：“秦国地域偏远，血统不正，经济在七国中属中游偏下，能灭掉六国，离不开一个被五马分尸、遭人唾弃的商鞅，他只帮了一个人，却苦了天下人，残暴激励割人头，奖军功，极端嗜血将人性变成兽性，高度中央集权，顺昌逆亡，一人天下，金口玉言成魔，一个国、一个镇、一个家万不能一人说了算，聚众人智慧，公平公正公道才能兴旺，百姓心服，日子才是人过的，否则人将被奴役成猪，就算造出一百个、一万个烟柳镇也枉然，烟柳镇要‘勤为本，善为基’做千年万年自由富裕开心镇！奖勤罚懒绝不可少，懒乃万恶之源，懒、馋、占、贪，坏苗除根，竖正气，走正路……”正想着，突然鸟蛋的黑马空鞍无人，一闪跃出十来丈，一惊吓，回头却没见了鸟蛋，又返身往回跑，林萧云一瞬间眼冒金星：“鸟蛋！”如同嘶吼的猛兽，青筋暴起，一路惊呼，埋怨自己粗心：“咋又出事呢？”

黑马跑出一二里地，又奇怪地一怔一愣往回奔，一来二往反复折腾。林萧云急中无智，两眼冒火，喉咙已有些嘶哑：“是哪位天外高人将他掳走？这功夫比‘空灵手’还高出十倍，马上空鞍无人，四周没留下丝毫痕迹，杀人不见血！”他截住黑马，把鞍上鞍下、马头、马肚、马腋、马尾巴都翻了个遍：“难道他练就隐循之术？”瞬时间他头上大汗淋漓，来不及多想，策马往回找：“就是找到咸阳城也要把他找到，离开南郡时在一起的人如今死的死，失踪的失踪，只剩下一个顽童，又长翅膀飞了不成？”心情沮丧到了极点，欲哭无泪。

在一弯道处他望见陡坡二三丈悬崖处，有一团黑乎乎的东西在一棵古槐树茂密的枝杈上随风晃动，定眼细瞧，似是人形，他一拉缰绳往回赶，快到槐树时，心中一阵狂喜，寻着人，心藏有千结，一颠一簸，自己险些摔下来，地形又弯又陡，自己骑过时是靠左手岸边较平稳，中间是雨水冲刷的小槽沟坎，凸凹不平，而寻人时是靠着右手岸边走，乃险道。他勒住马头，拨开芭茅草丛，撩开树枝：“啊，是鸟蛋！”禁不住嘶哑一声狂叫，飞身一跃，“八步赶蟾”，脚点树杈，顺手一抄，一把将鸟蛋抱在怀里，跃到马鞍上：“鸟蛋！”

喜泪夺眶而出，滴滴落在顽童酣睡的脸上，鸟蛋被喊声叫醒，惺忪半睁眼瞧了一眼林萧云：“哥，真好睡……”又闭着眼甜甜做梦。他是疯狂赶路，太累，太累了。

林萧云没有再叫醒他，而深责自己自顾过度赶路，忽略了顽童的疲惫，他观察一阵地形，原来黑马靠右岸奔跑时失足，一个踉跄，将鞍上抄手熟睡的鸟蛋抛了出去，落在茅草上打了几个滚，掉在老槐树杈上，且又得益于身轻个小、厚斗篷的缠裹抵寒御伤，轻风摆枝，所以睡得似在仙人的吊床摇篮里，晃荡静享鼾福。

他长吁一口气，一场虚惊，解开腰带将他“耙钉”式捆在怀里，唤回黑马，两腿一夹继续赶路。

待鸟蛋醒来，已是满天星斗，见自己躺在林萧云怀里舒舒服服长睡，有些不好意思，坚决要下来自己骑马，以免白马不堪重负，人累马乏，揉揉眼，踢踢腿，暗骂：“睡在云上飘，算哪根葱。”

来到三岔口，绿衣人前来引路入住，与鸟蛋咕哝一阵后消失，这里离烟柳镇还有一天路程左右，归心似箭，魂萦梦牵的心情不言而喻，晚餐可口丰盛，鸟蛋睡足后，精气神格外足，狼吞虎咽一顿，摸着圆圆的肚皮：“明天回到家了，与锁扣猛吃一顿，拉坡、骷髅婆，哪见过‘竹韵轩’吃食，哈哈，得让他俩尝尝，吃好，喝好，好下崽，生个好皇帝，嘿嘿。”

林萧云嗓痛喉干，只是笑笑，他朝露不沾身的性格，破例喝了半罐酒，醉到七分时，漂移至房间，闩门和衣即睡，躺下喃喃自叹：“人间看不透的有两样东西，一是太阳，二是人心。”深夜鸟蛋听到一大群人熙熙攘攘问路：“请问烟柳镇还有多远？”店小二见黑压压一片，清一色男人，人人打着包裹，后面有七八辆马车跟着，兵不兵，民不民：“没听说过烟柳镇啊……”店小二抓着头皮。

领头的过来又换一个地名说：“就是狻猊岗。”

“啊，狻猊岗晓得，离这里大约一天路程。”领头人一挥手：“支帐造饭，明早卯时启程。”

众人撤到河边桥下，纪律还算严明有序，鸟蛋伸出手像赶鸭下河似的数一数：“一双、两双，哟，三百七十一只，啊，不是只，是人。”

自己笑着看那些解甲归田的兵：“嘿，咱们日后一个村、一个镇的。”

鸟蛋似乎感觉到要出大事，这么多的人往烟柳镇，吃住睡咋办？那里只有几十个石洞啊！

他自己开始为林萧云着起急来，不敢惰息，挠着头皮想主意：“粮食、茅坑……还有几千女人，哪里洗澡、生娃呀？”

他起得早，在林萧云房门前转来转去，又不敢敲门：“哥哥，昨天咋嗓子哑啦？咋喝酒呢？又想嫂嫂啦？美丽自带三分毒，漂亮女人温柔的刀，哎，天下都是男的而且一辈子不老不死就好，有男有女不好做主，一阴一阳，世道反常。”

待太阳升起，林萧云一开门见鸟蛋兴冲冲进来：“哥哥，昨夜三百七十一人，住河边，埋锅造饭，今晨天刚亮就走了，到咱烟柳镇去啊，咱俩马快，不出十里就能追上。”

林萧云：“狻猊岗，烟柳镇，新地名多问几回，就成老地名。八千军士、八千寡妇问路三个月内，方圆千里都知道烟柳镇啦。”

鸟蛋圆眼一亮，兴奋道：“也是，那咋住、咋吃、咋拉啊。”

林萧云：“车到山前必有路，酒闭嗓子，酒又能开嗓子。”

鸟蛋飙戏似的：“有理。”

他叫着蹦着：“天下不生无名之主，地上不长无名之草，烟柳镇来的都是新人，长的都是旧草，新旧配，天天醉，哈哈。”两人经过桥边，一片狼藉，生活垃圾一地，似乎有两座埋过的沙石丘，几条野狗围着嗅来嗅去，林萧云不忍细看，猛一提缰，一黑一白，八蹄奋力刨动，一路烟尘。果然不出十来里，他们追上一片黑压压、叽叽歪歪、疲乏不堪的迁徙队伍，还算有序，可惜道路边三两弱者，进行着濒临死亡前的挣扎，哀鸣着阵阵疼痛绝望的呻吟，有一位还想爬起来，求生的本能让其向前挪动几步，最后还是不甘心地一阵痉挛，一动不动地安息。遭遇天灾人祸时谁也救不了谁，只有强者生存乃王道。

黑白双骏也只能一驰而过，心有余而力不足，出发前林萧云特意叮嘱鸟蛋："闲事多如芝麻，烂芝麻一地，你捡哪一粒？"江南村落入画，只是饮烟少，驿道常与乡间道隔埂相望，并排延伸，只是宽窄不同，离烟柳镇越近，乡道上三五成群越多，衣着褴褛，形如乞丐，扶老携幼的"寡妇军"半爬半走地向前蠕动，她们怀揣希望，企盼好运，向始皇帝御笔题名的烟柳镇拼死挪动——能找到吃喝、找到男人就是天堂。

狻猊岗、螃蟹地、九里畈，三个水陆出入口，始皇帝御笔写的"烟柳镇"，落款嬴政，却能招魂，牛犇亲自为其做三块牌高高耸立着，官吏、匪盗、江湖人等望而生畏，金口玉言有着杀人如麻的威力，又是始皇帝为江南地域题写的第一块辟邪扬威的金字招牌。

牛郡尉也是有意渲染，震邪慑妖，扬名立万，一时三十六郡无人不知，无人不晓，陆路车马行人，水上船排渔舟，顺江而下，逆柳河而上，平静地处女地，开始骚动，在饥寒交迫中鼎沸。

蒙毅将军几番下令，督管军士，补充供给，配发简易工具，八千士兵解甲务农，基本做到动而不乱、苦而不怨、饿而不抢，有序向烟柳镇逐步汇聚，一群群躁动的男人将在这里蜕变。正可谓：俯视眩晕，仰望怅然，一方净土，阳刚之气腾升。

穷愁有边际，美梦无醒时，林萧云一下马就感觉到从来未有过的压力，已有一千多士兵到达，在柳河边上埋锅造饭，河边虽风大冰寒，但人多用水方便，总是行军中的首选，而一群一群寡妇扶老携幼乞丐般到来，聚在树下、石洞旁，饥饿每天吞噬着身旁人的生命。张步青一边组织粮菜熬汤对付，一边选择两块地作无碑坟场，他已忙得像陀螺一样转，一见林萧云，不是离别重逢的高兴，而是瘪着嘴哭诉："少主，这越来越多的嘴要吃，咋办……"

林萧云只是拍拍他的肩膀，直奔统领楼。鸟蛋第一次慌了神，瞪着圆眼四处瞅："人吃人的时候来啰！"

统领楼按仙的设计倒是美轮美奂，他放下行囊，拿起高圆公主绘制的图画，登高四望，苦苦思索，直夜黑才从统领楼顶下到议事厅，忽忽用过简单的晚餐，然后长吁一口气，听张步青诉说。张步青将一肚子难处像山洪一般倾泻："少主，士兵路上一日两餐，到这里来一日只能吃一餐，又是冬季，连野菜都找不到，他们正在捣树皮，挖土里冬虫蛇蚯充饥，每天要饿死病死两三人，牛郡尉只能供应一日两餐五百士兵以及石匠、瓦匠、木匠们的伙食，凿岩石让柳河分流，筑长江狻猊岗石头滚水坝码头，常为吃食闹事，牛郡尉已斩杀几十人，但还是压不住，更可怕的是那些孤苦寡母，饿得奄奄一息，每天出殡抬人，听说路上已死去一半，前有来路，后无归途。"林萧云搓搓手，心平气和地说："建镇开埠，万事开头难，生根落地，勤为本，善为基。来的人，不光是来吃的，是来拓荒种地的。明天起让锁扣做三件事。"

鸟蛋弹起来，拍着胸部："三百件也得做。"

林萧云："第一件事，每天送来千条鱼，靠江吃江，近水吃水，煮成鲜汤，配上野菜先保命，咱们是盐商……"

鸟蛋听出滋味："伤口撒盐啊，不是汤里加盐。"

林萧云笑着看了他一眼："第二件事，弄一百口锅，士兵都背有锅，寡妇军……"

鸟蛋又抢话："女的能带什么呢？哎！"

林萧云咽一口水，一声微轻叹息："她们最苦，先搭棚遮风挡雨，先慢慢挖土，洞里育苗，开春即可种菜。"

林萧云和颜悦色地压着闷气："第三件事，把所有江心洲布匹先借烟柳镇，赶快为男女缝制夏天衣，都做短装，总不能穿着破棉袄六月下田插秧割谷子吧。"说到这里他自己轻松一笑，带动愁眉苦脸的张步青，胡猜异想的鸟蛋一起开心地哄笑，气氛一下轻松许多。

"你过来。"他转向桌子指着图画给张步青看："把这十八个小山包，都先盖上简易竹楼，来的士兵分批驻住，选出村长，准备耕种。"他又转向鸟蛋："你办两件事。"鸟蛋又是胸脯一挺："哥，两百件都行。"林萧云："让螃蟹地停制铠甲头盔，造八百口锅，三千把镰刀，三千把铁锄，三千把锯子，专做农用具，报告我写给义父转给岳父大人批办。"

鸟蛋："嗯，这主意不错。"

"你要办的第二件事，挑一百名猎手，打一百头野猪，一百只野羊，一百只野鸟。”鸟蛋又抓耳挠腮：“哎呀，这可不少啊……好，我本来就是野人，打野猪、野羊、野鸟过个好年。”

他指着张步青：“你弄十台水车，日夜轮班尽快吸干柳湖水，来的士兵抽身强力壮的，挖藕捕捞鱼虾，柳湖藕可是救命稻草，生吃、煮蒸、打成粉，准备度春荒，办法你来想。再在这里搭建一条直达柳湖的长竹街，引柳河水流过，按图画所示的清污两条线，供‘寡妇军’栖住，多看看图内结构参考，日后每一套有一间新婚房，两边街道还可以摆摊设点，商铺店一应俱全。”张步青像打了鸡血，立即兴奋起来：“天下无难事，只怕有心人。”先办吃住天大的事。

第十五章

“是谁害了我，而我又害了谁？”乌蛋一肚子牢骚，边跑边蹬足，找锁扣、找螃蟹地，自己急着带狩猎队上斗笠山：“死四条腿，救两条腿的命。”

锁扣先有收获，一夜晚捞了七千多条肥鱼，分三船运到狻猊岗，一千条给凿石砌岸分流的五百军士，六千条加带二十口大锅，到“寡妇军”处，还搜罗了三十担粮食，随后又运来两船白布。张步青大喜过望，立即让厨师埋锅煮鱼汤，吩咐多放野生姜驱寒，又给竹筒竹筷。寡妇们在长期悲劫饥饿中第一次吃到饭、喝到鱼汤，一人还多了一个薄饼，这比富豪过年还惬意，天南地北的寡妇们，苦命同根，丈夫多是从军战死，重劳役累死，心境相同，汇聚在一起自然形成了“掏心窝子”的姐妹，携来的家里老幼都有筒鱼汤、一块鱼肉、一张小薄饼吃，垫个底，恢复一点元气，都思念始皇帝是个“好皇帝”。也有少数饿成病的，吃后当场呕吐，物极必反，这些人自然后悔不已，怨肚子不争气。林萧云一直站在旁边观看，即轻声吩咐了张步青多照顾呕吐者，重新多给了一份并让他们细嚼慢咽，这些人吃后多对张步青感恩不尽：“活神仙”。林萧云又让张步青给河边军士送去五百条鱼。一连三日，寡妇们及其老幼体能精神皆有稍稍好转。张步青按她们身体情况，给她们手工活做，将她们分成三组：一种地、二缝衣、三做饭。同时南郡郡尉屡屡接到报案，本来“三户共一把切菜刀，十户共一口锅”，如今方圆百里，一百来口锅蹊跷地不见了……

知情人家咒：“江心洲世贼，原来劫船劫财，如今上岸偷锅。”

一时锅成了宝贝，藏在床下，带在身边，怕被偷后有米也成不了饭。

第四天，鸟蛋带着一百多人狩猎队，将一百多头野猪、三百多只野羊、五百多只野鸡带回镇上，人人脸上全是红色。狩猎队变成了“红人队”，肩挑背扛、连拖带拽将猎物拉回。河边军士、寡妇们及其老幼挤眉笑眼地围观，狩猎队成了他们心中的英雄，战乱灾荒之年能吃到猪羊鸡肉，是极为奢侈之事：“活神仙是人不是神。”鸟蛋在给军士、寡妇分配战利品时，叫着嚷着。百口大锅烧煮，野味肉飘香十里之外，众人吃在口里、甜在心里，当日夜晚拉坡与骷髅婆也偷偷溜出石洞，低头混进人群中饱餐一顿。

“染缸内无白布”，樊口染业驰名江南，张步青让他们来烟柳镇并在燕子塘边设铺，不污染河水，将两船白布一半染成蓝、黑、红三色，分别由缝匠带着“寡妇军”内挑选出来的“敢将十指夸针巧线”的绣女寻去军士营，给军士及随行老幼，挨个量尺寸，准备更装。

众人激动感恩：“烟柳镇，我的家哟！”

同时一座大牌坊耸立，“勤为本，善为基”成为日后千年镇训。河边士兵受“寡妇军”影响，翻土种菜、缝衣做饭：“咱爷们儿，不能白吃。”刚好这时，螃蟹地送来三百把镰刀、五百把斧头、一千把锄头、六百把锯子。张步青请来竹匠、木匠，将河边先到的士兵先训练两天，分成四个组，到后山沟砍楠竹，去五个村子造竹屋、盖竹街，做竹筒碗筷、筛子、簸箕、竹筐、扁担等用具，后几天又陆续来了七八支军士，由第一批军士带领，轻车熟路地盖竹房、翻冻土、下菜秧、挖池塘，柳湖“一叶舟”石舫上，夜燃篝火，挖藕、捞鱼、捕虾，是为了明年准备春荒“重头戏”。林萧云带着张步青，常提着樊口白酒犒劳泥中的“掘食”功臣们。吃乃全镇第一“拦路之虎”。

野猪肥羊，吃得饥民们心花怒放、舔唇拨牙、精神大好，人群开始窃窃私语、有说有笑。鸟蛋陪着“红人队”等着锁扣运来“死人冬衣”，生灵涂炭、民不聊生年代，“一衣穿四季”，军士们也只有一装冬衣，鸟蛋沾耿家的光，有几套冬装在统领楼，虽近在咫尺，他实在不忍心一个人特殊先换下“血衣”，一同进山狩猎亦如战场你死我活的厮杀，同命运、共进退，他一直静静地坐在稍远的高处，看到

“寡妇军”老幼妇孺吃得开心，河边军士有肉填饱肚，开始活力骚动。而这次进山狩猎的强手们，除了丢下了三具尸体有点遗憾，众人一致夸赞鸟蛋，心服口服地甘愿听其差遣，跃跃欲试地企盼下一次进山。“小小烟柳镇，大大的何大人”在各处传开，初来乍到的人们，惊异地背后打量着、议论着“神童”的话题。

话得倒头说了，肉来之不易。鸟蛋率领着百人狩猎队，这些人打过仗、杀过人，有的还立过功，有的有小官职加身，而这进山打猎，却只有几个人在少年时，随父辈在老家进山打猎过，虽然身手矫健，对天上飞的、地上爬的、洞里钻的、只会叫不会喊饶命的野兽知之甚少。这些人从军士里被挑选出来，大多数认为自己有“两把刷子”，沾沾自喜、自命不凡，一半人觉得新奇，一半人心不在焉。

到了山下，鸟蛋将百人分成四组，一组一口锅。狩猎人进山从不带粮，靠山吃山。狩猎斗笠山大多数人是开天辟地第一回，每组选出一个“猎头”，“猎头”各自挑选了壮汉，剩下略差弱的全归鸟蛋，鸟蛋：“听着，狩猎为的是山下张张饥饿之口，山有山规，两条腿吃四条腿的得凭本事，各自有锅，先填饱肚子才有力气抓猎物，被四条腿的吃了、伤了、残了活该，就此山葬。”说罢带领众人祭了山神，接着吩咐自己一组靠一泉水边支锅生火：“准备吃鲜鸟肉、喝鲜汤。”

众人有些好奇地看着，他们生火，在水烧开之时，天上没有一只鸟：“吃空气？”就在这时一声惊呼：“准备开水泡鸟拔毛。”鸟蛋飞身一跃，刀剑并用，一口气冲上旁边一棵巨大的古树，一群过冬鸟惊慌哀鸣着飞起，又一只只落在锅的旁边十步之内，众人惊呼合不拢嘴时，他左手兜蛋右手滑着刀，一眨眼工夫溜下来，将蛋放进开水煮着，他带领的一组二十六个人，笑着争着拿开水泡鸟拔毛。白嫩如鸡的肉体裸露肚子，有点饿的军士们，面面相觑，直吞咽口水，鸟蛋在每只鸟脖子上一摸一吸，将针收起，捻在指头之间，傲慢厉声呵斥：“散开，找吃的去，三天后在此集中，没打到猎物，就像这些死鸟，留在山上喂四条腿的熊豹豺狼。”另三个组军士们开始心怯，迅速纷纷散开，消失在莽莽苍苍的斗笠山中。

岁月能销蚀坚硬的岩石，痛苦能铸就铁石心肠。鸟蛋眼前常闪现一幕幕孤儿寡母饥肠辘辘，背井离乡，一路颠沛流离到烟柳镇寄望哀伤的场景，就感到撕心裂肺、揪心揪肝的难受，这些人会越来越多，针尖上度日，火炉上活命，靠一个人天大的本领，一天也只能打下几十只鸟、掏一百来个蛋，对于上万饥民，真是杯水车薪，若能捕些野猪、肥羊，能保得性命最终能把年关熬过去，就算是饿死，死前能吃到这么美味的肉，这死也是值得的。他不停地舔着舌头、皱着眉头，时不时地瞅瞅四周，又是一阵烦躁地挠头揉腮，他对身边二十六个人发问："喂，吃了鸟肉、喝了鲜汤，谁有好主意能逮到肥猪、肥羊？"众人相互痴望，没有一个人吭声，顿时一片寂静，有人连续打了几个饱嗝发出声响，逗得众人想笑却又不敢笑。

鸟蛋："笑啊，别装着憋着，洞爷说'敢说才见忌'，你只会饱撑着打饱嗝。"他刷地抽出刀，刀背在那人的肚子上拍拍，笑着发令："二十六人，分成四组，一组六人，两人留下跟着我在这里收捡猎物，下午你们分散到四周山头，砍出一条路，到亥时，举起火把猛敲铁器加吆喝，走回这里，吃饱肥肉，打饱嗝。"众人这回真的喷笑出声，因为刚吃到鸟肉，喝到鲜汤，一点也不怀疑："何大人是金口玉言。"

那打饱嗝的军士吸着鼻子："哇，好像都能闻到野羊肉香！军队里打仗，只吃几顿马肉，平生第一次吃到新鲜鸟肉，哈哈，真是有口福。"

众人附和："俺也是只吃过马肉，还是打仗伤死的马呢。"

"军队人太多，只有吃受伤的马肉。"

"马肉质粗少油，我有窍门，专捡别人不要的马骨头，抠缝里的肉。"

鸟蛋："好啦，砍路别迷路，月亮当顶是亥时，到时候我会在那棵树上点火为号，扯开嗓子一喊，你们喉咙喊哑者，铁器敲得手痛肿者，吃羊腿。"众人兴奋起来，各自挥刀砍路，散向四周山头。

鸟蛋让留下来的两位军士，去多割些长藤削些木棍准备捆绑猎物，挑扛下山；自己对着太阳怀抱着刀剑安眠休憩，养精蓄锐，准备子夜与困兽之战。

日落时分，天地间有一种磅礴的宁静感，夕照毫不吝啬地给斗笠山铺洒一层光辉，层林尽染，恬适安详，四条腿的“永久居民”，开始伸伸懒腰、磨磨利齿手爪，准备在黑暗中寻觅晚餐，只有吃草的“善民”晚上扎堆相互依偎，遇险一起奔逃，畜生都不做梦，以不变应万变，沿袭着丛林法则。

亥时，万籁俱静，子夜，是肉食动物最繁忙的时刻。乌蛋在那棵古树上点燃火把，霎时间，四周山头火把举起，铁器碰撞，扯开嗓门，吆喝声四起，万年斗笠山上，第一次石破天惊，火把、铁器声、人声逐步顺山而下，四条腿“居民”从未有祖传预案，被突如其来地惊吓，慌不择路地向山下狂奔，它们望见前方树上有光亮闪动，一齐奔来，过了小溪，可以向前逃生。

熊、豹、狐狸、狼与羊、猪全是天敌，现在裹挟在一起，谁也不认识，谁也顾不了谁。兽群合伙在一起，汇成一股奔流，争相逃命。

天下武功唯快不破，乌蛋躲在峡谷左边巨石旁，右手紧握“屠龙刀”，专砍兽腿，左手“倚天剑”举起，防备兽爪、牙、蹄伤到自己。“哒哒哒。”慌不择路的蹄声越来越近。“哧嘶，哧嘶。”马刀低空闪动，如同“仙人切萝卜”，羊蹄、猪蹄、狼腿、狐腿、熊掌纷纷断掉与身体分离，一头头野兽翻着筋斗滚到了山崖下溪流边，站不起来，不停哀号：“怎么突然就站不起来了？”

四条腿最大的优势是奔跑，毫无征兆的闪电般剧痛，本能地竭尽全力最后一跃，山羊大多飞出十来丈，狼蹦出五六丈，猪也能弹出四六尺，熊如山倒，滚压倒在逃命不起的“逃伴”身上，瘫在溪石边，豹跃得最远，当感到没有两只前腿时，久久在空中弹身滑翔，恨没生有翅膀，着地时后两腿不屈不服地猛一蹬，没有前腿支撑，只有头脸扎进冰冷的溪水中，呛了几口冻水，挣扎着昂起头嗥叫。

旮旯峡谷上空，顷刻下起“血雨”，乌蛋奋力挥刀掠砍，子夜惨淡月光下白刃翻飞，兽血淋喷得他睁不开眼睛，只有闭着，幸好睫毛长，顶挡着没渗入眼眶，面对滚滚而来的“救命粮”，先用余光判断方向，最后只能用耳朵“隔空传音”听着“蹄舞”的风声，削截扫，奔蹄超强的冲击力，碰上削铁如泥的宝刀口上的锋利，像狂风卷起落叶。约莫一个时辰，火把、铁器声、嘶哑的吆喝声最终在豁口汇聚，下面的溪边躺着一座小山似的无蹄兽在哀号，残腿滑动挣扎着，猪与狼的声音格外刺耳，羊声多只能像交响曲中众多小提琴和着，熊豹低吼如雷，似架子鼓实槌敲碰。

狐狸喘着愤怒的怨气：“人算不如天算。”没躲过，没溜掉，痛得舔着爪子尖啸，如悲凉小号，只有豹，一声声高八度咆哮，忍受着又痛又凉的折磨，百兽哭诉，哀唱万年斗笠山从未有过的悲歌交响。

兽悲人喜，晨光熹微，支起锅，挑了几头嫩羊开始煮肉烹汤，鸟蛋摸黑采摘了野花椒、八角、朝天椒配在锅里，撒上随身带的盐巴，到朝霞满天时，二十六人心满意足，个个精神抖擞。鸟蛋让他们闷了一锅等另三组下山享用，其他人手各自分工，牵杀、捆绑、剥熊掌。

他用冰冷的溪水洗开眼睑，将手浸在烧热的水里很久慢慢融开握住的刀剑柄，衣服在热血变冰后凝为铠甲般坚硬，鞋子里灌满血后与裤子结成“连体靴”，等回到烟柳镇后只能用尖刀利剪剥开。他用心吩咐细心剥下狼皮、熊皮熊掌，特别是那张美丽的狐狸皮，专人保管，留有大用，不可大意。太阳升上三竿，他割了一大堆枯草，一头钻进去呼呼大睡，梦里向林萧云邀功报喜，饥民们年关可享用难得的野味大餐，欢庆不已。“来呀，吃肥猪、肥羊肉啰！烟柳镇，你来得没错吧，哈哈。烟柳镇明年更上三层楼啦。”二十六人顷刻把鸟蛋捧为心中的神，一锅嫩羊肉，眉开眼笑。

正值中午，其他三组狩猎军士前后脚下山，其中只有一组军士逮到两只兔子，一人追赶兔子时不慎跌下悬崖身亡，锅也摔破，两只兔子用明火烧着充饥。另两组费了很大的力气，在原始丛林中反复来回搜寻折腾，竟“颗粒无收”，一人摔断双腿，一人昏迷，碰断鼻梁，血流满面，好在山上有树有藤，做了二副简单担架，一起连拖带滑到山下，众人一天一夜加一个上午，饥饿难熬，吃足苦头，相互埋怨，喋喋不休，提前下山。

下山军士见成堆成山的猎物既馋又傻眼，昨夜他们蜷缩于山间洞穴，也听到敲打声与呐喊声，由于太冷太乏，谁也不愿意出洞口一步望一眼火把，只管混上一夜。他们对鸟蛋带领的二十六个人羡慕不已，那些人剥皮、拾蹄、割肉、捆绑猎物，人人忙得满头大汗，而他们望着锅里肥羊、猪肉垂涎三尺，有的正与鸟蛋下面一个军头诉着苦，叫着冤，说话时也大多数心不在焉，眼珠子盯着锅内打转。最后下山一彪悍军士，崴了脚踝，扶着一支长矛，一拐一拐，矛尖向上，矛杆脖子上的红缨随着点地受力时乱颤。

他一路骂骂咧咧："他奶奶的，倒了八辈子霉，一根耗子毛都没逮到，还磕了老子的脚。"不理会众人，一瘸一拐到锅边，弯腰要拿羊腿充饥，那香味实在诱人，顾不得礼节规矩。

"慢！"鸟蛋组一个副军头上前拦住他，"何大人吩咐，按照山规，谁打的猎物多，就吃头锅。"

"放屁，老子快饿死啦，有福共享，有难同当，躲开！"他挥手狠狠地一推。

副军头一屁股摔坐在地上，他生气地跳起来："三货，你懂不懂规矩，讲不讲理，进山凭本事吃猎物……"

还没等他说完，那军士仗着自己身高力大，虽然饿得饥肠辘辘，怒气催力，平时霸凌欺弱惯了，一巴掌打在副军头脸上："混账东西，啥何大人，小毛童一个，老子打仗攻过城、杀过人，天王老子也管不着饿嘴，俺先吃。"

那军士说罢又要去锅里抢吃，众人起哄，都要趁乱抢肉吃。正在忙的二十五位军士不服："俺们是被挑剩下的人，何大人吩咐煮肉熬汤等你们下山吃，规矩是按打到猎物的多少行赏，你们一个耗子都没有逮上，咱们辛苦一夜一上午，你这三货还敢打人。""呼"的一声抄家伙，吃饱了，精神劲足，虽然人少，对付饿蔫了的人理足信心足，寸步不让："谁没攻过城、杀过人，咱们打的猎物给你们吃，煮熟烹烂，等你们，还来横的。"

两边互相吵嚷起来。饿的人被猪油蒙了心，叽叽歪歪，蠢蠢欲动，各自抄起家伙准备干仗。一小半人饿得力不从心，拄着枪棍刀矛微微发抖。那三货挺起长矛直指副军士的胸口。

鸟蛋早被嘈杂声吵醒，钻出草丛，伸个懒腰，揉揉惺忪带血丝的眼睛看着，听着，静观其变。

副军头名叫旦迟秋，中等个，老越国人，军队里管理军需后勤，会算账。虽是江南人，且有些拧巴，遇事钻牛角尖，见那凶狠的三货长矛逼胸，他反而上前一步迎着，脸红脖子粗，青筋直暴："老子早就活得不耐，何大人上山前就定了规矩……"

三货长矛一提，矛尖直到旦迟秋咽喉，一声饿得发慌的吼喝："狗屁规矩，刺死你再讲。"

旦迟秋急上眼，毫不畏惧："死也讲规矩，不讲规矩是四条腿的野兽。"

三货被彻底激怒："啥两条腿、四条腿，一路货，全是为了一张嘴。"说罢锋利的矛尖没进皮肉，一口唾沫喷在旦迟秋脸上："识相的闪开，老子肚子连着皮，矛尖不长眼！"

"咔嚓，叮！"一声悦耳金属碰撞声，三货矛尖被削断了一半，惊得后退半步，定眼一看是鸟蛋马刀所为，众军士从未见过如此锋利的刀，都吃惊不小，起哄的一部分人不禁吓得缩一下脖子，二十六人士气大涨，旦迟秋更是斗志昂扬。

鸟蛋在刀锋上吹一口气："刀枪从不长眼睛，人可要长好眼珠子，识货。"声音又飘又轻。

三货受了窝囊气，一看鸟蛋小小孩童，虽然看到他捕鸟飞针神技，又见自己的矛尖被削掉一半，大灭平日蛮横之风，也没多想，将矛杆猛力一扫，想将鸟蛋拦腰打倒在地上。

"放肆！"鸟蛋怒从心起，一声童音喊喝未尽，刀比音还快。寒光一闪，三货一双大手腕随着那根长矛掉在地上，鲜血如注。鸟蛋："跪下！"手一扬，"扑通"，三货高大实壮的身躯矮了一大截，像钉子一样被钉在地上，吓得那些起哄军士一齐都跪在地上，额上即刻沁出冷汗，心里在祈求活命："神童，活神仙，何大人，名不虚传。"

鸟蛋望望天空，将刀入鞘，众人长吁一口气，他漫不经心对旦迟秋说："黑夜最怕猫头鹰，别让这货带着你们阴沟里翻船，起哄的都是闲人。"然后吩咐，再煮三锅肉让众人吃饱，并指着一昏迷、一断了双腿的："也喂足那两张嘴。"让众人多挑多扛，多备火把，把猎物带下山。

旦迟秋两腿一并，胸部一挺：“是，何大人。”将第一锅鲜肉一一分给众人先解饥饿，后面三灶点火。

鸟蛋乘机又飞爬上另外几棵树，射下无数只鸟，将几兜冬季罕见的鸟蛋洗干净放进沸腾的肉锅内，煮到漂浮在汤面上时，他让二十六人先一人吃下一斤，剩下的分给“大块头”吃：“多挑多扛。”到三锅都吃完后，人人劲头十足，旦迟秋按人员年龄强壮分摊猎物，鸟蛋本想熊狼只要皮，不要肉，可是大家还是舍不得，留了下来：“这年头，熊肉狼肉是稀缺货，总比吃死人肉强。”一两肉都不剩地带走。

三位两条腿的没一个人愿意背下山，昏迷的一口汤都喂不进，只是唇上沾了点汤味，断腿的倒是吃饱喝足。断了手的三货，跪在地上苦苦哀求：“何大人，活神仙，慈善心……俺……想……死在山下……不想死在山上……好歹让俺死在好听点的地方……烟柳镇嘛。”

鸟蛋抽刀出鞘，当着众人的面，将刀到插进昏迷的、断腿的那两人胸口，回头手攥一吸，收回飞针入囊中：“不细心，没本事，阳寿到了。”

三货感觉腿膝一松，想挣扎着站起来，刀锋一撇，两条腿分离。“哇！”一声惨叫令人毛骨悚然，鸟蛋轻蔑地叫一声：“让四条腿的给两条腿的讲讲规矩。”说罢一挥手，众人挑扛猎物，一路喊着号子返回烟柳镇。

饥民们在针尖上度日、火炉上活命，十磨九难来到烟柳镇，军士们粮食携带极为有限，多亏军令约束，沿途不杀不抢已属万幸；“寡妇军”扶老携幼，可谓九死一生“半条命”来到烟柳镇。他们共同有一个期盼：成家立业、落地生根。“吃”让林萧云如坐针毡，锁扣先立头功，江心洲水贼们在汇水处再投下浮动的诱饵，用鸡血拌蚯蚓最为灵验，本来回流鱼在长江汇水处泥沙冲击下群觅食，若再投下浮动的诱饵，惹来大批鱼争抢，四周大网一拉，三十斤以上的大鱼用鱼叉杀死后拴在船上拖行，一般鱼虾鳖入船，驶向狻猊岗起网，又鲜又快，稳住了饥民们的“肚皮”，人性本真“吃”排先。“万里长江，万鱼粮”，每天两三批鱼到港，起到了定心丸的作用，也让烟柳镇统领一上任“吃到黄连苦头”后，长吁一口气。加之鸟蛋“红衣队”狩猎满载而归，更让他大喜过望，斗笠山的野味连在咸阳竹韵轩酒楼、南郡衙府都是稀缺货，能饱餐一顿，死了都值。林萧云让鸟蛋挑了十头肥猪、十头肥羊送到江心洲，水贼们兴高采烈聚集，吃得个个眉开笑脸。踏浪而生的人对鱼鳖、虾蟹吃腻了，野猪野羊让他们大饱口福。林萧云又挑了一只最大肥羊送南郡郡尉义父，牛犇兴奋得提着肥羊四处叫嚷："哈哈，向八，俺儿子送来大个肥羊，没见过，少说七八十来斤，晚上招哥几个，醉他一把，哈哈，俺儿子送的，哈哈，吃顿孝心肉，蒙将军有眼力，啥时给他也带一只呢，唉，太远了，近水楼台先尝鲜……"

"寡妇军"中也有能人，吃了几天鱼肉，有位叫赵七姑的，组织起女人，在张步青的总规划下，抢着活干，还干得出色，一个地方，有男有女，阴阳调和。大批孤男寡女聚集，盖竹楼竹街，挖藕捕鱼，种菜刨地，劈石开路，形成可推山之势，只要有鱼、肉、藓、菜充饥，熬过春荒，等待稻子、麦子丰收，烟柳镇就像一二岁的婴儿学步，慢慢等待百尺竿头。

赵七姑整理江心洲送来的华贵死人冬装，因为都是劫船所得，大商船没有穷人，胖子偏多，而狩猎队是军士中万里挑一的壮男，按尺码一件件、一套套配发给他们，又将血衣袄裤换下编好码，浸入柳河中，三天后再洗净晾晒。狩猎队近百人穿着"富贵衣"成了烟柳镇一景，赵七姑与旦迟秋，两人边做事边暗送秋波，心起涟漪，结成第一对鸳鸯。

斗笠山沟壑满布，几百个峡谷口，鸟蛋在准备第二次进山"围场"，还从樊口南郡金口请来名皮匠，他要制几件狐品送人，天天给皮匠出尽难题，争论不休、笑声不断。

心中常青树，怎么想就怎么栽，生存重头戏不是鸟蛋奇招狩猎，也不是锁扣水贼送鱼，而是十里柳湖的托付。林萧云带领几百人，后来增至三千余人，拿螃蟹地送来的锄头、镐铲，在低处掘开千米大缺口，让枯水季节的水渗干涸后，上千人分成百条线，顶着冬风凛冽，夜以继日轮番抛出污泥，采出又白又粗的大白藕。张步青从樊口调来几十台水车一刻也不停地吸余水，找来船只搭成浮桥直通湖心巨石坑

“一叶舟”，上面挂起灯笼，举起火把，支起二十几口大锅，煮藕汤，吃藕餐鱼，采藕人轮番上石坑吃鱼吃藕充饥，好酒者，品几口白酒驱寒助兴。赵七姑组织五百妇女用一叶舟上十几口清泉洗藕、堆藕、运藕；男女搭配，干活不累，饿惨了、穷够了、苦怕了的中年人群，爆发出惊人的力量。雪白又肥的白藕，堆成一座小山，那是取之不完的“护命灵丹”。

更奇的是柳湖旁的“双龙潭”，一黑一白天然围石，深不见底，据说是狻猊岗陀螺石底部水路相遇，是龙王第八个儿子狻猊的两个鼻孔，一个潭能容下上千只水牛，双龙潭上是十余丈悬岩超大平台，叫观音台，观音台四周长满各种四季花树、花草，各种花簇拥成一朵大的莲花蓬。除了柳河水部分漾入，几条小溪常年从观音台四周注入双龙潭，使低洼的柳湖四季不枯，丰盈肥满。

千人掘口，群水车吸水，双龙潭十几天后一下见底，柳湖中的鱼最后都随着水退到双龙潭，一时十几万条鱼在潭内扭动挣扎，极为令人震惊，蔚为壮观，后来据《南郡志》记载：“百条长三丈重千斤巨鱼。”乌蛋带领狩猎队赶来，用长矛戳杀几天几夜，“富贵衣”又被泥血染透，几十棵古树上挂满了鱼，“鱼树”因此得名。张步青用鱼、藕换来百头牛，“哞”的声音响成一片，喧闹的春天未到，土地已躁动不安。

书到用时方恨少，人非经事不知难。林萧云忙碌又踏实，白天凿山引水，竹街、十八村、一叶舟来回奔波，夜里细细品阅高圆公主绘画的烟柳镇一览图，见物生情难免，不知多少次独自悲泪盈眶，在如同万针扎心的担忧中思念，得知真相心中自然会好受些，“活不见人、死不见尸”难免许多恐惧煎熬的猜测，每痛到揪心掐肝时，他就会来到统领楼天台眺望正在困难中创建的烟柳镇全貌，也在阅图对景中欣赏着心上人的超凡才智，在实地对比勘察中深觉图的每个细节规排，是那样与自然天人合一，恰到好处，有仰望的激动欣喜。他殚精竭虑，常常通宵达旦，在总图下，用敲骨震髓法，完善规划，任凭白驹过隙、岁月蹉跎，尽可能在灵山秀水间追逐十全十美神话，极端用心。

“一石、二水、三林、四路”让每个外来人、日后的居民烙在心上，心往一处想，力往一处使，勤为本，善为基，合力建造自己的家园。

一石，因斗笠山余脉“观音山”几个丘山上，崎石林立，与狻猊岗石厦一样，纹理细腻，凿出来的石块被切成方砖形，像豆腐、糍粑块一样规整美观，极适合盖房砌岸之用，坚硬、防火、防水、防潮，万古不损，他宣布“每个烟柳镇男人都是石匠”。

二水，生命离不开水，百病多生于水，斗笠山的天然泉水，清澈甘甜，烟柳镇人的第一大福祉凿石岩，将柳河水一分为二，在半山腰一大洼坑停留，形成巨大水池，流水如藤，沿线三十一处“结瓜”池塘，供饮水、洗衣等家用，沿途清污两条线，粪便污水供种植肥用，最终都注入十里柳湖养荷肥鱼，养了人、滋了木、肥了鱼、美了景，一箭四雕。烟柳镇开天辟地，第一回！

三木，树木花草，土地之衣，亦如良兽之皮，寸土寸花人造仙境，景可留人：千花、万草、百树林。柳为主木，万木峥嵘。柳河两岸柳木一棵不动，空隙间补上青杨木，相依成荫，三十里柳湖环岸种杨柳，三十处池塘杨柳周围护坡与水相生，其中点缀桃李梨梅。林萧云带着众人，用白灰撒线，棵距、品种一一精准标记到位，鸟蛋跟着嚷：“不截今年竹，哪有来年笋。”狩猎队也揽上许多活，抓捕坏人、造饭煮汤、埋尸、查栽树、种花园、量池塘尺寸、测垒土高度。同时也多了雅号，鸟蛋绰号“黑马阎王”，狩猎队别名“辣眼椒”“无事忙”“管得宽”。

路两旁只栽果树，花草陪衬，深挖池塘，泥土垒成小丘山，柳树果树名花异草，只在顶尖上种“三株鼎柳”，待柳根深叶茂时，供农人休憩躲风避雨、遮阳之用，渴饿还可摘四季水果止渴充饥。树只栽不砍，万紫千红拥绿乐土。

四路，穷家富路，路直路宽，大气霸气，心悦养眼。因为平原多用牛马驮草、运粮、运藕，拖肥拉泥，特别是运柴草的牛马骡驴车，堆砌得像一座小山似的，若两车相遇，收割稻麦季节，争吵不断，于是决定：“宽，再宽，减少日后麻烦，行人走两边。”路上一律铺上碎砖石，就地取材，江南雨水多，免泥泞坑陷之苦：“石子路通十八村、三十一处池塘，狻猊岗、螃蟹地、九里畈，分段各自修筑，自修、自养、自用。”

十八村，举手选出自己心中的“好村长”，订出乡约村规，“勤为本，善为基，不养懒人”是总原则，公平分配七条守则逐步到位：“自己盖竹楼的先娶老婆是第六条。”

奖勤罚懒，处处“实锤”，一步到位，在烟柳镇生活，落地花开，没有讨巧的门路可走，初设镇建埠，先是藤猿过树，处处掣肘，力不从心，入不敷出、难以为继的粮食一直揪着林萧云的心，现在只能是生存，靠狩猎来的肉、鱼藕、瓜菜度过春荒，煎熬着等待夏秋两季的收获。他笃信只要人勤、心善、路正，假以时日，江南第一美镇的美梦必成真。

江南出巧匠，后山楠树在樊口请来的二十几位木匠手中像变魔术般建造出漂亮楼。一人带十，十人带百，军士们聪明勤动手的，一点就通，一学就会。烟柳镇的男人人人都是石匠，个个都是木匠，才能娶得上老婆。男人懂手艺成为女人的择偶标准。

长长竹街二十余个日夜搭建而成，人们再不用风餐露宿，依偎在树下桥底，仰面朝天。人有一双手，先填肚子后，遮风躲雨，山上凿石垒江岸的军士，奉林统领之命，为每户“慈母军”屋内配上烧茶、做饭、烧火的厨房，都用石头垒，石头房是为避免火灾发生。搬进长竹街的“寡妇军”，林统领命名为“慈母军”，与烟柳镇“善为基”相生共衍。赵七姑按人数、体质强弱分为十户一联，百户一集，相扶互助，张罗着过扎根烟柳镇的第一个新年，十八村竹楼如同一把把撑开的巨伞，撒落在山间田野，牛郡尉让向八送来一些甜食、红枣，还有巧扎的红灯笼，剪吉祥纹样用的朱红绸。赵七姑挑选会剪吉祥纹样、扎灯笼的“慈母军”中巧手，剪福禄寿喜，扎大小各式各样红祈福球贴挂在竹街，十八村竹楼上，唯灯笼不敢挂，只挂红祈福球，一没蜡烛，二怕火，只用鸟蛋在山上砍下的松树沾上羊油，让木匠赶制了两个超大灯笼高悬林萧云统领楼上，在黑夜里点亮摇曳。长竹街、十八村石屋内，火苗闪烁如星，众人围挤在一起而眠，温暖如春，老天爷也不失时机地送来问候，腊月二十四暴降无风大雪，腊月二十五清晨，当第一代村民醒来时，大地一片纯白，只有绿色竹屋与红色炭火，与雪共融，绘成一幅生生不息的妙景。

“快来啊，快来啊，粮来了！”一阵急骤的马蹄声驰过，激动惊骇的尖叫声，许多人误听成“狼来啦！”将“粮”听成了“狼”，从睡梦中一骨碌爬起来打听张望。

原来是鸟蛋在天刚蒙蒙亮的时候，接到绿衣人的报信，耿百万派人送来过年粮七百担小麦（北方没有大米）、七百只下蛋鸡（母鸡六百八十只）、七百头猪（另配三十头公猪）、七百担棉花、七百匹布、七十担花生芝麻玉米，组成浩浩荡荡的马车队，迎着风雪，路上苦行七十三天，赶到烟柳镇，给了林萧云、鸟蛋一个惊喜，之前一点风声也没有。

种树，重在养根，种德，重在养心，战争荼毒让几代人承受痛苦，荒年送“粮”比“娘”还亲，林萧云、鸟蛋带着张步青赶去迎接，看到连绵几里的车队，顶着风寒，一路颠簸到至此，都激动得说不出一个字，紧闭着嘴唇呜咽，含着喜泪，一起上前拥抱着一个个驭手、护卫、领队，表达真诚谢意。

人逢喜事精神爽，张步青飞快组织人卸货，找洞存粮，把一半粮食、鸡猪分给十八村，给“慈母军”保管，鸟蛋飞身上马，黑旋风般将喜讯传遍长竹街、十八村。

听说“粮”到，所有人都涌出来，狩猎队又多了一项任务——“守粮洞”，赵七姑带领“慈母军”为了咸阳远来的车队，煮野味汤，煎鱼虾慰问。一片热气腾腾景象，纷落雪花也变得温暖。

烟柳镇，第一次人人脸上露出了笑。只有鸟蛋苦极生悲，从头哭到尾：“姐，谢了！”

耿百万驰援烟柳镇，外人都议论是：“始皇帝把兄弟，天下第一富，拔根汗毛比腰粗，给皇帝面子，捧场来的。”

“这几年没打仗，囤积多了，以前年年要给军队贡粮的。”

“耿家点石成金，吹叶成银，虽富可敌国，但也要舍得啊。”

“有人越富越抠门。”

“西北方传，耿百万也是吝啬鬼，穿补丁裤子呢！”

“耿百万不显摆，不炫富，所以说始皇帝同他常抵足而眠、平起平坐，妙妙妙，妙在低调啊。”

“啧啧，真舍得，第一次见到北粮南运，光马车几百辆，像攻城打仗，开眼界了。”

马车三百七十余辆，路上损坏了十一辆，押车总管遵主人令，清点人数后，二十六位病号分别乘三辆车返程，二百二十七人分三十八辆车，后勤供给十三辆车，武护队乘骑六十三匹马，备十四空鞍随行，留二百余辆马车、五百八十三匹马给烟柳镇，众人喝了赵七姑熬的热汤，辞拜林萧云后，迎着风雪返程，想赶在正月十五到青铜关梵香楼过元宵节。

鸟蛋一直抹着鼻涕，用袖子擦着眼泪，林萧云久久伫立，身子在微微颤抖，感恩的心无以言表：“飞雪，让你操够心了。”目送千里辛苦而来、未作停留空车而返的送粮“及时雨”队伍消失在茫茫大雪中，不禁拊膺长叹：“锦上添花人间有，雪中送炭世间稀。”

“嘶”黑马长啸，鸟蛋飞身上鞍，一路追送十里后才一步三回头返回：“天下情胜恩，爱胜过命。”

褒奖是买主，喝彩是闲人，开春禁猎，正月初三打春，鸟蛋让锁扣去找些冬衣来，自己腊月二十六带领七十人的狩猎队“进山赶围”，想让饥民腊月三十过个好年。他哼着歌，骑着马，扭动着腰，逗得狩猎队众人不停地跟着和唱，对这位惊吓到他们每根神经末梢的何大人，如今又怕又爱，打心里欣赏又喜欢，听他编的歌听着开心唱：

有钱没钱，先弄个肚子圆，
不是我怀孕，天下吃为先。
人赖地长草，
人勤地生宝，
野的肉汤比家的鲜。
烟柳镇，慈母军，
养嫩婆娘，后代传，
人生一世，长又短。
你也盼，我也盼，他也盼，
腊月三十过个好年。

来到北面山坡豁口处，猪之肉，狐之皮，人之谷，两条腿的与四条腿的又杠上了。山谷静悄悄，只等亥时到……

四条腿的畜生只有吞恨抱愤、哀其不幸的份，猎物比上次多了三倍，三锅肥仔猪羊的香气，伴随着野八角、花椒、朝天椒的辣味飘散山涧，羊油火把冲天，映红四周山野，快乐的吞食嬉笑声与畜生的悲嗥声，组成极不和谐的交响曲。鸟蛋吩咐旦迟秋："小心剥熊狼狐皮，通知十八村搬运领猎物，分配一定要公平，挑一只最大的肥羊送牛郡尉，十只送江心洲水贼过年。"自己一夜戕杀，炉火纯青的刀功更精准随意，虽然事先裹好头巾，头发还是破血染透后变得沉重似陀螺，浑身像从血水缸里爬出来似的，他干脆削剃掉头发，变成光头。捆绑，宰杀，剥皮，狩猎队又成一支"红人队"返回烟柳镇。"慈母军"像迎接亲人似的早早烧好沐浴艾香之水，做好了可口饭菜等待他们凯旋，狩猎队其中有一人，用湿木柴檀长棍挑回二十四只羊，成了大力英雄，引众人噱笑围观，他的名字叫陈恒讫，绰号"阉牛"。他身高力大、健壮如牛，可惜攻城登梯乃天生弱项，翻垣墙时梯断掉进陷阱，尖桩刺破肛门，穿透小肠，没了命根子，一辈子不能娶女人，只有能一顿吃掉一头羊、一吼扳倒一头牛的本事，这几天连连吃到肉，憨笑着挑回二十只羊报口福之恩，对鸟蛋毕恭毕敬，口口声声称"活神"。

赵七姑领众姐妹，照先头一次那样将血衣编号浸泡，不同的是旦迟秋在刺树上打下了许多"皂壳"，用来洗衣，上次"红衣队"到哪里都有一股腥味，用皂壳来洗衣则有自然树脂香。

鸟蛋让锁扣找来三位剃头匠，帮自己也剃了一个"光葫芦"头，因为上次自己剃粗糙了，跟着旦迟秋与狩猎队清一色"光头队"。他们换了衣，剃了头，又换上江心洲劫船来的"富贵衣"，引来"慈母军"刚刚恢复元气的年轻一点的少妇们的青睐，小声议论与指指点点。旦迟秋让回来的狩猎"光头队"换下三十多名守粮人员，加上力大的"阉牛"同十八村人等第二次进山"扛年货"。

鸟蛋累得蒙头大睡，闭着眼睛喝了一大碗谷粒给他做的羹汤，梦呓中："嗯，昨晚又当了一次活的始皇帝……"

十里柳湖一直是开春度饥荒的主战场，林萧云、张步青轮番值夜，“处女湖”古今之变，惊天动地。采藕泥人由一千多人逐渐扩大到三千余人，烟柳镇的“救命湖”浑身都是宝，一车车似小山的白藕昼夜移动，“黑黄金”黑色淤泥一堆堆倾倒湖外，黑湖泥乃庄稼的至亲至爱；张步青从樊口运过来十个大石磨，马匹三班带转，白藕粉一部分留作老幼佳品，一部分外换布匹、种子；更稀有的是几丈深黑泥中挖出的几十万条大泥鳅，一条四五斤重，还有上万条重约五十斤的鲶鱼，力大无比，往往一条巨型鲶鱼需要十几个壮汉“请上岸”，林萧云下令：“泥鳅、鳝鱼、鲶鱼生命力强，不准打死，慈母军、十八村按人数短期饲养，因为这些泥里的精灵用来做汤吃馍是度春荒的上佳食品。”张步青让渔民出生的军士挖深泉，将鳅、鳝、鲶活着存放，盖上厚厚的枯荷叶防冻，伺“犁耕水响”时尝鲜。

藕，唯一无“凉”性的在水里生长的植物，藕节反而是妇女生孩子、坐月子的上乘温补吃食。烟柳镇藕粉直到两千年后一直都是妇女儿童增强体质的“护身宝贝”。天然的气候、水质、动植物，水乳共生同存所产生新类物品，一方水土，养一方人。

严冬，北风凛冽，雪花漫卷，时舞时歇，十几台手动水车汲吞着湖水，湖一直保持着干涸。无利不起早，攻城杀人放火的手，现在用来握铁镐铲、泥巴瓢，每挖藕一万斤者，十八村优先盖好三间竹舍，送一慈母军中女性为伴入住，过上男耕女织生活。自盘古开天辟地以来的平凡生活，从军单身之苦，空寂男人们在这世界上最想要的是女人，雄性需要满足的宣泄，让身心平衡，为了雌性动物，不惜生命而搏杀。岸上经历失夫之痛无依无靠的千百条“藤”九死一生来到这里是为了围堰而偎，重新发芽展叶换“春”，她们洗藕、磨粉、煮肉、煮鱼，暗中不断偷窥那些彪悍“泥人”谁采藕万斤了。

湖底千年黑泥翻身跳出湖埂，白玉手腿似的藕一根根被拔出，又鲜又嫩，无惧严冬霜雪，这里只有暖风和畅，求“偶”的号子粗野地彼此起伏，诠释了男人们的坚强；一叶舟上的女性，深藏着多年的隐忍，尽显贤能，洗藕、烧开水、递热汤，从头到脚忙得湿漉漉，在如火如荼的号子中，寻觅着音符，从困顿中蜕变得想黏人。

万丈红尘三杯酒，千秋大业一壶茶。烟柳镇根基在有序而自然地延伸，美少年林萧云从来没有想过要青史留名，他只是一心想着落实那一幅仙境般的图画，每一步都是“人怕逼，马怕骑”见招拆招的因果，火一样的心情在“勤善”两条线的牵引下，只往前奔，对未来懵然无知，走到哪里算哪里，“摸着石头过河”，一切听天由命，尽心为乐。

谷粒慌慌张张跑来柳湖一叶舟上找到林萧云，满头大汗着急地告诉他：“统领大人，何大人算起来到今天已两天两夜未醒，在‘白日做梦’，自说自笑，像着了魔……”

林萧云：“啊，太累了……”

谷粒：“何大人的话有些古怪，‘巫蛊婊娘别哭’‘碰刀见’‘给你装两条腿’。我喊了好几次喊不醒，又怕那刀晃来晃去……”

林萧云跟着谷粒回到统领楼，进了鸟蛋房间，看到他怀里抱着刀，憩睡中自说自笑，幸福满满。林萧云弯腰轻轻拍着他刚剃光头发的脑袋，“嗖”，他闭着眼睛将怀里马刀一个横扫：“吵啥吵！”林萧云一闪，将刀夺了过来，鸟蛋蹦起来找刀：“哥啊，我以为是贼。”说罢又倒头便睡，只抱着刀鞘。林萧云轻轻将利刀还入鞘中，退出房，掩上门：“让他自然醒吧。”点点头，向谷粒微笑地说着，又去忙自己的事。

世界上可怕的不是死人，而是活人。腊月三十，弥天大雪暴降，滴水成冰，呵气成霜。烟柳镇第一个新年，有粮，有肉，有鱼，有藕，有红球，有红布画，绿色竹楼、间间石屋暖火熊熊，久违的笑声时隐时现。张步青从樊口请来了喇叭锣鼓队，坐在马车上围着长竹街、十八村演奏热闹乐曲，每到一处，人们窜出来喝彩一阵，待乐队走远又会回到石屋烤火，吃喝，谈天。牛郡尉将府上所有好吃的一样备了一份差人给林萧云，林萧云将义父送来的年货，还带上三口大锅、牛羊肉，与张步青一起到了柳河对岸为乞丐群热羹、煮汤、分食物，并燃起两堆大篝火，与乞丐们一起过大年。

柳河对岸有一小山丘，一片洼渍，四周布满杨柳树，河溪涸水季节有一排天然犬牙石，乞丐们都是从这犬牙石上爬着出入，险的地方，有人放些木板或树枝。这些靠乞讨为生的群落，随着军士、寡妇们一起赶聚到这里，平时靠军士、慈母军丢弃的骨头残羹为生，见到耿百万大车粮队往烟柳镇送援粮，乞丐们欣喜若狂，在人食人、民不聊生的暴政年代见粮如见希望，稍强壮心，如同蚁追糖从四面八方往烟柳镇汇聚，一片茂密的柳荫遮风挡雪，是乞讨为生的人们安营扎寨的家。

步步黄连路，时时殇苦多，天下乞丐都没有家，更没有乡，颠沛流离，大多数人丧失生存之力，各自有苦衷，沦为“两条腿动物”。进入到柳树林中，有人摞一堆石头围一个圈当作“家”，有的在树与树之间绑上几根树枝搭上破布破衣算是“门头柳”，有的背靠背挤在一起取暖，死的活的两百多号人，黑压压一片，饥饿与寒冷随时可能攫取性命，特别是那些妇女儿童，眼里都挂着凄惶之泪，惨不忍睹……

戌时，没有金乌西坠，只有少数冬鸟归巢，漫天大雪不依不饶暴降不止，三口大锅，肥羊猪肉辣香麻香，众乞丐做梦也没想到：“今天过了个腊月三十好年。”能动的都来到两堆对天燃烧的熊熊烈火旁取暖，张步青又吩咐将烧尽的火炭分别送到走不动的乞丐处，羊猪肉吃完后，又熬起玉米羹，最后是烧麦子。

永恒的柳河水，哗啦啦流着，抑扬顿挫；飞雪与篝火起舞，人命如蚁，岁月蹉跎。林萧云重箫呜呜，《山水》旋律又起，划破年夜之空，在呼唤着一个灵魂，祈求对话……

鸟蛋听到箫声传来，一骨碌爬起来：“嗯，哥哥，啊……哥哥想我嫂嫂了……哥哥你在哪里？”在门外的谷粒、旦迟秋、赵七姑连忙开门进来：“何大人，何大人你醒啦？”

“统领大人带着张步青他们在柳河对岸。”

鸟蛋揉着眼睛惊诧地问：“去那地方干吗？”

“啊，同乞丐们过年，吃年夜饭。”

“今天是腊月三十，何大人，现在是戌时。”

谷粒：“何大人你睡了三天三夜没吃东西，专做‘白日梦’，说个不停。”

乌蛋望着他，尴尬地笑着：“啊，睡那么久。”

谷粒：“我去弄点好吃的……”

谷粒：“好歹吃个晚饭呀。何大人太累太累了，累过了头。”

旦迟秋有点为难道：“何大人让所有人吃上肥羊肥猪肉，你怎么也得尝几口啊，要不然咱们心里难受。”

赵七姑委婉地说：“大人劳苦功高，累极昏睡三日有余，今天过年饭菜都做好了，咱们一起吃个团圆饭，算是咱烟柳镇第一顿年夜饭，做个纪念。”

乌蛋：“哎，到河对岸吃吧，几天没见我哥，他箫声在念嫂嫂了。”说罢穿上雪靴往外走，谷粒赶紧取下斗篷跟上，一出门十几个狩猎队员在外候着，风雪一吹过来，他笑着摸着光头：“没啥吹的。”接过斗篷罩住头，跃上了大黑马，众人带着火把跟随着，旦迟秋使了个眼色，谷粒与赵七姑奔向统领楼厨房。

“谷粒，谷粒。”乌蛋在楼下喊着。

狩猎队员一听呼叫，惊吓到每根神经末梢，也跟着喊：“谷粒，谷粒！”

谷粒从厨房内气喘吁吁几步窜到马前右边：“谷粒在，谷粒在。”仰头看着乌蛋，旦迟秋、赵七姑都挤过来听候吩咐。乌蛋在马上伸懒腰，迎风想打个哈欠，不料被风雪灌得打了一个大喷嚏。

谷粒乖巧地递上一个布巾：“何大人，没事吧？”

乌蛋接过布巾擦擦揉揉后：“这几天老在做噩梦。”

谷粒：“白日做的梦全是假的，噩梦乃好梦之兆……”

谷粒悻悻地自嘲自损：“我白日梦到跳楼，醒来吃羊肉。”

旦迟秋、赵七姑调侃：“都是断腿的熊、狼、羊、猪，找你要蹄子的，哈哈，可热闹啦。”

众人惊愕：“哦！”

“有这回事？”

乌蛋：“白日所为，夜里所想。”回头对旦迟秋：“今后凡是怀孕四条腿的，不要杀，带回来，让锁扣给装个铜腿，把崽生下来。”

旦迟秋急忙应声："是，是，一定照办，把崽生下来。"

鸟蛋若有所思勒马停住，众人立即静下来看着，耳朵都竖起来听："怪了，昨夜梦到一位中年女人跪着哭哭啼啼两整天，要我救救鱼无舌的女儿，这鱼无舌坏透了顶，咋救她女儿？"

他四处望望，漫天大雪，只有箫声低沉远播，无琴箫合奏，他摸摸光头，轻声一叹，催马寻声继续前往，眼前一片茫然。

赵七姑见状："何大人，自古祸福相生，开明皇帝的儿女多为不羁，牢中大贼十恶不赦，可儿女极勤极善，一等良民，天下万物相生相克，重在随缘而为，随遇而安。"

鸟蛋边走边思："也是。"

这不是品个味道、看个热闹的地方，虽有两堆烈火冲天燃烧，雄威作势灭寒，柳林荫里，难掩死寂的气氛，人人没了真元，耷拉着脑袋，眼珠子已没有了光彩，等死是唯一出路。

闻到烧麦子香味，鸟蛋跳下马，瞬间上前抓两把嗑着，一下子觉得饿了，谷粒、赵七姑不失时机地从阉牛手上拿过竹筒，一边一个递给他："何大人，这里还有羊骨汤。""尝尝猪肘子，'三十吃肘，一年富有'。"

鸟蛋接过去先品，接着就是风卷残云，一口气吃光喝尽，谷粒竭尽讨好之能，送上小圆饼、一对鸡腿。鸟蛋吃得又急快，一连打了几个饱嗝，信步走进柳林内，一不小心连连踩到几具枯死的尸体，借着火光细瞅："哎呀，这些尸体怎么没人埋呢？"他转圈，抓着光头。

旦迟秋："何大人，这些乞丐路都走不稳，哪有力气埋尸，何况相互不认识。"

鸟蛋紧锁着眉头，也用眼光搜索着四周："好像死了好几天了。"他指着溪边几具被厚雪覆盖的人形尸体。

旦迟秋看他指的溪边的方向："唉，来时有声，走时无坟。"

鸟蛋有所触动："把死尸都给埋了，大过年的，哪有死人同活人一起睡的。"

旦迟秋立即响应："是，何大人。"转身对后面十几人："听着，何大人有令，张开雨，回去叫五队的拿锄铲来，加上你们一起，细心找找，天亮前全埋掉，一具也不剩，让大年初一眼睛干净些。”

张开雨举着火把往回跑，其他人开始商量埋的地方，四处搜寻尸体。

鸟蛋“隔山传音”耳朵极灵，有一丝清澈幽暗气氛将内心扎了一下，那声音是奄奄一息的呻吟，绝望分离时的哀鸣，他探步寻声而动，听到：“娘啊，娘啊，好人送了一碗羹，你却没打湿唇，娘啊，你等等，女儿秧秧一起行啊，娘啊，好人送来一碗羹……”

鸟蛋快步寻声走近，看到一个骨瘦如柴的小女孩，十岁左右，抱住女尸的一只手放在脸上擦着摩着，旁也放着一只竹筒空羹碗，看不清女孩面庞，脏乱的头发，褴褛的衣衫，声音却清甜罕见。鸟蛋天生会唱歌编词，这与自己大小差不多的乞丐女孩编唱歌曲，正和着林萧云重箫倾诉幽怨思念的《归燕》一起律动，借喻伤情。

鸟蛋心头一紧，恻隐之心徒然而生：“哪家的小女孩，乞丐群中死了娘，无依无靠，拉着她娘的手，编的词戳中人心，哎。”他久久站在她后面，旦迟秋、赵七姑一言不发地呆盯着，没有一丝声响，大家跟着一起绝望，任凭雪花纷落，鸟蛋蹲下身：“哎哟，我的娘，唱比哭还难受啊。”说罢也跟着大声痛哭起来，见此景，旦迟秋、赵七姑也哭起来，远处阉牛也情不自禁地抽泣。小女孩无力地抬起头，有些惊讶，又无力地轻轻将女尸的手在脸上揉着：“娘呀，娘……”

赵七姑上前：“小女孩，你娘走了，把她埋了吧……”

话还没说完，那小女孩突然眼睛一亮：“你是浔阳来的呀？”

赵七姑略一震，听出小女孩讲的是纯正浔阳腔，与自己同乡：“是的，我也是从浔阳过来的，你与你娘怎么也来这里啊？”

小女孩睁大眼睛，听到乡音如见到亲人：“我娘是绣女，随外公来南郡金口谋生，被用药迷昏后，生下我……”

赵七姑眼泪流淌一脸，上前轻轻将女孩抱在怀里，一手握着尸手：“不是骨肉不连心，你娘是啥时候死的呀？啥病呢？饿死的？”

小女孩见赵七姑一问，又看到赵七姑泪流满面心想：“人不真心不流泪。”

自己泪流干后，又一次童眸泪涌，哽咽地诉说：“我娘与我从南郡金口来，想找一条活路，听说皇帝要建烟柳镇，又听说这里有‘活神仙’渡苦人。”

赵七姑摸着梳理着她的乱发：“这里有好人……”

小女孩：“也有坏人！”她指着丛林里另一个用石头围圈处。

众人顺着她手指方向：“啊！”

那石圈只有几件破衣服与藕节蒂。鸟蛋：“那人你认识吗？”

小女孩点点头，眼里闪着仇恨的泪光：“烧成灰我都认识。”她咬着瘦薄的小嘴唇：“前天我娘捡了骨头、藕节回来熬野菜，我刚吃几口，那跛子男人拄着拐杖来抢，喝光吃完，还将我娘按在地上，那么冷，他扒光娘的衣服，娘躺在地上，抓起一块小石头砸破他的头，那跛子用双手掐我娘的脖子，我哭着求饶拉他，他用拐杖打断我的腿。”边说边哭成泪人，赵七姑也跟着哭得天昏地暗，似乎在揭开她的旧伤疤，紧紧抱着小女孩把脸贴在她脸上，泪混在一起：“小丫头，你叫啥名？”

小女孩：“我姓余，叫余秧秧。”

鸟蛋一听差点蹦起来：“活神仙遇到鬼，你父亲叫鱼无舌？”

余秧秧摇摇头：“我没父亲。”

鸟蛋：“没父亲？”

余秧秧：“娘说，有一个坏男人在她晒的衣裤里投了蚊毒，她去治病，就有了我。”

鸟蛋吸一口长气，仰望没有星星的夜空：“就是鱼无舌。”

余秧秧不解地问：“鱼无舌是谁，是那个扒我娘裤子的跛子吗？”

鸟蛋一时语塞：“嗯，是另一个畜生，一样的黑锅心。”

余秧秧将脸转向赵七姑求解：“另一畜生，一样的黑锅心？”

赵七姑想了想：“两个坏人，两颗坏心。”

余秧秧默默点点头又用祈求的声音问：“能给我娘弄点草缠一缠吗？别同那些人埋在一起好吗？等我长大了，也能找到给她磕头的地方。”

鸟蛋痛苦地对旦迟秋：“去弄一口棺材，葬在狻猊岗后山，我爷爷下面。”

旦迟秋："是，何大人。"

余秧秧激动地要站起来，只能几次忍痛转动断腿向鸟蛋："活神仙，谢谢活神仙，来生变猪变狗感恩。"不停地磕着响头，鲜血从额上渗出，鸟蛋赶忙制止。

"找那跛子算账去。"赵七姑抱着她一起向火堆走去。旁边一个老乞丐："天下好人多，那强奸她娘的、掐死她娘的、作孽的，是个逃兵，被打断双腿后做乞丐，他们一伙有几个残身逃兵，相互假装不认识，专门晚上抢乞丐东西吃，还抢钱劫色。"众人听完稍停脚步，心情愤怒到极点。

鸟蛋咬牙切齿道："真没想到，乞丐中间还藏贼。"

几个将破军裹服得紧紧的残身男人，吃得满嘴流油，幸灾乐祸地暗中庆幸今夜过年好运气，身边还留着一包包肉食，背对着火取暖，不时交头接耳地偷笑着。

余秧秧依偎在赵七姑怀里，一眼认出凶手："就是他。"

那凶手一愣，也认出了小女孩，刚想提着拐杖溜走，"啪"，鸟蛋马刀一闪，拐杖截为两段，那人一惊，裤裆内"嘶"一声，痛得他跪地捂着裤裆号叫，旁边两个残身同伙受到惊吓想溜，刚迈步却像钉子钉住一动不能动。

鸟蛋用刀尖割下他身上脏布塞满三人嘴："恶有恶报，时辰已到。"

他将刀柄放在余秧秧手里，自己又握着她瘦小的手背："这刀专砍蹄子的。"他几乎是微笑着，轻言细语。余秧秧握着刀柄，浑身发抖，怯怯眼神望了一下赵七姑，赵七姑愉悦解恨道："别怕，有何大人为你撑腰掌正，为你娘报仇！"

余秧秧咬紧嘴唇，火光在童眸中闪耀，鸟蛋握住她的手一晃，那跛子一双手腕整整齐齐地掉到地上，余秧秧吓得松开刀柄，双手捂住眼睛躲进七姑的怀里。

另外两个残身乞丐，滚在地上磕头求饶，鸟蛋刀一闪，二人手臂着地，轻蔑道："画虎画皮难画骨，知人知面不知心，没有蹄子害人了，丢远些，让他们慢慢过完最后一个大年夜。"后面狩猎队上来提拖着三个劣根乞丐走向溪边，一路血迹，一路红白雪蹄印。

赵七姑抱着余秧秧，拍着她的背对旦迟秋慎重地说：“叫秋莆烧几桶艾水，带几个姐妹来，我为余秧秧娘洗个净澡，干干净净地入土。”旦迟秋让阉牛带两人回去筹办。此时雪止风静，张步青等人一个劲地添柴促火旺，寅时前夕，烈火似乎驱赶着柳荫中晦气，期许明天新年吉祥。

鸟蛋跺落脚上的雪，掀开斗篷，露着光头，迎着五更寒风向林萧云走去：“过年不开心，弄了一肚子气。”火焰焚空，穹顶无星无月，林萧云看上去毫无倦意，他走上去摸摸鸟蛋的光头，拿起斗篷重新罩上。鸟蛋牢骚满腹：“哥哥啊，大过年的跑到懒人堆里，死人活人混在一起，我才救了鱼无舌的女儿，逃兵跛子抢吃、强奸，还掐死余秧秧娘，打断余秧秧的双腿，都是一些啥东西，哎，真不吉利，带来一身晦气，真是。”他指着赵七姑抱着的余秧秧数落着。

林萧云手拿重箫扫了一眼围过来的旦迟秋、赵七姑，这时五更雪已停止，火越烧越旺，他那双明眸里，似乎在闪动着千万颗星辰，他搓着鸟蛋的冻手：“泥沙俱下，免不了鱼龙混杂。”

他俯瞰柳林内围火取暖的乞丐群，抬头看着河水注入长江处，意味深长道：“乞丐一千年一万年还有，盛世少，乱世多，谁也不愿意讨米要饭，匍匐于最低层，形同猪狗，特别是那些老弱病残，孤母拖儿带女，各有苦衷，实被逼得无奈，才走上这条路。我乃第一任烟柳镇统领，没办法阻挡乞讨之人入辖区之内，更管不了他们一生一世、一年一月，但是，我可以管他们一天，尽一份良知与责任。”

鸟蛋瞪大眼睛仰望着他，众人情绪蓦然突变，如入云端之上。余秧秧抱着赵七姑的脖子，看着这位如同天神下凡的美统领，凝目于那根重箫，刚才生死临界上听到低沉哭诉般的召唤，静听着他的话语，大有胜读十年书之感，因为她娘也懂诗书音律。

林萧云脸上痛苦地几下痉挛，语音低沉：“此时，谁知绘画烟柳镇图的高圆公主，仙身在何方，是不是也落入乞丐群中……”

鸟蛋轻声打断他的话：“哥哥，我敢保证不会的，那天在梅岭，我听到她‘啊’的一声惊呼，嫂嫂看到了咱们，回来那夜里，洞爷托梦说：‘清修化蝶为仙，来年八月中秋月圆见。’我就醒了，一直不敢同你说，怕哥添忧伤啰。”

鸟蛋一语惊天，林萧云思念心切，纵疑却愿深信：“啊，祈愿如此。”

鸟蛋：“洞爷说过，命由天定，运靠人为。日后烟柳镇可以不搭理乞丐，但是不许欺侮乞丐，咱们管不了他们一生一世，可以管一天，立个规矩，传话。”

旦迟秋、赵七姑异口同声：“是。”

阉牛挑了四桶艾水，带着几位稍健壮的慈母军女子，来到林地，旦迟秋举着火把，赵七姑抱着余秧秧，一起告辞向阉牛站的地方走去，赶在天亮前，将余秧秧娘洁身下葬。鸟蛋牵来白马让林萧云骑上后，自己一跃到黑马鞍上，两人一并回统领楼，路上鸟蛋神秘地给林萧云耳语，看上去哄得统领很开心，使出他那假语成真、真伪难辨且又浓淡相宜、无人能及的本领。谷粒举着火把久久站在河对岸恭候，风雪稍停，东方显现一缕淡淡晨晖，邻山高处，大红灯笼将统领楼映照得通亮，兆福新年第一天来临，迎主人归来。

一勤天下无难事，开垦荒蛮之地，建造新埠家园，人人出力，个个开心，正月初一抢着铺路，栽树种草，开挖沟渠，十八村村长比着干，手中那份绘制图乃无价之宝，十张总图，十张分图，一共分绘二十三套，林萧云每天都带上图到各村各地对照，人们对着图议着嚷着：“这样更顺”“右拐更好看”“七柳中间要配一株海棠花”。

在总图里，林萧云反复思考，实地测量后增加一处内港、十六条通江干渠、一个跑马场。

内港，即一处洼地，让分流的柳河水注入成港，也就是狻猊岗江码头的犄角港，内港位置略高于柳湖，让柳河水连通内港与柳湖，再灌串十八村各处池塘，形成一张大水网，旱涝储放，更重要的是中小型的船只与竹排直抵统领楼下，方便货物装卸，大大减少了劳苦之力，大内港水高一寸，良田万顷，港依城兴，城依港发，借助长江“黄金水道”促镇埠繁荣。

十六条干渠，实际上就是十六条又宽又深的大沟，后来人称“万宝沟”，这沟日后成了“摇钱树”“聚宝盆”，除灌溉良田外，大大超越预期，造福子孙万代。

林萧云想的是，深沟引柳河出口处螃蟹地江水倒灌，他反复督查：“越深越好，防旱灾洪涝。”大量江水涌入，柳河变成运河，流速变缓，水域拓宽，内港吞吐量几倍提升。巧的是有懂行的农渔民，在深沟里栽上白芦苇，可编席致富，还配栽水榭花、紫柴胡、芒七、水巴掌等几种水中药材，水沟一深，两土岸上自然生长出名贵好吃的野菜，像浮蔫斗、晰菜、蕊黄艾，是田螺、蚌、虾、泥鳅、黄鳝、鳖最理想的生长藏身地，更奇的是千载长江无数沉船中的宝物淤积在沙石中，随回水鱼虾一起漾，人们在“万宝沟”淘宝，常常让烟柳镇成惊喜之地，水禽的粪便又成了渠沟植物的养料。总之就是：“不种地，不种田，天天水渠沟边玩，养鸭，捞虾，铲菜还捡钱。”酒至微醺，花开半朵，人想天助，恰到好处，暗合情缘。

柳河入江处有一大片独一无二的未开发沼泽地，劈下山丘，沃土填泽，沿江伴河，水盈草丰，沼泽变成天然牧场，闲时骏马飞驰，盘弓舞枪，是狩猎队的天下。后来几次战争，保镇御敌之战在这里打响，敌我鏖战，鲜血浸透了每一寸土壤，同时也演绎了一段段脍炙人口的绝世传奇。

跑马场，烟柳镇武卫的堡垒。

正月初一，挖藕大军中有一百三十人收获过万斤，每村迎来数位新娘入竹楼，近八千单身汉惊悸得流馋水。林萧云为每家送上“囍”字，赵七姑腊月二十四早就挑好了一百三十位“慈母军”新娘，在长竹街群体相过亲。

相亲仪式简单实用，即“互换红梅”，新娘每人头发上插着一朵红梅花，新郎每人手里拿着一束黄梅花，新郎排成长队来回走三遍，相中的摘下新娘头发上的红梅花，送一束黄梅花给新娘，新娘接了黄梅花，两人就到林萧云、十八村村长那里登记鉴婚，婚约共十一条，第一条严禁男人打女人。如男方摘取女方头发上的红梅，而女方不接黄梅花，那男方就还回红梅花继续寻找，但是能挖到万斤藕的汉子，那一天都天降“桃花”，没有一位新娘拒绝黄梅花。九死一生，悲惨舛运，她们只有等待，企盼苦尽甘来，喜迎“二度梅开”。其中三十五户入住长竹街。

上午一百三十户新郎迎新娘热闹过后，鸟蛋、锁扣要开学，由于建镇开埠千万头绪，林萧云忙得抽不出身，再者原定是高圆公主执教，生死巨变后，林萧云一拖再拖，选正月初一开课，择时而授。

嘿，天鹅飞进家禽院，锁扣早就将自制的写字沙盘、买来的上乘简牍与刀笔摆放整齐，鸟蛋特地洗了两次澡，一艾水，一清水，穿得干干净净，一本正经摆出读书识字架势，他已画了几次“葵花太阳”给夜壶报平安，信封上的字当然是林萧云代笔，练刀舞剑一看就会，可是看别人写一遍字就是一个都不认识，“睁眼瞎”耽误了他的聪明，发誓要有学问。虽是寒冬，锁扣还是裸着上身，肩上斜挂着那两个皮囊袋，手里拿着钓鱼竿，赤脚踏浪，一点未变，皮肤黝黑成茧，在水贼们心中的地位越来越高，心灵手巧，擅长制造，与螃蟹地做铠甲的新掌柜多有来往，为烟柳镇铸锅造犁耙，对浇桶、鱼口铲、弯镰做了许多改进，特别是石磨石滚轴，创制的稻谷风播车沿用千年，读书之外，更喜欢绘制各种地形图，林萧云调整的内港、深沟通江干渠、跑马场，其中也有他的功劳。

也从这一天起，读书识字为鸟蛋的诗情、锁扣对数字的天分打下了坚实的基础。

第十六章

课堂上从“日月山石田土”启蒙，“点横竖撇捺”沙盘上练习写字，一天上课，一天自读自写，三个月之后两人只能分开传授，鸟蛋一天能识近三百字，进步神速，所学可以达到倒背如流的境地，令林萧云惊讶不已，锁扣反应略迟钝，一天只能识二十到三十字，但是一笔一画的字写得工整，骨力潜显，亦如铁画金钩，如雕似刻，自成一体，让酷爱书法的林萧云倾心不已。两个亦弟亦友亦徒，一同为他驱赶了许多烦恼与寂寞，平添了许多求学研习乐趣，书屋内传出的笑声也愈来愈多，更惊喜的是锁扣的计算天赋奇高。

初一下午，送完新娘后，赵七姑携旦迟秋和一众姐妹返回河对岸乞丐柳林处，挑选身体较好的女乞丐拖儿带女来到长竹街，给她们安排食宿，加入“慈母军”行列。渡人，亦是渡己。林萧云大年三十夜善良的举动深深打动了赵七姑，她带着旦迟秋与十八村村长一同行动，拯救拖儿带女的女乞丐们。昨夜看到食不果腹、骨瘦嶙峋的幼童们，依偎在奄奄一息的母亲身边，赵七姑心如刀绞，哀其不幸，当埋葬余秧秧母亲后，睡了约一个时辰，闭着眼睛，摸着胸膛，做出了决定，将苟延残喘、走投无路的拖儿带女的女乞丐们分批甄选到慈母军中：“救一人，就是救了一个家。”

她一早找到张步青说出了自己的想法：“八千军士解甲归田，最终还是要有一个家，八千寡妇不是像军士那样集体来烟柳镇的，妇女本来就体弱，且又扶老携幼，路上饥寒病冻，几乎死去一半，日后逐步从乞丐中慢慢补充，扩充慈母军为的是男女阴阳平衡，长治久安。”

张步青一听，觉得有道理，急忙报禀林萧云，统领稍加思索提笔写了三个字“摆渡人”，让张步青转给赵七姑。

苔花如米小，也胜牡丹开，赵七姑一接到竹筒，闻到墨香气，被美少年的书生意气、挥斥方遒的书法功力所震撼：“啊，天啦！皆圣贤墨迹也。”

她只听过传说：“年少统领大人武功盖世。”昨夜又倾听了如哭如诉的箫声，看到与乞丐一起过年的善中提纯的举动，万万没想到的是绝妙书法字，一字千金，是对卑微之辈、安贫守拙之人的最高褒奖，实在是天赐荣耀。谁也不知道赵七姑身世，只感觉到她熟读诗书，处事方圆有度，只有林萧云对鸟蛋悄悄说过：“七姑乃读书人，且又受过极不寻常的磨难，尽量多帮她，熨平她的创伤。”

赵七姑将“摆渡人”细心收起，眼泪盈眶而不出，抚胸低身三鞠躬，心中默念着：“谢知遇之恩。”轻步离去，后来也就有了大年初一下午接女乞丐及儿女们来长竹街安身一幕。旦迟秋表现得特别积极，来回背着抱着男女童过河，夫妇两个俨然成了乞丐儿童们的父母，大有铁肩担道义、普世慈悲大善之感。

一辈子不能抬头，总是人前低着头，更没昂过头的乞讨人，进了长竹街后，最终走出了苦难，终究有了个出头之日，逐渐融入新开埠的大家庭。

六国归秦，百废待兴，战争的创伤不是一天两天、一年两年能医治好，饥饿如刀绞直抵万民咽喉，烟柳镇铁树开花，黑夜航灯，饥民们从四面八方涌来，民以食为天，为生存甘愿涉险。

心中有沟壑，自成画与诗，鸟蛋读书上瘾，不停地追着林萧云上新课，锁扣读书的速度与他距离越拉越远，亦如乌龟与兔子赛跑，可这只灵兔不骄傲、不惰怠，没完没了地读，永不知疲倦地跑，常常在人群中卖弄朗声诵读：

孤云两角，去天一握。
山水险阻，黄金子午。

《卿云歌》

卿云烂兮，糺缦缦兮。

日月光华，旦复旦兮。
明明上天，烂然星陈。
日月光华，弘于一人。
日月有常，星辰有行。
四时从经，万姓允诚。
与予论乐，配天之灵。
迁于圣贤，莫不咸听。
鼚乎鼓之，轩乎舞之。
菁华已竭，褰裳去之。

鸟蛋天生声音兹美，又极具表演才情，抑扬顿挫，激情四射，有时他朗朗背诵，林萧云也为他折服得喝彩不已；锁扣也能背，但是鸟蛋一夸张表演，他一句也出不了口，只能跟着鸟蛋的情绪陶醉，心诵点头；狩猎队被鸟蛋的“文才”震惊得目瞪口呆，只有鼓掌吞口水的份，只有赵七姑能跟着他附和朗读，令旦迟秋与余秧秧羡慕得不知听哪边才好。

十八村流传的“小小烟柳镇，大大何大人”如今升级到“脚踩大地，仰望星空”“活神仙”“文武神童”的赞誉，让鸟蛋陶醉快乐不已，开始用文字卖弄，添油加醋地给蒙日丹、耿飞雪、夜壶写长信，惊得两位高傲的女神低头一遍遍读，从头笑到尾地欣赏他不拘一格的文采，回信：“士别三日当刮目相待。”“从小鬼大且鬼才。”

鸟蛋乐得又蹦又转圈，拿着她俩的信让林萧云评点，一起笑到腹痛腰弯。他给夜壶的信中写了大量夸张的孝敬形容词语，大段大段地倾假情，夜壶不识字，请来文房秘密念信、写信，骗得憨厚老人梦中哭醒：“儿子呀，俺老头可想死你哟……”

夜壶让人代回信说：“想哭，心疼你就喝酒，要不就想死。”

这信他藏起来，从不给外人看，私密享受着，睡前醒后都要拿信贴着脸，贴着胸口，摩擦许久。

惹祸亦鸟蛋天性，他还为讨好林萧云而诵、日后惹了麻烦的诗歌：

今夕何夕兮，搴舟中流。

今日何日兮，得与王子同舟。

蒙羞被好兮，不訾诟耻。

许多反秦诗歌在楚人中间悄然传开，烟柳镇一半是西北来南居民，因而南北隔膜还存在，人众百色，有人频频举报，震惊朝野，引出一串惊险插曲，此是后话。

惊蛰一声春雷炸响，烟柳镇换了模样，绿柳葱茏，万木竞秀，春笋破土而出，又多了一道好菜：焖笋羊蹄。草长莺飞，报春花开，古木新芽，桃红李白恣意抢先促放，归燕衔泥，个个在长竹街安新家，处处呢喃；新麦孕穗，南瓜、葫芦、丝瓜长藤霸满竹楼屋顶，先开花，后结果，又能天然防暑降温，绿叶如同绿蒲扇。

张步青一步也不敢停，总是满头汗，来回将藕粉、鱼肉换牛、换布，盖起三个大养猪场，六个大养鸡场，二个大鸭、鹅等水禽场，五个藕粉磨场；赵七姑建起千人缝衣作坊，锁扣开了二个大铁匠铺，一个珠宝店；乌蛋组建了由耿百万留下的三百辆马车组成的运输队，狩猎队还兼了护卫队，一人三用。

林萧云请来的百名农把式，薅秧耕田，准备广种水稻，各村建打谷场，建粮仓，迎第一个丰收年。

人勤地生宝，种瓜得瓜，种豆得豆，秦国由弱变强，得益于商鞅灭尽人性的犒赏：按割人头的数量计算分封田地。

人性天生贪婪，奖比罚管用：贡万斤粮，接娶慈母军老婆回家，汉子们十人一组，心意相通，力量无穷。肚子填饱了第一件事就是不管美丑，母的就行，娶女人回家，这是男人们一辈子最高的梦想。

建打谷场，建粮仓，林萧云颇费了一番脑筋，反复实验，最后决定，用白坭墩泥掺柳河“谷粒沙”建打谷场，又硬又平又光滑，不惧烈日暴晒、雨水冲刷，粮仓用去皮的白柳条与白泥沙掺和缠绕一起做成“田螺蘑菇顶式”，防潮、防鼠、防火。这一创造日后普及江南，白柳条、白泥、白沙建成的“白蘑菇”粮仓，为烟柳镇如诗如画仙境又添一景，跨千年时空沿用至今。

最热闹的地方要数内港，锁扣亲自设计七条“浪头钻”豪华小客船，三层船身为深蓝、中蓝、浅蓝，如波似浪，白帆迎风，金狮、银燕、江鸥为船首图腾，七色信号旗悬挂，左右舷各九名桨手，船头、船尾各有篙手、舵手把持，美轮美奂，极尽风流时髦，一字排开进港，引万众欢呼。

道上的水陆贼，嗅觉最为敏感，各有金银珠宝来烟柳镇珠宝行脱手交易，商贾巨擘，富豪千金，追稀贵而来，一时锁扣“圆通”金银珠宝行，名扬天下，成为全国最大金银珠宝交易场所，赚得钵满盆满，牵引出百业兴旺，千帆驻港，长盛不衰。

锁扣造船棋高一着，艺胜一筹，上至夷陵，下至旧吴地，订购船者携金银排起长龙，锁扣干脆在螃蟹地设造船作坊，与铠甲作坊并排依水而峙，他画的图精准放线下料，从无分毫失误，特别会设计铜铸件，锁梁扣榫，正应了他的名字，此绝活让行家们望洋兴叹，造船作坊的名称“江风”意为邻江而立，傲视水上群雄，一时无两，出尽风头。

大船停泊的狻猊岗港，万商逐利聚啸而来，他乡之客，热情高涨，上岸定居的富豪一年比一年多，内港换了相传万里的雅号“柳港”，书写大家还是林萧云。

清楚就不叫世界，干净就不叫江湖。林萧云一心一意抓水利林木农耕；张步青养猪、养鸡、造藕粉，换牛换布；赵七姑忙着带领千人缝制农鞋帽衣；锁扣开珠宝行、铁匠铺、造船作坊。而赚得最快的是鸟蛋，在跑马场山顶上建起三层楼的瞭望台，台基下面是密洞，当作造假币窝，在狩猎人中抽调强悍精干的亲信，一边放马、驯马、习武警戒，一边找来能工巧匠，日夜铸币，由运输队交换出去，赚来的钱，在统领楼右边盖起两层石屋，作为精品护卫营房，跑马场山丘上半洞半石容易看管，狩猎队换上各种软硬器械，巡逻守粮时，都身着金色铜铸软甲，威武雄壮，震慑一方。武卫“训军楼”便成了烟柳镇规模最宏伟最霸气的建筑。

按秦国律法，凡造假币者，处车裂“五马分尸”极刑，而鸟蛋不屑一顾：“钱都是人造的，岂有真假，谁能用，谁会用，谁爱用，就是真钱，如今天下一人说了算，那律法才是骗人的，遍身绫罗者，不是养蚕人。”吹着口哨又唱起他新编的歌谣：“是神假，还是人傻，是身假，还是心假，那长城才是假的，修它干吗？动物中只有人会笑，喇叭不响掉头吹呀，快来看啦，快来看嘛，狐狸长着好美的尾巴。”

长江没有回头浪，人最难得的是一口能说两句话，心中可同时想几件事。二月春早，万物复苏，烟柳镇繁花似锦，青翠动人，咸阳却是冻风浓霜，厚衣冬妆。蒙日丹“长胖了”，且时而作呕，让雍容华贵的蒙夫人坐卧不安，几次想探个究竟，又难以启齿，欲言又止，每次又碍于女儿醉心练书法，抚琴习武，快乐得像百灵鸟，实在不忍心问棘手之事，这一夜她忧心忡忡地向忙着为始皇帝第三次巡游护驾的丈夫道：“哎，他爹呀，你这一走又是一年二年或数月的，丹儿可能有……”

她烦躁不安地不愿继续说下去。蒙毅随口：“有进步，听她琴音比以前更深藏寓意。”

蒙夫人不满意道：“你天天围着皇帝转，女儿有‘喜’啦。”

蒙夫人热泪盈眶而不出，哽咽：“快三个月身孕啰。”

蒙毅有所醒悟：“啊，华山回来，后厅那场戏，俺就觉得有些眼神不大对劲啊。”

蒙夫人：“再不能拖，人要脸，树要皮，若是走漏风声，有伤风化，毕竟侯门深闺……”

蒙毅反而开心一笑，大度平和：“啥风不风化不化，侯不侯门的，男大当婚，女大当嫁，男到十五达父志，女到十五踏婆家，天经地义，俺写一封信给牛郡尉，原定八月十五迎亲，现在我要随始皇帝巡游，让他提前迎亲，这边让她赵叔、祝叶青护送即可，灾荒之年一切从简。”

蒙夫人长吁一口气：“太简单，对不起丹儿……”又嗓音变硬，说不下去。

蒙毅：“哎，大爱赞无言，大喜不拘礼，忠厚传家久，诗书济世长，你随俺在军中见过多少颗人头封赏后填埋，血成河，骨堆山；林萧云与丹儿乃龙之角、凤之冠，难得佳配，比她两个哥哥有福气得多，再说侯门深似海，朝廷暗中角力无常，远嫁江南一隅只羡鸳鸯不羡仙嘛。”

蒙夫人久久仰视着丈夫，意味深长道：“也是。”蒙毅双手抱住妻子娇肩，手在颤颤发抖："遥想人间四月天，憧憬桃花心中开。"夫人拉着他的双手，心中隐隐作痛，喃喃："又好久未抚琴了，咱俩和一曲吧。"

蒙毅欢畅地应允，飞快地搓着手指："走散的蝴蝶，留住旧梦。"一曲《送别》忧伤旋律在将军府内悸动震荡，蒙日丹闺房内也即兴传出和韵的箫声……

始皇帝巡游第三天寅时，天还未亮，星斗灿烂，三车嫁妆，多为衣服，简牍刀笔，三车随用餐具与日用之需，共六辆马车，三十精骑由夜壶与祝叶青统领，低调简行出了咸阳宫。母女相拥而泣，久久不忍分开，最后还是蒙夫人硬心推开缠抱着的泪奔如雨的蒙日丹："她赵叔，趁早吉辰启程。"

夜壶一声鞭响，驭手抖动缰绳，一阵铁蹄碎响，离开皇宫驿道。

蒙夫人扶门倚望，心被马蹄声敲碎，浑身战栗，一阵阵眩晕袭来，她扶墙回到房间，一睡不醒，家佣请来太医把脉，撬牙灌了些滋补汤水，直到第七日她才起床洗漱进清食，随后每天去女儿房间静坐，整理抚摸一件件衣物："娘只要你一套常穿内衣做伴。"

蒙日丹出嫁时选了一套平时最喜欢穿的内衣、裤袜，亲手熨平，封好赠给她："娘，女儿从未走远，心在您身边。"

蒙毅临行时有意回避话别，掌上明珠、心头肉，父女情深难舍，只托蒙夫人带话："旧的一丝一毫全都留下，新娘出嫁一切以新换旧。"

蒙毅将始皇帝巡游前赏赠的西北边陲献贡的枣红汗血宝马配上顶级镫鞍，送给女儿作为唯一的嫁妆。蒙恬伯父差人专程送来亲手制造的六百六十支各式各样的雕毛笔作为婚嫁礼物。

祝叶青去秦岭太白山挑选了一对灵犬"黑狮""银狐"护主。由于那夜黑影惊府，因由祝叶青拟带厨师随行，每次亲取饮食之水，以防不测，晚上不解衣甲，昼夜守护，丝毫不敢大意惰怠。夜壶白日还是坐副驭手之位，一路滴酒不沾，尽职守责，心中每刻都汹涌着警戒波澜："比跟始皇帝出征护驾，还要提心吊胆呢！"

蒙日丹远嫁唯一的要求是："绕道秦岭，祭拜故土辞行。"

蒙家三代四名将，为大秦国立下赫赫战功。始皇帝赐封"忠信”，对蒙恬、蒙毅兄弟极为宠爱，蒙恬与始皇帝爱子扶苏率精兵三十万，防御匈奴之敌，蒙毅戍军咸阳，每次巡游作为唯一武将护卫左右。蒙家虽然来自以前的齐国，但四代人中三代人都在秦国土生土长，蒙毅夫妇多次带幼年的蒙日普、蒙日升、蒙日丹游秦岭，讲秦岭，还画秦岭。

作为蒙家第四代，秦岭乃故土，亦基亦根，女性远嫁，身不由己，侯门多顾虑，父亲一心为国低调清廉，蒙日丹饱读诗书，聪颖而超凡脱俗，远走他乡时，把一切不舍寄托于净土山神，人生多舛，但她心想：“秦岭，俺深爱的永恒。”焚香行三拜九叩大礼，仰望千沟万壑的崇山峻岭，心中默默无言吟诵：“秦岭，生俺养俺的土地，始祖文明的脉线，南北界山，黄河、长江流域的分水岭，俺记住了您的恩泽，梦里常回看炊烟……”

随后她装了一把黄土，倾藏入锦袋，依依不舍，洒泪而别。

大地无奢千古，枯叶落地无痕，多少人，多少代，多少喜，多少忧，多少冤，多少恨，有人笑，有人哭，拥抱故土，远走他乡，出入秦关。

行万里路，读万卷书，在蒙日丹看来不是空话，北方的雄浑大气，南方的精致秀气，尽收心底，从一马平川，万顷沃野，到崇山峻岭、蜿蜒丘脉，至深涧山谷、奔流溪河，她感悟到山川秀丽，大地恩泽：“山河如此壮美，为何人总要争斗无休？”

欣赏着沿路风景，她的心灵一次次接受拷问：“万事利弊胶着，大国有大国的好处，霸气；小国有小国的优越，富庶。”

更让她遥想的是林萧云看过的景、踏过的路、宿过的店、呼吸过的空气、留下的气息，她似乎对一路所遇所思，一点也不陌生，只要是林萧云书信上所写的地方，她经过时，炊烟人家、万千自然造物是最好的书法启蒙，她不停地用手指在掌上临摹书写着，点横竖撇捺，抬眼之间，尽皆无穷奇妙幻化。

丰沛人生，如泉不竭，蒙日丹矜持不羁，生性重行而寡语，她每天坚持穿戴军士衣帽步行十里，黑狮、银狐随伴左右，人犬互动，亲昵乐趣横生。越往南，气温越高，蒙日丹行走如飞，众军士牵着马跟着一路小跑，累得大汗淋漓，用尴尬傻笑掩饰，因为他们都是军中挑选出来的精粹，走不过一个“金枝玉叶”实在难堪不已……

蒙日丹让他们褪去冬衣和头盔铠甲，换上春装，轻便许多，军士们心存感激，但是走起来与她较上劲，总是跟不上，屡屡认输，军士们心情都有些沉重，有人想开脱，埋怨自己不该是骑兵。只有夜壶在华山亲眼见过她的登峰造极的轻功，想跟上她的步履非一日之功。有时她见平坦驿道，四周风光秀丽时，飞驰之心骤起，跃上父亲送的坐骑，一声娇喝：“驾！”风驰电掣，把精骑们远远甩在后面，这些“娘家军”们暗笑着叫苦：“小姐的是汗血宝马啊，得找匹六蹄的才追得上。”

晚上每到宿营地，她会拿起伯父给的“送嫁笔”饱蘸浓墨在简牍上挥舞，日有精进，悟感蓝天白云之景，雄鹰翱翔之姿，山川河流之锦绣，龙飞凤舞，宝墨凝珠，跃然笔下，随意洒脱，技艺提升，练字练心，解闷解寂，更缓多重思念之苦。

快到青铜关时，她按照林萧云信上所描述的情景，让祝叶青先行前往，探准高圆公主失踪之地，当到鸟蛋与“黄衣队”军士困战之地时，冬雪早褪，一片白骨累累，联想起父亲话语：“大秦疆土，一寸山河，一寸血。”当年王翦将军与伯父蒙恬率三十万大军攻赵，邯郸破，秦军自损十万，尸骨埋填他乡。她伤感地环视四周宜人景色，灵石红崖，河山已渐恢复，难愈的战争创伤让她仿佛身临其境，似乎看到蒙日普、蒙日升经过此路段的身影，心中感叹：“千万生灵，马革裹尸，前赴后继，为了一人天下，金口玉言，悲从心生，巫蛊百姓，日久成魔，人间炼狱，无边灾难。”

她的不变纯真，令她害怕见到前方爱姐失踪之地，每步如针扎心，昔日两人无话不谈、如胶似漆情景一幕幕在泪目之中闪现。

宁做太平鬼，不为乱世狼，高圆公主无端失踪，恶人所为，人神皆愤，且又无可奈何，“善”字在暴君苛政压榨下，文钱不值。蒙日丹让随从就地露宿以抚心中思念之伤……

她三天水米未沾，怒火胸中燃烧，祝叶青与夜壶急得团团转，不知如何是好。

子夜时分，愤懑与疲惫袭来，恍惚入睡，梦中见高圆公主乘万朵梅花而来："妹，姐已在三界之外，你云哥偶感风寒，还在忙碌，需你照顾，更不必苦了随从，任性而为，快快启程。"这时外面狂风骤起，阴冷无比，黑狮恐惧地吠吼，马匹嘶叫扬蹄一片慌乱，军士各自拉缰绳吆喝着，却睁不开眼睛，银狐吓得哀鸣着直往蒙日丹怀里钻，惊醒的她，一手抱住银狐，一手猛地推开车厢门，声嘶力竭大喊："姐！"霎时，风止人静，祝叶青抬头手指着天上："哇，快看。"众人仰望苍穹，见一闪耀火焰流星划破夜空，消失在梅岭方向天际。

蒙日丹久久回过神来，轻声对夜壶、祝叶青道："启程吧。"灯笼火把举起，车队前行，她频频回首那块慢慢在眼中变小的黑地方，痛心疾首，喃喃一声长叹："人有软肋，龙有逆鳞。"

南郡郡尉府，牛犇自接到蒙毅的信，异常高兴，火速派人将信转送烟柳镇林萧云过目后，又带回来放在床头，一日看几遍，欢喜若狂，逢人就讲，见人就笑："哈哈，俺儿子大婚，媳妇是蒙将军女儿，文武双全，那美貌赛压江南，哈哈，到时来喝几杯喜酒，菜不咋地，酒醇，哈哈……"

他对蒙将军的"从简"不满意，招来向八："俺乃凡夫俗子，一生鞍马征战，历经杀乱，弄得家破人亡，这回得还一次儿女债，敲锣打鼓，大操大办一把，赶掉晦气，喜庆喜庆。"向八指着信上："蒙将军言辞严令至简从事。"牛郡尉残手抚须，不屑一顾："他是始皇帝面前待久了，佞臣奸戚见多了，那些蛊惑者寸功不见，天天给始皇帝献殷勤，讨好卖乖，搜刮珠宝美女进贡献媚，道不同不相为谋，不是一路人，多说无益，取出俺所有俸禄私银，你们哥几个也凑个份子，甄挑三百精骑，饰三十辆彩车，请三个锣鼓喇叭乐队，去房陵边界迎亲。"

向八也来劲："蒙将军平生谨言语，慎进退，文武全才深得始皇帝宠爱，乃军中旗帜。俺三秦姑娘嫁江南，真还是头一回，该贺该庆。"

牛犇兴奋地用残肢一锤大腿："咳，就是，俺一辈子看不懂台上戏唱的啥，老打盹，今儿个演上一场喜戏，在俺南郡辖区，提提神，高兴高兴，苦够啦！”

向八：“天下刚刚太平，欢乐庆颂一番，讨个风调雨顺好兆头。”

牛犇：“哈哈，想清楚，理明白，大乐大庆，你得心细如丝，万无一失，仅你一人不饮喜酒，老规矩，犇哥欠你三杯，哈哈。”兄弟俩猛一击掌，一锤定音。

车厢外下起三更雨，淅淅沥沥跟着初春飕飕冷风袭来，保驾护航的“娘家军”人马淋成了“落汤鸡”。蒙日丹看到此情此景，心中忐忑不安，愧痛自责：“三天露营寻梦，一己之私，苦了众人。”一阵昏眩，神思恍惚，小腹内胎儿微动，惊悸得她额角沁出一层冰汗，自骂自损：“任性啊，几天水米不沾，千不该、万不该苦了林家人，他还未出生，没有半点错，那可是林萧云的骨血，万不能有半点闪失呀。”一股母爱的韧性油然而生，那是爱的伸延，深念一个人，对他的半点沾边事，小到愿全力以赴，不计任何得失，大到愿以身赴死。

她调整着呼吸，滤去浮躁，闭目养神，轻抚着肚皮：“宝贝，俺会做好娘。”回想着父母对自己的深爱，父亲那豁达的心胸，母亲对女儿的慈善与骄纵，只有当自己要做娘时才能感悟到天下父母心。此时泪水模糊了双眼，看不到窗外一切，与雨水一同倾泻。

天亮雨停，她让祝叶青在就近驿站休整，然后进食，换掉湿衣洗晒，进了早餐后，她写了一片简给祝叶青，就上楼洗漱歇息。

众人进早餐后，夜壶带人喂马添料，祝叶青派了六个懂水性的士兵，去乡下买了两张拖鱼网，在河汊边围鱼捕虾。动了脑筋，就有收获，半晌他们捞了十几斤，厨师做了可口的鲜汤，年轻军士多了分乐趣。菜养颜，饭养命，汤养心。

特别是鲜汤，蒙日丹狠狠地喝了三碗，笑着：“娃，不是骨肉不连心呀，一人吃两份。”

她精神抖擞，状态回归，如同平常穿戴士兵衣，一日步行十里，快步如风，暗笑：“娃，长大能比娘行得快吗？到了烟柳镇，让你爹背着咱俩上下统领楼。”

中午、晚上两餐她各饮三碗鲜鱼汤：“鸟依树，虎凭山，人生大福二寸半。民以食为天。娘饮汤，儿沾光啰。”

“哒哒哒”急骤的马蹄声由远而近，风驰电掣太快，众士兵扛枪拿刀戒备：“冒失鬼！”“还不靠边！”“找碴？”

“哈哈哈！”一阵童声嬉笑，影子飞身离鞍，一下骑在夜壶头上：“爹！”

“哎呀，儿子……”夜壶对着他的耳根轻叫。

夜壶对突然来的惊喜脱口而出，又觉得失言，忙掩饰：“来啦，来啦。迎亲队都来了吧。”众军士懵怔着，听到“迎亲”两字，才略有知解，放松戒备。

鸟蛋毫无顾忌夸张道：“相隔五里就是房陵梁州城，旌旗招展，锣鼓喇叭齐鸣，清一色唱大戏行头，咳，江南第一！”他下地转了两圈，口无遮掩：“咸阳来的送亲队，哎，土里土气穷酸样……”夜壶抢着又去捂住他的嘴：“又在乱放炮！”一老一少短暂斗嘴，一口地道咸阳话。众士兵不怒反而一阵起哄大笑：“人小鬼大。”

他打着手势给夜壶，指着一辆车，怯怯乖乖地换了一副脸，轻声叫着：“嫂嫂，俺是小弟弟，哥让俺来接你。”话刚落音，黑狮冲他狂吠，不许靠近，银狐也在车内一唱一和，狗仗人势。“俺踩你尾巴啦！”鸟蛋吓了一跳，不耐烦地冒出一句。车厢传出蒙日丹平和声音，还是那般居高临下，不怒自威：“带路吧。”鸟蛋得令，恨不得借狗的尾巴来摇，恭敬有加，乖乖地趴着对车厢缝里：“是，是，嫂嫂。”挥手跳上马，左右一摆腰间刀剑，神气又升漾起来：“跟俺来。”瞟一眼无缰汗血枣红马：“啧啧，这货可值钱啊！”

梁州城烟柳镇客栈两旁，三十辆车、三百匹战马一字排开，迎亲队伍处处别出心裁，头盔换成七角红缎绸巾，正中镶嵌一枚金光闪烁、格外耀眼的精心打磨过的鸳鸯图案铜铸件，身着带有荷花边的红绫，红色夹层背心，手举楚式牦牛尾老旗，刀枪披挂吉祥飘带，马头挂福包，鞍挂香荷，三辆车拖来焉阳鱼丁、南郡麻糖、樊口一炷香，分发给居民看客：“吃在口里，甜在心里，笑在脸上。”天变了，以前军过如篦似蝗，不偷便抢，今儿个发糖。居民采来各种野花挂在窗上、门上、篱笆上，也有的拿在手上，目不暇接，不大的山城，迎来千年万世的喜庆，传说着："始皇帝女儿出嫁，从咸阳来。"向八与房陵县县尉穿上官服，向八官衔比县尉要高二级半，祝叶青官职又比向八高半级，属于地道的京官，是夜壶的同侪。

蒙日丹车队一到，霎时锣鼓喧天，江南喇叭柔侬娇唱，和着节奏的锣鼓声，格外悠扬，众人齐呼："新娘，好看的新娘！"喊声、掌声、舞动，热闹非凡。祝叶青与夜壶穿着官服护卫左右，来到桥头接受向八、当地统领行礼，鸟蛋接蒙日丹登上一辆预先准备好的高车向众人行礼。她一看到如此盛况，蛮夷之地，山乡小镇，采花布景，一片朴素之情，为之感动，似乎有千言万语要说，更让她激动的是那朝思暮想、魂牵梦绕的"烟柳镇"三个大字突然出现在眼前，止不住泪泉奔涌，似有归家之感，见到了心中那个人……

鸟蛋是察言观色高人，急忙止住锣鼓："欢迎新娘讲点话，鼓掌、鼓掌！"蒙日丹一身嫁衣，光鲜亮丽且又天生丽质，听鸟蛋一鼓动，一时喜从心来："辛苦诸位，祈福年年风调雨顺，国兴家旺。"一口纯正的咸阳腔感动得送亲迎亲的军士泪流满面，有的还扯嗓子喊娘，因为迎亲队都是向八挑来的郡尉府中精武护卫营军士，来自八百里秦川、关中平原，三秦大地之子，从军不自由，年少在外，长年征战，多年来未见女性乡音问候。从严军，男儿泪，相互感染，也为故里出了如此美艳绝伦的姑娘而傲，一浪高过一浪的欢呼声，让蒙日丹做梦也没想到，她下了高台，飞身跃上无缰绳的汗血枣红马，控着马碎步小跑绕场一周，慌得鸟蛋、祝叶青、夜壶、向八、当地统领急忙跟上护卫，因为事先没有安排，当地统领人瘦马矮，奔跑中险些被挤到，幸好向八手快，抢危扶正，要不摔个"狗啃泥"大煞风景。

"一着官服，大礼一身"的夜壶最有看相，成了第二明星，身材高大，虎目狮鼻，两鬓霜染，绷着一脸横肉，鞍悬罕见长弓雕翎箭。快到酒楼门口，蒙日丹本想继续前行宿营，因为她对烟柳镇酒楼有芥蒂，鸟蛋上前一句话却又改变了她的主意："嫂嫂，去住哥哥那间房。"

她不假思索下马："好。"跟着鸟蛋直入林萧云曾住过的房间。众人各自有序安排食宿。木耳与雪水沟归顺众贼忙得热火朝天，紧张得胸口沁汗。蒙日丹一进屋立即这里摸摸，那里嗅嗅，四处搜寻林萧云遗留下来的气息，掀开被褥，抱起枕头贴脸，伏卧床上，将头深埋在里面，恨不得用牙齿将其咬碎，少时叹一口气，坐到椅子上，抚着扶手摩挲着，鸟蛋一直瞪着金鱼眼睛好奇地看着她的一举一动，一知半解，抿着小翘嘴傻笑傻猜："哪天我去买粒聪明药吃。"

"把俺的琴拿上来。"蒙日丹对鸟蛋总是轻描淡写地说着。鸟蛋得令后连滚带爬地咋咋呼呼地忙着："快，快，别呆头呆脑傻站着，把琴搬上去，啥琴？几把琴？别弄断弦。"他对站着的送亲军士说着，手足并用表示着。祝叶青赶忙过来问清缘由，细心地拿出那张紫檀木新琴，小心翼翼抱着，将琴架递给鸟蛋："这是陪嫁，咸阳九九行定做的新琴，还从未弹奏过。"

鸟蛋："这琴好看，音色一定上乘，蒙夫人的眼光，苍蝇飞过能识公母。"祝叶青："你怎么知道是蒙夫人订的？"

鸟蛋："猜的。"

祝叶青笑着："恭喜你，猜对啦。" 鸟蛋顺着调侃："俺买了粒聪明药吃，你来一颗吗？要不雪豹案早破了。"两人一抱着琴、一提着琴架边走边小声议着，一说到雪豹案，祝叶青面有难色，神情凝重："鱼无舌被一显赫之家藏在地窖里，蒙大人有令，到此为止，案结了。"鸟蛋："啊，啥了不得，难道比始皇帝还大？"他愤愤不服。祝叶青乃京官，"始皇帝"三字特别刺耳，警惕四周，巡视一圈："天上星不止一颗，颗颗都发光。"

鸟蛋抬头看看天，似懂非懂，做一个鬼脸算是回应，两人笑着一起走进蒙日丹房间。

晚上蒙日丹喝完鲜鱼汤，吃完祝叶青全程监视做的饭菜，洗漱完毕后，走到门口，对祝叶青、夜壶、鸟蛋心平气和地说："今夜若有客来，不必妄动，来客一看有所准备，会自然退下，不到万不得已，切勿为难。"说罢，递给祝叶青一片简，带着银狐入内，闩了房门，调琴试音。 祝叶青看完后带着鸟蛋一起找向八，留下夜壶、黑狮守在房门口。

月出星隐，弯月如眉，山城除有些灯笼在黑色夜空摇曳外，一片空寂。蒙日丹轻抚新琴，回忆今天喜庆场景，环望林萧云睡过的床铺却不见人影，思念之情涌动，无法入眠，淡淡愁吟传出窗外：

今夜星辰，今夜风
与君同床不同梦
丰沛人生，如泉不竭
俺在归来红尘中
心灵释然，不再哽咽
上天恩典，缘深缘浅……

三更，窗前灯熄，万籁俱寂，黑夜里闪着三双眼睛，越到深夜越紧张，彼此能听到呼吸，夜壶挽弓搭箭，斜靠三角墙边，虎视窗口风吹草动，祝叶青与鸟蛋隐蔽于房门左右，黑狮伸着长舌，露出獠牙蛰伏在第二道台阶上，三人一犬，一动不动。

“嗖”一黑影如鹰似隼从窗前掠过，“丝”弦动、响矢飞，射断腰间飘带，那黑影一愣，鹞子翻身抓住残飘带，一扭身凌空跃至门前，祝叶青“泥鳅打滚”，剑从鞋底掠过，鸟蛋飞针正中黑影耳垂，“呀！”一声轻吟，那黑影跃出回廊消失，快得黑狮还没来得及吠一声，就在夜幕里无影无踪。夜壶轻声：“绝快，俺射落一截飘带，想留个证据，嗬，一个浪子回头给抓走。”祝叶青、鸟蛋吃惊不小，一句话也没说，宁神敛气地等待：“快快天明。”祝叶青若有所思，联想到一个人。

荒鸡啼五更，寅时不通光。天刚蒙蒙亮，迎新队已拔了帐篷，三十辆车，二百七十军士，悄无声息撤出梁州城二十里地，埋锅造饭吃早餐，这是向八接到蒙日丹“不扰民”之简所致。

路有长有短，事有喜有忧。就在蒙日丹登上马车正准备关门那一刻，祝叶青满脸汗慌慌张张来报：“小姐，稍等，向八叔的雪花马不见了。”蒙日丹惊诧：“啊！”祝叶青难为情地补一句：“汗血马也跟着不见了！”他不敢看蒙日丹的脸，低头急转身找马。

向八往后山泥泞道路不停地辨认蹄印。夜壶、鸟蛋也紧跟着搜索。鸟蛋：“四个蹄，八个蹄。两匹无缰马，雪花从不乱跑，咋一起不见了呢？”

他轻声对夜壶说着，夜壶来一句更令人揪心的毛骨悚然的话：

“是不是昨夜那黑影给拐跑啦！”向八看了一眼夜壶，默不作声，只是皱着浓眉，抿着嘴，“咦”了一声，继续往坡顶上跑。祝叶青生平谨慎，千虑一疏，因为昨夜一直把注意力放在警戒上，更没想到一路几千里，汗血马是灵性神骏，从未离开马群半步。他边跑边判断双马失踪去向，他环视四周，清凉寂静群山，一片深沉云海树林中，毫无动静，心中又愧又悔，自责不已：“那可是始皇帝赏赐蒙将军的汗血宝马，也是陪嫁的马，乃送亲队最贵重灵性宝物。”他越想越急，越想越怕，满头大汗也跟着来到坡岭，四处张望。

向八不停地用鼻子四处嗅：“啊，在那方向。”

鸟蛋着急道：“嗯，在哪方向？”

向八急骤地连吹口哨。突然远处林中，两黑影在踏草挠枝地挪动。

鸟蛋兴奋地叫起来：“八叔您的鼻子是狗鼻子变的，真灵，俺听到了马鼻喘息，是两匹，一公一母。”他开启“隔山传音”功夫。

夜壶又轻轻敲了一下他的那光脑袋：“总是没大没小。”

祝叶青用手捂住嘴，瞪着大眼睛看着两个黑影越来越大：“啊，天哪，是汗血马、雪花。”泪眼中闪烁着兴奋的光彩：“真不该来的一场虚惊，魂都差点吓掉。”

两匹宝驹，浑身朝露，一前一后奔来，向八向雪花打了一个响指，雪花有几分像认错的姑娘，羞着将头埋进主人怀里，汗血马虽然止步于祝叶青面前，兴奋的眼光让它不停地转着头颅向雪花张望，肚子裸露出那根又粗又长“凶器”边走边摇晃。

鸟蛋疑惑地向夜壶：“咋汗血马今儿个变成五只脚？”

夜壶瞟一眼：“那是一只丑脚，难堪，你别瞅着看。”

鸟蛋手一扔，一根飞针一扎一收，汗血马一痛缩，回归常态，乖乖地跟着众人下山。

回忆是一场雨，淋湿心情。东边天际，晨霞初染，梁州城还在最后的寂静酣睡中，送亲队、迎亲队一起离开了梁州城，只留下鸟蛋拿着昨夜蒙日丹墨宝《梁州城烟柳镇酒店》等木耳，说是林萧云托言：“嫂嫂字好。”

原来是木耳求林萧云赐字，林萧云想了很久不敢动笔，最后还是放弃，所以就有了今天后场戏，鸟蛋说：“要刻斗大的字，写在旁边大崖石上。”

离开蛮夷山区，来到长江中下游平原，未来的“天下粮仓”。

滚滚长江汹涌，奔腾东去，澎湃万里，两岸水田如镜，田野郁郁葱葱，偶有缥缈炊烟，一幅江南韵致画卷。

蒙日丹第一次见到长江，激动之情溢于言表，见江思山，脑海即刻跳跃出华山雄奇险峻、巍峨而立身姿，手指头情不自禁动起来，一笔一画镌写于心的“江山”二字。她也同时联想疑问着：“为啥非要俺来烟柳镇远嫁，而不是林萧云赴咸阳成亲呢？”她目送浩瀚波涛远去，自问自应：“山水乃江山阴阳，人何尝不是啊，自从心中爱上他的那一刻起，就愿为犬马追随，自从腹中有了‘那个姓林的’就有了家，父母亦为娘家了。”她呼吸着湿润的空气，夹杂着的泥土芬芳，品着柳枝扭动蛮腰，落下多情飘絮，她不时也站立起身扭动几下，庆幸自己传承了父亲高挑身材：“要不……哎呀，俺还是个姑娘哟，咋能见人呀……”

沾衣欲湿杏花雨，吹面不寒杨柳风。每到巳时，日头不断高升，天空晴朗，她亦如常，离开车厢，穿戴兵丁便装，疾步如飞走十里，尽管多次提示众人均可骑马随行，但是这些精挑细选的关中汉子岂肯服输，一并脱了束腰礼服，只穿着白色粗布军中背心，提枪挂刀扛着旗，牵着马一路碎步跟着奔跑，个个累得满头大汗、气喘吁吁却又开心不已：“军队要改训令，骑兵每日奔跑十里，掉下马亦能生存鏖战。”向八、祝叶青乃军中名将，功夫不俗，丝毫不敢懈怠，也一同开心陪跑左右。

沿途沟渠交织，深浅相间，生机无限，同时也令她忧心忡忡，于心不安，正是春耕时节，农民均为老弱病残，衣衫褴褛，食不果腹，衣不遮体，面黄肌瘦，勉强苟延残喘劳作活命，回想咸阳城百万闲军何不快快解甲归田：“这征粮而良心出血啊。”又想起林萧云建烟柳镇，八千寡妇，八千军士，赴任不管事成败，心乃善，方向正：“祈福天下出现千百个烟柳镇，岂不是民富国安吗！”成人不自在，自在不成人，一丝感叹，一丝笑意，几分自嘲。

车后传来鸟蛋的声音："发喜糖，发喜糖啰。"前来看热闹的人群领到礼物，露出多年未有过的欢笑，有童稚之音高喊："好甜嘞！"一路经过之地，留一路欢天喜地。

昨夜星辰，昨夜风，来到南郡防御城墙下，向八厉声整理队伍，送亲队三十精骑也换上了礼服，红衣黄背心，到底是精兵，一声喝令，整齐肃静，个个精神抖擞，挺腰塌背，有模有样，雄壮威仪，忘了一路风尘疲乏。

蒙日丹下了马车厢，坐上牛郡尉征粮车改成的"花轿"，祝叶青、夜壶各换上官服，左右护卫，只有鸟蛋兴奋地自己弄几朵红花挂在后背前胸脖子上，不太和谐又添乐趣地钻来钻去。一过壕沟入城，三队忍耐已久的锣鼓喇叭队喧起，轰天震响。天公作美，万里无云，湛蓝天空下，四周城墙上，五方星旗招展，牛郡尉带着三十余位三十六郡同侪官员，商贾及家眷在府衙门处早早等候，林萧云穿戴新郎官衣，在一众官服中格外显眼，人俊貌美，贵宾们一个个上下打量着他，品赏着："天降美郎神啊！"

久战狼烟刚熄，枯树刚发嫩芽，衙府中迎亲头一回，大花轿一落地，几乎没有姑娘参迎，都是清一色男官富商，一切迎亲礼数随意而为，隆重简单，按平时接待官员的程式应是牛郡尉上前开轿门，现在是儿媳，一时没了主意，他看一眼林萧云，急得不知所措，锣鼓喇叭，把场面喧闹得人人心花怒放，笑脸迎阳。

林萧云羞笑着走近花轿拉开门，一时间掌声雷动，吆喝声轰鸣。林萧云半个身子低头入内，起哄声势若攻城，锣鼓喇叭关键时刻演奏更烈，一个个伸长脖子探望着；蒙日丹一见到林萧云半个身子钻到自己面前，第一眼就感到他晒黑了些，那张娃娃脸多了几分成熟，由于思念太深，乍一见面，热泪如雨，动弹不得，端坐如雕像，哽咽中一声微呼："云哥。"

抽泣声更加激烈，林萧云掏出丝绢替她擦泪，一边安抚："师傅一路劳累，现在到家了，该高兴呀。"

林萧云穿着一身新郎官服，躬腰翘臀，一半嵌在轿子内，这时又是鸟蛋打岔："哥哥，你屁股翘得像一只大公鸡，快把嫂嫂啄出来呀，都等着呢。”一句话点醒蒙日丹，当即恢复矜持雍容之态，牵着林萧云的手走出轿门来到牛郡尉面前，众人立即被超凡脱俗、貌胜天仙之姿强烈震慑，一动不动，目不转睛地盯着看，有的垂涎三尺，有的口沫自咽：“啊，三秦第一美，世上活天仙，蒙将军真有福，咱家咋生不出这般绝世美女啊！”爱美之心，人皆有之，赞美之心，人之常情，贪美之心深藏于内，浮在眸瞳中。

天下龙凤配，林萧云牵着蒙日丹的手来到牛郡尉面前：“父亲大人，劳您费心，孩儿知恩，请受萧云、丹儿之拜。”说罢两人行了三拜九叩大礼，牛郡尉听到晚辈如此恭敬之言，又见蒙日丹美目泪花润泽却又笑靥如花，控制不住情绪，一时浑身战栗，老泪横流，大声吼哭起来。

向八急忙靠近：“大喜日子，哭啥，笑！”打过大仗的人都有这一特异功能：一狂千里，一静安然。牛郡尉立马收敛，转身看到林萧云牵着蒙日丹向众人行礼，不觉开怀大笑起来，过度大笑，变得语无伦次。行礼完毕，在众人赞美声中，林萧云对牛郡尉耳语：“爹，丹儿千里长途车马劳顿，有些不适，咱们就不去酒宴了，先回房休息。”

牛郡尉醒悟：“哎，是是是，苦了俺娃……向八……八……快送娃楼上歇息……”

林萧云牵着蒙日丹的手，辞别夜壶、祝叶青、三十送亲精骑及众人，随向八一起上楼。祝叶青、夜壶长吁一口气：“谢天谢地，安全护送到达。”鸟蛋拉着夜壶要快快去膳餐大宴，美食家要佳肴，馋性大发。

初春凉爽，入席前众宾客都脱去官服，免得醉酒后被抬离窘相毕露，醒来尴尬，便服赴宴，轻松自在，少些隔膜。就在众人换衣入席之际，向八送林萧云、蒙日丹上楼安顿完毕后，立即飞快转身奔去兵营，令迎亲队三百军士火速穿戴甲胄，挂刀持枪，三班转换布控四五个恒定哨卫，巡逻驿道，自己带十几位亲兵，不动声色潜入宴会厅、厨膳房，护卫核心的核心，并智巧安排火灾、醉闹、急病各种预案，人员就在咫尺廊厅候命。

第一次衙门内摆设喜宴，必须慎之又慎，也有一分对蒙将军德高望重的敬仰之情，还有对三秦故土的眷恋，更是一次对战争创伤的疗伤洗礼。

佳肴可口，鸟蛋抢着往夜壶盘子里夹菜，自己无视礼节，一味先过嘴瘾：“‘隐鱼过江’脆的，这叫‘落口消’，用糯米粉蘸鳖鱼肚皮捣成浆炸的，又营养，入嘴即化。”他自己边尝边介绍，看着夜壶吃着一口吞下直点头，乐得手舞足蹈继续：“再给您来一个‘出水芙蓉’，是藕粉裹着做成花瓣形状的肉，再加虾米做成的，太好吃啦，都是鲜货做的。”夜壶也给一旁祝叶青夹着品尝。觥筹交错，推杯换盏，酒过三巡，食饱七分，场面开始浓烈，敲桌子拍胸脯，猜拳行令，礼节已完毕，樽酒面前一视同仁。本不熟悉的，也开始勾肩搭背，称兄道弟，口齿不清，谈兴却正浓，有哭有笑，依依惜别，互道珍重。

牛郡尉过度高兴，只喝不吃，来者不拒，夜壶不管面生人熟，端樽就是“底朝天”，边吃边喝与鸟蛋开心嬉戏，祝叶青凡是来人就邀酒，但是只用酒润润嘴唇作答。

水怎么样？酒知道。

酒怎么样？人知道。

人怎么样？心知道。

心怎么样？眼知道。

宴厅众人热血沸腾，酒力让所有人心开意解，议论新娘艳美已成了主题，有的还大声吆喝再看几眼，有的要新娘来亲斟一杯酒，喝死都甘心，一串放肆言语不绝于耳：“哇，新娘那个美呀，人间只有一个，天上没有。”

“嗯，始皇帝咋没见到呢，只要一见，一定江山都不要，一夜新郎都满足啊！”

“咳，抱一下，吻一口，啥官啥富贵命都不要，少活三十年也值。”

醉汉子们一谈到美色，眼里尽是痴迷。

渔夫在万顷波涛中能一眼看到逆水钻鱼，猎鹰能在百米之外认准藏鼠。宴厅正值高潮，向八突然眸光里闪过一道“贼波”眼神，他瞬时全身为之一紧，汗毛倒竖，开始紧张盯视那个方向搜索，长期训军、攻城、抓奸细，千万实战中磨砺出一双冷峻“天眼”。

他锁定了目标，悄声无息地靠近，见那人长得胖墩富态，皮肤红白有致，小眼八字眉，正在他眼皮子底下取出一个小布包，在桌下面打开，瞟几眼四周，看到都是醉闹的人，快速又有些慌乱地将包内粉末倒入酒中，微微晃动着，几次向牛郡尉桌上寻探，心神有些慌乱。最后他看到那人胖下巴一挺，抿嘴站起来，走向牛郡尉身边，壮起胆：“大哥大福大喜，同村小弟敬你一个交杯酒。”牛郡尉已喝得醉眼迷离：“哈哈，来来，家印啦，哈哈，咱哥俩交一杯……”说罢将自己的酒樽递给他，拿起他手中酒樽敬酒，想一饮而尽。

一双手夺过了牛郡尉手上的酒樽，和颜悦色道：“大哥醉啦，向八代饮一杯。”

牛郡尉高兴道：“向八……多代……几樽……”

那胖子顿时傻眼，浑身筛糠般的开始颤抖，豆大的汗珠往下掉。

向八笑容可掬：“丁大人，换一个地方饮几杯，这里有点嘈杂，俺陪你一醉方休。”

他一个眼神，两名卫士扶着浔阳县尉丁家印一起转进后庭单房内。热烈气氛更加无序高涨，牛郡尉扯开嗓子喊：“多多……喝……几杯啊……”又接着举樽与来宾痛饮。

盛宴，多少人总是昂首挺胸进来，颤巍巍扶着离开；美酒，乃一屋人吃大蒜，互不闻臭味，互不嫌弃。

单房内透过花隔，挂着一层丝幔，厅外场景若隐若现，桌上摆好两樽酒，颜色自然深浅不同，浔阳丁家印县尉，没有昔日富态圆融之姿，面如土色，怯汗淋漓，盯着自酿毒酒舌头发硬，浑身颤抖。向八不动声色又请来祝叶青、夜壶、鸟蛋跟着一起潜入，丁家印一见两名京官更是害怕，口齿不停地唠叨“死罪、死罪、罪该万死”。

向八温和地端着丁家印敬牛郡尉的酒，送到他肥胖的嘴边：“丁大人，这是你自酿的美酒，敬俺大哥的，今儿个你就当着咱几个的面把它喝下去，一了百了，免得咱动手用刀尖拨开你的牙。”

丁县尉恨地无缝钻，盯望着毒酒瞳孔放大："俺不能喝，俺不能喝，家里还有妻儿……"向八脸色一变，双刀出鞘，厉声呵斥："狼子野心，心存歹毒，好心当作驴肝肺，俺大哥待你不薄，与你从未有个人恩怨，你却为何要置他于死地？这酒是你做过手脚的，你必须将它一口吞干净，否则，吃'滚刀肉'。""嗖！"左马刀挑开衣袖，右马刀割下块"滴血肉"，痛得丁家印肥胖的身躯弹动起来，低嚎："饶命。"两军士上前一人夹着一只肥膀，一用力，骨骼节响，向八拿起碗再逼近他的肥唇："痛快些，是喝酒，还是吃'滚刀肉'？"

丁家印此时已完全无力站稳，瘫成一堆泥，求生本能令他说道："饶命，这酒里有'三更红'……"

向八："啊，是那喝下去三天后，半夜三更吐血而亡的'三更红'？"

"是是是……"

向八、祝叶青交换一个眼神："情有假，这'三更红'也有假，还是你验实一下，享受长睡福。"

丁家印声泪俱下："这'三更红'乃真的，已试过两次才带到这里来的，以确保万无一失。"

向八轻蔑瞟他一眼："啊，已验实两条命？"

丁家印："是，千真万确。"

向八继续拿着毒酒用口吹到他的胖脸上："谁让你带'三更红'来南郡金口害人？"樽抵唇边，丁家印吓得不假思索："丞相李斯。"

众人不约而同大吃一惊，心里重复一个疑问："李斯？"

向八看一眼祝叶青，祝叶青示意让丁家印写下自供录，乌蛋圆眼不停地转动，依偎在夜壶怀里似懂非懂预猜着许多个不可预测的可能。

向八口气丝毫不松："人心叵测，一念成魔，俺大哥待你有恩，你却恩将仇报，死有余辜，既是丞相李斯指使，那就一字不差给俺写出来，若有半句假话……"不等话说完掀起他衣襟，在肥白肥白的肚皮上削一块肉，他大喊："哎哟，痛死俺啦，俺怕死，更怕痛啊……

念在都是关中……出来的……”

向八蔑视他一眼：“小人劣根性不如狗，若让牛郡尉喝下你这‘三更红’，第三天你会赶来奔丧，哭得比谁都真，李斯怎么想到要你下如此毒手？”说罢马刀在他眼睛前一晃，吓得丁家印闭上眼：“丞相李斯大人……啊……李斯坏人……说牛郡尉打过他的脸，揭过他的短，南郡，未来的天下粮……仓……肥缺，若牛犇死了，那位子……就是俺的……”

向八怒不可遏：“唯利是图，天诛地灭。”

祝叶青示意他控怒：“继续说。”

丁家印：“李斯说已在始皇帝面前保荐，俺很会征粮……”

“好啦，一字不差地写出来。”

侍从摆好笔墨，丁家印已失去昔日威风，拿起笔颤抖的厉害，向八愠喝：“别添堵，想活命，写清楚。”

丁家印瞟一眼带血的刀锋，几次闭上眼稳定着情绪，开始一丝不苟地写着“续命书”。向八带夜壶、鸟蛋离开，让屋子里减少胁迫压力，留下祝叶青指导着“续命书”乱中的准确性，直到深夜，过程如同“皿煮人心”。

人生没有重来，亦如长江奔浪，流逝永不回头。林萧云牵着蒙日丹的手进房后，闩了门，两人合目而拥，久别重逢，深入骨髓里的那种相互崇拜与仰慕的情感，一旦变为现实，却又如真似幻，久久不能分开，蒙日丹享受地躺进强有力的臂弯，林萧云想锚定时空，永品着这软舌香喉的甜蜜。

蒙日丹笑出声扭着他的耳朵：“你要做傻父亲啦，里面是‘江上桥’‘水中舟’。”

“哇！”林萧云一下惊得蹦起来，胸口剧烈起伏着。

蒙日丹见状笑得格外开心，她欣赏着也嘲笑着即将为人父的男人竟如此脆弱：“你想一辈子当儿子，不做父亲呀，看把你吓得。”

林萧云怯生生：“你爹娘可知道？”

“知道，要不怎么会提前远嫁？”

“啊，这样。”

林萧云久久回过神来，心痛地牵她入浴，小心侍候着，说女人一夜长大，男人也可以一语成人。

夜宴散后，鸟蛋恼火得气不停从鼻子里“扑哧、扑哧”冒，与夜壶洗漱后躺在床上。夜壶受酒力作用，几次鼾声骤起，都被辗转难眠的鸟蛋弄醒：“爹，这天上神仙到底管不管天下的事呀？”

夜壶打了一个酒哈欠：“哎，这天上的事，谁也没上去过，咋知道？快睡吧，别啥都上心，思病难医哦。”

鸟蛋还是要追着刨根问底：“像丁胖子这样不报恩，反过来毒害恩人，天上神仙一点也不知道，也不吭声，不放半个屁。”

“哎哟，不怕阎王恶，就怕抿嘴神仙多。”夜壶半睡半醒地应着。

鸟蛋一骨碌坐起来，“唰”地抽出马刀舞动，砍、劈、斩、刺，虎虎生威。夜壶道：“儿子别在床上瞎整，那锋夜里可没长眼。”鸟蛋愤愤不平地收刀入鞘：“说是歹人好人托生来人间都是天上神仙弄的，放那么多歹人下来，这不明摆着与好人作对吗？这神仙到底是造福还是生祸呢？”

夜壶被刚才的马刀寒风吓醒，坐起来揉揉疲惫的眼：“天上的事眼见为实，耳听为虚，俺一辈子没见过啥神仙，只见过活神仙。”

“噢，见过活的，快说来听听，俺最想听活的。”

鸟蛋一下缠着他又亲又赖求他快说，夜壶道：“哎，活神是始皇帝，大大神啊，要谁死，谁就死，要谁生，谁就生，谁能有这能耐？这叫金口玉言。”

鸟蛋：“活阎王，还神？”

“华山上，万丈冰崖，俺家小姐飞身采花，谁敢啊？这是仙。”

鸟蛋点头默认，一边回味当时场景，仰头闭目瞬间，夜壶道：“你是活神仙。”

“俺？”

鸟蛋一脸茫然，捂着鼻子，夜壶继续道：“小小年纪修建梁州城烟柳镇酒楼，让抠门的耿百万送三百辆粮食车到江南，救了木耳、谷粒，还有余秧秧，再活五十年，哇，就是天下最大活神仙，哈哈。”

鸟蛋顿一顿，被夸得没有怒火，只有浑身酥酥舒服：“呵呵，还有这事。俺爹真会挠痒痒，呵呵，活神仙，睡觉。”

夜壶吹灭烛光：“抿嘴神仙日子好过，睡得着是最大福祉啊。”

阳春三月，日上三竿，霞染江面，未醉者不约而同信步赏景，光阴宽绰，夸夸其谈中赞的还是：“新郎、新娘那个美哟……”

捧美人，赏美景，品美食，不虚此行。醉者醒来，有专人或随从伺候，吃个可口晚早餐，摇摇晃晃一阵后，又安然入睡，尽享江南云淡风轻“迷痴月”。

牛郡尉虽是长醉之身，可是长期征战，酒后说醒就醒，一骨碌爬起来，快速洗漱后用早膳，急着吩咐：“那两娃不必惊扰，备好早点，等他俩自然醒。”自己先忙了一会儿公务，然后拜访了前来贺喜的旧友、同乡、同侪、官员、商贾，最后来到衙中与向八议事。

一进门，向八、夜壶、祝叶青、乌蛋已在等着，他即刻警觉到他们情绪不对，与夜壶、祝叶青行了“点头礼”后虎目一膛，低声问向八：“出啥事啦？”

向八将浔阳县尉丁家印“续命书”念了一遍，又补充说明详细过程。祝叶青、夜壶一直在场。牛犇沉默许久后，长吁一口气，淡淡一声苦笑：“不必声张，放了吧。别拔出萝卜带出泥。”

乌蛋一下蹦起来：“善有善报，恶有恶报，他要毒死你……”

夜壶一只大手捂住他的嘴：“又乱说。”

牛郡尉笑了一下：“他笑着来，大喜事，总不能让他提着头回去，礼也送得重。”

乌蛋挣脱夜壶的手：“他绰号叫‘笑面蝎’，毒着呢！”

牛郡尉看着众人：“这兔崽子，从小孤苦，没父没母，十二岁随俺牵马出关，凭小聪明能弄个县尉实在不容易，现在又有妻儿，罪在李斯教唆，俺给始皇帝去一奏报。”

祝叶青冷不丁插上一句：“始皇帝收不到的。”

牛郡尉看着他：“让军部枢密室递过去。”祝叶青低头想一下没说话。

牛郡尉逐渐来了火气：“都想抢着当这破官，俺才不稀罕，哎，到处征粮抢到良心痛。”

他顿了一下对向八说："过了这几天热闹，留一营卫城即可，全部军士下乡帮春耕，要不，寡儿孤母、老弱病残咋交粮？"

向八点头领命，鸟蛋又嘴快："哥嫂说中午一起聚餐。"

牛郡尉一下来神："哈哈，好好，午餐限三杯，哈哈。"

南郡衙府，原是楚国铸币作坊扩建而成，后院家宴厅高大敞亮，窗外百树新芽随风摇曳，室内四季花木青翠欲滴。午饭前快腿快嘴鸟蛋已将昨夜丁家印毒酒谋杀案，绘声绘色给林萧云、蒙日丹讲了一遍。林萧云连连叹气，愠怒不已。蒙日丹给他抚抚胸口又美丽含笑摇摇头，牵着他的手一起下楼，一边低声："凡打过仗的官，心宽似海。"

有蒙日丹的地方，自然而安静，既有父辈名将功高、受人敬仰的缘由，也有天生丽质、文武全才震慑成分，就连她心爱的林萧云，即使为夫妻，凡事也要礼让三分。人美花亦静啊！

食物美，众人落座，大有盛世璀璨之感。夜壶、祝叶青从未与主人同桌餐，变得拘谨。牛郡尉一身牛气在儿媳面前变成老绵羊，正襟跪坐一脸福笑，活蹦乱跳的鸟蛋也附庸风雅，自觉地斯文起来。新郎、新娘一起敬义父三杯，随后给夜壶敬三杯。祝叶青只湿湿嘴唇。林萧云给鸟蛋夹了一只肥醋鸭腿，鸟蛋吃得满嘴流油。蒙日丹给义父、夜壶、祝叶青礼节性添菜，举止文雅。蒙日丹如室外春风，浅浅欢笑中，俨然成了席上的女主人，让众人少有地静静开心用过午餐，多了一分对才女的赞叹、喜欢、钦佩。散席时新郎和新娘一边一个侍奉着牛郡尉，穿越大宴会厅，牛郡尉在众宾客面前不能自持，板着僵硬的身子，迈着军士步伐，像弹棉花的腿踩不住节奏，腿脚有些弹跳地在儿子、儿媳中间不太协调地蹦着，像戏步，脸上挂着满满傻笑，没有半点虎虎生风五官模样。

他忘了纠葛不快，往直走进自己府里坐。分别时蒙日丹细声细语嘱托："义父年事已高，公务多让八叔承担，这几天宾客多，饮酒举杯别醉了客人，更不能让酒伤到自己，情到、意到、心到，恰到好处，点到为止。"

牛郡尉听了，傻愣一会儿，像是听到天外之音，虽是和风细雨，却在心中产生雷霆之力，从未有人如此“训过”自己，直到林萧云、蒙日丹告退，他才幡然醒悟追上两句：“好、好、好，是、是、是，只品不醉，点到为止。”

阳春季节，万物复苏已醒，蛙声浪韵，空气格外清新湿润，温暖醉人。蒙日丹第一次来江南，看到远处长江水天一色，七彩阳光普照，朵朵白云经阳光幻变，灿烂组成云锦，城墙边柳枝都成暗红色，绿色芽苞咧开嫩绿小嘴，枝条修长如丝似线随风婆娑，近处水泊小湖中芦苇追波逐浪扭动，她不禁信步前往观赏，而且越走越快，林萧云急步跟上，她追着呢喃紫燕，飞身一跃，扯下一根长长柳枝在手上舞动，脚点城垛一跃，展开“丝挂长虹”轻功绝技来回在柳树中穿梭，留下嬉笑声不断，林萧云岂敢怠慢，“八步赶蟾”高高跃起同舞护佑，两人锦衣艳丽飘曳，往返斗技翻飞，惊得众宾客如梦般欣赏：“天上金童玉女下凡，上演惊心动魄功夫大戏。”

牛犇也不例外，隔着窗又惊又喜又怕：“俺娃……呀呀，这功夫……”一会儿用手蒙眼，一会儿又肥头顶挤窗户格的空隙看。一贯沉稳的向八佩服得五体投地：“哇，绝世功夫。”傻眼盯着，心吊到嗓子眼，怕万一有失。只有夜壶、祝叶青知道底细，气定神闲地欣赏着这景中之景、美中之美，乌蛋几次想冲去又折身而返，他的轻功不及，只能在一旁狂呼乱叫助威：“过瘾。”

江水盈盈，远处山色返青，姹紫嫣红中，二人嬉笑着收住脚步，香汗涔涔，手牵着手返回室内。向八长吁一口气，笑意满满地赶去安排明日新郎、新娘回烟柳镇的船只。

第十七章

渔舟唱晚，落霞润红了天际，水鸟在江面上逐食翻飞，沿岸轻烟渗柳色，春耕农人久久不愿回家，抢着时光劳作。蒙日丹与林萧云登高台，凭栏远眺日暮景致，感叹江山多娇之余，更赞乡人活得努力，为一口粮食奋争不已。

林萧云指着天上：“师傅，北斗星出来了。”

蒙日丹：“啊，好亮，在咸阳家院里一抬头就能看到它。”

林萧云：“嗯，它一万年十万年只做一件事……”

蒙日丹：“指明方向。”

林萧云：“哎，可惜它不管人间方向。”

蒙日丹：“人间方向永远迷茫。”

林萧云看她一眼，想听诠释，随意应允一声：“啊。”

蒙日丹看着远方，任微微江风吹起长发：“小国民众日生富裕，可国与国之间常有争夺地盘的战争；大国雄霸，少外患忧，可是内斗不断，冤案频发，无辜死难无数。小国与小国之间战争死的人数与大国一统江山、苛税暴政冤死的人数相等。”

林萧云：“那到底小国好，还是大国好呢？”

蒙日丹：“都不好，都好，关键是皇帝。”

林萧云：“皇帝，一是打出来的，二是传下来的，好坏怎么分呢？”

蒙日丹：“皇帝不会从天上掉下来，‘天子’那是愚人耳目，皇帝黎民之首而为，选出来的才是好皇帝。商鞅变法，用血腥奖励制度，让小小秦国灭了六国，一统天下。那个法制本是好东西，可是太片面，不是一个完整的体系，像俺大伯蒙恬修的狱刑法，也很不错，可是赵高犯了法，俺父依法拘禁要斩首，始皇帝出面求情，放了。“

林萧云：“皇帝金口玉言高于一切。”

蒙日丹：“法网就成了一张破网。”

林萧云：“治国要有法律来产出皇帝、管住皇帝，江山才能万古巍然，百姓自然富庶无忧。”

蒙日丹转身看着林萧云：“大秦国一千年、一万年都办不到，天下一个人说了算，没有对错，不分善恶；咸阳宫文武百官围着一张嘴转，忠奸同窝，真伪莫辨，欺骗蛊惑，岂能有好日子过？”

林萧云：“革不了弊政，夺不了权柄屠刀，贪官、奸官、庸官如同韭菜，割了长，长了割，生生不息还枝繁叶茂。”

蒙日丹：“赵高、李斯之流，寸功不见，却会伪定一时，机变百出，巧操天下，竭尽所能讨好皇帝，武将除了俺爹之外，如今很少有功臣能见到皇帝。“

林萧云：“皇帝被捧成神，诛直谏，奖奉承，让百姓画地为牢成了猪。”

蒙日丹：“大秦国佼佼者易折，来得猛去得也快。”

林萧云：“再也不会分裂了吧？”

蒙日丹：“统一好处多于坏处，顺了民意，问题是一个人生老病死不可逆，人一当上皇帝就不下来，一个人最好的年龄、最好的状态只能管一段时间江山，不能为了江山而坐到死，死后就会突变，文变武变，内变外变，如登台唱戏。”

林萧云很激动：“始皇帝宁可死一百次，也不愿不当皇帝，宁可冤杀一半天下百姓也要坐在位上死。”

蒙日丹：“人性贪婪，一万年不会变，皇帝只有两怕，一怕死，二怕造反，所以有了三千童男童女赴蓬莱岛换长生不老药的悲剧，有了三户一把切菜刀的笑柄。”

林萧云：“生在一个暴政时代，人人只有苟且，闭嘴偷生。”

蒙日丹：“不愿偷生者也有，像洞爷，研修天地之道术，像髯翁、南行子、王翦大将军，遁迹山林或与世无争，修篱种菊。”

林萧云上前将她抱进怀里，仰望北斗星：“不远将来，你我同行。”

蒙日丹深情道：“命运多舛，由不得你我，多事之秋，早做准备，万事心中有北斗。”

一阵急骤马蹄声由远而近，林萧云轻声对蒙日丹说：“是鸟蛋去送浔阳县尉丁家印一程回来了。”

蒙日丹会心点头：“人小鬼大，敢作敢为。”

林萧云看看四周：“江风大了，早歇息，明日回烟柳镇。”

蒙日丹娇嗔：“真想快快见到咱们的家。”两人相拥回室。

鸟蛋一进门兴奋道：“爹，您还没睡呀，嘿嘿，俺就知道，没有俺在您睡不着，哈哈。”

夜壶苦笑一下：“追上啦？利索一把。”

鸟蛋：“哼，不会打仗的都怕狼，不会唱歌的惹不了姑娘，牛老爷假仁慈，放了丁胖子，天容地容俺不容。”他边说边脱衣服，解下刀剑，顺手口袋里摸了两块孝感麻糖，塞一块在夜壶嘴里，自己嚼一块。

夜壶嚼着芝麻香味，一脸满意：“人老人心软，吃糖嘴甜而牙酸，若是年轻时的牛郡尉，来四个丁胖子也一样叫他们人头落地，人老心在变。”

鸟蛋边脱衣服边往夜壶被窝里钻：“谮害之举，岂能以人老不老为理由敷衍，草畏严霜，霜怕烈日，歹人怕痛，不怕耻。”

夜壶想一想：“也是。”

鸟蛋探出头趴在夜壶宽厚的胸膛上：“爹呀，这李斯寸功不见，做那么大的官，还要坑人，那心到底长得啥样？”

夜壶拍着他的小背：“心长在肉里，谁能看得到啊？”

鸟蛋追着问：“听说姓赵的比姓李的还坏几倍啊，安插的坏人还多几倍，干啥要这样折腾嘛？”

夜壶：“嗯，万事皆有正反两面，都是事出有因，查无实据，过日子，混最舒服，攻城略地杀人多了，心慈了，手软了……哎，就那么一回事。俺也算是安插在好人家里的好人呀。”

鸟蛋扯住他的大耳垂："冰炭不同炉，善恶不同途，人在家里坐，祸从天上来，这牛老爷子好险就死在丁胖子毒手上。"

夜壶摸一下鸟蛋的头："崽呀，这好歹在变哟，今天好，明天坏，今天酒肉朋友，明天争权夺利，胜过杀父之仇。兵不厌诈，水无常形，谁说得清楚啊，心善人自在，别死磕。"

鸟蛋："爹常侍候皇帝，这始皇帝专用赵高、李斯这类歹人，那皇帝是好还是歹？"

夜壶打一个长哈欠，疼爱道："活着的皇帝全都是好的，死了埋在地下，全是歹的或是半好半坏的，一地鸡毛，一堆黄土，是好是歹后人猜去啰。"

鸟蛋被逗得笑了起来，学着夜壶平日口头禅："也是。"两一又嬉笑一阵，安然入睡。

春雾浓稠乃江南特色景象，大地似乎飘然浮动，一无岁月时间隔膜，给人亦真亦幻的感觉。

八艘水师官船披红挂色，一字泊在码头边上，水波与船舷不停喧闹私语，锁扣的时髦小客船护守官船左右，如同待发之箭，水手们忙着升起蓝白相间的风帆。

天遂人愿，太阳爱美之心由来已久，红日跃出江面，霞光万道，强力逐散迷雾，越升越高，烈焰如火，普洒金辉，照亮整个南郡金水码头。蓝天白云之下，和风熙熙，春意盎然，人声鼎沸，万人空巷，四乡八里人群、外郡大富小贵早早赶来观美的宾客，将整个码头挤得水泄不通，平民大多数瘦骨嶙峋，衣衫褴褛，却带着虔诚微笑，多数人手里拿着刚刚采的鲜花，算是一片祝福的心意，南方妇女姑娘们，春天都有戴花的习惯，散发着温馨的香气，渲染了喜庆氛围，向八让迎亲士兵们将糖果分发给四周看众，一时甜风卷起，笑闹声不绝于耳。

新郎新娘的八人大轿在锣鼓喇叭声中缓缓来到码头，两人手牵手走出轿门正准备下台阶走向官船时，蒙日丹被眼前欢送的人山人海所感动，欢呼声一浪高过一浪，她对林萧云会心一笑，这比梁州城多了几百倍的人海更让她看到，江南人挤而不攘、欢而不闹的雅致，虽然穷，虽然苦，可爱美的干净，发上香花、手中野花都是亲手采摘，那是一片祝福的赤子之心。蒙日丹生性浪漫睿智，且又年少貌美，她轻声唤来汗血马，蹬鞍跨上，慌得林萧云急忙纵身上白驹坐骑，两人并辔而行，频频向众人微笑示意，所到之处，人群欢呼声一浪高过一浪，鸟蛋迅速驱马向前开道，由于预先没有准备，祝叶青、向八惊愕得左右护卫，握按刀剑，手心渗汗。

行到码头岩处，一树桃花斜倾半空中，风姿绰约，娇艳如火，蒙日丹一声叱咤，飞身离鞍展开“飞虹”绝技，跃上枝头，摘下一枝最艳丽顶花，簪插在秀发之上，一闪一闪红耀如丹，还留下串银铃般笑声，旋身又稳稳坐在鞍上，与林萧云尽可能与众亲近，此举只是一刹那工夫，众人喧腾达到沸点：“哇，神仙，能飞。”“说是吧，皇帝女儿嫁江南啊。”“值啦，今生今世造化，总算拜到仙。”也有人小声传着：“那白马公子，是咱楚王嫡传啰，不能讲的，迟早……看那王气……”

牛郡尉与众同侪身着官服，从衙门内步行到码头，惊吓得目瞪口呆，慌着只是四处张望，不知如何是好，如此欢呼声浪，此起彼伏，第一想到的词是“造反”，可又没有武器刀枪、哭喊杀声，只是欢笑与欢呼，前无古人、后无来者的场面，百姓与军士们一起笑、一起玩、一起欢呼，他心想：“平时征粮，都是目含愁焰，今儿个要改朝换代似的，一切回归欢笑。”

绕场一周后两人下马登船，许多人因难舍落下泪，风顺帆扬，望江而上，逆水行舟往烟柳镇，别了南郡金口，蒙日丹被素不相识人群的真情实意所感动，凤目噙泪入舱：“舍不得百万送行人群。”

江水初汛，涛汹浪急，怒吼喘息中有些恣意，两岸多姿多彩群山，披上绿装，各色春花似在草上漂浮，逆水行舟，水师中精挑细选的健壮水手们斗浪奋桨，喊着雄浑粗野的号子，不服输地向前推进。少时，蒙日丹与林萧云出舱互拥伫立船头，赏着美景，偶尔看到江豚、钻鱼跃出水面，浮出头颅，横穿起朵朵浪花，蒙日丹高兴得惊叫不已：“哇，好美的弧线啊，光脑袋滑得流油呀，能横穿十五六七个圈圈。”

林萧云几次劝她下到船内歇息，但她看不够江山磅礴，望不穿景中有景的奇妙，一阵狂风吹来，她一侧身躲避，头上那枝艳丽如火的桃花脱发飘出，林萧云一声叱咤："往哪里飞！"腾身一跃，"八步赶蟾"施展，脚蹬船舷稳稳站立在蒙日丹身后，将桃枝重新簪在秀发之中，蒙日丹迎风笑谢后，伸手摘下桃花，爱意赏嗅一番，奋力一扔，看那桃花沉浮江涛之中，随浪远去，她自言自语："桃花江水，随缘东去。"林萧云给她披上七彩锦绣斗篷，拉上胸前封扣："别凉着那个姓林的。"蒙日丹会心一笑，依偎在他怀里，眷恋着江水荡漾的山水之间景色，幸福满满。

"锁扣，锁扣！"眼尖的鸟蛋咋呼地叫嚷着从船舱内冲向船头，他揉了几下残存着睡意的眼睛，兴奋地指着远处黑影，向蒙日丹介绍着："俺就知道他要在这地露两把刷子。"怕蒙日丹听不懂，林萧云告诉她："楚国三大绝技之一，一竿漂。"

蒙日丹顺着他指的方向："一竿漂。"

林萧云上前一步补充："这里是长江最险江面，暗流漩涡多，江面突然收窄，水深流急，世世代代翻帆沉船之地，也是江南水贼劫舟之所，这地方名字叫'腰江水喉'。蒙日丹为之一振，四面观察地势，好奇地搜索着"险"的痕迹，遥想那些月黑风高的故事，也望见狻猊岗矗立于江边石壁，想说点什么，欲言又止，心中默念着："这石壁像一张帛。"

船似乎有些颠簸不前，甚至有些倒退的感觉，船下传来水军头领怒吼声："左三舵，右三舵，使出吃奶的力，加把劲！"号子更野，水手们拼尽全力过险。

那黑影高倚晴空，激浪中稳稳站在一根竹竿上，手执一根钓竿，借奔浪之势，飞速穿飞涛谷之间，形如飞矢，蒙日丹捂住嘴替他担惊受怕，鸟蛋却对着黑影卷起手筒："来点手信啦！"

烈日当空，"嗖"，一条长江三色锦鲤凌空跃出水面，高抛扭动着滑美身躯落在鸟蛋脚边，蹦跳着，鸟蛋高兴道："哈哈，好兆头，三色锦鲤。"

他扑上去按住，提着鳃："喂，好事成双。"

锁扣不停调整脚下的竹竿，无数次旋转，前冲后退，盯着汹涌江面："来啦！"他手中钓竿一挥，"嗖"，第二条三色锦鲤划一道美的弧线，船在前行，落点未变，鸟蛋高兴地扑上去："哇，贼眼力，两条一模一样。"他喊来侍从，将两条名贵的长江三色锦鲤挂在船头两边，为彩船活色增香，又添庆景，讨个吉祥。

暮霞如烟，浮云千幻，二百里水路，穷追紧赶，到了螃蟹地，商船开道，官船随后，离开长江进了柳河，另一番景象，别有洞天。

江水顶托，柳河之水在内港回旋，清澈见底，一碧万顷，杨柳垂丝于涟漪之中，繁华而又静谧。蒙日丹好奇地不停回望，奔腾东去浩瀚长江，又注目泾渭分明的烟柳镇内港，一动一静，润物无声，林萧云指着远处统领楼："到家了。"她紧握着他的左手，十指相扣，激动之情溢于言表："啊，仙境。"她禁不住一声赞美，两人依偎伫立船头，有声音从船舱内传出："春之云裳，花容绽放，水之百影，柳青荡漾，桃花斗春光，佳人已成双。"是的，鸟蛋又即兴开唱。

落日掩映中的群山，红霞满天，绝美夕阳，船一进柳河，迎亲队锣鼓喇叭声大作，内港岸上人山人海，八千军士化为农人，慈母军第一次穿上红色春装，十八村汉子们清一色白衣黑裤，张步青为迎接女主人，忙得满头大汗，巧智安排，每一件事都恰到好处，长竹街三百迎亲军士，八船桨手，食宿一一到位，三十咸阳送亲卫队队员在狩猎队驻足，祝叶青、夜壶、向八、鸟蛋、锁扣、赵七姑、余秧秧一并至统领楼奉陪新郎新娘。烟柳镇第一代居民不富有，唯一表达心境的方式是采来漫山遍野鲜花，将统领楼、内港通道、长竹街变成花的海洋，烟柳镇处处弥漫馨香，还有配着锣鼓声扭动腰肢的秧歌队。

彩船靠岸，林萧云牵着蒙日丹的手拾级而上，两边站满穿戴整齐的居民们，手捧着鲜花，迎接自己的主人，一声女童音，高亢亲嫩地喊唱，划破天空，直抵人心，别开生面。

余秧秧腿还未痊愈，一身素静着装，披戴鲜花，拄着双杖，眼里噙满感恩的泪水，在赵七姑、旦迟秋扶持下，清纯嗓音，歌传心声。

"姐！"众人合唱，"姐！"

余秧秧："回家进屋歇歇。"

众人："歇歇呀。"

余秧秧：“淡淡芽茶亲手摘。”

众人：“亲手摘。”

余秧秧：“迎来送往天涯客。”

众人：“哟哎，天涯客。”

秧秧：“姐呀姐。”

众人：“姐呀姐。”

余秧秧：“起早又摸黑。”

众人：“当家难哟，起早又摸黑。”

余秧秧：“生儿育女，相夫教子，明明白白，耗尽心血。”

众人：“明明白白，耗尽心血，哎哟喂。”

余秧秧：“姐呀姐。”

众人：“姐呀姐。”

余秧秧：“持家要把油盐借，既是主人又是客。”

众人：“既是主人又是呀，客哟嚯嘞。”

鸟蛋天生好歌喉，可惜他前往梁州城迎亲，没有参加赵七姑这场撼天动地以歌迎女主人的大戏，他只能站在余秧秧身边扯开嗓子和：“哎哟喂。”拿过旦迟秋手中的鲜花与余秧秧俩人一起送给新郎新娘。

蒙日丹天性浪漫，被余秧秧领唱的江南韵味民谣所感动，众人排山倒海和唱给了她无比震撼的力量，她久久拥抱着秧秧，含泪而笑，摸摸她的拐杖，亲吻她童真的热泪，同时慈母军女人们感动得笑泪如雨，她不停挥手致意，神采奕奕，美丽如仙容貌，让汉子们惊呆，醉了烟柳天地。

汗血宝马、黑狮、银狐也一起上岸，入住统领楼。

四月初三，铸就不凡，蒙日丹第一次踏上烟柳镇的土地，进入属于自己的家。她登上三楼远眺，千年古柳堤滩，一分为二的柳河，半人工内港，十六条通江深渠，十八村落，十里柳湖，如诗如画；久久仰视客厅里高圆公主绘画的一览图，七分天成，三分人为，恰到妙处，越看越熟，越看越亲，似在梦中相识，超大书房中两张巨型写字台，圆厚樟木溢出天然清香。“啊，俺的家呀。”

她兴奋地打开伯父蒙恬送给她的、她最心仪的特别嫁妆，“白雕套笔”一百零八支摆挂有序，七方北地郡贺兰山砚，大小不一，如坛如盘，深浅方圆各异，也是与林萧云共享，两人高度契合最好的融通灵物——都酷爱书法。

夜宴上祝叶青、夜壶、向八、三十咸阳送亲队队员酒过三巡，礼毕膳食后散去，阉牛为主人早准备香草花瓣沐浴之水，二人静静洗漱更衣，燃起一炷清香，林萧云磨好三池浓墨，蒙日丹常年墨耕不辍："书法者，心画也。"十年如一日苦练勤思，技艺已炉火纯青，林萧云自小以剑作笔，精妙无穷写意，加之常年临池，得多位高人指点，特别是看高圆公主作画，因书画同源之故，悟性洞开，更有见“九缺一圆”拜师蒙日丹，亦妻亦师亦友，分别数日，错乱中，以书法为寄托，深研笔画渚隐之中，日益精进，同用书房巨型习字书桌，也是用心良苦，爱字敬技，礼品共享之。

蒙日丹凝神静气，美眸倾情，试着换用各种笔，各式字体，书写“江山”二字，孜孜不倦，持续挥毫，不停地巧绘心灵图谱。林萧云忙着一片片铺简牍补墨，看她起落游刃有余，着迷不已，每到妙处两人相视而笑，各自心领神会，一同享受着“随风潜入夜，润物细无声”的境界。

蒙日丹一口气写下七七四十九种类型各异的“江山”二字，林萧云看得目瞪口呆，深深被她笔下功夫所震撼，也被带进“江山”千奇万幻思考之中。蒙日丹取下最大号一支笔，笔杆名为“空号”，这支笔要超强内功助力，蒙日丹递给丈夫：“你也蘸墨习习它的秉性，摸摸它的脾气。”

林萧云沏了两杯“女儿红”茶，一人一杯品完后，他挽袖提笔，在池砚水石上不停运笔游走，试写“江山”，并说明今天看到的狻猊岗大石壁最配镌刻“江山”二字。

蒙日丹看了许久，给他铺上简牍：“字没有腔调，有态度，从来墨客多生愁，今夜清风拂古柳，作个纪念吧。真迹不二，咱俩立个咒，一辈子‘江山’仅写此一份，他日镌刻于狻猊岗悬崖壁之上，浮动于江水之中，万古流芳。”她用坚定媚目莞尔一笑，给巨砚磨出浓浓墨汁。

林萧云深深吸一口气，握笔走向案桌，华山、斗笠山、阴阳山、滑河、柳河、长江在眼前一一闪现，《山水》旋律在脑海里回荡，心中有一股野火燎燃，将“空号”饱吸浓汁，左手压住白色如雪的简牍。“心狂手静！”蒙日丹淡淡提醒，更是鼓励与催促。

巨笔飞舞，黑白之间缠斗，“江山”跃现简牍上，严谨遒劲，洒脱轻灵，一蹴而就，一气呵成。这回轮到矜持的蒙日丹脱口惊呼：“绝！”一下扑到他怀里，激动得泪盈眶，许久抬起头仰望着他的眼睛温柔道：“江山，就该男人写。”从此每天夜静时分，夫妻俩都会抽出一个时辰，习字为乐，与墨为友，以笔倾情。

四月初三夜，零乱的鸟蛋房间，却有两只名贵的金丝楠木箱子，锁环与四角还装饰着一寸难求的“虎皮楠”，满屋散发着特有的沉香。

“啊，这虎皮楠可值钱，始皇帝弓箭握把上就是用楠木瘤做的。”

夜壶摸摸瞧瞧又嗅嗅：“呵呵，皇帝有的江心洲就有，皇帝没有的江心洲也有，那不沉的小岛像浮在江面的宝葫芦，啥都有。”

鸟蛋瞪大眼睛：“水中葫芦，可望不可即，深藏百宝。北方人只在马上蹦跶，到江南都是旱鸭子，水里藏宝，天地都不知道，哈哈。”夜壶赔笑着摇摇头：“也是。”

鸟蛋打开大的一只箱子，吃力地抱出破损头盔，放到夜壶面前，让他倒抽一口冷气：“啊呀，俺的娘！”

夜壶一双大手捧起铸造极为精致的黄铜燕耳盔，抽丝剥茧似的细看，一边激动地喃喃自语：“这是俺的七号箭破顶的，齿痕比普通箭宽两个半鱼牙痕。”

鸟蛋上前摸着盔顶矢痕细心辨认：“破这盔顶，神力！”

夜壶少有地含着泪：“不求力拔山兮气盖世，但愿良心安稳。”

鸟蛋：“您救了俺爷爷一命，他可不知是您，所以一直将这副铠甲头盔珍藏，意在寻人感恩。”夜壶将箱盖放下，大手轻轻抚摸着：“啥恩，想起来实在是后怕，战场上射杀无常，车马老英雄，武艺超强，令人心生敬意，放一马，只是偶然。”

“恶有恶报，善有善报，天下茫茫人海，为啥偏偏让俺做您儿子？”

夜壶略一思索，声音轻得似乎听不见："也是啊。"

鸟蛋忙着打开另一只小的箱子，郑重其事地拿出用黄丝缎布包着的十几本书，朝圣般慢慢打开："光阴是渡口，众生皆过客，俺与锁扣已读了《筑秦垒》《春寒草》《菊》《游兮谣歌》还有《信》。"他一册册翻给夜壶看，还一边背诵，夜壶道："哎呀，崽真有出息，俺见水晕，见书晕，哈哈。"

"爹，别晕，听听俺给您写的。"他拿出一册简，上面写着密密麻麻的字，送到夜壶面前念起来，一手指着字，一边口述着，夜壶惊诧地望着他的小手指移动，一脸茫然，耳朵却听得极为认真，频频点头。

读得诗书，如苗之芽。
委屈受累，如春之花。
人如蝼蚁，万千浮华。
养儿防老，膝下承欢。
垂老暮年，多传佳话。
疾病缠身，宽心不怕。
晚年依靠，携手抵达。
脸面尊严，共赴天涯。

夜壶听得入神："崽，真有出息，要不在咸阳谋个差事，咱爷俩一起混？放在这小镇上太屈才了啊。"鸟蛋大笑："哈哈，俺倒想您来这里养老，有山有水，有花有草，活在画里。"

夜壶叹一口气："哎，俺是辣椒里的虫子。"

鸟蛋："嗯，辣椒里的虫子？"

夜壶："一般虫子见辣椒就死掉，可辣椒里偏长虫子。"

鸟蛋："啊，一物降一物。"

夜壶摸着椅子坐到床边，笑着对鸟蛋道："崽，俺这腿子软得不行，站不稳。"

鸟蛋："啊，刚才被头盔吓得？"

夜壶喘着粗气："哎哟，一念之间，阴阳两隔。人老了，不打仗了，该多想开心事，一聊生死就堵心。"

鸟蛋："爹，这人死了，到底能不能有魂可以管事呢？"

夜壶两眼望着房顶："俺又没死过，咋知道？"

鸟蛋："都说有因果报应，人死了能不能变成鬼？"

夜壶："谁也没见过鬼，人死一阵风，要是真有鬼，那六国死鬼天天与秦国鬼打成一团，猜的，编的。"

鸟蛋："俺也是这么想的，俺爷爷那么厉害，魂飘过去将俺哥从蓬莱岛找回来。"

夜壶："活人是真的，知痛知苦知喜，王翦大将军攻楚，仗打得很艰苦，秦国多少人成了楚国老地盘上的鬼，魂都回不了秦关。"

鸟蛋："这几年不打仗，活一天赚一天，活一天学一天。"

夜壶："打仗最恶心，百姓要的是太平，穷也一天，富也一天，家人在一起最开心。"

鸟蛋："这仗是几个人打起来的，争权夺利，百姓只不过是一头头猪，认杀的份。"

夜壶："占了地盘未必是好事，留下多少冤魂野鬼不说，活着的多少三秦士兵一辈子光棍，抱握一辈子刀枪，这江山要自己人守才行，一辈子回不了故乡，孝敬不了父母。"

"俺喜欢寒冷干燥惯了，一来江南呼吸不了湿气，牛郡尉说是关节痛，风湿重，一方水土养一方人。"夜壶憨笑着捶腿。

鸟蛋："蒙日丹不怕风湿，一见俺哥整个人高兴得要飘起来，人美衬江南景更美，她心里美开了花。"

夜壶咽喉似被锁住，一时噎着发愣："是情……"

鸟蛋高兴得手舞足蹈起来："天下最宝贵的是男欢女爱，啥江山，啥权利，啥金钱，啥生死，一概一文不值，哈哈。"

夜壶不假思索："是这理吧。"

鸟蛋一下钻到夜壶腋下挠痒，夜壶一身是胆，臂力过人，却特别怕痒，一下瘫在床上："嘻嘻，饶了俺，呵呵，痒死俺了，投降，投降……"

四月初三夜，弯月挂树梢，长竹街留有宽阔石板地，可供万人喜聚，四周垂柳如丝，微风中依依摆动，野花阵阵香袭，张步青让人堆起八十八堆干柴，亥时燃起熊熊篝火，烈焰蹿空，锣鼓喇叭音起，正是“月上柳梢头，人约黄昏后”。赵七姑带领秧歌队率先扭动，随后又邀南郡郡尉府迎亲队三百壮汉跳“七响舞”，即是男女相互击掌四下，后自拍三下，边拍边围着篝火转着大圈，嬉笑声不断，十八村健汉们，除了留守护院宅人员之外，倾巢出动，他们个个身材壮硕，面相不善，虽然都已入中年，长期军旅生涯，攻城略地，杀人为生，还从未接触过女性，一击掌，似触电，一挪步，碰到柔腰，烂泥般瘫软，阴阳互汲，方寸皆乱，百病可医，男女情缘处方无处可开。慈母军几乎人人上阵，几个月以来摆脱饿灾，今夜又是蒙日丹来烟柳镇大婚之日，喜庆的心绪火烈燎人，锣鼓壮胆，众人跳着“七响舞”，掌声笑声一片，四里八乡身体略好的都赶来看热闹，大胆的也跟着转起圈，柳荫林乞丐们忘了要饭身份，拐着、爬着、笑着，共庆同欢。

花有千姿百态，人有不同风采，大多数人舞步杂乱无章，只有血脉偾张，豪情万丈的掌声激起层层对雌性渴望亲近的涟漪，慈母军渐渐汗湿罗衣，头上香花妖动燎情，脸上浅浅桃红润泽，男人们都是长期锢禁的色中饿鬼，人人不知疲惫，个个毫无倦意。

爱河里畅游，乐海里共浴，日后每年四月初三定为烟柳镇“鸳鸯节”，天下有情人赶来欢聚择偶寻缘。继珠宝、造船之后，“鸳鸯节”成为烟柳镇第三块金字招牌，享誉五湖四海。

祝叶青带领咸阳送亲队军士，静静品茶、弈棋，没有凑风光热闹。锁扣在江面布网，巡游不敢怠慢，大喜大庆之日，波涛无处不成涌。乌蛋带领狩猎队远放三重哨，时刻警惕着风吹草动。只有向八，放开自己的核心卫队，任三秦子弟寻缘，水满则溢，月满则缺，拳脚天下半生，生而为人，暗中祈福他们能异地开花结果，更何况此时正是人间四月天呢。

狗和猴子一见面就吵，因为各有各的精明，子夜时分，长竹街篝火正旺，“七响舞”噼噼啪啪如同三伏晒芝麻，一片炸响。乐极必生悲，祸福相生如同一对孪生兄弟，形影相随。时隐时现弯月下，江面一条黑色小快船悄悄驶进内港，刚靠岸，四名黑衣蒙面人身手矫健，每人手提两只桶，背上斜插两把钢刀，腾挪一跃，轻功不凡，急速上岸，船上留有一舵手、一篙手等候。

四人行迹被狩猎哨发现，送出暗号，刚行至十丈许，突然三十桐油火把举起，组成一道灼人火焰墙，由上而下冲来，挥枪弄刀，喊杀连天。

四名黑衣人因突如其来的变故懵怔片刻，特别忌惮火把，丢下桶扭头就往船上奔，行如飞燕，脚下功夫了得，顷刻之间与狩猎队拉开一段距离，跳上船后箭一般逃离内港射向江心。

不怕贼偷，就怕贼想，锁扣布下暗网，江心洲名不虚传，黑船一进内港就被盯住，浅水不便下手，深水擒逮才是拿手好戏。黑船一进入江心，三条水贼快船一齐围了上来，黑船一看舟舷吃水速度就知道遇上硬手，一惊一慌，一晃之间已被飞索拉翻，黑船来了个底朝天，六人陆地轻功一流，水上功夫却一般般，扑通几下就被拖下江底灌了一肚子水，闷个半死，一个个被拖上船，重新返回内港。这时鸟蛋、夜壶、祝叶青、向八都已在岸上等候，并打开四名黑衣人丢下的八个桶，内装的都是“烈火油”，是来放火的，烧谁呢？

众人将六人抬上岸要审个明白，不料让大家目瞪口呆的是，这六人都齐齐咬断舌根，满嘴鲜血汩汩，嘴角上还都挂着一丝诡异冷笑，线断了。祝叶青皱着眉头，仰望着统领楼，对蒙日丹日后安危隐隐担忧，人心叵测，世事幻变难料。

而此时长竹街篝火更旺，击掌声变得热烈而有些节奏，人人欢笑蹦跶着，浑然不知场外蹊跷。

四月初六寅时，下起潇潇微雨，后来又变成短时骤雨，天亮时随着雄鸡啼唱，雨过天晴，东方出现鱼肚白，春雨将天空洗得干干净净，一尘不染，随着旭日东升，变得瓦蓝瓦蓝，四周青山苍翠，内港万顷碧潭中八艘迎亲水师官船，扬帆奋桨准备返回南郡金口。来时欢庆，去时离愁，码头上有人而无声，一片寂静。

张步青给咸阳三十送亲队队员封送藕粉、莲米、芝麻糖等江南特产礼品，给三百南郡迎亲队队员及水手送了赵七姑带领的慈母军亲手做的香荷褡裢为纪念物，更为蒙日丹父母在樊口精选了各种锦缎丝织、花鞋绣服、樟香雨屐（木鞋）、艾枕蜂汁、藕粉清茶、莲米荷蕊，只要是江南有的，一一齐备，当然最珍贵的礼物，是给蒙日丹父母的一封长长家书，家书中的核心之核心，是颂赞林萧云书法“江山”二字，并细心将摹本密封，说明真迹不二的缘故，并告知将要镌刻在江边狻猊岗崖壁之上的愿景。

鸟蛋耍着赖，泪着眼，边走边撕扯着不让夜壶走，两人叽叽咕咕边走边撕扯着，到了船边，夜壶抱起他：“崽，好毛驴就要死在磨边，俺一辈子吃朝廷俸禄就得对得起捧在手上的碗，哪一天动不了，俺就来烟柳镇，咱爷俩唠嗑。”他亲一口鸟蛋，鸟蛋却一下溜下来：“哎呀，扎痛俺了，牛老长角，人老长胡茬。”两人又嬉笑起来。

晨露润物无声践约，春风送客踏雨而来，女性天生对娘家眷恋，三十精兵都是父亲遴选，万里相送，朝夕相处，风餐露宿，特别是陪着蒙日丹牵着马碎步小跑十里又十里，又每到一处拉网捞鱼虾，一张张笑脸，一颗颗赤诚护卫之心，一旦分离，伤感难免，祝叶青带着三十精骑行至长桥，一字排开伫立行辞礼：“俺家主人留步，万请多多珍重。”

蒙日丹圆睁醒世之眸，尽量稀释离愁，雍容微笑，一一问候道别，可是眼泪做不了假，如同梨花带雨，情真时飞流直下，弄得祝叶青与三十精骑心如针扎，虽有主仆之分，离别时分，男儿泪洒，低头入船舱内，抽泣一片，伸出手仰望长桥上的蒙日丹、林萧云拼命挥舞，直到船出柳河驶入长江才作罢。

岸上赶来送行的十八村村民，虽改作农人，还有军队情绪，慈母军中有一夜情缘的，暗中多了一分牵挂，盼望早归南郡，正是“相送无言泪千行，江水东流浪回头”。

时间一直在同做事的人赛跑。

五月二十，这一天是“龙晒衣”的日子，祝叶青、夜壶与三十送亲队骑士抵达咸阳，蒙夫人喜出望外，一一收捡着女儿送的礼物，哪怕是一根草、一片枯叶都爱不释手，心细如丝地摆着啧啧称奇，抚摸着。特别是蒙日丹的那封亲笔信，她看了又看，哭了又哭，放在枕边，贴在胸口，吻着皮封……

“娘，丹儿给您跪拜大礼了！离开咸阳一路向南越走越远，可心却与娘越贴越近，常常梦中回味在爹娘怀中的宠幸，记起膝下承欢的情景，每到这时总是在陌生境地哭醒。”这些话如无形刀割裂了母亲的心。

“淳朴亲情，血浓于水，爹娘素来教女儿练技学艺、为人做事，爹娘旷达的心境，在两个哥哥为国捐躯英年早逝后，把一切智巧方便安排给了俺，溺爱中让丹儿有些任性了，性灵毕现，大错虽没有，小误连连，意气用事给父母带来一串串麻烦，丹儿总是口硬不认理，娘总是雍容华贵宽容一笑带过，如今在外，翻阅心灵图谱查看，女儿知罪，向爹娘道歉致谢了，认过错，低个头，不好意思再多说了，俺想爹娘一定也原谅了自己的孩子，也看到你们的心肝宝贝长大了一些噢。

“初来烟柳镇，并不陌生，七分天成，三分人造，一幅美轮美奂仙境。‘勤为本，善为基’是云哥提出的训语，虽是白手起家，却人人懂得手中要有寸铁，居民来自五湖四海，纵情时，会引吭乡歌，憧憬未来的日子，都有着十足的底气。说到这里，女儿又要流泪了，孩子不能为父母尽孝，人生第一缺憾，望爹娘恕罪，女儿感恩在心里，逸笔草草，直抒胸臆，俺从未走远，气息总伴于爹娘身边，奢望爹能早日褪去甲胄，陪娘修篱种菊、赏梅品雪，万事顺遂，丹儿祝福叩拜。另外云哥书法，日益精进，附上摹本供爹娘阅看。”

蒙日丹的第一封信，从头到尾纹丝小篆秀丽端庄一笔不苟，蒙夫人似捧着一件艺术品，轻拿轻放，以致一年数月后蒙将军随始皇帝回咸阳，看着女儿的书信赞不绝口：“看俺娃练字呀，治心病的灵验药方。”同时他亲手将蒙日丹练字精选挂上墙，又将林萧云书写的“江山”挂在不显眼之处，眯起眼睛欣赏，胸中涌起波澜，几分赞许，几分担忧，最后一声长叹。

他品读到女儿那份雄心寄望，以及处世权宜之浓淡，也从此夫妇二人再不在后院议事，长坐蒙日丹闺房，品茶叙旧，爱屋及乌，伴着女儿留下的物品隔空对话，好像孩子从未走远，在女儿出门玩耍即回的境界里彼此周旋。

一天傍晚，夫妇品茶，吃着烟柳镇藕粉，赏着女儿墨迹，蒙将军向夫人轻声叙述着一段令人心有余悸的话，始皇帝第三次巡游至窠镇，久雨天晴，阳光和煦，日落宿营，微风不燥，当他布完岗哨来到御车前时，听到始皇帝特有的洪钟似的声音传来："呵呵，这犟牛咋冒出一个儿子成婚，哎哟哟。""听说那义子有些来头。"是赵高阴幽附和着。"啥来头，不就是烟柳镇小统领。""呵，那可是蒙上卿女婿。"

"知道，也是枢密处布线。"始皇帝心不在焉。

"听说，南郡排场了得，十里八乡，人山人海庆颂。"赵高话中带刺。"比朕的仪仗还大？"始皇帝有些不相信地反问。

"大多了，笑得十里花开……"赵高未加思索，信口开河，又觉得失言赶忙止住，用笑声掩盖。

始皇帝略停顿："嗯，结婚喜庆，也该乐乐，朕天天见的都是些苦瓜脸。"

"有线报说，那小统领还胆敢在江边崖岩上刻下'江山'二字。"赵高话中藏有杀机。

"嗯，朕已看过摹本，那字可写得霸气灵秀，给山水添景，给大秦国添彩，还真想去看看。"始皇帝兴致勃勃。

"哦哦……那是……那是……陛下适时下江南……嘿嘿……巡视疆土。"赵高转而奉承着。

"传蒙爱卿。"始皇帝对传令卫士说完后转身用长蜂眸盯了赵高一下，赵高知趣退出。

始皇帝幼时患有软骨症，常发哮喘，长期征战中还诱发过几次癫痫，秉性刚愎自用，事无巨细，亲自裁决，每日批文书重达一百二十余斤，勤政极度劳累，性阴鸷，偶暴戾，病时极厌服苦药，迷信神灵，化灾念咒。蒙毅偷听到刚才始皇帝与中书府令赵高的对话，背后惊出一身冷汗，思索着："谁传递女儿女婿相关资讯，且如此了如指掌？"又听到传自己进御车厢，急忙隐身后退躲避，待赵高远去，才急速进御车厢见驾。"呵呵，蒙爱卿娇女与牛郡尉义子成婚，该由朕做个媒才是呀，也一起乐乐。"始皇帝直言开腔。蒙毅急忙躬身行礼："陛下言重，小女自幼溺爱过度，慵懒任性，不知礼节艰辛，俺亦多随陛下左右，疏于管教，贫贱远嫁了一心愿，免在眼前，扰添麻烦，岂敢惊动日理万机、政务繁忙的陛下。"始皇帝极为宠幸蒙家兄弟，他自己与众多子女相聚甚少，只对扶苏多方磨炼，胡亥圆胖憨态可爱常带在身边欢娱，长年征战名将老臣对子女多有“无奈”通病，他频频点头认同，笑着：“哎，福中下一代何谈艰辛尚礼，都贪玩模样，听说蒙爱卿女儿女婿书法甚好。”

蒙毅连忙诠释：“小女生性顽劣，所以贱内逼她在家习字，又是以字为媒，缘识牛郡尉义子，字的笔力稍好，悟性一般，年轻浮躁，喜欢乱写乱画。”

始皇帝开心微笑：“说到字，朕也手痒，送几个字给后辈吧。”

蒙毅急忙行重礼恩谢：“陛下圣恩，求之不得，俺代小女敬谢。”一边忙着在御案上摆砚磨墨，始皇帝提笔略沉思，挥毫四字：“永乐鸳鸯。”他不知名姓，蒙毅急忙用小笔在小简上写林萧云、蒙日丹的名字递上，始皇帝瞟了一眼，自嘲一笑，在上面补一行小字：“贺林萧云、蒙日丹新婚喜庆。”落款嬴政，写下年月日盖上朱红御印，递给蒙毅，算君臣融洽礼数，表互仰互敬心境，蒙毅千恩万谢而出，始皇帝笑着目送，算是一笔书法，慰藉重臣长久护卫之心。

当夜，蒙毅将圣书贺庆快马驿发南郡金口牛郡尉转送烟柳镇。牛郡尉见始皇帝为义子御笔是题庆贺“永乐鸳鸯”，大喜过望，将真迹装裱送林萧云厅堂悬挂，又令人以紫铜仿铸，镶金边，矗立于统领楼前镇邪，后来“统领楼”人称赞为“鸳鸯楼”，双名共用，传为神奇。

日落星移，月转风起，大人物总想着大破大立，始皇帝千古一帝，为一对新婚夫妻挥动御笔实在不易，也是一生霸业中仅此一回。六国归秦后，统一文字，统一度量衡，统一货币，统一绘制疆土地图，功在千秋，而原六国君臣互称也是五花八门，为这他还颇费了一番脑筋，深埋一段谜底。

首先他将自己称为皇帝，原来称皇、王、孤、寡、扈、首、主、头一律废除，那他应该自称啥？朝廷内文武百官称自己叫啥？他写了七个称呼，按北斗星位排列，让心仪的阿房姑娘挑一个不同于其他人的称呼，阿房姑娘聪颖过人，她不敢明挑，就用红丝巾蒙住眼睛，摸着用手按住一个“朕”字，从此始皇帝下令“朕”的称号只能皇帝专用，也是朝廷内部议事代号，延用二千年直到最后袁世凯用了不到一百天为止；“爱卿”“陛下”这两个称呼也是阿房瞎摸出来的称号，成传说中的“七取一”，后来被始皇帝当场焚烧，免留话柄，埋下查无实据的谜底。

“永乐鸳鸯”推测也只能赐林萧云、蒙日丹专用，所以一直没人敢问敢试，后来深埋黄土的始皇帝杀气太重，吓呆千年后代人。

泉水叮咚，流水淙淙，水滑石面，秀水绕青山，水多、纯，构成烟柳镇水乡画卷。蒙日丹一到烟柳镇似有远方归家之感，送走咸阳“娘家客”，急不可待地换上布衣草帽，与林萧云一起约定用脚丈量这块原生状态的物华天宝的土地。

两人从山上到沃野，绕柳湖，踏沟渠，走过螃蟹地、九里畈、十八村，边看边议论，行走如飞，累得鸟蛋一路连滚带爬：“脚掌抹了油，咋这么快啊，这轻功了得，喘死何大人了。”

林萧云看他窘境：“回去歇歇，别自找苦吃。”

“哎，哥嫂有马不骑，喘着弟了，不吃苦，长不了记性，成不了功夫，我的任督二脉快打通了，腋下马上长出翅膀。”鸟蛋边喘气边做着飞翔的动作，还不忘表演一下，“我是这里最早的土人，哥嫂出行，不跟着，怕你俩忘路，呵呵。”

林萧云点点头：“小顽皮，总是占理。”

鸟蛋狡黠一笑：“哈哈，人不为己，天诛地灭，我是读书人啊。”

蒙日丹不解：“读书？”

鸟蛋忘形得意道：“哥嫂才高八斗，满腹诗书，张口即是学问，三十丈内我能‘隔山传音’，远了就听不见，跟着跑，一练功夫，二读书，一箭双雕。”

蒙日丹兴趣撩起：“哈哈，在心为志，发言为诗，多聚百家之言，远胜几尺官帽。”

鸡蛋推波助澜：“极是，极是，我总算看明白了，烟柳镇怎么省怎么来，咸阳宫怎么不出事，怎么来。”

林萧云、蒙日丹同时为他击掌喝彩：“有理。”

蒙日丹戏言：“你的两条腿没白跑。”

水高一寸，良田万顷，蒙日丹将方圆百里二百二十一个山泉，绘成图表，以泉为点，凿渠为路，互结成网，自成一套山村水寨，形成日后千年烟柳镇山城水景特色，也成就了大小几十次战斗中泉水石屋堡垒传奇。

想太多纠结，知道太多难过，真正的“好”都在细节上，智巧安排山水，乃润泽人间之福。

北方梅，南方荷，统领楼后山有几株古老野梅，冬雪天自然傲霜斗雪绽放，一株临近红梅斜身枝杈探进二楼悬院内，添加诗意，蒙日丹在悬院修一硕大荷池与梅相映成趣，隔时各自盛开，隔着空间无语。她与林萧云清晨纵马螃蟹地飞驰，盘弓射箭，舞剑弄枪，早饭后林萧云处理镇务，奔走农田间，蒙日丹则一日给鸟蛋、锁扣授课，一日则在楼上栽花种草，晚上俩人练完字后，品茶赏景，宅论古今，仰望星辰，她偏爱荷花，出淤泥而不染，濯清涟而不妖，不蔓不枝，香远益清，亭亭净植，可远观而不可近抚，仙意飘飘，玉洁而不俗，因为楼面有限，她就在荷池一边种了许多摆放的“碗莲”。莲可以叫荷，但荷不一定就是莲，碗莲也可以理解成“把荷花种在吃饭碗里”，江南许多爱荷之士，因为家里或书房没水、无池，就种碗莲欣赏“荷花二小姐”，而种碗莲比种荷花更难，更要亲力亲为，更有讲究。“千年莲子会发芽”，莲子不怕陈，最好的莲子要陈放三年以上，等到陈莲子表面色泽暗黑了，用掌心搓擦几下莲子表面有光泽了，方为上好的种子，清明节后播种，谷雨之后移苗，性喜沙石为土壤，阴晴天补水不同，逐步加火烧过的土壤作肥料，五六月开花，潋滟娇柔，朵小肉厚，方寸间瑞吐芬芳，独霸碗中风流，别具一格，后来人送雅号“花中水状元”。整个夏季，特别在月圆时，俩人多在河池边赏荷品碗莲，边吟诗抚琴吹箫，迎接肚子里那个又踢又撑的姓林的来到人间。

肚里娃偶尔脚重，踹得蒙日丹痛得弯腰龇牙，满头冒热汗，笑着责怪前来安抚的林萧云：“俺捧着一颗心来，不带半根草去，这里全是姓林的天下，凭胎内功了得就让我受拳打脚踢之苦。”

入伏季节，太阳火辣辣，正午，汉子们脱光衣服挂在柳树枝上，躺在清纯的河水中乘凉，大胆一些的慈母军女子从闷热难当的竹屋内走向上游河水，利用千年古柳遮掩，仅将脖子露在水面，裸泳呢喃细语享受凉爽，惬意得浑身酥软，有的还扯着垂下树枝，让雪白的身子浮在水面，如同游鱼一样漂。

柳河一分为二后，左浅右深，全长十里，柳林护佑，男人裸浴，只闻其声，不见其形，成为盛夏一景。后来泳者越来越多，为了谨慎，男女间拉起色彩带，一是戒色，男女有别，二是防止女子被水冲下，女子可扯着彩带止漂，免得赤身顺流而下，进入男人群中尴尬。乌蛋还出了一个馊主意，赵七姑养了七条护作坊猎犬，天天女工上下工守着门口，一一认识，午泳夕游时分犬在岸上巡游，一遇生便狂吠逐赶，夏天男人都袒胸露乳露肉在外，最忌惮长獠牙的四条腿畜生，无人敢近视窥探，女人们却更恣意大胆，沐浴柳荫净水天恩。

十里柳湖，荷花似海，蒙日丹与林萧云划着小舟静静穿行于湖荷之中，细细观赏着“蜓立水中藻，鱼戏莲叶间”，偶遇阵雨更是开心，目睹荷花与雨水亲昵洗涤摇曳佳境，似乎天幕泼墨书写诗画，亦如掀开氤氲笔发之帘，启人心智慧思脑洞开。

天雨虽宽，不润无根之草，蒙日丹腆着大肚子，数次登上柳湖后山“安胎”，这里半山上有一块巨型平坦凹地，拥五口清泉，俯瞰十里柳湖，远眺螃蟹地幽静，乃极佳建书院灵地。她毫不犹豫卖掉所有父母给她稍值钱的陪嫁，除伯父蒙恬做的笔之外，作为第一笔善款交张步青建学堂专用，她亲手精心绘制《烟柳书院》《柳湖学堂》两幅图，其风格既有咸阳宫的霸气，又蕴含江南灵秀，因在半山腰上，院堂虽与柳有关，却保留着数百棵古老松柏，只在泉水池边点缀杨柳，后院读书亭配有百花与斑竹，霸而不奢，雅且不俗，古松嫩柳相映成趣。

乌蛋嚷着不同意：“嫂嫂，爹娘送的陪嫁咋能卖呢，俺能造钱，要多少俺造多少。”几乎哭着纠缠：“盖学堂，众人事，咋要卖珠宝手镯呢，太丢面子，让人寒心。”他一顿一顿转身拉拢正在沉思的锁扣：“宁可卖人，也不可卖陪嫁的东西是吧，锁扣？”

锁扣抬起头没头没脑来了一句：“是卖人还是卖魂啊。”

乌蛋不满地瞟他一眼：“自从读了书，咋老抬杠？”

锁扣顺着又回一句：“争辩还是抬杠？”

鸟蛋气呼呼还要顶牛，蒙日丹心平气和道：“烟柳镇物华天宝，可是长久栖居更要人杰地灵，读书明志，借古鉴今，方能走稳走远，避祸趋福。物来浮财，无名无姓，而学识才是‘众妙之门’，德是基础，道是升华，像咱烟柳镇‘勤为本，善为基’。”林萧云有所感触，激动道：“道乃其大无外，其小无内，至简至易、至精至微、至玄至妙的自然始，至虚至灵的天地本根。”蒙日丹深情地看一眼林萧云他在还未动土的学堂荒地上，似乎在为千百学子授课：“不读好书，天地人一片混沌，有眼无光，愚昧任其摆布，沦为刀下之鱼、俎上之肉，世道变成‘君子为猿鹤，小人如虫沙’，道生成万物，又内涵于千万物中。”

林萧云激昂接话：“‘道’在物中，‘物’在道中，万事万物殊途而同归。”

蒙日丹上前牵着林萧云的手：“道对内主张无为而治，不生事扰民，这办不到。”“为啥？”鸟蛋听得入神冒出一句。“读书人太少，读好书的人更少，天下一个人说了算，岂有善恶之分，全凭主观臆断，愚民们只能逆来顺受，任其宰割；若天下人自小读书，心明眼亮，以理为纲，方能天下公平，道法自然。”鸟蛋、锁扣、张步青聚精会神地聆听思索，鸟蛋嘴快：“道讲公平、自由，若众人讲道遵规，天下即太平，洞爷说‘书亦传脉之梯’，再聪明的人，光阴苦短，只有以书为光，照亮后人，不断互借互助书中知识攀升，德的基础才稳固。”众人一齐鼓掌，鸟蛋红脸胆怯伸一下舌头，偷瞟一眼林萧云，蒙日丹做一个戏谑赞颂的鬼脸，让其走下尴尬台阶。

林萧云深吸一口气，扫一眼众人，看着张步青，语重心长叮嘱：“盖学堂，在众人肚子还是饿着的时候，万不能操之过急，由小到大，由简到繁，取得好石材木料，防火防蚁，百年大计，千年屹立，盖学堂的钱财要来得圣洁，求心灵干净，让学童学者目醒心悟，将来多为国家敢负重，做以苦为乐、向死而生的栋梁之材。”

张步青认真点头领命，锁扣想着哪些钱财为圣洁，鸟蛋抓着头皮，思考哪里去伐来良木，瞟一眼众人低头暗认罪：“假钱可买鱼肉，万不能盖学堂。”

蒙日丹拿着图继续讲："明年八月十五圆月时正式授课，大秦国语言文字刚统一，请到优质德才兼备的老师是大难题，焚书坑儒后，先整理医书、农桑牧书籍普及农人求知之需，妇女赵七姑先在作坊间办夜校，先学认字，后学记账、算账，学简单医学，画花绣朵，柳湖学堂招学童，逐年将天分高、学优德旺者选出到烟柳书院深造。"她表示会竭尽全力自己编写七种适用教材。

林萧云："道对内无为而治办不到，对外和平共处、反对战争暴力更办不到，三十年河东，三十年河西，螃蟹地跑马场，设一讲武堂，今后定有你讲善、他讲恶，所以善中提纯必带锋芒，防侵扰，防抢夺，设立烟柳镇，使众习武，危险灾临时，人人皆兵，读文书，储武备，设立自卫防线，习武也是安身立命之书。"

鸟蛋、锁扣、张步青额角渗出微汗，今天一堂特别课，让他们不停地思索回味着。

正值农忙季节，林萧云与农把式们奔走于十八村田间地角，庄稼靠水土而生，丰水处女地，稻谷长势喜人，人们兴奋地躬耕，心里似乎已闻到饭香、蔬菜香，竹街竹楼顶上的南瓜、葫芦、丝瓜、黄瓜，有躺有垂吊着，又肥又大又嫩，烟柳镇即将迎来第一个丰收季节。林萧云反复唠叨："先要肚儿圆，后面的事儿就好办。"

锁扣成了最忙的人，一边让江心洲一半的人摸鱼捞虾兑成干净钱办书院学堂，一边珠宝店、造船作坊生意要打理，更在螃蟹地铠甲作坊里造出一系列新农具，让林萧云大为赞赏，十八村农夫更是高兴得合不拢嘴："心灵手巧，省时、省力、省心，农神下凡。"脚踏水车、提灌风车、播谷马、碾米转雷，鸟蛋又要他造出带刹把的拖树车，晚上下课后，将《烟柳书院》《柳湖书堂》两图，细化出卯、榫、梁、立柱、承柱、悬空雷公柱、回廊檐柱、防蚁窠臼，更创新用香樟做成半镂空基座，安插立柱，既防蚁蛀，又稳又美还阵阵永溢清香，令蒙日丹刮目相看："锦鸡对上芍药，登顶一跃。"

鸟蛋带着狩猎队中的运输队，一边修通白垅墩的斜坡山路，一边精挑细选伐木，云杉、岩松、香樟，人拖马拉，喊着号子，一批批木材运到烟柳书院、柳湖学堂工地，迎来无数人驻足窥探、张望猜想：

"盖神仙庙？"他又将稍差的树木遴选出来，卖到金口、樊口，将干净钱作为善款交到张步青手上。

快到收割的季节，南方天气无比炎热，金黄的谷穗低头吟笑，林萧云一连数天吃不好、睡不安，他不断与农把式们、十八村村长反复商议，如何在五天或七天内将万顷良田里的稻谷抢收到晒场内，"刀口天气"往往在收割季节会暴雨倾盆，如何在极度燥热缝隙里抢收，是农人最紧张的，追命时刻万万不能让辛辛苦苦到手的粮食被暴雨浸泡，在田野反青发芽。

锁扣让铠甲作坊预先赶制了万把割稻长柄沙镰刀，鸟蛋运输队三百辆马车队分聚到各村待命，慈母军、制衣作坊中除留守后勤人员外，全体出动，连柳荫林里稍强壮、能行走的乞丐也都歪歪叽叽到稻田帮着收捡遗漏的谷穗。

农历七月初三，天刚蒙蒙亮，十几面铜锣敲响，上万把沙镰挥动，男人们一腔孤勇，女人们虽柔弱但不甘落后，饿够了的人们，在万顷稻浪中蠕动，亲手栽种的粮食在一排割倒摆放好后，狩猎队中的运输队抢捆扎堆，车滚马啸，蹄声急骤，吆喝声此起彼伏，无惧午时烈焰如火的骄阳。张步青带领后勤队把饭汤菜送到田间地头，林萧云与农把式们码着圆圈式高高稻垛，上面盖着防雨芦苇草，压上横木石块，蒙日丹不顾林萧云劝阻与赵七姑一起奔走田间拿水送饭，人人干得汗流浃背，个个争抢着时间，原计划五天或七天收割光，凭着"以苦为乐，向死而生"的勤劳善念，奇迹出现，三天三夜加一个上午，万顷良田换装，还一片裸红土地，上千个黄稻垛像一朵朵巨型蘑菇，在十八村、长竹街晒场上展现"辛苦做，快活吃"，丰收的粮食就要到嘴唇边。林萧云长长吁了一口气，傻笑着品喝蒙日丹亲手熬的羹汤："烟柳镇稳了，姓林的该出来了。"

蒙日丹挺着与身材极不相称的大肚子，心疼"衣来伸手，饭来张口"的公子哥："云哥累瘦了，脸晒黑了，当行勤俭，惠恤民众……"

两人正在议着、笑着，突然一道雷电划过长空，远处惊雷轰隆，林萧云走到窗前，意味深长："天道酬勤，苦澄其心，稻子收了，雨就来了。”山雨欲来风满楼，蒙日丹也挪步窗前：“人生中，最难求的是真诚，最难遇的是坦荡，最难得的是勤劳。”

风狂雨猛，天地一片黑暗，林萧云点亮烛光，铺简磨墨，提起笔：“师傅，好久没动笔了，今天该写点啥？”

蒙日丹不假思索：“你写‘丰收’二字，与‘江山’二字成一对孪生兄弟，俺写‘只要真情在，何惧人世苦’。”林萧云瞟一眼窗外越下越急的暴风雨，豪情万丈，笑着沉吼一声：“遵命。”

笔在简上游动，蒙日丹捂住嘴惊呼：“超越俺了！”俏皮地在他耳边仿一句：“师傅。”

俩人快乐地一阵爽笑，弄得银狐不知所措地仰头来回张望着一对主人。

雨过天晴，内港与江口出现一道绚丽彩虹，许多人跑上长桥触摸，嘴甜的说笑着：“烟柳镇风水宝地，割完稻谷下暴雨，神仙漂放彩虹。”“烟柳镇要走红运，万事顺心遂愿。”“咱烟柳镇的饭香，皇帝都吃不上。”

林萧云一早叮嘱蒙日丹：“好好歇息着，别挺着大肚子乱跑，摔一跤，磕个绊儿，那可不得了。”自己兴奋地带着张步青与十八村村长、赵七姑、农把式们商议如何将谷粒变成米，让众人快快尝到“红米饭”的醇香，抢着在火一般的太阳下屯粮到谷仓。锁扣制作的碾米穗石滚、连轴夹、手摇风马播、大铜筛、圆篾筛盘派上了用场，三十一个晒场、打谷场一起开工。万人庆贺丰收的喜悦，红色的处女地回馈辛劳汗水，以金黄的谷粒、红润晶亮的米作为犒赏。

蒙日丹哪里坐得住，拖出四五箱书籍，一一整理，分层分类，在楼上借着烈焰般的太阳晒潮气，更重要的是要为慈母军学童学堂书院编写由浅入深的实用的书籍读本，她暗中庆幸，三马车嫁妆，一马车拉来的是简牍与刀笔，更多的是书籍，当时根本就没想到要办学授课、教书育人，这下可好，歪打正着，全派上用场：“书到用时方恨少，人非经事不知难。”她转动着大肚子自嘲：“姓林的出世后叫俺娘还是师母啊？”

心喜闲不住，有事赶着做，晒完书，略一清闲，唤上黑狮赶往星月台，看到鸟蛋拉来一堆堆又直又粗又香的各种树木，张步青已派派人对着图放线挖基，心中无比兴奋，憧憬奢望的思潮一浪高过一浪，她不想去惊扰他们一丝不苟的劳作，站在一古木板上，对着苔藓一遍柔吻，伴着泉水叮咚水声，似乎听到这一块净土之上琅琅读书声，心中思忖："哎，哪里有爱，哪里就是家啊。"黑狮突然有了骚动，摇头摆尾低吠，她回头一看，"啊！"原来是林萧云站在她身后，用疼爱责备的眼光盯着她，当她一回头歉意微笑时，林萧云用手指刮了她美丽挺直秀气鼻梁作罚，上前一步拉着纤纤玉手，轻轻在耳边道："回家。"

俩人悄悄离开建学堂书院的拓荒圣地，蒙日丹亲昵地挽着那有力的胳膊，半倚半靠在结实的肩膀上，议着未来书院、学堂："咱们从筚路蓝缕起步，秀出班行，独树一帜，风骨写风流。"

"百年树人，办学不能急，妙手行云，需要一代代接力……"

饿怕了的人，对粮食特别珍爱，哪怕天上掉金蛋，不如到手的一升米。林萧云号令各村存半年粮，镇存八个月粮，加小米、玉米、南瓜、红薯、豆类、藕鱼、猎物，足够用到隔年九月，提议各户及个人分发一个月粮，村长、农把式们议来议去，最后决定每户每人先发十天粮，目前光棍多，反正一起吃一锅粥饭，慎发粮，关紧仓门，心不慌，节俭谨守，稳为上。

丰庆的喜悦，也是感恩的时刻，江心洲、螃蟹地打造农具功不可没，一处三千斤尝新米分送过去，林萧云派人送三百斤米给南郡金口郡尉府义父，鸟蛋让绿衣人带三十斤红米给耿飞雪，忘不了她年关风雪中三百辆马车粮食救饥荒，托话："好吃，再送。"好物不滥，彩云易散开，琉璃脆，好心办了坏事，三十斤心意米惹出大麻烦。德养运，善养福，在魔的眼里半点都不灵验。

太阳炙热的三伏，大地烫成烙饼，正午的温度连水里青蛙都不敢露头，柳河树荫里自然是男女避暑戏水的天堂，吃着新米甜瓜，住在风景如画的竹楼里，无比惬意，满满的幸福。

只有鸟蛋、锁扣头上顶着一片大荷叶，眼睛前面扯开一个缺口，一对苦瓜，自幼苦水里泡大，如今有本领又有权在握，读着书还盖学堂，每天每个时辰都兴奋快乐不已："天堂哪有人间好，烟柳镇上乐逍遥。"

鸟蛋哼着自编的歌与锁扣在星月台工地上按图数着木材，锁扣细心地计算着，赤裸的脊背上汗珠一串串滚动，许久后锁扣伸着直腰："好啦，再砍七十三棵云杉、十二棵槐树、三十三棵岩松、二棵五人合围的香樟就足够用了。"鸟蛋伸出手指头："重复一遍，七十三棵、十二棵、三十棵、二大棵五人合围的，嗯，记住了，还要四天就可以啦。"两人相对傻笑不停，盖书院学堂是哥弟俩做梦也没想到的福事，连洞爷都没料到。有人的地方就会有奇迹，有学堂书院的地方，就会有国之栋梁。

第十八章

小哥俩笑一气，来到泉水旁摘掉荷叶帽，捧水洗脸后，卧撑着喝饱一肚子水，这是他俩惯用的姿势，溪水清流，凉风习习，鸟蛋扯嗓子向林子里喊着："单本扬，拿两个熟透的过来。"一会儿，一位年龄二十七八岁、清瘦高挑的年轻人一手托一个大西瓜过来，毕恭毕敬地笑着走过来，将西瓜放在泉水里洗泡一遍，又将荷叶在流溪里洗擦几遍后，将西瓜放在干净荷叶上。单本扬露出雪白牙齿，浓眉下一对深邃明眸："何大人，这瓜圆蒂小，定是最甜的。"他刚要转身，鸟蛋对他说了刚才算出的还需砍伐的树木数："四天能干完吧？"单本扬略加思索，爽利道："三天就可以了，这几天刚好是十四、十五、十六月亮光好，白天砍倒，晚上就可以搬到这里，挪出一天时间把跑马场西瓜运到长竹街。"鸟蛋高兴道："在涨大汛，别把到嘴的瓜给泡了，煮熟的鸭子弄飞了。""是，何大人。"单本扬认真地回应，语气温和且又坚定，"天太热，晚一个时辰开工吧，林子里闷。"说罢向鸟蛋与锁扣躬身行礼后离开。

鸟蛋抽出马刀在泉水里冲洗后，飞快切开瓜壳，三刀八块鲜红嫩肉，自顾吃起来："嗯，沙土汐地一种西瓜，二种花生，甜到心里，又止渴，又止饿，十里跑马场，今年只种了半里，明年种五里地，把全镇人都甜个半死，你用船来拖几趟，吃不完卖掉，捐干净钱盖学堂。"

锁扣边吃边冷冷道："是钱都干净，清脏之分在于心。"鸟蛋捧着瓜沉思片刻："这读书多了，想通了难过，想不通难受，哥嫂对李伯阳的道似乎钻得很深。”锁扣不以为然：“强者为匪，弱者为贼。”鸟蛋吃完将瓜皮扔到草丛里，不满道：“我踩你尾巴啦，怎么你常说得让我脑筋转不过弯来，啥道？一根筋，吃亏多。”锁扣用嘴舔吸着瓜水：“道无常，路千条，各有各理，别太在意，心融千道，装万理，只做不说，旷达心境，本真性情，因事而变，随心所欲。”

鸟蛋嘴里饱满一大口瓜噎着，呆望着锁扣，半晌慢吞下：“不爱说的鬼，一说变成神，也是李伯阳的无为而治帮懒人说话，柳河不一分为二，哪有旱涝保收？你不打造沙镰刀、犁钯钞，哪能三天三夜抢割完稻？不被水漂了才怪。人勤第一道，别绕那么多玄乎。”

锁扣不紧不慢：“脚在走，心在变，世事难料，这瓜甜不甜，吃到肚子里才算。凡是嫂嫂信的事，都没那么简单。”鸟蛋一脸不屑：“人算不如天算，李伯阳是世代写史的官，像你在江里浪多了，看透了波涛，他看穿了世态炎凉，所以叹无为而治，不是函谷关尹喜强逼他留下五千字，论德谈经，他像洞爷、髯翁满腹诗书埋土里，谁知李伯阳？这道天生一半，人为一半，乃阴阳之道。”

锁扣：“万事利弊之中，万事变幻莫测，万事只信一半，猜一半。”

鸟蛋吃完甜瓜，在泉水里洗手：“万事与利有关联，李伯阳有俸禄，衣食无忧，啃甜瓜，孔丘烂命一条，吃苦瓜长大，没读书，专为死人磕头送葬，一心想当官，又没人要，一身巫气教书，领着一大帮学徒，讨米要饭式授课，一生为官唱赞歌，官反而厌他辱他，何必呢，何苦啊？”锁扣少见地哈哈大笑起来，笑得鸟蛋莫名其妙地也跟着笑：“爱而知其恶，憎而知其善，今日文钱不值，千年后圣人升天，活着人厌，死后成仙。”鸟蛋：“要成仙就活着成仙，死了成仙鬼知道。假仙，哄人、唬人的仙，有屁用。”锁扣吃完瓜，走到泉水池边洗完手，捧手洗完脸，漱口水喷得老远，险些溅到鸟蛋身上，鸟蛋笑着弯腰单手汲水向他脸上浇，锁扣不避不让，任水在龟皮似的身上流着：“呵，好清凉！”抬头望蓝天：“孔丘勤勉，一生惨淡，所以做梦都想当官，当官手握权势之刀，威风八面，有权、有钱、有美女，享乐无限，谁不想？所以他为官唱赞歌没有错。没有任何血缘关系为死去之人披麻戴孝，磕头大拜，谁愿意干这活？他为死人唱够了挽歌，倡孝道更没有错，理当盛赞，所以千年后该是圣人，苦换甜，天人之道。”

鸟蛋兴奋起来：“文、行、忠、信，苦磨出醒世名言实在不易。”锁扣背出：“君子食无求饱，居无求安，敏于事而慎于言，就有道而正焉，可谓好学也已。”鸟蛋嫌他一字一句背得太慢，他卖弄式炒爆米花似的一口气抢背，一边还手舞足蹈起来：“吾日三省吾身：为人谋而不忠乎？与朋友交而不信乎？传不习乎？”“温故而知新，可以为师矣。”“《诗》三百，一言以蔽之，曰：‘思无邪。’”“学而不思则罔，思而不学则殆。”“朝闻道，夕死可矣。”

“智者动，仁者静，智者乐，仁者寿……鸟之将死，其鸣也哀；人之将死，其言也善……啊，巧了，说到我的头上来了，哈哈。”

锁扣呆望着他伶牙俐齿，背诵得滑溜无比：“背得越快越滑，只知其皮，不知其骨也。”

鸟蛋自嘲：“越背得多，越糊涂。”两人大笑一阵后分手，鸟蛋继续伐木，锁扣赶往螃蟹地。

盛夏雨季，说来就来，毫无征兆，子夜一场短暂暴风骤雨后，天气格外凉爽，正是南方人嗜睡的好时段。不料，快要临盆的蒙日丹被一阵从未有过的狂踹撕扯痛醒，接着便听到痛彻心扉的哭声从窗外入室：“儿呀，你命好苦啊，才三岁就不要娘了哇，我的苍天，天啊，你雨下得不是时候啦，我娃儿几天高烧似火嘞，大雨要了我母子的命啰，天，你做不了天就别做天，专找断肠人伤口撒盐啦，娃儿未见爹一眼就闭眼，一家两兄弟被绑去修长城，三年灾荒无人管田地，公婆死无人埋，只有隔年烧茅房葬呀，千里乞讨来烟柳镇，想为娃儿捡根救命稻草，阎王却摘走我的娃儿呀……”

哭，从柳荫林常传出，今夜哭声格外凄凉，直抵人心，听口音算北方人，嗓子沙哑且厚实温婉，应该很年轻，哭噎时，蒙日丹肚子里的孩子似踩着节奏猛地一拳一脚，自从怀孕后，心软三分，她怕人诉苦，体恤到做母亲的不容易，巧的是刚刚梦中看到蒙夫人哭着思念女儿，她不禁随着传来的肝肠寸断的失幼子恸哭声泪奔，一阵猛踢痛得她一次次弯下腰。外面还下着霏霏小雨，她穿戴整齐，摸着黑来到走廊，披上防雨蓑衣，戴上斗笠，天上乌云密布，她抚慰银狐，带上门，带着黑狮，顺手拿了根竹杖，细心寻着哭声而去。黑狮几声大叫惊醒了鸟蛋与守门的阉牛，鸟蛋慌忙爬起来，叫了张步青，举着火把，飞快追了上去。同时，张步青让阉牛去叫赵七姑过来，叮嘱阉牛赵七姑出发后，他回统领府用心看守："今夜不寻常。"

淅沥小雨未停，那妇人坐在一棵柳树下，紧紧将死去的幼子抱在怀里，浑身湿透，因为柳荫里搭起的竹楼已人满为患，乞丐越来越多，田里漏掉的谷穗和湖中剩下的残藕蒂，更多的是满山遍野种的、野生长的，都能护命充饥，稍稍体力好一点的乞丐还能到渠沟捞到鱼虾。所以刚来的挤不进竹屋，只有在柳树下栖息。失子妇女悲哭，心痛得无助无求，蒙日丹跟着也哭成泪人，母亲护犊之心相连，她取下头上斗笠戴在那妇女头上，急得鸟蛋、张步青不知道该怎么办，正在进退两难时，幸好林萧云赶到，将自己的斗笠放在蒙日丹的头上，对赵七姑与张步青做了安排后，回身牵着蒙日丹的手，鸟蛋手举着火把引路一起回统领楼，蒙日丹心有不舍，一步又一步回头看，抽泣哀怨着："天下断肠人，世间道难行。"

尽管林萧云用心搀扶，蒙日丹还是有些步履蹒跚，入统领楼后没有去寝室而是直接进了书房。

她玉手撑着书案，眼光下意识投向笔架，林萧云急忙为她铺好简牍，磨好墨放到案前，几次取笔她都浅笑着摇头不接，最后指着林萧云写过《江山》《丰收》的那支巨型雕毫，饱吸浓墨，不料肚子里的孩子又一阵拳打脚踢，使尽十八般武艺，痛得她右手紧攥着笔，左手不停轻抚着即将出世的娃儿，许久才直起身来，凤眼亦如洗涤过的红杏，含笑泪似的梨花带雨，林萧云急得用丝绢给她轻擦去泪水："明日再写行吗？"蒙日丹微微用力咬了几下嘴唇，深吸一口气，奋力挥毫，"客村"二字飞现简牍上，自己欣赏着，颔首表示满意，林萧云在旁痴视着饱含雄浑灵气和善意的"客村"两字，佩服得五体投地，内心赞叹不已："师傅，字好心更善。"

蒙日丹望着"客村"二字良久，扶着写字台挪到平日看书桌椅处，缓缓坐下，抽出小号笔，沉思墨稿，最后奋笔疾书到天亮，鸡啼叫五更时才将建客村提议书交给陪她熬了一夜的林萧云，方才上床安睡，而林萧云看完文后，激动得热泪盈眶，天亮急召张步青、鸟蛋、锁扣、赵七姑一起商谈："战争之殇，需要几代人的努力来愈合，凡踏进这块拓荒之地者，都是烟柳镇的客人，善恶水火不容，但是没有纯善恶之分，善恶因时因事而变，劳作求生乃扬善抑恶之梯。"他在为蒙日丹袒露着心声。

最后他决定优先于长竹街，逐步建防火石头村——客村，也就是十八村又添加了一村。因为乞丐们一盘散沙，竹子风干后，入冬后极易引起火灾，一旦失火就成了"灭顶之灾"，烟柳镇也就要记下痛心一笔。同时长竹街十户一联，储水防火救火，细心防患，狩猎队安排专人敲锣巡更，防火、防盗保平安，警醒居民，秋收后，逐步将长竹街换成石城街。

乞丐多数人肢体残缺，锁扣助他们建立制造精巧玩具的作坊，销售得来的钱换粮食自给，同时赵七姑设立童鞋作坊，活轻，需手巧，慢慢与制衣作坊联动外售，开一条生路，鸟蛋挑出唱歌、杂耍艺人，组成演出队在烟柳镇内巡演，丰富生活，各展一技之长。只有这样，客村才能做到"勤为本，善为基"，自尽其长，自力更生，留在烟柳镇，为下一代创造条件，繁衍生息，迎来柳暗花明。

善恶一体两面，勤劳可以关闭地狱之门。八里江岩横卧狻猊岗，抵挡着奔腾的狂浪冲击，造成长江最大回水漩涡，险象丛生，陀螺石如长江肚脐眼，鸣啸着的无底深渊，莫测高深，江心洲就是长江咽喉结，吞吐间，潮涨潮落，波涛怒吼中，书写传奇。

烟柳镇地界内，与江河同生的，第四大奇就数螃蟹地了，近看似一只巨大的天地散养的活螃蟹，虎视眈眈，锁住柳河与长江汇口，若站在斗笠山顶往下看，倒真像一只大螃蟹，被水绕着，浮在江河水面上舞动，一个"绕"字尽显其独特位置和形状，屡次战争，让敌手吃够苦头，不敢轻举妄动，更是内港军事经济守护神。

螃蟹地生人一直相传："水涨它涨，水落它落。"方圆五里地，林茂草丰，垂柳依水绕四周，柳河、柳湖环绕，右边自然形成连接江河湖港汊的水道，如果从螃蟹地上烟柳镇，以前是纯水路，现在鸟蛋在汐地建了跑马地，跑马场下线沙地种了西瓜，又在柳湖与螃蟹地垭口搭了一座六船铆铺板的坚实宽阔的浮桥，可同时并行三辆马车，是陆路的唯一出入口，取名为“六渡桥”。

奇地必要奇事，人有腻时，货有过期日，螃蟹地原是楚国铸币作坊，秦国破郢城，这里成了门头尺造铠甲头盔的地方，拿着俸禄，又能免修长城苦役，巧手名匠云集，门头尺也水涨船高，四美妻妾，一子三女，生性圆滑，是黑白两道、阴阳两面双吃双开的江湖人物，自从攀上赵高这个朝廷里的高枝，自己又有钱，有名有身手，最忌惮的车马和江心洲的竹两高手水獭一下被咸阳金银捕手所杀，一夜之间门头尺变得飘飘然，喜出望外：“我门头尺，雄霸一方的出头之日到了，这门头尺的名，就是上天吉兆，看我怎么整治江上千船万帆。”

乌云聚了又散，散了又聚，人生离合亦复如斯。他高兴过了头，平时对徒弟杂工管教极为苛刻，说杀就杀，说打就打，说罚就罚，他培养的最贴心的徒弟门头寸是极好的帮凶，而门槛排名第一，愚忠且有超凡臂力。

烈焰万丈火，自有狂风暴雨灭，遇上鸟蛋这悍不畏死的顽童，割了他独生子的命根子，暴怒中他残了鸟蛋传人之脉，还险些要了他的小命，恰好林萧云赶到救了鸟蛋，从此也就结下生死之恨怨，一言不合，拔刀取命，天下难求后悔药。

不久门头寸在江心洲附近水域殒命，货沉江底，门头尺长夜浩叹：“人财两空！”他突然感觉到时世届暮，年近黄昏，从未有过的恐惧袭来，螃蟹地两只举起的大钳子卡住喉咙，想喊出不了声，想去找鸟蛋、锁扣顽童少年低下头和解，又放不下身段而硬扛，常常夜半惊魂。

门槛，身材高大，力大无比，左撇子，二十九岁，差一岁就是而立之年，从小父母双亡，跟着雕匠叔叔没去修长城苦役，来到铠甲作坊做工，十六岁后，扛重活，出蛮力，门头尺收他为徒，赐名“门槛”。他学武功、做手工活都不灵通，还有几分犟脾气，认死理，门头尺赐他一人吃三份饭菜，他高兴不已，觉得是“几世修来的福气”。门头尺住的房子四周修起二丈高的护墙，旁人称“围楼”，门槛就睡在围楼外的两人换更的哨卫房内，由于身材壮实高大，作坊里呼称他为“门神”。

门槛一辈子不长记性，总是站左边干“左撇子”出牛力的活，更谈不上志向与灵光，但是有两件事触动了他的笨神经，终生难忘。一是同门头尺一起赶着马车去一百七十里外兰花湾娶四姨太兰美莲，门头尺是出了名的吝啬鬼，善于精打细算，迎亲只带一名马夫、一辆双马辕车，去时门槛坐副驭位，他在车内睡躺着养精蓄锐；回来时，半路上与别的马车逆行让道，不巧挂了轴边，对过的那辆车扬鞭远去，迎亲车却滚翻在路边深沟里，马夫同垫底的马匹都受了重伤，门头尺与十六岁的兰美莲在车内正干那“新婚前庆”之事，两人同时滚出车厢外，一人身上只穿一件单衣长袍，在车上，门头尺扭伤了腰，仰躺着，痛得龇牙咧嘴，兰美莲也是不知伤到哪里，仰身躺着呻吟，幸好门槛扛着一根粗木棍在车后步行，毫发无伤，原来门头尺为了省马力，没让他坐副驾驶而因祸得福，由于憨笨，一时被眼前一幕惊呆，站在那里懵怔着一动不动。

“门槛，快下来！”听到门头尺呼喝，门槛才如梦初醒，飞奔而来。他扶起门头尺，门头尺吩咐道：“到车上拿刀来割断马套绳。”门槛一一照做。还好上面那匹马只是皮肉擦伤。

门头尺运着气，不停地自我疗愈着腰伤。最后门头尺爬上马，门槛背着兰美莲，鸡啼五更才走到螃蟹地。

妻子、二妾、三妾暗中庆喜，门槛找来名医为门头尺治伤痛，腰椎要三个月才痊愈，兰美莲要百日后才下地步行。门槛从此夜夜丢魂，金枪兴奋得长挺不歇，而每次见到兰美莲满脸羞红低头避过，门头尺几次皱起眉头，思考着如何让“眼中钉”销声匿迹，门槛也感觉到师傅目光中的寒意，一直闷闷不乐；第二件令人郁闷的事是鸟蛋，看似幼童，却武功如此了得，飞针让自己痛不欲生，惊魂终生，更让他长见识的是林萧云美若天神，功夫天下无敌，大开眼界，心服口服。

所以有了后来的事：鸟蛋茅厕偷袭，五关六节锁瘫，咽喉断语，只能吃流食，生不如死。门槛在门头尺伤残后率人第一个赶到，当然后面有一个影子在指挥着他做事的分寸。

不修长城，躲过苦役，留在螃蟹地做铠甲多少有点本事，心手活泛。“污蔑当口粮，造谣为乐”的大有人在，没有女人的光棍群，危如累卵，摸黑能手多多，无事生非，无风起浪，夜间难寝，淫邪之语，弥漫不寂的空间。

门头尺伤残后，乌蛋想扶门槛当头领，如此这般地教他一番：“你有傻力，也有一个傻脑袋，怎么让这群孤狼服你？先得装孙子。”

门槛先是每天安排活计后，为门头尺熬汤煎药；半月后门头尺裆处结疤，他让巧手宣文镜做了一个大推车，能坐能躺，每天早晨推着他在作坊门路口处，看着众工匠上工，众人见门头尺如此惨状，回想昔日门头尺凛凛威风，都低头疾步闪过，各自安静干活。后来始皇帝题名烟柳镇，似乎也给螃蟹地众人打了鸡血，锁扣设计了各式农具，让工匠们换个工艺做法，人人觉得新鲜。向八带兵镇压，豹眼横怒，马刀锋利，斩断悬吊铁链，削下两名偷铜死囚的人头：“从今儿个起，江心洲锁扣大人，奉朝廷之命、南郡郡尉之托，统管螃蟹地，有胆敢不听话的，人头变葫芦。”也从此，此地风平浪静。

锁扣喜欢制造，探求着技艺活，到了造船时，宣文镜不离左右，也只有他能改动精于计算的锁扣的图上尺寸，门槛只负责安排一些粗事，此时有一批批慕名而来的造船能手加入，生意兴旺到爆，造船胜过抢劫，人人忙到“憋尿裤子”，只有门槛反而逐渐闲下来。

围楼内如今只剩下四人，门头尺、兰美莲、门头尺大女儿门蓉加门槛。造船生意热火朝天，众人似乎忘了做铠甲的门头尺，也不提围楼，钱财美食锁扣均按四人发，还多加了几份，算对昔日桩主的江湖敬意。

天热，每日门槛为门头尺脱掉衣服，兰美莲负责冲洗一番，换上衣服，放在能坐能睡的轮车上，门蓉帮助喂流食。

长期男女肌肤相亲，围楼内舒适又安静，门蓉情窦初开，昔日门头尺做桩主免不了对她溺爱宠待，她也任性，虽然突遭灭顶之灾，但是衣食无忧，日子还越过越好，房子内只有一个异性壮男人，她常常裸睡，近日门槛洗澡冲凉她也不避讳，进进出出淡淡一笑，因为心中有九里畈玉蟾宫玉真人授戒言“八月十五前禁欲禁淫”。兰美莲早就看在眼里，猜在心里：“这公牛到底吃了啥灵草？”

好戏连台，造船业创新起步之际，请来了“及时雨”南海造船巨匠，号称“船神”的郁桐。说是请不如说是绑，在探得郁桐行船路线后，在其翻船时伸出援手，郁桐感谢救命之恩时，水贼言辞露馅：“请船神去帮着看看船。”自然一路照顾周全。

可郁桐心中却闷闷不乐，都是水上客，琢磨这一次风平浪静时翻船，实在有些蹊跷，细察中觉得是水贼做套，不愿同流合污，提出要先回家，报个平安再看船，得到的回答极简单却更让他心惊肉跳：“夫人与两位小姐随后即到。”

他暗中推测祸福，心中喟叹：“浪中舟，知世故而不世故也。”

到了螃蟹地，他被其独特的地理位置所折服：“啊，抢长江，顺柳河，大港汊，天下难觅此天然造船之坞矣。”

进船坞一看，他大为吃惊，简直不相信自己的眼睛，急不可耐地登船试水，亲自操舵，拿着图细看在建的船，特别是船翻后的刹把自救机关，以及新船一对榫扣：“水与木，风与浪，帆与舵。”

郁桐赞不绝口：“新船新意，闻所未闻，长江后浪推前浪。”一连几天他与锁扣、宣文镜朝夕相处，行内高手，天才后辈，他感叹道：“十九岁月，却胜过九十造船高龄，哈哈！老夫服哉。”

郁桐常与俩人彻夜长谈，毫无睡意，一杯清淡热茶，一杯醇厚黄酒，以超越师徒之仪、父子之亲，探不完、道不尽水中深邃技艺，郁桐许多成功和失败的造船神话，让锁扣、宣文镜如阅天书，伸长脖子，竖起耳朵，一人递茶，一人奉酒，生怕听漏半个字、一句话，有时免不了复杂尺寸数字有误，两人一抬眼、一低头，心中默算，给予纠正，郁桐此时一定要为误数自罚三杯：“哎，自古英雄出少年，老夫相见恨晚，烟柳镇日后定是天下名船之水乡，哈哈。”鸟蛋不时过来凑热闹，时而怪招、戏谑之语频出，令郁桐忍俊不禁，大笑捧腹，对顽童圆滑而留天真赞不绝口，郁桐自称老夫，时年五十九，差一年而六十岁才能称老，他满头白发如银，精神矍铄，身体健硕，童颜配上早生白发，亦有仙风之韵，无愧“船神”美誉，与三位少年长谈，争长论短，更显大师海纳百川之风范，童言无忌开心之乐音。

宣文镜择日驾新船长江试航，锁扣特地表演了“一竿漂”绝技，还幸运地钓起三条从海里洄游长江的最名贵的刀鱼。“一竿漂”绝技让郁桐看得目瞪口呆，大饱眼福，同时也悟到锁扣对“快、稳、借、漂”四大造船创新的灵感之源。

船入柳河停泊内港，清澈水流宁静舒缓地流淌，两岸垂柳第二次萌发了鹅黄嫩芽，长丝如秀发在风中闲慢来回摇摆飘荡，似迎宾献媚之舞。上岸后鸟蛋早备好马匹游十里柳湖，荷花满湖芬芳，水草随波游动，鱼虾斗技，水鸟翻飞，令郁桐目不暇接，赏心悦目，自私地来了一句：“嗯，待贱内与霞姑、云姑来了，再坐船水中近赏，哎，如诗如画。”

中午林萧云、蒙日丹在统领楼宴请，三条刀鱼成了主菜。“一两黄金一两肉”赞刀鱼价值有点夸张，但是能捕到刀鱼实在难上加难，一是数量极少，物以稀为贵，二是刀鱼个头小，深水潜游时间多，浮至江面少之又少，像锁扣这般吃浪涛饭的也是碰运气才能捕到；几个月的洄游，咸味苦腥蜕变，肉质细腻丰美，鲜香滑腴，绝世美味，谷粒将三条刀鱼头尾加睡莲子泡成汤，每人喝一小碗，蒙日丹先赞：“一两黄金一两肉，三两黄金一碗汤。”

席间林萧云纵横捭阖，气势磅礴，逻辑严密，谈古论今，赞颂烟柳镇未来：“江南第一镇，水连天下城，船在画中行。”

众人来到书房，林萧云挥毫书写“船神”二字相赠，蒙日丹送一幅《远近心安》横联，郁桐也喜欢书法，明眸惊奇，口中连连盛颂：“如此墨迹，平生罕见，实在让老夫受宠若惊。”识货者认理，非要三拜九叩才从林萧云、蒙日丹手中接过墨宝，与宣文镜一起慎之又慎收藏。临别时，林萧云听说郁桐长年在水中造船，有些风湿，特赠送二瓶昔日楚王宫内“追风油”，郁桐感激之至，并全力与宣文镜陆续从南海招来高徒，同宣文镜一起将螃蟹地造船业推向一个繁荣时期，奠定业界霸主地位。锁扣一半时间在螃蟹地，另一半时间更忙，建书院学堂，珠宝交易，读书练字。郁桐忙起来，掌管一切造船卖船事务，有条不紊，一日一新；门槛清闲起来，走向另一种忙碌之中，深陷淫乐而不能自拔。围楼内戏，无声开锣。

七月初七，门槛提了四个鸟蛋运来的甜西瓜，高高兴兴走回围楼内，先让兰美莲将红西瓜搅成汁，让门蓉喂给门头尺消暑，从目光中看得出门头尺少有地高兴，沙汐地第一次长西瓜又滑又甜，门槛、兰美莲、门蓉狠吃到撑，三人笑着摸着肚皮，在室内走来晃去，开心不已，晚饭也就免了。

门头尺将楚国铸币作坊转型为秦国铠甲作坊，非常不容易，城破国亡，大多数铸币作坊都被砸了模具，毁了设备，工匠们非死即残。而门头尺保住了所有螃蟹地人头，还传说："假毁实铸模，制造出秦军喜欢的盔甲，特别的软胄甲，更受高官青睐，始皇帝三套坚、软、美的黄金锁子甲也是螃蟹地荣誉出品。"所以门头尺必有过人之处，当然肯定有能者必有"死穴"，要不怎么会落到如此田地?

门蓉在门头尺眼里最得宠，请名师教画画、抚琴、识字读书，原想造铠甲头盔，要画出模型送京城定夺，所以门头尺时常多几句督促女儿学画，将来好找一高门大户女婿经营螃蟹地作坊。

人算不如天算，现在造船远胜几百倍造铠甲头盔营生，而门蓉成了围楼内的井底之蛙，除了白天睡懒觉，就是造爱，再就是为门槛画裸像，三人一起观赏嬉笑打发时间，笑得最多的是那条多变的"鲶鱼"，而门蓉画到最后定稿为"龟之头，鳝鱼之身"，门槛与兰美莲只识图，而均不识字，赞门蓉才华了得："该出去教书授课。"

冬末，又一艘多彩新船下水，人们不惧寒冷地欢庆，锣鼓喧天，匠人们比过年还高兴，喊着号子，舞着桨，船从坞上慢慢滑到水中……

门蓉、门槛、兰美莲登上围楼顶上看热闹，门槛不断提醒二人："当心，别摔下去，挺高的。"门蓉看到有人顺季栽树，今年春早，她下楼后翻书，第二天让门槛挖来竹、松、梅的幼苗："苗小移栽根固，以水浆根基牢。"同时施上土肥，捆绑稻草防冻，还配栽了一棵桂花，另配一株夜来香防蚊，围楼内泥土翻动，即显生机，阵阵清香，最后在入口处双边添种"爬山虎"。门槛边做边纳闷："四周墙上爬满好几层，门口再种岂不堵住门路，怎么出入呢？"问的倒是大实话，门头尺削平山头，四周积土颇深，如是就围着高墙栽种了三圈“爬山虎”，现在藤蔓枝叶繁茂，几乎看不到墙，外面人称：“三方绿墙。”

门蓉笑着抹一把额上的汗珠：“真贼不碰爬山虎。”

门槛：“噢，看不出，贴着墙长的绿叶子还能防贼？”

兰美莲不解，望望爬在墙上的藤蔓，怎么也看不出、想不到其中道道，她认为：“这绿叶藤是防太阳把墙晒得发烫或是为了好看显阔，一般不是大户人家垒不起高墙。”

门蓉对门槛道：“你敢到外面爬这墙吗？”门槛毫不犹豫地脱口而出：“哪有什么不敢的！”

门槛来到东边墙角，活动一下强壮身躯，吐一口唾沫在粗大手掌上一捶：“看我的。”两女人在楼顶好奇地探头观望。门槛伸出有力的手抓着粗藤，手脚并用奋力攀援，想早点登顶让两女人看看能耐。

事与愿违，还没爬到一半，藤断人滑坠，他几次想抢着抓藤：“哎哟，痛死我啦！”重重仰摔在地上，“爬山虎”一堆藤蔓与尘土掩埋了粗壮的身体，眼睛内满是尘屑睁不开，浑身血迹与脏土混拌在一起，他好不容易从藤蔓灰尘中爬出来，却成了瞎子……

两女人看到他这般熊样，笑得泪花四溅，从来没有如此开心过，兰美莲下楼牵着他的手静走进厨房，费了九牛二虎之力才把眼睛内的尘灰冲洗干净，用丝绢慢慢擦干，他道：“哎哟，这人没眼睛真难受，天下全黑的。”门蓉一直笑着像看戏：“心粗则眼浑。”兰美莲用凉水将他全身淋洗，痛得他嗷嗷直叫。“这叫声很特别，太好听！”门蓉幸灾乐祸，倚着旁边柱子说着风凉有趣话。门槛被凉水冲净伤口，痛得龇牙咧嘴，多处伤口，最痛的是被暗钩硬生生剔了一坨肉，身体上伤口不断流血，两条大腿至小腹间道道深痕，他疼痛无比，喃喃自语。门蓉调侃：“是痛还是痒呀，叫痛叫痒一个样，呵呵。”兰美莲帮门槛上药，痛得他道：“姑奶奶轻点，痛死别人家的种啊！”

门蓉正色道：“墙是土变的，却是砖而非土，亦不能生深根，藤蔓愈至上愈脆弱，所以爬墙贼必然中途坠落，且又慌乱中想求生胡抓乱扯，暗钩、倒钩伤其身；暗钩、倒钩是死的，植物是活的，活的掩盖着死的，叫死活相依；今天入门处栽上爬山虎，日后有门即无门，死门即生门，姓门的，只在心中开门关门。日子一长，门向也会变的……”

兰美莲倒抽一口冷气，环视四周：“今儿个若不是运气好些，也许就变成半截了。”

门槛一痛一吓，变得神情傻呆地坐在那里一动不动。兰美莲跟着忙了大半天，手脚触碰到泥土香，心里漾起久违的踏实，一边在厨房做饭，一边回想起门蓉那几句鞭辟入里、有些拗口的话语，像是小时候娘曾经说的：“糖吃多了不甜。”“落难不求三亲，人穷不交三友”“人生随缘，一念天堂。”不禁心生莫名惆怅。

新船下水，休埠三天，第三天门槛轻伤初愈，去领俸食，恰好遇上从前那一帮愣头青。他本想躲避，窄路相逢已来不及，七八个光棍闲着没事找事，生拉硬扯将他带到一工棚隐避处，门槛道：“哎，别硬拉，我身上摔伤了，哟，痛着。”“那就跟着咱哥几个走，久不见，得好好唠唠。你老兄走狗屎运，跟俩女的待着。”

掌灯时分，门槛还未回到围楼，这还是头一次。两个女人急得如同热锅上的蚂蚁，若大围楼，习惯有一雄壮高大男人晃上晃下，突然入夜未归，屋里一片空寂。

院外响了一下，门闩关得比平时慢许多，两人举烛迎着那熟悉的黑影进内屋，不觉大吃一惊，见门槛佝偻粗腰，龇牙咧嘴，额头上沁着汗珠，痛楚模样，极为狼狈。兰美莲上前急切地问：“遇到歹人打劫了？”门槛摇摇头，门槛喊道：“哎哟别碰，痛死我啰！”

兰美莲看他那熊样子不禁笑出声来：“别给割了韭菜。”门槛还是摇头，看来伤得不轻。门蓉拿了凳子，让他坐下慢慢说，门槛怯怯挪着屁股只坐一半，手还是提着裤裆布，一五一十地讲了经过……

江南深冬，大雪纷飞，与北方一样冷天寒冬，只是时刻短暂一些；长江与黄河之不同在于长江没有冰封期，滚滚东流，浪涛小了许多。围楼内柴足火旺，暖融融，只是少了昔日浪笑与吟哦声……

奇的是刚种下一个多月的小株红梅却斗雪怒放，花色鲜艳，在风中微笑摇曳。兰美莲、门蓉同时怀孕，喜事成双，红梅花艳开算是祝贺征兆。

“女人似花，花似梦”，女人一怀孕，心慈三分，即将升格为母亲，对未来充满着担当与憧憬，护犊之情愈来愈浓烈。兰美莲配着各种菜式汤类调养着俩人腹中的胎儿，孽缘的身份，隐晦不语，节操在四人世界里变得模糊。“人有分寸，门有尺寸”，那是在人多社群中互守，围楼囹圄中，盼的是人多热闹。不管父母是君王、巨商，还是贼，婴儿来到世上都像白雪一样的纯洁，高低贵贱是后来的事。两个女人肚子一天天凸起，在门槛的眼里那是一道好看风景，一抹亮色。他内心欢喜若狂，嘴里却不敢妄言半语，像他这样的憨人只有亲生子女才不会嫌弃，他忙上忙下，从不知累，外出采买，急如星火般赶回，生怕误了半点事，全心全意地用心守候，尽男人天职。民俗讲“盼望腊三十过个好年”，造船作坊黑压一片，锁扣自然承袭水贼传统：“赚，人人有份。”工匠们拿到丰厚薪金，除留值更之外，光棍群一起跑到烟柳镇长竹街插科打诨，嗅着“慈母军”散发出的“女人味”流连忘返，与解甲归田的十八村男人们交朋结友，喝酒猜拳，都道“造船作坊的有钱！”部分寡妇的眼睛在匠人群中扫来扫去。“螃蟹脚”在“雌性街”上横着爬，时而亮起“钳手”磕磕绊绊。不打仗，过年是人们最想家的时刻。

大年夜，围楼如同往常一样亮起八个大红灯笼，每年大年三十，门头尺都在四面八方挂上祈福生意火旺平安灯笼，直到正月十五以后才熄灭收藏。门槛挂了灯笼，兰美莲做好一桌饭菜，准备吃饭，俩人看到门蓉正在院内灯笼下，白雪中欣赏那株梅花。兰美莲见她兴趣浓，不便打扰，年夜饭，早吃晚吃都一样，自己挑选了流食上楼给门头尺喂“年饭”，平时是门蓉喂饭，兰美莲与门槛帮着洗澡，今夜年饭，有特殊性，她就代赏花的门蓉上楼。门槛闲着无事跟着一只野猫，左手举起烛台，右手顺着拿了一根小竹棍“敲野猫”走进柴房屋。

他这里敲敲，那里戳戳：“死野猫，出来，滚出来，别藏着掖着，想偷吃腊鱼腊肉……馋嘴……”不料突然前面地上冒出一只手，还能动，向他招招。“哎呀！”他暗暗一声惊叫，本能向后一退，

“扑通！”一脚踩空，掉进黑咕隆咚万丈深渊似的暗洞内，他毛骨悚然，手中还紧握烛台和小竹棍，想仰头呼喊，“咔嚓”顶盖重重合上……

柴房内一声巨响，惊得正在喂门头尺流食的兰美莲碗都险些掉在地上，门头尺满眼疑惑，当听到门蓉传来喊声：“啥响呀，噢，塌了天似的。”他眼里漾出得意的光亮，心想：“是门槛去柴房找野猫。”兰美莲慌快喂完，给门头尺擦了一下嘴，急忙下楼。俩人一起拿着烛灯去柴房，找来找去：“嗯，怎么一个影子都没有？”兰美莲倒抽一口冷气：“门槛，门槛，人呢？出门去了吗？”俩人又返身到院门察看：“咦，怪啦，门闩着的呀，人若出去怎么会闩门？”俩人来回找，楼上楼下找个遍，千呼万唤，毫无回应，越找越怕：“围楼只有这么大，难道能飞天入地？他那么大个，怎么会一下子凭空蒸发，一根头发都没留下？”一直折腾到天亮，俩人筋疲力尽，瘫坐在年饭一口未动的桌边，兰美莲暗自掉泪，门蓉呆望着快燃烧完了的如泪流尽的烛。

正月初一，穷人也欢笑，围楼内是个例外，五更时兰美莲疲惫不堪地伏在桌上睡着了，门蓉半躺在椅上，一觉醒来，举目环视，恍如隔世，门槛突然消失，屋内没有半点生气，大房子阴森得令人窒息，从未有的窘境，一串串的疑惑，在心头啃噬着。她无力地撑着站起来，突然肚子里似有了动静，母性的本能让她为之一振，她摸摸凸起来的嫩腹部：“啊，饿着了，宝贝，不怕，喇叭不响掉头吹！”一股护犊子元火于丹田内烧起来，她立即将一口未动的桌上年饭挑了几样，拿到锅里热温后，自用自食，狼吞虎咽起来，吃饱后想起昨夜未喂父亲饭，又给门头尺做了流食，毕竟今天是大年初一，再愁再叹，活着总得吃一点，惊的是父亲的眼睛格外明亮，炯炯有神似有话要对自己说，她喂了几口，流食都反吐出来：“父亲，您有话要说？”门头尺眼睛更亮，似要射出一道诉说的光芒，并不停地向右转动，门蓉立即推动轮车顺着他的眼神转动而行，又看着眼神的变化，将轮车推到他的独处茶房，门蓉心头一紧：“父亲多次呵斥，不准小孩、妻妾进柴屋、茶房两禁地。”在茶房左角处，门头尺的眼光狼一般凶起来，鼻中呼着粗气，狠狠盯着一个松鼠爬树的雕品，目光久久不离开，眼珠着急地转动盯视，门蓉按眼神转动几次，没有动静，回身看父亲眼神出现小时候父亲教她如何开暗门的目光："旋三下，先拉后推。"机关暗语，她上前打量一番，双手聚力左旋三下，先拉后推："啊，我的娘！"一扇厚重精巧铜门轻轻移开，顺着斜窗户亮光一看，是一个小金银珠宝库。

门蓉回头看看父亲，门头尺脸上布着细微不易觉察的汗珠，眼里满满欣慰神采，随即溢出泪，慢慢合上，再也没睁开。门蓉关上"财宝门"，又将父亲推到房间原处，几次拿起汤匙："父亲，吃几口吧，难得今儿个是正月初一呀，您留给女儿的财宝，蓉蓉心领啦！"门头尺不开口，不睁眼，干瘪的身躯一动不动，只有泪水顺着面颊皱纹经脖子淌进心窝。

兰美莲在房间门口看到了父女诀别一幕，情绪哀动，轻步下楼，登上围楼顶端，久久眺望滚滚长江东去，俯瞰造船作坊全貌，反复凝视着两艘即将开工的新船，任寒风吹虐，嫩白的脸冻得像院内小株梅花一样鲜红。

正月初二，门头尺停止的泪水冰冻在脸上，阳光从窗射入，照在略带臆笑的面颊，闪着微弱的晶莹光泽，气绝身亡。兰美莲、门蓉两个掏空了灵魂的女人，像两具木偶，一言不发地生活到正月十五。

正月十五早晨还出了一个多时辰的太阳，中午下起淅沥小雨。一整天，门蓉找来剪刀针线将父亲旧衣服略加改制，一直忙到傍晚。兰美莲在傍晚时，为门蓉做了最后一顿晚餐，自己一口未尝，烧了水，慢慢一桶桶灌满浴盆，放了香艾，躺在里面洗涤，不时抚摸凸起来的肚子，流着泪，自言自语："孩子，不知你是男是女，娘养都养不活你，别来这世上，听姥姥常讲阴间是天堂，娘带你一起去那里见你的父亲……"

她打开衣柜，拿出娘家带来的从未穿过的花嫁衣穿上，用那把剪铜丝的剪子剪断左手血管，慢慢躺倒在床上，不忘看一眼僵尸门头尺："做个伴吧，认命了……"血跟着风中摇曳的灯笼，汩汩流尽。

子夜，门蓉穿戴起父亲旧衣男装，摸黑上楼给门头尺跪地三拜，随后离开，打开院门再也不关上，默默蹲下对刚栽下的“爬山虎”说：“人给猫吃了，护门靠藤了。记住，这地姓门，我会回来的。”戴上斗笠，披上蓑衣，财宝斜背在肩上离开窘境，消失在茫茫雨雾之中。人走了，却也深埋下日后螃蟹地那场腥风血雨的杀戮之灾。

二千多年后，日本军队撬开了围楼秘窖……

客村因为是蒙日丹题写村名，张步青、赵七姑、锁扣在建造中特别积极，全力以赴，鸟蛋对建学堂书院情有独钟，认为乞丐十人九人懒，给点饭吃，就是天大的面子：“没钱做好人，有钱做好事。对那些缺胳膊断腿的歪瓜裂枣，没必要费神盖房、盖手工玩具作坊。天下乞丐全涌来咋办？”

学堂书院缓后，先抢盖客村，这也是蒙日丹提出，理由是：“秋霜初冬即至，天涯沦落人，更需几分暖。”张步青与锁扣紧密配合，依树、依墩、依洞砌石墙，张步青张罗，顶上锁扣用造船废料铺盖，五颜六色，顶尖上薄铜板金光闪闪，避风、避雨、防火，别具一格；通铺，没有隔间，只有男区、女区、老幼区，造船作坊边角料中挑出结实的，巧匠们做成一排排操作台，分童鞋区、玩具区，赵七姑调来绣手，设计花样，锁扣又叫来做玩具的能手，就这样起步开工，大部分乞丐喜出望外，拼尽全力学艺学技，恨不得昼夜不眠，蒙日丹成了他们心中活女神仙，有人哭着感恩朝着统领楼恩拜，从谷底爬出来的求生者心知咸淡，常念因果。

众人齐心努力，客村童鞋、玩具俏销江南各地，供不应求，常常断货，商家驾船来柳港等候，鸟蛋见此情景道：“天下没有废物，狗也能装上假牙。”还常带着客村艺人与余秧秧开心地去十八村巡绕演唱。

人间烟火味，最抚凡人心，自从粮食入仓，种田人与慈母军从脸上显露出丰收后的喜悦，“不要本钱的微笑”成了烟柳镇口头禅。发自内心的欢愉，有粮有力气，十八村争先恐后地打石头，砌石房，弃竹屋，迎娶女人，过天长地久的小日子。造石屋是各自营造，村长只负责划地盘，一时间，农夫们变石匠。“叮叮当当”烟柳镇山上响成一片，汉子们努力，慈母军女人们下工后三五成群游走各村，看谁的房子做得巧、做得美，偶尔也有留宿的露水情缘，更多的是商议着终生厮守，相约深耕于此："房子盖好时，咱们去村长那里写个字，递个话，一起种庄稼。"

男人要娶女人的力量无穷无尽，比做任何事都舍命舍力，爱面子，不吝啬，一人一世第一需要的是有个女人成个家。没有两片叶子纹理是一样的，男女想成一个家的心，是一万年不会变的。

鸟蛋、余秧秧领着客村艺人们时而这样自编自唱，日后也就成了烟柳镇镇歌：

《江南鱼米乡》

天下烟柳镇
用心过日子
汗水换收成

江南鱼米乡
天下烟柳镇
和气生大财
泥土里出黄金

江南鱼米乡
天下烟柳镇
善心天地知
抬头一家人

江南鱼米乡
天下烟柳镇
鱼虾水中游
你我画中行

第十九章

余秧秧歌喉配上妙手行云的舞姿，清瘦的童女身段，一头乌黑的秀发，一口雪白的皓齿，一唱一笑，万般稚气，逗人掌声四起；鸟蛋腰插双刀，两眼炯炯有神，圆如铜铃，被打断大半截牙齿，高亢歌喉常常不关风，却又秀口如烟，常常边唱边说着嘘语，令人捧腹。两童声甜磁相和，手鼓、锁呐、锣鼓奏着韵律，一纯一混，给满是光棍、寡妇、乞丐的苦人群落增添了希望的乐趣。“抬头一家人”“江南鱼米乡”“天下烟柳镇”口耳相传，人人都能哼几句，久而久之，代代传唱，直到今时今日。

每次演出完后，由于长竹街抢着建双层石屋，道路上到处堆满石块，余秧秧抱住鸟蛋的瘦腰，坐在大黑马后面，两个小伙伴有着说不完的话，鸟蛋喜欢带她一起去看锁扣用白坭墩的泥烧出的青蓝瓦，长竹街珠宝场、柳港客舍、书院学堂都要盖上这种瓦，锁扣陆续开了五个窑，日夜火光冲天，累得狩猎队与水贼们气喘吁吁，还个个灰头土脸。

余秧秧每次看到书院工地堆满木头基石总免不了一阵兴奋：“何大人，书院盖起来后，你一定要带我来念书啊，咱俩还可以一起唱曲。”鸟蛋也最喜欢来书院工地转，两人话投机，很是合拍，鸟蛋虽小二岁，可武功高强，统领队伍，命令如山，说一不二，且又去过咸阳，见过大世面，余秧秧总是把他当大英雄崇拜，鸟蛋又特别在意他喜欢的玩伴捧他，高高在上，胸脯习惯地一挺，余秧秧说：“我娘说，人心可以随心所欲，但不能随波逐流，得像何大人那样有真本领，否则总受欺，被别人踩在脚下。”

鸟蛋回头："噢，现在没人敢欺负你了吧？"

余秧秧："现在有干娘、何大人护着，当然没有，可是何大人哪天要去仙岛找哥哥，我就没靠山了，干娘老了，又没武功……"

鸟蛋："那好办，跟我一起驾大船队去找我哥。"

余秧秧鼓掌："娘说，人生虽漫长，关键只几步，我想一辈子服侍何大人，不被别人欺，是最大的福。"

鸟蛋："你娘聪明，可惜错了第一步，后面就步步累。"

余秧秧："是呀，所以要跟着何大人学啊，要念书呀。"

鸟蛋："你不怕下错注、看错局？"

余秧秧："你是我的救命恩人，就是错了也认了，你唱曲时，声音告诉我不会错的。"

鸟蛋："书上说，学会吐故，方能纳新。"

余秧秧："娘说，世上有古树，没有古花、古草，书读得多了，就像古树的根。"

鸟蛋勒住马头，抬头眺望斗笠山，古木葱茏，无限感慨："你娘真聪明，却给鱼无舌毁了。"

余秧秧有些痛苦，不情愿地说："他有邪术本事，用药坑了我娘，鱼对水那么好，最后还是给水煮了，命吧。"

鸟蛋："赢的都是运，输了的都是命，人生有回不去的，没有过不去的，得要有硬本领。"

余秧秧点头："花是浇死的，鱼是撑死的，人是气死的，何大人有硬本事，跟着何大人唱曲，是我最开心快乐的时候。"

鸟蛋："嗯，我也是，那就再来一曲吧，呵呵。"

余秧秧向前一倾把嘴靠近他耳朵："我起个头，一、二，鸡送太阳过了河嘞，哎哟我的母也……"

太阳有阴晴，月亮有圆缺，第十一天早晨，蒙日丹照例让谷粒去送早餐，中间她去看了两次那失子之母，那女子与所有客村女性经历大同小异，大多数是丈夫被抓去修长城、做苦役，一旦丈夫殒命，妻子就成了浮萍草，活难，死也难，牵挂的是子女，若子女有个三长两短，孤独母亲就失去了支撑，掏空了灵魂，没有生存技能，乞讨都没了借口，只有等死一条路。自从怀了孕，蒙日丹最怕女性哭，特别是思念儿女的诉苦像针扎于心，所以也就在那夜雨中救出年轻苦母，后来才知道她是中原人，叫殷九儿，才二十四岁。殷九儿看到仙女般的同类，又有权有势，对自己照顾得无微不至，更看到她挺着大肚子两次来看自己，异常感动，同运不同命，喜出望外，她痴望着肚子里的宝贝，蒙日丹又轻言细语劝导，她慢慢燃起生存的希望："将门之女，与一位不相干的乞丐，姐妹称呼，真是祖上积了八辈子德，才能遇上这等恩福。"她脸上渐渐有了喜色，换上蒙日丹送来的旧衣裳，那也是此生未穿过的上品，平日想都不敢想能身着如此华贵绫罗，隔壁赵七姑天天带着余秧秧来唠嗑，她得知余秧秧娘也在客村又饿又病而死，同病相怜，常常拉着秧秧舍不得放手，赵七姑能力强，为人处世总是设身处地为别人想，语诚意真："慢慢熬，糊涂过，苦命人天照佑，只要手勤心善，总有出头之日。"还带她去了制衣作坊，看到上千姐妹做工，她感叹："啊，我看到了苦女人的天堂！"还说要去上工，赵七姑转告蒙日丹话："先养半月，身体恢复，上工是迟早的事。"殷九儿因祸得福，前天还特地一个人去看了自己落难被蒙日丹救而起死回生的地方，心存感念，久久望着正在忙建的客村："爹娘你们香没白烧，女儿在烟柳镇遇到的全是好人呀，风吹枯叶落，落叶变肥土。"

"不好啦，出人命啦，出人命啦！"谷粒惊吓得满头汗，语无伦次地边跑边喊，到蒙日丹楼上报告，"殷九儿，刚被人掐死啦！"蒙日丹一听简直不相信自己的耳朵，她看一下太阳，现在应该是已是青天白日，朗朗乾坤，在长竹街上人来人往之处，怎么会有人敢杀人？殷九儿一无仇人，二无钱财，一千个猜想，一万个推断，都不会有人对她下毒手，一个远道而来的乞讨女人招惹谁啦？她来不及多想，拔腿就跑，脚步飞快，后面跟着的谷粒跑了一段又掉头往回跑，急得哭着："阄牛、阄牛，快找何大人，找……找……少主人……蒙小姐肚子里……的娃……要跑掉啦哟……天啦，刚掐死一个……可千千万万……别跑掉未出生的娃呀……今天踩到狗屎，撞到鬼……出人命……"说罢哭着往长竹街舍命奔跑。

“飞来横祸，死于色杀”，蒙日丹脸色全铁青，愤怒不已，她看到殷九儿直躺着，身体尚存余温，下身裸露，隐私处遗留精液，床上、脖子上有未干血迹，显然挣扎打斗过，指甲上有抓过肉与血的痕迹，蒙日丹呼喊：“殷九儿，殷九儿，是谁干的，快告诉我那畜生是谁？你醒醒，九儿你醒醒。”她抚摸摆弄殷九儿的头颅，揉捏着殷九儿的秀脸，掐人中时殷九儿嘴里吐出小半截舌头。

“啊！”蒙日丹一声惊呼，震怒不已，“畜生，抓到你碎尸万段，也难解良家弱女之恨，天底下怎么到处都是匿藏的鬼魅之魂，人间禽兽？”

这时少主人、乌蛋已赶到，蒙日丹急忙找了床单盖住殷九儿下身，正说着赵七姑、余秧秧也赶来，看到殷九儿，眼中溢出汪汪之泪，众人心头是悲哀得如箭穿心，赵七姑哀道：“殷九儿，我是七姑，刚认识的大姐呀，说好的过两天上工啊……”流泪眼观流泪眼，断肠人送断肠人。

少主人让张步青、赵七姑安排后事，乌蛋带狩猎队查找凶手，自己扶着又愤又怒的蒙日丹回统领楼，一路上和风细雨地劝慰。蒙日丹怒气正盛：“咸阳宫处处暗刀隐剑，小小烟柳镇，光天化日之下，竟有如此胆大包天色贼。”

少主人：“天下乌鸦一般黑，哪里的疯狗都咬人，师傅见多识广，消消气，我一定会将贼捉拿归案，割下脏头祭奠殷九儿，这也让今后光棍军、慈母军还有客村敲个钟、提个醒，互联互防，将烟柳镇毒瘤一个个割除……”

张步青对乌蛋说：“何大人，这案件明摆着，查舌头！”

乌蛋不屑：“都说天堂美，可谁也不愿意去，南郡查耳朵也是明摆着，结果是无头案，咸阳祝叶青是办案高手，明知鱼无舌在某家地窖里，也没抓。生贼一抓一准，熟贼就难查，这叫明枪易躲，暗箭难防，让锁扣和水贼们也留个神，一起查舌头，挖地三尺。”

蒙日丹一连几天不休不眠，奋笔疾书解怒，泄愤之心似入了牢狱，没抓住那个“断了舌头”的色贼，愤懑之恨难以释怀，胸聚一串疑惑，五味杂陈，脑海里似布满了荆棘。躲藏着的禽兽出次阴招，伤了一位失子走投无路的女性，残暴地扼杀手无缚鸡之力的弱女子，何等卑劣的一头胆大包天的色狼。她写的字多为“畜生、玷污、蹊跷、螃蟹、灾、火、殃、殇……”

少主人一言不发，他知道她是“才高性烈，自释自消”，忙着帮她磨墨、拿简、递笔，不时让谷粒熬些汤水、糊浆之类的流食，写字的空隙喂她服下。蒙日丹边喝边平静地看着他，手中的笔从不放下，喝完后又奋笔疾书，林萧云偶尔借凉墨干字之机，蹭下来抚摸一下她高高挺起的孕肚，算是一种特殊的安慰与提示：“好啦，别生闷气嘛，看在未出生的孩子面上歇歇呀，乱世天下，多少冤案堆积如山啊，你若是法官，早就累死闷死……”

每天傍晚下工，赵七姑就提着一个篮子，内装祭品，带上余秧秧一起给殷九儿上坟。说是坟，实为两堆黄土为伴。赵七姑每次祭奠上香，哭得肝肠寸断，似有一肚子内疚伤痛诉说不完，几天下来嗓子沙哑，人也憔悴脱了形，真的心伤，逼人快速枯老。余秧秧跟着两眼也哭得红肿似一对半熟仙桃。这些天统领楼廊台上的林萧云、蒙日丹都看在眼里，按乡规，死人祭“头七”是最重的奠礼。第八天鸟蛋带着单本扬在两堆黄土坟前比比画画说着什么，行迹似乎是个例外。

“干娘，作坊里有人说我娘坟上这几天夜里闪鬼火。”余秧秧怯生生地跟着赵七姑下工回长竹街路上，快到家门口她停住脚步，拉着七姑衣裳小声说，一边向坟上的方向探望。“呵呵，那是何大人让单本扬带人帮你娘与殷九儿做墓，那单本扬打仗攻城不杀人，得了个逃兵的罪名，可干啥活都心灵手巧，不逊于锁扣，美观上还占上风，略胜一筹，待会儿咱们洗个净身澡，拿点祭品去祭奠，哎，生时受死罪，死后则有阴福。”赵七姑回过身抱着秧秧的瘦弱肩膀，同方向望着林岗上面的坟地，既感激又欣慰地告诉秧秧。

余秧秧半信半疑地回个头含着笑泪：“干娘，真的吗？”

“干娘啥时候说过假话。”

赵七姑摸摸她的头：“世上还是好人多。”

余秧秧又伤感地哀叹一口气：“何大人救了我的命，又帮我娘修坟墓，这恩我怎么报得了呀……”她由喜泪转悲泣，放声大哭起来，情到真处的哭声比锥针扎心还痛，泪水咸中掺甜味。

赵七姑半晌没说话，望着夕阳染成的淡红淡红的天际："傻女儿，何大人喜欢你，哎，要不是他给门头尺那老鬼阉割了命根子，你真可做做他的媳妇姐，你比他大二岁，一起唱一生开心曲。"赵七姑说到这里捧起她俏稚的脸，露出久违的开心爽笑。

"哎，干娘呀，有没有那命根子，有啥大不了的，不要那东西，两颗心在一起，一辈子不拌嘴，做饭、洗衣、烧茶递水，每天哼个曲，过神仙的日子，当一世丫鬟姐，心甘情愿侍奉他到老，啊，还有，何大人说学堂盖起来让我去念书，教学童唱曲，还说有朝一日，他率驾大船队去仙岛找他亲哥哥，也带上我的。"

赵七姑抱着她："呀，上学、唱曲都好，去仙岛有鲛鱼翻船吃人，那可千万不能去，娘舍不得。"

余秧秧瞪着纯净兴奋的眼光；"干娘，何大人这么小的年龄，了不得的武功，不怕鲛鱼的，跟他在一起，我每个汗孔都流着香汗，心里一千一万个安稳，要不干娘同咱们一起出海，登仙山，找到他哥哥再一起回来？"

"哈哈，跟高人在一块儿的娃儿就是不一样，别人一天长半寸，你一天心机长一丈还有余，干娘老了，一辈子就在这烟柳镇守着，真有那一天，我就坐在内港长桥上，等你们回来，哈哈。"母女俩笑着挽着，迈着半走半舞的步子进屋。

跑马场乃潮汐地沙泥土，今年的西瓜大丰收，甜了烟柳镇众人的嘴，农把式说："明年西瓜与花生可以兼着种，十几里地又平又肥，秋天还可以种冬菜，潮汐地不长杂草，种下去自然收，当然若遇百年大涝灾，那就颗粒无收，赌的是运气。"

秋高气爽，和着长江浪拍岸的节奏："哗啦，哗啦。"

鸟蛋一大早让阉牛去制衣作坊找赵七姑，让余秧秧出来学骑马。他精心挑选了一匹温顺枣红母马，中等个头，方便秧秧瘦小身子好踩镫，他先一圈圈转，后来一圈圈慢跑，再后来就拉着缰绳直线小跑："挺直腰，放松胯，就像荡秋千那样随着晃……"

鸟蛋一遍遍耐心地训导提示着，时而让她坐在自己马前，他在后面，缰绳由余秧秧操控着：“不急，不要急，熟了就巧了，看我的。”

两腿一夹，猛一甩鞭，黑马如箭离弦，飞一般狂奔，吓得秧秧如坠云雾之中：“呀，太快了，何大人，风抽得脸痛，人在空中飘。”

“啊，那感觉就对啦！”鸟蛋更凶地狂吼起来，“驾！”

“去仙岛的船上也这感觉，敢去吗？”

“敢，何大人敢的我都敢，死一百次都敢。”

“哈哈，够胆大的，来个曲吧。”

“马吔，飞啰，快活；胆吔，敢啰，快活……”

中午，太阳有些炙热，谷粒将可口饭菜送到一棵大树底下。鸟蛋与余秧秧累得满头大汗，连喝几碗汤止渴后，再吃饭，谷粒一个劲地介绍肉、鱼、菜，夹着、劝着让他俩吃得直打饱嗝，才收拾餐具回统领楼：“早点回，何大人，晚上弄了八鲜汤、烧猪肘，还有锁扣送来的‘王鳖’炖上药，蒙小姐这段时间生闷气，得补补，娃快要出生了，哎，何必呢？”谷粒自问自答，自个儿摇着头走远。

鸟蛋脸阴沉起来，抽出两把刀一番舞动，一停下来，余秧秧懂事地上前为他擦汗：“何大人那坏人还没抓到吗？是不是坏人都藏得很深很深，钻到哪个石缝里，很难找？”

鸟蛋被她逗笑了：“秧秧只会唱曲，心拐不了弯啰。”余秧秧：“路拐弯，心长在肉里谁能看到拐不拐嘛。”

鸟蛋开心地朝她笑一笑：“那天你同七姑是卯时离开长竹街去作坊的吧？”

秧秧不假思索：“是，每天我同干娘都是卯时早早到作坊的，先做好多准备，等工友来。”

“那旦迟秋没同你们一起走吧？”

秧秧：“没有，在蒙头睡，出门时干娘对他说，早餐已煮好，红薯在锅里蒸着，里面还留了一个鸡蛋。”

鸟蛋：“回来的时候，人已离开了吧？”

秧秧：“干娘说留了信，去了南郡。”

鸟蛋：“看到那信了吗？字一定写得很潦草吧？你干娘看信时手发抖得厉害，在哭吧？”

秧秧："啊，神了，是这样，我见过信，但是我不认字，不知道啥叫潦草。"

鸟蛋："啊，这样，不神，许多事，只猜得到开头，猜不到结尾。"

秧秧："干娘说读书就是心上开个窗口，何大人读了书是这样吗？我看你很会猜事。"

鸟蛋："看读什么书。"

秧秧："书也有好坏呀？"

鸟蛋："当然有，最好是学活人写字，读死人的书。"

秧秧伸伸舌头："读死人书？"

鸟蛋："如今普天下写书人，像断了脊梁骨的狗，都写始皇帝是长生不老、天上下凡的神，混口饭吃，讨赏的书，厚颜无耻，一看就恶心……"鸟蛋故作呕吐状，逗得秧秧笑个不停。

秧秧揉揉眼睛里的泪水："那哪里找好书？"

鸟蛋又是胸脯一挺："先认字，山、石、田、土、日、月、星辰，一二三四五，再读简单医书，还有种田养蚕、挑花绣朵的书，这些书到处都有，始皇帝没烧，也实用。"

秧秧："干娘在夜工班也教些画花草、算账、防治四季小病的书课，我也跟着听。"

鸟蛋："好事，多学一点是一点，放在脑子里，谁都偷不走。读了三五年后，嫂嫂那里有很多死人写的书就可以看了，记住，死人写的书传得越久，就像喝的百年老窖酒，越有味道。"

秧秧略加思索，一歪头："嗯，记住啦，学活人写的字，读死人写的书，人死了，一代代传着读，咱俩读的那些书传得越久，越有道理，就是应该读、应该悟的好书。"

鸟蛋高兴道："秧秧像我一样聪明，等你读好了书，就一定能写好词，唱更好的曲。"

秧秧学着鸟蛋一挺胸："应该是这样啦！"说罢跑着跨蹬上了枣红马，一夹腿，一抖缰，往长竹街跑起来。鸟蛋一愣："啊，又出了一个胆大的！"一个哨响，唤来坐骑，纵身追了上去，笑着对余秧秧喊："你天天跟高手混，说不定哪天混成高手。"

余秧秧兴奋地"咯咯"笑个不停："干娘说，当高手要天分，要磨难，我只想当高手的丫鬟，伺候何大人一辈子，喝一世的曲。"

鸟蛋："哎，你干娘真会教，这嘴甜得我浑身舒服，看在你的面子上，我也要孝敬你干娘才是啊。"

余秧秧一勒缰绳，立马正色道："稻田里的野草伤五谷，野的东西比好的东西能争养分，但是没有结果，就像稗子那类。"

鸟蛋抓抓头："嗯，坏人就像讨厌的苍蝇蚊子，无处不在，打不完，灭不绝，这世道不是个世道，没有十全十美的，都是好汉中缺胳膊少腿的，坏人肉中兼瘦带肥的，哎哟嘞，还是唱曲开心。"

余秧秧："只要你开心，咱就开唱啰……"

欢笑的男女童声飞向天空，歌声撒一路。

古代，谷变成米，都是找一凹石，将谷倒在里面，然后用粗木棍砸，后来演变成由木工制成的"竖廊"，就是两头大中间镂空，拿手柄往下砸，费时费力。作战时北方士兵吃"炒麦"，南方士兵吃"爆米花"，因为谷变米太慢，供不应求，只有用锅炒熟，半糠半米口吞嚼，一个前线士兵，后面五个农夫，其中需要两人"谷变米"，更难的是：行军打仗哪里去找凹石呢？所以南方士兵只有吃"爆米花"，然而长期吃"爆米花"就肠塞，拉不出屎，临阵肚子痛又是南方军队一大标签。谷粒变米，成了少主人头痛的一件大事，一万多人吃饭，需要几百人昼夜"棍廊米"，苦不堪言。鸟蛋推荐单本扬："哥哥，那小子心灵手巧，打仗不杀人，寸功不见，可他又懂木工，又是石匠，双料货，还好脾气，狩猎队都叫他'眯眼笑'，前几天给余秧秧娘与殷九儿做的那墓，没有始皇帝的墓大，但敢说比骊山墓漂亮好看，还都是夜晚赶工做的。"鸟蛋让阉牛立即去把他找来。

少主人说明："人多吃饭难，有谷难变米。"

单本扬眯起眼睛笑着："俺也想了很久很久，可以'鸡啄米'，还可以'六轮碾米'，这要人要钱，要下功夫琢磨。"

少主人："要人要钱是小事，只要能把谷快速变成米，就是为民造了大福。"

单本扬用喝茶的壶比画，将壶嘴伸进茶杯里“啄”烂泡过的茶叶，旁边蒙日丹一声惊呼，眼光特别闪亮：“啊，明白了，关键在轴，用杠杆之力。”

她挺着大肚子来到跟前。少主人慌忙跟上，摆好帛，递上笔，磨着墨，鸟蛋、单本扬伸长脖子看着，时不时地咽着口水，盯着帛上移动的笔尖：“这凹石叫臼，这‘鸡啄米’的长石头叫碓，鸡嘴石最好要椭圆形，臼底也要椭圆形，这样谷壳受力时会摩擦漂移，米不会碎，舂时可一人用棍子有节奏地在臼里搅动，受力会更均衡，要穿两个孔，鸡肚子上那个孔比较难掌握，要有硬檀木做成轴，一到四人踩在鸡的长尾巴上，撬起前面的碓，用力砸臼里的谷，碓咀要穿过鸡头木，碓咀顶端要一个石孔。”她停顿下来看一眼单本扬：“给石头穿一个孔，就像穿透牛鼻孔那样，再横一坚实木棍。”

“不要木棍，木棍没铜棒坚实，让锁扣铸一棍。”鸟蛋快嘴插话。

蒙日丹点头称赞：“先做一个小的，再逐步做大的，去壳快，又不伤到米。”

单本扬收起笑眼认真思索着，林萧云亢奋得像小孩，忙着为蒙日丹递茶：“哎呀，不必求经问道，师傅就是师傅，站久了，坐一会儿。”

林萧云挪个椅子，轻轻帮她捶着背。鸟蛋瞪着大眼，呆呆地望着帛上“鸡啄米”图形喃喃自语：“还得多读书啊。”

蒙日丹呷了几口茶忍不住又站起来，才思涌动,左手托着肚子，右手握着笔，众人眼睛一下又聚视在她的笔尖下：“更大的臼碾米更快，用畜力，省人力，这需要石轮，铸铜轮更好，贵了些，要像马车轮一样灵动，可以前后双轮，也可以三轮、六轮，石轮有四方孔，装上滚动的轴，臼成圆形，牲畜最好是驴，拉着驼架，围着圆臼转圈，石轮滚碾在谷壳上，人不用坐在上面用木棍拨谷，可带一两个钉耙拖挂在后面，压平均匀，也可在架上放重石条，免得人坐在上面转一天的圈，晕。”

她自己笑起来，鸟蛋抓住时机搞笑，转一连串圈倒地：“驴不晕，人晕。”她将两幅图交给单本扬：“图只是纸上谈兵，领个路，实施中多找巧劲。”

她叮嘱找锁扣一起琢磨，单本扬恭恭敬敬接过图，从表情看一点也没有他的招牌笑，拿在手上似重千斤：“平生梦寐以求的引导，照葫芦画瓢，受益匪浅，此善行将恩泽天下。”

鸟蛋又插科打诨起来：“做手工活的，还能来两句文绉绉的，哈哈！鸡碓啄起来、石轮子飞碾起来才是真功夫。”

单本扬是邯郸饥寒极苦中长大的孤儿，祖上世代石匠，父亲是三兄弟最小的，身体较瘦弱，爷字辈就让其拜名师学木匠，修骊山墓，一家七口工匠被强征，其中单家四人遭塌方活埋，父亲遇难的噩耗传来，奶奶活活哭瞎眼，外出坠崖摔死，母亲绝望中上吊身亡，留下单本扬与野狗同食，十五岁从军，屠杀中长大，拿刀手软，不敢砍人，直到来到烟柳镇，遗传基因中石匠、木工技艺才起到作用。由于旦迟秋好大喜功，两次强奸犯事，鸟蛋均看在赵七姑面子上，没有为难他，只是弃用，旦迟秋以病为托词收场，旦迟秋辩解强奸罪时说：“赵七姑不能房事，俨与阉男人般无性。”被传为笑柄；而赵七姑从不吐露身世渊痛，将灾祸深埋于心，倾情于公益，又知书达礼，受烟柳镇众人尊重，林萧云感激她虔诚为建埠的努力，处处礼敬三分。鸟蛋换上单本扬为狩猎队头目，从轻发落旦迟秋也有林萧云的授意。

斗笠山石头多，花岗石又硬又美，觅到上乘臼碓石，对单本扬来讲，简直是“金鸡下蛋”捡到宝，他挑了二十来名“眼尖”石匠、五十余名狩猎队壮汉，阉牛自然在其列，脚步在石堆里征踏，眼光带着毒刺似的探望，初秋黄花在风中躲闪着，凑热闹似的摇头晃脑。

功夫不负有心人，三百多块各类天然凹石被请到石匠棚外，摆满石料场，一千多个“鸡啄米”条石“嘴朝天”竖立着，七十来块薄圆轮石最难得，躺在石料场，准备让石匠从正中肚子上穿孔，滚起来。石头有了天生的雏形，省力一大半，望着那些“石头宝贝”，单本扬忘了脚手满布的伤口，眯起招牌笑眼，给一个个臼、碓、轮画着描着，反复量来量去地心算着，废寝忘食，昼夜带着巧匠赶工。

让谷粒变成米，农用几千年的工具，从这里华丽变身，破茧成蝶，省时省力，雪白的米从金黄的壳中挪出，又圆又整，蒙日丹成为抱薪者，单本扬立下汗马功劳，锁扣铸件给力助威，推出新碾工具，解救农工苦累，开天辟地的“谷变米”丰碑在烟柳镇矗立，随后传遍大江南北。

长竹街大稻场旁第一批三十七套碾米轮同时飞快转动，驴发出“得咯，得咯”蹄声，一百二十一个“鸡啄米”不停上下“磕头”庆生，几百名慈母军女人筛手舞动，效率提升百倍以上，一组从未有过的“谷变米”交响工程和谐合唱着，看热闹看稀奇的人在烟柳镇上围了个三层，先睹为快，笑脸、笑声、赞叹声与单本扬“眯眼笑”交织在一起。林萧云待深夜围观人群散尽后，扶着大肚子快要临产的蒙日丹来看脱米“戏”，腹中胎儿听到从未听到过的“谷粒米”歌声，一顿拳打脚踢，痛得蒙日丹捂着肚子数次蹲下，大汗淋漓，不停地捂着肚子安慰，算是另类的给“谷变米”的鼓掌。

同时林萧云下令，各村都需备建稻场“谷变米”，每家每户新盖的石房外要建一间碓臼屋作舂米之用。小小碓臼屋从此流行于江南千家万户，代代传承，直至中国二十世纪九十年代碓臼屋、舂米屋才逐渐退出历史舞台。也有说碓臼舂米屋会回来的。

人有等级，米有品级，鸟蛋送了烟柳镇“处女地”产的上等三十斤米给耿飞雪以表感谢。这米是农把式何汝林亲手种的，本来长江、柳河、柳湖梦泽之域，已是天然理想的种稻圣地，而此又是未种过庄稼的生地，也叫“处女地”，得天下精华，无须施肥，长势出奇茂盛，农把式选择优质良种，在柳湖出水口深耕三十亩沃田，“水稻，水的学问”，何汝林三伏九放“跑马水”绝活，又有柳湖肥水浸灌，这三十亩田的稻谷金黄里闪着晶莹之光，产出来的稻，除留了三百余斤种子，其余都给统领楼专用。

“米香，胜过百花香。”蒙日丹发自内心地赞誉。留作种子级的稻脱出来的米除了粒粒称“米王”外，江南人习惯称之为“落口哨”，芙蓉味，而耿飞雪收到烟柳镇的米时，正好与裘老太在咸阳，她喜出望外地看着心上人镇上产的米，每一粒都比珠宝贵，张罗厨师煮了十斤，将三个哥哥都喊回来品尝，一家人吃得眉开眼笑，赞不绝口：“檀香冉冉，入口清滑，肠胃舒盈至极。”

耿百万秉性古道热肠，商人天生喜欢依附权贵，正逢始皇帝第三次巡游归都，即请始皇帝与重臣密友来尝尝烟柳镇处女地仙米，赵高、李斯、胡亥自然在列，还有燕远行、御文院向愽谨、外衙处堂鲁等，本来要邀蒙毅，但是考虑到他从不赴私宴的自律清规，加之来往甚少，所以听了耿飞图的提议，日后单独请蒙毅来做客。每次始皇帝来仙台阁做客，品佳肴，赏美景，耿百万亲自布置，仙米洗净后，用清水浸一个时辰左右，取米置于垫丝绢的木格笼上明火蒸，后小火保温待客，品山珍海味，小酒三巡后，上饭，一拿到桌上醇香四溢，粒粒圆润晶莹，又配上始皇帝偏爱的特制小菜“苦竹笋”，他连吃两碗，称赞道：“好饭，好菜。”

耿百万也不失时机渲染一番：“这可是陛下御笔题写的烟柳镇所产的处女地仙米，有益寿延年之滋补功能……”

始皇帝打着饱嗝、剔着牙齿，一听到“益寿延年”四字，不禁细长眼睛一亮，这细微举动，被赵高捕捉到。耿百万万万没料到的是好心办了坏事，之后一场横祸直飞烟柳镇。

亘古中秋讲述人间千万年圆缺故事，烟柳镇今年八月十五，月亮又大又圆。傍晚，明月初升，吃饱饭，肚儿圆的人们就想着男欢女乐的事儿，张步青赶做了三万多块月饼分发，内港来了许多客船，锁扣的珠宝行，赵七姑的服饰店，客村童鞋玩具店，都被挤得熙熙攘攘，人声鼎沸，热闹非凡。

乌蛋装饰成护花黑衣风神，余秧秧打扮成俏丽的百花仙子，胖子阉牛特扮成打鼓鬼煞，后面跟着威风锣鼓队，艺人们兴奋地各自准备着拿手绝活。十八村、螃蟹地造船作坊的光棍们精心穿戴，三五成群，七八结伙，嬉闹起哄着，眼里欲光溢闪，慈母军的女人们都特意洗了“香花浴”，相互结伴而行，身材苗条的不经意地显摆着腰肢，日子刚有起色，一日三餐有了着落，“处女地米”让人人吃得眉开眼笑，客村又来了一批“乞丐姑娘”，初来乍到吃了几顿饱饭，换上分发的新衣裳，怯生生跟着“老女乞丐”后面游走，慢慢学着壮起胆子绽放。“去你的，我也是女人。”

也在此时，蒙日丹动了胎气，破了羊水，疼痛难忍，婴儿故意肆虐着这位年轻、文武双全、美貌如仙的将门才女，猛踢乱踢；蒙日丹玉牙紧咬着秀发，只是低呻吟，不愿叫喊：“大伙儿过中秋，不要惊扰人家。”她一遍遍叮嘱着急得团团转的林萧云，不停地在床榻坐榻上来回扭动，近乎绝望地挣扎着……

月亮越来越亮，在夜蓝蓝的天上缓慢无言地移动，兴奋的人群也喜庆地向长竹街广场聚齐。谁也想不到，厄命噩梦悄悄逼近，九里畈方向一支黄金盔银枪白刀军队，杀气腾腾狂奔而来，江面上数百只粮船，驶进柳河，三十几艘大船泊在狻猊岗，细看旗号是夷陵县尉府和始皇帝卫队，每条船上均有士兵护卫，佣夫上千人随行。九里畈陆路来的前卫军队，后面黑压压运粮车，一眼望不到头，旗号是樊城县尉府和始皇帝卫队。这来势汹汹的军队逼近烟柳镇，欢乐的人群没有一点预兆。

这支人马虽是远道而来，却对地形极为熟悉，军队民夫训练有素，一到随即散开。“嘭嘭嘭”，攻石城门专用的榔头，以迅雷不及掩耳之势，不费吹灰之力，连续撞开十几个粮仓门，民夫迅速将黄金的谷子装进粮车内，惊得更夫狂叫：“抢粮，抢粮贼来啦！”十几名守夜更夫敲响竹节筒报警，又喊又敲，几十名值巡狩猎队员持刀枪上来阻止：“大胆，捉贼！”上去将装谷民夫打倒，同时掀翻几辆抢粮车，金黄稻谷撒了一地，月光下格外晶亮……

几把长刀挥动，寒光闪处，顷刻十几名狩猎队员的人头尸首分离，惊得更夫、狩猎队员四处逃散，一边狂呼：“来人啦，来人啦，抢粮贼杀人啦，杀人啦！”

长竹街欢聚的人群很久没听到如此绝望呼号，这些军士改为农夫的光棍们，本能反应极快，一下炸锅似的找来锄头、镰刀、木棍从四面八方赶到粮仓库，与抢粮民夫、军士扭打起来，一时血腥味、死前哀叫声、伤残喊痛声一片。

饿，让人们最恐惧的字，比死亡还可怕，一听到“抢粮贼杀人啦”的呼喊，光棍们多有不怕死的：“打仗没死，命是赚的。”特别在慈母军、客村女人们的哭喊声中，光棍们拿起锄、镐、耙将十几匹马打惊，将军士掀翻在地，砍断马腿，人马哀叫，几十名寡妇、女乞丐用牙撕咬倒下的军士，场面罕见壮烈无比，乱成一团；光棍们看到女人们如此无畏护粮，一年辛苦，一夜之间有人硬生生横抢，哪里能咽下这口气，拼死冲向各粮仓门口，打退民夫骑兵，这些光棍虽是从军而不是精锐，岂能挡住盔甲护身、利器在手的皇家卫队，拼死抵抗，几回合下来，毙命无数，伤着狂喊乱呼，人至死伤时，都喊娘："娘啊！痛死我啦，娘呀，哎哟带儿走啊，娘……"

"少主，少主，快，始皇帝卫队来抢粮了，杀了好多人啦，尸体遍地，血流成河……哎哟我的天，怎么没来过信，一来就撞开仓门，柳河也来了船，飞来横祸啊，天哪……"张步青号哭着拍着房门，这种罕见的失态惊慌，对处事稳妥的张步青来说极不寻常。林萧云瞬间如同五雷轰顶，深感事态严重，脱口急问："有南郡的兵吗？"张步青："不知道，看到的是始皇帝卫队旗号……"生死关头的蒙日丹一急咬牙，瞪大眼睛，几乎是绝望地对林萧云喊："快去，不能流血，一定有诏书到，保命放粮！"

事发突然，他看见蒙日丹眼里闪着催促的火焰，来不及多想，拿了拐杖剑，带上门："师傅，萧云知道。"含着热泪飞奔而出。

来的是刚刚第三次巡游归来近一月有余的始皇帝卫队，八百余人，还来了九名贴身侍卫，带来始皇帝御笔诏书"换粮"而不是抢粮，侍卫队头目名卢慰翥，有勇无谋，力大无穷，武艺高强，本来理应通知当地郡尉，镇上统领跪地接旨后再开仓运粮。蹊跷来自不远处豪华马车上只有一只耳朵的人，他奉赵高之密令，全权来运粮回咸阳，他虽有变辞利口，可惜才疏学浅，低估了小小烟柳镇为护粮食以死相拼的决心，更因为忌惮南郡郡尉牛犇，所以与赵高商议提调樊城、夷陵兵马民夫协同，以最快的速度将粮食运走，在皇帝面前邀功，又让牛犇与皇帝结仇，让牛犇恨皇帝是赵高多年夙愿，一直在用离间以及一箭双雕计，那就是若烟柳镇抗旨，那暗中与其作对的蒙毅的女儿也必诛之。红得太火的始皇帝以民为草，随脚践踏，上将头似葫芦随便割，权倾一时，一人天下，只要皇帝下旨，一切安然。不想始皇帝并不糊涂，虽然一心想长生不老，那天吃了"处女地长寿饭"心中高兴，第二天恰好太史令上奏："夜观天象，江南仙米，滋润长生，机不可失。”但是他记得自己御笔题“烟柳镇”时亲笔昭示三年免征之因由，所以将赵高提议的“征粮”改为“换粮”，从樊城、夷陵、荆地三地“一斤换一斤”，先将烟柳镇粮运咸阳后再将三地所征皇粮送还烟柳镇。他拿着御笔许久沉思，可能顾忌到身边一直忠心耿耿护卫的虎将蒙毅的感受。卢慰翥对“一只耳”“开仓快运”的授意很合心，一人想邀功，一人想快回咸阳歇息，巡游一年有余，风餐露宿，护卫之职，一有风吹草动，提心吊胆，刚想歇歇脚又要“运粮”长途跋涉，虽在九里畈外修整一天一夜，择十五中秋月明之时，不用火把“扰民”，快速装满粮食，舟车齐运，早早返回咸阳与妻儿团聚，越想越如意，然而越想如意就越不如意，越想简单就越不简单，越想快却越慢，不讲礼节下棋，其结果是被棋盘砸了过来。

杀了几十人，倒下一大片，血流满地，自己卫队也被伤到十几人、五六匹马时，卢慰翥感到“运粮”变成“抢粮”、皇帝卫队被喊骂成“贼”时，觉得势头与每次巡游情形不同，于是高声举起诏书怒吼：“俺们是皇帝卫队，诏书在这里，来换粮的，谁阻挡，杀无赦！”但是任他怎么声嘶力竭狂呼，扭打护粮场面已失控，举着锄头、镐、耙的人越聚越多，他心想：“娘的，啥地，男的女的都不怕死。”他怒目圆睁吆喝着其他八名侍卫，挥刀拍马冲向仓库门口，逢挡便砍，大开杀戒。一衣白裙、头戴百花做的冠帽的女孩惊哭着跑向仓库门：“别抢粮，别杀人，好人别杀好人呀。咱们都是种田人，别杀人啊！”踩着尸体，一身血迹，边喊边跑，紧接着一匹黑马冲过来，黑衣黑帽，戴着黑色面罩，只露出一对黑色的眼珠，一只脚立在马鞍上：“秧秧，快躲开！”

余秧秧朝仓库门口跑，两侍卫挥刀砍倒挡在马前的农夫，马蹄踏死寡妇、女乞丐，倒下的身躯上，九名侍卫的大刀快砍，一会儿倒下一大片，前面侍卫已近粮仓门，举起刀追向余秧秧：“娘的，这里人不知诏书为何物，只认得谷子，连小丫头都敢挡俺。”

“咬人狗，不露牙。”一个黑影窜到那侍卫前面。他一愣：“呀？”嘴一张，“扑通”一声翻落马，捂着喉咙，地下乱滚，拼命撕扯着铠甲，看样子极为难受，众侍卫一愣，那黑影从黑马肚子跃至鞍上，一口咸阳土话："俺是天上派下来的护花追风神仙，都给我退出三丈，要不割断你的狗喉咙。"他左手弹在第二个靠前侍卫额上，那人不禁喊道："嗯，啥招数？"话未落音翻身倒地，与先倒地侍卫一样，捂着喉咙满地打滚，痛不欲生。

这一下两名皇帝贴身侍卫倒地的窘境，让卢慰翥一下清醒许多，因有长年护卫经验，他知道遇到了硬手，脑袋一轰："连死两人，如何交差？"即刻用刀片挡着嘴巴与咽喉闷声低吼："退三丈。"

"哈哈，真乖！本神仙不杀听话的，嗯，做得好，再退三丈。"

"统领大人到，统领大人到。"张步青满头大汗高喊，催马冲进侍卫刚退下三丈的粮仓前，随即林萧云白马如同行云飘至，他勒马转圈两周，由于缰绳拉得过猛，白马垂直竖立嘶叫，林萧云借势离鞍，"八步赶蟾"腾空挪地时避开尸体血泊与正在地上翻滚的两侍卫，"啊！"众人不禁惊呼，卢慰翥一声暗赞："好功夫。"

林萧云如落叶飘移着地，环视四周，吃惊不已，男女死伤无数，金黄的谷子倾撒一地，撒在血泊中，沾在尸体上，让他为之一颤，心痛不已，他强忍着怒火，瞟了一眼地上翻滚的两侍卫，看了一眼黑衣裹身的鸟蛋，用眼神示意他离开，转身作揖："在下林萧云，乃南郡烟柳镇统领兼咸阳皇宫御林军参将，各位战马军刀已伤毙无辜本镇居民，不知……"

卢慰翥用刀护着咽喉与嘴，谁都没死过，看到地上痛不欲生的同事惨景，人人心中发怵。

"诏书在这里。"他粗声低气闷吼着，左手将诏书举着，也没打开，更忘了来时赵高嘱咐的礼节。林萧云接过诏书，展开看后，跪在地上举起诏书："皇帝圣明，赐给烟柳镇世世代代私藏的荣耀，江南处女地之仙谷直供咸阳，乃皇恩浩荡，领命。"

礼毕后，他环视四周，平静中含有威严与不满："来人！"张步青还是满大汗，挺起胸脯比平时音高三倍："在。"林萧云抬头仰望着午夜当空的圆月，眼中含泪，声音更为平和道："掩埋尸体，揩干血迹，开仓放粮。"月明夜静，众人听清楚了他的每一个字，只有张步青一声更为响亮的回应"是"久久在空中回荡……

林萧云说罢，飞身上马离开，卢慰翥搜索“黑衣护花风神”，发现不在现场，于是壮起胆子，让人收拾十几具骑兵尸体与残马，挥手让民夫装粮，夷陵船只也靠岸进仓搬运；张步青让人打开所有仓门，金黄的稻谷“沙沙”流向粮车船舱。烟柳镇居民第一次迎来无声地万人哭泣。

此时赵七姑发现人群中有一双极为熟悉而又遮掩的眼光，在自己脸上一扫，又迅速低头快步离开，她牵着余秧秧的手追了几步，奈何人多，场景杂乱，很快消失。余秧秧怯生生问：“娘看到谁啦？”

赵七姑有些气愤地压低声音回应：“鬼。”

余秧秧有些怕：“您不是说鬼无形吗？”

赵七姑勉强笑着拉着她一边向米仓方向走，一边细心地觅寻那张鬼脸。

雄鸡一声啼唱，十八村、长竹街、螃蟹地、九里畈、狻猊岗埠上百声附和，组成黎明前的“五更歌”。车满船舱满，陆路水路，缓缓载着谷子陆续离开。长竹街后面十一座米仓的门都敞开着，“黑衣护花风神”一只脚踏在马鞍上，一只脚踏在马头上，斗篷迎着晨风舞动。当卢慰翥带着人马民夫来到米仓时，一看到那“黑衣神”挡在路上，都不敢上前，卢慰翥急忙用刀护住咽喉与嘴，刚刚那两个侍卫已断气，尸体与稻谷要一起运回咸阳。那黑衣人童声高喝：“谷子运完了，天快亮了，天鼓敲响了，快回咸阳复命去。”张步青满头大汗，捧着一篾筐糠胚，赔着笑脸：“大人，这里面都是糠胚，要不下马进去看看。”

卢慰翥看着谷子装满车船，又吓又累了一夜，望望“黑衣神”手在不耐烦地暗中搓动，又看到张步青殷勤得体，心中早想离开这是非之地，讨厌向导将他带到这里，心里一肚子火没办法发泄，“回！”一声雷吼，猛地转回马头带着众人往九里畈回撤。

余秧秧暗中叫好，举起手向“黑衣神”鼓掌。面朝黄土背朝天累了一年的谷子一夜化为乌有，一百七十多座谷仓瞬清零。还有二百多男女丧命，幸好黑衣人射杀两名顶级魔手解气，更庆幸他还单身独马护住十一座米仓，“小小烟柳镇，大大何大人”，颂赞声传了几代人。

“抢粮”与“换粮”差之毫厘，失之千里，卢慰翥撞开谷仓门令人瞠目，始皇帝亲自昭示“三年不纳贡”，却出尔反尔，翻脸比翻书快。因忌惮蒙毅虎卧身侧，赵高与吃江湖闲饭的皇宫太史令们沆瀣一气，锱铢必较，假观天象，制造“处女地米”长寿谎言，变辞利口，“强征粮”留白骨一路。天子一人一句话，百姓变成牲口，百官成野草被随意踩踏，将军功臣头颅是葫芦，暴君一怕造反，二怕命短，只要能长寿，不惜人命哪怕是千万孩童，第一次徐福求仙药五百孩童葬身鱼腹，第二次又是徐福率三千童男童女赴海岛求仙药，有去无归，后来才知道死损二千五百余人，皇帝为了享受生期，手握权势屠刀之柄，动辄武力，丧心病狂，此次烟柳镇“换粮”只不过是“寻长寿”的小小插曲。

冲突未必对抗，妥协未必认输，粮食不翼而飞，二百一十三人护粮殒命，烟柳镇竖起第一片公墓，逐年公祭。

太阳从不误时辰，朝霞淡淡染红天际，嫩嫩二次回芽柳条随微风慢条斯理地舞动植物肢体语言：“没啥大不了的。”飞来横祸，心痛如刀绞的林萧云翻身下马，飞步直奔统领楼内。“哇，哇，哇！”双婴啼哭声音划破寂静长空，他转悲为喜，轻轻推开房门，看到一男一女一双婴儿，一呼一应地哭喊着躺在床上，不时还手舞足蹈，蒙日丹脸色苍白，而眼里充满喜悦，林萧云从灭顶之灾中走向糖蜜之罐，忽然的崩塌、安然的寄望缠在一起，两颗一喜一悲的泪珠久盈不下，蒙日丹微弱一笑，轻言细语：“当父亲啦，再别像娃儿一样哭……”

林萧云突然醒悟，情不自禁俯身给两个婴儿及蒙日丹深深一个亲吻：“师傅辛苦啦！”返身急速下楼找谷粒拿早熬好的“月子汤”心中沉稳地反复念叨：“长大啦，升级啦！做父亲啦！”太阳火辣升起，小镇安然，高圆公主绘画的那张烟柳镇总览图挂在墙上，光亮透过窗户，溢洒房间，特别美丽鲜活。

一辆辆运粮车负重爬坡远去，一艘艘船满载谷子经长江入汉江，压浪列队而行。日头接近晌午，卢慰翥最后领着八百皇宫卫士撤出烟柳镇，来到九里畈，他几次回头怒气愤恨难消：“豹子头上被剪了毛，头回吃了闷亏。”望着两具同事尸体的脚尖随着车辆晃动，心中极为忐忑不安，其中死者聂甘辛，是二十八名始皇帝贴身侍卫中年龄最小、活力最强的，除了力气，他的刀术在自己之上，更要命的是他哥哥聂甘弩是自己的顶头上司，真正的卫队长，望着来时活蹦乱跳、武艺高强的人变成尸体，心中五味杂陈，自己是聂甘弩的副手，这次赵高让自己当了护粮队长，惹出万万想不到的“人命祸”，回去咋交差呢？

一辆豪华马车停在路边，一只耳朵的长官推门跳下来，笑脸上前迎着他：“哈哈，老弟功高，这江南处女地粮，始皇帝吃了长寿大福，哈哈，卢队长大功。”

半截舌头那人兴奋得满脸涨红潮，眼睛凸出，脖子上青筋直暴，眉飞色舞，又像是庆功，又像是讨好，手舞足蹈地伸出指头，摇头晃脑，口沫横飞：“还有十一仓米未抢到，便宜了那些光棍、寡妇，十一米仓……”

卢慰翥一肚子怒火没地方宣泄，一看到那半截舌头向导，就怒从心头起，恶向胆边生，模样可憎，想起“黑衣神”拦路，自己用刀护喉窘境，跳下马，一把抓住他的衣领：“你他娘的，一粒谷不捡，还十一仓米，话都说不清，躲在车内看别人玩命，剥了你这个男人渣。”说罢手中钢刀在他裤裆一搅。“哎哟，我只有这一命根子……没啦……痛死我啦……天啦，不该领这断子绝孙的路啊……”半截舌头的旦迟秋得到了报应，而天下药店都开不出“后悔药方”。

卢慰翥厌恶地顺手往路边一丢，任那半截舌头在地上打滚号叫，目光逼向一只耳朵那人：“姓杨的，赵中车府令让你念诏书，你却躲在车里，让俺去砸仓门，速战速决，早回咸阳。俺三次随皇帝巡游未损一卒一骑，此次却死了十几精骑、两名皇帝贴身侍卫，你与那些江湖混混太史令蠢货装神弄鬼，啥阴爻阳爻，吉爻全恶卦，让你这只耳朵留在烟柳镇，听听那些太史令算算你耳朵分离卦。”说罢寒光刀刃贴着脸一削，鲜血流淌，卢慰翥将刀片上的耳朵拿到鼻子前闻一闻，奋力向地里雀鸟、田鼠方向一抛，扔出二丈来远，顷刻间草丛中一阵骚动。他怒跃上马鞍，手一挥，带领骑队飞奔而去，丢下一句话：“到咸阳再跟你算细账。”留下杨梁平阉猪般捂着耳洞与地上旦迟秋一起嗷叫，引一群饿极雀鸟、田鼠、虫蚁追血腥而狂。

天造人，媚骨人人有份，轻重不同而已。始皇帝生性暴戾，鞭笞天下，气吞山河；六国归秦更是龙变星聚，文武百官被视为虫蚁，黎民百姓如同草芥。始皇帝唯独对二十八名贴身侍卫深藏媚骨，微笑颌首，形同慈父。这二十八人是从童子军营中挑选出来的，骨骼清奇者由名师们带领苛刻练武习功，文职官每日讲半个时辰忠君训语如“以命护主，以技护身”。而百忙中的皇帝常隔三岔五前往嘘寒问暖，奖送糖果。众人言：“排排坐，吃果果，皇帝来了俺就乐。”偶尔演出，顽童犯错皇帝兜着，还当面砍下主管人头，讨好也有征服的元素，怂恿训管武童们与皇帝亲，始皇帝对子女妻妾较为冷漠，一年几个节日聚聚，内心只对扶苏寄予厚望，半年召回长谈一次，而每次谈得不欢而散，心情跟着忧郁几天，这时百官最好躲着不上奏，连赵高、蒙毅都小心翼翼地提防皇帝迁怒，只有胡亥，圆头圆脑，皮肉白嫩，憨态贪玩，时而博得始皇帝解闷开心一笑。

再火再怒，从不直接训斥侍卫，乃天下暴君共性，这些贴身侍卫人人武功高强，身家性命掌握在他们手上，平时由蒙毅、赵高司职管，其实侍卫心中清楚平日只听命于皇帝，到新秀补职，年龄略高后离任，这一段受“睡无声，不近生人”严格的侍卫条例管制。所以当听到卢慰翥哭着：“杨梁平不读诏书，让撞粮仓门，惹黑衣护花风神毒针封喉毙命。”始皇帝看着铜盘上两根银针，倒抽一口冷气！他轮番唤来其他随行六名侍卫火急问话，都众口一词，活灵活现见到“天上下凡，如鸟飞落黑衣神仙……”

始皇帝还刻意问了身高，答曰：“约九岁儿童而已，看不清脸，眼会变会转，讲一口咸阳土话。”

始皇帝虽然亲手批阅额外建立“太史令”衙内部户，聚知名江湖术士，只为长生不老药而奢想，打仗攻城从不听那些“太史令”之言，此次这些头脑简单、胸无点墨的贴身侍卫们“飞来飞去神”的供词显然有诈，后面说的“约九岁儿童身高”倒是事实。江南蛮童能讲一口咸阳土话让他猜疑不定，最揪心的是那两根毒针他从前见过，百思不得其解，让他越想越闷火。

卢慰翥越级向皇帝告状，让雁过拔毛的赵高始料不及，想开脱撇清与杨梁平的关系，为时已晚。他急令将没有耳朵的杨梁平五花大绑还割了舌头，让其不能争辩，诚惶诚恐见始皇帝。始皇帝眼珠一转，召来二十六侍卫，当面将赵高骂得狗血淋头。

赵高第一次筛糠似的战战兢兢："陛下圣明，卑职用人失察，罪该万死。"

始皇帝盛怒之下，顺手抓起御墨砚砸向赵高的嘴，顿时一颗牙齿被砸断，他还想说什么，那牙齿和着血墨一下吞在肚子里，接着听到始皇帝怒豺似的声音咆哮："传旨，将杨梁平五马分尸。"始皇帝第一次似做了亏心事，怒砸赵高是对蒙毅的忌惮与褒赞。

赵高强忍疼痛，职业性地紧急附和："臣接旨，将杨梁平五马分尸。"带着众侍卫一起行刑。

众人离去，始皇帝召来蒙毅，亲笔下旨："樊城、夷陵、荆地三地按换粮斤两，运往烟柳镇，颗粒不少。"

亲交蒙毅督察，并将那两根毒针一起交他让军部派人潜查，"加岗巡卫"口头嘱托给蒙毅离开，他拿起御笔写下："安危相易，福祸相生，坐天下比打天下更难。"待墨迹干透，他转了好几圈，抬头长吁一口气，用刀削去简上之字，竹屑飘落一地。

鸟蛋单骑一路飞驰，心中憋了一肚子闷火，无人陪伴，伤神自然话少；累了偶尔见到青筋暴露无肉的可怜农夫，扬鞭抽打着秋耕瘦牛骂脏话："蠢货，呆到顶，走一步偷三口草吃。"自嘲莞尔一笑："人比牛更蠢。"

人为财死，鸟为食亡，牛也为吃草挨鞭——愿痛不愿饿。如今有钱难买粮，吃乃动物本能，人为"财"死，凡在暴君统治下，粮才是要人命的第一凶物。第一次独自远行，无心看沿途风景，也不舞刀炫技，听农夫骂耕牛最解气。追着日月奔跑，风一般不留痕迹，目标是找到耿飞雪共同商量出一个"妙招"，让那些吃了烟柳镇汗与泪浸出来的稻米那些家伙"吐出来"，以解心头之恨。

竹韵轩，鸟蛋豪华房间内，耿飞雪披着深绿色薄斗篷，全身缠裹得严实，清瘦了许多，眼睛却更清澈，想必是苦练重箫仙曲之技，她这是第五次与鸟蛋秘密会晤："没有鬼，没有神，人间有因果，气出了，怨泄了，你可返回烟柳镇，免你哥哥担心。"说到"哥哥"二字，声调自然柔和许多。

鸟蛋："俺哥太厚道，啥都能忍，成不了大事。"

耿飞雪："忍字头上一把刀，啥叫大事，缺牙，别嗑大话。"她心向着心上人。

鸟蛋："天下俺就服俺哥的仁，俺姐的能，皇帝又怎样，照样牵着牛鼻子哼哼。"

耿飞雪机警地朝外瞟了一眼："嗯，割舌头。"

鸟蛋伸一下舌头，做一个鬼脸："人不长前后腿，水火难以同炉，俺只是隔岸嗤笑。"

耿飞雪："世事永远说不清楚，俺也懒得去猜去追究，俺娘的主意总比俺多，凡是大事都得靠她周旋。"

鸟蛋："奶奶过的桥比咱走的路多，吃的盐比咱吃的粮多，姐姐到奶奶那年龄……"

耿飞雪："俺不能老，俺不要太多主意，这辈子只为林萧云生一个娃就心满意足。"说罢羞笑得满脸通红。

鸟蛋胸脯一挺："磨成豆腐卖成钱，天下有因果，姐姐冬雪三百马车粮食救烟柳镇饥寒，今日又为烟柳镇出了一口恶气，俺哥的仁，俺姐的能，俺一辈子只想干成两件大事。"

耿飞雪："嗯，多大事算大事？"

鸟蛋："帮拉坡、骷髅婆生一个好皇帝，让美姐姐生一小林萧云。"

耿飞雪："哈哈，这话俺最爱听，做梦都在笑，快想疯了，俺不生皇帝就想生一个小林萧云，哈哈。"

鸟蛋："八两换半斤，人心换人心，明年八月十五，你来江南俺在南郡金口等姐姐。"说罢凑近耿飞雪耳朵眉飞色舞唠叨着……

报了仇，解了恨，一身爽，夕阳西下，咸阳大街显得格外宽敞，食街开始热闹起来，鸟蛋倒坐在大黑马上，顺道溜达着，哼着小曲，嗅着酒香羊肉味，喜形于色的天性，让他无比惬意，这里毕竟比烟柳镇繁华，有着各种各样看不完的景致，多逛逛，累了、饿了饭菜更香，待会儿回竹韵轩饱餐一顿，泡个爽澡，睡个大觉，明天返程。“骗贼，没钱敢拿碗，没钱付，见官府……胆子不小，骗到爷头上来啦……”听到吵闹声，他一个翻身回正勒马凝神静听：“嘿，看吵架比看戏还过瘾。”他一听另一方乃别地口音，同“南船王”一个调，立刻动了恻隐之心，那口音道：“哎哟，别打，我不是骗贼，是沛县泗水亭长，送劳役来咸阳骊山修墓的，有公文、有公文，哎哟痛死我啦，刚才兜里还有三十个银毫，只顾吃饭，给小偷掏了……”

几个人一桌，远道役差，灰头土脸，样子极度疲惫，人人挨了打，说话的亭长是当地只管十里路的小官苦差，官小额高，长须大耳，慈眉大度，不像扯皮之人，苦的是两伙计，一个揪着他的长须，他头颅痛得几乎贴在地上，另一个扯着他的大耳朵快拧出血，他尴尬地一个劲求饶：“哎哟，我的娘，痛死我了，我把衣服都脱给你，别扯我胡须……哎哟，掌柜老大，请放手，放了我，帮你洗碗筷盘，顶饭钱行吗……哎哟，痛……”

那小二更用力拉扯胡须，把人下巴抵到地上，那亭长大屁股朝天，一只腿跪着，痛得边哭边求，小二骂道：“去你的，你一身臭衣，文钱不值，要你们这些笨货洗碗刷盘，安心抢俺饭碗。”“拖进去宰了，将肉剁成酱混在羊馍里卖。”

“放手，钱在这里。”众人抬头，看到鸟蛋拍着马鞍上的褡裢袋“叮当”作响，“多少钱？”

一个收账门房拿着托盘：“小老大，他们十八人，一人一碗刀削面，一盘土豆丝，一盘大白菜，一碟辣酱，共十七个银毫。”

“那一个秦半两多少银毫？”

“回小老大，六十个银毫。”

鸟蛋从褡裢内取出一个秦半两抛向空中，众人仰脖子，望着那钱稳稳飘在门房托盘的专属孔内，一般都是用手指尖抠出填进。“啊，神技。”“魔技呀。”“铜铸的咋比叶子落得还轻。”“啧、啧、啧。”“咱咸阳街尽出奇人。”门房抠一把银毫，笑得比花还灿烂，恭恭敬敬：“小老爷，小人长见识啦，肉眼凡胎，今遇高人之缘乃小人之福，见谅，见谅。”旁边伙计慌忙跟着致歉，打躬作揖：“哎，这世道民贼相混，玉石难分。”

“开个小土馆，遇上一两起赖账的，就要亏本关门。不是狗眼看人低，衙门税高啊。”门房举起钱，来到鸟蛋大黑马下，“爷，一个秦半两六十银毫，扣房钱十七个银毫，退爷四十三银毫，嘿嘿，爷爷，呵呵。”

鸟蛋神气一挺胸：“这话中听，鸟爷赏你。”

那门房半晌惊得说不出话，待回过神：“啊，原来是鸟爷，俺这记忆真该死，咸阳城内，黑马鸟爷，谁人不知，哪个不晓，快快，瞎了狗眼，还不快给众爷上茶压惊，嘿嘿，鸟爷，恭请贵脚踏地下马赏脸饮一杯粗茶……”众伙计人人眉开眼笑，帮着十八人拍灰扶凳，抢着为帮亭长理胡须，小跑着：“上茶，上茶。”

“哈哈哈，好戏，好看。”鸟蛋在马上笑得前倾后仰，手舞足蹈。收钱门房火上浇油，添油加醋：“俺说啦，咸阳城三岁孩童都晓得，七院十三馆戏班，鸟爷不到不开锣，嘿嘿！”

鸟蛋：“就是，好戏刚开锣，来，过来，都过来。”他朝他们招手，长胡须亭长与众人排着队，伸长脖子，都背着破旧行囊，有几人手中还有“打狗棍”，亭长一边忙着捋理被扯痛的胡须，一边又惊又喜地稍稍整理一下旧衣服，还回头招呼着：“站直，站直，嗯，听鸟爷训话。”

鸟蛋胸脯一挺一口沛县丰邑中阳里土话，惊得其余十七人大眼瞪小眼：“原来鸟爷是我家乡人啊，哪个村的？”

“难怪这么帮我们呢，是家里的活神仙。”

“喝一口井水长大的啦！”饭馆众人一时听不懂，木讷呆望着。门房：“哎，一会儿咱咸阳土话，一会说鸟语。难怪天南地北戏班看的、听的，少读书，多看戏，宁为四海客，莫做迷路人嘞。”

鸟蛋笑着扫一眼小饭馆又用沛县方言道：“白酒红人面，黄金黑人心。”长须亭长与众人也跟着回头看看刚才被揍被戏弄时坐的那张桌子，心知咸淡地点头。“跟着俺去竹韵轩仙台阁，陪俺一醉方休。”这句话鸟蛋故意提高嗓门又换成咸阳土话，说罢拉转马头，碎步小跑起来，长胡须亭长提起长衫吆喝着：“跟着，别跑掉啰，小心坎，别摔着，好吃好喝等着，护住牙齿哈。”众人一路小跑，惊得街上行人不禁驻足：“哪里来的乞丐，追着马屁股跑？”

小饭馆门房：“啊，竹韵轩仙台阁，那可是皇帝吃过饭的地方，嗯，风水轮流转，叫花子也有走狗屎运的时候。”惦着赏的银毫，急步回到账台上：“大财神多来几次啊。”

长须亭长年龄偏长，到了竹韵轩，他长须飘飘，一只破烂鞋跑掉了，一瘸一拐满头大汗，气喘吁吁落在最后，样子极为狼狈。鸟蛋下马，迎宾佣、马夫、掌柜一起拥上：“何大人，里边请，里边请，仙台阁。”

长须亭长曾在老魏国名士张耳那里做过门客，后来张耳因“聚众”违法，遭秦朝廷通缉，自己才回到家乡沛县丰邑中阳里当了小小亭长，做门客时见过一些世面，看到嬴政御笔题名的竹韵轩那豪华气势，吓得有些脚软，心里思索着，四处打量着进入雍贵核心之核心：“红薯做砣，极不压秤。”他干脆脱下另一只破鞋，偷偷塞进花丛中，赤脚入室，众人越走越怯，穿堂过廊，个个用人重礼恭迎，都成了哑巴进太庙，一路紧紧拥着跟着，在内心不停地“啧啧”赞着叹着，偷窥从未见过的奢华。只有鸟蛋用咸阳本土话不停地调侃着掌柜，大摇大摆，目中无人，俨然是这里的主人架势。

房间内，众人迟迟不敢动筷子，相互观望着：“从未听说过、从未尝过的山珍海味，光这金银玉器的摆设，弄坏了几辈子都赔不起。”

“这吃到肚子里要钱咋办？”

长须亭长顿生疑心：“十八具尸体做羊肉馍卖，这店不亏。”细想皇帝御笔题名的店不会是黑店，肚子经不住诱惑，横心一起往死里吃。

鸟蛋站在椅顶上，撑在桌上一顿猛吃猛喝：“嗯，快吃呀，一个人吃孤单，邀你们来凑热闹，不用付半文钱，快吃，不吃白不吃，撑死比饿死强，哈哈，这王八汤真够鲜的。”说罢嘴一抹给众人碗里胡乱夹菜添汤：“嘴馋，压胆。”不吃则一口气：“饿鬼赴阎王宴，一发不可收拾。”

风卷残云，添菜佣跑得满头大汗，三个嗜酒的二个爱吃馍的，敞开肚子，吃喝得眉开眼笑，长须亭长也品饮了三杯“三秦红”，一声长叹：“这一瓶上等‘三秦红’，乃一人一年所挣的钱啊。”摆放的七瓶“三秦红”只喝了一瓶，众人一听，第二瓶无人有力气敢开。

鸟蛋又用沛县土语戏谑调侃：“哎，我命苦，不会饮酒，若会定将喝到长睡不醒才过瘾，呵呵，什么一瓶一年工钱，钱好造，粮难种啊。”“今儿个吃的是缘分，是开心，嘿，我一开心，江南人都开心啰！那些抢了烟柳镇米的吃得不开心，吃不完兜着走，天下鬼能惹，千万别惹俺鸟爷。”鸟蛋自个儿兴奋不已，目中无人，沛县土语咸阳话一个劲地连说带唱，惊得十八穷汉也得意忘形跟着发狂。

第二十章

酒是水做的，大胆喝，喝到长江水倒流。

长须亭长瞪大眼睛惊恐道：“鸟爷能造钱？”

“小菜一碟。天下只有种田难，其他都像这酒，水做的。”

长须亭长饮了三杯酒，吃到八成饱，看到鸟蛋小小孩童有如此能耐，一千个疑，一万个猜，斗起胆子来：“鸟爷，那做官呢？”

鸟蛋更不屑一顾：“哈哈，天下最好干的活就是当官。官当久了就是一门手艺，可以世代相传。”

长须亭长瞪大眼睛：“啊，当官是手艺，我太想有这门手艺。”

鸟蛋：“手艺是五花八门的，比如大皇帝传小皇帝，小皇帝传孙皇帝；李耳几代人当一个官职，写史录，写多了变成《道德经》。”

长须亭长有些惊讶：“李耳？”

鸟蛋：“不就是你在魏国做门客时曾见过的那个李耳，写《道德经》的李耳，字伯阳，楚国苦县的。”

长须亭长叹气、摇头：“错了，是张耳，不是李耳。我没读书，剽学了些字，更写不了文章。”

鸟蛋：“哎，凡是写好文章的，读书多的，都不是当官的料，当官也是些芝麻小官。凡是不爱种田的、喜欢到处赶场的、会溜须拍马、见风使舵的就能当大官。”那十七位吃饱喝足的手艺人一同把眼光投向长须亭长。长须亭长自嘲地笑一笑，解围道：“别都看我，看他俩吃羊肉馍饼一摞接一摞，会撑死。夜里只能吃八分饱，又不下田干活。我家有几分薄地，大哥二哥种，家父总骂我慵懒，游手好闲，东奔西跑，不务正业……”

鸟蛋高坐椅顶上，跷起脚，脚尖向下，险些点到长须亭长的鼻尖：“哈哈，你就适合做官，做大官嘞。”

长须亭长一捋胡须，精神一振：“已四十岁，一事无成。哎，实不相瞒，这次回去亭长当不下去了，连家门都不能进，说不定要抓起来下牢狱。”他说着掉下泪，众人黯然伤神。两个嗜吃羊肉馍的一哀伤，连连打饱嗝。

鸟蛋来劲：“啥好事给你撞上，说来听听。”

长须亭长擦一下眼泪：“我叫刘季，泗水小亭长，此次送三十七匠人来咸阳骊山修皇帝墓。路上跑了的也有，六个人是病倒的，到这里只剩下十几个人。前天带他们到骊山墓地去看了看，遇到塌方，死的人太多，吃的是猪狗食，干的是牛马活，进去就等于死，所以我就干脆不交这公文了。”他边说边掏出破褡裢袋，将盖有官印的文书给鸟蛋看。他继续说着，鸟蛋看完公文，眯着眼更有兴致听：“今儿个原本是跟他们吃个分手饭，大家各寻活路。我身上有三十个银毫，吃饭时心苦思哀，不小心那三十银毫给偷了，挨揍受辱，幸遇鸟爷搭救解围，还吃了顿皇帝能吃的饭宴……嘿嘿……”长须亭长有些惭愧地笑着作揖为谢，众人也跟着施礼，千恩万谢，摇头晃脑，有哭有笑，没完没了。

鸟蛋将公文交还给他：“那你一辈子一点好运都没有过吗？看你器宇轩昂，不像落马之人。”

长须亭长一听奉承话，即刻精神一振：“鸟爷过奖，我乃心高命苦，手高眼低，倒是走过二次桃花运。”鸟蛋拍手高叫：“呵呵，我一辈子走不了那女人运。歹人割了我的鸟，只配做太监。呵呵，你还能走二次桃花运，大赚啊。”众人跟着哄笑。

长须亭长回味涩笑：“说来话长，一次桃花变苦花，从老魏国回沛县路上遭暴雨淋湿，成了‘落汤鸡’，又饿又冷走进一家歇店，又身无分文，久久站在屋檐下发抖。巧的是这家小店老夫妻有急事回乡下，只留下十六岁女儿枝花守门店。我无钱不敢入内。她一个女孩子家也不敢请我进去。直到掌灯时分，她才说：‘客官，进来避避雨吧。’我说：‘我从老魏国回中阳里，盘缠用完了，住不起店，就站会儿，等雨停了就离开。’她瞅我发抖的样子，声音也走调了，盯着看了一会儿：‘天黑了，会生病的，还是进来吧。’进屋后，她给我点饭吃，还烧了热水让我洗澡。她进来拿衣服时看见我一丝不挂，羞红了脸，衣服帮我洗了，放在炉灶上烤着……”

一个同行喝酒的来了兴趣：“那晚上就两个睡一屋？”长须亭长：“她问了许多我在魏国做门客的趣闻，又问了我穷家薄地实况，说我是个好人，将来有出息，最后睡在一个床上了。”众人一阵喝彩。“第二次桃花运怎么走的啊？”嗜酒的继续伸长脖子问。长须亭长一捋胡子，低身给鸟蛋一个谦卑礼：“鸟爷见笑了。第二次桃花成了礼花了。”

喝酒的眼珠子都红着：“礼花？”长须亭长：“高攀了！”众人不约而同：“啊！”有人插上一句：“桃花运加财运。”长须亭长点点头：“蒙的。”又有人接话：“桃花运十有八九都靠蒙的。”接着一阵叽叽喳喳认可声。

鸟蛋撑着下巴听得出神，他平生有两个爱好，一是唱曲，二是听故事。长须亭长干咳一声：“我做了小官泗水亭长时，来了一家姓吕的，与县令乃发小，关系甚好。后来才知道，他是齐国单县人，与乡人结了仇才投奔县令的，自然许多人攀龙附凤，拉关系，套近乎。吕公六十大寿更是宾客盈门。记收贺礼是一位叫萧何的主吏掾，他宣布一条规矩：凡是送贺礼一千钱以下的客人，一律到下堂就座。”吃馍的打着饱嗝：“钱少，低人一等。”喝酒的涨红脸斗公鸡似的拧着脖子问：“那最高贺礼是多少呢？”长须亭长回头答：“四千钱。”有人伸舌头：“够狠的。四个银毫我都拿不出来。”鸟蛋高兴地在椅子顶上转两圈：“小地方，能出这数可真不容易。兵荒马乱灾年，大多数人连粥都喝不上。”说完还耸耸肩，拿汤匙夸张地喝口汤，近乎表演。众人有的赞他的轻功高，有的鼓掌，看他喝汤表演得好。多数人认同灾年的日子难熬。

喝酒的话多，继续追着问：“那你送多少呢？坐下堂吗，还是像下雨那天那样站在屋檐下？”他用手指天上。

长须亭长少有地借着鸟蛋表演余兴高声：“泗水亭长刘季贺礼一万钱！”出人意料，大家哄地叫起来：“哇！”喝酒的眼睛快要冒出来逼着问：“真钱？”长须亭长：“我身上只有七个银毫。”“那咋办？”“呵呵，这天下的难办的事恰恰最好办。吕公与我不太熟悉，听说贺礼一万钱喜昏了头，也讨个好头彩，把我请到最高位坐着，恭敬有加。大寿的喜日子，那主吏掾萧何见主人敬重，只是写在红色礼单上，哪敢上来讨现钱啊，哈哈。”

喝酒的一拍胸：“够胆！”吃馍的抚着快要胀爆的肚皮：“那桃花运呢？”长须亭长指着喝酒的人：“一饮酒话就多。我也不知道说了些啥，信口开河呐。”那喝酒的还是追问，面色改成柔笑，眼睛眯成一条缝：“河里还是湖里开桃花？”

长须亭长：“一壶冲古意，千秋有同心。”他倒了半杯酒一饮而尽，酒瓶空了。鸟蛋要再开一瓶：“宁为他乡客，不做迷路人。好听，再来一瓶。”长须亭长急忙拦着：“鸟爷，让你太破费了，实在汗颜。”鸟蛋放下酒瓶：“嗯，几年门客没白当，礼数到。”长须亭长苦笑地摇摇头：“众客散尽，吕公只留下我，将他独生女吕雉，年方十七，当夜嫁给我了。哈哈，真乃缘分，天成一半，人为一半。”

喝酒的人不服：“那她可愿意？”长须亭长庄重地说：“吕雉自幼饱读诗书，知礼懂节，聪明伶俐，相貌可人。虽我年届三十八，她并未嫌弃，也许知其父才高八斗，观我这等模样，欣然遂听父命，令人感动。倒是岳母极为恼怒，与岳父吵了一架，后来才听说的。”

鸟蛋：“是岳母对，还是岳父对呢？理在何方？”

长须亭长：“鸟爷，自古理据八方，看的方向不同而已。”

鸟蛋：“有道理。”

长须亭长：“岳母埋怨：县令与你八拜之交，他公子求亲你不准，硬要女儿嫁年长二倍的穷差官。岳父讲我读了些诗书，且擅相面之术，说刘季面相贵不可言，只待时日自有贵人相助，神人护佑。今日三生有幸遇鸟爷，企盼神人指路。”他虔诚起身离席，给鸟爷行了一个大礼。

鸟蛋兴奋地手舞足蹈起来：“我不喜欢做贵人，也不喜欢当神人，倒愿意作为仙人给你指道。”长须亭长立即又行大礼，眼里盈出泪光：“鸟爷愿指路，刘季愿来世摘心割肺为你鸟爷效犬马之劳。如今已走投无路，贱妻已在寡家茅舍为我生下一女，现又怀孕在身。我解散他们劳役，各自求生，已犯下重罪，这日后的路陡峭崎岖，步步惊险，我命休毙事小，连累家人妻小……”说罢泪如泉涌，哽咽不已，众人想起后果，各自心悸伤哀抽泣一片。

鸟蛋看着众人高声：“有一条很苦的、很累的、很险的阳光大道，你们愿意走吗？”有人在悲伤中还没听太明白，大多数人都听清楚了。“光明大路。”不约而同，异口同声，几乎喊起来，“愿意！”众人被今天从未有的好吃好喝所震服，百分百地相信“光明大路”。

鸟蛋自信又神秘地向长须亭长与众人招手过来静听。所有人的脖子都伸得长长地挤过来。吃饱馍的两人肚子顶在桌子上，难受地捂着，侧过耳朵，生怕听错。

鸟蛋待众人鸦雀无声、盼天降甘露、谛听圣音最佳状态时，卖了两回关子后，突然咬牙高声重吼：“造反！”吓得长须亭长一下子失足溜到桌子底下，半晌爬不起来，高亮的额头上碰出两个一大一小的疙瘩，慌张坐起揉着，四处惊望，如被雷击。众人大多数吓得面如土色，有的摸着脖子，相互递着慌恐的眼神。

鸟蛋：“哈哈！”一阵开心狂笑，指着长须亭长头上的疙瘩：“你这老女婿，捡了嫩便宜，老丈人会相面，‘贵不可言’，这下可看走眼了，胆小如鼠，岂可龙骧虎步，雄峙鼎力，争衡天下。呵呵，桌下跪王也！”

长须亭长有些尴尬，拍打着衣服，跷起赤脚：“嗯，有些地滑，没穿鞋的脚溜顺。嘿嘿。”鸟蛋低身招手，捋着他长胡须：“心闲修头发，心宽修长须，小饭店枝花，你老丈人相面，今天我看到油焗了一般的长须扯在脏手中的狼狈相，都是因相生情。哎，人不可貌相，海水不可斗量，这么‘贵不可言’的长须，却长在你的下巴上。”他不屑地将长须往他脸上一扔，还戏弄地吹一口气，让几十根长毛飘起又慢慢垂下。长须亭长似乎听出话中分量，急忙退后一步捋理长须，施一大礼，推心置腹且慷慨陈词："鸟爷乃天上转世仙童，吾亦世间凡夫俗子，苛政严刑，饱受饥饿衣寒之苦，如今重税苦役，几十年杀戮战乱，横尸遍野，白骨累累，百姓被折磨成无椎之猪，鸟爷天神之音，'造反'，吾等死而无憾，妻室家小株连九族之罪，谁都心惊肉跳。'造反'二字乃皇帝最恨最恐二字，一旦酿成拖带骨肉亲人大祸，实在是心惊胆战，于心不忍。"一番话博得众人同理之情，垂头黯然伤神。

鸟蛋正色道："狗舔人脚在前，笔写千秋在后，生于乱世，活在非人之地，想置身事外万万办不到。请问来咸阳最让你羡慕的是什么呢？"众人互相观望，各说一词："羊肉馍真香"，"街宽、人多、热闹"，"一人要占几十里大墓"。最后长须亭长两眼冒着火花："始皇帝出巡威武天下，一眼望不到头的豪华车马卫队，鼓乐齐鸣，盔甲锃亮，刀枪闪着寒光。大丈夫就应该像这样啊！"他伸出舌头舔油腻的唇边，有些痴情地回味着。

鸟蛋两掌一击，众人一齐惊恐地望着他："大丈夫，小丈夫，只有一字之差。可谓差之毫厘失之千里，万事猜得到开头，猜不到结尾。如今的善良勤劳男人，累得像牛，屈得像狗，不是差兵送死，就是苦役如山，有妻子不能睡在一起，有子女不能抚养，有父母不能孝敬，哪里有人间公义，哪里讲世间公理。这一切都是坏皇帝一句话两句话、一个歪主意所造成。皇帝不讲善，不讲理，只讲威，百姓被逼到绝望，只有向死而生一条路，造反！"这一次说到造反，没有人惊慌，反而跃跃欲试，蠢蠢而动。长须亭长情绪渐渐亢奋起来："鸟爷的话咱们平时不敢说，不敢想，连听都怕；人乘理势，天掉下来当破帽子一脚踢开，回去不死也要下牢狱，这日子苦得没个头……"

鸟蛋："你们造不造反我都照常吃香喝辣的，亭长官小，敢吃聚散饭，放了你们生路，自投罗网，不计后果，实在少见，想一想患难之中，只能聚众之力才能找到活路。你们十几人虽弱小，自危难保，何不歃血为盟，皆为生兄弟，潜回家乡，专劫官粮，网罗人众，等待时机，举旗造反，拿下沛县，占土为王，自耕自食，造福一方。"

长须亭长眼里闪着火花，一捋长须，猛地拧开一瓶酒的盖，倒满一碗，环视一眼众人："鸟爷乃上界下凡神童，一番话醍醐灌顶，刘季年至四十，突然醒悟，感怀涕零，官逼民反，吾放众生解役之苦，已犯重罪，坐牢入狱，温水煮青蛙，不如九死一生，为民聚众而反，仅此华山一条路。"说罢左手理长须，用嘴咬破右手中指，滴血酒中。众人深受感染。喝酒的那人："亭长心善，放我等自生自灭，自己扛罪。伸头一刀，缩头一刀，死是迟早，不如感恩亭长之德而死，反！"猛地咬开手指，血涌碗内。吃馍的不停打着饱嗝："一辈子没吃过饱饭，今儿个羊肉馍撑破肚皮，值得反！"另一个年轻斯文匠人："哎，亭长放我生，生也是死，举目无亲，孤儿苦命，光棍一条，反！"十几人歃血为盟，誓言生死相依，永不二心，一反到底。喝了血酒，拉了盟勾。鸟蛋似乎做了一件大事，倾其所想，人最聪明的时刻，是帮窘境中人指路，高高在上，似神亦仙，习惯地手舞足蹈，帮众人提神打气："多事之秋，始皇帝暴戾，民怨沸腾，人心思变，与时偕行，顺势而为，造反乃良方上策。巧劫官粮，先护住性命，待时机揭竿而起，替天行道，定有云开日出之时。"

长须亭长："枉活半生，今遇神明指路，三生有幸，谢天谢地赐予缘面之恩。鸟爷在上，请受我等沛县中阳里穷兄弟三拜。"说罢一撩长衫，领颂着口令，众人一起整齐划一三磕头。鸟蛋高兴得在椅子上转圈："哎呀，礼重了，礼重了。我倒要送还一个大礼给你。"他指着长须亭长。众人惊愕，以为送大礼是一大堆金钱之类，都揉着眼睛想争着看个明白，因为鸟蛋出言吐气、举止阔绰任性。

鸟蛋严肃地站在椅子上，用手指勾一勾，示意长须亭长走近，用小指揽起他油黑的胡须："嗯，愿上苍应验你老岳父说的'贵不可言'。不过刘季这名字得改改，流了四季，太不吉利。"

长须亭长激动道："到底是神童转世，看出来了。家父骂我慵懒不种地，乡人嘲我小混混，老魏国做门客，庄主犯罪，第一次桃花运枝花生下大儿子刘肥，由于穷苦，月子里殒命。第二次桃花开，吕雉性烈如火，读了点书，不居娘家，非要到中阳里鱼头嘴茅舍生下女儿鲁元，现又怀孕在身，我这又犯了重罪……哎哟嘞，都是这刘季流了四季惹的祸，靠墙墙倒，到岸岸崩……"正在埋怨着，晦气地摇头晃脑，长须随之飘舞。鸟蛋大笑起来：“一个篱笆三个桩，一个好汉三个帮，你就叫刘邦吧。”长须亭长一砸手掌：“谢鸟爷赐圣名。喂，喂，从现在起大家都叫我刘邦好了。”鸟蛋乘兴高喊：“刘邦！”长须亭长：“鸟爷，刘邦在。”众人一起跟着嚷起来：“刘邦，刘邦，刘邦……”众人借酒醉饭饱之威逞能唱起“桌子戏”。

众人歇息，鸟蛋领刘邦去天仙台大卧房洗漱，还让身材与刘邦较相似的掌柜拿了两双旧靴，一套新内衣裤。当刘邦赤身裸体走到床边时，鸟蛋惊叫起来：“喂，你左大腿咋那么多黑痣呀，像粘在上面的黑芝麻。”刘邦笑着说：“我娘把我一生下来我爹也说，怎么左大腿上像撒了一把黑芝麻，当时就数了有七十二颗黑痣。”“啊，我来数一数。”鸟蛋蹭着扳着大腿一连数了几遍：“嗯，不错，是七十二颗。”“吕雉也数过，连连称怪，呵呵，我年轻时数过多次，天天见到，见怪不怪。”鸟蛋眼睛一转，若有所思：“喂，我洞爷说过，世上会叫的、会跳的都是数。猴子七十二数，人七十三数，你这痣像是少一颗，来，补上。”“啊，这样呀。鸟爷说补一颗就补一颗，鸟爷头上还有爷啊。不过，这痣是长的，咋补呢？”

鸟蛋大咧咧：“我头上的洞爷，才是天下真正有本事的爷。”刘邦瞪着大眼睛：“哎哟，难怪这些天我眼睛跳蹦得厉害，左嘴角无缘无故抽拉，像有人拽似的，原来是遇到鸟爷真神……”鸟蛋打断他的话：“神是别人眼里看的猜的，技高势必大，在别人眼里都是神，跟你造反的人从三十到三千、三万、三十万，你也就成了神，到了三百万，就成了天子，就是皇帝。”刘邦张着大口立着，一时惊呆得说不出话。

“来，过来补一颗黑痣，运气会好些。”鸟蛋左手拿着一根针，右手拿着一支蘸有墨汁的笔，在烛灯下将针尖在烛火上烧一烧。刘邦高兴得像过年似的：“啊，补一颗痣，就得志噢，运与气一贯通，亦为天助。”向上抬起大腿：“补哪儿好？”鸟蛋扒着大腿：“承扶穴、中渎穴、殷门穴、风市穴，就在风市穴上补一颗。”刘邦附和着：“对对，风市穴上补痣就八面来风。”鸟蛋笑道：“八面来风。”一针扎下去，几滴血涌出来。刘邦痛得“哎哟”大叫，又马上改口："鸟爷，一点不痛，是八面来风。嘿嘿，痒痒的，凉凉的，舒服。"鸟蛋将墨汁由笔尖揉进去，皮肤下变成一个小黑点点，再用清水擦干。待干一会儿，他用口吹拂着，然后："种痣啰，黑痣都一样。"刘邦高兴地瞧来瞧去："七十三颗，人痣。"穿上新内衣，鸟蛋眼睛一亮："啊，像皇帝。"刘邦："吓着我了。穷人一身新衣就变了一个人，像皇帝不就是因为平时穷得脏兮兮的。"

鸟蛋给他拿来一双半旧鞋："走路半旧鞋养脚，带一双路上换。新衣服就不敢给你穿啦。你打不过人家，遇歹人给扒了，说不定命都丢掉。"刘邦穿上半旧鞋，高兴地跺跺走走："挺合适的。这年头走路，越穷越破衣衫越烂越安全，见不得钱粮，连人长肥了，都会被吃了。"两人你一言我一语越说越投机，笑声连连。

鸟蛋："乱世造反，人人有坐天下当皇帝的机会，改朝换代，就看谁杀人多，谁就能当皇帝。人为占七，运气占三。洞爷说得好，皇帝重种田人，百姓有饭吃；万事都在变，而孝敬父母长辈，懂得感恩之心不能变。"刘邦揉着大腿，可能墨汁的作用有胀痛之感，长叹一口气："爷的爷说得有道理，可真做起来就难啊。"鸟蛋："当然，聪明人生就是，关关难过，关关过；笨人是，天天难过，天天乐。"刘邦慢慢穿上破旧外衫："聪明人最怕遇难事憋出内伤，需高人点化。"鸟蛋抽出双刀比画几下："外力只占三成，七成靠内在的锋利，就像太阳自带光芒。"说罢他手拿一把小薄铜尺，又递一把平常刀给刘邦，让他砍削。刘邦由轻到重砍削，刀刃卷口，他停下来。鸟蛋又递上一把刀给他。他用力一挥，"叮当"一声，那铜尺被砍成两截。刘邦大惊，望着两把外形一模一样的刀，竟然如此天壤之别。鸟蛋捡起那半截小薄铜片尺："来，做个纪念吧，一人一截。"他给刘邦一截，刘邦细心收着，鸟蛋拿着另外一截在手上敲敲："万事功夫在内，一家之主，一国之君，潮起潮落，都需要笃定初心，勤为本，善为基，方能久远。"

刘邦转着圈，思考着，突然一抖长衫跪在地上："上苍眷顾，我与鸟爷素昧平生，龄差三十有余，可是一夜话，让想抢不敢抢、想杀不敢杀的刘季化身为刘邦，如今豪情万丈，视死如归，为民请命，乱世求太平，做大丈夫，此次分别，天各一方，生死亦无定数，请鸟爷看在知遇缘分上，接护我孕妻平安人世，终生……”鸟蛋没等他说完：“哎呀，别婆婆妈妈的，多大一点事呀，不就是把吕雉与你女儿接来烟柳镇生个孩子嘛，老大不小的说跪就跪，男儿膝下有黄金，只拜苍天与双亲，本爷快意恩仇，厌恶暴君，造反，改朝换代，勠力同心，见人有份，哈哈。”刘邦嗫嚅半天，才爬起来：“谢鸟爷，吕雉由富裕人家嫁贫穷之人，只要她平安，我就良心安稳，再无其他牵挂。”“好啦，好啦，要造反千万不能想太多，开头得慢慢熬，糊涂过，义旗扛得起，自有勇者聚集。记住，技高成仙，势大成神。”刘邦抬腿向上嘟囔着：“技高成仙，势大成神。”

鸟蛋兴奋过度，少年迷睡，一躺床上就微鼾阵阵，享受着深睡不醒的人生时段。刘刘邦轻轻地给他盖好薄被褥，写下感激知遇思绪以及万千拜托将吕雉接到烟柳镇生孩子的信，并留下详细地址，还配上一张草图，然后蹑手蹑脚下楼，聚起十七人，且最担心那两个吃馍的撑破肚皮，趁月色微光抄小路出咸阳城，择僻道绕行，向南方走着，走着……

幸福的人，一生嫌短，不幸的人，一夜嫌长。“造反”二字可不是闹着玩的，是把脑袋拴在裤腰带上来回摆动的日子，从沛县丰邑来咸阳有建墓公文，可在驿站半饥半饿地领到差饭，现在都是逃劳役的钦犯，如萍草漂浮在异地他乡，如无主之犬天涯流浪。为了不引起人们的注意，除走陌生人稀的僻道之外，刘邦还特意将十八人分成三组，零落拉开距离，行装衣束也做了一些装扮，并约上一些暗号，防止被追逃时失散。

一路上掌心舀水喝，僻壤穷村也只有偷偷摸摸刨着地瓜、花生之类充饥。一连十几天一群人又累又饿，一个个有气无力地向前蠕动，偶尔那两个吃馍的石匠梦呓：“嘿，跟着鸟爷有羊肉馍……真香……撑死人也甘心情愿……”

刘邦常常独自“值夜”警戒，也苦苦思索着“造反不能老饿着”的对策。可回念一想，自己带的三十七工匠，病伤六人，逃跑十四人，留下这十七人，九个木匠、五个石匠、三个画匠，都是胆小怕事的厚道手艺人，包括自己在内，都没偷过抢过，更没杀过人，而造反就是拿刀挺枪杀人为生的。想着想着他猛地站起来，银牙咬得格格作响，两眼在月光下闪着火花，不停地卷着长须，心中暗暗下定决心："造反，就得杀人放火，生夺硬抢！"也在这时，他隐隐听到窸窣之声由远而近，借着月光仔细一看，蓦然是一条碗口粗的大蛇，向人群游过来。他警觉地抄起一根较粗的湿木棍，侧身避过蛇头，屏住呼吸，当那条大蛇吐着长剑舌迟疑于一群人的巨大热量时，他使动全身的气力朝着蛇头部后面的七寸处，猛地一棍，那蛇突然间被击中七寸，一下蹿起数尺高，又跌落在地，不停地翻滚扭动。刘邦此时毫不手软，对着七寸旧伤处狠打，血溅一地，边打边吼，众人被惊醒，都慌忙爬起来，饿中见肉，一个个兴奋不已。木匠掏出小刀剥皮："这是条菜花王蛇。"画匠："享亭长之口福。真看不出来你有这功夫。"刘邦拄着打蛇棍环视四周："咱们睡在菜园废草棚里，旁边有小池塘，有人住过的地方必有老鼠，这蛇在这地方待了些年头，把人当成老鼠，也是饿急了，撞上湿木棍，若不是打中七寸，它一定会溜掉。"他对众人扫一眼，意味深长道："造反，也应该有'七寸'的。"众人听后略有思索，有的点头认可。

火烧活蛇肉，造反的路上第一次有说有笑。众人一定要"杀手"功臣先尝，刘邦略做推辞后选了"打烂七寸"那段，边噬边望着苍穹，对着身边的小画匠说："喂，那是天狼星吧？"小画匠："是，最亮的那颗。"

吃着草根豆苗，四处躲藏窜走四五天，饿困至极，不知谁的毒舌又泛起："哎，饿死没人收尸，连野狗都没一条，只有虫蚁送葬啰。""唉，听说坐牢一天有一餐吃。""这半死不活的奔波，还不如做他乡池塘客。"只有刘邦一言不发，拄着那根"打蛇棍"不停地边走边看地形，晨暮观察天气，用心记录着一切，偶吐绿色酸水坐下来歇息时，习惯地举起那根"打蛇棍"梢端用鼻子嗅嗅，顿时如同打了鸡血似的立即精神抖擞继续前行。

这天爬上一座山岗，夕阳下看到"两山夹一沟"山冲里，散落几十户人家。两端高山剁平翘起，那地形活像一副天上掉下来埋死人的棺材。后来听说这地方就叫“棺材冲”。刘邦召聚众人停下。几个走下山岗的也退了回来。刘邦用“打蛇棍”指一指正对面一户殷实富户：“看清楚这户人家有几个男人、几扇门，退路在哪里。”众人知道不轻易说话的刘邦肯定有事，“要干大活”。大家眼里射出火焰，匠人们在认真琢磨，更多的是在寻找退路方向

太阳落山，深山沟变得格外阴郁肃穆，风声簌簌。刘邦给众人反反复复做了布置，说了许多激励与安抚的话，可是人人都手脚发抖，目光恐惧呆滞，连自己拄的“打蛇棍”也在战栗中。第一次用武力“造反”行动，如喁喁细诉的虫鸣，踩踏草木之音都能听到，瑟瑟喘息声浪逼向那座深山古宅。

一群人啰嗦着，互相拥挤着来到前院门，刘邦抬头细瞧悬挂着的朱漆金子门匾“镇晋左将军”。他灵机一动，从容走上台阶礼节性地敲门环。少时，屋内传来一老者不紧不慢的声音：“谁呀？”刘邦淡定回应：“晋府送差信的。”“啊，大老远的。”内屋灯亮了，一太太与老爷在咕哝着对话：“哟，老二差人来的。”“是半年多没个信。”“不是忙着嘛。”一会儿那老者大声吆喝着：“四仔，你二爷那边差信的来了，快去开门，请他们进来，沏壶茶。嗯，大老远的。”连喊几遍，并传出太太笑着埋怨声：“这娃，年轻瞌睡沉。”

“哦，哦，来啰！”厢房灯亮门开。刘邦与嗜酒的石匠从门缝里看到一个十八九岁健壮的小伙子赤裸着上身，光着头，拖着鞋，举着灯连连打哈欠向院门走来，无精打采地抽闩拉开门。“嘭”的一声，嗜酒的石匠照着光头猛力一棍，那壮硕之躯摇晃了几下，“噢！”极不情愿地闷声倒地。

刘邦冲上去接住他左手的灯，接着后边跌跌撞撞挤进来的人迅速将血流满面的倒地年轻小伙子反捆双手，口里塞进一团破布，四人拖着往里屋走，留下两人守住院门。

“四仔，四仔，咋啦？噢……”内屋老者有些惊慌地叫唤着，一边持灯与老伴披衣服来到客厅。“嘭”又是一闷棍，力道比上一棍略轻些，那老者头破血流倒地。老伴持着灯颤抖地惊叫：“啊，天啦！”一人上去捂住老太太的嘴，一人接过灯盏，两人将老者的手反

绑起来，口里照样塞进一团布。刘邦推开一间空房，让人抬着昏迷的一老一少丢进房内，反拉上门。刘邦带四人搜遍十七间房，只有一间房内有一妇人加九岁的女儿和十二岁儿子在床上依偎答话：“丈夫在太原郡从军，大哥在县城做生意，世代栖居棺材冲，厚道人家，四仔是远方侄子，学有武功，免军役劳役，看家护院……”刘邦倒抽一口冷气，暗暗庆幸：“壮实者开门，往往大意袒腹，慎者开门先拉一门护身。”捡了个大便宜。那大媳妇说的与自己搜查的基本吻合，放心来到客厅，心平气和地对少奶奶说道：“咱们不是强盗偷贼，实为民造反使者，只要你们不叫嚷不报官府，所吃所拿之物将会一一奉还。现在请你为咱们做一顿好吃好喝的，五更时离开。”

一席话让绝望的小妇人止住啜泣，慌忙着生火做饭，焖肉煎鱼，嘴里不停地嚅动，心中默念千万遍：“神仙保佑，积善人家，平平安安。”众人忙着搜索粮食，换掉破烂脏衣。他家大儿子、二儿子、老者、四仔衣服多，众人挑合身的穿上，将裤腿扎成粮袋，一人背上二十斤，找到七把雨伞，拿了一口锅及无数火石、火引及油罐盐罐。小画匠搜到刀笔墨砚及简牍，先用一小摞写成造反檄文：“诛霸官，均财富，民生之路”“暴君乱世，申冤杀官贼，造反”“躲亦死，不如抗死”“苦劳役，苛重税，造反造福于民”。刘邦述，画匠写。那执笔的年轻画匠，拿枪棍不行，笔到手上却如鱼得水，字清逸超凡，苍劲蕴含古意。他还别出心裁地画了楚国牦牛尾巴边框，落款画了朱红“刘邦”印章。做饭的少奶奶不时瞟上几眼，心静心安许多，并主动熬了许多糨糊装在竹筒内，方便室外张贴。刘邦情不自禁投以目光礼致谢。众人吃饱喝足，更衣换装，挑驮背扛，还带走一套木工用的利斧、凿子、锯，外加六个秦半两。五更时分，十八人组成生意人模样队伍疾速走出“棺材冲”，一直向南，所到之处如蚯蚓松土，青蛙入水，留下痕迹，溅起阵阵涟漪，朝野震动，官方恐慌，百姓兴奋不已。

疾速穿越两郡四县，一行人日落林中隐蔽造饭，夜半在各县城集镇张贴美妙的造反檄文。制作两步梯乃木工匠拿手好戏。“上两步”帖檄文告示，“高人一等”。天亮民众仰首围观，奔走相告，逐渐汇聚成人山人海，如同看大戏般热闹：“这字写得真棒！”“这镶边画得也好看。”“刘邦是神吧，一定不会是人啊！”“造反，咳，够胆。”待大多数官吏晌午赶到，且人矮一截扯不下那檄文告示，只有回去四处寻找梯子后赶到现场，慢慢扯下二十九处告示后，人们已经过足一天“造反”眼瘾，泄释了一辈子的怨恨：“造反这雄文说到俺心坎上了！”“比什么书、什么戏都好看。”“官府不会抓到刘邦吧？”“唉，人怎么能抓到神。”一石激起千层浪，无数祝福与空想在百姓梦里萦绕。“造反，每一天要当最后一天来过。”这是刘邦的口头禅。尽管节省，可十八汉子吃起来“坐吃山空”，有几天粒米未进，靠刨地瓜、偷南瓜、采野菜充饥，秦半两只能买到高价盐及日用品：“有钱难买粮，猪、狗、牛、羊、鸡腥味都闻不到。”

人们重回饥饿得半死的状态，连竹筒里贴告示的糨糊也被吃干净，还用水反复荡晃去喝了好几遍。刘邦拄着“打蛇棍”盯上了一大户富宅。这次除了棍还多了利斧、凿子、锯。人人求生的目光里闪动着血性的光芒，待黑夜来临。

这座临池面街富宅，是他饿扁肚子从方圆三十里五户人家中选出来的，相对独居。而外乡人却忽略了平原上依水生息的群落对盗贼防范早有一套实用体系，对陌生人异常警惕，特别是在兵荒马乱年月，穷富村民对抗官兵、匪祸、盗贼、歹人更齐心协力，对官兵多迂回，对匪贼则是因功受赏，也就是穷人抓到偷抢富户之匪贼，由富人奖钱奖粮。此招亦非常灵验实用。而刘邦一伙却浑然不知。

月黑风高是盗贼们杀人放火求之不得的好天气，而刘邦带领十七人靠近时，高一脚低一脚来到院门外，都已磕磕绊绊摔了好几跤。有的摔重了点，痛得龇牙咧嘴，给众人弄得心惊肉跳，如同沉船之鼠，进也不行，退更难，都希望此时天上有月亮光芒壮胆，伸手不见五指实在心中发蒙没底。

刘邦挟上次成功经验之威，因为院门上没有任何牌匾，他只有轻轻叩动门环：“老板，老板，我是过路远客，崴了脚，请开门，借杯水喝，在院内歇息一夜……”礼数到位，不卑不亢，乞求怜悯的声调，一连几遍呼求，听到一位老者亮灯起床的声音，像是门房：“哎，深更半夜的吵什么，烦死人。唉，真倒霉！”他将宽大的院门一拉开，而身子则藏在左院门后。喝酒的石匠冲进去猛地一棍劈下去，却狠狠砸在地上，震得手臂酸麻。瘦瘦的门房老者却大声吼叫起来："来人啦，抓贼呀！"不怵不惊，还一边抄起院门后的铁叉。"呼噜，呼噜"两条一黑一黄的恶狗同时扑了上来。"不叫的狗，硬下口。"这年头私宅养狗的极少，而养狗的十个九不吠，也是当年的一个民间秘密。有的说是给狗吃了哑药，有的说是一生下来就请兽医割了声带，也有的说是豢养训练出来的，不叫的狗嗅觉更灵敏，下口更狠。

"哎哟，我的娘啊，救命啦，救命啦！痛死我嘞……"嗜酒的石匠肚皮被黄狗的利爪撕破，小腿硬生生被黑狗咬下块肉，痛得他急忙后退，门槛上一绊一屁股坐下去，刚好碰上老画匠的右脚踏进，"咔嚓"一声，老画匠的脚踝骨断了："要命，啊，我的脚断啰！"两人呼天抢地喊痛，倒地一滚，爬着逃命。后面的人吓得魂飞魄散，互相争先恐后逃退，碰撞中跌倒一片，连滚带爬地夺路奔逃。后面是那门房沉稳吼着，将铁叉弄得山响："小毛贼还没拜师傅就行劫，哼！"停顿了一会儿，"砰"将院门闩上，回楼上同主人说了一会儿俚语，之后回厢房睡觉。那两条恶狗在井边嗅嗅，惊得夹着尾巴逃进狗窝蛰伏着，用爪子抱着鼻子一动不动。

众人跑出半里路，见没人追赶，小画匠又带人摸着找到被狗咬伤的嗜酒石匠与断了脚踝骨的老画匠，扶着抬着来到预先约好的集合点，十七人一会面大吃了一惊，没有了刘邦："领头的不见了！"大家一阵目瞪口呆。小画匠："走，咱十一人往回找，活要见人，死要见尸，你们六人在这里等，如果咱们天亮前没回来就散伙。"他商量着与十一人做了一番安排，带上斧头和火把备用。小画匠领头，众人一起摸着黑往回走。

约一个时辰后，众人在院门前停下来。这时随着院内水井的吊水辘轳转动爬上来一个人，他将"打蛇棍"先伸出来，他已听到院门外有动静，明白是来找他的伙伴们。在狗咬倒嗜酒石匠、门房夺门拧叉吼叫时，他已侧身来到院内，在进退无路时，见到院内的水井。他小时候也常在家里、邻居院内水井辘轳绳"藏猫猫"，便灵机一动滑下去。恶狗最忌惮蛇和虎，他将“打蛇棍”端露在井沿，狗嗅到“菜花蛇王七寸血”吓得躲了起来，无意中“七寸血”救了他一命。他抱着棍子来到院门前，拉开门闩：“我在这里，进来。”众人见到头领活着，信心百倍。小画匠反关上院门，点亮火把：“劈开厅门，来硬的！”这时，门房又惊醒，见外面有火把，赤着身子拉开门，刚要说话，小画匠抢过木匠手中利斧，二话不说，一斧头劈过去，那门房“哎哟”一声一只肩膀被劈断，胳膊掉在地上，血涌如注，倒地昏死过去。小画匠将斧头交给了木匠，用手一指，那木匠见小画匠如此勇敢果断，他冲到厅门，让人扶住凿子，自己用斧头锤敲：“木匠懂门。”一会儿闩断门开，众人分头到各屋搜人，不料所有房内空无一人。众人正纳闷：“难道只有门房一个人？”“不对，下午看到院内进进出出有人的。”正说着，突然后门池塘内锣声大作，喊声骤起：“抓盗贼呀，抓盗贼啊，抓着有赏！”

众人已成惊弓之鸟，突然听到锣鼓敲击与捉贼声，还有说“送官府”的，似乎已经中了埋伏，举着火把夺门而逃，只恨爹娘少生两条腿，一路狂奔。只有小画匠刚冲出厅门，举目四顾，略一思忖，拉着刘邦：“亭长过来。”两人返回室内，推开储藏室，将上面挂的几只羊腿取下。小画匠背了三只，给刘邦背了两只，两人不慌不忙，举着火把，反手带上院门，追赶逃者同路而去。

山岗上刘邦停下脚步，转身用手指着池塘内两只小船对小画匠说：“敲锣打鼓送行啊。”小画匠摸着羊腿，已累得满头大汗：“是我们在凿门闩时他们从后门溜到船上的。”刘邦意味深长道：“任何时候都得留一手。”小画匠天真地接话：“我师傅告诉我，人是两条腿、四条腿和没有腿的动物中最坏的东西。”刘邦用“打蛇棍”敲敲羊腿：“人若没有操心的事，就跟狗没有主人一样。”小画匠瞪大眼睛有些诧异地问：“呃，那两只凶狗，怎么一点动静也没有，中了邪不成？”刘邦理了理胡须，调侃道：“我是阳间摆渡冥艄公，不知道四条腿畜生的奥妙。”小画匠脱口而出：“冥公不知道的事情沛公知道。”刘邦一震，盯着小画匠：“哈哈，可不是，沛公知道。哈哈，有趣，有羊腿吃啰，哈哈。”发出一串少有的开怀大笑。

“咱比贼穷，最饿掉心，谁家锅底白呀？天上雷声一个音。”丛林中焖羊肉，人人开心，手艺匠人们有的哼起歌谣，有的敲着竹筒和着。当然，有人夸小画匠手快：“撑死胆大的，饿死胆小的。”小画匠正聚精会神、全神贯注地画着新檄文告示：“造反！炒豆发芽，铁树开花。”

富人家的羊腿炖熟后又香又嫩，到了造反人的嘴里只恨胃小。刘邦在盘算下一个目的地。断了踝骨的老画匠吃饱后，拉着小画匠挪到一边：“本来祖上世代靠手艺为生，想不到要到咸阳做苦役，现在又造反，这不是我的本行。哎，一点力也使不上，现在这脚又拖累大家了，嗯……”他眼泪在眼眶中打转，将一包东西交给小画匠：“你年轻又机灵，以后若到丰邑，若我多病妻子、儿子还在世，带我儿子做做手艺，混碗饭吃，天下父亲总是……”他哽咽说不下去了，小画匠也动了情地陪着流泪：“不怕的，我扶着你慢慢走，亭长不是说了，让做个担架子抬着走吗。一起出来的，一起回去吧。”老画匠回头看了看正在做担架的两个木匠，摇头苦笑：“谢了！”又对小画匠说：“沛县在那个方向吧？”小画匠认真地四周打量着，顺着老画匠指的方向：“应该是。”老画匠低头不语，这时正好刘邦叫小画匠过去画写檄文，他拍一下老画匠瘦弱的肩膀：“叔，我过去一下。”老画匠没抬头只是点了点头回应：“嗯。”

身在异乡，大家都喜欢日之黎明，迎接新的一天，总想有个好运气，刘邦总是第一个醒来，习惯性地伸伸腰，遥望东方。昨夜已布置，五条羊腿还剩三条，配上地瓜一天吃一条，三天后到达陨邑边界，见机行事，又要干一单。每人都在想那富户是咋样的，因为造反除了走路就是劫富户，是另一门手艺。刘邦计算了一下路程，还有二十七天左右就可以到达沛县丰邑中阳里，自己的家乡。

众人正准备离开，两个准备抬担架的木匠却找不到老画匠。四处寻找，原来他已经吊死在一棵树上。众人心中哀伤至极，毕竟是第一位一起造反的人离世。小画匠哭成泪人，反复打开小布包看：“他不想拖累大家呀。”众人更心酸。嗜酒石匠拄着棍子摇动着狗咬的腿尴尬得一言不发，因为平日他的力气最大，嗓门也最大，如今只有落在最后，瘸着一条腿，使出吃奶的劲闷声追赶。

造反，体力活——死得起，伤不起。

刨了一个坑，用担架抬着尸体入土，盖上很多树枝，看不到本来面目，又盖了许多土，算是“厚葬”。刘邦领头三拜，离别时示意众人：“能记住这地方吗？造反若成功了，来祭祭。”小画匠依依不舍地最后一个离开，还用小刀刻了一些花，念念有词撒在坟上：“阳刻见刀，阴刻见色，叔，睡足睡香哈……我走啦……”

吃完最后一只羊腿，众人紧腰扎裤，沉闷不语，如同大限临头，饥饿得逼仄，这次精挑细察选择了陨邑城边三里地左右，一家气势恢宏的独户大宅。从后山丘俯瞰，这座古宅有些年头，虽然年久，并未失修，保养得当。奇怪的是，院子里除了两三个孩童玩耍外，竟然养了猪鸡鸭鹅，这在当时饥不择食、盗贼四起的年代极为罕见，也正因为院内那些悠闲走动的肉食，让十七个泛酸的胃蠕动不已，“且行大事，莫问前程”的造反人，劫定了。

天遂人愿，月远如盘，银光泻了一地，天气不冷不热，夜莺煽情地鸣唱，像是订了约似的为这群人怂恿打气：“不要怕，慢慢来。”

一队人下到山丘脚下，嗜酒石匠与其他身体略弱的三人背锅挟卷前往下一个会合点。十三人快到宅前，小画匠拉了一下刘邦：“你在我后面，这宅子不简单。”他压低声音，在刘邦耳朵旁叮嘱。刘邦像被蜂蜇了一口，紧握着“打蛇棍”后退两步，审慎地重新扫视一遍古宅，侧目瞟了一眼退路，跟在小画匠后面向宅门靠近。

木匠用凿子捣开院门，众人蹑手蹑脚鱼贯而入，刘邦暗喜：“这家人比较大意，家禽入窝，家猪归圈，连看门护院的狗都没有。”他抬头看又明又亮的圆月，似是如愿顺遂的征兆。此时撞门的木工又轻轻弄开客厅大门。本来如果在一楼储藏室、厨房弄些吃的离开可能万事大吉，而无经验的造反人，还是按上次经验上到二楼撬门，大概是想让主妇为其做饭，毕竟陌生地不熟悉，况且十六位手艺人没有做厨师这一行的。

两个木匠同时拨弄开两扇门，正要探头内窥，不料两声大吼，震得寂静月夜如同晴空霹雳。从声音中可以听出气息传递着极高的武功修为，同时两把白刃利剑将凿门木匠穿胸而过：“大胆毛贼，瞎了你的狗眼！”“找死，老虎头上挠痒。”“嘭”“嘣”一脚一推，快如闪电。两木匠尸体从二楼阳台飞落在院内地上，鲜血四溅，离刘邦站的地方只有三四尺。后面跟着的一石匠、一画匠吓得转身就逃，其他人从楼梯口冲下，碰撞中跌倒一地。手持利剑的两青壮年不依不饶，怒不可遏，出房追上两步，一刺一推石匠，画匠背部中剑，锋从胸前穿出，从楼上滚下来，扭动一下，“哦”一声叹气，一命呜呼。众人吓傻，刘邦急得大叫：“住手，我们不是贼，是造反的，只想求生弄点吃的，勿伤性命！”那两青壮年一听说“造反”二字互相一愣，可能觉得话语新鲜，停住脚步。这时两媳妇模样的妇人拖着受惊的三个小男孩和一个小女孩，来到阳台张望。这时一老夫人披着衣服也来到阳台上，她扫视四周，鄙夷地看着刘邦：“要吃的说一声，何必撬门入室，掘行贼迹，是造反的去官府闹腾，干吗三更半夜骚扰民宅！”声音不紧不慢，居高临下，极为愤懑。

刘邦哑口无言，羞愧又怯怕。“滚，要不统统送官府！”那执剑青年怒火燃烧，吼喝声震得众人惊慌失措，夺门奔逃。刘邦还想说什么，被小画匠拽着往外跑，几次回头张开口，欲言又止。凡是造反的最怕见官府：老鼠忌猫。

众人拼死逃到预约地点，钻进树林中，一个个心都快要蹦出来。做手艺的匠人从来未见过如此搏杀的阵势：“这……这造反…….太难啦……”“哎呀，那剑杀人……像……像……穿豆腐……”“一口气四人没命，胸膛‘通风’……太危险啦……差点送……官……官府砍头。”嗜酒石匠不停地擦着脖子上的冷汗，另几人不停地探头望着小画匠扶着刘邦喘着粗气赶来。小画匠不时地回头张望，怯怕有人追来。

“嘚嘚，嘚嘚”一阵急骤的蹄声狂风般卷了过来，清一色雄健黑马，月色下滚起浓浓尘灰，盔甲铿亮，鞍上盾牌悬挂，腰挂利剑长弓，背上倒插雕矢羽筒，左手提盾，右手举刀冲上来，一下将刘邦和小画匠团团围住：“可是造反的刘邦？”怕什么来什么，两人在路边空地处躲闪不及。那飞马说来即到，打着“咴嘶，咴嘶”响鼻，刨蹄哮缰，不耐地瞪着大乌黑眼睛瞅着陌生人。树林里造反工匠们吓得大气都不敢出，缩头龟似的趴在地上：“追兵来了！”“死定了。”“刚才那古宅住的是官兵呀。”“小鬼见到阎王爷，消命啊。”

小画匠哆嗦着：“哎哎……不是，不是，刘邦……不是……造反的……是做买卖的……”树林里的人听到也恨不得大声喊：“不是刘邦……不是……造反的……是做……生意的……”刘邦一看围着自己的共有七匹膘肥体壮、黑毛如锦缎的上等良驹。马上的人其中两人年轻精瘦，其他五人如同一个娘生下来的，豹眼狮鼻，壮硕无比，每张布满横肉的脸上都烙上各种不同的伤疤，一眼看上去，长得都像是靠杀人为生的活标本。

一头目模样的壮汉，不满意小画匠的回答，豹眼圆瞪：“嗯？”发出一声低吭，像是阎王骂判官。吓得小画匠脚一软一屁股坐在地上。刘邦弯腰将他一把拉起来站着，轻轻拍拍他屁股上的灰尘。就在这一瞬间，他发现这七名武将打扮的官兵铠甲上没有虎符号。因为他在当亭长时常与官兵打交道，更让他疑惑的是，如今官兵慵懒无比，极少子夜追人，不是攻城大战骑马军士从不鞍子上悬盾，与那头领军士四目相遇时感觉并不含敌意，除说话头目外，其他四名处在极度警戒状态，这在秦军中绝无仅有。

刘邦思索：“这一伙可能是落草为王的流寇，我等手无缚鸡之力，对抗无用，也无钱财赎命，伸头一刀，缩头也是一刀，不如大丈夫赴死磊落些，干干净净地去阴间好了，自己与画匠被带走，还可以保住丛林中那十一条性命。”他从容地捋一下长须，器宇轩昂向前两步，礼节性地拱手一揖：“在下正是造反头人刘邦，诸位壮侠，半夜三更为何围堵，拦我等去路？”树林里的同伙听到刘邦命悬一线，危难之中，声如洪钟，一字一句，铿锵有理有据，丝毫没有半点怯意，自己却躲在暗处颤抖不已，实在汗颜，更佩服亭长大义于胸泰然自若的修为。小画匠听到领头人一席话如此从容淡定也跟上一步，昂起头吹一响亮好听的口哨，配上一个拥“鞭”手指，紧贴在刘邦左肩，静等风云。

那虎目军头模样的壮汉，一剪腿翻身下马，左右一拍锋利无比的大刀片，兴奋地围着刘邦转了几圈，不时刀花翻飞，在刘邦脸上、脖子上掠过。刘邦轻轻拉住小画匠战栗的手，自己的腿脚也不住微微发抖，鼻尖渗出的汗珠在月光下格外晶莹剔透。“嗖”一阵凉风从刘邦脸上刮过，还没来得及反应，眼前一黑，几滴鼻子上的汗珠挂在了雪亮的刀片上，林子里的人都捂上了眼睛。

那人托起刀片，鼓起腮帮用力一吹，几滴鼻子上的汗珠飞出数尺，消落在近处草丛里。他突然将刀扛在右肩上，仰头对着圆月发出一串串狂笑：“哈哈哈，终于找到了！”

刘邦与小画匠一个对视，心中免不了有些发怵，事发突然，不知对方的底细，只有强装镇定，听天由命。

“下马！”一声沉闷的低吼，瞬时马上六人托腿一滚齐刷刷地站成一排，身手极为矫健利索。刘邦惊骇不已，满脸大汗淋漓，脚下筛糠般微抖，幸好清风吹得长发衣衫飘，遮掩了窘境。小画匠紧攥着刘邦的手，心中暗暗叫苦：“哎哟，我的娘，死得不是地方。”

“拜主人。”又一声同样不可逆的训令之声，七人像唱戏似的放下刀，撩起袍，整齐划一地行了三拜九叩大礼，惊得刘邦仰天而笑，瞬时能量充盈，喜得小画匠满眼都是泪。刘邦上前一一作揖：“礼重，礼重，请起，请起，此地不宜喧哗，借一步林中详叙。”

林中十一人一个个冒出来，笑逐颜开，帮着牵马提刀，一起拥入茂密的修竹林里。

露珠普降，逆天改命。原来这七个是朝廷正在缉捕的重犯，由于屡屡破网逃脱，亦得两个绰号“一阵风”和“五虎两彪”。他们个个骑术精湛，人人身怀绝技，又深谙军队捕手的套路，作案手法多变，神出鬼没，时隐时现，令官府头痛不已。

为首的叫屠正魁，原是骠骑大将军左成烈的先锋将，攻城略地，战功赫赫，灭了齐国后回师咸阳镇守，无仗可打，闲军多祸，顶撞了赵高在军中的亲信，被陷害谋反罪，连带百余人打入天牢，更让屠正魁绝望的是“收回御赐封地房财，祖父祖母、父母、堂叔、妻子儿女一族四代三十八人被斩首”。天降横祸，冤死不如重生，行刑那天，他串通十九人劫法场，一脚踢破刽子手肚皮，反手抢到屠刀，相互割断绳索，杀死监刑、验尸官等官兵不计其数，最后冲出赶来的御林军重围的只有十二人，中途一次劫官府时中了埋伏致五人丧命，现在七人中有两个亦是咸阳宫上房揭瓦、入金库打洞大盗，一个叫“钻天猫”，一个叫“入地龙”，被耿飞图驾鹰犬所擒，在狱中与屠正魁拜了把子。如今七人犯案无数，朝廷缉拿风声趋紧，迷茫中见到刘邦所张贴的檄文，词犀字美，锦绣珠玑，显王者之大气，所以一路上追随七县三郡，暗中观察护卫。刚才见众人逃出，又逢圆月当空，所以屠正魁决定：“今儿个吉时天象，拜见主人，一起合力造反”。

时至五更时分，修竹林中传出屠正魁自信的闷吼声：“小菜一碟。”

刚死了四个人的那栋古宅三方突然失火。古宅东边柴房烈火蹿空，小画匠与入地龙在南角，钻天猫立于屋顶上同时大声呼喊：“快逃呀，起火啦！”“烧死人啊，没命啰！”古宅里男女老少从梦中惊醒，都冲到阳台。火光中，那两名男青年飞身下楼，白色长衫飘飘，从厨房提水桶奋力灭火。“嗖！”身后一支利箭穿透胸膛，一名青年极不情愿倒在火中。阳台上一阵哀呼。另一名略年轻者猛回头，“嗖！”利箭深深插出咽喉，他奋力拔出，将箭矢抛向黑暗中的屠正魁，血如喷泉射出，怒目圆睁望月。兄弟俩一起倒在越烧越猛的烈火中。

小画匠用手指着柴房对刘邦与众人说：“那四人尸体已烧成炭，抢也没用。”刘邦哼了一声：“火葬升天为福。”屠正魁像进了自己的宅子，极为熟练地牵出两匹骡马，架上篓筐，装粮塞肉，将几袋钱财搭在骡脖子上。钻天猫听到猪在圈里被烧得叫唤，他放开圈门，三头热烫晕头的肥猪冲了出来。他一刀砍下猪头，找一床被子一裹，放在骡篓筐内。入地龙则提着几十只烧得半生不熟的鸡，用绳子扎住鸡脚，吊在骡架下……

过度惊吓，忘了悲痛，老妇人带着两个媳妇、三个孙子、一个小孙女下楼，向院子门外走。大孙子突然返身冲入房间拿出两把短剑，给弟弟拿着。他母亲模样的中年妇女将裙巾打湿边走边给他烧卷的头发和留有火星的衣带揩擦着：“要剑还是要命，真不懂事。”轻声爱责着，并抢着将他脸上黑灰抹去。小孙女倒是很怕生人，更不在乎房屋起火，牵着老妇的手："奶奶，咱们上哪儿去呀？"老妇人弯腰亲一下她红润的脸蛋，云淡风轻道："找你三叔去。"

屠正魁见两骡架篓堆得满满的，火势快要封住院门，刘邦呆呆地望着火中垮塌的柴房，屠正魁道："主人，走。"众人怀着极为复杂的心情离开。

突然，院门外有人大叫："不好啦，坏啦，马不见啦！"屠正魁等人赶出来，四周察看，东方破晓，天已微亮，借着晨光钻天猫指着远处一队人马："吃一亏，学一乖，在那里。"众人争着遥望，只见那老妇人骑着马，带着小孙女，拉着缰络，不疾不徐，逍遥闲行。

屠正魁懊恼，一锤大腿："急中有失，怒中无智，又上一课。"刘邦上前拍拍他的肩膀："成人不自在，自在不成人。"算是鼓励与安慰。小画匠上前又拉住刘邦的手："这宅子不简单。"刘邦回头望着猛烈的大火，眸里似乎溅射出千万朵金花，他关爱有加地拍拍小画匠的手："有志不在年高，你的话我记住了。"说罢又用指轻轻刮了一下他的嫩中显辣的小鼻子。有了吃的嗜酒石匠兴奋不已，拄着棍子，拉着骡子格外卖力。

有粮，有肉，有钱，有骡，没有马，一群人在太阳未升起时渐行渐远，消失在崎岖山道上。那古宅却烧了三天四夜，最后一场大雨将其熄灭。

始皇帝三十二年，始皇帝第四次巡游回咸阳，也是大秦有史以来最糟糕的年份。天怒人怨，咸阳七十一天没太阳，乌云蔽日，还有十三天狂风卷沙尘飞扬，天地玄黄。也在这时，凑巧天降陨石，砸地十余丈，坑深六尺。村民以为是宝石挖了出来，巨石上却有镶凿"祖龙死"字样，这可是石破天惊奇事。一人传十，十人传百，人群纷纷不断前来围观，迅速蔓至全国，特别是筑长城、建阿房宫、筑骊山墓的工匠们，心存怨恨，茶前饭后添油加醋，咸阳城闹得沸沸扬扬。始皇帝下令询查，官府回复："确有此事。"赵高一口咬定："人为偷刻。"始皇帝恼羞成怒，责令查出刻字人，可三番五次查不出，当地百姓人人如同集体吃了哑药，只摇头，不开口。始皇帝龙颜变色，怒发冲冠，发出极限红龙诏书，将方圆百里官府至百姓杀光，一个不留。三千禁军一共杀了二十余天，不分男女老幼一律斩首除根，五十余年内无人敢踏足这片冤魂之地。千年后这里定名“天石县”。相传“天石县”在涓水流域，每三十年狂风暴雨中，苍穹之上天门大开，阎王手拿朱红笔和生死簿显身数罪一时三刻，大地上鬼哭魂号连续三日。

屋有基，树有根。始皇帝性情暴戾，嗜杀成性，可他没亲手杀过一个人，一辈子只打过最疼的儿子扶苏一次。嬴政出生在王宫，自然要读书写字，学习宫廷礼仪，算得上贵族教育。可他自幼患哮喘病，当时这病也很普遍。而他是王子，母亲又对他恃病任性百般迁就，放纵他唯我独尊，哮喘发作，一时气息接不上来，咳嗽得不能言语，他就怒眼带泪，将室内一切砸得一片狼藉。久而久之，这种习惯成了秉性，千万人头落地，文武百官心惊肉跳的“恐命症”。

这哮喘病在他年轻时极少发作，而且年轻时多在外征战，旷野空气新鲜，且又拥有王翦、蒙恬、李信众将攻城灭国，屡屡获胜，雄才大略，豪情万丈，不猜疑人，喜欢奖励功臣士兵，不杀富人，每灭一国开心不已，身体健壮，所以哮喘病从未发作，与众臣名将理性共事，贵族血统，公私分明，批奏阅卷极为较真，亲力亲为，这在王室出身的王者中实不多见。他也因此深受朝野上下敬仰，皇威如日中天，留千古一帝美名。

强人畏因，凡人畏果。第四次巡游，实际是提前回驾咸阳。二月龙抬头出城，太史令那帮江湖术士看日子，测时辰，原定腊月初八回朝，结果老历七月酷暑难当，始皇帝连续两次在豪华厢车里闷热得昏倒。这十八辆豪华至极御厢车，工匠都是按北方气候设置，简直是密不透风，只得弃车到驿站治病，满室装几十桶清水清凉降温。一行妃子美女在车内高温中暑，病倒一半，士兵更是苦不堪言，盔甲刀盾在烈日下闪闪发光，皮肉被烤得脱皮起泡，蒙毅无奈下令便衣夜行，并不断补充灸伤军士，赵高本想作梗，奈何这奇热令天地变色。九郡大旱，天命难抗，天子也就讲不了“威仪”，始皇帝只得下令提早班师。

巡游比筑长城、建阿房宫、修骊山墓更直接劳民伤财，一路接驾回避，百姓不能出门，市闭栈关，“三十里无活人”。本来大旱，还需要奢华的衣食住行，灾年官员着朝服接驾，一跪几个时辰，有的干脆昏倒，人事不省——天灾人祸，百姓苦，官员累，皇帝热病倒。第四次巡游“龙体欠安”，为始皇帝之死埋下祸根。

第二十一章

福无双降，祸不单行。天与人作对，神仙皆不露面。回到咸阳宫内，远比御马车厢舒适万倍。可是赶上乌云蔽日黄沙滚滚的鬼天气，诱发始皇帝的哮喘病。一病三烦，而一呼天下应的皇帝患上哮喘病，可是万众官员百姓的致命克星。心烦意躁，必定是暴跳如雷。这哮喘病令教书先生、看病郎中、官员、皇帝最忌讳，因为都是靠说话吃饭的职业，越躁越暴，越是病情加重。而暴君魔头得了这种病，朱笔下就多了数不清的冤魂。

丞相李斯，颜容清癯，目光炯炯，微翘下巴，笑起来一口白牙，看上去极为清爽，总是对政敌亲和客气："嗯，哈哈，是，是。"摆出一副认真聆听的模样，身子前倾，略侧右耳，眼珠子在认可似的转动，而暗中却排除异己，极力培养出自己的"小团窝"。拉帮结派时，他常与赵高"体系"碰撞，多数各自后退一步。因为他俩都毫无战功，靠巧舌如簧地钻营，费尽心机地阿谀奉承，爬上至高官位。而始皇帝灭六国时，倚重武将，常常一起议攻城破阵，结下风餐露宿同甘共苦之情谊；入主咸阳宫后，即疏远功臣武将，极喜欢赵高、李斯和任贯兴等百依百顺，天天时时如狗一般跪地舔脚尖，媚笑奉承，时间一久，天天滋润，偶尔听耿直重臣之谏言，似患皮肤病，浑身不舒服，多了还因爱生恨。受人捧，金口玉言，万岁不老——几千年封建皇帝们的绝症。

李斯上奏："罗列金、张景奎、赵托、冉奇哲谋反。"附上厚厚一本证词证据。始皇帝一边咳嗽一边心不在焉地翻动着奏书："何必一人睡一座山的墓，太浪费。人死了睡多大地方都一样，啥也不知道。""修长城劳民伤财，种稻谷去，饿殍遍野。""为了一个小丫头建一座宫殿，花掉建上千个上万个军营的钱。"始皇帝再也看不下去了，心中怒火燃烧，气一急一连喘得脖筋直暴，满眼噙泪，自己抱着胸伏靠在御桌沿上，稍一平静，速挥笔："罗列金、张景奎五马分尸，赵托腰斩，冉奇哲、刘昊辉、伍俊山活剥人皮，徐希磊下油锅，肉饼众官分食。"赵高趁机兴风作浪，召集所有咸阳高官及周边郡官驻军首领，念了李斯丞相的奏书，高声宣读诏书，与众军众官亲场临刑。最恶心的是人人吃了徐希磊这个平时爱说爱笑、心直口快、大嗓门骠骑军营年轻新秀将军的肉饼，实在难以咽下。因为平日相识，顷刻活人成肉饼，此极刑让文武百官惊骇不已，人人自危，脊背发凉，夜夜噩梦。

这一段暗无天日的日子里，赵高排除异己，瞒天过海，张冠李戴，栽赃编谎，强行按押，罗列各种罪名，除主犯五马分尸、腰斩、活剥人皮、下油锅等极刑外，株连九族，斩草除根，不留后患，是始皇帝、赵高、李斯和任贯兴的共识。

一次次血洗，一次次冤魂哀哭，暴君主政，豺狼当道，江湖术士们领赏婪财："夜观天象，陨星围北斗，除异保主。"这一切又都是赵高暗中不显山不露水的安排。奸臣无功自伟，一系列的清洗，为他们日后操纵朝廷、指鹿为马、灭杀秦二世胡亥埋下深深伏笔。人生百态，世界上没有一片叶子的纹理会一模一样。中国几千年杀人最多的魔头皇帝中，唯有始皇帝不杀大功臣。历史巨石上留下难能可贵的一镌：王翦、蒙恬、章邯、李信、姚贾、魏缭、冯劫、王绾均是老死或被赵高所杀。当然始皇帝睁一只眼闭一只眼任李斯和姚贾合谋害死韩非子之外。更难能可贵的是，他灭六国后不诛戮王室，反而只对中低层部属处以极刑，却株连九族。因为怕造反、恨造反，是所有皇帝的痼疾通病。

重病遇鬼，咸阳天上没了太阳，出现半明半暗白昼不分的天象奇观。蝗虫随之铺天盖地卷来，将旱死的秋粮枯叶及所剩无几的绿色植物啃食殆尽，来一个刀刃舔血，趁灾打劫，咸阳方圆几百里只剩黑屋黄沙。

乱世奇招，蝗虫也不是一无是处，灾年饿殍遍野，树皮野菜果腹，饥民们见到活蹦乱跳的蝗虫视为肉食，衣捕被掳，当成口粮，人蝗大战。如同秦军灭国略地，有过之而无不及。三天两夜，人定胜天，蝗虫从未见过如此阵势，不知从何而来，从何而去，一夜无影无踪。有人说蝗虫突然生成是“神仙撒下的飞蚁”，兆示要改朝换代。无论如何猜测，蝗虫灾来了就没好事，而且自古到今都来得不是时候。

“收鸡毛，收鸡毛，一根鸡毛百年命。”赵高让朝中太史令别闲着，说是天上不出太阳，派人四处收鸡毛“渡人命”。穷人千家万户无“毛”可拔，倒是所有富户的鸡鸭鹅都被拔成裸体后，鸡们都病得瑟瑟发抖。这年头连鸡都流出哭泪。

赵高一刻也没闲着，天地变色之时，大多数官员萎靡不振，愁眉苦脸，偷偷叹息，可他虽骨瘦如柴，却格外精神抖擞。三勾眼凶光不停地扫来扫去，诡异时分，一心想让主子高兴。他使劲全身解数，有序运转咸阳宫，四处征粮，千里之外野禽兽如常抵达，美女入宫，据说他自己必喝“十八参汤”。除了天上没有太阳，昏天遮日，咸阳宫照样歌舞升平，吃山珍海味，与有太阳没什么两样，天是天，地是地。

越穷的人越想富，越苦的人越想往上爬。赵高家几代做祭司，给死人磕头诵经，摆仪下葬，与孔丘一个职业。他形体猥琐，为人龌龊，可是天性机灵，数次王宫富户出殡积累了经验，在极有分寸挪动、不断提示痛劫中哭跪王孙时练就了胆量。他把祭拜与风水逐步延伸到宫廷管理，处处有条不紊，适时创新，到如今巧操天下，令始皇帝有时讨厌他，却又离不开他；勤奋积极，事事顺从，为王喜为王忧，当场潸然泪下，如奴如狗，鞠躬尽瘁，凡事极会讨巧，乐此不疲，既是技术活，也是体力活，文武百官仅他出类拔萃，咸阳宫中难寻第二。

伺候始皇帝容易吗？千古一帝，咸阳宫，龙腾虎栖之地，尸山血海，金戈铁马的岁月，六国归秦大统，止沙生绿，谁都知他胸怀宏图大愿，谁懂他也有最柔软之处？赵高违反军规，私制“虎狼师”证，触犯死刑，却是始皇帝向蒙毅保释出狱，官复原职，也仅此一例。法与情之间，只能意会，不能言传，该算是君臣相依、相生、相克的佐证了。

太史令养的一群江湖术士掐来算去，谁都不敢肯定地说哪天出太阳。赵高把他们臭骂一顿后，又命咸阳卜卦测字先生各地探问。这些人见朝廷大官问凶吉，都“这是星爻，阴像阳坤”乱掐一顿，胡摆一气，都不敢硬说哪天哪个时辰出太阳。最后还是耿家传话：“九月九重阳，巳时三刻唤醒阴沉，日头高升，阳动而行，阴占而藏，阴极返阳，阳还终始。”这是髯翁在青铜关梅岭托耿百万之问，让绿衣人送达字封。

赵高似乎嗅到了某个灵动之契，没让耿百万见皇帝，自己赌起天运。他即刻让太史令的江湖术士们在咸阳城四面设高坛颂咒作法，并报始皇帝与咸阳百姓“九月九巳时三刻迎太阳”。一时挑起君王、百官、百姓极端好奇，将信将疑企盼太阳升空重出。这一赌，性命攸关，天下人皆为裁判。九月初六、初七、初八三天，赵高与众江湖术士，如同热锅上的蚂蚁，坐卧难安，急得大汗淋漓，心中只有祈祷之份。

“嘚嘚，嘚嘚”一阵特别急骤的马蹄声，引起北城门守军的紧张。有的在瞭望，有的提三角拦马桩伸着脖子竖起耳朵等候指令，还有的弓着步子挺起长枪。因为这一群神骏奔驰得太放肆，近城门五百尺还不缓步。一般外来军兵都得下马查看证牌，就是御林禁卫也都勒马平速入城。

“啊，数清楚了，共十四匹马。”瞭望兵大声喊叫。一匹皮毛油亮、体格雄健乌黛马上坐着一位青年将领，金色黄金锁子甲，在暗无天日、乌云遮住太阳的驿道飞驰，格外闪亮，盔缨舞动。这缨须乃铂金所制，异常华贵，也是权力的象征，大秦国只有两人能佩戴。近城门百尺，左边护卫右手一扬，一面三角黄丝镶边瑞兽旗举起，那年轻将领不但不减速反而猛加一鞭，九名护卫同时短促发出低吼：“闪开！”这时年轻将领已冲出护卫核心位置，大半个身子挪出。“闪开！闪开！”一个更急促的命令声在尖叫，那人正是北城门守将盖亭，他已认出那黛马金甲的年轻将领是始皇帝最心爱的儿子、百姓心中的太子扶苏。盖亭还没回过神来，几十面斗篷从眼前飘舞“哗哗”一闪而过，飞一般卷入城中。盖亭探头遥送：“哇，他已一年多未回咸阳。”

人怒马疾，远处时有弥漫着的血腥味随风拂来。扶苏翕动一下鼻子，掠过熟悉的街道，离咸阳越来越近，却难掩一股骤然升起的淡淡忧伤。

扶苏含着金汤匙出生，却没有亲娘，养母将他养大。他天资聪颖，盘弓射箭，熟读诗书，九岁在众兄弟中脱颖而出，深受始皇帝的宠爱，请文武名师授课，勤奋加天资，很快辄冠同辈。始皇帝对家庭和金钱较为淡薄，百官皆知，可不管在外征战还是在朝廷主事，总忘不了对扶苏每日一信，每日一问。星移斗转，人大性长，自扶苏二十一岁入朝任事到现在与蒙恬镇守边关，防匈奴进犯，先后有谋划地调动了数个职位，可是在每个职位上，他都不屑父亲所作所为，总有异议，常持高见。父子间争执雄辩，摩擦不断，矛盾日益加深，气得一手遮天、唯我独尊、性情暴戾的开天辟地大皇帝七窍生烟，手脚发抖，五穴冰凉。若是别人，早就千百次人头落地。父亲对儿子的顶撞唯有生气与退让，别无他法，也导致了太子头衔金冠一直没有戴在扶苏的头上。

人在巅峰时刻，天地同力，人神共拥，即使有些疑义也都是躲躲闪闪，见了主子，挤着笑都来不及。扶苏自小得宠，与父亲亲昵，情真笃深，太子不太子的从不放在心上，也没有母亲、舅父之类的为日后权钱争抢位置。他自己也以为父皇一呼天下应，威仪如日中天，只是一心想国家昌盛，百官鼎力，众将齐心，江山之权柄永远握在父亲掌心中。碰到不宜不合理的地方，他仗着特殊的身份率性直言。此次匆忙赶路，就是一肚子的谏要讲，尽管蒙恬再三劝阻，他还是如鲠在喉，星夜带着九骑护卫急返咸阳宫。

本来这次回宫他先要拜见养母，亲热妻儿一番，特别是儿子子婴，每次回来都是黏得如漆似胶，走时总是抱着他的大腿不让出门。天下父母心，谁都惦念自己的骨肉，若不是秦家江山，扶苏岂舍得离开咸阳宫。卫戍边疆从另一个侧面看，没有亲娘，犊子早立志；而始皇帝从不溺爱扶苏，连续调动六个权重岗位，现在又让他随最倚重的大将蒙恬辅佐镇守最危险的边关——是磨砺，是冀望，是重托，更是为他将来接管江山打下坚实的基础。

父爱如山，大爱无言，埋在心底深处。扶苏让众护卫在宫驿歇息，自己顾不得回家，摘下头盔托抱在左手肘上，急踏上台阶，在皇宫大门前，他情不自禁地停了下来，长吁一口气，抬头看云层低重的天，缓步进入深宫。

他有众多拥趸，自二十一岁参政以来，每到一处任事，辞行时总是共事者难舍得落泪；文武双全，勤奋较真，又长得高大挺拔，颜面俊俏，自然是人见人爱花见花开。更重要的是，他天生几分倔强，与蒙毅、李信、魏缭、冯劫、王绾等武将大功臣打得火热，任事中对长辈们敬重有加；对赵高之流则当面痛斥，揭短指黑，时而弄得需要始皇帝出面圆场收官；将他调往边关，是不是与他大义灭亲、据理力争、善恶分明的秉性有牵绊，不得而知。

龙兴之地，禁卫森严，几分肃杀之气。当他行完君臣父子之礼站起来时，心中愤懑却消了一半。他惊讶地盯着病态的父亲，泱泱大国之君，一年多时间未见面，似乎一下子老了几十岁，显火烬光熄之兆，已止不住夕阳沉落之势，鼻子一酸，心一软，呆在那里一时语塞；千言万语埋怨、愤怒、要直谏的话都挤在喉管处，不知如何开口。

倒是始皇帝爱怜地解围窘境，边咳嗽边轻轻用丝手绢擦痰：“回来啦，何必这么赶，又不打仗。”扶苏敬重地傻笑一下：“不咋赶，就撵着跑呗。”始皇帝有些心疼他，风尘仆仆，垢面灰盔，又欣喜儿子没有纨绔俗习：“鹰喙坚翅硬，该高飞试试。”这下弄得扶苏不知如何接话：“嗯，嗯，跟前辈蒙恬学了不少沙盘推演，严兵八法，还学会制造毛笔。”说罢从铠甲内衣取出捆着的布包：“孩儿为父皇亲手做了九支雕毛御笔。呵，几百支里选出来的。”父子都来了兴致，扶苏打开布包，将各式毛笔摊成一排，始皇帝高兴地掂笔试墨写字，频频颔首：“这雕毛比狼毫更好带勾。”运笔书写着：“这蒙恬制笔总有些新路数，不用刀枪，只用笔就能镇住匈奴，哈哈。”扶苏趁机：“禀告父皇，儿臣已几番乔装牧民商贩深入匈奴腹地。哎，依我看，那里天寒地冻，只有草原，物资匮乏，地广人稀，一盘散沙，‘各游各的路，各喝各的酒’，我大秦雄兵百万，训练有素，虎狼之师，小小匈奴若敢冒犯，乃鸡蛋碰石头，自寻死路。边关父皇放心，坚固安稳。”始皇帝搁下笔认真静听，凡是扶苏议国事他总是格外有意倾听。

始皇帝收起笔，一一将试墨的毛笔爱屋及乌地摆放在巨大玉制笔架上，喃喃自语：“精兵太少，庸兵太多。”扶苏上前一步一本正经起来：“父皇，您说过铁打的江山流水的兵，精兵贵在年轻，跟您一起打仗的兵将逐渐老态龙钟，岂能为精兵强将，如今得像您题字的烟柳镇那样，年年丰收，休养生息，孕代代精兵。”

始皇帝尽管咳嗽，可一谈起江山社稷大事却浑身来劲，更何况是父子间难能可贵的罕见交流：“嗯，天下要能有一万个烟柳镇，老军士不吃闲饭，还做贡献，寡妇又找到靠山伴，精兵强将，源源不断……”扶苏抢过话头：“父皇圣谕烟柳镇三年不贡粮，可第一年就派兵去抢粮……”始皇帝有些不悦：“换粮。”扶苏耿直性子表露出来了：“哪有换粮杀人的！而抢来的粮食又说有毒，推给牢狱……”始皇帝当时也觉得有些不妥，也未细究，扶苏一揭疤即刻产生愠怒：“朕之天下，岂能由贱民猜议！”扶苏多次为筑长城、垒骊山墓、仙岛求药、建阿房宫与父亲争辩得不可开交，这次拧巴劲又一下子蹿上来了：“江山社稷，重在君王爱民如子，契约守信。这一次天下掉下一个石头，奸人刻上字，蛊惑人心，父皇却中歹人计灭百里活口，天都掉泪……”始皇帝喘着粗气大吼：“放肆！”扶苏上前一步：“这些天，乌云遮日乃筑长城万座砖窑黑烟滚滚腾升所为，只要强风一吹即散，父皇却信太史令那些江湖术士之言，中车府令赵高、丞相李斯排除异己之举。父皇滥杀无辜、善恶不分，还株连九族，他们多位与我共事过，乃厚道之人，岂可能造反！冤杀是挖了正义的眼睛，割了公正的胆肝……”始皇帝恼羞成怒：“住口，乃蒙恬唆使你回来教训朕不成！造反者，稻之稗，必须连根清除……”还没等始皇帝怒火泄完，扶苏已经将生死置之度外：“宁可战死，不愿冤死，这是大秦男儿血性。谁说谁造反您就杀谁，那我说赵高、李斯、任贯兴造反，您现在就将他们斩首株连九族？蒙恬将军竭尽所能，鞠躬尽瘁，教孩儿治国、治军、爱民、孝敬父皇、亲爱家人，您却恶语相伤说他让我回来教训您，黑白颠倒，天地难容。如今朝廷上万马齐喑，没一句真言灼见。”始皇帝扶着龙椅指着扶苏：“你专听谣言，惑语迷心，一身落花玫瑰，恶语扎人，谁忠谁奸要你来口吐狂言？”

扶苏见父亲怒不可遏，比上一次更是火上浇油，他扑通一下跪地：“父皇醒世之眸，洞明世事，有扭转乾坤之力，谆谆教诲孩儿举法安国，善中提纯，休养生息，惠及天下百姓，如今劳役比战争还苦，鳏夫和寡妇占人口一半，哪有后援精兵？旱灾、水灾、蝗灾不断，百姓饿殍遍野，您巡游难道看不见……”始皇帝再也听不下去，拍着龙案怒吼：“朕看见的是跪拜臣民，无边的疆界，灾难天祸会周而复始，涌动大潮大改大变年代，必是祸福相依，开春即是柳暗花明，哪里有造反苗头，就杀一儆百。六国归秦，江山一统，少了鬼魅跳蹦，无须你胡言乱语。”又一阵咳嗽，大声喘息之后，端详着那双与自己一个模子刻出来的泪眸，怒有所减，心中暗恨：“儿子虽刚，实在太犟。”扶苏长长秀目噙泪，惨痛锥心道：“父皇，孩儿心知咸淡，常思因果，朝中在您的强权之下，已暗流涌动，分帮结派，岌岌之危，您不能割断所有公鸡喉咙，闭住天下的嘴巴……”

“啪”，始皇帝气急说不出话，喘憋着粗气，顺手抄起玉石墨砚砸向跪在地上哀泪谏诉的儿子。霎时，额头上鲜血直流，红黑一片。始皇帝惊悚不已，又一阵急喘，他捂住胸口，眼睛涨红得像细长火池，闪着懊悔之焰，伸着手向扶苏，却停在空中僵止，又不能言语。

扶苏不擦不揉，任血墨混流，浸入铠甲战袍内襟，站起身：“孩儿知罪告退。”退三步，礼毕，转身走出宫廷。谁也想不到，这一别竟成阴阳两隔。

他走出宫门，突然感到喉咙一凉，心胸骤然一紧，一低头一张口，一股股红鲜血涌出，洒了宫廷廊沿一地。稍后，他略稳定神，几番吐纳调整，疾步走向御马厩，跨上乌黛马，惊得九护卫纷纷披甲，有的来不及穿就抱在怀里，上马加鞭，马上边穿戴盔甲边追着主子。扶苏策马绕道皇宫门，隔墙遥望，他这副模样怎么好见养母、妻儿，给子婴做的夹弹弓只有等下回再亲手赠送了。一咬牙，他调转马头，提缰绷腿，又一阵旋风似的向边关奔去。

他耳边逆风回忆起左脚迈出宫廷门槛那一瞬，父亲脆弱焦虑带着喘息的声音：“扶苏……扶……苏……你给朕……回……来！”初心难得，始终难守。父子间本意是为各自安好，毫无恶意，可是冰炭不同炉，始皇帝功盖三皇，纵横捭阖，雄才大略，龙行天下，岂能听进去半句逆言，更有一病三分怒火之嫌。扶苏却自小诗书中熏陶，认理不认人，始皇帝对上挟太子豹威的扶苏，龙虎争端、父子血脉，只能互梗互杠，更是面子皮上的误伤。

少顷，始皇帝摇响金铃，早早伺候在南门外的赵高与蒙毅一起快步入内。皇帝父子的争吵两人都偷听得一清二楚，心惊胆战，背上冷汗涔涔，一个听到扶苏重声责骂自己，一个听到亲哥哥被猜疑。皇帝铜铃唤侍卫，银铃叫妃嫔，金铃叫钦臣。两人一时心急顾不得多想，脚快心慌，进门时一下子撞到一起。赵高哪里经得起身经百战的名将猛碰，一个跟头翻下台阶，额头上瞬时长起一对“牛角包”，不捏不揉，爬起来就跑，比蒙毅晚几步站在皇帝面前，顾不得疼痛，露着一副可人的媚笑，心中却恨透了老政敌，体撞不过，心斗得过，这次只能吃亏认栽。两人与平时站在那里不一样，手足无措，忐忑不安。始皇帝内心极度伤感，可一见两位亲密重臣一下子就恢复了平日威严，用眼瞟了一地碎玉砚，轻声：“派御医给扶苏治愈伤口。”只要同僚官员在一起，赵高总是争宠地抢话说：“陛下，扶苏已带护卫返回边关去啦。”“追！”始皇帝冷冷地蹦出一个字，并用手向北方有力一挥。“是。”赵高吓得一怔，还想说什么，见始皇帝那一挥手，万万不敢停留，极速瞟一眼蒙毅，心中有些不愿意地退出宫门。

蒙毅礼节地上前一步，平缓而又比平时严肃地说：“陛下，扶苏额上只是皮肉轻伤，刚才臣看到他吐了几口闷气淤血，那是心伤，还是请耿家白鹤老仙医前去调理为佳。外伤三五天即愈，内伤须时日。”始皇帝心存懊恼，一听说扶苏吐血，自责不已，龙颜失色，急着：“快去，快去，细心办妥。”蒙毅刚要转身，又听始皇帝说：“他是心病，托你哥哥悉心开导抚慰，扶苏服他，那是最良的药方。”蒙毅：“臣即修书我哥遵陛下意志办理，可扶苏吐血伤及五脏，赵中车府令却不向陛下呈报。陛下明察，大事多留一根线。”略一顿：“陛下大国明君，近日气候诡异多变，须心安、心静，多多保重龙体，早立扶苏为太子，以不变应万变，乃百姓之福。”始皇帝微微点头，又引起一阵咳嗽，若有所思地目送蒙毅出门。

蒙毅低头看着地上的血渍，莫名伤感，对赵高、李斯之流日益嚣张跋扈、霸道蛮横、口蜜腹剑感到久久憋屈。他命人清洗净血迹：“那是扶苏忧郁愤懑的情绪宣泄。”又找来祝叶青：“择快马追上御医，他们岂能追上扶苏良驹，一直追到边关才追得上，你一路护佑，免得节外生枝。”自己去耿家代皇帝请白鹤老人去边关为扶苏治病。一路上思绪万千，他不禁喟然长叹：“天下第一人，又生一人敢顶撞一人，打江山易，坐江山难啊！”

九月初八子夜，下了一场淅沥小雨，北风挟冷袭来，一阵冷似一阵。赵高披着厚厚斗篷迎面朝着漆黑的夜空祷告：“天助我也，无助我也，风越大越好啊，吹散乌云，嘿嘿。”他兴奋得手舞足蹈，不能节制，一阵阵得意的狞笑飘进深秋朔风冷雨中。

脏臭的土地润开香花嫩草，九月初九寅时风停雨止，渐渐东方久违地出现鱼肚白，慢慢炫变泛红，含羞的太阳久久不愿露面，当冉冉腾升丈余时，红彤彤如同巨大的火铁出炉，圆盘状赤镜般挂在天上，人们叹为观止地啧啧称奇，七嘴八舌议论着这一奇特天象。

赵高蹑手蹑脚，像灵猫一样一会儿探头窗外观望，一会儿来到纱幔御床前静听鼾息。当始皇帝醒来，他柔声禀报：“陛下，托您宏图，乘天恩威，太史令的天师们请来火龙护阳，驱散邪恶乌鸦群阵，现在天上吉祥孕象，巫术喜欢重阳，请陛下代万民上天台，普撒万道霞光。”

不得不说，赵高诗般颂语让始皇帝每次听了心悦体爽，浑身舒服。今天结束七十一天昏暗，迎旭日，人逢喜事精神爽，赵高报喜不报忧登峰造极的本事实在能推波助澜。始皇帝迅速洗漱穿戴，免侍从服侍，快步登上咸阳宫内的望天台。这是与天对话的地方，也是踏入万劫不复的天坑的开始。

始皇帝兴奋地坐在龙椅上：“啊，天是一个大鸭蛋，太阳是蛋黄。”“太对啦！陛下就是一个蛋，太阳就是一个黄。”侍从们也都默默赞许：“红彤彤的太阳未发光之前就是一个不能吃的大蛋黄。”

巳时，太阳射出万道金光，咸阳城内万众欢呼，掌声雷动，经久不息，人真的离不开太阳！

赵高趁始皇帝高兴，一边侍奉参杏茶水，一边邀功：“天师们知天悉地，博古通今，易测奇数，天降五虎护秦，大运待五次巡游功满，天地协同力，万众亦齐心，江山传万代，乾坤宫太平。”始皇帝巡视四周民众情景，主动伸手拿过赵高手上的奏书，看都不看地御笔一挥：“赏！”递给赵高。“陛下，随和众意，虑事周详，感召时人，微臣代太史令众天师恩谢！”赵高似狗习性舔一下舌头，高兴地合上奏书，物有所值地继续连篇累牍和风细雨地颂赞。始皇帝与一众随从沐浴在光海中，听着赵高得体的奉承，晒得满身流汗，方回宫内午休。赵高劫取了耿百万、髯翁预测功劳，赌赢的棋局，坚定了始皇帝“天命不可违”第五次巡游的决心。

午膳时，正好耿百万送来玉蟾、冬菇菜、鱼腥草熬制的治咳治喘汤。按老规矩，耿百万笑着喝了小半碗。按量一次喝一碗半，始皇帝先前喝过耿家此类汤，有效，兴致且好，一连喝了三碗，两人谈笑甚欢。可旁边的赵高却又惊又烦，生怕“九九重阳，太阳复升”之事泄露天机，夺了自己的功劳，瞅准了机会送客：“陛下近日过度操劳，须静养，择时来续叙。”软拽走耿百万。事后他私下叮嘱侍从管戴：“陛下心疲体累，耿百万今后先见我，再定拜见皇帝之事。”布置完诸事，他走到院子中央，手搭凉棚观看红日当空，连打了几个大喷嚏，自言自语告诫：“伴君如伴虎，半点不得马虎，只有滴水不漏，方有出头之日、醉梦之时。”晒了太阳，喝了止咳止喘汤，心情大好，始皇帝还坚持批完了七十斤重的奏书。傍晚时分，红霞满天，他信步向雍仁宫走去，砸破扶苏的头，御医还没返回，心中升起无限疚愧，思儿护犊之心隐隐作痛，禁不住要去看看孙子子婴，疗抚一下懊悔之伤。

此时赵高与太史令六位天师正庆功，两位天师过度惊吓：“若九月九太阳出不来，或迟两天半阴半阳露脸，那人头似西瓜滚到荒野。”细思极恐。其他四位天师后怕不已：“赵大人，您是咋敢赌太阳？”“咱这门道从不下死扣啊。”“人人心中有太阳呀，赵大人是咱们心中最红最红的太阳。”赵高深谙江湖水浑，讳莫如深地卖了个连环关子：“高人不露相，藏在梅花中，皇帝乃天上星宿，不看知见才情。”他把始皇帝御批的“赏”字在众人眼前一晃，举杯率饮。那一夜，他第一次醉了。

雍仁宫超大院子内，假山秀水做成了许多各式妙趣横生的景致，名木苍翠，奇花异草，样样惹眼。扶苏九岁搬到这里，始皇帝除了自己的寝宫来得最多的地方就是这里。最近几年由于扶苏的顶撞，他一气之下疏远脚步。但是逢年过节，家人少有的几次团聚，扶苏携妻子儿女前往，所以亲人还是都算熟络。

扶苏大女儿子琪十一岁，二女儿子瑶九岁，子婴七岁，姐弟三人正做“躲猫猫”游戏。众人一见到皇帝突然进了院子，吓得慌忙行跪拜之礼，乱中有的家佣跪错了方向，惊悚得瑟瑟发抖。“免礼！”始皇帝少有地客气，语言轻松随意。子琪、子瑶熟悉宫廷礼节，因为事发突然，弄得跪也不是，躲也来不及，小姐妹俩相拥避怯，子瑶将头埋在子琪怀里，偷眼看着爷爷，子琪不敢抬眼正视，低头看着妹妹的秀发，为了掩饰惊慌，不停地在垂长青丝上来回轻柔地捋着。倒是子婴大方，毫无惧色，长眉长眼直鼻烙印着秦氏标签，面如满月，皮肤温润如玉，乃母亲传承，“躲猫猫”跑得一身香汗，更使面色红如鲜桃，站在院子中央看着始皇帝微笑着向他走近。后面行跪礼的母亲柔声提示：“子婴，快给爷爷请安。”

子婴大大方方道：“给爷爷请安！”喜得始皇帝小跑几步，哈着腰笑容可掬地蹲下来，拉着孙子的嫩手，近距离端详：“啊，乖子婴，长得同扶苏小时候一个模子，呵呵，更白嫩一些，哈哈哈，几岁呀？”

子婴：“刚七岁。”

始皇帝：“对对，五月十五，大端阳生日。想你父亲了吗？”

子婴快速回答：“想，咋前天一回咸阳没回家又走了呢？”

始皇帝略做思考状："啊，边关事多事大，所以赶路去了。"

子婴："爷爷，怎么人人见你都打哆嗦，是不是怕被你五马分尸、腰斩、下油锅、活剥人皮……"后面母亲急忙轻言细语："子婴，咋……"始皇帝一怔，马上转笑脸："童言无忌，杀的都是想造反的坏人。"子婴大胆地提高嗓门急着反驳："不是，俺有两个玩伴可好啦，陪他父母被斩了！"他做了个武功的夸张劈砍动作。临近的子琪和子瑶同时惊叫起来："哇，可怕！"始皇帝对两个孙女安抚地递一个微笑，将话题一转："子婴，想去看看你爹爹吗？"子婴高兴得跳起来："想去，想去，好些时候没见俺爹了。他说给俺做好了夹弹弓，还没给俺。"

始皇帝站起来，亲吻一下子婴的小手背："来人！"

蒙毅急忙上前："臣在。"始皇帝和风细雨道："调铁甲营明日护送子婴一家去边关看看他爹。"蒙毅："是。"始皇帝笑着看子婴一眼："那夹弹弓快到手啦。"子婴高兴得蹦起来："爷爷，听说江南有个烟柳镇比画还好看，有鱼有虾，有鸭有王八，俺带上夹弹弓去打几只水鸟回来。"始皇帝忍不住笑喷，唾沫洒子婴一脸，急忙掏出手绢帮着擦抹："呵呵，一套套的。好，等你回来爷爷派人送你去烟柳镇逛逛，瞧瞧江南鱼米之乡。"这一次子琪和子瑶带头鼓掌："谢谢爷爷！""谢谢爷爷赐恩啦！"始皇帝与众人一起回头看着笑靥如花的小姐妹俩。子婴有话要耳语，始皇帝顺从地弯下腰侧右耳："爷爷杀了好多好多的人，结了好多好多的仇人……"始皇帝笑着询问："谁说的？"

子婴一本正经道："不能说谁说的，要不俺娘定没命啦。"子婴有些害怕地将目光投向母亲。四目相对，母亲慈祥微微摇头，食指压在嘴唇上示意少说话。始皇帝长目眯笑，一切都看在眼里，可谓高看一眼，厚爱三分，对天真无邪的子婴更添疼爱之情："有爷爷在，子婴谁都不用怕。"

子婴高兴地伸出小指头与始皇帝拉钩："晚上梦见爷爷，啥都不用怕。"始皇帝仰起脖子大笑："哈哈，小孩子晚上憩睡少梦，成人白天所思，晚上必梦也。朕打仗时，夜夜做噩梦啊，哈哈哈。梦可不能当真。”在夕阳辉照下，他与孙子继续着童趣的对话，可心中卷起了遮掩的波澜。子婴的童言让千古一帝振聋发聩，并引起了警觉，甚至到了智识自戕的地步：“江山虽然一统，可谁能保证子孙不被仇人所戮杀？江山代代可不是一句空话，谁又是大秦国的敌手呢？噢，这才是真世界。”他无限感慨地抚摸着子婴的头顶，心中默默酝酿起一个恒定乾坤的计划：“始于一，顺势动，聚千钧力，横扫万里，让根须深深扎于土地。”

侍从们已点燃起灯笼，该回寝宫了，他依依不舍地亲吻着子婴的额头，握着子婴细皮嫩肉的手，倒退几步，突然转身离开，后面传来子婴的声音道别：“爷爷，梦中见！”

始皇帝多年没有徒步行走，今天却心揣千秋，两脚生风，越走越快，十六人抬的御轿“空无一物”，一路挥汗如雨地追赶。

鸟爷上鉴：

自入泗水，为了不连累家人，造反落款小画匠改为沛公。因只劫官府不扰富户，屡被官兵围歼，如群猫捕鼠，被追得四处流窜，逼至沼泽地深处匿藏，身患湿疹，奇痒难忍，幸妻吕雉不顾身孕，冒死“屎装乞丐”送来艾灰和毒蜈蚣粉敷涂，方得痊愈。造反不易，昨日一役死伤过半，辗转奔逃中特差人求助鸟爷，看在赐名刘邦的份上，接济贤妻至烟柳镇栖居产婴。若男名刘盈，若女名刘英。刘邦若战死，阴曹地府谢恩；若在人间，定酬大义大德之情，刘邦跪求泣告。

鸟蛋看完刘邦的求救信，又翻出咸阳分别时他手绘的详细地形图，反复斟酌再三，抓耳挠腮地在屋里转来转去，上蹦下跳一番，接吕雉来烟柳镇生娃的计划形成于胸。路上生娃了咋办？他得带上生过娃的骷髅婆和拉坡，防盗贼打扰就插上南郡府虎狼军旗，去泗水不宜走水路，走旱路得有路探，狩猎队“打水板”郭云一原来在军队里就是路探，一路寂寞得带上余秧秧唱曲、朵儿陪玩。他一切想到万无一失时，不由又发一阵牢骚：“哎，谁被刘邦黏上，就是个麻烦。”

桃花湾玉蟾洞离烟柳镇既远又近，路程约十五六里，可是人迹罕至，而站在洞顶就可以一览烟柳镇全貌。它属于斗笠山一个分支山丘，遍地野桃花，洞前溪水潺潺，附近拉坡种了许多蔬菜瓜果。他脚瘸人勤快，厨艺精湛，抓蛇养蛇养家禽，更有娇女朵儿，聪明伶俐，甜如蜜，一家三口其乐融融，又有骷髅婆武功带药功，豺狼虎豹休得近前半步。他家三人造册刘拉坡、江桃仙、刘朵儿，还有一个孕在肚子里，在狩猎队领粮。拉坡每个月下山一次，乌蛋还为拉坡家盖了一所漂亮的石头房子，较为隐蔽清静，与锁扣姐姐、贼奶奶隔石为邻，一年去住上三五天，领乌蛋一番真情盛意。而乌蛋也把拉坡当作唯一亲人，毕竟多年在一个锅里吃茶饭。而骷髅婆则是“再好的繁华我都是黑夜，受过大苦大劫的人唯一的企望就是清静，远离人群”。

乌蛋顺马带来粮食，兜里自然装着朵儿爱吃的糖点。世外桃源一有动静，朵儿总是扯开嗓子尖叫起来：“哇，乌叔，乌叔。爹，娘，乌叔来啰！”她不顾一切飞跑过来。乌蛋一次次慌得飞身下马，拦腰将她抱在怀里亲个没完没了：“朵儿，朵儿，别摔着啦！”

拉坡从马背上卸下米油醋盐，喜得合不拢嘴，瘸腿高兴得变成舞，洞内洞外来回蹦。骷髅婆总是心生芥蒂，不冷不热。朵儿笑得像花儿啃着糖点，拉坡让乌蛋进洞石凳上坐着饮茶。当乌蛋说明来意后，骷髅婆却意外地腆着大肚子爽快：“去，女人生娃那是一脚踏在鬼门关，一手搭在阎王殿，难怪这几天眼跳得厉害。”“呵呵，瞎子还眼跳？”乌蛋一口茶水喷得拉坡满脸。拉坡赔笑悻悻地擦抹着。朵儿笑得边吃边打嗝。骷髅婆正色喝道：“瞎子眼跳有石破天惊大事！”“不就是两个女人生两娃嘛。”乌蛋不屑一顾地回应一句。“我生的是皇帝！”这疯话很长时间没听到，今天骷髅婆腆着大肚子扶着石壁傲然屹立站着，还计划去泗水接刘邦妻子来烟柳镇生娃。拉坡和乌蛋不由地一怔，连朵儿也不明白地停下嚼糖点，两眼直瞪瞪地望着母亲微微起伏的大肚子。

“拉坡，这些天有没有听到这玉蟾洞内有龙吟声？”骷髅婆温和而神秘地问。“没有。”拉坡憨直地摇头。朵儿也跟着父亲摇头，还补了一句：“是水滴声，娘。”“呵呵，凡夫俗子。”乌蛋：“别装神弄鬼，神经兮兮……”不等乌蛋说完，她继续道：“我聪明绝顶，却受尽大苦大难，人间奇辱。拉坡是善良人看什么都顺眼。万事无常在变中。你记住，若我与刘邦妻子同时生娃，你就去调换，我得女她抢男，圆两个女人的梦。若不是同时生，那都是笑谈，过眼云烟。”拉坡大声应答：“好。”洞内一阵回音，随着骷髅婆满意的朗声大笑，朵儿和着笑助兴鼓掌。

骷髅婆走出洞外柔声地问：“拉坡，今年桃花好像没开？”拉坡：“开是开了些，不过一夜狂风全吹落。”“啊？”骷髅婆掐动修长手指有些哀绪道：“哎，这娃天子命，可犯桃花劫。得想个办法解解。”她自言自语，轻轻抚摸着大肚子，疼爱有加地哼起《摇篮歌》。鸟蛋起身，牵着朵儿的手走到骷髅婆面前：“自古刀笔春秋，德高人长寿，心宽福自来。近来我看了一本奇书《金人铭》，万事无为而又万事有解，得靠诚心真本事，不是想肚子里撑船。”

“哈哈，洞爷走得太早了，少教了你世上三本奇书《连山》《归藏》《易经》，如今只剩《周易》。那两本失传，而只有一男一女瞎子看过。万事有因果，无为生有为，天地有轮回。阳为九，阴为六，孤阳不生，你来的时候是个好日子，现在走的时候又是好一个好时辰。”

鸟蛋吻一下朵儿跳上马：“呵呵，万事三易：简易、变易、不易。内方外圆，神仙从不给人指一条路，三分天命，七分人为，蠢的神拗不过聪明的人。”说罢两腿一夹消失在林草中。骷髅婆冷冷地寻声丢下一句：“吓人的长进，自作聪明。”从不多说话的拉坡冷不丁冒了一句：“万事只猜得到开头，猜不到结尾啊。”骷髅婆浑身一震，少时转身来亲昵地扶挽在他肩膀上：“我说呀，我怎么配错人了呢？”说完放声大笑，深厚的功底将音域洒向桃花湾上空，发出阵阵回响。还有一个稚嫩的童音：“鸟叔，明日等我。”朵儿赶到小溪边用手卷起喇叭筒送别呼喊。

这些话语都被鸟蛋“隔山传音”的功夫收获。

从烟柳镇往沛县，一路尽显美景。橙红黛绿，葱郁青翠，溪水潺流，碧波荡漾，湖光山色，小桥流水，炊烟袅袅：“江水美如画，苛政穷了家。”富庶老楚国，山水依然，田荒人瘦无人种，一片萧索，是战争毁了家园。

穷不穷不关鸟蛋的事，他率三辆豪华辕马厢车，挑选出六名驭手，嫌南郡管不了泗水郡、会稽郡、九江郡，干脆插上蒙日丹远嫁时留下的咸阳御林军虎旗，将夜壶留下的京师公文、林萧云虎狼师令牌一并交给相貌堂堂、极能左右逢源又身手矫捷绰号“打水板”的郭云一，让他领头探路。六名驭手加郭云一均披挂上等黄金锁子甲，悬弓挂剑，威风凛凛，沿途驿站恭迎有加，可是苦了鸟蛋，怎么看也不像一个何大人，弄了一大堆笑话。况且骷髅婆是瞎子，不好下车。还有瘸子拉坡、余秧秧、朵儿闹个不停，与朝中顶级虎狼师“牛头不对马嘴”，沾不上一星半点缘由。

过了七八个驿站后，鸟蛋就野外宿营，车上带足粮盐油，锅盆碗筷齐全，四顶军帐支起，八盏灯笼点亮，兴奋的余秧秧、朵儿钻进钻出，河边戏水拍浪。最让人开心的是拉坡的“蛇肉鸟蛋汤”鲜甜可口，养胃提神，堪比皇宫盛宴，厨艺远在驿站厨师之上。更深夜静，骷髅婆独自行走，呼吸新鲜空气乃其至爱，管马牧草，警戒护卫亦顶级高手，众人尽管憩睡，行程顺遂，二十一天后抵达沛县丰邑。刘邦父亲及兄长因逃兵役苦差早不在老家中阳里居住，隐栖在鲶鱼咀山旮旯茅舍里。几经周折，壮汉们抬扛辕厢车牵着马匹来到这里。一众军兵吆三喝四吓得刘邦父亲瑟瑟发抖：“哎呀，我老了当不了兵啊。”又拉着刘邦二哥的手：“他右手残四根指头也拿不了刀的呀。”一个骨瘦如柴的小男孩刘肥惊骇地扶着门框哭着，被吼道：“哭啥嚎啥，又不抓你当兵。”一见鸟蛋、余秧秧、朵儿笑着，刘肥从未见过同龄伙伴，止哭，傻眼盯着看，惊奇不已。

鸟蛋一个人直立马背上到茅舍，第一眼看到刘邦父亲与二哥脚上的破鞋，不禁大吃一惊顿生好感：“嘿呀，噢，这刘邦有情有义，没白来哟。”众人累得大汗淋漓，见鸟蛋如此惊奇，肯定不是小事，都围过来观看。鸟蛋伏在马上用鞭子指着刘邦父亲与二哥脚下的破鞋：“这是我在咸阳竹韵轩送他的两双半旧鞋，他舍不得穿却到了他父亲兄长的脚上。也就是说他从咸阳一直赤脚造反到芒砀山。”众人一奇，望着那两双破鞋一齐惊叹。刘邦父兄见众人看自己脚上的鞋，极不自在地也边看边跺着，不知所措。鸟蛋巡望四周意味深长道：“这一路带血的脚印应该不会白走。”

这时正在地里拔草的吕雉衣衫破烂，一身邋遢，头上臭气熏天，苍蝇飞转，她已听到鸟蛋所说的话，又看到来头非凡的车马人群，早先已听到刘邦介绍，所以她对马上顽童恭敬有加，牵着女儿鲁元的小黑手，摘下臭头套放在池塘边树丫上，一只手有礼貌地拍打整理着破衣烂衫，挺着大肚子，脸上涂着黑污垢看不清真面目，向鸟蛋微笑着走来，只有那一口雪白玉牙尽显高贵。众人也一起看着她，也都猜到，她就是这次来接到烟柳镇生娃的刘邦妻子。

“鸟爷在上，在下刘邦贱妻吕雉拜见。”她正要跪下行礼，慌得鸟蛋悬鞍，用刀鞘托起她的双肘：“免了，免了，挺这么大的肚子……哎……”他眼睛扫向“打水板”。“哎，免了，免了，何大人这次带我们来，是受刘邦请托，特地专程接你去烟柳镇生娃的。”“打水板”郭云一急忙上前搭话。

鸟蛋这一突然“鹞子振翅”用刀鞘扶住吕雉快如闪电，吓得刘邦父兄目瞪口呆，也让吕雉更信了刘邦所赞誉的“幼童鸟爷，神仙之能”。她虽一身脏乱，可举止从容，声音甜润大方：“诸位远道贵客，茅舍简陋，吕雉兵荒马乱之年形之不雅，其为保贞，待略洗漱更衣后恩谢各位。”说罢不好意思地歉意辞笑，牵着鲁元进茅舍内。这时刘父埋怨道：“哎，娘家有屋有粮不住，偏要挤到这里做臭乞丐，何苦。”唠唠叨叨，没完没了，一个劲嚷着：“不种地，不种田，游手好闲，泗水亭长不做，偏要造反，提着人头摆……”

打水板同往常一样指挥着众人埋锅造饭，支帐拉灯，有条不紊，各司其职。热闹了，鲶鱼咀前世今生，反客为主，架起三张行军餐桌椅，香茶甜点，瓜果罗盘，水塘边成了“皇家”野炊盛宴。

刘邦父兄看呆，闻得久违的饭香、羊肉辣味，让饥饿的肚子直流口水。鸟蛋带着余秧秧去深山走马练技，不时传来“鸡送太阳过了河悠悠”曲。朵儿活蹦乱跳，对旮旯岩岭一点也不生疏，一个劲逗着不太说话的鲁元玩耍。鲁元拿出唯一的玩具“硬皮南瓜头”来回滚动，稍远，刘肥抢着捡回来，怯怯地送到鲁元手里，又跑回茅舍门框边，探出半个脑袋看她俩嬉戏。吕雉换了衣服，面部虽憔悴，皮肤嫩白，一双杏眼极为有神，似藏着万千故事。她忙着烧茶水递来送去，因穿着太土气，只能自嘲一笑，挺着大肚子来回穿晃，时而招呼朵儿和鲁元吃食甜点，落落大方用小旧篦筐装几个甜点瓜果，送给刘邦父兄。两农民一气囫囵吞枣噬咽，看到兄父如此她示范一下“吃法”，微微一笑离开。

穷掩盖不住她的品质与修为，旧衣孕体遮不住美人胚子，突然一群贵客带来的惊喜，野山茅舍让她更显自信从容，在众汉子中来回缓步又添一景。

重头戏该拉坡出场，约一个半时辰，他藏匿于山林，用他绝技“声吼”震醒方圆十里大蛇，又用骷髅婆给他秘制的“灵蛇香囊”挂在树上，手握锁扣特制“七寸铜棒”“铜栓丝”敲晕大蛇，用“铜栓丝”束住七寸，拖回两条丈余肥蛇挂在树上，用清水洗净后，支锅生火，讲究“活蛇沸水”早早备好的鸟蛋，加上“七味散”，皇帝尝不到的“蛇蛋汤”，鲜得吕雉赞不绝口。整个制作过程让刘邦父兄、刘肥、鲁元，还有吕雉看痴看傻，啧啧称奇。众人晚餐时，吕雉用旧竹碗给父兄先送了一份过去：“能吃米饭，就是皇帝。”待众人吃完后，余汤剩饭她又细心一粒一粒都刮干净，送父兄解馋止饿。余秧秧则侍奉鸟蛋、朵儿、鲁元。刘肥怎么劝说都不出茅舍门框，余秧秧只有送到他身边放下，等余秧秧一转身，刘肥如饿猫吃鱼一扫精光。爷伯各又在碗里匀给他一半，撑得瘦肚皮能看见骨头。刘邦父亲借机牵着他四处来回走，怕食饱伤身至病，破腹夺命。

拉坡则同往常一样侍奉自己的老婆。汤鲜饭香，辕车厢内时而传出女人好听的笑声，引起吕雉的注意。从鸟蛋对朵儿过分宠爱中，她猜到车厢内不露面神秘的女人之分量。

这天是九月十三，圆月通常晚升半个时辰。吕雉一直静静伫立于辕车厢外，想与厢内同类攀谈，自卑位低，穷酸，且又不知底细，几次欲步又止。“鲁元娘，想见我娘吗？”冰雪聪颖、敏感多疑的朵儿连蹦带跳地跑过来解围。吕雉微笑着连连点头，心中暗暗欣喜：“小精灵，会猜大人心思。”朵儿高兴道：“我娘大名叫江桃仙”。“啊，诗意的名字呀。”车厢内飘出极富磁性的声音：“是个瞎子。”吕雉不懂武功，可感悟到这声波像爽风般拂过心肝五脏，似闪电穿透胸膛，还没回过神，巧嘴朵儿道：“我娘眼不见日月，却能心算五十年。”音调高了八度。“啊！”吕雉禁不住一声惊呼。“五十步内无人能近娘身，还能放倒最厉害的乌叔。”朵儿自豪继续抢话说。“瞎嚷嚷啥，哈哈。”车厢内传出自信无忌的朗朗笑声。吕雉托抚着肚子后退两步，这笑声似有暗流涌动，又似大潮顺势而来，车门随即而开，朵儿道：“我娘马上要为我生下一个弟弟做玩伴哩。”边说边跳动边拍打车辕轼，突然黑影一闪，轻轻站在朵儿身边，亲昵地吻了一下女儿的额头和小手，最后在嘴上一个响吻：“这百灵鸟的小嘴，去跟你乌叔、秧秧姐耍嘴皮子去，哈哈哈！”她莞尔，黑纱蒙眼，无惮尘世，玉牙在月光下闪亮，令满场粲然。

吕雉一下慌了神，本想上前扶她一把慢慢下车门，不料，她挺着像自己一样大的肚子，如同秋天飞叶轻飘落在地，个头比自己略高，牙齿同自己似乎长得一模一样，如此身手，看来朵儿并没夸张，同时庆幸在自己家门口得遇女侠了：“嫂嫂，在下贱妹吕雉拜见。”同时她深深鞠躬施礼。“朵儿，带着鲁元一块耍噢。”骷髅婆并未马上搭理吕雉，她帮着朵儿捋理一下长发，顺便塞一块糖点到朵儿嘴里，转身：“哈哈，再好的礼我也看不见，可我喜欢你不住富娘家，却来侍候野岭茅舍的丈夫家。”“嫂嫂，吕雉不才只有尊德。在咱这儿，女人嫁猪随猪，嫁狗随狗，嫁了棒杵抱着走，认命吧，呵呵。”吕雉忘了怯意，也自嘲地随笑起来。

“那倒也是一美德，女人亦藤蔓，我那瘸腿的丈夫乃乌蛋的哥……”没等她说完，朵儿又抢话：“结拜的哥嘞，乌叔的亲哥去给始皇帝求仙药啦。他还有一个结拜的哥叫林萧云，比我娘和乌叔的功夫厉害一百倍一千倍多多，娶了始皇帝的女儿做媳妇，那个美呀，美呀……”“哈哈，说了多少次啦，蒙将军的女儿……”骷髅婆疼爱地纠正，还轻轻地扯着女儿的耳朵摇曳着。“始皇帝与蒙将军就是一个人，都是大人物啰。”朵儿比比画画高高在上的手势。“哈哈，一个人就一个人好吧，快去同乌叔和秧姐斗歌好啦！”朵儿高兴地说：“今儿个，斗到……到……斗到……第十三首……嘿嘿。”一边掰着十个指头算，一边又连蹦带跳地跑远。骷髅婆侧耳寻声：“行万里路，读里卷书，这趟可长进不少，饱学饿用。”

“人勤三分美，心诚再加分，阿坡哥的蛇蛋汤，可是天下一绝，喝痴人身啊。”“那倒是，那一碗仙汤让我浑身爽朗舒适，感恩戴德，夫唱妇和，天天深山野洞做皇后，哈哈，开心死啦！”“嫂嫂肌肤如玉，令人羡慕不已，敢问……”“三十七，一半天生，一半汤灌的，哈哈哈，妹妹……”“回嫂嫂，二十一，岁月蹉跎，雌者只能养，万不能磨，妹命苦，已成黄脸婆，哟，难看死啦。”“到了烟柳镇，若不嫌弃，让你瘸腿哥用仙汤养养，娘肥儿心壮，哈哈。”骷髅婆又一阵爽朗大笑。吕雉赶快上前拉住她的手：“嫂嫂言重，令吕雉无地自容，我丈夫刘邦如今亡命天涯，生死未卜，乌爷义薄云天，赐我母女立锥之地，大恩难报。如今只求肚子里若能生一子，为刘家接一个嗣，日后也好谢乌爷搭救之恩情，不敢有仙汤之奢望。”

骷髅婆摸着吕雉的手，突然神情严肃，在她双手、头脸和身上摸一遍，一声低沉压抑的长啸：“天若怜惜我乎！”将吕雉吓了一跳，道：“嫂嫂别取笑，刘邦若造反被诛，断了种，绝了后，他大哥刘伯孤身在芦苇荡中逃兵役，二哥自残手指在这里侍父，刘肥命不正宗，我若不能为刘家接后生嗣，真是愧疚，对不起刘氏祖宗。”

骷髅婆放下她的一双玉手，信步朝一块岩崖巨石走去，吕雉不解地跟在后面，怯怕她掉到石下，但看她轻松登上石顶端停住，问道：“嫂嫂，你不看路怎么知道路啊？”骷髅婆稳稳转身：“路藏于心。”吕雉：“啊，路在心中。”“心软是病，别怕，上来吧，世上没有饿死的狼。”她伸出手拉着闭上眼睛的吕雉同自己站在一起。“嫂嫂，我第一次这么大胆的。”“不是，第二次。”“噢。第一次呢？”吕雉睁开美丽的眼睛在回忆着。“第一次是你大胆嫁给贫穷的刘邦。”“那是从父命，我爹要我嫁的。到如今这野岭茅舍也是为了分担生计，都不算大胆。”“有些邪乎，都在情理之中，咱姐妹不问天意，放胆逆行改命，人生变局无数，难得缘中生缘。哼，走兽无奈飞禽。请记住，姐姐助你亦是唯缘是愿，不求回报，只愿心安，一切吞在肚子里，万不能挂在嘴边，秘而不宣，明白吗？”

一半天音，一半人话，吕雉感到狭风阵阵，艰难日子里遇上贵人，一刹那有些晕眩，不禁依靠在骷髅婆肩上，两个即将临盆的大肚子挨在一起，内中胎儿似在搏动，相互问候。“嫂嫂，秘而不宣，我懂个中滋味，今生今世，你乃亦姐亦师，学心中藏路。”陪站在悬崖上，她惊魂未定，喜极而泣。“哈哈，这世上，笑声多是假的，眼泪才是真的。”吕雉突然大胆撒起娇来：“嫂嫂，人不真心不流泪嘛。”骷髅婆柔情地帮她擦去眼泪：“日子长，路在心中走，眼泪往心里流。”拖着吕雉的手肘，一旋身两人平稳下了岩石，走在地上两人手牵手唠叨不尽，笑声盈盈，圆月下找到朵儿和鲁元，戏逗至子夜方归。

山村茅舍最富有的是新鲜空气。昨夜今晨，喧闹后静谧，只有打水板早起牧马生火；刘邦父兄昨晚喝了“仙汤”，吃了一顿“盛宴”饱饭，多年未睡得如此安然，彼此鼾声大作。

天高云淡，蓝空如洗，日上三竿后众人才从温煦的茅舍帐篷和辕车厢内爬出来。刘家父兄敞开肚子喝红薯粥，刘肥如饿牢里的猫，连啃三个羊肉馍饼，小瘦手一直激动得发抖，馋眼不停地扫视着这群陌生客：“千万别走啊，过皇帝的日子呀。”鲁元也怯生生抢着强吞硬咬。只有吕雉作为半个主人，一直淡淡笑着帮忙收来捡去，看到刘家人“饿狼扑食”她有些不好意思，只是路过时微声提醒：“慢慢吃，别噎着啦，多的是。”自己陪着拉坡捧餐具至骷髅婆处勤心侍候。待众人全部吃完后，她才不紧不慢地用残粥剩饼，打发饥饿的二人之需的肚子。这一切被不多话的拉坡看在眼里，并一五一十地转告给骷髅婆。因为她昨夜被老婆告诫了：吕雉“贵不可言”的秘中之密，并叮嘱他依计行事，万无一失。拉坡一遍遍默念着悍妻之训：“得之坦然，失之淡然，顺其自然，争其必然。”

水草丰茂，山涧马铃叮当。打水板在张罗着“今夜早睡，明晨早起，返回烟柳镇”。夜餐多了许多野菜焖肥猪肉及烧烤牛排羊腿。刘家人照样狼吞虎咽，满嘴流油。拉坡壮着胆子捧了一大碗“仙汤”给吕雉，众目睽睽之下，非要看着她喝下。然后两人一起拿了汤菜饭具到辕车厢外。拉坡近距离嗅到吕雉汗香，对她肤白貌美、温柔娴静、知书达理还“贵不可言”不由一阵阵心悸神慌，手脚哆嗦起来。

捂春冻秋，熬三冻九。羊肠阡陌之地，夜半时分香睡正酣，余秧秧被辕车厢外吵嚷声惊醒。她慌忙拍叫："何大人，出事啦！"鸟蛋一个筋斗坐起来，揉着惺忪睡眼："旮旯山沟有啥事？"他顺着余秧秧手指隔窗望去："啊，意外之外，来头不小。"

见一凶神恶煞高个大汉，手握两把锃亮双刀架在跪着的刘邦父兄瘦脖子上。刘邦父亲抱着刘肥牛哞羊咩似的哭诉："季儿呀，你这个刘氏败家子啊，惹不起还躲不起，如今老父连躲都躲不起嘞，马脚爷、官府爹都找不到鸟不拉屎的鲶鱼咀……"

"别嚎，方圆百里谁不知'马脚'，谁让你叫得那么难听。爷是来借三车粮肉。嘿嘿，那肉香三十里，风都流口水。"那双刀贼，绰号叫"马脚"，逃溜功夫上乘，泗水郡、九江郡、会稽郡三郡七县有名的强盗团伙，硬抢不偷是标签，官兵合力多次围歼均漏网。沛公与马脚两伙人让当地官府和富户头痛不已，多次上奏朝廷派精兵缉拿，一直未准："原地小股土匪，就地灭戮之。"

打水板正带着六名驭手以一敌十打斗得不可开交："快速退下，束手就擒，免死罪，瞎了狗眼，借了天胆，不看看辕车上插的咸阳虎狼师旗。"打水板总想以威镇邪，边斗边吼，出了名的强盗，郭云一以一敌三渐渐落了下风。

"嘿嘿，干咱这行的不是吓大的，啥旗不旗的，唬谁呢？我马脚还能做始皇帝的旗，唱戏要嗓子，拉弓要膀子，要跪下的是你们。兄弟们拿下这些冒牌货，捆成一串晚秋蚂蚱，天亮前扛三车富贵下山。"马脚一喊，众贼齐和，将打水板七人捆在核心，还有人牵抢马匹。

一个壮汉坐在椅子上，一只大手抓住吕雉的头发按在地上，怀孕的吕雉抱护着惊哭的鲁元："鲁元不怕，有娘在……"一边喘着粗气呵斥："无良之贼，有本事劫官府去，欺辱孤女寡母的遭天雷轰，放开我。"壮汉被骂得瞪着虎目，痴望着鲁元啼哭，一动不动。一贼将刀举在吕雉的头上，吕雉绝望地痛苦低呻："鸟爷救命，鸟爷救命……"

擒贼先擒王，鸟蛋飞身跃出辕厢："鸟爷在此，谁敢放肆！"瞬间拔出双马刀，直奔马脚。突然一声童音吼叫，马脚眼前一亮，心中一怵，小孩竟冲过来倒不在乎，可他认识那道月光下一闪的寒光，来不及多想，快速抽离刘邦父兄脖子上的双刀应对，不禁后退两步，潜意识使他有些躲避，退的步伐未稳，鸟蛋刀到，“咔嚓，咔嚓，咔嚓”三刀六段。马脚大惊：“哎呀，我的娘，要命啦！”他迅速将刀柄扔在地上。贼首一惊叫，众强盗一愣，寻声望去，个个魂飞魄散。他们从未听到过马脚如此绝望的哀鸣，又见那上乘宝刀怎么一下变成了萝卜刀。一惊一愣，打水板与六名驭手已砍断十一个拿刀贼的手腕。断腕之痛，立即号叫成一团，其他九贼成惊弓之鸟，转身就逃。

鸟蛋手一扬，马脚双手双膝双中“透骨飞针”，即刻跪在地上，痛得如万蚁啄心，哭喊着满地打滚：“哎哟，鸟爷饶命，瞎了狗眼不识鸟爷在此，马脚怕痛不怕死……哎哟……杀了我……痛死爷……”做贼的精，听到吕雉呼“鸟爷救命”急忙变口。

与此同时，余秧秧奋不顾身冲到吕雉旁解救鲁元。她又哭又喊：“不怕，鲁元，姐姐来啦。”她用尽全身力气，掰挪壮汉手指，可怕的手指一根根粗得像雄鹰腿，坚硬如铜，半松半紧抓着头发，并未用力，掰不动她就低头猛咬。那壮汉见状用右手刀背一拨，势大力沉，余秧秧一下子飞出丈余远，险些滚到塘池内。鸟蛋一见怒火迸起，飞身飞针直射那壮汉双手。那壮汉松手，刀也叮当落在地上，蓦地站起身来望着旁边马脚哭喊，咬着牙，皱起浓眉，脸上表情极为疼痛难忍。

第二十二章

这一切都在一刹那之间，那两个贼手中刀落，双膝中针，像马脚一样满地打滚，呼喊求饶。吕雉喘着气，拉着惊吓过度的鲁元进茅屋。

变天比翻书还快，眨眼工夫，悍匪马脚哭跪着求饶，刘父掸掸膝盖破裤上尘土，看着比自己矮一截的马脚，痛得满头大汗淋漓，一下子神气起来。这些年头，东躲西藏，吃够苦头，一肚子怨气泄在刚刚刀刃架在自己脖子上的马脚头上，照他脸上一口唾沫："睁开狗眼看看，我刘氏起源于三皇五帝之尧帝，祖父刘清乃老魏国大夫，父刘仁迁丰邑为官，我刘煓如今躲劳役苦避深山，今夜还被你小子刀架脖子逼命……"气急边骂边拿起竹枝照着马脚脸上抽打，愤怒之中还冒出挺文绉绉的词儿："睚眦必报……为人善中提纯，道自不薄待。"

事出之前人抱胆，事出之后胆抱人。泪有盐分，气急无惧。吕雉捋了长发，还是旧体衣衫，紧咬中唇，用布缠提一壶沸水走向二贼，不动声色，轻言细语："不该看的，不该做的，都该有因果。"跪着的两贼本来痛得如锥戳心，听她和风细雨地说"因果"睁开眼睛看她凑近："哎哟，我的眼睛……""舌头……"突然吕雉举起沸水对准两贼眼睛倾泻，烫得两贼捂眼开口大叫。沸水洗舌入喉，两贼被烫得眼瞎舌肿，满地打滚。那贼滚动中右手背被淋，立即起白珠浪泡，一连串复仇解恨的动作令余秧秧、刘邦父兄、刘肥及众人目瞪口呆，连大胆的鸟蛋也吃惊不小。

打水板望着吕雉与地上打滚的两贼，不由得倒抽一口冷气：

“啊，看似知书达理，雍容大度，也有性如烈火之时。唉，简单中的不简单。”回头对那十一个断了拿刀的手的人吼喝：“自从做强盗那天起，就该知道有今天。做不了抢的生意就改做讨要了，想活命的将那两瞎子、哑巴带下山去，免得脖子上的头变成葫芦。”说罢刀一挥，顺手劈断旁边一棵树，吓得断了手的众贼一窝蜂冲过去，架起两同伙胳膊逃下山去。

“左右左，左右左，高抬脚。”雀跃的朵儿用长藤拴着九个逃跑的强盗，串成一串，高兴地牵着似一群听话的绵羊兜圈做起游戏。那九名强盗目光呆滞，听着朵儿的口令，傻中带笨地和着节拍，令人啼笑皆非。朵儿还不停地招呼余秧秧、鲁元和刘肥一起玩耍。“想逃，五十步内中了我娘的‘摄心挪位大法’，心给锁了，人变羊嘞。”众人吃惊地望着，朵儿见众人痴看，更变着法尽情折磨“失心”的汉子：“坐下，鸡啄米，猪抬头，牛摆尾。”乌蛋大惊：“这瞎眼婆，心不咋敞亮，却练如此功夫，在洞里没闲着。”一时心堵，对着壮汉大喝：“跪下！”手一扬连放六枚针，细看那铁塔般的身躯在微微颤抖，疼痛难忍，脸上憔悴稍感哀戚，铜牙咬紧，喉咙内闷声低吟。“还不跪？”乌蛋手一扬，又六枚针直扎进骨髓之中。他正要发怒再扬手，吕雉求情：“乌爷手下留情，这位壮汉做强盗必有隐情。他刚才抓我的手并未下重手，而且还微微发抖，眼睛一直盯着鲁元看，放他一条生路罢了。”

“嚯，天下还有一个不跪的！”乌蛋也动了恻隐之心：“这身板，这定力，这忍劲，世上罕有。”他围着壮汉好奇地转了几圈，运气一推一挪，将针拔回：“滚！”那壮汉深深一口气，手还有余痛，搓捏几把，颤抖地向吕雉一拱手：“在下樊哙，原是铸鼎工匠，不愿去骊山修墓，流落江湖，因肚大每天要吃三升米，两孩子活活饿死，妻子无路可走投江而去，我亦做了杀人劫货之贼。谢救命之恩。今日茅塞顿开，只有造反一条路，我找沛公去。”说完低头转身就走。乌蛋一下子高兴起来：“嗯，这主意不错。”说罢幸灾乐祸地瞟一眼痛得筋疲力尽的马脚。“壮汉留步！他叔，把那水罐里的三条鱼赠予他，一路充饥。”吕雉对刘邦二哥说。“那是留给你生娃坐月子的啊。”他嘀咕着用藤条在水罐串起三条活鱼，递到樊哙手上。鸟蛋对打水板说：“送一只羊腿给他一路啃。”樊哙拿到羊腿一口撕咬下一大块，也不道谢，趁月色匆疾下山而去。

“还不追樊哙去？”一声阴冷的女声飘来，是骷髅婆来到。她手一拂一挥，解开仇人“心锁”：“哈哈，做个同路人吧。人多热闹。”那九人迷糊片刻，略有所悟，一齐向山下奔去。“带上刀！”骷髅婆双手旋飞，九把刀落在石崖上叮当作响。那九人又回身捡了刀，怯怯匆匆消失在山路远处。

“你好日子已到头。”鸟蛋看着不可一世的马脚泪汗与灰土滚成泥猴，痛得龇牙咧嘴，连翻动力气都没有。鸟蛋在他头发上指着，吓得他求生欲望大增：“鸟爷，鸟……爷……饶我一命……我记恩……”用脚掌向后撑，想躲避那削铁如泥的锋刃。

鸟蛋逼上前一步：“多大岁数？”

马脚：“五十六。”

鸟蛋：“家里还有人吗？”

马脚：“光棍一条。”

鸟蛋：“那就好办，无牵无挂。”

马脚：“有牵挂！”急着喊出来。

鸟蛋：“谁呀？”

马脚：“窑子里相好的。”

鸟蛋：“抢那么多钱，不成个家？”

马脚：“仇人多，妓女方便，反正是母的就行。”

鸟蛋：“呸，贱货。”

马脚一愣：“鸟爷在上，一脚错，脚脚错，阳间很少条回头路。”

鸟蛋思索地望望天上的圆月，光渐渐白，时至五更，天亮了。他走上前：“马脚有名的跑得快，留个记号在膝盖骨里，一跑就发作，贼脚慢下来，走走正路。”他翻掌吸针，马脚一震，翻身爬起来就跑，可左腿不听使唤，一瘸一瘸下山，不时回头惊望，自言自语：“残腿苦命，该改行啰。”

狮吼狼嗥一夜，鸟蛋打了一个哈欠，对所有人："睡觉，补偿，补偿。"

初霜入秋，帐篷、辕厢内暖融融，众人在孤山野外鼾香沉睡。一大早只有拉坡早起，慌着生炉烧姜汤，一个人自言自语："斗来斗去，发功动了胎气……"他脚瘸耳聪，听到茅屋内传出吕雉痛苦产前低吟："昨夜受了大惊吓，啊，得做两份。"

己亥九月十五，午时飘起沥沥小雨，转季靠雨，变天看风，家族靠薪火传承。朵儿找了几片枯荷叶当帽叽叽喳喳兴奋不已，带着余秧秧、鲁元在辕车厢与茅屋之间穿梭，像过节看戏一样忙个不停。

"生娃娘过鬼门关。"拉坡噙着眼泪，一歪一斜地来回蹦着做补气汤、固元汤。朵儿跟着两面哭，余秧秧不停地给吕雉擦汗。鲁元傻傻地看着喘着粗气翻着白眼的母亲。倒是朵儿一边擦着泪，哭着说："我娘说让你喝完补气汤半坐半躺，心想着大事……"余秧秧怯怯抢嘴："啥大事呀，生孩子是天下最大的事啦……"朵儿："你还没长大，门口拿汤，我爹在门外。"余秧秧开门拿汤，一匙一匙喂着吕雉喝完："你娘喝完了吗？"

朵儿哭着："喝了出很多汗，像下雨。"

吕雉："啊！"

朵儿："我娘一声不吭，牙齿咬得山响的。"

吕雉眼睛一亮："哇！"

朵儿："可我爹一直在哭。"

余秧秧一本正经："在着急，男人真心才流泪。"

朵儿："女人真心也流泪，我一直在哭。"鲁元瞪着眼睛傻傻地听着，一直在搓手指。

吕雉喝了汤，似乎恢复了些元气，微微笑着对朵儿："你到鸟叔那里去玩，我想静一静。"朵儿急忙："得，咱们快离开，你娘要想大事啦。"说罢拉着鲁元出门。鲁元小脚在走，一直不停地回头看母亲。吕雉欣慰地给了她一个辞笑。

除了拉坡，鸟蛋算最急的一个，众男人一听说女人要生娃既兴奋，又一筹莫展，都帮不上半点忙。鸟蛋唯一能做的是冒雨掏了一筐鸟蛋给拉坡，回辕车厢换衣服后闷闷不乐地望着天空："女人生娃丈夫不在身边最无奈，谁抱腰呀，脱了裤子，哪个男人能进去啊。哎，该从镇上带两个女的来就方便了。咋就没想到呢？骷髅婆生过孩子能帮上忙，如今两人一起生咋办？"一丝缺憾油然而生，像热锅上的蚂蚁，人生遇上解不开的扣。打水板与众人也在打嘴仗："生娃天下第一难，有的生一时辰，有的生三天四夜，有长的生半个月。"他在帐篷里打牌猜谜苦等解闷，这节骨眼上只能苦等。

子夜风骤雨暴，余秧秧带着朵儿、鲁元在鸟蛋辕车厢睡。骷髅婆一声裂肺长嘶，紧随着一声强有力的男婴儿啼哭声降临人世，骷髅婆拼尽全身力气，抱起男婴亲吻着带胎血的小脸，眼泪如雨清洗着他身上的血污，将举起的小拳头分左右一个一个含进嘴里亲吸干净，血水吞进肚子里，剪断脐带，用黄丝布包裹完毕，让他吸进人生第一口奶，低头闭目，微笑示意："看那边是男是女，带上两套衣与剪脐刀去。"双手递给拉坡。

拉坡戴上斗笠蓑衣，用油布抱紧婴儿，虽是百步路，却比走长城还漫长，手捧亲儿子，惊喜万分，他懂妻子磨难中的倔强，深谙她放宽的胸襟，更心虑她的夙愿，历史之秤称不出纯的重量，手上千重，一步一泥坑；当他走入茅屋脱掉雨具，抱着男婴走到房间时，吕雉正看着啼哭的女婴，目光呆滞，奄奄一息。拉坡迅速抱走女婴，擦干胎血，剪断脐带，穿上红衣，扭头奔向辕车厢内。

当他回到茅屋时，吕雉精神大振，笑容可掬，正给男婴——日后的皇帝刘盈喂奶。刘盈猛吸乱吮，弄得吕雉心情大悦，虽虚汗涔涔，丝毫不影响护犊天性。拉坡急忙打开装"小米鲜汤蛋粥"的陶罐。吕雉连喝三碗，填充脾健，重复元气。

第二天雨停天晴，众人欢天喜地贺庆，余秧秧抱着男婴刘盈拜见刘邦父兄，两穷男人喜极而泣。刘邦二哥刘仲背着几个南瓜去芒砀山，给刘邦报喜，拉坡抱着女儿杏儿，牵着朵儿与众人一一见面，他内心喜忧参半，一切遵循妻子暗旨，寸寸柔情自慰："没人愿意为了生气受罪来到这个世上，娃们命好，就是我开心的时辰哩。"对那开不起的玩笑守口如瓶，终其一生。

吕雉周身舒泰伸展，趁久别乱世之隙，借江桃仙阳刚之缘，高明地下了一盘异常精彩的先手棋，也在九月十五这一天奠定“天下第一女人”的圣基，握住了书写天人合一的神来之笔。

星光不问赶路人。两月子里的女人需要静养三日方能启程。这时刘邦的父亲刘煓唯一喋喋不休话语是家徒四壁，其他一切要求是多余的。言不由衷是鬼，谎言欺世是贼，鸟蛋自己插科打诨，从不容许别人言不由衷，刘邦求他接吕雉去烟柳镇生娃言真意切，所以他不远千里，一诺千金。刘煓虽小气啰唆，而他心诚意虔，人穷尽心，只能如此。鸟蛋知苦，下令就地休息三日，让打水板带两驭手先行去郡上筹米油肉类，特交代买能“发奶”的食物确保两婴娃别饿哭。朵儿拉着鲁元两边哄婴儿宝宝，自己闲着又当起余秧秧小老师，天南海北，边识字边胡吹海侃起来：“暴秦之欲无厌，割城池得一夕安寝，漂泊沦陷，起视四境而秦兵又至矣。”“生命不过一片叶子，风把你吹落到哪里终为泥土。”“谋幸福扯淡，幸福自来，住那阿房宫幸福吗？”“皇帝那玩意儿是宠坏的，说啥是啥，一人天下，说杀就杀，就要多几个刘邦造反他才知道怕。”

“何大人，那刘邦当了皇帝，不也是一人说了算吗？”余秧秧反问。

鸟蛋一时吹上劲，怕人反问：“呃，教你多少遍叫鸟哥。”

余秧秧人大性长几丝倔强：“说一百遍，你是我的恩人，何大人，一辈子愿意做牛做马伺候你，一开始叫啥就叫啥，改个鸟哥，像吃虫般张不开嘴。”

一物降一物叫克星，人怕戳着脊梁骨，鸟蛋每次在余秧秧撅起嘴时就认输：“好，好，爱叫就叫。噢，得想个法子不能让皇帝一人说了算。”

余秧秧笑着刮他一鼻子：“那任你自己做皇帝。”

鸟蛋防不胜防被逗笑：“还没到夜晚就出口瘆人。”

余秧秧：“你不是说了吗，好皇帝权不离经，权不损人，权不多用。”

鸟蛋：“不是我说的，洞爷说的。”

余秧秧：“你还说，万事三易，简易、变易、不易。内方外圆，一分为二，合二而一，坏人杀不完，好人死不光，把一颗心修好了，看什么都顺眼，都是从你口里溜出来的，都是你说的，教我的。”

鸟蛋：“哎哟，都忘啦，现在教不了啦，你太合我心意，魂钻到我肚子里，还跷着腿坐起来。”

余秧秧：“教不教，我无权置喙，敢爱、敢恨、敢死也算是你教的，我还自己教自己，剽学了点名节。”

鸟蛋：“呵呵，了不得，回烟柳镇，我只有再到哥嫂那里偷几本书给你看，我的旧棉袄哟。”

余秧秧：“哈哈，求之不得，有偷有还才叫‘借’嘛，别说得那么难听。”

鸟蛋：“哎，跟爱书的人借书比借钱难一百倍、一万倍，借一本好书像割了她的肝，只有换个法子。”他做了一个猫偷鱼的动作。这个动作刚好被余秧秧快手抓住，她瞪着大眼睛：“何大人，还求你教我一招。”

鸟蛋：“都教完了，没招。”

余秧秧：“飞针透骨。”

鸟蛋：“那可不成，祖传绝活……”

余秧秧：“你已断子绝孙，我陪你绝。前晚险些被樊哙一下搁到塘里淹死。哼，悟出一个道理，弱女子得保护自己。”

鸟蛋：“嗯，做人不看别人脸色，也不给别人脸色看。噢，一物降一物叫克星，教你。”

余秧秧上前一把抱住他的脖子亲吻个没完没了，发出一串铃铛般的嬉笑声。

返回烟柳镇万事顺遂。沛县县尉费九牛二虎之力筹措到一路之需，特别是那张“发奶”清单，迷惑不解地送走朝廷“威武爷”打水板，也从未见过虎狼师“发奶”的军令，心道：“不打仗，怪事就越来越多，守土一方，要保乌纱帽，得一切围着朝廷忙。”

披着晨霜，迎着夕阳，沿路参天红枫黄叶点缀山丘河涧，天蓝水碧，石道木筏，风柳随和，湖边塘堰，波光粼粼，水鸟上下翻飞竞技，惹得鸟蛋和余秧秧扬手追射一番。饿殍遍地，长歌当哭，暴君铁蹄下，三车富贵保住温暖，一路风景相随，两名婴儿偶尔啼哭数声，构成天地人和交融的一幅玄妙的画——那年那月那一天。

落日归途，有小孩一路童趣助兴，一点也不感到寂寞。宿营地，无论在湖边、山野，还是大树河涧旁边，有时在断桥或半间猎屋处，总是打闹追逐，歌声笑声一片。当然，只有拉坡一个人特忙，照顾两月子妇人，“发奶”重任他默默扛着，拿出浑身解数做出最美的鲜汤，婴儿啼哭不管是哪一方，他都像给蜂王蜇了似的“哦，哦，乖，别哭”，连蹦带跳地“袋鼠跳”。人瘦了，脸总是带着微笑。两堆婴儿屎尿片，他亲手洗得干干净净，两条绳子上分男女婴儿晾干，有时还悬挂在军车厢四周，奔跑中晒干，陪同御林军虎狼师军旗一起飘扬，吸引着沿途睥睨目光。

啊，小皇帝屎尿片，撒播一路芬芳。

吕雉与江桃仙每天午餐时，都会走出车厢抱着刘盈、杏儿晒晒太阳。傍晚酉时，金乌西坠，鸟雀还巢，静月当空，两人总是离群百尺，换着婴儿吮奶，一阵微微隐喻窃窃私语与开心筹码、戏码、博弈、弥补的亲昵笑声渗进皎皎月夜。

最奇怪的是朵儿和鲁元了，头两天她俩坐在鸟蛋和余秧秧的马上，慢慢学着抖缰提绺，又爬上备马独自骑行。特别是鲁元，平日少言寡语，可一骑上马就判若两人，蜕变成马痴，放胆狂驰，同朵儿争抢斗狠，肆无忌惮，惊得鸟蛋跟着提心吊胆地护卫：“两疯丫头，慢点……吓到爷啦，烟柳镇咋尽出大胆的。”一边瞟一眼练飞针的余秧秧，两人又并马缠斗一番，直到精疲力竭双方才甜笑着和解。

鲁元突然狂放恣肆，令吕雉心花怒放，她隔着辕车窗望着鲁元与朵儿纵马奔跑，内心一千次问：“自从见到小小鸟爷，不知道是命还是运，这位顽童大恩人，到底是人还是神？天下呀，有大本事的天才啊。”

天露滋生，地气苏润，烟柳镇秋收硕果累累，分级储藏粮食乃重中之重，饿怕了的两脚动物把粮食看得比命都贵。上次抢粮仓的教训世世代代作为防范之训诫，鱼虾蟹再也不用锁扣劳送，柳湖、柳河基本不捕，是那一条深三丈宽三丈防涝防旱七里之长大干渠，其中有三个烟柳镇的人都吃不完的鱼鳖虾蟹。林萧云让张步青专从客村选调一支捕捞养殖队，水牛、水鸭、鹅禽从螃蟹地进入沟渠，吃草寻食，傍晚从内港起岸入圈，不用看管，人轻畜闲，而长江悍鱼群疯了般游进各巨渠内觅食，渠岸垂柳掩映，是七层各类鱼贝自由生长的“长渠天堂”。客村人逐步以渠为家，以渠为财，以渠为傲，派生许多加工鱼、虾、贝、鸭、蛋的大作坊，也成了烟柳镇五大财源之一。

鱼贝虾是天生的，而渠是人开凿的，引长江之水，养长江之鱼，旱涝保收，它的财力与造船作坊、黄金珠宝相提并论，取之不完，用之不竭，提供了千年循环滋润着烟柳镇人的美味佳肴。烟柳镇人记恩，每每吃到兴奋时：“楚王子、燕公主聪明，造福世世代代啊。”

吕雉住进鸟蛋为拉坡一家盖的霸气且精巧石屋，一共七间房，两间大客厅，三面阳台，三间浴室，家具都是锁扣从南郡运来的，听说与锁扣那栋几乎一模一样，包括外设机关。

烟柳镇，一山、三分水、六分田，让饿瘪肚子的吕雉似掉进蜜罐，住宅锁扣精巧布局，胜过皇宫后寝。拉坡每天白天在玉蟾洞忙碌伺候江桃仙和杏儿，傍晚徒步二十余里为吕雉、刘盈、朵儿、鲁元做可口仙汤饭菜，从不说话，一见刘盈就笑成芍药花，心里甜，想方设法弄出罕世好吃的佳肴，朵儿、鲁元嘴也跟着越来越刁。江桃仙每七天来镇上住一天，因为朵儿不在身边像掉了半个魂儿，母女连心，更何况朵儿那张天生“百灵鸟”似的甜嘴，逗得悍娘开心不已。她软硬不吃，恃强斗狠，唯独对朵儿百依百顺，一听到她的声音就乐个不停。更何况鸟蛋从耿飞雪那里要了两匹西域矮马，一红一白，有缰无鞍，两童女策马四处狂奔，人呼“红白双燕”，自然不忍心带回山洞，让其无邪放纵，日后还能就近去学堂念书。刘盈与杏儿每次还能换着吮奶，各自品着亲娘热乳。每当此时，两婴必睁眼嬉闹，小手乱抓，哭着分离，意犹未尽，或许是还有血浓于水的感觉，婴娃不能言语，只能从笑声哭声去悟读了；两位心藏千秋、万千心机的乳母，放开自我，如切如磋，如琢如磨，喜好同心同形，凭空悠游，心存“皇帝”二字，从不道破，一切暂且潜蛰于梦幻妖娆境界之中，话投机，一夜无眠是常态；登高远眺，随船出江，芦苇荡里捡蛋，后山采果摘野菜，看了拉坡从鸟蛋那里借来的《金人铭》《托谱》《江南春》等诗书，更让吕雉惊讶的是高圆公主绘画的烟柳镇一览图，百看不厌，实景名图相对，深深震撼了她的内心。望着林萧云书写的狻猊岗崖刻“江山”二字，不知不觉地流下无语热泪，怀一颗感恩之心，敬艺之情，也在书房留下“烟柳镇，天生仙境，人造天堂”墨宝。

刘邦差人来信，路上险些丧命，内容是一喜一忧一谢。喜的是得子刘盈；忧的是被官兵围困追剿，马肉吃到吐，抢马、骑马、杀马；谢的是鸟爷、拉坡、江桃仙、朵儿、余秧秧，都未谋面，名字一个也未漏。二哥报喜时可能说了三天三夜，几百遍。刘邦困中有仙人之助，所有恩人点滴铭刻于心，最后哭泣发誓，今生若战死，来世填恩。

“死不了，妹的骨头生得奇，他的胡须长得飘，七七四十九的磨难是少不了的。”江桃仙安慰着吕雉。

吕雉噙泪：“借嫂嫂吉言，也恳请你今后唤我娥姁，那是我的乳名，因为如今这里是我娥姁的家，听嫂嫂唤我娥姁，似乎回到父母身边，从未走远。”

“哦。娥姁比吕雉好……好……听……的……”正在帮着沏“雀舌茶”的拉坡冷不丁又冒出一句。吕雉微笑地朝他点了点头。江桃仙微笑着发威：“多嘴，舌头都伸不直。”拉坡一愣，笑着放下壶，悻悻进了厨房。

江桃仙举杯抿了一口清茶：“斗笠山的‘雀舌茶’，香沁心脾。”并示意吕雉品尝。

吕雉：“嗯，仙味。”边品边思。

江桃仙似在开导也像自言自语：“会做汤的男人围着女人转，凡事把女人当皇上；造反的男人，女人围着他转，凡事敬三分，让三分，藏三分。”

吕雉笑着给她又斟上一杯茶：“嫂，有时还得进三分，敞三分，冷三分。人生奥妙均含在进退之间。”

江桃仙：“呵呵，该唤小娥姁了。《金人铭》书中精髓已入心三分，哈哈，有出息；大潮顺势，船漏补洞，有人开门修路，有人关门筑墙，南甜北咸，东辣西酸，三分靠命，七分在能，鼙鼓闷声雷，北方祥光显现，姝离整装上台不远了，现在这儿吊吊嗓子，哈哈，我总想唱嘞。”

吕雉：“娥姁在烟柳镇，看到了日晕三更雨，月晕午时风，天人合一玄变，开埠建镇，一样的土地，不一样的耕耘，真仰望年轻有为林萧云——崖刻‘江山’二字让人心涌江涛，不禁噙泪……”

“哈哈，识破红尘便是仙，他的字是妻子教的，那二人武功在我之上，文韬武略，侯门将相之后，可惜天生一对鸳鸯太美丽、太聪颖，凡尘留不住，跟咱们不同一条辙。”“大富靠命，小富靠勤，人有人道，仙有仙迹，可路都不会很长。”吕雉托话。

江桃仙：“深山藏虎豹，乱世出英雄，管它路短路长，重在每一步走得尽力，最好是山摇地动，不负人生戏场遛一回。”

“哈哈，嫂的话总给我万钧之力、浑然之气，娥姁也想笑一笑，也想唱一曲。”“笑比哭好，女人要做朝阳牡丹，别做暗中哀花，高位高帽都靠抢。”江桃仙将杯子倒悬着，几滴茶水掉在桌上。拉坡又递上一壶新茶，将她手上杯子恭恭敬敬接过来重新斟满。由于斟得又急又快，茶水旋转得比杯沿还高。

“哈哈，这茶得低头喝。”江桃仙不用手一口吸尽，又将杯子放回原处。“酒要仰头饮，茶要低头喝，诗向会人吟。”拉坡笑着又和上一句。两妇人一怔，似乎听出个道道。

拉坡得意地瞟了一眼吕雉：“你在看谁？”江桃仙笑着喝令：“看茶嘞！”“看娥姁脸红了不是。”江桃仙激了一句，本来脸不红的吕雉即刻嫩面颊上升起红霞，尴尬地举杯饮茶掩饰，用笑声解围。

事无秘而不奇，人无秘而无趣。刘邦带着突围的屠正魁、樊哙、入地龙、钻天猫、小画匠潜入烟柳镇，三十余人造反团伙化整为零，四散逃命。

刘邦走投无路，心一横：“见一面儿子刘盈再死。”由于众人衣衫褴褛，形同乞丐，又携带有兵器，被巡夜的狩猎队团团围住，并缴了械。刘邦虽然冻得瑟瑟发抖，身上有伤，藏有荧烛蹭光的热度，即将见到妻儿，激动而从容：“快请刘邦恩人乌爷前来受拜。”狩猎队巡员："哼，穷叫花子，三更半夜还叫醒咱大爷，不将你们这些贼捆吊起来就是面子，瞧这酸样。"吵嚷中幸好打水板巡查路过，闻声前来问究竟，一听说是刘邦，又见樊哙，一定神，低声吩咐左右，警惕地扫一眼九里畈方向："不要走漏半点风声。"急速安排五人入狩猎队洗漱更衣做饭，樊哙道："好吃好喝，多煮一斗米饭。"他瞟一眼樊哙，自己将刘邦带到较隐秘的拉坡楼下，不敢近前，因为锁扣布了机关："拉坡，拉坡，开门。"他轻声呼喊半晌，拉坡披着衣服举烛灯开门，一瘸一歪来到打水板跟前："啥事？""嘭！"拉坡一惊，烛灯一下脱手掉在地上。"哎哟，我的娘，打水板……你……你……带来的是人……还是……鬼……也不先打个招呼……"打水板极力稳定他的情绪，也知道深更半夜过来太突然："是刘邦，不是鬼，樊哙也来了。""啊，这样。"刘邦又冻又激动，有些失态："在下吕雉贱丈夫刘邦，二哥早早提到拉坡大哥会做仙汤。"打水板趁机做了个按嘴唇动作，示意保密。拉坡马上会意站在面前比自己稍矮一截的壮年人是朝廷缉拿的重犯，马上警觉起来，牵着刘邦的手深一脚浅一脚进屋。

点亮灯，敲开吕雉门："娥姁，刘邦来了。""吕雉是我，刘季呀。"室内点亮灯，一开门，双方愣着僵着一动不动，好像互不相识，热泪长流，半晌才相拥而泣。拉坡见状接过吕雉手上的灯，送进房间窗台上："我……去做做……饭……烧水……洗个澡……"说罢闪身去了厨房，"叮当"作响地忙了起来。刘邦和吕雉抱着哭了很久，难后重逢，悲恸不已。吕雉抬头，泪眼看刘邦头上秃顶，长须灰白，一脸蜡黄憔悴，初显老态，心痛不已，知道造反难，吃尽人间苦才磨成这样；刘邦更不敢相信妻子竟在兵荒马乱之年，比初识还显年轻，面若桃花，丰腴白皙，以泪洗面如出水芙蓉。两人低泣惊醒了刘盈，"哇哇！"数声乱蹭乱抓找奶喝。吕雉赶忙抱起来将奶头塞进他的小嘴唇里："啊，又白又嫩，长得七分像你。"刘邦自卑地用冻裂的手指摸着刘盈的小脸，痴望着年轻的妻子。吕雉故意将刘盈的脸靠近烛灯下让刘邦看："他干娘江桃仙说，日后刘盈贵不可言，呵呵，奉承的，寄人篱下，处处礼让三分，真不知道贵在哪。"刘邦附和着，细细端详：“嗯，我也看出来了，贵在娘身。”吕雉笑着：“妻随夫贵，母随子荣，鸟爷义薄云天，又添一笔还不起的人情债了。”刘邦无限感叹：“大恩难报，贵在同心、顺缘。”

这时拉坡在门外低声：“饭菜汤好啦。饿极了，快趁热吃。艾水已灌在浴盆，我去接杏儿她们下来。”吕雉忙答：“谢啦她爹，黑夜路难行，等天亮再走吧。”“没事，常走的。”

“二哥说拉坡的仙汤天下第一鲜，还真是名不虚传。”刘邦吃饱了饭，连喝三碗汤，精神在慢慢恢复。饿久了，人恍惚，吕雉哄着刘盈睡下，又举着灯带刘邦到朵儿和鲁元的房间：“啊，鲁元长高了多少？脚快顶着床。”他俯身亲昵着鲁元的小脸并流下泪：“哎，亏欠你们娘儿们太多，今生还不了，待来生。”眼泪线一样滴在鲁元的脸上。鲁元一抹脸，狠狠一翻身，不耐烦地又想睡着，刘邦轻轻抚摸朵儿秀发：“这头发像油里浸过，又黑又亮，我现在不用剃发了，光山秃岭。”刘邦抚摸一下自己的光顶。吕雉难过又心痛地娇啧看一眼：“人总要老的，心年轻就行，快洗浴，这怪味实在难闻。”她爱恋地拿鼻子嗅他的胸膛。

刘邦也觉得自己尘污垢面，浑身发酸臭，脱掉烂衣躺进浴盆，长吁一口气，一触热水周身舒缓，可是之前从马上掉下来，摔断两根肋骨，一遇热反而鸡啄米般疼痛。

吕雉将拉坡的衣服找了几套来备用试穿，走到浴盆前蹭下玉手轻摩丈夫全身，问了病情，扶着他躺下，因为刘邦一触动肋骨伤，疼痛难忍，更有长期饥饿、惊吓、搏杀、藏匿、伤病、命悬一线，疲惫不堪，一会儿发出鼾声，吕雉只有暗自流泪，一夜未眠。

清晨怜吻丈夫，用香舌舔遍全身，一股樟脑殊香沁溢满屋。接着是拉坡抱着杏儿，江桃仙爽朗大笑声中逗醒了朵儿、鲁元：“哈哈，小懒猫，还睡得分不清月亮太阳，呵呵。”朵儿抢着抱杏儿，叽里呱啦，笑成一团，闹成一片。

江桃仙原本想下山，但不想掺和进“造反”之中，沾亲带戚，但抵不住拉坡破例哀求：“让刘邦看一眼杏儿嘛，人心肉长的，说不定就只能见一次啰，造反说闭眼就闭眼呢。”“好啦，瘸子人歪心正，天下父亲懂男人，天下女人慈母心，下山吧，又要节外生枝，月圆是天下，月缺是自己。”骷髅婆率性中也有时半随半就。

吕雉急忙推醒刘邦：“大嫂下山来家了。”寄人篱下，胆怯三分，二人慌忙穿衣梳理。吕雉也有意让刘邦抱着刘盈迎出：“在下刘邦拜见大嫂，万谢大嫂对吕雉娘儿们的悉心照料。刘邦命苦人轻，今生难报大恩，只待……”还未说完真情流露，咽喉哽塞，不禁低呻抽泣起来，吕雉自然陪着落泪，鲁元也跟着母亲热泪盈眶。

“哈哈，言重，恩情重于千斤，听鸟蛋说你能赤脚从咸阳走到泗水，鞋赠父兄难得，孝字当先，天地该同力同助之。娥姁弃富敬你父兄，又出我意料之外，知书达理，为刘家添嗣，刘盈这娃贵不可言，会为刘家带来红运。大富靠命，小富靠勤，呵呵……”

刘邦将刘盈递给吕雉，跪下施一大礼：“谢大嫂吉言……刘邦难中犹如丧家之犬，幸鸟叔和大嫂收留吕雉……大恩大情……”

“哈哈，别磕啦，你一跪我就发晕，瞎子婆经受不起，星辰未死，天地还在，成大业九字你已占了六字，刘盈添两字，娥姁凑一字，十全十美，大任苦中磨，愈苦愈甜，皇帝生皇帝再生皇帝，没几个好货，生出个始皇帝只知杀人放火，没有磨难的皇帝哪知百姓苦，大魔头一个，造反这活得边苦边乐，才成事……”

“瞎婆子，乱叨叨，天下是打出来的，造反靠杀，啥命呀字呀，靠顺大势，顺民心，顺谋和……”“臭蛋又在卖弄‘隔山传音’功夫，胡子没长出来，专掏鸟蛋，短阳寿……”拉坡急慌提着菜刀从厨房跑出来：“又……拌……拌……嘴……太刺耳……呆……”鸟蛋那边收了功夫，朵儿与鲁元却兴奋着声音大喊：“鸟叔，等我去跑马场！”

吕雉突然想起鲁元还未与父亲说话：“鲁元过来让爹亲亲。”不想鲁元却对这长须老伯一脸陌生：“不！”躲到朵儿身后，江桃仙趁机送上杏儿给刘邦：“抱抱干女儿，与刘盈同年同月同日生，刘盈大三刻，算哥了，哈哈。”刘邦毕恭毕敬迎上去，匍匐在地接过杏儿亲昵：“嗯，嗯，早听我哥说过。”奇了，杏儿一点都不惧生，望着刘邦，咯咯笑个不停，小手抓住长须像钓鱼似的猛扯，痛得刘邦不知是疼还是喜，噙出眼泪。许久吕雉才抠开小手递还给江桃仙，怎么哄都反常地大哭不止，拉坡偷窥到这动人一幕，低头连声叹息。

吃过早餐，拉坡、江桃仙带着杏儿补睡，昨夜赶山路，叮嘱吕雉：“娥姁，带你老丈夫山上转转，解解一身晦气，看看日后鲁元、刘盈生根开花结果之地。”吕雉应允。这时打水板带着狩猎队郎中为刘邦肋骨伤处贴膏药。那钻天龙伤得更重，上下都是樊哙抱托，医治后疼痛稍减。包括外面砍锯堆码的香枝杈，也算是他为迎接刘邦增添香气，还放了三处暗哨，这一切都是鸟蛋不经意间的精心安排。

刘邦一定要忍着伤痛抱着刘盈行走，总想着亏欠妻儿太多。吕雉则心有灵犀地搀扶着丈夫，当着向导，心中庆幸，时走时停，温柔地介绍烟柳镇。刘邦遥望远眺，啧啧称奇，赞叹不已：“‘江南第一镇’也。”两人在洼地刚好见到林萧云与蒙日丹双马齐驱去书院，出众美貌，极致惊艳，又品“江山”二字，让刘邦钦佩得五体投地。蒙日丹的平实朴素，不施粉黛，卓越风采，虽匆匆一眼，却无限感叹：“仙镇、仙人、仙风啊。”随后呆望着如诗如画的柳河入江处惆怅万千。吕雉上前接过刘盈托在怀里喂奶，并出言开导勉励难中的丈夫：“他爹，这斗笠山千万棵古樟巨枫不是一夜能长成的，你做的是救民于水火的大事，成败不计，尽力而为。你若不造反弃暗求明，鸟爷、大哥、大嫂岂能收留我娘儿仨？乱世出英雄，只要凡事杜微漏于端倪，寻瑕疵于宏大，扛着恒韧，秦朝已是强弩末路，重在得民心，呼万众齐力，哪有推不翻的船？天垂苦履行者，逆天改命，需多多反躬自省。”刘邦听着妻子的话，惊愕她的长进。他感悟到她进入了一个高知境界，昨夜见到窗台上众多禁书，又联想到顽童鸟爷人间之神奇，江桃仙不知何方的异人，玄奥无底：“吕雉，你的魂已跑到我前面，在领着刘氏一家走。”“那倒不敢，不管你成与败，我都是刘家人，心归处，夫唱妇和，助一臂之力乃我之本分。”

突然“嘚嘚”一阵集聚的马蹄声，吕雉兴奋地咽一口水，抱着吮乳的刘盈，招呼着刘邦来到拐弯巨石旁：“鲁元从跑马场那边回来啦！”刘邦看到由远而近的朵儿和鲁元纵马狂奔而来，高兴得比过年还有心情：“哟，这女儿胆可真不小，骑术在我之上，哟嗬，我的乖乖，小心点……”刘邦已过了大半辈子，第一次喜悦至沸点，手舞足蹈，目送着盛装马衣马裤马靴秀发飘飞，还不停地挥舞着马鞭的稚童雌影，威风凛凛，一时令造反壮士返老还童，又见鸟蛋、余秧秧策马追随护佑，暗中打了几个响哨，喝彩不已。吕雉略带骄傲道："这两个娃都是她鸟叔宠得惯成这样。那身装扮都是赵七姑亲手缝制，度身定做，哈哈。""赵七姑？""啊，余秧秧的干妈，带领几千女人务工务农，烟柳镇女人的头领，林萧云的左膀右臂，这是一个读书人。"听了吕雉介绍，刘邦心存感激，又叹自己相形见绌，无力回报，长叹："天下义镇。"

这一天的耳闻目睹为日后汉朝开国皇帝龙案补书"江南第一镇——烟柳镇""天下义镇"铜铸鎏金巨匾，从长安运至烟柳镇，成为千年不朽之镇宝而埋下伏笔。

"只有为百姓讲实话，不为君王唱赞歌，哭也是歌，笑也是歌，人生就是一曲有起有落、有浪有波的歌，含泪带笑，熏风摇曳，风和歌……"山下传来鸟蛋和余秧秧的好曲。吕雉将刘盈递给刘邦抱着，有些恋恋不舍之意："抱抱儿子吧，一刻千金不换。"刘邦像托着泰山的重量，亲了又亲。"别扎着他啦！"吕雉轻轻捋梳理着刘邦的灰白胡须，"哎，黑发变白发，岁月不饶人，你若有个三长两短，就尽管放心地走，我在烟柳镇学堂谋个教书的生路，不吃闲饭，将鲁元和刘盈养大成人，为刘家传承香火……"刘邦没等吕雉说完，热泪长流，抱着刘盈"扑通"跪在地上朝吕雉三拜："苦了贤妻，若那样，我将在天堂含笑，死而无憾。"吕雉急忙笑着："男儿膝下有黄金，只拜苍天与双亲，咋的你到处跪，那我也一起跪。"两人对跪着，四手托着吃饱奶水小憩的婴儿。"我刘邦身无分文，被追杀成丧家之犬，脚踏阴阳两界，命悬一线，除了哭和跪，我拿不出恩谢之物……"还未说完，吕雉将话岔开："民怨鼎沸，始皇帝已成衰败之势，说你能成功，若成功了别忘这块收留咱娘儿仨的风水宝地。"刘邦抱着刘盈站起来，眺望长江滚滚东流，烟波浩渺，回眸柳湖，鸟飞鱼跃，再望来路九里畈，夕阳红处山外山，梦幻旖旎中，感慨万千："咱们是新来宿客，可昨晚一踏上这块土地，即刻身心安顿，妻儿在哪里，哪里就是男人的家，若成功岂能忘家……"吕雉接话："更有鸟爷护佑，义哥义嫂细心如丝，体贴周全，有胆则心安。”刘邦一个劲点头：“字字珠玑，都说到我心坎上，若造反成功，定来烟柳镇劳作三月，捧泥土于院中种花品芳香。”吕雉做个娇娜姿态：“哟，失忆呢，我先借苍天三杯酒，祝福孩儿长须爹，一人一城，一人一国。”说罢，在他额上柔情三吻。刘邦被逗得大笑起来：“哈哈哈，谢妻吉言。”却惊醒了刘盈，“哇哇哇”大哭起来。

刘邦边哄边往山下走，吕雉依扶臂肘在右，自思自忖，自言自语：“人生在世，儿女是沙漠中的甘泉。”吕雉蔑笑：“没读书的人，尽卖诗意。”“诗由心发，造反也乃一首长长的诗啊，哈哈哈。”又是一阵发自内心的开怀大笑，此时醒了的刘盈也被笑声逗得咯咯稚欢起来。吕雉见状，痴看他父子二人：“呵呵，笑死人不偿命嘞。”笑成一片。

正在吃晚饭，突然余秧秧惊慌地冲进来，低声诉说着：“大事不好，出大事啦！何大人飞针毒杀了两个功夫了得的朝廷探子，说是来抓刘邦的，惹怒林萧云大人骂何大人胡来……”还没等余秧秧说完，刘邦“嘭”搁下碗筷，挪开椅子，飞一般冲下山去。

狩猎队十几人围成一个圈，不许行人走近。一辆马车开着门停在那里，打水板向屠正魁交代着：“车上粮食配足半月左右，赵七姑赶制了几套冬衣，换了马匹更安全些，这是公文。”屠正魁坐在驭手位置，樊哙、小画匠都披挂起镶有虎狼师标识的金锁子甲，刘邦的盔甲放在车内，入地龙伤势敷药后愈了七成，可以自行上下马车，他俩穿上小号军甲，一人还带了一匹备用马，见到刘邦冲下来，众人似有某种不言自明的默契。他环视一眼众人，纵身钻入车内，打水板快速将南郡虎符旗插上车顶，“驾”，互不客套，不打招呼，屠正魁一抖缰绳双马奋蹄奔腾起来，一阵急促的蹄声远去，离开烟柳镇，消失在九里畈方向的夜幕之中。

半山屋顶上，吕雉抱着刘盈，无语哽咽，突然遽变，恍若隔世，心虐得如同乱箭穿心，听着踏碎肝脏渐远的蹄声，目送来不及道一句别的丈夫，驰上生死之途。“最深情是无情”，只有这样自慰诠释。

玫瑰凋零，不见花瓣只见刺。鸟蛋通过绿衣人得知，屠正魁放火射杀的两位少爷，其父正是大将军尉迟鸿蒙的儿子，一家人弃宅投奔的那位三叔乃朝廷大臣尉迟鸿轩，是鸿蒙三弟。讽刺的是，尉迟鸿轩与蒙毅有八拜之交，二人战功赫赫，情趣相投。当然这一条关系线起先并不知情，他从绿衣人那里知道，是鸿蒙启奏，鸿轩亲呈始皇帝批阅："聚西北十七刀客，领钦令，前往沛县捉拿反贼刘邦，各地驻军协同。"

难怪那两名刀客来烟柳镇，百余名精壮守护队高手合力都不是对手，被打得人仰马翻，瞬间死伤二十余人，弄得丢人现眼，狼狈不堪，以致惹得鸟蛋怒火中烧，飞针入喉射杀，酿成大祸。所以，林萧云惊悸中罕见地低声责骂鸟蛋，并指挥快速掩埋尸体，清血去污，不留半点蛛丝马迹，即刻恢复平静。

刘邦得知实情，愧疚难当，自怨给恩人鸟爷添尽麻烦。风吹猎猎军旗，众人已成惊弓之鸟——不怕兵多，只怕猛将，一路狂奔，不敢歇住驿站。百密一疏，急中露馅。第六天傍晚，一群黑色的影子渐渐围合，厄运一步步逼近。

晓风残月，夜半凉寒，小池槐树桩渡口与九江郡一江之隔。众人在岸边歇马造饭，接着远处燕子楼灯光，刘邦疲惫地呆望着江水滔滔东流："人见水东流，逝心自然愁。"他真想在烟柳镇陪同妻子睡几觉，不想又被追赶得鸡飞狗跳，不禁喟然长叹："天地之大，无我立锥之地。"

"嘚嘚嘚"一阵由远而近的急骤马蹄声令众人毛骨悚然。多次交锋中，他们已熟悉这危险信号，各自操刀斧警戒，将刘邦护在中心。

没错，西域刀客，十五匹塞外骏马，蹄声特别刺耳，金甲银盔，佩戴咸阳虎狼师捕手标志，一个个凶神恶煞，本来以为轻而易举、手到擒来之事，却屡屡漏滑掉，辗转追踉，憋一肚子闷气，选择此地围歼，还颇费了一番心思。

为首的举起一颗夜明珠："天堂在左，交出刘邦缚往咸阳，阎王殿在右，死抗割头复命。"刘邦万念俱灰，又苦又累，他深知对方一众高手的厉害，免连累五条性命："刘邦愿赴咸阳领死，勿伤我五弟兄性命。"说罢从小画匠身边挤出，欲上前主动就擒，屠正魁闪身挡住去路，持刀大吼：“那俩小畜生性命乃我射杀，赔钱顶灾开个价，拿人头，割葫芦，看谁的人头先着地。”樊哙吼声如狮，比屠正魁力气更大，嗓门更粗，手拿百斤利斧：“要死一起死，砍两个赚一个，老子早就活得不耐烦了！”小画匠壮起胆子喊话：“咱们是造反的，不是结怨的，日后……”

没等说完，那头目道：“嘿嘿，区区小案，拖得老子来回转，还日后，今夜就是你的祭日。”一挥手十五把刀上下翻飞猛砍猛劈，屠正魁、樊哙以一敌五，刀斧撞击声令人心惊肉跳，而小画匠、钻天龙和入地龙强而力小，拼杀不是强项，更何况遇上高手，险象环生，缩成一团，不时由屠正魁和樊哙接应几招，刘邦在中间更是累赘，欲哭无泪，欲喊无声，只有闭目等死的份。

“住手！住手！”一红一黑两匹马似从天降，空鞍飞奔而来，未见人骑，却能听见一女童一男童声音呼喊。众人一愣，同时向奔马望去，想探个究竟，不料十五人瞬间先后捂着鼻子大叫，随后掐喉落马。

原来是女童倒挂在马肚之下，低身飞针射中众高手鼻孔，男童随后在鼻痛张口“哇”大叫时，飞针直射如咽喉，使十五人落马毙命。这一切快如疾风，刹那之间戛然而止。

没回过神来，男童掠起那头领手上的夜明珠，塞进刘邦兜内，拔了南郡虎头旗，转过马头与女童飞马远去，只留下一串童稚开心的笑声：“哈哈，干自己最拿手的轻巧……”

刘邦惊愕后，笑声让他梦醒，头脑在欣喜中立即明白，这绝非巧合，是半人半仙、心细如丝的屠龙少年所为，一路暗中护送，他扑通一声跪着泪如倾雨朝天大喊：“鸟爷！”鸡啄米般一遍遍地哭拜。众人百感交集，天降救命之神，不死之恩一起大拜，不跪的樊哙，额头往地上猛磕，鲜血四溢。一切都是意外之外。

咸阳宫附近忙得风生水起，有人兴奋，有人畏叹，都藏在心里，互相几乎没有话语，各做各的准备。因为祸从口出，说错一句话，全家人头落地，轻的下牢、割舌，重的发配边疆，所以宫内极显安静，几乎听不到笑声，连咳嗽都得捂住嘴，生怕弄出声响，招惹麻烦。只有胡亥一个人又唱又跳，连跑带笑，无拘无束："俺要陪父皇第五次巡游去啰！"

第五次巡游很特别，文官武将都暗中反对，连赵高和李斯都发自内心不愿意。因为前几次陪御驾远行，短则七八个月，长则达两年之久，一路免不了磕磕绊绊，车马劳顿，风餐露宿，苦不堪言，更怕人生地不熟稍有疏忽怠慢犯错，始皇帝心情起伏，阴晴难测，一怒之下革职问斩，家常便饭。

头两次巡游新鲜，旌旗招展，骏马豪车，黄幡龙椅，刀枪闪亮，盔甲铮铮生辉，御乐鸣奏，金锣开道；后两次，人渐疲倦生厌，打不起十足的精神，更何况高官年龄都在增长，孙儿绕膝，还是咸阳楼高屋大宽敞舒适，甜日子过惯了，谁都不愿品黄连味。百官还有一个共同的托词："龙体欠安，不宜劳倦。"

始皇帝并不傻，一颗搏动天下的大心脏，一双洞悉世界的鹰眸，权衡再三，意志渐渐占了上风。他要试举乾坤的重量，与岁月拔河，发出诏令："二月二龙抬头，第五次巡游。"金口玉言，发令如山，众官领旨，都忙得团团转，各自精心准备陪驾、待驾、护驾，也免不了打起一些为君为己的"小算盘"。

始皇帝有两大嗜好，一是看海，二是巡界。长生不老药、焚书坑儒、修长城、筑骊山墓、建阿房宫都乃次之。他暴戾的秉性，慎思寡语的习惯构成人与神境界上的差异，形成常人触摸不到的高度。

巡游前有重大活动庆祝，看骊山皇陵竣工，始皇帝并不愿意去，但是必须去，乘龙椅从地宫到地面转个遍，李斯汗流满面地将"奥妙玄机，天心地胆"之穴讲了个口沫横飞，天花乱坠。大墓封土，方圆几十里冠绝古今，可始皇帝表情木然，内心深藏半喜半忧之感。最后，登上骊山顶，沐浴金色余晖，极目远眺四周，微笑着伸个懒腰，打一个久久的哈欠，将御笔封土竣工词递给李斯，大步向山下走去，一边喃喃自语："来如洪水，去如狂风，早着哪。"李斯打开巨基竣工御词一边看一边赶到始皇帝身边聆听圣语。他一直细心观察始皇帝的每一个表情，生怕哪里出现半点漏错。屡次陪他查看驰道、驿站、长城、阿房宫，皇帝都会发出圣音。七大工程里唯独骊山陵，他看的时间最长，却又一言不发。这令巧操天下、心机重重的李斯丞相丈二和尚摸不着头脑，心里沁汗。当送走御驾后，他擦着热汗再细读竣工御词，蓦然开朗：“啊，始皇帝夺天下三十九岁，今年才四十九岁，正当英年鼎盛之时，他想长生不老，还不想睡在这里，谁愿意这年龄看死后之葬地。再说，徐福说不定哪天带仙药回咸阳呢。”

李斯找来监工，指指“封土圣词”：“刻石碑立竖骊山陵四门。”他也累了，也不愿多说话，这几天他熬红了眼睛，传言几千名内墓机关巧匠失踪，有说集体活埋，有说绑石沉湖，有说十里闻火焚肉臭味……

焚书坑儒也是李斯任操盘手。始皇帝御笔批奏，留下千年恶名。千秋万世朝中总不缺李斯这样的高官。

监工拿着圣谕展开刚要看，不巧一阵风刮过，把御旨吹飞了。吓得他追风救旨，边跑边唤人救诏书，杀猪般号叫着，幸好风停帛落，他像抓到救命稻草捏握着，快速钻进帐篷内细品慢读，手不停地颤抖，惊魂的一幕，摸着冰凉的脖子，心悸不已。

“骊山之皇陵，天心地胆之穴，朕以始皇帝之名在此立誓：生，龙骧虎步，横扫四海九州，天下归一，卫俺大秦，护俺社稷，填平沟坎，路直道宽，开疆拓土，垒筑大国之墓。亡，身同大地长眠，魂化云龙腾九天之上，俯瞰千秋万代，佑俺华夏永世不衰！此誓日月为证，天地共鉴，仙魔鬼神共听之。嬴政。”

也就在这天子夜，天黑云低，突然大地筛动，震塌民房无数，咸阳宫瓦倾倒一地，所幸未伤及一人一禽一畜。第二天李斯带人带钱四处安抚“不必惊慌，是鳌鱼眨眼一刻”，也是咸阳有记录以来第一次地震。始皇帝一夜未醒，待日上三竿上天台察看，呵呵一笑：“嗯，鳌鱼眨眼，五百年一回啦。”

福无双降，祸不单行。就在当天中午，始皇帝在第五次巡游之前，宴请文武百官，一件极不愉快的牵扯到烟柳镇的事情发生了。

皇帝宴请百官，牛犇在左，本是辞官话别祝福顺遂之笔，不想牛犇豪饮大醉，借着酒性，他本是中级将领与官衔，却大胆越过三级官阶，举杯边饮边指着龙位上的始皇帝破口大骂：“始皇帝你太不守信，派人去烟柳镇抢粮，吃了都烂肠，报应。”“俺儿子种点粮食，你说抢就抢，败德。”“昨夜鳌鱼眨眼，发虎啸龙吟之声，是收你上天，死无葬身之地。”

始皇帝怎容得如此不知天高地厚的放肆之言行，怒拍龙案：“拿下，五马分尸，立即行刑，百官监斩。”侍卫当即将其按倒在地，脱下他的袜子塞满一嘴，赵高暗中高兴，喝令百官到刑场，看到这惨不忍睹的一幕，人人心惊胆战，冷汗涔涔，全场鸦雀无声，一片死寂。

刑后，蒙毅买了上等棺材，放入许多香樟、石灰，缝了七层领的冥服，算是厚葬，并将棺木运到隐蔽的树林中，用艾草叠盖防臭，修书快马告知林萧云与蒙日丹，自己又忙于巡游前的各种准备，而心中却比任何一次护驾远行都要沉重……

杨梁平却轻松地坐上南郡郡尉交椅，为日后烟柳镇的纠葛恩怨埋下了祸患。

第五次巡游，其实始皇帝也是行不由衷。其根源是，他看过三大奇书之一《连山》中的“万诀星象”，与太史令的天师们同时发现最不吉利的天象“火星劫”，也就是天象术数中的“荧惑守心”，天师们献其解数是“龙行天下”避凶，易动离罩。加之“天降陨石”“竹子开花”“铁树发芽”“老鼠逃难”这些异动，迫使他下决心离宫巡游躲劫。而天师们并不知道皇帝看过天象奇书，能卜卦算数，这一招每当他打大仗硬仗时，他自己先卜算，再听天师们卦象，二者若相合便听之，不相合就听王翦、蒙恬、章邯等大将军布置。他对天象一般认为只占三分之势，七分靠人创造。所以这次两者最恶天象相合，人为避让，在情理之中，更何况“一看海，二巡界”乃始皇帝最大爱好。飞离茧房，止沙生绿，春秋赓续，又有文官武将随行护卫，御医御师侍奉，龙凤虎威，胜数七成在握。

二月之一，始皇帝批完奏书后，连续两次传蒙毅入宫见驾，可又一言不发挥手让其退出，显得心事重重，在抗击着某种只能意会不能言传的孤独。

蒙毅长期侍卫左右，他的猜测是子婴童言震醒“不立皇后，唯立太子”的思考，仿佛孙子的话“爷爷，你杀了太多的人，结了太多的仇，他们日后要杀俺们啦”时时耳边回响。自那天后，始皇帝常常静默阴忧独坐，入神盘算落下重子的后手棋。二是那天牛犇醉骂“昨夜鳌鱼眨眼，你死期到了”深深刺伤他的忌讳之心。杀牛犇不是他的本意。牛犇有功之臣，虽然够不上功臣重量级，但是牛犇勇猛直率，不续娶妻，男儿烈性品质让他偏爱。也不知多少次，牛犇的口无遮掩，他一笑了之。这次为了烟柳镇他疼爱的义子林萧云，过火咒骂，触犯其痛处，激起君王一怒，赐了“五马分尸”极刑，他自己快速离场，第二天一天未进食，将丞相李斯、右丞相冯去疾、中车府令赵高挨个骂了个狗血喷头，因为去烟柳镇抢粮是赵高的馊主意，用御鞭一顿猛抽，打得皮开肉绽，血流满面，也累得自己气喘吁吁，咳嗽不已，赵高还连声：“陛下保重龙体。”被始皇帝厌恶地挥手捶胸，让其退下。赵高脚一出门就喊：“御医！”故意提高急切的尖嗓子让皇帝能听到。而始皇帝不让御医近身。第三次传蒙毅入内，始皇帝责骂三人，鞭抽赵高，蒙毅在外听得一清二楚，也实在解恨。牛犇的死让他心痛不已，因事发突然，完全没有斡旋的余地。女婿之义父，多年属下，女儿乃心头肉，事发由于烟柳镇，恻隐心难免，恨自己相距太远，没有立即冲上去捂住牛犇的嘴，冤丧一条性命而懊悔不已，脸上自然挂上情绪，皇帝自然也看在眼里，所以，有一日两次召见无语之举还是第一次。蒙毅认真地步入御宫，聆听这次不同寻常的君臣对话。

“陛下，蒙毅在。”他敛声屏气，垂手而立。始皇帝眯着长眼，半倚在龙位上，右手撑着头，左手示意蒙毅坐下。而蒙毅则用形体习惯性示意“站着更自然”。少时，始皇帝声微而缓，精气且神烁：“蒙爱卿，近日瘦了些。”

“近日与夫人弈棋甚晚，品茶且多，乃老来之状。”

“嗯，国之如棋，人之如戏。”始皇帝接话分量一沉，蒙毅无话可讲，“噢，噢，噢”赔笑。

始皇帝：“世间有两件无奈之事，卿可想过？”

蒙毅：“嗯，一是造反，二是天灾。”不得不搪塞，只有随口而答，因为始皇帝习惯有问必答。

始皇帝略睁眼看了一眼蒙毅，轻轻地摇头：“一是光阴，二是舌头。”蒙毅不免一怵。“舌头”二字太敏感，只得默不作声。

始皇帝用手指顶一下高鼻子：“人生太短，光阴扯不长，许多该做的事，一堆一堆垒着；舌头，嗯，人只识戟可屠众，未识言能溃堤。”蒙毅：“陛下圣言，万世之理。”一半奉承，一半实意。

始皇帝露出一丝不易察觉的浅笑：“民愚则国安，民慧则世乱，王者祈万代永续，江山却如同市井奇货易主，且周而复始，拥兵者，主也。锋舌焉与利剑比乎，禁异音，鼓舌者必戮之外乃驭民之上策；践行者盛，空叙者萎，忌浮萍之海，攒拳对面龙椅虎位，豪杰必谋之。打江山不易，坐江山更难。”他长吁一口气，似乎一吐为快，释放心中长久积郁。蒙毅则听得额头沁汗。平日君臣间忙批奏之事物，沉默寡言的皇帝突发龙吟之声，句句千斤之重，让蒙毅来不及思考，惊得容颜走样，又心服口服地想听下文。

始皇帝蓦地站起来，反背着手走到蒙毅面前来回踱着步，走得轻松均匀，像在丈量大地的尺寸：“树大招风，群狼环伺，乃固王位，需绵绵之力，久久为功。朕常看天上星空与人间对位，万物永恒且善变。”他突然转身盯着蒙毅：“无位无能，此次巡游回宫后，立扶苏为太子，以应对不测，防节外生枝，你与蒙恬拟一份辅佐他的贤能名单，垒新王之基。”蒙毅深感事态严重，闻虎啸龙吟之声，惊喜皇帝有换代之意，长治久安之思。

始皇帝随意摆动双手，在空中划圈轮动，一身轻松：“扶苏这娃太倔，心直性烈，苦得不够，磨得还不到火候。”若有所思地“啧”着唇响，意味深长。

“刀靠石磨，人靠事磨。他勤心守护边关，多次孤身入匈奴腹地察探，已生虎胆虎威，立太子，在其位谋其政，定会日日精进提升……”

始皇帝听到蒙毅对爱子赞叹，喜形于色：“哈哈，朕在去冥府前，将筹划一个二世、三世、万世永安之策，以制固基，以理限权，以能选贤臣良将护国。”蒙毅兴奋地一个人猛鼓掌，逗得始皇帝同他相视大笑起来，君臣亦如兄弟，各自开心不已。

人总是追求不停，卓越不止，每次打大胜仗、巡游前夜，便是耿百万与始皇帝的约定，耿家伙计挑提始皇帝最爱吃的“羊羔焖嫩笋”。两人都不怎么喝酒，“秦风叶”两人必须对觞几盏。

酒过三巡，耳根发热，始皇帝谈趣渐浓，一是夸赞治哮喘的“蟾汁鱼腥草”效果好，耿百万插话：“都备了数份，已给蒙将军，急时用。”又问耿飞雪的婚事。

始皇帝：“那飞女儿，婚事还没定？”

耿百万：“一颗心老在天上飞，不着地，管不了，名没取好。”

始皇帝：“呵，天下没男人配得上？”

耿百万：“有一位。”

始皇帝：“噢，那快成亲啰。”

耿百万：“别人已成婚。”

始皇帝一拍大腿：“那就做个妾嘛。”

耿百万笑着摇头又饮一杯：“人家龙之角、凤之冠，看不上。”

始皇帝瞪起又细又长一眼疑惑：“咦，奇了，飞雪这娃脾气大了点，功夫出众，相貌超群，还有老耿头钱财……”

两人自小说话随意，妥帖又家常，没有君臣等级隔阂，也是始皇帝终生的一点烟火嗜好。耿百万打断他的话：“极品之间，就像人兽偶遇互相都吃了一惊，又互不迁就的本性。”

始皇帝也举觞痛饮一杯，豪情骤升：“朕下一道诏书，挥驱赶之鞭，岂有不听之驽耆。”耿百万又挥手摇头：“孤傲男女，万不能按牛头喝水，只等顺水推舟。”

始皇帝：“那对男女是谁呀，天上掉下来的仙不成？”

耿百万：“烟柳镇小官，林萧云。”

始皇帝惊得一下子站了起来，自嘲地笑着拍拍额头：“啊，那可比修长城还难。烟柳镇还真是个地，最近老有牵扯。那林萧云乃蒙爱卿的女婿，听说还写了‘江山’二字，刻在石岩上，书法冠绝。蒙日丹……嗯……”像在思索下午同蒙毅推心置腹地长谈“皇位续延，江山万世”之事。在国之重子的天平上，从始皇帝的脸上微妙的表情上来看，他已倾向蒙毅的选择。同时他也回忆起，众臣撮合耿飞雪嫁扶苏时她表达自己决绝的心境，他心想：“万里挑一，三才具备，性如烈火，阎王让三分的耿飞雪。”同时他又久久望着耿百万，破例为他斟上酒，自己也酙上一杯，两人一齐饮尽。而他的杯却在手中不停转动着：“咦，天有星，地有穴，人有缘，再犟的牛也有人能牵住她的鼻子，乖乖地跟着走。世间万物相生相克，应该能找到国之牛鼻子吧……”

说罢两人都生困意，打着哈欠随身睡在榻上，抵足而眠，度过最后一个同卧之夜。

第二十三章

玩在当下，开心每一刻。巡游前夜还有一个人通宵达旦地忙碌，香汗涔涔。他唇红齿白，肌肤如玉，且总挂着一脸的招牌微笑，宫里上下人缘甚好，给他取了两个外号“嫩豆腐”“快乐仙”。也只有他一人能随时进出始皇帝的内室，不要通报，更没有任何礼节。他的名字叫胡亥。

胡亥生母梁氏，貌美如仙，可惜十五岁那年因生下巨婴，一口气续不上来，其遗子给了无嗣的老夫人刘氏抚养。刘氏很有礼节，将胡亥视为己出，精心照料，相依为命，在众同辈中，他长得又白又胖，逢人就笑，不会哭，特别见了始皇帝笑得“咯咯咯”抽着弦，打着节奏，流着唾沫，手舞足蹈，逗得始皇帝格外开心，抱在怀里，举在空中，吸吮着他的唾沫，搔他的痒窝，翻个身吮吸他的嫩屁股，响声笑声混在一起。万忙中的始皇帝对他疼爱有加，隔三岔五总要与其嬉戏一番，不经意间，除了扶苏，在子女中胡亥在始皇帝心中占有重要地位。还有两件事让为父的始皇帝刮目相看，深爱于心。一是九岁那年胡亥白衣白马冲入军营赛场，倒骑怒射九箭，箭箭中靶心，令全军震惊不已。始皇帝破例不责怪他擅闯军营，反而开怀大笑，抱着他抚摸，并当众取下万寿金坠挂在他的脖子上。

这时的胡亥比同龄人高出半头，始皇帝看着他长目高鼻酷似自己，男人那份尊严充盈内心，欣喜于颜。第二件事更奇，那年胡亥十二岁，在听完怒斥扶苏埋怨不该修长城顶嘴后，始皇帝赶走扶苏，余怒未消，胡亥却笑得像花儿一般献计：“父皇，俺有一个好主意，让扶苏哥哥出口气，您也不生气。”“噢。”始皇帝被他的甜笑逗乐了，“啥主意？”胡亥一下子蹿到龙椅上站着，打着手势让始皇帝把耳朵凑过来：“把匈奴杀得一个也不留，只有牛羊马吃草，咱们派人每天套好大马，赶着壮牛肥羊回咸阳……”没等他说完，始皇帝一把抱住他反复吻痒着他的脖子：“好小子，龙生龙凤生凤，老鼠生儿打地洞。”胡亥笑得打嗝喊着：“俺不打洞……俺……做龙……嘞……”

可是胡亥到了十四岁却迷上了驾鹰、遛犬、斗蟋蟀，而且屡战屡胜，大有建树：“爹，俺今儿个又赢了三局。”此时他与赵高走得很近，“想见世面”的话也有可能是鹦鹉说学舌。他与豢养的众鹰犬依依话别：“‘云罗’‘花花’‘金钱豹’‘夜行侠’乖乖听话噢，因为耿飞图那猛禽虎犬，围天霸地，别伤着咱们了，所以不带你们去了。”而三车厢蟋蟀按性别、等级区分入笼，助手们做到天衣无缝衔接，并独具匠心地设计了防雨和沙尘的机关，长途涉旅中诸事预想得滴水不漏。

年岁渐长，饭量陡增，餐餐大宴，叠碗堆盘，他从不浪费，待人不骄横倨傲，常走街串巷斗蟋蟀，逗乐众友，“小皇帝爷”乃市井恭奉的绰号。无忧愁，一脸自然憨笑，所以，为父的皇帝也乐得有一个喜欢的亲人在身边排忧解闷。

一颗麦粒从谷仓中失踪，大事还是小事？大事。老鼠入内。宫内那位骄横跋扈、阴险可畏、权倾一时的中书府令却面色阴郁，眼睛布满血丝，望人不敢正视，步履匆忙且趔趔趄趄。他常常蹲守在“活哑巴”卦案边，追写不停，无穷无尽让其测算着，他似乎听到冥刀锋锐响的声音。

太史令豢养的天师中有位从不说话的异人，造型邋遢，干瘪枯瘦，不食五谷杂粮，专喝自制“百草古酒”，将一间僻屋按金、木、水、火、土五行布置成墓穴黑洞，点着九盏“长明灯”，背后巨石上刻有“天父”咒语。此人正是房陵梁州城烟柳镇酒店小掌柜木耳亲生之父，为骊山皇陵测算三千七十五个方位，失联多年，天师号“苦楝树”。他平日无人搭理，自行写写画画，与树木对话，常研荫翳，偶尔治好病入膏肓的高官达贵，由于怪异，不到万不得已时，谁也不愿意走近他。

这次出卦：“龙灭虎咽”“换位移天”“圣命归天，天事该休”“上一刻下一刻千差万别”。让打劫不打仗的赵高心惊胆战，恶人愁苦不已，与上次巡游问凶吉完全是天翻地覆的结果，令宦官坐卧难安，高深莫测地布局生死险棋，绝壁开门，带上胡亥同行，也是棋中一招。

晨曦不等人，二月二日龙抬头日，咸阳宫内有序地忙碌着。拉不住准点的太阳跃上三竿，大地一片金辉，兴奋的年轻军士笑脸迎着朝阳，战鼓号角齐鸣，威仪巡游队伍浩浩荡荡出宫。看热闹送行人群早已在宽街恭候。始皇帝往日坐龙车出宫，今天选择十六人抬的龙椅，四周垂帘帐幔，更好观察四周，且空气清新，也许是哮喘痊愈的缘故，看上去心情爽朗，昂扬于脸上。

突然所有人的眼光投向秦岭最高峰太白山“天圆地方”处，因山顶自古以来终年积雪，太阳照耀银光四射，三年、十年、三十年一次的雪崩此时发生，“啊，哇，哟嗬，大雪崩！”喊声一片，伴着山崩地裂的巨响，亦如天鼓声声，飞泻的积雪万米高空凌撒，远眺似一朵天降白色巨大的莲花，飘然挂在蓝幕之下，闪烁着莹莹之火，皓月之光。始皇帝也躬立起身，拨开帐幔探头惊呼：“啊，好看！”赞美难得一见的天地奇观。

胡亥更是嚷着：“哇，再崩几次啊！”唯有赵高阴郁着脸，惶惶不安，看作是神妙的预兆，凝神睇视，猜揣着底细，君子不立危墙之下……

百姓自然多为奉颂：“皇帝离咸阳，三秦大地，山神擂天鼓发声送行啦！”

人性是一条光河，从永久以前流到永久以后。情，君子之牵绊，扯动心扉，勾起恸痛。当林萧云接到岳父急信哀书，亦如晴天霹雳，五脏皆裂：“义父恩重如山，悍直更露护犊之情，莽勇皆因抢粮事件爱佑烟柳镇而起，惹杀身之祸。生前父子有约，我当急赴咸阳送义父回故里入土为安。”

含泪急收行囊，唯一人独自启程北上。夫悲妻必恸，一定要携带“江上桥”“水中舟”一起同行：“云哥，咱们也有约，在世一天，同行同住，义父亦是咱俩义父，更是娃儿爷爷，生前无力尽孝，死后怎么也得儿孙满堂热闹一番。”林萧云为之感动：“越往北越苦，一路风寒，娃儿太小，恐水土不服，你的孝心义父九泉有知，我一人快马单行，快去快回为上。”

蒙日丹：“不成，世事难料，瞬息万变，你若一人出行，我则每个时辰都在蒸煮煎熬。孩儿娘身上肉，我比你更心疼心珍，千里之行，一家人生死在一起，心乐心安。”

林萧云：“师傅向来处事谨慎，如此坚决，心照日月，萧云心领真情，生死无惧，你背上‘江上桥’，我背上‘水中舟’，一起往前，我想义父在天之灵会一路护佑。”说罢两人寻找襁褓、斗篷等简单行囊，准备即刻启程，并招来张步青做了交代布置。

“哎哟，哥哥胡来，真实悲中无智，急中无计，这么大的事不同我商量。哎，往咸阳不是一步两步、一宿两栈。二月，现在正是倒春寒季节，千里遥遥，风餐露宿，大人能扛，两娃儿在背上绑着多难受，水土不服病了咋办？”鸟蛋气呼呼，一肚子不满，边发牢骚，边手舞足蹈。

林萧云与蒙日丹对望一下，也觉得有道理，一心奔丧，心里哀伤，没想太多，两人都走过这条长路，绑着娃儿长途疲旅，与理相悖。

“哥虽武艺高强，上次咱们也不是在青铜关被绑了，回程时仙姐失踪了，驭手们都死掉了。娃儿八九个月大，更可怕沿途有钱难买吃食，哥嫂又是出众俊男美女，天机妒颜，不出三长两短才怪，忘了华山之险？”鸟蛋真言快语，两人细思极恐：“啊，万不能有闪失，娃儿太小……”乱世长大的顽童，屡屡惹是生非又能逢凶化吉，两人一起望着他，从他的眸里寻找答案。懂事不在年龄，磨砺中可以早熟。

“我已同练遇轩做了镇上安全布置，锁扣增派暗哨，挑一辆上等辕车，带三四匹备马，哥嫂与两娃儿乘车，可抵风寒，打水板做驭手，谷粒跟着料理膳食，一路上可让绿衣人安排食宿，我跟随护卫，多一双眼睛看世认路。”

林萧云果断道：“好，想得比我周到，长大十岁，出发。”

鸟蛋高兴得一晃头：“刀伤易治，心伤难医，哥嫂节哀顺变，千里奔丧，礼仪而已，道理从没有终极，都是断头路，天堂地狱，一念之间。道是终极，唯变道也。”

林萧云淡淡一句：“谁教的？”

鸟蛋脱口而出：“真东西都教不了。”

林萧云：“哦。”

鸟蛋看到远处余秧秧来送行，低声吟出：“悟的。”

林萧云用意味深长的赞赏语气道：“嗯，悟的。”一边用指掐算着：“再加十岁，二十岁啊！”

鸟蛋天性调皮本色又显露：“哥哥才十八，我永远在哥哥腋下，十六岁好啦。”博众人哀中一笑。

幸福是一种内在感受，它并不遥远，并不陌生，从柴米油盐的琐碎日常中提炼美好，从儿女成长中体验绚丽花开。这对文武兼备、才貌冠绝人间的年轻夫妇，自从双胞胎降临于世，他们同普通人一样，一起忙碌着尿片屎片，举抱逗喊，喂奶洗澡，夜醒更衣，下一代来到身边，自然升级父母天职，老成许多，遇事先想到孩子，床上波澜自然减少，少男少女的疯狂不再，大部分情感迁移到宝贝身上。

江上桥、水中舟，高圆公主预定的名字。桥桥、舟舟是林萧云和蒙日丹对其爱称，随着一天天长大，夫妻俩干脆直喊“桥”“舟”一人一字，两婴儿也熟悉记住了各自名号。

桥、舟这俩天性机灵好动的小家伙，一上路就兴奋不已，在父母怀里又蹦又跳，喧闹不止，叽里呱啦将车内变成喜乐的小天堂，特别是第一次看到双马拖着车奔跑情景，山河树林倒退移动，婴儿眸里闪烁着千万个好奇之星星的光芒。一会儿静止观望，一会儿蹦蹿雀跃，一会儿兄弟俩对笑，双扯互抓，一会儿争抢吻母亲脸唇，时而还闹着换位，给哀中的夫妻带来心乐的淡淡浅笑。

鸟蛋改不了逞能的秉性，不停地训练谷粒的马技，奈何谷粒是他所教的弟子中最笨的一个。他天生只会锅碗瓢盆之术，并达到无师自通的妙境，对骑马和舞刀弄剑天生胆怯，以致屡屡掉下马摔得鼻青脸肿，龇牙咧嘴，伤处涂敷上药膏，变成唱戏的花脸，令人捧腹不已。“别强练，精钻一处，平骑跟上即可。”林萧云对乌蛋、谷粒笑着温声提示。

行万里路，读万卷书，并非虚言，奔跑中，停歇间，风雨里，烈日下，陌生的坑洼，善恶潜藏在有意无形之中；汲取和输出也只有穿梭了时间的隧道才能闭合：谷粒由胆怯变成敢于与乌蛋纵马齐驱，打水板的驭技在青铜关换了那辆“皇车”后，又轻又稳，奇妙无比，发誓回烟柳镇也要造出同样十辆“迎亲车”，谷粒到耿家酒楼，南北菜系融合，烹饪日益精进，蒙日丹吃得奶水鼓胀，林萧云丝毫没有疲态，精神飒爽。更有意义的是，桥与舟在车辆的奔驰中学会了一声接一声叫爹和娘。

乌蛋的绝活让绿衣人奔走如飞，来回递信。“茄鲞”“荷叶莲汤”“黄酒醉鸭”“焖乳羊”“溜肥肠”“炸乳鸽”“红烧猪肘”，打水板吃得戏谑：“跟何大人赶路，不是奔丧，是沿途做皇帝。”

道途遥远，却处处预先安排得行稳温馨，贴心周到，妥善又家常。“榉荷花酒”“糟鳖时鱼”“杨虎煲”这些稀缺膳食每日点缀在家常便饭之中，乌蛋深知蒙日丹不喜欢过度奢华，一切静悄悄，吃食也乃旅途书中一页。

一路快马备乘，入京畿重地之前，蒙日丹携双子归咸阳家中，日月如梭，一晃两年，心情激动无比，话语也多了起来：“云哥，强国路宽。”

林萧云：“嗯，秦国军强，打仗更倚路宽。”

蒙日丹眺望窗外：“路宽路直，也是一种境界，一种胸怀。”

林萧云：“是，路宽兵贵神速，楚国、齐国比秦国更富庶，却挖沟防御，路窄酿成祸。”

蒙日丹：“俺爹说实战中，路宽攻猛退也更快。”

林萧云：“路窄攻时看不出劣势，退败时互相踩踏，自损一半，胜败进退间，路占一半。”

蒙日丹俏皮起来：“一半的一半。”冷不防桥与舟也跟着鹦鹉学舌："一半、一半。"开始能说两个字了。林萧云高兴得将两娃揽在怀里猛亲一阵："一路长进！"

华灯初上，初庚时分，绿衣人与夜壶早早在宫门守候，入将军府蒙夫人喜得热泪盈眶。蒙日丹上前抱着就哭，惊得桥与舟以为大人打架，扯着蒙日丹："娘……娘……一半……一半……"蒙日丹即刻由泣转笑，同林萧云一人抱起一个亲蒙夫人，两娃翘起小婴鱼嘴，两只小手抓头发，扯耳朵，一阵猛吸，唾沫喷流得老妇人一脸一嘴。林萧云在旁边教桥叫外婆，蒙日丹教舟喊姥姥。桥与舟天生聪颖，一个劲争着连声带着唱腔猛呼："外婆。""姥姥。"众人哄笑。蒙夫人哭着连声应着。新地方、新热情，两娃兴奋得喊个没完没了，逗得旁边夜壶笑出眼泪鼻涕，不好意思奔到门外咳嗽。许久，蒙夫人才缓过气，酣意雍华地抱住双生孙子看个够、品个足："俺娃长得活像天上掉下来双童仙娃，哈哈……你俩外公今儿个晚上肯定睡不着啰，会做个美梦回家乐不是……哈哈……"

桥与舟同时挥舞着胳膊高兴地喊着："一半……一半……"老夫人听得一头雾水，当听完蒙日丹解释后，高兴得不能自持，追着蹒跚学步的小孙子一个个脸上轻轻狠咬一口："啥一半一半，姥姥可是全心全意地咬嘞，哈哈。"这一夜将军府内欢乐无眠。

室内高大宽敞，半新不旧的家具及摆件低调奢华，江上桥和水中舟到了新地方且灯火通明，两兄弟踉跄学步中，四只小手抓到东西就扔，扔不动的就抱着摇头咬，刻花的摆件、茶杯托盘、盆里鲜花小果，好扯好摘好扔一地，林萧云追着制止，蒙夫人却大叫起来："哎，让他俩扔，等会儿收拾就是了，娃要多动多蹦才聪明，才少生病，长膘，丹丹小时候从早扔到晚上，直到六岁学写字才静下来。"蒙日丹笑着亲昵地假装捂住夫人的嘴："娘，别提俺小时候啦，看，俺也做娘了。""哈哈，一家三代人才是最乐嘛。"蒙夫人看一眼林萧云，喜得软下身段跟在小孙子后面又收又捡，童心显现："深宅大屋就得娃多有趣，呵呵。"

桥与舟来到蒙日普、蒙日升的遗盔弃甲旁，愣愣仰头朝上看，嘴里不停地叽里呱啦叫着，登足举手欲往上爬之姿。蒙日丹见状将桥举起："啊，桥，要摸摸舅舅铜衣呀，好，来吧。"桥兴奋地在盔甲上又抓又拍又嘴吻，舟一见桥上去摸到盔甲，他急得大哭又躁又跳，林萧云迅速举起舟，他两手紧抓住盔甲猛摇，弄得刀剑碰墙叮当作响。桥更用力比赛似的猛拉猛拽，一时厅内刀剑晃闪亮。婴儿竭力喊叫似乎唤起夫人回忆起战场，傻傻的微笑中泪水噙满双目……

"下来，快下来！"蒙日丹不停地叫着，胳膊举得太久有些酸痛。林萧云也和着："下来，快下来！"他心悸盔甲边缘处割坏婴儿嫩皮肉。蒙夫人陷入痛苦与喜悦双重境界里，一言不发。

两娃越拉越兴奋，一个劲还要爬到头盔上，又笑又拍又叫似乎在与人对话。蒙日丹、林萧云又不敢强拉，只有忍着拖着，不时两人相对而笑。

"日普、日升，别逗俩外甥了，快寅时了，让他们睡觉去吧，哈哈。到家了与两个舅舅玩个没完没了。"蹊跷发生在桥与舟即刻松手，滑到父母肩上，抱着嘴脸馋抹一遍，又闹起来。

"快上楼睡觉去啊，哈哈，闹到天亮啦。"夫人掌着灯引他们上楼，来到蒙日丹房间。快两年多，夫人每天亲自打扫，原物分毫未动，老夫妇每天都要在女儿房间坐坐唠唠，房间只多了一大叠桥与舟的衣帽鞋袜，是夫人一针一线天天设计、裁剪、缝制，乐此不疲，从一岁到十岁的衣服、鞋帽摆好整齐，蒙日丹激动得热泪盈眶，一件件翻看，追着比画着。可桥与舟一进屋如鱼游灵沼，撒泼打滚，像进了烟柳镇统领的家，每个角落都熟悉无比。

"娘，你真费心，咋辛苦做这么多……"蒙日丹咽喉哽住，说不下去。

"傻丫头，喜欢做的事又不累，最开心，娘每天做衣服、看信两件事可乐着，准备活百寿哇，哈哈。""娘，俺也要跟着娘学做娘啊。"蒙日丹抱住老妇人不放手，久久才分开。

"咿呀，咿呀，哇！"娃儿闹声又将蒙日丹、林萧云两位绝世武林高手惊呆："我的娘，这是谁教的？"蒙日丹看着一对孪生兄弟，左手扶着床沿，右手握着大号狼毫笔杆当剑互刺互拦，点、挂、穿、蹦、削、绕，攻防得有板有眼，绕剑时稚嫩的手腕还迸出"寸劲"。

林萧云不相信这是真的："无师自通啰！"年轻的父辈"子勇父心宽"，心里藏着只能意会的喜悦。蒙夫人一直喜中带傻的状态："我的小祖宗哎，又出俩舞枪弄棒的啰。"成长中的玄妙看得见，猜不着，一夜俩蹊跷。这时传来雄鸡凌晨啼唱，蒙夫人下楼回室内就寝。林萧云拍着两儿子的后背，三男人打着哈欠，和身倒床睡觉。蒙日丹收拾完新衣，环视自己长大的房间，思绪万千，给突然床上多了的三个男人盖上自己的被褥，自己依靠在极熟悉的圆椅上，向外寻找着给始皇帝护驾的父亲的脚印："想爹了。"从不喜欢"奇"的她，突然一夜间在自己儿子身上遇两"奇"。她暗自思忖："世上没有神，没有鬼，真的有因果报应吗？"

不信邪的将门之女皱起眉头，心灵深处发出一连串的叩问。

正午，烈日当空，夜壶与祝叶青已将牛犇的灵柩放到车上，用檀木与篷布掩盖结实，挑选了十几名府上亲兵，一人一骑；莱坎县牛家墩墓地已派人挖好坑，在牛郡尉父母下方竖起封土。由于墓较大，离妻墓约两丈未能同穴，这样都是蒙毅行前付完银两并嘱托祝叶青赴牛犇老家做的低调安排。

林萧云询查一遍后，回到楼上见蒙日丹进了书房，他急忙飞步跟上，心有灵犀地抢着磨墨，还没磨一半，蒙夫人带着桥和舟也来到书房，她见蒙日丹神色凝重，黛眉微锁几分沉重、几分怒气，铺开简牍，反复挑笔，最后选择常用的中锋长毫，太白山斑竹制杆，扼腕空笔悬提之试字。这时蒙夫人接过林萧云的墨杵："俺懂丹儿用的墨，久未磨，手痒着。"她轻声细语唠叨着。二年未用的书案，极有亲切感，数度挥手暖场，虽斟酌再三，方才饱蘸浓墨，神会贯通，如苍龙般遒劲有力，大气磅礴地润透简牍，写出"牛犇之墓"及一副挽联："一生金戈铁马，一念天堂西归。"行云流水，出神入化，融入无穷妙想。林萧云惊叹之余："师傅，今日字体又出新意，冠绝古今，传神中且带秀雅……"蒙日丹又换上红轴硬紫毫蘸墨，一边柔声接话道："谬赞了，悲从心起，心生意，意生气，气生字，字形附上灵魂即是。"蒙夫人脱口而出，冒出句不合时宜的衷言："丹儿，给俺和你爹也来一副留着。""娘，早着啦，俺盼着给您与爹写百岁寿字呢。”“呵呵，啥时候学会嘴乖，老长老长的路，咱到烟柳镇过百寿去，嗯，那时老成精怪，可别嫌弃啰。”蒙日丹写完落款：“义子林萧云、义女蒙日丹、孙子江上桥、水中舟敬立。”边收笔边对蒙夫人说：“舍得离开，是孩儿的福气，是分寸，是取舍，是智慧，更是境界。烟柳镇啥都不缺，就缺老寿星啊。”蒙夫人：“哟，如今一套一套的，还是江南糖多糖甜。”这时林萧云已收好挽联，细心卷起收护，都已内穿好白麻衣孝服，外披黑色斗篷，众人上车，蒙夫人送到府外，一遍遍亲吻桥与舟，没完没了地嘱咐，直到车上驿道，迎风站立半个多时辰，痴望着女儿、女婿和两外孙消失的方向，还是那句老话：天下人间父母心啊。

哀路漫长，崎岖难行，车辆马匹只留有三亲兵看守，蒙日丹、林萧云各自背桥和舟，壮汉扛着沉重的棺柩往山上爬，二十几里的路程，艰行七八里移肩换人，各个累得汗流浃背，气喘吁吁。到了牛家墩天已漆黑，祝叶青备了大量火把，牛氏族人与匠人早已等候，事事有条不紊。只是从村里到墓地还有二里余路，八人抬棺无法进入。牛郡尉父母妻子当年安葬时是两人抬的小柩。众人议来议去，望着棺材犯难起来。

知易行难。这时夜壶唱起主角，他一勒腰带，双臂一托，一人扛起重棺，众人惊骇：“如此神力！”鸟蛋悸得脱口：“爹。”钻到柩底下帮着引路：“有坑，绕着走，往左拐，腰部棺顶住夹石了。”

到了墓地放柩入土，撒米念咒，村巫行了一套民俗法术，燎祭，泼酒祭，林萧云目含泪，脱去外衣与蒙日丹、桥和舟均着孝服行了跪祭大礼。桥和舟路都走不稳，跪礼却有模有样，见父母悲哀，两兄弟不嬉闹，举止还极有分寸，众人皆惊，颂赞不已。火把如白昼之下，牛氏族人见美若天仙年轻夫妻，一对懂事的孪生兄弟，佩服惊奇：“牛叔有福，造化人间少有的儿子、媳妇、孙子。”“哎哟，啧，俺八十三了，这娃天上掉下来似的好看嘞，牛弟为官，还乡归根，值了。”“穷山，没啥美娃吃的，山芋真拿不出手。”

祝叶青备了祭饭，乡民自然贫苦饥饿极，抢着吃。出人意料的夜壶，噙泪燎祭，泼酒，憨人诚语：“老哥，咱打了大半辈子仗，杀人为生，你睡好啰。有儿子、孙子大老远江南赶来送你上山，真有福啊，修得值呀，哎……”乌蛋低声一句：“还真比始皇帝都有福，有俺哥嫂拜您……”众人一惊，夜壶反身大手笑着捂住他的嘴：“哎，童言无忌。”

祝叶青趁机拿出蒙日丹书写的挽联，递给乡村一位老石匠刻成碑铭，一展开，老石匠与众人同时叫起来：“啊，神仙写的。”乌蛋又多嘴：“俺嫂写的。”众人又一惊：“哇！”祝叶青同老石匠对墓基、墓碑和墓柱又详细一番交代，众人才离开，向山下走去。乌蛋乖巧地骑在夜壶肩上，抱着他的脑袋在耳边私语：“爹，咱俩苦中泡大，您会藏锋守拙，面凶心善，骨头硬，意志坚韧，将来俺选一个更大的墓，栽上松、柏、樟、槐、柳、桃、李七种树，让七种鸟每天为你唱曲，一代代唱着曲，名叫‘千秋大梦’‘长睡不醒’。”夜壶高兴地将他搂到怀里：“读了书，一天一个样，俺这命数不赖。”乌蛋拉住他的大耳垂：“爹救了车马，牛犇郡尉帮了烟柳镇，所以都该有好命数。”夜壶高兴地大笑起来，惹得行进中的哀队中人回望，听夜壶大叔粗厚秦腔兴奋长呼：“也是，哈哈！”林萧云似乎也被他瞬时激情所感染，悲欣交集：“唉，清醒中的嬗变，愚钝中的机智。”蒙日丹莞尔一笑：“人生真味！”她和的是危难中一人扛棺，用手捂住乌蛋的利嘴，夫妻俩从眸中相互读懂。

深夜返回将军府，乌蛋与夜壶没完没了地继续纠缠，每至三更便与绿衣人一起去竹韵轩，卯时方归，有意躲开众人。打水板与谷粒配合家人忙膳食。

桥与舟两兄弟蹒跚学步，每日变着花样捣乱至每个角落。蒙夫人笑得花似的跟在后面清捡，不厌其烦。倒是林萧云每日摆好一盘棋局，尽晚辈礼仪“母胜二，子赢一”，蒙夫人心领神会：这是聪明女婿的特殊孝敬；而林萧云自幼孤身，想从岳母身上体会到母爱的温馨，更想聆听长辈的教诲。

蒙夫人则边弈边时而借棋子说事：“这世上，打斗则失序，劝和讲公理为上，铁律棋眼啊。”“当官呀，要能识得江海狂涛巨浪与茶杯里的风波，巨细之间明鉴不乱。”“人生七分苦三分甜，天妒红颜，天妒奇才，月圆即缺，花盛则落，不争个明白，糊涂点快乐。”

“哐当”冷不防一次一次桥与舟将棋子扯落一地，又追着滚动的棋子，蒙夫人戏谑：“哈哈，小崽子又来搅局了。”一次次无声挽留，一次次难舍的千丝万缕情愫涌起，直到第二十三日时，蒙夫人才催他们回烟柳镇：“呵呵，天不留人了，江南近报春雨汛期泛滥，快回家吧，桥、舟，待些日子俺同老爷一起来烟柳镇长住做客啰。”

心情心病，无药可治，送别的那一天，蒙夫人千万遍噙泪吻两孪生兄弟，久久扶门框目送痴望远方，比当年送子上战场还撕肝裂肺，因为丈夫、儿子是成年人，是英雄豪杰，战马嘶鸣，几分壮烈，可这两孪生兄弟，婴儿学舌“外婆，姥姥”喊个不停，亲吻满嘴乳香，没完没了，满屋子踉跄身影……

蒙夫人一病不起，天天以泪洗面，祝叶青一封封书信和驿道急件禀告蒙将军，夜壶与家佣一个个急得心如火焚：“从未见过夫人如此重病。”“哎，思念乃割心的刀啊。”

夜壶急得如同热锅上的蚂蚁，找祝叶青商量：“俺去烟柳镇接一个娃回咸阳，一边一娃能治病救人啊。”

河有两岸，事有两面。始皇帝每次巡游都喜欢尽量绕着齐、楚、燕、韩、赵、魏的昔日边界被灭的都城走：当年的沟壑、围墙、城堡如今宽阔通畅。凡当年重点战场他都要下龙车龙椅，反手抄在背后四处走走，时而还指指点点：“那里缺座小桥，耕农过河便利。”“这里栽几棵香樟，信使夏天可以歇人歇马，阴凉片刻，好解暑上路。”“那里掘几口井，驿道人畜饮水。”李斯会急忙当面绘图领旨，立即照办；偶尔还让蒙毅一起观察当年铁马金戈、厮杀攻城的旧地，抚摸一下残垣断壁，喃喃自语：“起兵者，善借天地之势，皆言为民。治天下者，百姓需瘦，抑民之欲，民谢王。民欲旺，则对施恩不屑，损食饿夫，得仁者誉。仁非诱饵，困中施小恩，民永颂君王仁者。”“驭民者，缚其魂为上，囚其身乃不得已，毁其体则下策。礼者，钳民魂之枷，锁匙亦在君之手。礼虽无形，乃利器也。”

此次巡游，天高云白。不同的是，赵高挑选的侍王七十一妃，个个美若天仙，十五至十七妙龄，蓓蕾初绽，可始皇帝一次也不召唤。

几次赵高献媚试探："嫩花今夜侍王，可召？"始皇帝总是嗤之以鼻，忙着批奏，从眉宇间出言吐气。始皇帝眼光里藏有微妙的嬗变，并对蒙毅多多召唤，对自己与李斯逐渐冷淡。凭多年伺候皇帝直觉，他意识到："始皇帝心中酝酿着一盘保世代王位的大棋局。"赵高联想起"苦楝树"的卦象，加之过度敏感，一路上背上常沁冷汗，背地里与李斯相互内讧，在胡亥那里互贬："李丞相，笑里发酸，骨头酥软，双面狐。"李斯则回击："赵中书府令，吃相难看，固执己见，吆五喝六，一肚子花花肠子。"胡亥则偶出妙言："神仙咋专派你们这些人下凡，整天叽叽歪歪，呵呵，好玩。你俩不要单跟俺说，干脆面对面互掐，像斗蟋蟀那样，俺来做判官，哈哈，热闹。"

睡前翻过一切，醒来又是新生。三月三这夜静得瘆人，因为当年传言十二岁的嬴政与阎王梦里大吵一架的故事在宫内悄悄散播。

故事是这样的：三月三，阎王开放鬼门关，自己闲着没鬼管，就来嬴政梦里："嬴政，我是阎王，你只能活到三十九岁。"他一边说一边翻着生死簿，嬴政闻言大怒，跳起来抓住阎王手里的生死簿扔到地上，指着阎王鼻子大吼："你一个管鬼的阴差官，胆敢定管江山阳间皇帝的生死，朕要活到九百九十九岁才算数。"阎王一看嬴政勃然大怒，心略生怯，悻悻捡起生死簿，顺手拍拍灰尘："你的寿命是'万数鬼'算的。好啦，到四十九岁。"扬长而去。"站住！"嬴政从梦中惊醒。

不管是巧合，还是确有天意，始皇帝今年刚好四十九岁。三月三这个阴节日子，高管圈中自然各自取悦始皇帝，还有的极力营造开阳欢乐的气氛。

落日余晖中蒙毅小心翼翼地侍奉着皇帝从附近长城上走下来。三月早春，和风徐徐，始皇帝心旷神怡，不时停步四顾，凭高远眺，众多武士远近护卫，大有俯瞰九州、威震四海之势。而提着蟋蟀笼子的胡亥一句话惹得皇帝忍俊不禁地狂笑不止："爹，这长城修得老长老长，又不打仗，是不是像狗拉屎做个记号？让匈奴一见就得软脚病，不敢来。"远处侍卫们不知皇帝为何罕见地如此开心，猜想："是不是胡亥斗蟋蟀赢了？"只有蒙毅在身边听到也觉得好玩好笑。

“狮子、老虎，也就是这样巡视领地，兔崽子，就只你想到狗拉屎，哈哈哈。”始皇帝捏弄着胡亥又肥又大的耳朵，来回拧，“一啸千山静，一呼天下应，知父者莫过子也。”谁都渴望被欣赏，胡亥兴奋地回应：“天地玄黄，梦里江山，天上星星不擦自亮，世上没啥大不了的。”始皇帝对这位只斗蟋蟀、不问政事、不近女色、心宽体胖、偶出奇言的儿子，从来只褒不贬，乐在亲情，心中的重量都寄放在扶苏身上：“嗯，星星不擦自亮。”笑着拍拍他的嫩肉凸起的手背和上一句：“没有上天的梯子，想擦也够不着。”胡亥又一实锤敲下。始皇帝高兴地看一眼身边的蒙毅，打了一个长长的哈欠，伸一个大大夸张的懒腰，意味深长道：“国富民强，山河无恙，遂民顺意之梯还得苦爬几年啊！”蒙毅知道一半是说给自己听的，笃定地一声低吟：“确实。”

蒙毅打心里不信天上有鬼神，更不信太史令那帮吃皇粮拿俸禄的天师们空穴来风，装腔作势，屡次反驳“人死变鬼，荫祖护家”之类的轮回之言：“如果鬼能护家，死去的人比活着的人多几万倍，那鬼与鬼的战争……”天师们难圆其说，凡事都绕避着这位睿智耿直、皇帝宠信的将军走。

“鬼怕火。”蒙毅还是在三月三按天师们的谄媚之意，尽护驾之责，烧起七七四十九堆篝火，烈焰腾空，烧透天际。三月三，每年夜空无星无月，远处萤火虫一闪一烁，民间喻称为鬼火。为了防止不测，他让耿飞图放出全部随驾的隼、鹰、雕和七个品种的三十余条猛犬，在御车四周巡护，二十八贴身侍卫，三百军中铁盾高手，三千精骑，不解甲，不轮班，全部进入临战状态，自己全身披挂，远近督察，不仅是护卫，更是借机制造紧张氛围，练兵落重子，警醒军士，抗疲阻衰，棋行一着。

始皇帝也是打心眼里没把三月三这个日子当一回事，但是也不阻碍重臣们好心好意好热闹地排场布置，长途跋涉，车马劳顿，多些花样有益无害。世袭皇帝与农民皇帝的天壤之别是奢华与节俭；始皇帝身上奔流着几代王的血液，视人命如草芥，视金钱如粪土，视官阶为儿戏，唯独对江山传承上瘾，自从听了孙子那番“爷爷，你有许许多多仇人，将来要杀俺们”的话后，一盘保江山、保子孙万代、皇位永固的大棋局在胸中酝酿。他招来赵高、李斯、蒙毅，加上胡亥，在御车内用餐后，李斯借驻扎长城下之景，有声有色，献媚取悦皇帝，诵念自己早已准备的词句：“跨峻岭，穿荒原，横瀚海，经绝壁，纵横万里；望不断长龙烽火垛，雄关隘口起伏奔腾，如巨龙蜿蜒，壮丽奇观，点缀我大秦江山锦绣……”皇帝龙颜大悦，带头喝彩，众人喝赞。李斯乘兴一口气背诵出许多关隘之名，语速平稳，吐字清晰，既有韵律，贯口亦如流水，惊得胡亥放下蟋蟀笼子，率先鼓掌：“哇，李丞相会唱戏呀。”众人嬉笑附和。每当这时，赵高自惭形秽，如坐针毡，脸上笑，心如刀绞，且鼓掌最积极，来掩盖他市井小侩、身世不堪、才疏学浅之窘境。

始皇帝让左丞相李斯主掌工程，赵高握人权，冯去疾为右丞相理财做账，三文官的个人天赋均用到极致，所以才有刚才李斯对巨型工程如数家珍之赞。他望望黑夜长城上的飘曳的无数灯笼，高兴之余，感由心发：“城筑后，该造田了，建一万个江南烟柳镇，填饱天下人的肚子。”胡亥高兴叫起来：“蟋蟀吃太饱不作战，半饥半饱才能打胜仗。”三位重文武臣一时哑然，不知如何作答，倒是始皇帝笑着站起来，又习惯性地拧一下胡亥又肥又大的耳朵，随后伸个懒腰：“千军万马齐解甲，留下几个是男儿？”像是给三位大臣渗透心底打算，又像是在盘棋布子时对自己的拷问。还是胡亥解围：“今夜三月三，哎哟，地狱空荡荡，魔鬼人间晃，都该睡鬼觉啰。”他边说边指了一下赵高的鼻子，又将蟋蟀笼子在李斯脸上刮过，惊得赵高心口悸汗。李斯笑着倒退两步，踉跄碰壁，皇帝一挥手走入卧室，众人轻步出帐篷散去。

逍遥山川自然，人物是空茫宇宙中小小一点。一夜戒严，庞大威仪巡游队清晨一片肃静，只有无形的俗气、媚气、邪气、谣气、毒气、正气、大气、豪气在万千军帐上面混合成一体，向四野飘荡。满心疑惑的赵高打着哈欠，李斯早早来到皇帝帐外，想探听昨夜“鬼节”中的“底牌”。蒙毅一丝不苟一夜巡查，冷峻平静地从帐内走出，招手让二臣入帐。始皇帝在内室与胡亥边吃早餐边嬉戏，笑声不断。三人互相对望，鬼夜无鬼，一夜平安。少时，皇帝走出内室与三人简单礼喧后，蒙毅禀报：“陛下，昨夜阴节特殊，三军戒严，今晨已换上预备队巡防，休整一日，明天大队巳时启程。”始皇帝见蒙毅孜孜不倦，勤心守护，坚甲未卸，几分心喜心赞，又见赵高、李斯面色疲惫：“嗯，三爱卿静心养息，归复元气，明日启程。”手一挥三人出帐。突然传来始皇帝声音：“蒙爱卿留步。”蒙毅急忙回身入内，赵高和李斯对望一眼，实在有些累，困意催眠，各自回自己帐位。“陛下。”蒙毅看着站在帐中央、昂首眺望窗外天际、神色严峻的始皇帝，心中一惊，刚才还爽朗大笑，一身轻松，咋一下龙颜骤变，莫非有啥大事要办？始皇帝缓缓转过身来，长目鹰眸里射出一道威严之光。见此情景，蒙毅轻步靠前，凝神静听：“蒙爱卿，昨夜子时，梦里一小孩，貌似子婴，在朕耳边悄悄说‘嬴政丧命沙丘’……”蒙毅惊悸，看着始皇帝逼过来的目光，装作一身轻松：“呵，那是陛下想爱孙，梦乃笑言而已，三天后俺下令前卫营，凡见到沙丘之地绕道而行，避过罢了。”始皇帝一拍手，满意道：“哈哈哈，假梦真防，天奈俺何，哈哈。”还顺势举起右手伸出三个指头，不屑一顾地反手抄背入内室。皇帝与心腹爱将心有灵犀，遇事不惊，三天后共创共享奇迹与神话，发令暗藏玄机，有意无意之间浸透万“道”之理。

一代民族强人的崛起，有漫长的孕育过程，自然而然地凝起千万志士的意念，不是无缘无故的忠诚。

四月初三，清晨，东方港显鱼肚白，内港四周杨柳多情地在微风中曼舞腰肢，长竹街已更名长石头街，烟柳镇凿石建房，就地取材，外界习惯称其“石头镇”。昨夜接到鸟蛋从南郡捎来密信：“晨，码头等候，急事急离。”所以一大早林萧云守信守时伫立长桥码头上，眺望着螃蟹地柳河入口方向，忐忑不安地思索着鸟蛋葫芦里卖的什么药，又惹了什么祸，也知道他从不做芝麻蒜皮的事，非大事绝不敢用“急事急离”的字眼。

充满未知，勾起无穷无尽猜想。一是杨梁平接任义父牛犇位置做了郡尉，有异动倾向；二是鸟蛋与锁扣近段在南郡潜伏“要干掉杨梁平”，可几次暗中较劲都被赵高派随的五位高手之一诸葛郁童击败。也听说杨梁平从此深居简出，诸葛郁童厚甲护身，寸步不离，林萧云心想：“是要找我用拐杖剑破局？”

正疑惑之际，锁扣驾快船箭一般驶来，船还未停稳鸟蛋就蹿上岸，气喘吁吁跑到林萧云面前：“哥，技高成仙，势大成神，仙姐在洞爷那里。”“啥！”简直是一声霹雳在头顶上炸响，一向谨言慎语进退有度的林萧云失态地一把抓起鸟蛋，两眼圆睁，满嘴冒火似的逼问：“在哪里？”“哎哟，痛死我了。”林萧云一回神放下他，还帮着顺势揉揉捏得过重的瘦子肩膀，闪过瞬间的歉意，犹如心被扎了一针，再次逼问：“在哪？”鸟蛋忙从怀里掏出铁证：“给。”“啊，我的天，‘双童双核’，我给仙的信物，仙……”林萧云彻底被击倒，他信了一切，铁证如山，热泪倾泻而下，哽咽将信捂在胸口，一声声撕肝裂肺地呼喊，幸好清晨人静。

鸟蛋：“哥，想见她吗？”

林萧云：“那还用说吗？”

鸟蛋正经起来：“可有两个仙界条件。”

林萧云：“仙界？”

鸟蛋：“姐已成仙，脱离凡尘，幸好有洞爷护佑……”

林萧云拖着哭腔：“先谢洞爷。”

鸟蛋：“今天四月初三，三生万物，守正修能，洞爷挑今天吉日，渡姐与你重逢七天七夜。”

林萧云瞬间跪在地上，向东方三拜四叩：“谢洞爷开恩，萧云铭镌于心，来世……”

鸟蛋：“情比恩大。”

林萧云脱口而争：“恩比情大，哦……”还想说什么，眼光露出有求于鸟蛋的神色。

鸟蛋煞有其事道：“万事都难，不难没事。人仙会面，瞒天过海，弥足珍贵，万不能破铁律，两个条件必须刻在心尖上。”

林萧云变得有些讨好：“那是，两百、两千、两万个条件都遵守，不越雷池一步。”

鸟蛋："我给洞爷许愿，立了恶誓，说哥哥乃天下最守信的男人。"

林萧云有些急不可耐与慌张："一言九鼎，说一不二。"

鸟蛋："第一，人仙会面，黑色为媒介，只许摸，不许看，只许舔，不许言；第二，七天后你回归原本，天知地知，你知我知，守口如瓶，不传他人，不痴不恋即可，明年再会。"

林萧云："啊，在理，一定遵守。"

鸟蛋："也就是说，做七天瞎子，做七天哑巴。"

林萧云："入七天仙界。"

鸟蛋："哥亦要调整好善中提纯的心境，切勿挟藏半点杂念，一出声，一眨眼，姐就违了仙规变成半仙半人半魂。"

林萧云："不出声，不眨眼，坚循仙规。"

鸟蛋："七天后回烟柳镇，万不能萎靡不振，还要像我一样善意地向嫂嫂撒个谎，免仙气外泄，节外生枝，再不能重逢。"

林萧云："啊，撒谎倒是头一回……"

鸟蛋："就说来南郡收拾烧毁的义父遗物。"

林萧云："都听你说的就是了。"

鸟蛋："哥，到时姐姐将用箫吹奏《山水》，你就更心服口服，领悟仙意，顺着音乐会面，其中韵律将会洗涤干净一切疑点。"

林萧云激动地点头拭泪，牵着鸟蛋的手一起上船，飞舟顺水而行，赴南郡会仙，留下一桩千古奇缘佳话。

望江楼，精美条柱主体，雕梁画栋，在鳞次栉比闹市区临水而立；室内摆设庄重典雅，极尽奢华，户盈罗绮，风帘翠屏，外加黑绒重幕。今日无往来客人，家佣早早侍立四周，南船北马，窗外桅杆如笋，各种幡旗、幡带随风起舞，鸟蛋带着林萧云和锁扣直上闹中取静的二楼就座。这是午时，一番洗漱之后坐定，上来八菜一汤，名厨主理。林萧云见人心切，厌食乏味，鸟蛋一个劲添"巨鳖鹿鞭参汤"，强攒硬塞要他喝下。名菜配红米饭实在可口，胃适肠舒，三人饱嗝作罢。接着捧上名茶"一品香"，各自随意润齿调喉。这时三楼箫声悠扬传出《山水》曲，空茫寂静中，内气萌生，妙指抚穴，丹田吐纳自如。“是仙！”林萧云泪如倾雨，他听出乐曲中只有自己同仙一起演奏时才有的几处高度难点，她至臻突破，功夫已远在自己之上。他缓缓站起，痴情寻声而上。鸟蛋给他眼睛蒙上早已准备好的精致黑色纱罩带。他顺从地让鸟蛋牵着手进入漆黑的二人世界。鸟蛋关上门，回二楼守候。

林萧云迟迟屹立，静听曲完，挪步上前轻抱腰肢，俯身无言。

一切馈赠其实暗地里已标注了筹码。再离谱的事件若出于善意，就是对的，神仙赐的机缘，分秒珍惜，一腔真心，千万不能换来对方毫不在乎的写满遗憾的欠条。

鸟蛋在二楼见戏已登台，生米成熟饭，心喜异常，对锁扣侃侃而谈：“黑比白更知咸淡。”锁扣望着窗外无数往来的船只，心不在焉：“嗯。”鸟蛋蹦到他眼前的凳子上半蹲半坐，强迫他当听众，并愤愤不平道：“李斯那破丞相，笑面豺，与赵高暗中狗咬狗，咬出李斯有五十几个儿女，筑长城、建阿房宫、修骊山皇陵墓，一个个大工程吸血敛财，巧取盘剥，豢养六百多妻妾，仅从咸阳直达九原郡超宽驿道一千四百里……”锁扣漫不经心地打断鸟蛋的话：“河有两岸，始皇帝原定四年筑路，他两年半完成。”

鸟蛋不屑：“啧啧，那哪是他的功劳，是第四次始皇帝巡游回来，为了对付强大的匈奴，下令三十万大军修的路。”

锁扣：“那也要人会管呀，云哥有张步青，我有石三合，你有练遇轩，现在又加了打水板。我造船靠宣文镜，长石街有赵七姑，贪钱贪色也得有本事。”

鸟蛋脸红脖子粗：“你歪理反说！道，殊途同归；盗，无师自通。修那条路李斯建了五座暗行宫，二年半，十三人怀孕，挺肚子，这次巡游他又胆大包天，将二十个女娃扮男装随行……”

锁扣：“那赵高咋不死磕揭出来呀？”

鸟蛋自嘲地笑起来：“不敢，赵高私放战俘，亲笔写给匈奴头儿的信捏在李斯手里。”

锁扣深不可测道：“屠杀人者，相互曾相识，猛兽与善良的人偶尔相遇都会吓一跳，各自退让，上天的眷顾可能是一个陷阱，他在等待你的得意忘形之后，让你痛不欲生，苦乐随缘，有笑有泪。连始皇帝都睁一只眼闭一只眼的事，肯定有因由。”

鸟蛋瞪圆鱼眼：“别文绉绉的，缘分是借口，时机靠抢不靠算，爷爷车马缺内线，单打独斗很难惊天动地，先让杨梁平多吃几天白饭，成功在于出其不意，看着吧，今日白天唱黑戏，他日我将给杀牛犇的始皇帝一个惊喜，恐怖总是静悄悄的。”

锁扣：“要我做帮手吗？”

鸟蛋：“南船北马，水贼还是留江边。哎，你还是要了余秧秧吧。”锁扣站起身：“别伤余秧秧的心，她是你的，我要劫个公主，七天后我来接你。”说罢走出望江楼。鸟蛋也不起身，喊着：“那两本书看完给我送过来。”锁扣虽听见，但是不回头，不答话，两生死玩伴，逐渐学会互抬身价，互揭短板，彰显另类尊贵。

太久的想念，痛彻心扉的牵绊，《山水》乐章中的每一个音符摧毁了一切人仙疆界，是懂了，使双方更加珍惜，高度黏合胶着，真情流露于热泪的温度与咸度，极尽缠绵，黑色世界，不分昼夜，不知阴晴。

林萧云一觉醒来，看到窗外江面上阳光灿烂，船只往返如梭，涛唱浪和，翻身坐起，看到“双童双核”又重新挂在自己的脖子上：“呵，仙回仙界，凡物寄留人间。”长吁一口气。七日为期，恍如隔世，且又静谧安然。他想起答应鸟蛋的话“万不能萎靡不振”，迅速洗漱，抛掉几分迷茫与空虚，回归原点。

回烟柳镇的船上听鸟蛋与锁扣无休止争辩也算是另一种解脱，逆水行舟，逆流而上，熟景熟境移动着，撩拨起归心似箭的念头——烟柳镇，心中的家园。

锁扣驾技一流，乘坐他的船是一种享受。水舟对话，浪跳波涌，由于江风大，两玩伴扯开嗓子争喊。

锁扣：“天下无净土，万事只能随波逐流。”

“神仙从不说话，不干事还高高在上，啥流不流的。”

锁扣：“那是一帮捧的谄的，不说话才好，不出一点错。”

鸟蛋：“难怪始皇帝怕‘舌头’。”

锁扣：“还是宣文镜懂快活，弄了一个戏班子，还自创了一个柳剧，挺好听的，搞得船工都猫在螃蟹地不去镇上。”

鸟蛋：“好日子不会长，苦日子不会短，好坏搭配混，就像咱俩搭伴过……”

锁扣笑起来：“去你的，我要劫个公主，你同秧秧搭伴过。今晚让秧秧来看戏。”

鸟蛋：“让朵儿、鲁元一起来，看戏人越多，台上的才来劲。”说到这里，一直沉默的林萧云回头插话：“哎，让他们每七天来镇上唱一次，镇上人多，我也喜欢听咱们的柳剧。”

鸟蛋：“哥哥，你从来没听过，怎么知道喜欢？”

林萧云：“因为带个‘柳’字，所以喜欢。”

鸟蛋：“我也弄一个‘烟’字，你更喜欢。”

锁扣：“去你的，你撒撒谎还行，唱戏像造船可要功夫，宣文镜的娘是九江有名唱戏角，他父亲是画匠，都死在骊山修皇帝墓。”

鸟蛋迎风瞪起圆眼：“做得太绝，睡不了穴的。”

锁扣掉过话头：“造一条船就像唱一本戏。”

鸟蛋快口失言：“七天为一本大戏。”还摇头晃脑喊着曲：“你有金蝉脱壳计，我有过墙梯。”船到岸，张步青早早备马侍候，与林萧云赶去九里畈议修桥之事，鸟蛋去蒙日丹那里报平安。

七天，比七十年还长。自从咸阳嫁到烟柳镇，做了统领夫人，蒙日丹一刻也没离开过林萧云，就是几千里为义父奔丧，两人也带着双胞胎儿子一起同行。这一对龙之角、凤之冠，文武双全、身怀绝技夫妻，甜蜜恩爱，鱼水深情，相互欣赏对方的美貌、才华、人品，相互祝福，相惜缘分，感恩岁月厚待，尽全力制造互敬互进风景。蒙日丹虽然出身侯门，秉性高冷，可是在帮助年轻的丈夫治理小镇的事情上，特别懂得拿捏分寸，生活上相夫教子，谦卑柔顺，有“母仪天下”之风采，于公于私于情，从不行差踏错，每天两人练字后，两人铁定睡枕上议国事、镇事、时事共享，吹着“耳边风”的舒坦，然后相拥入梦。特别是最近，当烟柳学堂、烟柳书院逐步走上正轨时，她全身心投入演算推研，将全部聪颖的智慧潜行“数”的世界中，锁扣对数有极高的天分，帮着千万遍演算测准，并在烟柳书院学子中传授，以至几千年后这个演算被尊为奇门异书。

一连几天她带着桥与舟傍晚到码头上望夫归，直到柳河出口处漆黑一片方归；每天将林萧云的衣服一遍遍拿出来迎着太阳挂晒，也自嘲没出息："父亲征战在外，母亲是咋熬过来的呀。"发誓从今往后要将姓林的拴在裤带上，一步不能离开——思念比吃黄连还苦啊！

林萧云心中有愧，又累极了，吃完晚餐洗漱后，先前入睡，待蒙日丹将两娃哄入睡后，独自练字不辍，听到丈夫均匀的鼾声，她无比安恙甜美。熄灯后她轻轻躺在他身边，心痛柔吻累坏了的心上人。

小别胜新婚。从那天起，蒙日丹更加温柔体贴，每次林萧云离开统领楼时，夏天亲手喂吃颗冻枣，冬天塞几片甜姜到他口里，日子自然有滋有味，访客村，看柳戏，总是双出双归。

有了这次离别，缱绻的思念之痛，将心比心，蒙日丹暗中让谷粒挑些名贵食材，不露面，不留名，送到吕雉那里，尽一分地主之情。

撵着时间算，也是四月初三这一天，巡游大队人马来到昔日楚都郢城。从这里眺望长江浪涛波粼，洪流滚滚东奔，四周丘陵山地环绕，几处大小湖泊点缀，其间，举目层林尽染，万顷沃野肥田，未来天下粮仓。

五里郢城已是残垣断壁，十里壕沟填埋了无数冤魂，铲土掩尸，撒种花草，乃秦军所到之处一种"众葬"祭法，四城门口割下的人头领赏后深埋种树为碑。如今十里壕沟上灌木杂草葱茏，鲜花盛开绽放，鸟飞蝶舞，"人头树"疯长蹿空，叶嫩滴油，几棵千年古松柏幸存，根须可能触到"人肥"，挺拔苍劲，翠绿返青，枝繁叶茂，向上峥嵘。

李斯提早在楚宫废墟里面斩草铺路，远逐蛇、鼠、兔，迎接皇帝逸步散心。

傍晚，日落江面，天朗气爽，始皇帝御马单骑与蒙毅并辔缓行，来到楚宫正殿处拉缰绳伫立，龙目四顾，豪情万丈，几次兴奋地直立于马镫上，鞭指长江，语调高亢："楚国乃七国中地疆土广之国，边域至琅琊郡，风景美丽，富庶一方，可惜书生王者不识干戈，空耗文章，向四邻推君子之道，送油呈蜜，礼待豺狼，派圣人到城门御敌乎，儒生站壕诵经乎，有意思，如今就这样。”他得意地挥鞭指指点点，催马碎步赏景，回头对蒙毅：“倒是写楚辞的屈大夫有几根骨头。”蒙毅急忙颌首附和。皇帝见景生情，遥想当年蹄下之土“楚女腰，臀翘翘”，歌舞升平，不禁吹起口哨，突然若有所思，立马传谕：“传赵中书府令，带那些娃娃到江边、湖堰处走走，天气渐热，多配些新鲜水果让她们尝尝，不要老闷在车厢和帐篷里。”传旨官飞马而去。始皇帝信马来到一古柏高地，凝视远方，和颜悦色发问：“蒙爱卿。”

蒙毅急忙并马靠近：“臣在。”

始皇帝：“这里离烟柳镇有多远？”

蒙毅急答：“陛下，约三百六十余里。”

始皇帝：“啊，明日你可带精骑去看看令爱。”

蒙毅见问得突然：“不用，不用，娃从小倔强，不念，嘿嘿。”

始皇帝也跟着笑起来：“嗯，娃都这样，扶苏犟得像一头牤牛。”

蒙毅：“陛下，扶苏乃担大任之才，国之栋梁，小女亦嫁郎村妇，一天一地，不可同语。臣斗胆一句，陛下当年不犟岂能气吞山河，天下一统。”

始皇帝发自内心高兴：“这话顺耳，朕听得进，若不是抢时明日渡江，朕倒真想看看江南第一美镇，瞧瞧令婿崖刻‘江山’二字。”

蒙毅慌释：“陛下言重，少年童趣而已。”

始皇帝思索状：“嗯，也只有‘江山’提得起朕的兴致。”他回头对蒙毅善意一笑，一边在空中摹写着“江山”字样：“朕见过摹本字样，写得真不赖，属天下孤品，神来之笔。”

蒙毅惊愕得背流冷汗：“陛下，过奖，过奖，娃们还是嫩芽……”

始皇帝一直平静如初：“据报，小小烟柳镇竟藏匿着那游手好闲、四处张贴造反檄文的刘邦的妻儿子女。”

蒙毅头顶直冒冷气：“这，这臣不知情。”

始皇帝平心静气：“水缸里的波澜，此次巡游去泗水郡借机剿灭。”然后自言自语：“市井混混，胆子不小，还杀了大将军两儿子。”

蒙毅一边流汗一边接语：“可恶，杀无赦！”

始皇帝开始拨马往御帐方向回走，漫不经心：“长乐而忘忧，打你家做客的顽童能使车马之技，透骨飞针痛煞朕御前侍卫尖头，满地打滚，呵呵，有技不在年高，海水不可斗量。”

蒙毅一生征战，省察洞悉名冠三军，万万没料到女儿、女婿身边竟出了可灭九族之纰漏，杜微漏于端倪，寻瑕疵于宏大不是空话，伴君如伴虎非戏言：“陛下，待臣查证后，一视同仁，违法即斩。”始皇帝比以前更淡定，如拉家常：“不必惊吓令爱，罪在造反刘邦，祸根乃年轻交友不慎，待回咸阳后，朕自波澜不惊、不动声色灭之，太平盛世，以耕种为经纬，如今不必过多诛戮。”

蒙毅恭礼：“陛下纵横捭阖，气吞山河，国大疆阔，池边风波难免，臣随时请缨赴命，效犬马之劳。”

始皇帝：“国强则贼少，饱肚子则不思反，杀鸡岂用牛刀耳，你与蒙恬大将军辅佐扶苏执刀分糕才是大事，哈哈，此句乃今日正题。”一言蔽之，催马回帐，蒙毅追着垫上一句：“臣定披肝沥胆，万死不辞。”以掩盖骤然心惊之虚，回帐后为自己粗心而自责不已，也低估了赵高、李斯之流的阴毒，更感觉到皇帝对蒙家的坦荡佑爱，即提笔秘信一封，差祝叶青送烟柳镇交蒙日丹亲收。

天露滋养，地气酥润。皇帝古城歇脚，地方官早早提心吊胆地准备，“一杀造反，二杀贪官”是巡游中最大亮点。御前三批暗探提前潜查于郡县民间，由蒙毅终极把关审定后，离龙营三十里外活剥人皮、五马分尸、烈火焚葬，召民众观行刑，冥锣响处，天鼓声声，人山人海，啧啧嘘叹，鼓掌阵阵，花草撒于必经之路，又一道奇异风景。

“少读儒书多看戏”，接风洗尘中唯一乐事是看戏，烽烟过后，重新依江修城开埠，当地《鱼简楚韵》剧闻名百十里。始皇帝极少看戏，略喜欢秦腔的高亢，而楚戏呢喃软语，一唱三叹。楚戏他只看过一场，也没有中途退场，免台上戏子尴尬。所以，凡新戏种他都坚持看一场，做一番巡游中文化了解，其他娱乐之事一概拒绝。李斯倒是逢戏就必看，见美角即神魂颠倒，带头鼓掌到痛，熟稔有加，行宫闲情偶寄，附和起哄。唯有赵高对戏娱恨之入骨，暗中向皇帝无数次诉告：“李丞相色胆包天，昨夜竟敢带女戏子入帐。”每当此时，始皇帝总是习惯性瞟他一眼瘦体裤裆，微摇头，一笑了之。

翌日，巡游大队渡过长江，始皇帝伫立对岸，久久回望浩渺烟波中对面旧残郢城，突然又有一根心弦被触动，观其眼神，似深藏爱怜，悟浮华一梦，长吁一口气，黯然离别。一众随行文武高官只是惊疑不解皇帝想什么，只能是猜测，历史花絮中自然又多了一道传说谜题。

也许，只有蒙毅知道几分谜底，因为他挨得最近，听到一句“词穷了，直接画”。

一朵朵野花跟着四季在荒原里落了又开，开了又落。一大早，阉牛小声敲门：“夫人，昨夜有女乞丐一直哭喊着你的名字，说是你亲娘，几个客村的人一直守着，给了点水喝，都说是疯子，寅时叫不出声断气死了。”

蒙日丹一听完，如五雷轰顶，第六感告诉她那是咸阳绣女疯娘，事隔几年竟寻到这里来了，巧在前夜梦见她，头上戴满野花，手拿荆沔鱼筒唱着跳着逗桥与舟玩耍。她即刻提裙飞奔下楼向客村冲去。平日矜持高雅、遇事沉稳、受人又敬且畏的统领夫人，学堂掌门人，突然失态的举动让阉牛大吃一惊，立马叫醒乌蛋、谷粒、张步青随后赶上。林萧云也被惊醒告之，他立即将还在酣睡的桥与舟一手挟一个风一般向客村狂奔。

客村石桥上躺着的尸体瘦骨嶙峋，衣衫褴褛，勉强遮丑，左手搭在胸前，额上、手上、脸上，能看见皮肉的地方布满深浅的伤疤，右手似要抓石栏杆寻求助力，停在半空，两眼圆睁不闭，狰狞向天，口微张，露出两颗仅有的上下错位的白牙，唯一坚硬略显与众疯子不同的尊贵。蒙日丹几乎是扑上去，抢握住她的断了二根指节的双手，放在胸口，快速抚理杂草般的乱发，几次合上她的眼睛，没有成功，悲痛万分，泪如雨下，一声声撕裂天空的呼喊：“娘……娘啊！”惊得赶上来的人与围观的人不知所措，汗毛倒竖，四周死般寂静，只有一个声音在揪肝地惊天动地恸哭。当林萧云抱着桥与舟到来时，两孪生兄弟被母亲的哭声惊醒，跟着娘一起号啕。林萧云心痛欲绝地俯下身在蒙日丹耳边轻柔道："带娘回家吧。"蒙日丹抬眼见丈夫和儿子，蓦地站起来，双手捧托着轻如干柴的尸体，晨风吹舞起她长长秀发，迈着艰难的步子走向统领楼。客村闻声聚拢的人越来越多，抽泣一片，默默跟在蒙日丹身后，自发地送殡，一直送到统领楼下，排成长长队伍。"多烧些艾水送上来。"蒙日丹对身后的阉牛嘱咐一句。"嗯。"这时林萧云抢先上楼，将儿子放到书房，迅速找了黄缎被褥铺在床上。蒙日丹将尸体平放在上面。浴室与卧室连通，待艾水灌满浴盆后林萧云悄悄退出，此时一切话都是多余的，牵一发而动全身，因为他曾在咸阳见过撕心裂肺地呼喊"女儿"那一幕。

蒙日丹轻揉开她只有皮骨没有肉的护在胸前的左手，缓缓褪去层层裹身的破衣服时，发现粗线缝制的夹层，颤抖着拆开一看，原来是一张写着生辰八字的红绸，字迹已模糊不清，包着一小撮婴儿胎毛，更让她大吃一惊的是左肩上一块"红枫痣"与自己的一模一样，不禁一声惊叫："啊，亲娘！"无须任何猜测、佐证，母女遗传的"天印"揭开了一切谜底。

她忍着泪将她身如蒲柳的躯体浸泡在温热的艾水中，护婴般地洗涤，连换三盆浴水，揉合了圆睁的眼睛，顺筋搓骨，尸体逐渐舒展，浮在水面上，脸上显现出安详的微笑，深深的皱纹里露出慈祥，皮肤还是蜡黄的，只有那块"红枫痣"鲜活如初……

俗规讲：活人的泪不能滴在死人身上，那样死人在阴间会烫伤。所以蒙日丹强忍着泪水，一根根梳理她麻白黑的头发，悲声唱着：

《哭娘》

娘啊娘
遍身新旧伤
女儿泪汪汪
十月怀胎苦

儿在娘的肚子里长
心连着心呀
肠牵着肠

娘呀娘
我娘是绣女
家父是画匠
给您穿上好看的花衣裳
虽是阴阳两隔
母女魂，手拉手
痛痛快快哭一场

娘啊娘
您倒在美如画的地方
女儿为您铺路
凤凰涅槃
送您上天堂
含着笑
别走远
娘儿俩
天上人间同守望

第二十四章

蒙日丹小心翼翼为她擦干身体，给她穿上自己最喜爱的衣裳，发插金簪，并插一朵自制的兰花，胭脂染唇，佩戴上珍珠耳坠，点燃上红烛，自己静静躺在尸体身边，右手柔牵她的左手并排而卧，以泪洗面，三天三夜无声陪伴，生命中的深情悲伤、绝望，无奈之下的不舍，温婉中一缕忧伤，痛心彻骨地尽孝。

第四日晨曦时，她开门了，外面丈夫和两儿子依偎而睡在门槛上。林萧云被门声惊醒，蒙日丹沙哑嗓音温柔道："准备些干柴在后山大石板上，送娘上路。"一边制止他弄醒儿子，随后一人抱一个，放在书房长凳上，盖上被褥。蒙日丹在孩子额上一一吻过，这时早候在下面的鸟蛋、锁扣、谷粒将汤羹一起端上来，放在书桌上退出。蒙日丹悲眼示意，慢慢吃起来，恢复体力，她清楚认知，相夫教子乃自己的天职。

黑夜，大石板几十丈宽，鸟蛋配好各种硬木干柴，层叠出易燃烧的风口，其中点缀讲究的松节、香樟、杉须，烧起来火更旺，焰中且带焚香。锁扣巧手赶制了一个青铜冥盆，托在手上等待灰烬存骨。人人屏声敛气，四周死静，只有虫鸣。

蒙日丹将尸体放在锁扣与鸟蛋用枝条铺得平整如床的柴堆上，缓缓拿出一幅长帛展开默念着，锁扣、鸟蛋挨得较近都看见，用心血书写的字迹更为灵动，遒劲中透射韧劲：

《母女花》

母为兰：兰花不争春，不斗艳，潜在骄山，留香人间。

女为梅：梅花不争春，不惧寒，迎雪竞妍，独香苦寒。

她慢慢卷起放进冥衣袋里，躬身三拜后，接过火把将四周干柴点燃。瞬时烈火熊熊，红光一片。蒙日丹退后长跪，两眼一动不动地噙泪盯着尸体被烈火霎时吞噬，泪光里闪烁着茫然。火越烧越旺，桥与舟在林萧云怀里被火烧烤得难受，林萧云只有跪着将两娃向后挪退。鸟蛋、锁扣、张步青、练遇轩、石三合、打水板也觉得烈火随风不定向飘荡，炙热难受，也跟着向后跪着挪位，只有蒙日丹坚如磐石，立如傲松，一动不动，任火肆虐。

这时，宣文镜满头大汗带着四位名巫师赶来，也不搭话，杀一只鸡，血喷入火中，敲起通天鼓，捶响送行锣，舞动拂尘，舞起桃木剑，口中念起咒语，向火中抛牺牲，围着火堆作法。

“嚯呼，嚯呼”这是蒙日丹第二次见到神奇的“众火归心”，万道火苗聚成炉势，冲天而起，将尸体托在半空，人形透红，面容焰影似复活，火苗红里染淡淡蓝光。“噼啪，噼啪”燃烧的声响，天衣无缝地配着天师们咒语一起吟唱。蒙日丹瞪大美丽的凤眼，再次看到红色染焚的身形和面容，吃惊地最后一声轻呼：“娘！”随后火势越来越大，包裹着滚动冲天蹿升成一道巨大的火龙衔接天空。众人屏住呼吸，诚惶诚恐地见证了这“巫术通天冥火”一幕。鸟蛋跪久了，有些累，干脆趴在地上两手托起腮，心中升起无数个疑问与猜想：“噢，洞爷说世上只有疯子识鬼魂，从咸阳到烟柳镇，我骑马都累成狗，这疯娘识得嫂嫂留下的脚印不成，能嗅到女儿的气味，是鬼将她牵引到此？鬼魂到底是个啥？看不见摸不着，称也称不出个重量，有些鸟一筐蛋能识别哪个是自己下的，这人嘛，要是能顺着我哥的气味找到蓬莱岛见他多好。这些装神弄鬼的巫师可有招数识得魂？同阎王能说上话吗……”一串串胡思乱想，一番番异想天开，千千万万个猜测。

火逐渐熄灭，干柴已化成灰烬，只有骨头变成了闪着七彩灵光的晶石，巫师们惊喜地对着晶石行大拜神礼，按楚国荆沔传承巫墨记载，如此纯光晶石，即使天师级的久久修为也百年难遇。因此，四位巫师托请宣文镜向蒙日丹讨要极小四粒，并咬破中阳指将血滴在晶石上，封装于胸口，每日神祭，还千恩万谢，对着蒙日丹行三拜九叩重礼，欢天喜地离去。如此纯艳的晶石，是他们顶礼膜拜的护法至宝。

鸟蛋也服气刚才四巫师肉脚踏火炭取四颗小小晶石的功夫，更佩服他们的不贪心，都取最小的颗粒，重在仙祭。锁扣穿上铜靴踏上火堆，小心翼翼地用铜筷将大颗晶石钳到铜箔神龛内，一粒也不剩漏，然后交给蒙日丹，蒙日丹举起铜盒金斗瓮对着漆黑的天空三拜。她并不懂葬祭仪式，只是一片痴情思念。她含着热泪亲吻了林萧云与两个儿子，众人举起火把护送至统领楼，蒙日丹将金斗瓮寄放在书房正位上方，朝夕相对，毫无忌讳之意，豁达从容，是发自内心的特殊奠祭，形成了日后影响了烟柳镇几千年的火葬传统。留亲人骨灰于室内，有的富庶人家还专修“亲骨堂”，几代、几十代亲人骨灰盒按列祖列宗排位形成一面盒子墙，成了江南一俗一景，再后来发展成祭乐演奏，昼夜为死者“跳丧舞”，巫术导引神歌，以唱代悲送亲魂上天堂。

众人还未散，祝叶青匆匆赶来，风尘仆仆，蒙日丹悲情未脱，观其颜，心中“咯噔”一下：“哦，定是家父有危急之事。”急忙将他引入书房，让林萧云一起会话。众人看到祝叶青千里赶来送信，料其必有大事，自然不愿散去。张步青急忙让谷粒两个徒弟做早餐招待远来客人。

钱币两面理，林萧云拿着信到议事厅聚众念了一遍，然后全场鸦雀无声，事关朝廷忌讳，如同眼中掺了沙子，往大处想，全镇生死攸关，上次抢粮险些酿成灭镇之灾，至今分家贮藏，心有余悸。皇帝的话金口玉言，天下苍生亦如草芥。鸟蛋挠着头皮说：“让吕雉去玉蟾洞躲避。”锁扣讲：“去江心洲隐藏。”宣文镜出主意：“在废船舱内，可以做成夹层蜗居。”打水板直言：“干脆送回泗水郡鱼头嘴。”七言八语，一冷一热，纷议一顿，两个时辰扯来扯去，想不出一个万全之策。

蒙日丹从大悲中还未走出来，哭肿的凤眼闪着桃焰，温婉中含一缕伤心忧寒。她长舒一口气，因为父亲来的亲笔信，事态将影响到烟柳镇的前程。祝叶青一直静默地坐着盼回话。“永远不知道明天与意外哪个先来。”她沙哑的声音让所有人打个冷战，掂称着分量。她深情地看了一眼林萧云：“烟柳镇勤为本，善为基，应该世世代代传承，万不能因一人一事改变隽言。鲁元和朵儿都在上学堂，吕雉背着刘盈在教书授课，勤俭尽力，授善传德，没做半点悖逆之事。来了就是烟柳镇的人，死了也是烟柳镇的鬼。刘邦造反罪不能祸孱弱妻儿，况且朝廷也无真凭实据吕雉就是刘邦的妻子，天下之大，同名同姓之多，泗水郡与烟柳镇相距很远，家父的信也只是提醒，始皇帝也是猜测之中，倒是烟柳镇内藏匿报信奸人可恶。”说到这里众人像炸了锅互望惊愕。张步青忍不住：“来烟柳镇都是苦人，为的是有口饭吃，哪有闲心……”还未说完，乌蛋快言快语：“闲人倒是有一个……”哽咽四望，不便往下讲，一下子冰封全场。

蒙日丹：“事至如此，和为贵，平静如常，若有牵绊，俺向朝廷解释，一切后果俺来承担。”一席话还是昔日咸阳腔，令人荡气回肠。乌蛋将一切告诉了拉坡。拉坡当即感动得涕流满面，转告骷髅婆与吕雉后，两位女人内心一热而又都缄默无言，抽泣不止。

“你装鬼，我也能装鬼，今儿个来个鬼吓鬼。”乌蛋对巫师们做法一直耿耿于怀，一肚子不服气，碍着宣文镜的面子没有下手，“鬼怕针骨痛”，也弄不清楚那“万火归心”怎么把尸体烧得腾空三尺，更猜测赤脚板踏火炭、冒青烟邪门，自己脚掌从小没鞋穿，“铁脚板”也怕痛，也流血，更不能踏火；更好奇的是，要怎么让巫师为自己去蓬莱岛找哥哥探个实。

思来想去，憋得胸口胀气难受，辗转不能入睡，所以想出一个“吓鬼招”，叫醒阉牛一起制作“长魂衫”“鬼头套”，还敲开锁扣珠宝店门，借了两颗“夜光绿萤石”做眼睛，一边做一边告诉阉牛：“我哭你就哭，我笑你就笑，要吓得巫师直流尿。”他还自言自语道：“洞爷真懂天，巫师也有招。”嘴在说，手未停，问考阉牛解烦闷。

乌蛋：“阉牛，天上有几个太阳？”

阉牛：“一个太阳。”

乌蛋：“对了，地上只有一个皇帝。”

阉牛眼转瓮声：“原来七个皇帝，何大人。”

鸟蛋高兴起来："牛不笨，几个月亮？"

阉牛抬头看漆黑的天："一个月亮嘞，今夜没月亮。"

鸟蛋："地上只有一个皇后，现在没皇后，阴阳不搭，始皇帝活不长。"

阉牛吓一跳，四周看一眼，低头用针扎"长魂衫"，一走神手扎出血，"啊"了一声。

鸟蛋："鬼怕血，好彩头，天上有多少颗星？"

阉牛一愣："噢，几百年都数不清，又没上天的梯，咋数？"

鸟蛋："我认识的有客星、天欃、蓬星、长星、异星、景星、蚩尤、天冲、旬始、天狗、白气、含誉、格泽。"

阉牛张大嘴巴："难怪大家叫你神童，何大人真的上过天啊。"

鸟蛋微笑不解释："天垂象，见凶吉，王朝更迭，国运兴衰，帝王命数，苍生福祸，都刻在星象玄变之中。"

阉牛："噢噢噢，把那巫师吓病了，只有鬼能治啊。"他拿着绿色荧光石当眼睛，在"大头宝"上演示。

鸟蛋："不管四季，风雨霜雪，万星运行可忙着，天对人的力量就像人对蝼蚁，一火一水，一烧一浇，穴塌尽死，一脚一指……"阉牛这回抢着说："上回在白垝墩，阴火蚁差点要了仙姐的命啊，蚁能咬人，人有时能咬神不是。"

鸟蛋："呵呵，所以今夜要巫师找阎王查查生死簿，我哥还在人间不，万物皆有克，天地皆有穴。"

阉牛摇摇头："那帮巫师吓人行，找阎王胆小啰。天上事只有大神才晓得。"

鸟蛋摆出大神架势："观象授时，太史令那帮混混一知半解，青铜关髯翁有点招数。例如，彗星见东方，长六七尺，色青白，天下必有大丧，死皇帝，彗星先出东方，见北方，五月见西方，将军鳌死，天狗星见西南，要打大仗，大流血。"

阉牛："噢，今晚啥星当管事，别吓出人命，算一算啊。"

鸟蛋头一仰，假装指头掐来捏去："算不了，只知开头，不知结尾。"说罢两人相对会心笑起来，举着火把，带着吓鬼道具，骑马上路去演“鬼戏”。

依丘茅舍，隔一泓清水，拴马熄掉火把，鸟蛋坐骑在阉牛肩上，戴上头套，共披一袭黑长衫，身长八丈，青面獠牙。来到茅舍前，见四巫师临窗数着宣文镜赏钱，桌上投骰小赌，时而抿几口劣质黄酒助兴，相互窃喜今日好运气，东家赏赐丰厚，得意忘形，江湖味重。

鸟蛋居高临下，不屑一顾：“拿点小赏钱即赌，穷不研技。”在他眼里，有一丝荒唐的意味。他一拍阉牛头顶，阉牛抽出一根小空心竹管，憋足气，隔窗一吹，一道风箭吹灭烛灯，室内一片漆黑，四人一愣，已感觉到“此风怪异，阳劲十足”。随着一阵闷声如雷、尖音如鸟鸣混在一起的狂啸，令人毛骨悚然。四位长期做法场，鬼魂中立神位，见怪不怪，但是从未有过今夜蹊跷，真的亲眼看见“鬼吹灯”，听到“鬼哭狼嚎”，顷刻间，头皮发麻，手足无措，有两人摸到桃木剑壮胆，口念咒语逐邪。

笑声绕过茅檐，闩断门开，两只绿眼幽光阴森可怖，借着微光，另两人趁机伸手抓桌上的赌钱，“唰”四只手同时被钉得尖叫起来，像被毒蝎咬中，越甩越痛，另两人不甘落败，挥剑狂舞，口中念念有词，想镇住场子，毕竟是方圆百里有名的巫师：“哎哟，呀呀娘啊，痛死人啊！”最终还是双膝跪下，满地打滚，呼天喊地求饶。

鸟蛋一口咸阳腔调：“鬼不痛的呀！”

四人完全灭了神气，哭喊着回归阳间：“大神，我们是人，不是鬼，快解痛嘞。”

“敲锣卖糖，各干一行，俺乃骊山牛鸟大仙，仙神魂鬼不同穴。”四人剧痛中似乎听出一点味道：“啊，大仙救命，我等泥船渡海，盲人摸象，浅术糊口度日，不慎惹怒大神，跪求饶恕。”四人祭礼为生，一字摆开，抢着磕头求饶，没了一点神秘。

不是巧合，而是有意为之，鸟蛋要一探鬼魂深浅：“听着，本大仙路过此地，帮我查查阎王生死簿上何仕贤可在蓬莱岛上。”四人忍痛一震，领头的急忙挪前半步：“大仙啊，小人从未见过阎王，也未遇到鬼，只见过魂，哪里能查到生死簿啊，实在……”鸟蛋一惊：“啊，原来还是夸老奖少骂中年那一套，骗骗地下封土亡灵，仙乃黄金，贵在不变色，神乃白银，久了会变黑，呵呵。”

巫师头目虔心附和着：“大仙慧眼识珠，在下白日装神，夜里装魔，只为混口饭吃，咒语属先师传承，渡魂归天，从善为业，大仙快解……”

“嗯，跑和躲不是一回事。奇数为阳，单数；偶数为阴，双数。今夜就是你们的痛日，你等赤脚踏火炭，痛吗？”

另一巫师抢着答：“大仙，不痛的，脚板上涂了一层‘冷火油’，哎哟，这手可真叫痛……”

鸟蛋手一扬，那巫师即刻止痛不叫，长吁一口气，浑身大汗淋漓。“快去拿‘冷火油’给俺瞧瞧。”那巫师飞快从桌下摸到一小竹筒，递上去，因为太高，突然一只大手拿了进去。那巫师暗中吃惊道：“大仙两条腿，三只手啰。”

“饿狼不吃饿晕了的苦人，春看花，秋扫叶，活在白天，睡在黑夜，谁的太阳，谁的月亮，万物共享。来，看大仙施法。”他手一扬，另外三人止痛归静，借着绿眼荧光，看到四巫师刚才痛不欲生、满地打滚的难堪，一字排开，规矩跪着，鼻涕眼泪俱下，缄默无言，心中自叹自慰“不痛是福”。鸟蛋高兴地让他们“闭目三刻，魂静体安”，自己同阉牛骑马返回，“鬼戏”剧终，路上阉牛补了一句潜台词：“不累，有点闷。”

江南富庶，堆金积玉，会稽郡常常小雨纷纷，逐闷解初暑。大马金刀快枪，威仪天下，一路斩杀造反群首一百七十三人，车裂贪官十四人，呢喃软语的官员们个个瑟瑟发抖，小心翼翼侍奉着远道而来的皇帝。

沸水烫不死路边野草，尽管地方官与巡游大队竭力围捕，还是让刘邦成了漏网之鱼，一部分潜逃芒砀山蛰伏，一部分乘船躲进芦苇荡内，自己带几个新随从避进沼泽地深处，如鲶鱼钻藏于泥草之中。

也有前卫营密探举报：“有坏人来过会稽郡。”可这条消息被耿飞图掐断，倒是与懂猛禽、识灵犬的顽童打得火热，熟稔有加，徒生相见恨晚的遗憾：“天上飞鸟游隼小肠比其他飞禽短一半，减轻内脏重量，飞得快，直线起落抓鸽子吃；鲸鱼巨大，却性温和，没有固定洞穴，无领地圈，追鱼虾而安；天下猛犬数巴山康巴犬，上唇三十二颗牙，下唇二十七颗利牙，可咬断熊爪。”

善者不来，鸟蛋带了打水板、谷粒在耿飞图卫营当差。真恐怖总是来得平凡，毫无征兆，一场弑君大幕掀起了一角。

始皇帝喜欢会稽郡美景，破例多住几日，明天大队要启程北返，心中有些不舍，一大早来到雁鸣山上看海算是辞行。他坐在龙椅上，黄幡遮阳，远眺万顷波涛，心驰无边无际的疆域，脚时而踏着“天子脚下的沃土”，强大的征服感油然而生，远比在宽广的驿道上奔跑更为惬意，饮几口鲍鱼汤，口嚼着鱿鱼丝慢慢咽下，喃喃自语：“嗯，浪花乃海的骄傲，海亦浪花的依托，井蛙不可语海，夏虫不可言冰，到底海比地大，还是地比海大？江山海地，这海的疆域咋划呢？几条船到大海里成了几片叶子，还时常有去无回。”他想起徐福求仙药之事，心中徒梗不畅，也许坐久了海上咸风入肺，突然他大口一叫“嚯噢！”两腿猛蹬，头一仰，牙齿咬得嘣响，僵直躺在宽大的龙椅上，两眼翻白，形容极为可怖，幸好蒙毅就在身边，一把抓住他的两手拽着，一边卡着手掌上的虎口搓捏，御医近在咫尺，在穴位上扎了几针，是癫痫病“羊角风”。十三年前曾发两次，所以众臣并不惊慌。赵高、李斯也要帮着揉腿脚，被御医制止：“静一刻即愈。”倒是胡亥泪流满面，不停地在他扭曲的脸上、狰狞的眼上揉着，用嫩肥的嘴吻吸抽歪的唇齿。

“噢！”一声唉叫，浑身一震，一口长吁后，身体柔软如初，醒来见到各人的表情，他明白了一切，强装笑意指着胡亥的泪，拱抬他的肥下巴，逗得重臣们陪着乐，想将顽疾带来的尴尬轻松带过，站起来，甩手伸腰，抬腿踏足，若无其事地弃了龙椅，与蒙毅谈笑风生地步行下山，回到御篷大帐内。赵高远远跟在后面一言不发，没了平时吆五喝六的神气，皱眉低头，手拄一根小竹棍，心事重重。胡亥冷不丁向他瞟了几眼，护提着蟋蟀笼子，生怕摔着心痴的宠物：“乖乖，别怕，俺举着你回家，平稳着呢。”

蒙毅征得始皇帝的默许下令“缓三日启程”，众军士高兴，江南景致、气候、美食养神、养心、养胃。赵高、李斯也一早请了圣安，各自回营安排事务。前脚走，胡亥一边用毛毡擦蟋蟀，冷不丁一句让正在批奏书的始皇帝心里“咯噔”一下：“爹，您对赵爱卿、李爱卿笑一笑好。”

始皇帝停下笔：“哦，怎么说？”

胡亥：“最近两人常在俺面前巧言试探您对他们为啥有些冷淡。”

始皇帝若有所思：“嗯，假的真不了。”

胡亥忽然来气：“两个自私自利、贪得无厌、没有吃相的家伙，狼狈为奸又狗咬狗，还以为俺傻。”

始皇帝微笑着：“慎言。”

胡亥神气起来：“俺总对着他们傻笑，真话只对爹说，装白。”他演戏似的拖起秦腔，逗得始皇帝仰天大笑起来，也是最后一次爽朗发自内心地久久开心龙吟。人笑到极致自然盈噙出热泪。他疼爱地抱着胡亥的嫩肥好看的脸一阵狂吻，胡亥得到最高的奖赏又笑又喊又躲：“哈哈，好痒，好痒咯。”

许久后，父子俩喘着气，始皇帝摇了响铃，吩咐来两盅“燕锅汤”，调了蜂王蜜汁，算是举杯欢庆。这时御医按时进帐，带了按摩穴具，一番敲打掐捏，几声哽噎，气顺血畅，又服完“九六龟膏”，味略辛苦，补上一杯清水漱牙润喉，御医才跪拜退出。

胡亥：“这些御医还有点真功夫，远比那些太史令夜观天象的混混强。”这忌讳的话只有胡亥一个人敢说，因为始皇帝喜欢一个人演算伏羲《九心诀》。胡亥一提醒，他竟走向龙案，提笔入神地推演起昨日时隔三十年复发的“羊角风”，心中又酝酿着回咸阳后重新布局“江山传承”大棋，该顺着已思考的脉络佐证一下。

胡亥又一个大胆举动让始皇帝哭笑不得，他隔着龙案一双胖乎乎的手捂住正在推演的笔，瞪起肥胖的细眼，望着父亲瞳孔里充满杀气令天下人畏惧的光芒：“爹，好生歇息点，俺试过深钻进去，特劳心。”始皇帝几分疑虑地看着他：“哦。”

胡亥信心满满道：“阳为九，阴为六，孤阳不生，孤阴不长，今日逢七，此近午时，接不了天地最佳缘气，推卦都不灵。”

始皇帝兴致大增，搁下笔：“你咋知道的？”

胡亥：“斗蟋蟀输赢中剽学的。”

始皇帝："啊，剽学比正学更下功夫。"

胡亥："那是，凡自愿的就像秤称不出魂的重量。"

始皇帝："鸽子、狗、马总在寻找回家的路。"

胡亥："六十四卦中最好的卦是坤卦，也只有三成灵验，谦卦是立于不败之地，也有败绩，是薄刀片的意思。纯一只有一卦，因为纯一很少，也最准，罕得难求。"

始皇帝麾下谋士战将千员，吹角连营中，纵横捭阖，莽原弯弓远射，满朝文武各有长处，且握于自己股掌中，怎么一下子被玩物丧志、整天嘻哈为乐的儿子给震住："乃朕太不了解世界？"突然觉得"灯下黑"，玄妙无比，毋庸置疑，自己推演与儿子的深度相形见绌，感慨万千中略含欣喜于羞涩："该让扶苏说个痛快啊！"

胡亥有些担心似的拉着父亲的手语重心长："俺的蟋蟀王最多只能赢七次，第八次必败，断钳掉腿都挺惨的，俺演算好多次都逃不过这魔咒。"

始皇帝多疑敏感的天性被戳中："呵，佼佼者易折，佼佼者易污。"父子俩第一次目光会意，无言以对，惊悚的内心深处漾起恐怖的微澜。胡亥感觉到父亲的手有一丝握来握去的战栗："爹，俺知道您正在布局江山万代的大棋，可别让扶苏哥哥扔了俺的蟋蟀，老用眼瞪俺。"始皇帝又开始搓着他肥胖的手在唇边轻吻几下，以示爱意："天地玄黄，梦里江山，扶苏心存大志，天下硬汉，有时咄咄逼人，可你是他亲兄弟，会护着你的……"胡亥又高兴地抢话："俺知道爹对儿女手掌手背都是肉，爹最怕的时光不等人的话，我有个主意。"他停下来，卖个关子。上次说的"把匈奴杀绝，只留草原马牛羊"倒让始皇帝觉得极符合自己的"大一统"口味。他做出俯身聆听的样子，胡亥趾高气扬起来："用绳子把太阳拴起来，就没有黑夜，人就能活万岁了。哈哈，蟋蟀也能跟着长寿。"这一次始皇帝笑着拍一下他的肥脑门，显然失望："痴娃说梦，去玩吧。"胡亥知趣地一边跑一边笑着溜出御帐："爹忙大事，不能耽搁太久了，再想一个他喜欢的主意……"

军鼓三更，十里行营一片寂静。始皇帝突然心血来潮召蒙毅出御帐陪走闲聊。穹天朗月下，满天繁星闪烁，夜幕江南，水墨青山，田野吐纳芬芳，蛙声和唱。皇帝面色少有的深邃冷峻，时而抬头凝视月亮，走走停停，侧耳辨听蛙声，有时索性摘下一朵野花嗅嗅又丢掉，目光里似乎射出一股豪放的怆然、厚重与纠结之光。蒙毅默默地跟在左侧，忐忑不安地猜想着："三更半夜出帐闲情散步还是第一次，天子也有失眠时啊。"突然，始皇帝停住脚步，龙手反抄，微仰视远方，声音极为平和发问："蒙爱卿。"

蒙毅抢上一步："臣在。"

始皇帝："咱们这五次巡游，纵横千里，晨曦中，夜幕里，行走于春夏秋冬，一路威武的风，浓烈的酒，马嘶雁鸣，朕踏过的每一寸土地都是那么的馨香。"

蒙毅快速调整思绪："啊，皇帝今晚在回忆过往，还极有诗意。"急忙附和："是，陛下，天下归心，协和万邦。陛下足踏之处显乾坤定力，稳无疆国土，安百姓之心。"

稍沉默，皇帝微笑着与蒙毅四目相对，轻缓一口气，似有一丝淡淡忧愁："蒙爱卿，咱走了哪些地方可记得？"

蒙毅低声："虽然物换星移，岁月蹁跹，臣历历在目，记忆犹新，陛下。"

始皇帝："说说看。"

十二年为皇帝，先后巡游五次，平均两年多一次，由南到北，屡跨江河湖堰，经高山、荒原、沙漠、都市、乡村，历经风雪冰霜酷热，偶遇匈奴攻击和刺客惊袭，还有病痛瘟疫缠绕……

蒙毅深吸一口气，语速平稳，简明扼要，如数家珍："陛下，二十七年，天下大统次年，巩固后方，拜祭先祖经陇西，那年九月达到秦人祖先故地上邽县，修建伏羲、女娲神庙。"始皇帝跟着一起回忆："啊，祖宗的脸，自带喜感。"他示意蒙毅继续，蒙毅道："再沿祖先东进路线回辇岐地、雍县，归咸阳，一路布挖七口大湖堰，六十余口池塘，建十三牧马场。"始皇帝："北方储蓄水重中之重，在故里农家住的那两日，觉得越简陋越自在，唉，巴实的很。"他有感而发。"第二次，二十八年，巡走东方郡县，登峄山、泰山，封山勒石刻碑，颁昭七十三令，梳篦清除妖言惑众，昔日各旧王宫遗老存二百余首恶，树正威，祛邪风。”始皇帝转过身轻叹一口气：“那些贵族是怨妇刻薄的嘴，慵懒的身，不愿到田间出出汗，老想着兴风作浪。”转而将手指互捏得一片节奏骨骼声响。蒙毅赔笑一下：“二十八年登琅琊沿海，遇术士徐福请命赴蓬莱求仙药，拨银造船，遴选三千童男童女远航仙岛……”始皇帝笑着岔开话题：“阳春白雪虽可贵，下里巴人也风流，用此次随带的郫县豆瓣酱配竹韵轩的嫩笋比海鲜爽口，呵呵。”蒙毅：“这次行程最短。”始皇帝：“蒙爱卿，第四次是三十二年吧？”他抢先说着。蒙毅跟上一步：“是，陛下，这次北行，匈奴中了咱们的双重埋伏，陛下那年令俺哥蒙恬率三十万大军反包围，大获全胜，俘敌寇近十万，令匈奴元气大伤。”“啊，朕记得是先得报匈奴埋伏在哑驼口，朕将计就计，深入狼腹敲掉狼牙。”

蒙毅长吁一口气：“不过那次大胜后，不幸二次营帐失火，所幸有序逃生，无人伤亡，有惊无险。”

始皇帝意味深长道：“险在自己。”这时有宦官送来梨蜜汤，两人各饮一盅，即折身往回走。蒙毅道：“这次有两长，走的路长，修的路也长。”听完蒙毅所说，始皇帝兴致极高地也一起回忆：“嗯，走得很远。”蒙毅：“出函谷关，过黄河，穿太原、河东郡，到邯郸郡，东方抵辽西郡；回途过云中郡，经上郡归咸阳。陛下下令三十万大军历时两年半修建了全长千余里、从咸阳直达九原郡天下最宽最直最长‘八马并驰’驿道。”始皇帝极为高兴，龙颜大悦，嗓音提高几度：“雁点青天字一行，南北通融才风光。北方兵源悍广，拥无边牧场。南方未来粮仓，艺精手巧，南北互补互助平衡，才是兴国大局。”蒙毅一个劲点头：“陛下，极是，极是。”

在要回御帐的营门口，始皇帝郑重地对蒙毅亲口昭示：“蒙爱卿，回咸阳请记住一件事。”

蒙毅毕恭毕敬道：“臣洗耳恭听。”

始皇帝孤怀沉郁道：“北方疆土辽阔，戍边乃重中之重，你亲选精兵十万，修一道活力长城，这需要阴阳调和，七国混战多，年轻寡妇苦多，择身健壮十万妇女随精兵壮士，解甲归田，戍边男女夫妻世代繁衍，固国之基，永解一方之大患。”

蒙毅急忙：“国之大计，臣定当全力督办。”

始皇帝严肃地看着盯了许久：“这招得求教烟柳镇你闺女了，哈哈。”他一击龙掌，甩甩手，仰望星空，浮想联翩，似乎没听到蒙毅一番立言许愿的承诺，喃喃自语起来：“若朕不是皇帝，倒真想上山闭关清修，生活自由，自在安宁。”蒙毅吃惊地又上前一步：“陛下太会说笑话……”始皇帝回头对他带一丝戏谑的成分道：“再利的宝刀也会生锈，再强硬的弓也会折断，咱们这一次巡游遇到的人文，看过的风景，亦在内方外圆无为之中。李耳写完《道德经》后，咋要出函谷关呢，且不明不白死在途中。圣人寻找啥？啊，时间会使一切变成笑话，呵呵。”说罢也不同蒙毅告辞，反抄双手，大步流星地走进御帐内。

梧桐更兼细雨，到黄昏点点滴滴。留下身经百战长期侍君良将，久久呆立着。皇帝的异动使他百思不得其解，似灵魂出窍，又像猛虎扮羊羔，今夜龙吟，一腔庸雅之后，似走进不知道跟着往哪边打转的胡同。他不由猛力一番挥拳挪步，矫正疲累的肌肉筋腱，心有自释：“也许是君王高处不胜寒，孤寡中与沧桑和解，在岁月对立中的裂变吧。”

巡游大队正准备拔营启程，赵高却惊恐万分，拿着红色急卷奏书，慌张步乱地跑进皇帝御帐。少时，始皇帝：“急传蒙爱卿进帐。”赵高是重臣中的阉人，出入内宫最多。一个“急”字让正在指挥军队启程的蒙毅匆疾大步如飞奔进御帐，因为近二十年来，江山一统，没有战争，始皇帝几乎没用过“急”字。

蒙毅一进帐一眼看到赵高瘦骨嶙峋、三角眼圆睁、额渗惊汗、神情紧张且沮丧，一副涕流失态、可怜兮兮模样，即起不祥之感。听完皇帝简言后，来不及思索，更谈不上议论，就领了圣命：“蒙爱卿，事发突然，你领三十精骑，抄近道火速回咸阳平息，朕随后赶到。”

君王御令，百万人命，蒙毅出帐后情不自禁回望一眼皇帝，有千言万语要说，有十分不舍之情，更有一丝不想离开，心生疑惑念头闪过。他来不及多想，急点三十随从，风驰电掣般返回咸阳宫，人性的本能，既有真心，也想尽快见到病重的妻子。

一念天堂，一念地狱。威仪天下的巡游队犹如一条巨龙蜿蜒向北起伏游动，加速行进的步伐。开头几天还随着惯性的号令较规整，后几天局部开始凌乱，似惊蛇狂奔，小纰漏不断，赵高斩首数位军丁，还是稳不住阵脚。始皇帝极为不满，压着怒火不便发作，这时才感觉到文武重臣像锤子与锯的作用，为急中让蒙毅离开而后悔不迭。多年来有良将在身边提携三军，如轻轴转，心细如丝，事事得心应手，如今像猛虎失去一颗獠牙，断了一只利爪，只能郁闷于心中自怨自省。在龙车上看着奔跑的年轻将士有的长得像扶苏时，不禁感慨万千："扶苏这娃，倔强得像头牛，朕又凶得似虎，唉，光阴经不起蹉跎，磨一磨也好，该让他上位了。"他本想让队伍减速缓行，但留守京城的右丞相冯去疾的十万火急奏书，又不得不让蒙毅抽身去解危平乱。

按常理，百余军士哄抢劫持，只是水缸里的波澜，可是右丞相虽忠诚可嘉，为朝廷呕心沥血，但性格安静克制，谦恭礼节，还有点自闭，几次外出巡游宫中一向平静，又有军部辅佐，怎么突然禁卫左营管戴、郭震、游驹騋突然冒天下之大不韪，挟持西宫十三家大臣及家眷，每家砍下一两个人头，最多是赵高家被割杀四人，以至于那天赵高满头沁汗，涕流失态，阉官无嫡子，在家的也都是至亲。报称管戴、韩充指挥二千军士将其围困对峙，叛军要求释放天牢内违军令的"十一兄弟"，备三百匹马，挟十三大臣，逃至匈奴边境释放。

而始皇帝心中更多一层顾忌是，西宫十三宅与自己家眷只有一街之隔，万一这二千军士中再生叛军，那可惹下滔天大祸，遭万代嘲笑。蒙毅军中威望极高，宫中禁卫军均乃亲兵把守，直接归蒙毅指挥，可蒙毅只有选兵权，最后审定权归赵高。原本一文一武把控近身卫兵，防的是偏颇用人，不想突然冒出劫挟大案，这更让始皇帝盘算长期安稳大局中，又得思考一招"近身防患"棋子。

人算不如天算，靠阿谀奉承、投其所好、擦油卖乖上升官位的赵高，拿着未深研查勘的军用地图对始皇帝献计："陛下，抄近路走野猪岭，可少走二百三十里路程即达黄河东岸。"始皇帝看着地图，归咸阳心切，也把赵高的建议当作了王翦、蒙恬、章邯的建议，更因为几十年来路线安排都是蒙毅一手操作，每次安排总是蒙毅拿着军用地图简要说明，他点头作答已成习惯，以致今天赵高的建议，也成了水到渠成的事，抄近路赶路是谁都想要的事。

昔日是昔日，今天是今天。正值盛夏，骄阳似火，酷暑难当，野猪岭山不高，属于丘壑地质，石多土少，虽有工兵开凿修补，辎重庞大的皇家车队极为难行，马断腿、车断轴时有发生，军士都顾不上仪容，都卸掉盔甲，铆足劲赤臂推拉，大汗淋漓，苦不堪言，而执法队皮鞭随时抽打偷饮水者，埋下怨恨，仅取水一项就耗掉三百余人，几十里外担水，翻越坚岩秃岭，用时两天，若走驰道三天即可到达，得不偿失。颠簸中不能平衡的躺椅上挪，使始皇帝大伤元气，御车里虽开着窗，其实比外面还闷热，不时呕吐，在到达岭顶时实在难受，等日落黄昏，他命人摆上龙椅，眺望着滚滚东流的黄河水，自己也调着呼吸，吐纳着郁气，思绪万千……御医、膳厨竭尽全力，好生侍奉着。想当年挥鞭天下，摧毁一切疆界，气吞山河，纵横捭阖，大小事虚怀若谷，今日这小小秃岭却让人难受至极，一向雄心霄汉，追求更臻于卓越的铁打意志，有些力不从心。几次心血怒涌欲拿赵高是问，可是他忙得不见人影，只有李斯一脸赔笑左右，转念略思，身体欠佳，话都不愿说，愤怒的火焰很快熄灭。更何况，“抄近路”亦为好心，自己也默认，大棋局里该暂忍一忍，等回咸阳一并收拾。这些内心腹语从他眸光中赵高和李斯已读懂几分。

舟车远迈，龙体欠安，来到黄河边，早有船只候驾，不知是巧合还是天意，刚要离车上船却飘起风雨，李斯出主意：“陛下，免湿衣衫淋雨，龙幡能遮阳却挡不了风雨，干脆随御车过河上岸方便。”始皇帝望望风雨天，看看对岸，略犹豫后也颔首同意。

黄河水汹涌闻名于世，泥沙裹挟，浪力加倍，载车马巨舟行至漩涡中心，恶浪借助骤起狂风，肆意虐袭船队，御舟浪花排空上蹿，水珠四溅，船摇一寸，车厢叠高就晃动三尺，畏水的皇帝被颠得前倾后仰，呕吐不止。祸不单行，上游两只运兵船侧翻，连环链带着七八只船来了个底朝天，身着盔甲的北方兵士多不识水性，似黄色芝麻浮沉于浪谷之中，一片哀号，瞬间被洪流卷入河底，无影无踪。沉船猛烈碰击御舟，几十名水手淋成落汤鸡，一起奋力挥动桨篙，拼死稳住舵把，下漂数里后抛绳固拴，扯拽呼号靠岸。众侍卫将皇帝扶下车，步履蹒跚，卫士们围遮起一道风雨人墙。御医不停地协助他节奏喘息，银针扎穴，防过度疲累诱“羊角风”复发。许久后他勉强站起来，回望着翻滚的波涛，衰微地咕哝一句：“黄河。”

风停雨歇，烟敛云收。得不偿失，抄近路只早到几个时辰。龙椅上的始皇帝看到前面有一片草木青葱、古柏参天之地，车队驰入林中，顿觉清新凉爽，他示意就地宿营，并拄着龙杖，缓步走走停停，雨后赏景自换心情。当地文官适时介绍着：“这里是‘北岸江南’，春有鸟迁，夏有荷花，一泓三里清澈池泉，驿道两旁遍开红藤花朵，似一抹胭脂点缀，秋有芦苇金黄飘荡，冬有雪花冰封百里。”

“嗯，咸阳城也可以变成这个样子才好！”皇帝边听边自言自语和着，面起喜色：“这地叫啥名？”他边看边补上一句。“陛下，这地叫沙丘。”“噢！”一声龙吟，拐杖失落在地，侍卫大惊，急挟扶左右，捡起龙杖，重新让他握在左手上。他龙颜失色，苍白无力地紧握龙杖柄：“名不副实。”说罢转身返回御车车厢内。地方文官见状吓得浑身筛糠般颤抖，不知如何作答，肥额沁汗，悻悻闪离而去。

山水平原，“北岸江南”，虽然忌讳“沙丘”地名，始皇帝却极喜欢这里的景致：“凉水润黄土，一样四季开花。”他习惯简朴，精神却无比丰盈，他照常批奏完毕，半开的窗户，凉风习习不停地兜绕进车厢内，盛有树木花草加水的地方，空气鲜甜，细抿几口“御茶”，嚼几片“小龙干”，透过厢窗品赏着皓月下的千年古柏，主干十来人合围粗壮，歧枝繁茂盘错纵横，似一把巨伞凌空撑开，月光穿照顶冠，又显如笋如锥之感，他心发微妙之语：“嗯，你千岁，朕万岁，呵呵，实龄俺四十九岁。”目光为媒，人树对话，时空穿越，似有种深切的共鸣。他伸个懒腰，继而又伏在龙案上写画着什么。

这时，一名叫扎尕那的近身侍卫，看到高大御车底盘下耿飞图猛犬群中一条狗有些异样，时而半人立，举起什么又不像是掷投，旋来转去老瞅着半开的厢窗窥视，时隐时现。一会儿他又看到，皇帝手扶着龙椅猛一阵摇晃，硬撑着不愿倒下之态，他急忙找值夜班的头目一起来到车厢窗外瞭望察看之许久，一切平静如常，没有拉警铃，侍卫条例森严，一步差池，生死之间，已夜过三更，两人相视一眼后，各自重回哨位。千年谜团，历史拐点，一束冥光连接着咸阳龙宫与伶仃冷窗，千古一帝即将无声消殒谢幕，成为神话。

没有永恒的提醒者，恶善在持久不变中抗争。天刚蒙蒙亮，远处传来雄鸡啼唱。赵高一早拿着一摞奏书前往御车厢，同往常一样内心总是焦躁，面目可憎。他也有一个习惯，一到御门时立即温顺得像一只乖巧的绵羊，深沟皱纹立即漾起层层波浪，手脚轻得如同偷腥的猫，缓缓推开车厢门，侧身入内，反手关门，转身轻呼："陛下早安。"无人应声，朝床上看去无人，迅速扫视不见踪影："嗯，陛下这么早就外出？"刚想转身出门询问侍卫，低头间让他大吃一惊，心都快跳到嗓子眼："陛……下……"原来始皇帝不知什么时候倒在地上，半侧着身蜷曲着，半僵半醒。

他急忙放下奏书，弯腰跪下轻唤："陛下，陛下……"定眼细看，始皇帝悖目翻白，银牙紧咬。他搬动头部，后脑勺湿润，紫壶上留有淡淡血迹，更可怖的是右耳有一根半截银针射入。摸摸胸口尚温，脉搏还在微搏，当听到呼唤时，还翕动着嘴唇。赵高浑身颤抖，望着躺在地上气若游丝的皇帝，野心迅速膨胀起来，千载难逢、百年难遇的机会就在眼前。近十几天从皇帝眸中看到了自己已至穷途末路，他举起苍白无力的手，三角眼见四周无人，蹑手蹑脚拿起御床上的枕头，放在始皇帝的脖子上，踏上一只脚用力向下猛踩，听到"噢啊"一声本能的低吟，肉体凡胎气绝身亡。千古一帝，消弭于无形之中，破了神州长生不老的春秋大梦，撒手人寰，躺在地上，文钱不值。

赵高在亢奋中发抖，这事谁都害怕，长期侍君，深知生死攸关的利弊。他反锁御门，稳住情绪，迅速伪写一道诏书，开门发快马追回昨夜始皇帝"扶苏速到咸阳候驾"诏书。这可是成败无商量急办的事。没有无缘无故的痛，没有无缘无故的宠，君王神秘再神秘最终却害了自己。动物吃动物，没有草木神圣；残酷与丑陋，过错与罪愆，都在神秘中一笔勾销，留下千古谜案，让后人猜测唠叨。

敢做白日梦，许多奇案却来得简单。赵高打起精神，自冲一碗始皇帝常服用的“鹿心镇静剂”，迅速招来随队三军副都统徐鹤群、御史近卫卢慰翥，紧急布置秘而不宣戒令，石岃率靳善根、茅君瑶两名亲信奉诏书率领红衣御刑队三十人持皇帝符节，赴边关取扶苏和蒙恬人头，并秘密议好细节防反抗，由靳善根诵念诏书，这时扶苏一定会因“造反罪”抬头惊愕，那一瞬间，由绰号“墨刀”的石岃冷不防砍下扶苏人头。蒙恬跪在地上接旨时，以蛊惑扶苏谋反罪名，在疑惊瞬间砍头。一个贵为日后太子，一个贵为三十万统帅，没有头，一切皆成梦，一切曲直均不能张口申辩。

精兵奉诏书掌符节由靳善根、茅君瑶接管，镇守边关防患动乱。石岃提人头火速返回后，大军入咸阳，拥胡亥登基。

苍蝇不叮无缝的蛋，有人的地方就有江湖。始皇帝二十八近身侍卫中鲁绀弩、湛明、何田中三位已成赵高死党，并数次密谋，如果皇帝要撤要灭赵高时，就由三位近身侍卫弑杀始皇帝，率领亲信群逃亡老齐国，临陆靠海自立为主，天下重返七国，或者五个国、三个国，各自凭本领割据。

鲁绀弩、湛明、何田中三人轮班守护御车厢，没有赵高许可，任何人不能靠近。让卢慰翥将在憩梦中的胡亥缠裹着一身睡袍，细皮嫩肉，在晨风中时露时显，半睡半醒地挟进御车厢。

生性庸常的胡亥，被眼前的一幕吓得呆若木鸡，随后一屁股坐在地上，瞬间昏厥。赵高示意卢慰翥将他弄醒，掐人中，用力提到半空擞一番，点揉天门、百会、足三里大穴，一口闷气吐出后“哇！”一声哀号，卢慰翥快速捂住嘴，手指窗外，扯一下他的肥耳：“不准出声！”胡亥泪流满面，爬到父亲的尸体上，奋力吻着紧咬牙关已半变形的嘴，泪水口水横流，他心里可能在幻想着让时光倒流：“快说话，不能闭上金口玉言的嘴。”

“给他放点红。”赵高阴沉着脸，极力稳住发抖的身体。卢慰翥手拿起皇帝龙案上御用匕首，寒光一闪，在胡亥腋下割开两个十字伤口，痛得胡亥龇牙咧嘴，嘴又被钳子般的大手捂住，喊不出声。突如其来的境遇，让他乱挥着手求饶。滚在地上，他喘着：“俺不怕死，怕痛苦啊！”赵高立刻换上另一副温和嘴脸：“听着，这一切都是天意。你父亲'羊角风'病发，命归西，已是天地都弥补不了的遗憾，现在你要当'蟋蟀王'，子承父志当皇帝，挟压李丞相跟咱们一起走，为天下苍生安稳，秦国皇权千秋万代。"胡亥听到此为之一振，自言自语："来得太快，真应验……那扶苏哥哥……"危急时分，"真应验"三个字在赵高脑海里闪了一下，丈二和尚摸不着头脑，他也无心询问，只顾后面"扶苏哥哥"，让他极为忌惮，一咬牙："你只管当皇帝，坐天下，万人景仰，其他一切事老臣自为你安排妥当。"无语问苍天，胡亥瞪圆眼睛，由哀悲转为兴奋，也无力做不朽的重估："俺就听你的吧。"赵高长吁一口气，要的是这块皇帝嫡传的行尸走肉，即让卢慰翥用创药敷上伤口，手书诏书，让外面传谕官召李斯前来议事。

李斯一入御车厢，门即被关上，他满脸谦恭招牌式的微笑，浓眉细目，右边略显大并太深的酒窝，漾起风平浪静道道褶皱，正要下拜："吾皇万岁……"但不见皇帝坐在龙椅上，机警地听到关门声响，余光瞥见卢慰翥手握钢刀，寒光影闪，心里吃了一惊："他怎么会在这里？"

跪下的半条腿有些不听使唤，扫一眼赵高与胡亥后，眼睛落到始皇帝蜷曲半侧躺的尸体上，瞬间如同冰入火炉，满眼金星四溅……

长时间与赵高暗中争斗，结党营私，搭圈子，挖墙脚，拆柱台，但突然，活人止步，死神逼近，让他防不胜防，手足无措，浑身筛糠般颤抖，听得见下巴牙齿磕着上唇的声响，更增添死寂气氛。他是强忍着惊恐爬到始皇帝尸体边，习惯性地颤抖地呼叫："陛……下……"他将尸体仔细看一遍，即刻得出初步结论："陛下是半夜发病，不愿倒下，极力扶着龙椅摇晃，这时窗外飞针入耳，踉跄侧倒时后脑撞磕在紫铜壶上殒命。"更让他痛心的是，龙案上摆着一幅昨夜始皇帝亲手绘画的"渭水入咸阳，北岸江南"草图。他泣不成声，泪水倾泻，捂着胸哀鸣了好一阵，若此工程实现，可与长城、阿房宫、骊山墓媲美，并列四大前无古人奇迹，自己也可以亲临指挥，大捞一笔。如今已成南柯一梦，遗痛万分。他用袖揩去眼泪，瞟一眼门口守卫的刀光，看到胡亥陪着自己落泪，见赵高还在颤抖着，咬着牙，三角眼目露凶光。靠天看脸已成过去，灭顶之灾已在头顶盘旋，今天自己是“过客”“看客”“做客”还是“主客”，拿不定主意，只有静观其变，稳一下情绪：“赵中书府令，事发突然，天下巨变，可要俺与君如何应对。”求生欲望飞速在脑海里盘旋，一辈子官场混迹，深谙临危中“一根稻草”能兴奋一匹即将饿死的骆驼的道理，强装镇定，不到头落地之前，绝不跪求。

牌发到赵高手上：“李丞相，咱俩乃侍君旧臣，为国安，为民生，始皇帝驾崩亦天意，暂密不发丧，待回咸阳拥立少主胡亥登基为帝。现在绕道而行，待扶苏、蒙恬人头到，先行控制住军队后，再大队入城。”

人与王，神与巫在李斯心中拂过，锱铢必较的他屏息聆听，反抗已成徒劳，皇权护卫河已恶风浊浪涌起，长吁一口气，自己虽身家丰盈，财产远超过所有文武重臣，令他吃惊的是同侪赵高已抢到权势之刀柄，其胆量超过想象，一丝寒意冷透脊背。光阴经不起岁月蹉跎，眼下两人均无战功服众，只有合力：“赵中书府令为国为民而思，共扶少主登基乃老臣之责，因时而变，力求顺畅有序，俺将倾尽微薄之力。”

赵高与胡亥同时内心一热，三方支撑，多元发声，对石破天惊的大案稳定极有利，凑上硬牌，就有了底气；皇帝死了，无法续命，无人知晓，瞒天过海，借神秘的力量托虚行事，三人伏在龙案上议了一套初步条条框框，这时天已大亮，旭日东升。

赵高、李斯、胡亥议定的第一件事是秘密宣召二十八近身侍卫：“皇帝登天赴神仙大宴，七七四十九天返回，朝中诸事由少主暂且代管，你们谨守御车，除吾等四人外不得进入御车内。”第二件事是让卢慰翥用皇帝专用锦缎将尸体缠绕九层，并将歪僵脖子掰正，将变形勾蜷的左手折断后拉直，左脚同样“咔嚓”骨头折断并拢。黑缎紧紧将尸体捆成一根人形麻花，放在御床上，黑光缎面龙形图案算是给了帝王最后的尊严。一声声断骨折肢之响让胡亥心惊肉跳，一脸茫然，泪水已被过度惊吓而断流。

李斯也一筹莫展，含混的状态中，心里似乎在说：“老鼠急了也咬猫。”赵高一直在大口大口吐纳悸气，时而闭上凶神恶煞的三角眼，不敢正视力大无穷的卢慰翥缠绕尸体如同缚绑猪羊，利索地将僵尸翻来滚去，每一根断骨折肢的响声像发出一串千古之谜的绝叹。

盛夏骄阳似火，烤得大地生烟，巡游大队绕道缓慢行进。赵高、李斯、胡亥都心急如焚，忐忑不安，如同热锅上蚂蚁坐立不安，焦急地盼“扶苏、蒙恬人头礼”早日到来。士兵们都脱了战靴，卸了甲，赤膊上路，身上都晒出水泡，一破都痛得龇牙咧嘴，倒是沿途地方官千方百计逢迎，搜尽水果、蜜汁慰劳“苦军”，一切礼仪照旧，只是见不了皇帝。

一天、二天、三天，每次“早朝”赵高、李斯拥着胡亥，卢慰翥打开御车门，提刀把守，厢内国玺皇印空悬，却传出“吾皇万岁，万万岁！”之声，乐此不疲。李斯声音格外响亮，赵高也深深佩服这位饱读诗书、见人频频颔首、天面如沐春风的李丞相，丝毫看不出心乱紧张的迹象，安稳了三军巡游大队的猜疑，官场戏台上其天分可谓登峰造极。花开花谢，日出日落，一切同辙轮回着。

可是纸总是包不住火：“皇帝灵魂上天赴神仙大宴”，闷热中厚缠的尸体奇臭难闻，腐烂的血水渗出，车底、厢车内“绿头苍蝇”追腐臭飞舞，孳蛆繁衍。第四天，赵高命卢慰翥再缠七道黑绫掩臭。卢慰翥一边缠一边呕吐不止，武功再高，力拔山河，可奈何不了真菌虫毒，回帐后恶吐下泻，一病不起，眼睛染上绿色，皮肤溃烂，御医无奈称“绿头苍蝇病”。二十八近身侍卫也先后五人感染卧榻，其他人无语问青天，一个个心起忌惮，奇臭的热风吹得人人愁眉苦脸，嗤之以鼻，掩面低头，避风保命。

李斯平日最讲养生惜命，更是诚惶诚恐，果断将御车调至最后，让胡亥车换上御车位置。当地五天早晨，三人蒙上药巾带了御医捧了国玺皇印至胡亥帐中，当离开时，胡亥发现原来父皇不准触摸的《连山》《归藏》《周易》手抄原本，加之烟柳镇贡上的白陶《江南春》盘不翼而飞，还有些说不出名的珍奇异宝下落不明。热难熬，臭难闻，大难当前，顾不了许多杂事，命比宝值钱，十八层地狱比十九层好。前几天还号令天下的御车，如今只剩下臭尸一具。重臣亲信、御医都恨娘少生两条腿，争先恐后逃之夭夭。只有耿飞图的飞禽走兽不离不弃，在御车上空盘旋哀鸣，左右跟随低吠护卫，耿飞图多次诱唤驱赶都失灵，只有一声深情叹喟“忠君恋情感恩，人不如禽兽也”，急忙与御医一起调制防毒食谱人兽同用。熟老军兵不敢近一尺一寸，远远躲避。看守之责竟落在打水板身上。他挑选十来个听话“老蔫”陪守御车，耿飞图为他们做了各种尽职防御，一曲谜戏开锣。

世间永恒不变就是“变”。至暗时刻，危急存亡时分，赵高与李斯虽然各自搭建围圈，心存芥蒂，但是盼望扶苏和蒙恬死，两人同心同利，加之酷暑难当的天气，四眼熬红布满血丝，一边将巡游大队改为夜行昼伏避暑，一边暗中重金招募“忠君保少主”死士，一边将十八辆皇帝豪车四周外挂上许多腥臭鲍鱼掩盖始皇帝尸体臭味，这让七十一位随车御用少女恶心不已，病倒二十几位娇娇玉女。

第十一天，深夜，石峁率御用红衣刑队，提着两颗人头赶回。虽然天热腐烂模糊，赵高、李斯还是细心确认出扶苏上唇半截断齿，那是少年时练武打碎的，以及蒙恬一次攻城中坠落下颚骨伤补损之痕迹。胡亥躲在车门边只偷看一眼，不敢上前近视，心悸不已。赵高、李斯二人大喜，长吁一口气，心中那块悬忌石头落地，急令三军启程，昼夜狂奔，高速返回咸阳，以快治乱，让文武百官来不及反应，生米已煮成熟饭，木已成舟，顺水顺风篡权。

李斯派快马奉诏提前赶到骊山皇陵，联络亲信开启巨墓地宫，为尸到即刻封土详细准备，赵高议列了十三名碍手碍脚的掣肘忠君大臣名单，由石峁奉诏书率红衣御刑队快刀斩乱麻地清除异已，为胡亥登基扫除初步路障。

命要你哭，你就别想笑。稍安稳，李斯淫性发作，在御用少女中挑走十六名美若天仙的妃子到自已帐中享用，这可触到赵高的男阉病痛，一怒之下，将原本精挑细选来讨好皇帝的处女，其中二十八病者送沿途官员为妾，剩下二十七名娇花嫩瓣视为累赘，用残暴至极的手段割乳活埋。被割乳剧痛晕死一半的姑娘们，生不逢时，犯下美丽之罪。七十一名闺秀没见过始皇帝一面，被变态的赵高毁了人生。后来传说，有一位参与活埋的军士，良心被毁人间珍稀玉女戳痛而惋惜，隐留下来为姑娘们焚香守墓，从此鹅浮河畔半山凹坑里千年盛开紫藤花，见土生根，逢岩覆盖，依树蹿升，长长枝蔓沿东岸十余里，每逢活埋时节里，泪花绽放，娇艳欲滴，与兰青葱绿、竹花漫卷的对岸媲美，而这里也养殖出一种识人声的长颈白鹅，与过雁相和，守望“美女”群魂啼唱。

那位不知名的守坟人的后人，在这里世代繁衍生息，躬耕田亩，养鹅为趣，轻筏飞舟，渔曲棹歌，与美女同生同行，一篙快乐人生。

为缘是愿，鸟蛋一直与耿飞图住在一起，因为个头太小，不能穿戴盔甲，格外显眼，所以只能半藏半隐，与凶禽猛犬为伴，成了“二主人”。晚上许多时候他出来攀树与雕鹰嬉戏，与狗翻滚亲昵，同耿飞图共趣，互爱鹰犬的天性。其独到的驾鹰驯犬技艺令耿飞图欣赏不已，呵护有加。

船过水无痕，鸟飞不留影。有一件事也让鸟蛋纳闷，纠结且无穷揣测不安。原来他在耿飞图车窗看到眉目清秀最年轻的一名守御车士兵，有几分眼熟，却怎么也想不起来在哪儿见过，总想忘掉却又挥之不去。更纠结的是这名从不多言、几分腼腆的士兵染上“绿头苍蝇病”，甚至十一名御医中两名御医也染此病丧命，连凶神恶煞的卢慰翥都死了，御医毫无回天续命之术，虽然服药预防，还是有几名侍卫染上虫毒。凡染上的都情绪低落，哀哭等死，可这名内向漂亮的娃兵却一反常态，围着御车欢乐狂奔，敲窗打辕，又唱又跳，精神失常，用牙在御车旁四处啃咬，众人谁也不敢靠近咫尺，任他最后逍遥。他唱哼的歌“江南美，楚女娇，池塘鱼吃瓢”原本是烟柳镇人的腔调，这使鸟蛋心生恻隐却帮不上任何忙。

第二十一天子夜传来诏令：“快入咸阳，将臭鱼卸下就近扔观泥塘内。”众士兵捆上几层药巾，人人心悸不已，取下臭气熏天的十八辆豪车上的蛆鱼扔向泥塘中，突然那染病狂歌士兵受到某种刺激，月光下出现幻觉，他踢开御车门，冲进车内抱起苍蝇蛆蚁满布的始皇帝尸体，抛向泥塘中，污泥四溅，沉入塘底，众人都被此举惊呆，异动中人人都蒙僵着不知所措，那士兵不知生死，更不知臭，反身又冲进御车抛出些物品与一捆黑缎布，跳下车要将物品再往泥塘里扔，不料脚一绊，一头斜栽下来，脑门正好撞在踏板榫卯的铜钉上，血流如注，一命呜呼，冷不丁，这小不点却留下正反传奇，弥天大案。

打水板已吓傻，十几位抛臭鱼的侍卫呆若木鸡，有人吞着口水摸着脖子，耿飞图正在车内打着均匀的鼾声，鸟蛋从车窗伸出头向打水板做着手势：“用黑缎将尸体缠起来，放进御车。”打水板即刻醒悟，招呼近处两兵丁一起，快速用黑缎布将那抛皇帝尸体的染上“绿头苍蝇病”死于神经错乱的最年轻士兵尸体缠得结结实实，捆成“麻花人”，放在龙床上，归还抛下的物品，掩上御车门，用手指按住嘴唇，因为都遮着厚厚的药巾，说不了话，示意：“人生最重要的是守口如瓶。”

五更敲响，巡游大队又浩荡启程。赵高、李斯已计算好“夜三更入咸阳”路程。大队人马已远去，可耿飞图的凶禽猛犬却不听使唤，雕鹰在观泥塘上空哀鸣盘旋，时而俯冲以翅膀掠水，不愿离去；猛犬不停地以爪扒土，摇着尾巴低吠，望着臭气难闻的泥塘奔流着“狗泪”，动物的真实本性算是给纵横一生的天下硬汉、千古一帝最高礼遇的哭祭。

唉，一念之差，大可于宇宙，细可于微尘。直到夕阳坠落，凶禽猛犬一天粒食未进，拖着极疲惫的身子收翅膀入笼，立爪入厢，随耿飞图、鸟蛋一起追赶大队人马入城。

骊山皇陵，大地之穴，方圆十里灯笼火炬映天，子夜一片辉煌灿烂。早早守候的军丁和工匠待御车一到，立即将尸体移至重柩灵棺内，迅速滑行到地宫深处，按原来周密部署，瞬间关闭七十道大小宫门，待人员撤出后，万镐封土，栽花种树，培复自然。五更时分，一切回归平静，也就在这时，鸟蛋突然在车内似乎想起了什么，睁圆眼睛，指着大墓，情不自禁一声童呼：“是榈根！”耿飞图被他的举动吓了一跳：“榈根？”他声音低沉道：“门头尺的儿子。”耿飞图“噢”了一声，不解也不追问。

接殡士兵与工匠们却纷纷议论：“始皇帝龙体褪腐还鲜，一点不臭。”赵高、李斯与近身侍卫们听后面面相觑，一脸茫然。

鸟蛋心闲，在回宫的路上与耿飞图讲：“始皇帝曾祖父昭王七十六岁下世，是最长寿的，祖父孝文王正式继位仅仅三天就驾崩，年龄未过五十四岁，父亲异人继位三年就殒命，年龄在四十来岁左右，始皇帝当政十二年，四十九岁谢幕，在秦王族中属于中上寿数，一切皆命也。从活人离开咸阳第五次巡游，到今天入骊山黄土，一共九个月零九天，九九归一，九五之尊，数，都乃神仙掐指头算出来的。”耿飞图佩服地嘀咕一句：“人小鬼大啊。”众口一词的评价。

嬴政于始皇帝三十七年（公元前210年）农历六月二十九入墓，七月初六举国祭典。五更时分，上万名军士身披白袍，银枪白缨，满朝文武身着孝服，二十多个儿子，十多位公主，三十位嫔妃贵人，九位孙子辈（没有皇后）步行从主道至主门。赵高、李斯簇拥胡亥排在最后位置。从秦岭主峰往下看，骊山渺小得像一粒尘埃，又似一朵白色小花，插在三秦大地上。

人生百态，百官百样，耷拉脑袋，面色哀伤而无泪，似乎都对这一刻的到来有预兆，悲目中都闪动一个信号：“心悬未来。”随着祭司祷唱，百鼓千筝奏响，上万白幡飞天，白茫茫一片，此起彼伏，白浪波涛般涌动的三拜九叩，令人惊愕的奇象随之显现，一片骇人惊呼和着巨音哀乐混成一曲绝世空灵天音。霎时和风突变，官畏权，人畏言，风可不听人使唤。一阵旋转狂风掀掉所有人的白色孝帽，随着白幡一起在骊山上空漫卷，文武百官吓得披头散发先跪下，望天祈祷，哭着悲呼：“吾皇万岁，万万岁！”后世传颂为“祖龙风，自我依旧”。久之，孝帽落地，如朵朵莲花覆盖骊山，一片银白。而雁字风将白幡化成人字形，舞向高空，一撇飞向天水方向，一捺飘往咸阳郊外观泥池塘。

红日似乎早一刻升起，嫩得如同初生婴儿的脸蛋，几分羞涩后，幻化为金光万道，艳阳普照。时隔两天，公元前210年七月初九，胡亥登基为皇帝，太阳像是递上一个吉祥。

千古一帝，千年绝唱，千古之谜。千年神秘封土无人敢破，骊山皇陵还是那副模样。没有对错，只有善恶，谁都说不清楚的，就叫梦吧。

……胡亥、子婴、刘邦、刘盈、吕后与烟柳镇千丝万缕的情感纠葛待续，敬请留意跟读。

2019年11月26日　完稿

后记

从2018年元月1日起至2019年11月26日封笔，劣质高速平均每月近三万余字，农历年只闲笔三天，小病感冒照常乘兴躬耕不辍，自信轻狂的热度在50万字后冷却。

历史变局无数，阵阵流沙层层掩埋了许多真相，山不能言，水不能语。

探问不了天意，猜不透人心，心知咸淡，常念因果，在善中提纯的咏叹空间探求成此拙作。

若有读者能忍耐看完此“长篇累牍”，那将是本人最大的希望与欣慰，不胜感激。

唐马

2019年11月28日于深圳